mtb

Nora Roberts

Weihnachten bei den MacGregors – Wie alles begann

MIRA® TASCHENBUCH

1. Auflage: Oktober 2018
Neuausgabe im MIRA Taschenbuch

Originaltitel: »Rebellion«
erschienen bei: Sihouette Books, Toronto

Originaltitel: »In From the Cold«
erschienen bei: Silhouette Books, Toronto

Published by arrangement with
HARLEQUIN ENTERPRISES II B.V./SARL

Umschlaggestaltung: zero-media.net, München
Umschlagabbildung: FinePic®, München
Satz: GGP Media GmbH, Pößneck
Printed in Germany
Dieses Buch wurde auf FSC®-zertifiziertem Papier gedruckt.
ISBN 978-3-95649-872-5

www.mira-taschenbuch.de

Nora Roberts

Für Schottland und die Liebe

Roman

Aus dem Amerikanischen von
Susi Maria Rodiger

Prolog

Glenroe Forest, Schottland, 1735

Sie kamen in der Dämmerung, als die Dörfler beim Abendessen saßen und der Rauch von den Torffeuern aus den Kaminen in die kalte Novemberluft aufstieg. In der Woche zuvor hatte es geschneit, und danach hatte starker Frost eingesetzt. Das Geräusch der Pferdehufe auf dem hart gefrorenen Boden klang wie Donnerhall durch den Wald, und die kleineren Waldtiere suchten hastig Deckung.

Serena MacGregor verlagerte das Gewicht ihres kleinen Bruders auf ihre Hüfte und ging zum Fenster. Ihr Vater und seine Männer kehrten früher als erwartet von der Jagd zurück. Seltsamerweise waren jedoch keine Rufe der Begrüßung von den Katen außerhalb des Dorfes zu hören.

Sie presste die Nase gegen die gefrorene Scheibe, um nach den Heimkehrenden Ausschau zu halten, und unterdrückte einmal mehr ihren Groll darüber, dass sie als Mädchen nicht an den Jagdpartien teilnehmen durfte.

Colin, jetzt vierzehn, durfte seit seinem siebten Lebensjahr mitreiten – obgleich er längst nicht so geschickt mit Pfeil und Bogen umzugehen verstand wie Serena. Verdrossen blickte sie in die Dämmerung hinaus. Ihr älterer Bruder würde wieder tagelang von nichts anderem reden als von der Jagd, während sie sich damit begnügen musste, zu Hause am Spinnrad zu sitzen.

Der kleine Malcolm begann zu weinen, und sie wiegte ihn automatisch hin und her. »Sei still, Papa möchte dich nicht plärren hören, sobald er zur Tür hereinkommt.« Aber dann veranlasste irgendetwas sie, das Baby enger an sich zu ziehen und beunruhigt über die Schulter in den Raum zu sehen, auf der Suche nach ihrer Mutter.

Die Lampen waren angezündet, und es roch nach dem köstlichen Fleischeintopf, der über dem Küchenfeuer schmorte. Das Haus war makellos sauber. Den ganzen Tag über hatten Serena, ihre Mutter und ihre jüngere Schwester Gwen geputzt, die Böden gescheuert und die Möbel poliert. Nicht eine Spinnwebe war mehr in den Ecken zu sehen. Auch die Wäsche war fertig und mit den kleinen Lavendelsäckchen, die ihre Mutter so liebte, in den Truhen verstaut.

Da Serenas Vater der Grundherr war, bewohnten er und seine Familie das beste Haus im Umkreis von vielen Meilen. Es war aus feinem blauem Schiefer gebaut, und die Mutter sorgte dafür, dass sich nirgendwo Staub niederließ.

Alles sah aus wie immer, und dennoch hatte Serena auf einmal heftiges Herzklopfen. Sie griff nach einem warmen Tuch, hüllte Malcolm darin ein und öffnete die Haustür.

Es war windstill, und außer dem Donnern der Hufe auf dem hart gefrorenen Boden war kein Laut zu hören. Jeden Augenblick mussten die Männer jetzt auf der Anhöhe erscheinen, und Serena erschauerte plötzlich, ohne zu wissen, warum. Als sie den ersten Schrei hörte, zuckte sie zusammen.

»Serena, komm sofort herein, schnell!«, rief ihre Mutter.

Fiona MacGregor eilte die Treppe herunter, und ihr hübsches, sonst so heiteres Gesicht war blass und ernst. Sie hatte rote, golden schimmernde Haare – von der gleichen Farbe wie Serenas –, die am Hinterkopf aufgesteckt waren und von einem Haarband gehalten wurden. Für gewöhnlich strich sie sich ordnend über die Haare, bevor sie ihren Mann zu Hause willkommen hieß, aber diesmal tat sie es nicht.

»Beeile dich, Mädchen, um des Himmels willen!« Fiona fasste ihre Tochter am Arm und zog sie ins Haus. »Bring den

Kleinen nach oben zu deiner Schwester, und bleibt alle im Kinderzimmer!«

»Aber Papa kommt doch!«

»Es ist nicht dein Vater.«

Und dann erschienen die Pferde auf der Anhöhe. Serena sah, dass die Reiter nicht das Jagdwams der MacGregors trugen, sondern die roten Röcke der englischen Dragoner. Sie war zwar erst acht Jahre alt, hatte jedoch bereits die Schreckensgeschichten von Brandschatzung und Plünderung gehört. Und mit acht war sie alt genug für Empörung.

»Was wollen sie von uns? Wir haben nichts getan.«

»Es ist nicht nötig, etwas zu tun. Es genügt, dass wir Schotten sind.« Fiona schloss die Haustür und schob den Riegel vor, wenn auch mehr aus Trotz als in der Hoffnung, dadurch die Eindringlinge fernzuhalten. Sie war eine kleine, zierliche Frau. In der Kindheit vergöttert von einem nachsichtigen Vater, später von einem liebenden Ehemann, war sie dennoch weder schwach noch hilflos. Vielleicht lag darin der Grund, weshalb die Männer in ihrem Leben ihr nicht nur Zuneigung entgegenbrachten, sondern auch Achtung.

»Geh nach oben, Serena, und bleib bei Malcolm und Gwen im Kinderzimmer! Komm nicht heraus, bis ich es dir sage!«

Ein weiterer Schrei hallte durch das Tal, gefolgt von lautem Schluchzen. Durch das Fenster sahen sie das Strohdach einer Kate in Flammen aufgehen. Fiona dankte Gott im Stillen, dass ihr Mann und ihr Sohn noch nicht heimgekehrt waren.

»Ich möchte bei dir bleiben!« Serenas grüne Augen wirkten übergroß in ihrem Gesichtchen und schimmerten feucht von aufsteigenden Tränen. Ihr Mund, den ihr Vater als eigensinnig bezeichnete, zitterte jedoch nicht. »Papa würde nicht wollen, dass ich dich allein lasse«, erklärte sie fest.

»Er würde wollen, dass du tust, was ich dir sage.« Fiona hörte die Pferde vor dem Haus halten und Sporengeklirre.

»Geh jetzt, und gib auf die Kleinen acht!« Sie stieß ihre Tochter zur Treppe hin und bedeutete ihr mit einer strengen Geste, ihrer Aufforderung sofort nachzukommen.

Als Malcolm zu schreien anfing, flüchtete Serena die Treppe hinauf. Sie hatte gerade den oberen Treppenabsatz erreicht, als die Tür eingetreten wurde. Unwillkürlich drehte sie sich um und sah ihre Mutter mit einem halben Dutzend Dragoner konfrontiert. Einer von ihnen trat vor und verbeugte sich. Selbst aus der Entfernung konnte Serena erkennen, dass diese Geste eine Beleidigung war.

»Serena?«, rief Gwen von den oberen Stufen.

»Nimm du das Baby!« Serena schob den kleinen Malcolm der fünfjährigen Gwendolyn in die pummeligen Arme. »Geh ins Kinderzimmer und schließ die Tür!« Sie senkte ihre Stimme zu einem Flüstern. »Mach schnell, und halte ihn ruhig, wenn du kannst!« Sie zog eine sorgsam gehütete Zuckerpflaume aus der Schürzentasche. »Nimm das und geh, bevor sie uns sehen.« Dann kauerte sie sich oben an die Treppe und beobachtete das Geschehen unten.

»Fiona MacGregor?«, fragte der Dragoner mit den bunten Streifen auf seiner Uniform.

»Ich bin Lady MacGregor«, erwiderte Fiona hoch erhobenen Kopfes und festen Blickes. Ihr einziger Gedanke galt jetzt dem Schutz ihrer Kinder und ihres Heims. Da Kampf unmöglich war, benutzte sie die einzige ihr verfügbare Waffe: ihre Würde. »Mit welchem Recht brecht Ihr in mein Haus ein?«

»Mit dem Recht eines Offiziers des Königs.«

»Und wie ist Euer Name?«

»Captain Standish, zu Euren Diensten!« Er zog seine Handschuhe aus und erwartete offenbar eine von Angst bestimmte Reaktion. »Wo ist Euer Gatte … Lady MacGregor?«

»Der Laird und seine Männer sind auf der Jagd.«

Standish schickte drei von seinen Männern los, das Haus zu durchsuchen. Fiona blieb ruhig, obgleich ihr Mund so trocken war, als wäre er mit Staub gefüllt. Sie wusste, dass der Captain ihr Haus ebenso leicht in Brand setzen lassen konnte wie die Katen ihrer Pächter. Es bestand wenig Hoffnung, dass ihr Rang oder der ihres Mannes sie schützen würde. Dennoch ließ sie sich nicht einschüchtern.

»Wie Ihr seht, sind nur Frauen und Kinder hier. Ihr habt für Euren … Besuch einen ungünstigen Zeitpunkt gewählt, wenn Ihr mit dem MacGregor und seinen Männern sprechen wolltet. Oder ist das vielleicht der Grund, weshalb Ihr mit Euren Soldaten so mutig in Glenroe eingeritten seid?«

Da schlug er Fiona so heftig ins Gesicht, dass sie von der Wucht des Schlags rückwärts taumelte.

»Mein Vater wird Euch dafür umbringen!« Serena raste die Treppe herunter und stürzte sich auf den Offizier. Er fluchte, als sie ihre Zähne in seine Hand grub, und stieß das Kind beiseite.

»Dieser verdammte Teufelsbraten hat mich blutig gebissen!« Er hob eine Faust, aber Fiona warf sich zwischen ihn und ihre kleine Tochter.

»Schlagen König Georges Männer kleine Kinder? Herrschen die Engländer auf diese Weise?«

Captain Standish atmete schwer. Jetzt ging es um seinen Stolz. Er konnte kaum zulassen, vor seinen Männern von einer Frau und einem Kind übertrumpft zu werden, vor allem, wenn sie zudem noch zum schottischen Abschaum gehörten. Seine Befehle lauteten, lediglich zu durchsuchen und zu verhören. Bedauerlich, dass dieser Schwächling Argyll die Königin in ihrer Rolle als Regentin überredet hatte, nicht das Straf- und Bußgeldgesetz geltend zu machen.

Hätte sie es getan, wäre Schottland wahrhaftig ein gutes Jagdgebiet gewesen. Dennoch war Königin Caroline wütend auf ihre schottischen Untertanen, und in jedem Fall bestand kaum eine Gefahr, dass sie jemals von irgendwelchen Vorfällen in den abgelegenen Highlands erfahren würde.

Er winkte einem der Dragoner. »Bring diese Göre nach oben und sperr sie ein!«

Wortlos nahm der Soldat die wild um sich schlagende Serena unter den Arm und trug sie zur Treppe, wobei er bemüht war, ihren Füßen, Fäusten und Zähnen auszuweichen.

»Ihr zieht hier in den Highlands Wildkatzen auf, Mylady.« Captain Standish band sich ein sauberes Taschentuch um die Hand.

»Serena ist es nicht gewöhnt, ihre Mutter – oder überhaupt irgendeine Frau – von einem Mann geschlagen zu sehen!« Fiona musterte ihn voller Verachtung.

Seine Hand schmerzte, aber er würde den Respekt seiner Männer nicht dadurch wiedererlangen, dass er ein Kind verprügelte. Dagegen die Mutter ... Er ließ den Blick über ihre zierliche Gestalt gleiten und lächelte. Die Mutter konnte er dafür büßen lassen.

»Euer Gatte wird verdächtigt, an der Ermordung von Captain Porteous beteiligt gewesen zu sein!«

»Jener Captain Porteous, der vom Gericht zum Tode verurteilt wurde, weil er in eine Menschenmenge gefeuert hat?«

»Das Todesurteil wurde aufgehoben, Madam.« Standish legte eine Hand auf seinen Schwertgriff. Selbst unter seinen eigenen Männern galt er als grausam. »Captain Porteous feuerte bei einer öffentlichen Hinrichtung auf eine Gruppe von Aufrührern. Dann wurde er von unbekannten Personen aus dem Gefängnis geholt und aufgehängt!«

»Es fällt mir schwer, sein Schicksal zu bedauern, aber weder ich noch sonst jemand von meiner Familie wissen etwas!«

»Sollten die Untersuchungen etwas anderes ergeben, würde Euer Gatte ein Mörder und Verräter sein. Und Ihr, Lady Mac-

Gregor, würdet ohne Schutz dastehen. Das wäre Euch doch sicher nicht angenehm.«

»Ich habe Euch nichts zu sagen!«

»Sehr bedauerlich!« Standish lächelte boshaft und trat einen Schritt näher. »Soll ich Euch zeigen, was mit unbeschützten Frauen geschieht?«

Im oberen Stockwerk schlug Serena gegen die Tür, bis ihre Hände wund waren. Hinter ihr kauerte Gwen mit dem kleinen Malcolm und weinte. Das Kinderzimmer wurde nur erhellt vom Mond und dem Feuerschein der brennenden Katen.

Draußen war Geschrei zu hören und das Weinen von Frauen, aber Serena dachte nur an ihre Mutter, die allein und schutzlos mit den Engländern unten geblieben war.

Als die Tür schließlich geöffnet wurde, taumelte Serena zurück. Ein roter Rock wurde kurz sichtbar, und sie hörte das Klirren von Sporen.

Und dann sah sie ihre Mutter, nackt und zerschunden und mit offenen Haaren, die ihr in wilder Fülle ins Gesicht und um die Schultern fielen. Fiona sank zu Serenas Füßen in die Knie.

»Mama!« Serena kniete sich neben sie und berührte zaghaft ihre Schulter. Sie hatte ihre Mutter gelegentlich schon einmal weinen gesehen, aber nicht so stumm und verzweifelt. Fionas Haut fühlte sich kalt an, und Serena holte rasch eine Decke von der Truhe und hüllte ihre Mutter darin ein.

Draußen hörten sie die Dragoner davonreiten. Serena umfing ihre Mutter mit einem Arm und ihre Geschwister mit dem anderen. Sie begriff nur sehr vage, was geschehen war, aber es genügte, um unbändigen Hass in ihr zu wecken und Rache zu schwören.

1. Kapitel

London, 1745

Brigham Langston, der vierte Earl of Ashburn, saß in seinem eleganten Stadthaus beim Frühstück und las mit großer Aufmerksamkeit den Brief, auf den er lange gewartet hatte. Seine grauen Augen blickten ernst, und seine vollen Lippen waren zusammengepresst. Schließlich erhielt ein Mann nicht oft einen Brief, der sein ganzes Leben verändern konnte.

»Verdammt, Brigham, wie lange willst du mich noch im Ungewissen lassen?« Colin MacGregor, der ungestüme rothaarige Schotte, der Brigham auf gewissen Reisen durch Frankreich und Italien begleitet hatte, konnte seine Ungeduld kaum zügeln.

Anstelle einer Antwort hob Brigham lediglich eine blasse, schmale, von einer Spitzenmanschette umgebene Hand. Er war an Colins heftige Art gewöhnt, aber dieses eine Mal würde sein Freund sich gedulden müssen, bis er den Brief sorgfältig nochmals durchgelesen hatte.

»Er ist von ihm, nicht wahr? Verdammt sollst du sein, wenn du es mir nicht endlich sagst! Er ist vom Prinzen!« Colin stand vom Tisch auf und ging unruhig hin und her. Nur die ihm von seiner Mutter beigebrachten Manieren hielten ihn davon ab, Brigham den Brief aus der Hand zu reißen. »Ich habe ebenso viel Recht darauf zu wissen, was in dem Brief steht, wie du!«

Jetzt blickte Brigham auf. »Natürlich hast du das, aber der Brief ist nichtsdestotrotz an mich adressiert«, entgegnete er milde.

»Nur weil es leichter ist, dem hochwohlgeborenen Earl of Ashburn einen Brief zuzuschmuggeln als einem MacGregor. Wir Schotten stehen alle unter Verdacht, Rebellen zu sein.« Colins wache grüne Augen glitzerten herausfordernd. Als Brigham sich seelenruhig wieder dem Brief zuwandte, setzte sich Colin fluchend auf seinen Stuhl. »Du kannst die Geduld eines Mannes wirklich auf eine harte Probe stellen!«

»Danke.« Brigham legte den Brief neben seinen Teller und schenkte Kaffee nach. »Du hast ganz recht, in jeder Beziehung, mein Lieber. Der Brief ist tatsächlich von Prinz Charles.«

»Nun, was sagt er?«

Als Brigham mit einer Handbewegung auf den Brief deutete, nahm Colin ihn sofort an sich. Das Schreiben war in Französisch verfasst, und da er diese Sprache nicht so gut beherrschte wie Brigham, hatte er etwas Mühe, den Inhalt zu entziffern.

Unterdessen blickte Brigham gedankenvoll durch das Zimmer, das vor langer Zeit von seiner Großmutter eingerichtet worden war, einer Frau, an deren weichen schottischen Akzent und Eigenwilligkeit er sich gut erinnerte. Die Möbel waren elegant, fast zierlich, und die anmutigen Meißner Porzellanfiguren, die seiner Großmutter so viel bedeutet hatten, standen immer noch auf dem kleinen runden Tisch am Fenster.

Als Junge hatte er die Figuren nur ansehen, aber nicht berühren dürfen, und ihm hatten stets die Finger gejuckt, die bezaubernde Porzellanschäferin mit dem zarten Gesicht und den langen Porzellanhaaren anzufassen und zu streicheln.

Über dem Kamin hing ein Porträt der eigenwilligen Mary MacDonald, die Lady Ashburn geworden war. Es zeigte sie, als sie etwa im gleichen Alter war wie ihr Enkel jetzt. Sie war groß gewesen für eine Frau und gertenschlank, und eine prachtvolle rabenschwarze Haarmähne umrahmte ein schmales, fein geschnittenes Gesicht. Die Art, wie sie ihren Kopf hielt, verriet, dass man sie überreden, aber nicht zwingen, bitten, aber ihr nicht befehlen konnte.

Ihr Enkel hatte viel von ihr geerbt: die grauen Augen, die schwarzen Haare, die hohe Stirn, die schmalen Wangen und den vollen Mund, Züge, die in ihrer männlichen Form nicht weniger attraktiv waren. Außerdem hatte er auch ihre Neigungen und ihren Sinn für Gerechtigkeit geerbt.

Brigham dachte an den Brief und an die Entscheidungen, die getroffen werden mussten, und prostete im Stillen dem Porträt zu. Du würdest wollen, dass ich gehe, dachte er, nach all den Geschichten, die du mir erzählt hast. Schließlich hast du mir schon als Kind den Glauben an die Rechtmäßigkeit der Stuart-Sache eingepflanzt und ihn gehegt, während du mich großgezogen hast. Wärest du noch am Leben, würdest du selbst nach Schottland gehen. Wie also kann ich mich anders entscheiden?

»Somit ist die Zeit gekommen!« Colin faltete das Papier zusammen. Seine Stimme klang aufgeregt. Er war vierundzwanzig Jahre alt, nur sechs Monate jünger als Brigham, aber dies war der Augenblick, auf den er seit Jahren gewartet hatte.

»Du musst lernen, zwischen den Zeilen zu lesen, Colin.« Jetzt war es Brigham, der aufstand und hin und her lief. »Charles erhofft sich immer noch Unterstützung von den Franzosen, obgleich er zu erkennen beginnt, dass König Louis lieber redet als handelt!« Er zog den Vorhang beiseite und blickte mit düsterer Miene aus dem Fenster auf seinen trostlos grauen Garten, der im Frühling wieder voller Farbe und Duft sein würde. Nur würde er dann wohl kaum hier sein, um den Garten in seiner Pracht zu sehen.

»Als wir am französischen Hof waren, zeigte Louis sich mehr als interessiert an unserer Sache. Er hat für die hannoveranische Marionette auf dem englischen Thron nicht mehr übrig als wir«, erklärte Colin.

»Gewiss, aber das bedeutet nicht, dass er für Prinz Charles und die Sache der Stuarts seine Schatzkammer öffnen wird. Charles' Plan, eine Fregatte auszurüsten und nach Schottland zu segeln, erscheint mir da realistischer. Aber diese Dinge brauchen Zeit.«

»Immerhin können wir jetzt auch etwas tun.«

Brigham ließ den Vorhang zufallen. »Du kennst die Stimmung in Schottland besser als ich. Wie viel Unterstützung wird er dort bekommen?«

»Genug. Die Clans werden sich für den wahren König erheben und bis zum letzten Mann für ihn kämpfen«, antwortete Colin im Brustton der Überzeugung. Er wusste sehr wohl, dass sein Freund in Schottland mehr als nur sein Leben riskieren würde. Brigham konnte dadurch seinen Titel, Haus, Hof und Ruf verlieren. »Brigham, ich könnte mit diesem Brief zu meiner Familie gehen und von dort aus die Nachricht unter den Highland-Clans verbreiten. Es ist nicht nötig, dass du ebenfalls nach Schottland reist.« Colin erhob sich von seinem Stuhl.

Brigham zog eine Augenbraue hoch und lächelte fein. »Bin ich von so geringem Nutzen?«

»Ach, hör doch auf damit! Ein Mann wie du, der so gut reden und kämpfen kann – ein englischer Aristokrat, der bereit ist, sich der Rebellion anzuschließen? Niemand weiß besser als ich, was du leisten kannst. Schließlich hast du mir in Italien mehr als einmal das Leben gerettet – und in Frankreich auch!«

»Fang nicht an, mich zu langweilen, Colin.« Brigham schnippte mit den Fingern gegen die Spitze an seinem Handgelenk. »Das sieht dir gar nicht ähnlich.«

»Aye.« Colin grinste breit. »Erstaunlich, wie du dich im Handumdrehen in den Earl of Ashburn verwandeln kannst, Brigham.«

»Mein Lieber, ich bin schließlich der Earl of Ashburn.«

Wenn die beiden Männer so nebeneinanderstanden, wurden die Gegensätze besonders deutlich. Brigham hatte eine schlanke Gestalt und elegante, lässige Manieren, Colin dagegen war kräftig gebaut und von eher derber Art. Man sah ihm an, dass er kämpfen konnte.

»Nun, es war nicht der feine Earl of Ashburn, der Rücken an Rücken mit mir kämpfte, als unsere Kutsche außerhalb von Calais überfallen wurde! Und er war es auch nicht, der mich – einen MacGregor! – in dieser schmutzigen kleinen Spielhölle in Rom beinahe unter den Tisch getrunken hätte!«

»Ich versichere dir, er war es, da ich mich an beide Vorfälle gut erinnern kann.«

»Brigham, sei ernst. Ich will damit sagen, als Earl of Ashburn verdienst du es, in England zu bleiben und weiterhin zu Gesellschaften und Kartenpartien zu gehen. Du könntest auch hier unserer Sache von Nutzen sein, indem du die Ohren offen hältst.«

»Aber?«

»Wenn es zum Kampf kommt, würde ich dich gern an meiner Seite haben. Also, wirst du mitkommen?«

Brigham betrachtete seinen Freund und blickte dann zu dem Porträt seiner Großmutter hin. »Natürlich gehe ich mit dir.«

Das Wetter in London war kalt und feucht, als der Earl of Ashburn und Colin MacGregor drei Tage später die Reise nach Norden antraten. Bis zur Grenze würden sie in Brighams Kutsche fahren und von da an zu Pferde weiterreiten.

Für alle, die in diesem unerquicklichen Januarwetter in London blieben und nach ihm fragen mochten, unternahm der Earl of Ashburn eine Vergnügungsreise nach Schottland, um die Familie seines Freundes zu besuchen.

Es gab einige wenige, die den wahren Grund kannten, eine

Hand voll getreuer Tories und englischer Jakobiten, denen Brigham vertraute. Ihnen überließ er die Verwaltung seines Familiensitzes Ashburn Manor sowie seines Hauses in London und freie Verfügung über seine Dienerschaft.

Was er mitnehmen konnte, ohne Aufsehen zu erregen, nahm er mit. Was er nicht mitnehmen konnte, ließ er in dem vollen Bewusstsein zurück, dass es Monate, vielleicht sogar Jahre dauern würde, bis er zurückkehren und es wieder in Besitz nehmen konnte. Das Porträt seiner Großmutter hing immer noch über dem Kamin, aber in einer sentimentalen Anwandlung hatte er die Porzellanschäferin einpacken lassen.

Gold, weit mehr als für den Besuch bei der Familie eines Freundes notwendig, ging ebenfalls mit auf die Reise – in einer verschlossenen Truhe unter dem Boden der Kutsche.

Die beiden Männer waren gezwungen, langsamer zu fahren, als Brigham lieb war. Die Straßen waren glatt, und gelegentliche Schneeschauer behinderten die Sicht so, dass der Kutscher das Gespann im Schritt laufen lassen musste.

Ein Blick aus dem Fenster zeigte, dass das Wetter nach Norden hin nur schlechter werden konnte. Brigham lehnte sich resigniert zurück, legte die gestiefelten Füße auf den gegenüberliegenden Sitz, wo Colin ein Nickerchen hielt, und gab sich seinen Gedanken hin.

Er dachte an das schillernde Paris und die sorglosen Monate, die er im vorigen Jahr dort verbracht hatte. Es war das Frankreich von Louis XV., prunkvoll, elegant, voller Glanz und Musik und schöner Frauen mit gepudertem Haar und skandalösen Gewändern. Flirts und mehr waren ein Leichtes gewesen. Ein junger englischer Lord mit prall gefüllter Börse und geistreichem Charme und Witz hatte es nicht schwer, sich einen Platz in dieser Gesellschaft zu erobern.

Brigham hatte diese Zeit genossen, dieses volle Leben im süßen Müßiggang. Irgendwann war er dann jedoch rastlos geworden und hatte sich nach Taten und höheren Zielen gesehnt. Die Langstons schätzten von jeher politische Intrigen ebenso sehr wie glanzvolle Bälle und Abendgesellschaften, und seit drei Generationen hielten sie den Stuarts – den rechtmäßigen Königen von England – die Treue, wenn auch nur im Geheimen.

Als dann Prinz Charles Edward nach Frankreich kam, ein mutiger, energischer Mann mit einer starken Ausstrahlung, war es nur natürlich, dass Brigham ihm seinen Eid und seine Hilfe anbot. Viele würden ihn einen Verräter genannt haben. Zweifellos würden die verstaubten Whigs, die den Deutschen aus dem Haus Hannover unterstützten, der jetzt auf dem englischen Thron saß, Brigham als Verräter aufgeknüpft sehen wollen, wenn sie es wüssten.

Brighams Loyalität galt jedoch der Stuart-Sache, der auch seine Familie stets die Treue gehalten hatte – und nicht dem dicken Deutschen, den die Whigs auf den englischen Thron gesetzt hatten. Er erinnerte sich noch gut an die Geschichten seiner Großmutter von der unglückseligen Rebellion von 1715 und von den vorangegangenen und nachfolgenden Ächtungen und Hinrichtungen in jener konfliktreichen und auch aufregenden Zeit.

Das Haus Hannover hatte bisher wenig getan, um sich in Schottland beliebt zu machen. Die Gefahr eines Krieges war stets präsent gewesen, vom Norden oder von jenseits des Kanals. Wenn England stark werden wollte, würde es seinen rechtmäßigen König brauchen.

Brigham hatten nicht nur der klare Blick und die gute Erscheinung des Prinzen zu dem Entschluss bewogen, ihm beizustehen, sondern vor allem sein Tatendrang, sein Ehrgeiz und vielleicht auch sein jugendliches Selbstvertrauen darauf, dass er Anspruch erheben konnte und wollte auf das, was rechtens sein war.

Zur Nacht kehrten sie in einem kleinen Gasthof am Rande der Highlands ein. Brighams Gold und Titel verschafften ihnen eine Privatstube und trockene Bettlaken. Nach dem Essen, aufgewärmt von dem lodernden Feuer im Kamin, spielten sie Würfel und tranken reichlich Bier. Für den Augenblick waren sie nur zwei Freunde, die ein Abenteuer teilten.

»Verdammt, Brigham, du hast heute Abend wohl eine Glückssträhne!«, sagte Colin.

»So scheint es.« Brigham nahm die gewonnenen Münzen und lächelte. »Sollen wir ein anderes Spiel spielen?«

»Ach was, lass die Würfel rollen!« Colin lächelte ebenfalls und schob weitere Münzen in die Mitte des Tisches. »Du kannst doch nicht immer Glück haben!« Als die Würfel fielen, lachte er. »Also, wenn ich das nicht überbieten kann ...« Aber erneut fiel sein Wurf niedriger aus, und er schüttelte den Kopf. »Anscheinend bist du heute nicht zu schlagen – so wie damals in Paris, als du mit dem Herzog um die Gunst dieser reizenden Mademoiselle gespielt hast!«

Brigham schenkte aus dem Krug Bier nach. »Mit oder ohne Würfel, die Gunst der Mademoiselle gehörte bereits mir.«

Colin lachte schallend und warf weitere Münzen auf den Tisch. »Dein Glück kann nicht ewig dauern. Allerdings hoffe ich, es bleibt dir in den kommenden Monaten treu!«

Brigham vergewisserte sich mit einem raschen Blick, dass die Tür ihrer Privatstube geschlossen war. »Da geht es wohl mehr um Charles' Glück als um meines.«

»Aye. Er ist der Mann, den wir brauchen. Seinem Vater hat es stets an Ehrgeiz gefehlt.« Colin hob seinen Becher. »Auf unseren Prinzen!«

»Er wird mehr brauchen als seine ansehnliche Erscheinung und eine gewandte Zunge.«

Colin sah ihn an. »Zweifelst du etwa an den MacGregors?«

»Du bist der einzige MacGregor, den ich kenne!« Bevor

Colin ein Loblied auf seinen Clan anstimmen konnte, fragte Brigham rasch: »Bist du froh, deine Familie wiederzusehen, Colin?«

»Ein Jahr ist eine lange Zeit. Natürlich habe ich die Sehenswürdigkeiten von Rom und Paris genossen, aber wer in den Highlands geboren ist, sehnt sich immer dorthin zurück.« Colin nahm einen kräftigen Schluck und dachte an die purpurne Bergheide und die tiefblauen Seen seiner Heimat. »Meine Mutter hat mir in ihrem letzten Brief zwar versichert, dass es ihnen allen gut geht, aber ich möchte mich gern selbst davon überzeugen. Malcolm wird jetzt bald zehn und soll ein rechter Wildfang sein, wie ich höre.« Colin lächelte voller Stolz. »Aber das sind wir alle!«

»Du hast mir erzählt, deine Schwester wäre ein Engel.«

»Gwen!« Colins Stimme bekam einen liebevollen Klang. »Unsere kleine Gwen. Sie ist wirklich ein Engel, so freundlich und geduldig und außerdem sehr hübsch!«

»Ich freue mich darauf, sie kennenzulernen.«

»Sie ist noch sehr jung«, entgegnete Colin warnend. »Ich werde aufpassen, dass du das nicht vergisst!«

Schon etwas benebelt vom Bier, lehnte Brigham sich zurück. »Du hast noch eine Schwester?«

»Ja, Serena.« Colin spielte mit dem Würfelbecher. »Sie ist eine Wildkatze, und ich kann Narben vorzeigen, um das zu beweisen. Serena MacGregor hat ein teuflisches Temperament und eine schnelle Faust.«

»Ist sie auch hübsch?«

»Jedenfalls ist sie nicht unansehnlich«, meinte ihr Bruder. »Meine Mutter schrieb mir, dass die Burschen im vergangenen Jahr angefangen haben, ihr den Hof zu machen, aber Serena schlägt sie mit Ohrfeigen in die Flucht.«

»Vielleicht haben sie nur noch nicht die richtige Art gefunden, sie zu umwerben.«

»Ha! Als ich sie einmal verärgerte, riss sie Großvaters altes Schwert von der Wand und jagte mich damit in den Wald.« Ein gewisser Stolz in Colins Ton war unverkennbar. »Der Mann, der sich in sie verliebt, hat mein ganzes Mitgefühl.«

»Eine Amazone also.« In Brighams Vorstellung erschien das Bild eines strammen, rotbäckigen Mädchens mit Colins derben Gesichtszügen und ungebändigtem feurigem Haar. Gesund wie ein Milchmädchen und ebenso frech. »Mir sind sanfte Frauen lieber.«

»Sie hat keinen einzigen sanften Knochen im Leib, aber sie ist treu wie Gold!« Colin spürte die Wirkung des Biers auch schon im Kopf, was ihn jedoch nicht hinderte, erneut den Becher zu heben. »Ich habe dir doch von dem Abend erzählt, als die Dragoner nach Glenroe kamen.« Seine Miene wurde finster.

»Ja.«

»Nachdem sie die Hütten in Brand gesteckt und meiner Mutter Gewalt angetan hatten, hat Serena sich rührend um unsere Mutter gekümmert. Sie war selbst noch ein Kind, aber sie brachte unsere Mutter zu Bett und versorgte sie und ihre jüngeren Geschwister, bis wir zurückkamen. Ihr Gesicht war geschwollen von dem Schlag, den ihr dieser Bastard versetzt hatte, aber sie hat nicht geweint, als sie uns die ganze Geschichte erzählte.«

Brigham legte seinem Freund eine Hand auf den Arm. »Die Zeit für Rache ist vorbei, Colin. Jetzt fordern wir Gerechtigkeit.«

»Ich will beides haben«, murmelte Colin und ließ wieder die Würfel rollen.

Am nächsten Morgen brachen sie früh auf. Brigham und Colin ritten nun der Kutsche voraus, die in gemächlicherem Tempo folgte. Brigham hatte einen Brummschädel, bekam aber bald durch die raue, kalte Luft wieder einen klaren Kopf.

Jetzt waren sie wirklich in dem Land, von dem ihm seine Großmutter so viel erzählt hatte. Es war ein wildes, zerklüftetes Land mit hohen Felsen, die in den milchig grauen Himmel aufragten, mit herabstürzenden Wasserfällen und eisigen, fischreichen Flüssen. An manchen Stellen lagen große Felsbrocken verstreut wie Riesenwürfel, als wären sie von einer achtlosen Hand ausgeworfen. Brigham kam sich vor wie in einem uralten Land, in dem noch Götter und Feen wohnten, obgleich er ab und zu eine Hütte sah, aus deren Mittelöffnung im Strohdach Rauch aufstieg.

Hier in den Bergen war der Boden mit Schnee bedeckt, und der Wind blies Schneewehen über die Straße, sodass die Männer manchmal kaum die Hand vor Augen sehen konnten. Colin ritt voran, immer weiter hinauf in die zerklüfteten Berge. Felsenhöhlen waren zu sehen, und ab und zu zeigten Spuren, dass Menschen in ihnen Zuflucht gesucht hatten. Dunkle Seen waren an den Rändern mit Eis verkrustet.

Sie ritten zügig, wenn der Boden es gestattete, und machten einen Umweg um die Festungen der Engländer. Aus Vorsicht verzichteten sie auch auf die Gastfreundschaft, die ihnen bereitwillig in jedem Gehöft geboten worden wäre. Gastfreundschaft, so hatte Colin seinen Freund gewarnt, würde Fragen über alle Einzelheiten ihrer Reise, ihrer Familien und ihren Bestimmungsort einschließen. Fremde tauchten nur selten in den Highlands auf und wurden wegen ihrer Neuigkeiten und Gesellschaft gleichermaßen geschätzt.

Um zu vermeiden, dass die Nachricht von ihrer Reise von Dorf zu Dorf weitergereicht wurde, hielten sich Colin und Brigham an Nebenstraßen und Bergwege, bis sie dann in einer abgelegenen Schenke einkehrten, um die Pferde rasten zu lassen und sich mit einem Mittagsmahl zu stärken.

Das Wirtshaus bestand aus einem einzigen Raum, in dem es nach den Ausdünstungen der Gäste und dem Fisch vom Vortag roch. Der Boden war aus gestampfter Erde und der Kamin ein bloßes Loch im Dach, durch das der Rauch nur ungenügend abzog. Es war kaum ein Ort, der dem vierten Earl of Ashburn angemessen war, aber das lodernde Feuer wärmte, und das Fleisch war genießbar.

Unter dem Wintermantel, der nun zum Trocknen vor dem Feuer hing, trug Brigham dunkle Reithosen und über einem feinen Batisthemd seinen schlichtesten Reitrock. So schlicht der Rock auch sein mochte, er umspannte Brighams breite Schultern in tadellosem Sitz, und die Knöpfe waren aus schwerem Silber. Brighams Stiefel hatten durch das üble Wetter zwar etwas an Glanz verloren, aber sie waren unverkennbar aus erstklassigem Leder. Sein dichtes Haar trug Brigham mit einem Band im Nacken zusammengebunden, und an seinen schmalen Händen funkelten der Siegelring seiner Familie und ein Smaragd. Er war gewiss nicht in seinem besten Hofstaat gekleidet, zog aber dennoch die Blicke auf sich und löste Geflüster aus.

»Gentlemen wie dich haben sie in diesem Loch noch nie gesehen«, erklärte Colin und machte sich hungrig über die Fleischpastete her. Er fiel weit weniger auf in seinem schottischen Kilt und Mütze, in deren Band ein Latschenzweig steckte, das Wahrzeichen seines Familienclans.

»Offensichtlich!« Brigham aß in Ruhe, aber seine Augen, unter halb gesenkten Lidern, blickten wachsam. »Diese Bewunderung würde meinen Schneider höchst erfreuen.«

»Oh, es ist nicht nur deine Kleidung«, meinte Colin und leerte seinen Becher Bier. »Du würdest selbst in Lumpen wie ein Earl aussehen.« Er hatte es eilig fortzukommen, um am Abend bei seiner Familie zu sein, und warf einige Münzen auf den Tisch. »Die Pferde sollten inzwischen ausgeruht sein. Lass uns aufbrechen. Wir sind hier am Rande des Campbell-Gebiets, und die Campbells sind nicht unsere Freunde.«

Drei Männer verließen vor ihnen die Schenke, und kalte, angenehm frische Luft drang durch die geöffnete Tür in den verqualmten Raum.

Colin konnte seine Ungeduld jetzt kaum noch zügeln. Endlich wieder in den Highlands, wollte er so schnell wie möglich sein Zuhause erreichen. Obgleich sie noch Stunden zu reiten hatten, meinte er bereits den heimatlichen Wald riechen zu können. An diesem Abend würde es ein Fest geben, und sie würden mit Whisky auf die Zukunft anstoßen. London mit seinen überfüllten Straßen und allem, was dazugehörte, lag weit hinter ihm.

Der Weg führte in vielen Windungen stetig bergan, und gelegentlich war in der Ferne ein kleines Dorf zu sehen. Bäume wurden immer seltener, nur kleine Wacholder wuchsen an der vom Wind abgekehrten Seite der Felsen. Der Himmel hatte sich aufgeklärt und zeigte sich nun in strahlendem Blau. Hoch über ihnen kreiste ein Adler.

»Brigham …«

Brigham hatte sich plötzlich angespannt und zog dann blitzschnell sein Schwert. »Achte auf deine Flanke!«, rief er Colin zu, der neben ihm ritt, bevor er sich zwei Reitern zuwandte, die hinter einem Felsen hervorpreschten.

Die Angreifer ritten untersetzte, zottige schottische Ponys. Ihre karierten Überwürfe waren abgetragen und schmutzig, aber die Klingen ihrer Schwerter blitzten hell in der Nachmittagssonne. Brigham blieb gerade noch Zeit festzustellen, dass er die Männer zuvor in der Schenke gesehen hatte, bevor Stahl gegen Stahl klirrte.

Neben ihm schwang Colin sein Schwert gegen zwei weitere Angreifer, und die Berge hallten wider vom Kampfgetümmel und dem Donnern der Hufe auf dem harten Felsboden.

Die Angreifer hatten ihre Opfer unterschätzt, zumindest, was Brigham anbetraf. Er war zwar schlank, gleichzeitig aber drahtig und behände, und focht mit dem Schwert in der einen und einem Dolch in der anderen Hand, während er sein Pferd mit den Knien lenkte.

Colin brüllte und fluchte, Brigham dagegen kämpfte in tödlichem Schweigen. Er wehrte einen Gegner ab und griff den anderen an. Seine Augen wurden schmal und dunkel wie die eines Wolfs, der Blut riecht. Er parierte den Schlag des Gegners mit einem letzten mächtigen Hieb und stieß dann mit seiner eigenen Klinge zu.

Der Schotte schrie auf und fiel blutüberströmt in den Schnee. Sein Pony, nun reiterlos, lief voller Panik davon. Der andere Mann griff jetzt erneut mit großer Heftigkeit an, und beinahe gelang es ihm, Brighams Deckung zu durchbrechen. Brigham spürte einen scharfen Schmerz an der Schulter und warmes Blut, wo die Schwertspitze durch seine Kleidung ins Fleisch gedrungen war.

Er konterte mit raschen, kräftigen Hieben und trieb seinen Gegner immer weiter gegen die Felsen zurück. Sein Blick blieb fest auf das Gesicht des Gegners gerichtet. Brigham parierte mit kühler Präzision, stieß zu und durchbohrte das Herz des anderen. Noch bevor der Mann auf dem Boden aufschlug, hatte Brigham gewendet und ritt zu Colin zurück.

Dort stand es jetzt Mann gegen Mann, da ein weiterer der Angreifer tot hinter Colin im Schnee lag, und Brigham nahm sich einen Augenblick Zeit, um tief durchzuatmen. Dann sah er jedoch Colins Pferd ausrutschen und eine Klinge aufblitzen. Er spornte sein Pferd an, um seinem Freund zu Hilfe zu eilen. Der Letzte der Bande von Angreifern blickte auf, und als er Brigham auf sich zukommen sah, wusste er, dass seine Kameraden tot waren. Er schwenkte sein Pony herum und flüchtete in die Berge.

»Colin! Bist du verletzt?«

»Aye. Diese verdammten Campbells.« Colin versuchte sich

im Sattel aufrecht zu halten. Seine Seite, wo das Schwert ihn getroffen hatte, brannte wie Feuer.

Brigham steckte sein Schwert in die Scheide. »Lass mich deine Wunde versorgen.«

»Wir haben keine Zeit dafür. Dieser Bastard kommt vielleicht mit Helfershelfern zurück.« Colin holte ein Taschentuch heraus und presste es gegen die Wunde. »Ich bin noch nicht am Ende«, erklärte er fest und begegnete Brighams Blick. »Bis zum Abend sind wir zu Hause.« Und damit stieß er seinem Pferd die Sporen in die Seiten und galoppierte los.

Sie ritten zügig. Brigham hielt wachsam Ausschau nach einem weiteren Hinterhalt und behielt gleichzeitig seinen Freund im Auge. Colin war sehr blass, aber er verlangsamte nicht den Schritt. Nur einmal legten sie eine kurze Rast ein, weil Brigham darauf bestand, Colins Wunde ordentlicher zu verbinden.

Die Verletzung war tief und sah nicht gut aus. Außerdem hatte Colin entschieden zu viel Blut verloren. Dennoch war der Schotte wild entschlossen, Glenroe und seine Familie zu erreichen, und Brigham wusste nicht, wo er sonst Hilfe hätte finden können. Colin nahm einen kräftigen Schluck Brandy aus der Reiseflasche, die Brigham ihm an die Lippen hielt. Als etwas Farbe in sein Gesicht zurückkehrte, half Brigham ihm wieder in den Sattel.

Bei Einbruch der Dämmerung kamen sie aus den Bergen herunter in den Wald. Es roch nach Kiefern und Schnee und einer Spur von Rauch aus einem in der Nähe gelegenen Gehöft. Ein Hase flitzte über den Weg und verschwand im Unterholz.

Brigham entging nicht, dass Colins Kräfte nachließen, und er hielt kurz an, um seinem Freund erneut aus der Brandy-Flasche zu trinken zu geben.

»Als Kind bin ich oft durch diesen Wald gerannt«, sagte Colin heiser. Er atmete schnell und flach. Zumindest linderte der Brandy die Schmerzen. Verdammt, ich werde nicht sterben, bevor der echte Kampf beginnt, dachte er grimmig. »Hier habe ich gejagt und zum ersten Mal ein Mädchen geküsst. Ich weiß wahrhaftig nicht, wie ich jemals fortgehen konnte.«

»Um als Held zurückzukehren«, entgegnete Brigham und verschloss die Flasche.

Colins Lachen wurde zu einem Husten. »Aye. In den Highlands hat es seit Menschengedenken immer einen MacGregor gegeben, und hier bleiben wir auch!« Für einen Augenblick kam seine alte Arroganz wieder zum Vorschein. »Auch wenn du ein Earl bist, meine Familie entstammt königlichem Blut!«

»Und jetzt vergießt du dein königliches Blut überall im Wald. Vorwärts, Colin, nach Hause.«

Sie ritten in leichtem Trab in das Dorf ein. Als sie an den ersten Katen vorbeikamen, wurden Rufe laut. Aus den Häusern – manche aus Holz und Stein gebaut, andere nur aus Lehm und Gras – strömten Menschen. Trotz der stechenden Schmerzen in seiner Seite salutierte Colin. Dann erreichten sie die Höhe eines Hügels und sahen MacGregor House vor sich liegen.

Rauch stieg aus den Kaminen, und hinter den vereisten Fenstern leuchteten die eben erst entzündeten Lampen. Der Himmel im Westen glühte, und der Schiefer des Hauses schimmerte wie Silber im letzten Licht der untergehenden Sonne.

Das Haus erhob sich vier Stockwerke hoch. Verziert mit Türmen und Türmchen glich es fast einer Burg, ebenso zur Verteidigung im Krieg gebaut wie für häusliche Bequemlichkeit. Die Dächer waren unterschiedlich hoch, und alles war in einem etwas seltsam anmutenden, aber irgendwie sehr ansprechenden Stil miteinander verbunden. Auf der Lichtung befanden sich mehrere Außengebäude, eine große Scheune und weidendes Vieh. Irgendwo bellte ein Hund.

Aus der Menge der Leute, die sich hinter den beiden Reitern angesammelt hatte, rannte eine junge Frau mit einem leeren Korb auf sie zu. Brigham hörte sie rufen und wandte den Kopf.

Unwillkürlich riss er die Augen auf. Das Mädchen war in ein großes kariertes Tuch gehüllt, schwenkte in der einen Hand den Korb und hielt mit der anderen den Saum des Rockes geschürzt, sodass sich Brigham der Anblick von Unterröcken und langen Beinen bot. Das Tuch fiel der Unbekannten beim Laufen vom Kopf auf die Schultern, und langes rotes Haar flatterte im Wind.

Ihre Haut war weiß wie Alabaster, obgleich ihre Wangen jetzt gerötet waren von der Kälte und sichtlicher Freude. Sie hatte ein sehr fein geschnittenes Gesicht und einen vollen, sinnlichen Mund. Brigham konnte sie nur in stummer Bewunderung anstarren und dachte an die Porzellanschäferin, die er als Kind so geliebt hatte.

»Colin!« Sie hatte eine dunkle, klangvolle Stimme. Ungeachtet des ungeduldig tänzelnden Pferdes griff sie in die Zügel und blickte lachend zu Colin auf. »Ich bin den ganzen Tag über schon so zappelig gewesen und hätte mir eigentlich denken können, dass du der Grund bist. Wir wussten nicht, dass du kommst. Hast du vergessen, es uns zu schreiben, oder warst du nur zu faul?«

»Du hast eine feine Art, deinen Bruder zu begrüßen!« Colin wollte sich zu ihr herabbeugen, um ihr einen Kuss zu geben, aber ihr Gesicht verschwamm vor seinen Augen. »Zumindest könntest du meinem Freund etwas mehr Höflichkeit erweisen. Brigham Langston, Lord Ashburn – meine Schwester Serena.«

Nicht unansehnlich? In diesem Fall hatte Colin wahrhaftig nicht übertrieben. Weit entfernt davon. »Miss MacGregor.«

Serena hatte jedoch keinen Blick für ihn übrig. »Colin, was hast du? Du bist verletzt?« Noch während sie sprach, glitt er aus dem Sattel und blieb zu ihren Füßen liegen. »Der Himmel steh mir bei!« Sie stieß seinen Überrock beiseite und entdeckte die provisorisch verbundene Verletzung.

»Die Wunde hat sich wieder geöffnet.« Brigham war hastig abgestiegen und kniete nun neben ihr. »Wir sollten ihn gleich ins Haus schaffen.«

Serena hob den Kopf und musterte Brigham scharf aus ihren grünen Augen. »Lasst die Hände von ihm, englischer Schweinehund!«, fauchte sie wütend, schob ihn beiseite und bettete ihren Bruder an ihre Brust. Dann presste sie ihr eigenes Tuch gegen die Wunde, um die Blutung zu stillen. »Wie ist das zu verstehen, dass mein Bruder halb tot nach Hause kommt, und Ihr reitet neben ihm und habt nicht einmal einen Kratzer?«

Brighams Mund wurde schmal. Colin mochte zwar ihre Schönheit untertrieben haben, ihr Temperament jedoch nicht. »Ich denke, das sollte später geklärt werden, nachdem Colin versorgt worden ist.«

»Nehmt Eure Erklärungen wieder mit nach London zurück.« Als er Colin aufhob, um ihn zum Haus zu tragen, wäre sie fast mit den Fäusten auf ihn losgegangen. »Lasst ihn in Ruhe! Ich will nicht, dass Ihr anrührt, was mein ist!«

Brigham ließ den Blick an ihr herauf- und herunterwandern, bis ihre Wangen glühten. »Glaubt mir, Madam, ich habe nicht das mindeste Verlangen danach«, entgegnete er sehr steif und höflich. »Wenn Ihr Euch um die Pferde kümmert, Miss MacGregor, werde ich Euren Bruder ins Haus bringen.«

Serena wollte erneut widersprechen, aber ein Blick auf Colins schneeweißes Gesicht veranlasste sie, ihren Widerstand zu unterdrücken. Und so ging Brigham mit Colin auf den Armen zum Haus.

Serena dachte an jenen Abend, als zum letzten Mal ein Engländer ihr Heim betreten hatte. Sie ergriff die Zügel der beiden müden Pferde und folgte Brigham mit einer Verwünschung auf den Lippen.

2. Kapitel

An der Haustür wurde Brigham von einem schwarzhaarigen Dienstmädchen begrüßt, das beim Anblick von Colin händeringend davonrannte und laut nach Lady MacGregor rief. Gleich darauf erschien Fiona MacGregor in der Halle. Als sie ihren Sohn bewusstlos auf den Armen eines Fremden sah, wurde sie blass.

»Colin … Ist er …?«

»Nein, Mylady, aber er ist sehr schwer verletzt.«

Sie berührte mit der Hand das Gesicht ihres Sohnes. »Bitte, würdet Ihr ihn nach oben bringen?« Sie ging voraus und gab den Befehl, Wasser und Verbandzeug zu bringen. »Hier herein.« Sie stieß eine Tür auf, trat beiseite und wandte dann den Kopf, als sie Schritte hörte. »Gwen, da bist du ja, dem Himmel sei Dank. Colin ist verwundet worden.«

Gwen, kleiner und zierlicher gebaut als ihre Schwester, eilte ins Zimmer. »Zünde die Lampen an, Molly«, sagte sie zu dem Dienstmädchen. »Ich brauche viel Licht.« Sie legte ihrem Bruder eine Hand auf die Stirn. »Er fiebert!« Colins Überwurf war blutbefleckt, und weiteres Blut färbte das Bettlaken rot. »Könnt Ihr mir helfen, ihn auszukleiden?«, fragte sie Brigham.

Brigham nickte und ging ihr zur Hand. Gwen ließ Arzneimittel holen, und Schüsseln mit Wasser und ein Stapel Leinen wurden gebracht. Das junge Mädchen erblasste nicht beim Anblick der Schwertwunde, wie Brigham befürchtet hatte, sondern machte sich daran, sie geschickt zu säubern und zu behandeln. Colin begann sich zu regen und um sich zu schlagen.

»Würdet Ihr das bitte halten?« Gwen bedeutete Brigham, das blutstillende Polster, das sie gefertigt hatte, fest gegen die Wunde zu drücken, während sie schmerzlindernden Mohnsirup in einen Holzbecher goss.

Fiona stützte den Kopf ihres Sohnes, als Gwen ihrem Bruder behutsam den Trank einflößte und beruhigend auf ihn einredete. Dann setzte sie sich wieder hin und nähte die Wunde, ohne auch nur mit der Wimper zu zucken.

»Er hat eine Menge Blut verloren«, sagte sie zu ihrer Mutter. »Wir müssen auf das Fieber acht geben!«

Fiona kühlte bereits die Stirn ihres Sohnes mit einem feuchten Tuch. »Er ist zäh. Jetzt wird er durchkommen!« Sie richtete sich auf und strich sich die Haare aus dem Gesicht. »Ich bin Euch dankbar, dass Ihr ihn nach Hause gebracht habt«, sagte sie zu Brigham. »Wollt Ihr mir erzählen, was geschehen ist?«

»Wir wurden einige Meilen südlich von hier überfallen. Colin glaubt, dass es Campbells waren.«

»Ich verstehe.« Ihre Lippen wurden schmal, aber ihre Stimme klang unverändert gelassen. »Ich muss mich entschuldigen, dass ich Euch nicht einmal einen Stuhl oder einen heißen Trunk angeboten habe. Ich bin Colins Mutter, Fiona MacGregor.«

»Und ich bin Colins Freund, Brigham Langston!«

Fiona lächelte leicht. »Der Earl of Ashburn, natürlich. Colin hat uns von Euch geschrieben. Bitte erlaubt, dass Molly Euch Euren Mantel abnimmt und eine Erfrischung holt.«

»Er ist Engländer!« Serena stand an der Tür. Sie hatte ihr großes Tuch abgenommen und trug nur ein schlichtes, selbst gewebtes Kleid aus dunkelblauer Wolle.

»Dessen bin ich mir bewusst, Serena.« Fionas Blick kehrte zu Brigham zurück. »Euren Mantel, Lord Ashburn. Ihr hattet eine lange Reise. Ich bin sicher, Ihr möchtet eine warme Mahlzeit zu Euch nehmen und Euch etwas ausruhen.« Als er seinen Mantel auszog, bemerkte Fiona sofort seine Schulter. »Oh, Ihr seid ebenfalls verwundet!«

»Es ist nicht schlimm.«

»Bloß ein Kratzer«, erklärte Serena nach einem flüchtigen Blick. Sie wollte an ihm vorbei zu ihrem Bruder gehen, aber Fiona hielt sie zurück.

»Bring unseren Gast in die Küche und kümmere dich um seine Wunde«, befahl sie.

»Ich würde eher eine Ratte verbinden!«

»Du wirst tun, was ich dir sage, und du wirst einen Gast unseres Hauses mit der ihm gebührenden Höflichkeit behandeln!« Fionas Stimme bekam Schärfe. »Und wenn du seine Wunde verbunden hast, sorgst du dafür, dass er eine gute Mahlzeit erhält.«

»Das ist wirklich nicht nötig, Lady MacGregor.«

»Vergebt mir, Lord Ashburn, aber es ist durchaus nötig. Ihr werdet mir verzeihen, dass ich mich nicht selbst um Euch kümmere.« Sie tauchte erneut das Tuch in kaltes Wasser und legte es auf Colins Stirn. »Serena?«

»Nun gut, Mutter, ich tue es für dich!« Serena wandte sich Brigham zu und machte einen übertriebenen Knicks. »Wenn Ihr mir bitte folgen wollt, Lord Ashburn.«

Brigham folgte Serena einen Flur entlang und zwei schmale Treppenstiegen nach unten, da sie es vorgezogen hatte, ihn die Hintertreppe benutzen zu lassen. Das Haus war wesentlich kleiner als Ashburn Manor und tadellos gepflegt. Dennoch achtete Brigham nicht allzu sehr auf seine Umgebung, sondern musterte vor allem Serenas steifen Rücken.

In der Küche roch es köstlich nach Gewürzen, Fleisch und frisch gebackenen Pasteten. Der würzige Fleischduft entstieg einem großen Kessel, der an einer Eisenkette über dem Feuer hing.

Serena deutete mit einer knappen Geste auf einen Stuhl. »Bitte setzt Euch, Mylord.«

Brigham setzte sich. Nur ein kaum merkliches Flackern in seinen Augen verriet seine Empfindungen, als Serena den Ärmel von seinem Hemd abriss. »Ich hoffe, Ihr fallt beim Anblick von Blut nicht in Ohnmacht, Miss MacGregor.«

»Eher schwinden Euch die Sinne beim Anblick Eures verstümmelten Hemdes, Lord Ashburn.« Sie warf den ruinierten Hemdsärmel beiseite und holte eine Schüssel mit heißem Wasser und einige frische Leintücher.

Es war mehr als nur ein Kratzer, und Serena schämte sich ein wenig ihres Benehmens, obgleich er ein Engländer war. Offensichtlich hatte die Wunde sich wieder geöffnet, als er Colin ins Haus getragen hatte. Sie bemühte sich, das von Neuem fließende Blut zu stillen, und stellte dabei fest, dass der Schnitt längs des muskulösen Oberarms mindestens fünfzehn Zentimeter maß.

Brighams Haut fühlte sich unter ihren Händen warm und glatt an. Er roch nicht nach Parfüm und Puder, wie ihrer Meinung nach alle Engländer rochen, sondern nach Pferden, Schweiß und Blut. Seltsamerweise löste das eine mildere Regung in ihr aus, und sie behandelte ihn sanfter als beabsichtigt.

Sie hat das Gesicht eines Engels, dachte Brigham, und das Wesen einer Hexe. Eine interessante Kombination, entschied er. Ein Hauch von Lavendel stieg ihm in die Nase, als sie sich über ihn beugte. Sie hatte einen Mund, der zum Küssen wie geschaffen war – und feindselig funkelnde Augen, die einem Mann das Herz im Leib zerreißen konnten. Er fragte sich, wie sich wohl ihr Haar anfühlen würde, und verspürte ein fast unwiderstehliches Verlangen, es zu streicheln, nur um Serenas Reaktion zu sehen. Er hielt sich jedoch zurück. Eine Verletzung war genug für diesen Tag.

Serena säuberte sorgfältig die Wunde und betupfte sie mit

einer von Gwens Kräutermixturen, die angenehm nach Wildblumen roch. Es war ihr kaum bewusst, dass Brighams englisches Blut an ihren Fingern klebte.

Sie griff nach dem Verbandzeug. Brigham verlagerte sein Gewicht, und auf einmal waren sie Gesicht an Gesicht und einander so nahe, wie Mann und Frau sich kommen können, ohne sich zu umarmen.

Serena fühlte den Hauch seines Atems auf ihren Lippen, und zu ihrer Überraschung schlug plötzlich ihr Herz schneller. Sie bemerkte, dass er graue Augen hatte und einen schön geschwungenen Mund, der sich jetzt zu einem Lächeln verzog. Sein scharf geschnittenes, aristokratisches Gesicht wirkte plötzlich entschieden weniger abweisend.

Sekundenlang meinte sie, seine Finger in ihrem Haar zu spüren, war aber überzeugt, sich zu irren. Für einen Augenblick oder zwei setzte ihr Verstand aus, und sie konnte Brigham nur wie gebannt ansehen.

»Werde ich überleben?«, fragte er leise.

Da war sie wieder, diese englische Stimme, spöttisch und selbstgefällig. Es genügte, um Serena aus dem Bann zu lösen, in den sein Blick sie gezogen hatte. Sie lächelte ihn an und zog den Verband so fest, dass Brigham zusammenzuckte.

»Oh, Verzeihung, Mylord«, sagte sie und klimperte mit den Wimpern. »Habe ich Euch wehgetan?«

Er bedachte sie mit einem nachsichtigen Blick, fand aber, dass es äußerst zufriedenstellend sein müsste, sie zu erwürgen. »Ach bitte, beachtet es gar nicht!«

»Ich hatte nicht die Absicht.« Serena stand auf und entfernte die Schüssel mit blutverschmutztem Wasser. »Merkwürdig, nicht wahr, dass englisches Blut so dünn fließt?«

»Das ist mir noch nicht aufgefallen. Das schottische Blut, das ich heute zum Fließen brachte, sah dagegen ziemlich blass aus.«

Serena drehte sich heftig um. »Wenn es Campbell-Blut war, habt Ihr die Welt von weiterem Ungeziefer befreit, aber von mir könnt Ihr keinen Dank erwarten, weder dafür noch für irgendetwas sonst.«

»Ihr trefft mich zutiefst, Miss MacGregor, da Euer Dank doch mein Lebensinhalt ist!«

Serena griff nach einer Holzschale, obgleich ihre Mutter mit Sicherheit gewünscht haben würde, dass sie das Delfter Porzellan benutzte, und schöpfte Fleischeintopf aus dem Kessel. Dann stellte sie die Schale so heftig auf den Tisch, dass mehr als nur etwas über die Seiten schwappte. Sie schenkte Brigham Bier ein und warf einige Haferplätzchen auf einen Teller. Ein Jammer, dass sie nicht altbacken waren. »Euer Abendessen, Mylord. Gebt acht, dass Ihr nicht daran erstickt!«

Brigham erhob sich nun, und zum ersten Mal fiel Serena auf, dass er fast ebenso groß war wie ihr Bruder, wenn auch weniger breit und kräftig. »Euer Bruder hat mich vor Eurem üblen Temperament gewarnt.«

Serena stemmte die Hände in die Hüften und betrachtete ihn unter halb gesenkten Wimpern, die etwas dunkler waren als ihre zerzausten Haare. »Welch ein Glück für Euch, Mylord. Dann wisst Ihr, dass es besser ist, mir nicht in die Quere zu kommen!«

Er trat auf sie zu, denn er schätzte es mehr, von Angesicht zu Angesicht zu streiten. Serena reckte das Kinn vor, wie um sich gegen den – fast sehnlich erwarteten – Gegenangriff zu wappnen. »Falls Ihr vorhabt, mich mit dem Schwert Eures Großvaters in den Wald zu jagen, überlegt es Euch lieber noch mal.«

Sie unterdrückte ein Lächeln, aber ihre Lippen zuckten verräterisch. Humor ließ ihre grünen Augen fast ebenso reizvoll aufblitzen wie Zorn. »Warum? Seid Ihr so schnell auf den Füßen, *Sassenach*?«, entgegnete sie und benutzte die gälische Bezeichnung für die verhassten englischen Eindringlinge.

»Schnell genug, um Euch von den Füßen zu werfen, sollte es Euch gelingen, mich zu fassen!« Er nahm ihre Hand, und das Funkeln in ihren Augen erlosch. Obgleich sie ihre Hand zur Faust ballte, führte er sie an seine Lippen. »Ich bedanke mich, Miss MacGregor, für Eure so überaus liebenswürdige Behandlung und Gastfreundschaft!«

Serena riss sich los, stürmte aus der Küche und rieb dabei heftig ihre Fingerknöchel am Rock ab.

Es war längst vollends dunkel geworden, als Ian MacGregor mit seinem jüngsten Sohn nach Hause kam. Nach der raschen Mahlzeit in der Küche blieb Brigham in dem ihm zugewiesenen Zimmer und überließ die Familie sich selbst und ihren Aufgaben. Er ruhte sich aus und nahm sich Zeit, über alles nachzudenken.

Colin hatte die MacGregors recht zutreffend beschrieben. Fiona MacGregor war eine bezaubernde Frau, die nicht nur Schönheit besaß, sondern auch Charakter. Die junge Gwen war liebreizend, eher still und etwas scheu – und sie hatte eine sehr ruhige Hand, wenn sie zerschnittenes Fleisch zusammennähte.

Was Serena anbetraf ... Colin hatte vergessen zu erwähnen, dass seine Schwester einer reißenden Wölfin glich, mit dem Gesicht einer griechischen Göttin. Sie mochte zwar Grund haben, die Engländer zu hassen, aber Brigham zog es vor, jeden Menschen individuell zu beurteilen und nicht nach seiner Nationalität.

Vielleicht würde er gut daran tun, eine Frau als Frau zu beurteilen und nicht nach ihrem Aussehen. Als Serena die Straße entlang auf ihren Bruder zugelaufen war, mit wehenden Haaren und vor Freude strahlendem Gesicht, da hatte er sich plötzlich wie vom Blitz getroffen gefühlt. Glücklicherweise war er kein Mann, der sich lange von einem Paar schöner Augen und schlanker Fesseln in den Bann schlagen ließ. Er war nach Schottland gekommen, um für eine Sache zu kämpfen, an die er glaubte – nicht, um sich Gedanken zu machen, weil irgendein Mädchen ihn verabscheute.

Und das nur wegen meiner englischen Herkunft, dachte er. Bisher hatte er nie Grund gehabt, auf seine Abstammung nicht stolz zu sein. Sein Großvater war ein geachteter und gefürchteter Mann gewesen, und ebenso sein Vater vor seinem allzu frühen Tod.

Von Kind an war Brigham beigebracht worden, dass es sowohl ein Privileg als auch Verantwortung darstellte, ein Langston zu sein. Beides war ihm durchaus bewusst. Sonst wäre er wohl in Paris geblieben und hätte weiterhin das amüsante Leben der mondänen Gesellschaft genossen, anstatt in die Berge Schottlands zu reisen, um alles für den jungen Prinzen zu wagen. Verdammt sollte sie sein, diese kleine Hexe, weil sie ihn ansah, als wäre er der letzte Abschaum. Er würde sich nicht von ihr beirren lassen.

Es klopfte an der Tür, und er wandte sich mit finsterer Miene um. »Ja?«

Das Dienstmädchen Molly öffnete schüchtern die Tür. Nach einem Blick auf Brighams Gesicht schlug sie die Augen nieder und knickste nervös. »Ich bitte um Entschuldigung, Lord Ashburn, der MacGregor wünscht Euch unten zu sehen, wenn es Euch genehm ist.«

»Gewiss, ich komme sofort.«

Das Mädchen rannte bereits davon.

Brigham zupfte die Spitzenmanschetten um seine Handgelenke zurecht. Er hatte nur eine Kleidung zum Wechseln mitgebracht und hoffte, dass die Kutsche mit seinen übrigen Sachen am nächsten Tag in Glenroe eintreffen würde. Dennoch sah er sehr elegant aus in Schwarz und Silber und einem Spitzenjabot.

Die Ringe an seinen Händen funkelten im Lampenschein. In Paris und London hatte er sich, der Mode entsprechend, die Haare gepudert, aber er war froh, sich hier die Mühe sparen zu können. Jetzt trug er es rabenschwarz, wie es von Natur aus war, und aus der hohen Stirn nach hinten gebürstet.

Der MacGregor erwartete Brigham im Speisesaal vor einem lodernden Kaminfeuer. Er hatte kupferrotes, schulterlanges Haar und einen Vollbart in der gleichen Farbe und war gebührend gekleidet, um einen Gast von Rang zu empfangen. Der prächtige Kilt stand ihm gut, denn Ian war ebenso groß und breit wie sein Sohn Colin. Er trug ein Wams aus Kalbsleder und eine mit Edelsteinen besetzte Schnalle an der Schulter.

»Lord Ashburn. Seid willkommen in Glenroe und im Hause von Ian MacGregor.«

»Ich danke Euch!« Brigham nahm auf dem angebotenen Stuhl Platz und akzeptierte einen Becher Portwein. »Ich würde gern wissen, wie es Colin geht.«

»Er ist nicht mehr so unruhig, aber meine Tochter Gwen hat mir gesagt, dass es eine lange Nacht werden wird.« Ian MacGregor blickte einen Augenblick lang schweigend auf den Zinnbecher in seiner großen Hand. »Colin hat uns geschrieben, dass Ihr sein Freund seid. Hätte er es nicht getan, würdet Ihr jetzt dennoch ein Freund sein, weil Ihr ihn zu uns zurückgebracht habt.«

»Ich bin sein Freund, seit wir uns kennen.«

Ian MacGregor nickte. »Dann trinke ich auf Eure Gesundheit, Mylord.« Er nahm einen kräftigen Schluck. »Ich habe gehört, Eure Großmutter war eine MacDonald.«

»Das war sie. Eine MacDonald von der Isle of Skye.«

Ein Lächeln erhellte Ian MacGregors von Wind und Wetter gerötetes Gesicht, in das tiefe Falten eingegraben waren. »Dann seid Ihr doppelt willkommen!« Er hob den Becher und sah seinem Gast fest in die Augen. »Auf den wahren König?«

Brigham hob ebenfalls den Becher. »Auf den König jenseits des Wassers«, sagte er und begegnete offen Ian MacGregors durchdringendem Blick. »Und auf die kommende Rebellion.«

»Aye, darauf trinke ich.« Und er leerte den Becher Portwein mit einem Riesenschluck. »Jetzt erzählt mir, wie es kam, dass mein Junge verletzt wurde.«

Brigham beschrieb den Hinterhalt, die Männer, die sie überfallen hatten, und ihre Kleidung. Ian MacGregor hörte aufmerksam zu und beugte sich auf dem großen Tisch vor, als hätte er Sorge, ein Wort zu verpassen.

»Diese verdammten Campbell-Mordgesellen!«, rief er dann und schlug mit der Faust auf den Tisch, dass die Becher und Krüge tanzten.

»Colin glaubt auch, dass es Campbells waren«, entgegnete Brigham ruhig. »Ich weiß ein wenig von den Clans und von der Fehde zwischen Euch und den Campbells, Lord MacGregor. Es könnte natürlich ganz einfach ein Raubüberfall gewesen sein, oder es ist möglicherweise bekannt geworden, dass die Jakobiten sich rühren.«

»Und das tun sie.« Ian MacGregor dachte sekundenlang nach und trommelte mit den Fingern auf der Tischplatte. »Nun, vier gegen zwei, das ist nicht einmal so schlecht, wenn es um Campbells geht. Ihr wurdet auch verwundet?«

»Geringfügig.« Brigham zuckte mit den Schultern, eine Geste, die er in Frankreich gelernt hatte. »Wäre Colins Pferd nicht ausgerutscht, hätte der Mann Colins Deckung nie durchbrochen. Euer Sohn ist ein teuflisch guter Schwertkämpfer!«

»Das Gleiche sagt er von Euch.« Ian MacGregor lächelte. Er bewunderte nichts mehr als einen guten Kämpfer. »Er erwähnte da ein Scharmützel auf der Straße nach Calais.«

Brigham schmunzelte. »Ein Ablenkungsmanöver.«

»Ich würde gern mehr darüber erfahren, aber zunächst erzählt mir, was Ihr von unserem Prinzen und seinen Plänen wisst.«

Sie redeten Stunden, leerten die Flasche Portwein und öffneten eine zweite, während die Kerzen herunterbrannten. Die Förmlichkeit schwand immer mehr und schließlich ganz, bis sie nur noch zwei Männer waren, die sich gut verstanden. Der eine näherte sich dem besten Mannesalter, das der andere bereits überschritten hatte, aber beide waren Krieger von Geburt und Wesensart.

Sie kämpften für die gleiche Sache, wenn auch vielleicht aus unterschiedlichen Gründen – der eine in dem verzweifelten Bemühen, das Land und die heimatliche Lebensweise zu erhalten, der andere schlicht um der Gerechtigkeit willen. Als sie sich zu später Stunde trennten, kannten sie sich genügend, um zu wissen, was sie voneinander zu halten hatten.

Ian MacGregor ging, um nach seinem Sohn zu schauen, und Brigham verließ das Haus, um frische Luft zu schöpfen und nach den Pferden zu sehen.

Als er zurückkehrte, war es still und dunkel im Haus. Jemand hatte eine angezündete Kerze nahe der Tür hingestellt, um ihm den Weg zu zeigen. Er nahm die Kerze und ging die Treppe hinauf, obgleich er immer noch zu aufgewühlt war, um schlafen zu können.

Die MacGregors interessierten ihn – und nicht erst seit heute. Sein Interesse wurde geweckt, als er und Colin zum ersten Mal eine Flasche Whisky geteilt und sich gegenseitig ihre Lebensgeschichte erzählt hatten. Er wusste, dass die Familie eng verbunden war – nicht nur aus Pflicht gegenüber den Angehörigen, sondern durch aufrichtige Zuneigung und die gemeinsame Liebe zum Land ihrer Väter. An diesem Abend hatte er selbst erlebt, wie sie sich für einen der Ihren zusammenschlossen – ohne zu zögern und ohne zu fragen.

Keine der Frauen war hysterisch geworden oder in Ohnmacht gefallen, als er Colin ins Haus trug. Stattdessen hatte jede von ihnen getan, was notwendig war.

Es war genau diese Art von Stärke und Treue, die Prinz Charles in den kommenden Monaten brauchen würde.

Einem Impuls folgend ging Brigham an seinem Zimmer vorbei und öffnete leise die Tür zu Colins Zimmer. Die Bettvorhänge waren zurückgeschlagen, und so konnte er sehen, dass sein Freund, sorgsam in Decken gehüllt, schlief. In einem Sessel neben dem Bett saß Serena und las im Schein einer Kerze.

Ihr Gesichtsausdruck war gelöst und überwältigend schön in dem weichen Licht. Das offene Haar fiel ihr über die Schultern und leuchtete wie poliertes Kupfer. Anstelle des blauen Wollkleides trug sie jetzt eine dunkelgrüne Schlafrobe mit hoher Halskrause, die ihr Gesicht einrahmte. Sie blickte von ihrem Buch auf, als ihr Bruder etwas murmelte, und fühlte nach dem Puls an seinem Handgelenk.

»Wie geht es ihm?«

Sie erschrak beim Klang von Brighams Stimme, fasste sich jedoch rasch, und ihr Gesicht wurde ausdruckslos. »Er hat immer noch hohes Fieber. Gwen meint, dass es gegen Morgen fallen wird.« Sie lehnte sich wieder zurück und schloss das Buch in ihrem Schoß.

Brigham trat ans Fußende des Bettes. Hinter ihm loderte hell das Feuer im Kamin. »Colin hat mir erzählt, dass Gwen mit ihren Kräutern Wunder bewirken kann. Ich habe Ärzte gesehen, die beim Nähen einer Wunde eine weniger sichere Hand hatten.«

Hin- und hergerissen zwischen Ärger auf Brigham und Stolz auf ihre Schwester, glättete Serena angelegentlich den Rock ihrer Robe. »Sie hat eine große Begabung und ein gutes Herz«, sagte sie schließlich. »Und sie wäre die ganze Nacht bei Colin geblieben, hätte ich sie nicht ins Bett gescheucht!«

»Ihr kommandiert offenbar jeden herum, nicht nur Fremde.« Brigham hielt lächelnd eine Hand hoch, bevor sie etwas erwidern konnte. »Werdet jetzt nur nicht wütend, meine Liebe, sonst weckt Ihr noch Euren Bruder und die übrige Familie auf.«

»Ich bin nicht ›Eure Liebe‹!«

»Wofür ich bis ans Ende meiner Tage dankbar sein werde. Es war lediglich eine Form der Anrede.«

Colin rührte sich, und Brigham trat näher und legte ihm seine kühle Hand auf die Stirn. »Ist er zwischendurch überhaupt aufgewacht?«

»Ein oder zwei Mal, aber er war nicht recht bei Sinnen.« Ihr Gewissen verlangte jedoch, dass sie die Wahrheit sagte, und so fügte Serena hinzu: »Er hat nach Euch gefragt.« Sie stand auf und nahm ein feuchtes Tuch, um das Gesicht ihres Bruders damit abzureiben. »Ihr solltet Euch zurückziehen und Colin am Morgen besuchen!«

»Und was ist mit Euch?«

Sie ging so sanft und liebevoll mit ihrem Bruder um, dass Brigham sich ganz unwillkürlich fragte, wie ihre Hände sich wohl anfühlen mochten, wenn sie seine Stirn streicheln würden.

»Was ist mit mir?«

»Habt Ihr niemanden, der Euch ins Bett scheucht?«

Serena verstand sehr gut, was er damit meinte. Sie blickte kurz auf. »Ich gehe, wann und wohin es mir beliebt!« Nachdem sie das Tuch in die Wasserschüssel zurückgelegt hatte, setzte sie sich wieder und faltete die Hände im Schoß. »Ihr verschwendet Eure Kerze, Lord Ashburn.«

Er löschte sie sofort. Das Licht der einzigen Kerze am Bett verbreitete eine intime Atmosphäre. »Ihr habt ganz recht«, meinte er. »Eine Kerze genügt.«

»Ich hoffe, Ihr findet den Weg zu Eurem Zimmer auch im Dunkeln.«

»Erfreulicherweise habe ich eine ausgezeichnete Nachtsicht. Aber ich möchte mich noch nicht zurückziehen.« Er griff nach dem Buch, das sie beiseitegelegt hatte. »Macbeth?!«

»Haben die feinen Ladys Eurer Bekanntschaft nicht die Gewohnheit zu lesen?«

Brighams Lippen zuckten. »Doch, einige.« Er schlug das Buch auf und überflog einige Seiten. »Eine schaurige Geschichte.«

»Weil es um Mord und Macht geht?« Serena machte eine kleine Handbewegung. »Das Leben, Lord Ashburn, kann ziemlich grauenvoll sein. Die Engländer beweisen es oft genug.«

»Macbeth war ein Schotte«, erinnerte Brigham sie. »Die Geschichte eines Dummkopfs, voller Lärm und Wut, die nichts bedeutet. Seht Ihr das Leben ebenso?«

»Ich sehe, was daraus gemacht werden kann!«

Brigham hatte den Eindruck, dass sie es ernst meinte. Die meisten Frauen, die er kannte, konnten sich nur über Mode unterhalten. »Ihr seht Macbeth nicht als Bösewicht?«, fragte er interessiert.

»Wieso?« Serena hatte eigentlich nicht die Absicht gehabt, mit ihm ein Gespräch zu führen, aber sie konnte nicht widerstehen. »Er hat sich nur genommen, was seiner Ansicht nach ihm gehörte.«

»Und wie findet Ihr seine Methoden?«

»Skrupellos. Aber vielleicht müssen Könige skrupellos sein. Charles wird seinen Thron auch nicht bekommen, indem er darum bittet.«

»Nein«, gab Brigham zu und schloss das Buch. »Dennoch, Verrat und Krieg sind zweierlei Dinge.«

»Ein Schwert ist ein Schwert, ob es nun den Rücken durchbohrt oder das Herz.« Serena sah ihn an, und ihre grünen

Augen glänzten im Kerzenschein. »Wenn ich ein Mann wäre, würde ich kämpfen, um zu gewinnen – und der Teufel hole die Methoden!«

»Und was ist mit der Ehre?«

»Es liegt viel Ehre im Sieg!« Sie drückte erneut das nasse Tuch aus und legte es Colin auf die Stirn. Trotz ihrer kämpferischen Rede wirkte sie weiblich, sanft und geduldig im Umgang mit ihrem kranken Bruder. »Es gab eine Zeit, als die MacGregors verfolgt wurden wie Ungeziefer, und die Campbells für jeden toten MacGregor gutes britisches Gold erhielten. Wenn man gejagt wird wie ein wildes Tier, lernt man zu kämpfen wie ein wildes Tier. Frauen wurden vergewaltigt und ermordet, Kinder und Säuglinge erschlagen. Wir vergessen nicht, Lord Ashburn, und wir verzeihen nicht!«

»Wir leben in einer neuen Zeit, Serena.«

»Und doch wurde heute sinnlos das Blut meines Bruders vergossen.«

Impulsiv legte Brigham eine Hand auf ihre. »In ein paar Monaten wird mehr Blut vergossen werden, aber um der Gerechtigkeit willen, nicht aus Rache.«

»Ihr könnt Euch Gerechtigkeit leisten, Mylord, ich nicht!«

Colin begann zu stöhnen und um sich zu schlagen, und Serena wandte ihm wieder ihre volle Aufmerksamkeit zu.

Brigham griff automatisch zu und drückte ihn auf das Bett nieder. »Seine Wunde wird wieder aufbrechen.«

»Haltet ihn ruhig!« Serena goss Kräutermedizin in einen Holzbecher und hielt ihn Colin an die Lippen. »Trink, mein Lieber, trink.« Während sie auf ihn einredete, mal schmeichelnd, mal drohend, flößte sie ihm so viel wie möglich von dem Trank ein. Colin wurde von Schüttelfrost gepackt, gleichzeitig fühlte sich seine Haut brennend heiß an.

Serena lehnte Brighams Anwesenheit nicht länger ab und erhob keine Einwände, als er seinen Rock auszog und die

Spitzenmanschetten an seinen Handgelenken zurückschlug. Gemeinsam wuschen sie Colin mit kühlem Wasser ab, flößten ihm immer wieder von Gwens Medizin ein und hielten Wache.

Wenn Colin im Fieberwahn redete, sprach Serena zumeist in Gälisch beruhigend auf ihn ein. Es mutete Brigham seltsam an, sie so gelassen zu sehen, nachdem er sie vom ersten Augenblick ihrer Begegnung an fast nur in Wut und Aufregung erlebt hatte. Jetzt und hier, mitten in tiefster Nacht, war sie ganz anders, und sie arbeiteten Seite an Seite, als hätten sie ihr Leben lang nichts anderes getan.

Serena akzeptierte Brighams Hilfe ohne Groll. Engländer oder nicht, offensichtlich empfand er echte Zuneigung für ihren Bruder. Ohne Brighams Hilfe wäre sie gezwungen gewesen, ihre Schwester oder ihre Mutter zu holen, und so zwang Serena sich, für ein paar Stunden zu vergessen, dass Lord Ashburn all das verkörperte, was sie verachtete.

Dann und wann geschah es, dass ihre Hände sich zufällig berührten, aber beide bemühten sich, diese ungewollte Vertraulichkeit nicht zu beachten. Brigham mochte zwar um Colin aufrichtig besorgt sein, aber er blieb trotzdem ein verabscheuungswürdiger englischer Aristokrat, soweit es Serena betraf. Und in Brighams Augen mochte sie zwar mehr Format haben als jede andere Frau, die er kannte, aber sie war trotzdem eine schottische Hexe.

Der stumme Waffenstillstand hielt an, solange Colin vom Fieber geschüttelt wurde. Im Morgengrauen war die Krise endlich vorbei.

»Er ist jetzt kühler.« Serena stiegen Tränen in die Augen, als sie die Stirn ihres Bruders streichelte. Wie albern zu weinen, nachdem das Schlimmste vorüber war. Hastig zwinkerte sie die Tränen fort. »Ich glaube, er hat es überstanden, aber Gwen wird ihn sich ansehen müssen.«

»Ich denke, er wird nun ruhig schlafen.« Brigham richtete sich auf und stützte mit einer Hand sein schmerzendes Kreuz. Das Feuer, auf das sie im Verlauf der Nacht abwechselnd Holz aufgelegt hatten, brannte immer noch lichterloh und verströmte Hitze und flackerndes Licht. Brigham war es warm geworden, und er hatte sein Hemd am Hals geöffnet. Der Ausschnitt zeigte seine glatte, kräftige Brust, und Serena bemühte sich, nicht hinzusehen.

»Es ist schon fast Morgen.« Sie fühlte sich wie zerschlagen, todmüde, und ihr war zum Weinen zumute.

»Ja.« Brigham blickte von dem Kranken im Bett zu der jungen Frau, die zum Fenster getreten war. Ihre Schlafrobe umhüllte sie wie ein Königsmantel. Dunkle Ränder ließen ihre Augen in dem vor Müdigkeit blassen Gesicht größer und geheimnisvoller erscheinen.

Serenas Haut begann zu prickeln, als er fortfuhr, sie anzustarren, und sie wünschte, er würde damit aufhören. Sie fühlte sich plötzlich irgendwie wehrlos und bekam Angst. Mit einiger Anstrengung löste sie ihren Blick von ihm und schaute zu ihrem Bruder hin. »Ihr braucht jetzt nicht länger zu bleiben.«

»Nein.«

Serena wandte ihm den Rücken zu, was Brigham dahingehend verstand, dass er entlassen war. Er machte eine ironische Verbeugung, die sie nicht sehen konnte, und ging zur Tür. Dann hörte er sie schniefen und hielt inne. Nach kurzem Zögern fuhr er sich mit der Hand durch das Haar, unterdrückte einen Fluch und eilte zu ihr.

»Jetzt sind Tränen nicht mehr nötig, Serena.«

Hastig wischte sie sich über die Augen. »Ich dachte, er würde sterben. Erst jetzt ist mir bewusst geworden, welch große Angst ich davor hatte.« Sie fuhr sich wieder mit der Hand über die Wangen. »Ich habe mein Taschentuch verloren«, murmelte sie kummervoll.

Brigham gab ihr sein eigenes Taschentuch.

»Danke.«

»Gern geschehen«, erwiderte er, als sie es ihm zerdrückt und feucht zurückgab. »Ist es nun besser?«

»Aye.« Serena stieß einen tiefen Seufzer aus. »Ich wünschte, Ihr würdet gehen!«

»Wohin?« Er drehte sie behutsam zu sich um, obgleich er wusste, dass es unklug war – aber er wollte unbedingt ihre Augen sehen. »In mein Bett oder zum Teufel?«

Überraschenderweise erschien ein kleines Lächeln auf ihren Lippen. »Wie es Euch beliebt, Mylord.«

Er begehrte diese Lippen. Diese Erkenntnis überraschte ihn ebenso wie ihr Lächeln. Er wollte ihren Mund warm, offen und willig unter seinen Lippen spüren. Unwillkürlich streckte Brigham die Hand aus, fuhr mit den Fingern durch ihr Haar und legte ihr dann eine Hand in den Nacken.

»Nein … nicht …«, brachte sie etwas mühsam heraus und konnte selbst nicht glauben, dass ihre Stimme so unsicher klang. Als sie abwehrend die Hand hob, begegnete er ihr mit seiner Hand. Helligkeit breitete sich über den Himmel aus, und der neue Tag begann, während sie Handfläche an Handfläche dastanden.

»Ihr zittert«, murmelte er und streichelte mit der anderen Hand ihren Nacken.

»Ich habe Euch nicht erlaubt, mich anzufassen!«

»Ich habe nicht um Erlaubnis gebeten.« Er zog sie an sich. »Und ich werde auch nicht darum bitten.« Er führte ihre Hand an seine Lippen und küsste ihre Finger.

Serena hatte auf einmal das Gefühl, dass das Zimmer sich drehte und ihr Wille sich in nichts auflöste, als Brigham sich über sie beugte. Sie sah nur noch sein Gesicht vor sich, seine Augen. Und wie im Traum senkten sich ihre Lider, und ihre Lippen öffneten sich.

»Serena?«

Sie zuckte zurück, und flammende Röte schoss ihr ins Gesicht, als ihre Schwester Gwen das Zimmer betrat. »Du solltest noch ausruhen. Du hast nur ein paar Stunden Schlaf gehabt.«

»Es war genug. Wie geht es Colin?«

»Das Fieber ist gebrochen.«

»Ah, dem Himmel sei Dank.« Das blonde, nur leicht rötlich schimmernde Haar fiel ihr ins Gesicht, als sich Gwen über ihren Bruder beugte, und in ihrer blassblauen Schlafrobe sah sie wirklich wie ein Engel aus. »Er schläft fest und wird noch ein paar Stunden schlafen.« Sie blickte auf, um ihrer Schwester zuzulächeln, und bemerkte erst jetzt Brigham, der immer noch am Fenster stand. »Lord Ashburn! Habt Ihr denn gar nicht geschlafen?«

»Er wollte gerade zu Bett gehen«, erklärte Serena fest.

»Ihr braucht Schlaf!« Gwen dachte besorgt an seine Schulter. »Sonst wird Eure Wunde nicht heilen.«

»Es geht ihm gut genug«, warf Serena ungeduldig ein und trat zu ihrer Schwester.

»Ich danke Euch für Eure Fürsorge.« Brigham machte eine Verbeugung vor Gwen. »Anscheinend kann ich hier nicht mehr helfen, und so werde ich mich zurückziehen.« Er musterte Serena erneut von oben bis unten, bevor er ihrem Blick begegnete. »Euer Diener, Madam.«

Gwen sah ihm lächelnd nach, als er aus dem Zimmer ging, und ihr Herz schlug ein wenig schneller beim Anblick seiner bloßen Brust und Arme. »Ein hübscher Mann«, sagte sie mit einem Seufzer.

Serena rümpfte abwertend die Nase. »Nun ja, vielleicht für einen Engländer.«

»Es war nett von ihm, bei Colin zu wachen.«

Serena konnte noch immer den Druck seiner Finger auf ihrem Nacken fühlen. »Er ist nicht nett«, murmelte sie störrisch. »Ich glaube, er ist überhaupt nicht nett!«

3. Kapitel

Brigham schlief, bis die Sonne schon hoch am Himmel stand. Seine Schulter war steif, aber er hatte keine Schmerzen. Das hatte er vermutlich Serena zu verdanken.

Nachdem er seine Reithose angezogen hatte, betrachtete er missmutig seinen an der Schulter zerrissenen Reitrock. Ihm blieb jedoch keine andere Wahl, da er bei Tag unmöglich im Abendanzug erscheinen konnte. Bis die Kutsche mit seinem Gepäck eintraf, würde er eben etwas ungepflegt herumlaufen müssen. Die Spitzenmanschetten sahen auch nicht mehr frisch aus. Sein Kammerdiener wäre entsetzt gewesen.

Den guten Parkins hatte es sehr erbost, in London zurückgelassen zu werden, während sein Herr sich auf die Reise in das barbarische schottische Hochland begab. Parkins kannte, wie einige wenige andere, den wahren Grund dieser Reise, und gerade deshalb hatte er unbedingt seinen Herrn begleiten wollen.

Brigham rückte den Rasierspiegel zurecht und machte sich daran, seine Bartstoppeln abzuschaben. Parkins war ein loyaler Mann, aber kaum geeignet, in den Krieg zu ziehen. Es gab keinen besseren und anständigeren Kammerdiener in London als ihn, aber Brigham fand, dass er während seines Aufenthaltes in Glenroe einen Diener weder brauchte noch wollte.

Mit einem Seufzer zog er das Rasiermesser am Streichriemen ab. Es war ihm zwar nicht gegeben, eine zerrissene Jacke zu flicken oder traurig herabhängenden Spitzen wieder zu ansehnlicher Fülle zu verhelfen, aber zumindest brachte er es fertig, sich selbst zu rasieren.

Als er sich präsentierbar fühlte, ging er nach unten. Fiona MacGregor empfing ihn mit einem freundlichen Gruß.

»Lord Ashburn, ich hoffe, Ihr habt gut geschlafen.«

»Sehr gut, Lady MacGregor, danke.«

»Wenn Ihr seid wie alle Männer, die ich kenne, dann werdet Ihr gewiss Frühstück haben wollen.« Sie legte ihm lächelnd eine Hand auf den Arm. »Wollt Ihr mir in die Wohnstube folgen? Dort ist es wärmer als im Speisesaal, und wenn ich einmal allein esse, fühle ich mich dort nicht so verloren.«

»Danke, gern!«

Fiona wandte sich an das Dienstmädchen. »Molly, sag der Köchin, dass Lord Ashburn wach und hungrig ist.« Sie führte Brigham in die Wohnstube, wo bereits für ihn gedeckt war. »Soll ich Euch jetzt allein lassen, oder würdet Ihr lieber Gesellschaft haben?«

»Ich ziehe stets die Gesellschaft einer schönen Frau vor, Mylady.« Er rückte ihr einen Stuhl zurecht.

Fiona nahm lächelnd Platz. Sie trug eine Schürze über einem schlichten Wollkleid, aber sie wirkte ebenso anmutig wie eine elegante Lady in einem Salon. »Colin hat erwähnt, dass Ihr ein Charmeur seid.« Dann wurde sie ernst. »Ich habe Euch gestern Abend nicht angemessen meinen Dank aussprechen können, und das möchte ich jetzt nachholen. Ich danke Euch von ganzem Herzen, dass Ihr Colin nach Hause gebracht habt.«

»Ich wünschte nur, ich hätte ihn in besserem Zustand herbringen können.«

»Ihr habt ihn uns zurückgebracht.« Sie drückte seine Hand. »Ich schulde Euch sehr viel.«

»Colin ist mein Freund!«

»Aye. Das hat er mir erzählt. Es macht die Schuld nicht geringer, aber ich möchte Euch nicht in Verlegenheit bringen.« Molly brachte Kaffee, und Fiona schenkte ein. Sie freute sich über die Gelegenheit, ihr feines Porzellan zu benutzen. »Colin hat heute Morgen nach Euch gefragt. Vielleicht könnt Ihr nachher zu ihm gehen, wenn Ihr gegessen habt.«

»Natürlich. Wie fühlt er sich?«

»Gut genug, um sich zu beschweren.« Fiona lächelte nachsichtig. »Er ist wie sein Vater: ungeduldig, impulsiv und ein sehr, sehr lieber Kerl.«

Sie unterhielten sich angenehm, während das Frühstück serviert wurde. Es gab Haferbrei, dicke Schinkenscheiben, frischen Fisch, Eier, Haferkuchen und zahlreiche Marmeladen und Gelees. Brigham stellte fest, dass sich das Frühstück hier in den abgelegenen Highlands durchaus mit einem Londoner Frühstück messen konnte. Lady MacGregor nahm einen Schluck von ihrem Kaffee und ermunterte Brigham, ordentlich zuzugreifen. Brigham fand ihren schottischen Akzent charmant und ihre Konversation erfrischend natürlich. Während er es sich schmecken ließ, wartete er darauf, dass sie ihn fragte, was er am Abend zuvor mit ihrem Mann besprochen hatte, aber die Frage kam nicht.

»Wenn Ihr mir heute Abend Eure Jacke gebt, Mylord, dann werde ich sie Euch flicken.«

Er blickte auf den ruinierten Ärmel. »Ich fürchte, da wird sich nicht viel machen lassen.«

Sie begegnete ernst seinem Blick. »Wir tun, was wir tun können, mit dem, was wir haben.« Sie stand auf, und auch Brigham erhob sich. »Wenn Ihr mich jetzt entschuldigen wollt, Lord Ashburn. Ich habe noch viel zu tun, bevor mein Mann zurückkommt.«

»Der MacGregor ist fortgegangen?«

»Er hat einiges zu erledigen müsste aber bis zum Abend wieder zu Hause sein. Wir haben alle viel zu tun, bevor Prinz Charles zu Taten aufbricht.«

Brigham sah ihr bewundernd nach, als sie ging. Ihm war

noch keine Frau begegnet, die über einen drohenden Krieg so gelassen sprechen konnte.

Ein Weilchen später ging Brigham wieder nach oben zu Colin. Dieser sah immer noch etwas blass aus und hatte dunkle Schatten unter den Augen, aber er saß aufrecht im Bett und stritt mit seiner Schwester Serena.

»Ich rühre dieses Zeug nicht an!«

»Du wirst es bis zum letzten Tropfen aufessen«, versetzte sie drohend. »Gwen hat den Brei extra für dich zubereitet!«

»Und wenn die Heilige Jungfrau persönlich den Brei gekocht hätte: Ich esse ihn nicht.«

»Noch ein gotteslästerliches Wort, und du hast den Brei im Gesicht!«

»Guten Morgen, Kinder«, grüßte Brigham amüsiert und trat näher ans Bett.

»Brigham, dem Himmel sei Dank!«, rief Colin erleichtert. »Bitte, schick dieses widerspenstige Frauenzimmer weg und sorge dafür, dass man mir Fleisch bringt. Fleisch«, wiederholte er. »Und Whisky.«

Brigham blieb am Bett stehen und warf einen Blick auf den dünnen Haferschleimbrei in der Schale, die Serena ihrem Bruder vor das Gesicht hielt. »Das sieht wirklich unappetitlich aus.«

»Aye, genau das habe ich auch gesagt!« Colin lehnte sich in die Kissen zurück, sichtlich froh, einen Mann auf seiner Seite zu wissen. »Niemand außer einer äußerst halsstarrigen Frau würde einem Mann zumuten, das zu essen!«

»Ich habe gerade eine dicke Scheibe Schinken verspeist.«

»Schinken?«

»Hervorragend gekocht. Mein Kompliment an Eure Köchin, Miss MacGregor.«

»Haferbrei ist das, was er braucht, und etwas anderes bekommt er nicht«, erklärte Serena unnachgiebig.

Brigham setzte sich auf die Bettkante und machte eine resignierende Handbewegung. »Ich habe getan, was ich konnte, Colin. Es liegt bei dir.«

»Wirf sie hinaus!«

Brigham zupfte an seiner Manschette. »Ich schlage dir ungern etwas ab, aber diese Frau hat mich das Fürchten gelehrt.«

»Ha!« Colin reckte das Kinn vor und sah seine Schwester missmutig an. »Geh zum Teufel, Serena, und nimm dieses Schlabberzeug mit!«

»Nun gut, wenn du Gwens Gefühle verletzen willst, nachdem sie dich wieder zusammengeflickt und sich jetzt die Mühe gemacht hat, etwas Bekömmliches für dich zu kochen. Ich werde also hinuntergehen und ihr erzählen, dass du dich weigerst, ein solches Schlabberzeug zu essen.«

Serena wandte sich mit der Schale der Tür zu, war aber noch keine zwei Schritte weit gekommen, als Colin sich besann.

»Verdammt, gib das Zeug her.«

Brigham entging das kleine triumphierende Lächeln nicht, als Serena kehrtmachte und sich zu Colin ans Bett setzte. »Bravo«, murmelte er.

Serena beachtete ihn nicht, sondern tauchte den Löffel in den Brei. »Mund auf, Colin«, befahl sie.

»Ich will nicht gefüttert werden«, brachte er gerade noch heraus, bevor sie ihm den ersten Löffel mit Brei in den Mund schob. »Verdammt, Serena, ich sagte, ich will selbst essen!«

»Du wirst bloß dein sauberes Nachthemd bekleckern. Ich habe nicht die Absicht, dir heute noch mal ein frisches Hemd anzuziehen. Mach also den Mund auf und sei still!«

Er wollte erneut eine Verwünschung ausstoßen, war dann aber zu sehr damit beschäftigt, den Brei herunterzuschlucken.

»Ich werde dich deinem Frühstück überlassen, Colin.«

»Ich bitte dich, lass mich jetzt bloß nicht allein!« Colin griff nach Brighams Handgelenk. »Sie wird mich nur weiter ankläffen, mich schinden und mich wütend machen. Ich …« Er warf Serena einen bösen Blick zu, als sie ihm wieder eine Portion Brei eintrichterte. »Sie ist ein Teufelsweib, Brigham. Bei ihr ist kein Mann sicher.«

»Ach, tatsächlich?« Brigham musterte lächelnd Serenas Gesicht, und zu seiner Befriedigung stieg ihr leichte Röte in die Wangen.

»Ich habe dir noch gar nicht dafür gedankt, dass du mich nach Hause gebracht hast«, sagte Colin. »Außerdem hörte ich, dass du auch verwundet wurdest!«

»Ein Kratzer. Deine Schwester hat ihn versorgt.«

»Gwen ist ein wahrer Engel!«

»Gwen hatte vollauf mit dir zu tun. Serena war diejenige, die mich verbunden hat.«

Colin grinste. »Mit eisernen Fäusten, wie?«

»Ich ramme dir gleich den Löffel in den Hals, Colin MacGregor!« Serenas Augen blitzten wütend.

»Es ist mehr vonnöten als ein Loch in meiner Seite, um mich umzuwerfen, Mädchen. Ich kann dich immer noch übers Knie legen!«

Serena wischte ihm behutsam mit einer Serviette den Mund ab. »Das letzte Mal, als du das versucht hast, bist du eine Woche lang humpelnd durch die Gegend gelaufen.«

Colin lächelte in der Erinnerung. »Aye, da hast du recht. Brigham, das Mädchen ist gefährlich. Hat mich mitten in …« Er fing Serenas wütenden Blick auf. »Nun, äh, in den Mannesstolz getreten, sozusagen.«

»Ich werde daran denken, falls ich je Gelegenheit haben sollte, mit Miss MacGregor einen Ringkampf auszutragen.«

»Einmal hat sie mich mit einer Bratpfanne verdroschen«, erinnerte sich Colin. »Da habe ich tatsächlich Sterne gesehen!«

Er wurde jetzt wieder müde, und seine Augenlider senkten sich. »Auf diese Weise wirst du dir nie einen Mann einfangen«, murmelte er.

»Wenn ich mir einen Ehemann einfangen wollte, würde es mir ohne Mühe gelingen.«

»Sie ist das hübscheste Mädchen von Glenroe«, erklärte Colin leise und schloss die Augen. »Aber sie hat ein garstiges Temperament, Brigham. Nicht zu vergleichen mit der hübschen blonden Französin.«

Welche hübsche Französin, fragte sich Serena und blickte verstohlen zu Brigham hin. Aber der lächelte nur und spielte mit den Knöpfen an seiner Jacke.

»Ich hatte das Vergnügen, das bereits selbst zu bemerken«, sagte er. »Ruh dich jetzt aus. Ich komme später wieder.«

»Sie hat mir doch wahrhaftig diesen Brei aufgezwungen. Abscheuliches Zeug.«

»Aye, und du wirst noch mehr davon zu schlucken bekommen, undankbarer Lümmel.«

»Ich liebe dich, Rena.«

Serena strich ihm das Haar aus der Stirn. »Ich weiß. Und jetzt sei still und schlafe.« Sie deckte ihn sorgsam zu. Brigham war aufgestanden und trat beiseite. »Für ein paar Stunden wird er Ruhe geben. Das nächste Mal kommt Mutter, um ihn zu füttern, und mit ihr wird er nicht streiten.«

»Ich würde sagen, dass ihm das Streiten ebenso gutgetan hat wie der Brei«, behauptete Brigham.

»So war es auch beabsichtigt.« Serena wollte mit der leeren Schüssel auf dem Tablett an ihm vorbeigehen, aber er verstellte ihr den Weg.

»Habt Ihr noch etwas Schlaf bekommen?«

»Genügend. Verzeiht mir, Lord Ashburn, ich habe zu tun. Lasst mich bitte vorbei.«

Er rührte sich nicht vom Fleck. »Wenn ich die Nacht mit

einer Frau verbracht habe, nennt sie mich für gewöhnlich beim Vornamen«, bemerkte er lächelnd.

Kampfeslust blitzte in ihren Augen auf, genau wie er gehofft hatte. »Ich bin keine blondhaarige Französin oder eine Eurer leichtlebigen Londoner Frauen, also behaltet Euren Namen für Euch, Lord Ashburn. Ich habe keine Verwendung dafür.«

»Ich glaube, Euren Namen werde ich gern benutzen ... Serena.« Es entzückte ihn, dass sie wütend wurde. »Ihr habt die schönsten Augen, die ich je gesehen habe.«

Das brachte Serena aus der Fassung. Sie wusste zwar, wie man mit Schmeicheleien umging, sie entgegennahm, ihnen auswich oder sie überhörte, aber aus irgendeinem Grund fiel es ihr bei Brigham nicht so leicht. »Lasst mich sofort vorbei«, murmelte sie.

»Hättet Ihr mich heute früh geküsst, als wir am Fenster standen und die Sonne gerade aufging?«, fragte er und legte ihr zwei Finger unters Kinn.

Serena hielt das Tablett wie ein Schutzschild vor sich. »Geht beiseite«, verlangte sie rau und stieß mit dem Tablett nach ihm.

Instinktiv griff Brigham zu, und Serena ließ das Tablett los und eilte zur Tür. Brigham folgte ihr auf den Flur. Das Geräusch von Laufschritten brachte beide zum Stehen.

»Malcolm, du trampelst wie ein Elefant! Colin schläft!«

»Oh.« Ein etwa zehnjähriger Junge hielt mitten im Lauf inne. Er hatte dunkelrotes Haar, das später wahrscheinlich einmal kastanienbraun werden würde. Anders als sein Vater und sein älterer Bruder hatte er feine, fast zarte Gesichtszüge und, wie Brigham sofort bemerkte, ebenso grüne Augen wie seine älteste Schwester. »Ich wollte ihn gerade besuchen.«

»Du kannst hineingehen und ihn ansehen, wenn du still bist.« Serena hielt ihn am Arm zurück. »Aber erst gehst du dich waschen. Du bist schmutzig wie ein Stalljunge.«

Malcolm grinste und zeigte dabei eine Zahnlücke. »Ich war bei der Stute. Morgen oder übermorgen wird sie fohlen.«

»Du riechst auch nach Pferd.« Außerdem bemerkte Serena, dass er seine Stiefel nicht ordentlich gesäubert hatte. Sie wollte ihn gerade zurechtweisen, als sie merkte, dass Malcolm seine Aufmerksamkeit auf Brigham gerichtet hatte.

Dieser fühlte sich prüfend gemustert, sozusagen von Mann zu Mann. Der Junge war schlank und sehnig wie ein Jagdhund und hatte sehr wache, neugierige Augen.

»Seid Ihr der englische Schweinehund?«

»Malcolm!«, rief Serena entsetzt.

Brigham trat vor und gab Serena das Tablett zurück. »Jedenfalls bin ich Engländer«, erwiderte er gelassen, »obgleich meine Großmutter eine MacDonald war.«

Beschämt blickte Serena starr geradeaus. »Ich entschuldige mich für meinen Bruder, Lord Ashburn.«

Brigham warf ihr einen ironischen Blick zu. Sie wussten beide, woher Malcolm diese schmähliche Bezeichnung hatte. »Nicht nötig, Miss MacGregor. Vielleicht könntet Ihr uns vorstellen?«

Serena umklammerte das Tablett. »Lord Ashburn – mein Bruder Malcolm.«

»Euer Diener, Master MacGregor.«

Malcolm amüsierte sich sichtlich über die Anrede und über Brighams formelle Verbeugung. »Mein Vater mag Euch«, verriet er, »und meine Mutter ebenso. Ich glaube, Gwen mag Euch auch, sie ist nur zu schüchtern, um es zu zeigen.«

Brigham unterdrückte ein Lächeln. »Ich fühle mich geehrt.«

»Colin hat geschrieben, Ihr hättet den besten Rennstall in ganz London, also werde ich Euch bestimmt mögen.«

Brigham konnte nicht widerstehen und zauste dem Jungen das Haar. Dann sah er Serena mit einem süffisanten Lächeln an. »Noch eine Eroberung, wie es scheint!«

Serena reckte das Kinn vor. »Geh dich waschen, Malcolm«, befahl sie streng, bevor sie sich hastig abwandte und davonlief.

»Die Frauen wollen immerfort, dass man sich wäscht«, bemerkte Malcolm mit einem tiefen Seufzer. »Ich bin froh, dass wir jetzt mehr Männer im Haus sind.«

Etwa zwei Stunden später traf Brighams Reisekutsche ein und erregte nicht wenig Aufsehen im Dorf. Lord Ashburn schätzte beste Qualität in jeder Hinsicht, und seine Reiseausrüstung bildete keine Ausnahme. Die Kutsche war gut gefedert, vornehm schwarz lackiert und mit Silber abgesetzt.

Der Kutscher trug eine ebenfalls schwarze Livree. Der Pferdeknecht, der neben ihm auf dem Bock saß, sonnte sich in der staunenden Bewunderung der Leute, die aus Fenstern und Türen herausschauten, als sie durch das Dorf fuhren.

Obgleich Jem sich in den letzten anderthalb Tagen ständig über das elende Wetter, die schlechten Straßen und das jämmerliche Reisetempo beschwert hatte, besserte sich seine Stimmung jetzt zusehends. Sie waren am Ziel angelangt, und nun würde er sich endlich in Ruhe um seine Pferde kümmern können.

»He, Junge!« Der Kutscher zügelte die dampfenden Pferde und winkte einen Jungen herbei, der am Straßenrand stand und die Kutsche anstarrte. »Wo finde ich MacGregor House?«

»Immer geradeaus und über die Anhöhe. Ihr sucht gewiss den englischen Lord? Ist das seine Kutsche?«

»Ganz recht.«

Der Junge deutete in Richtung MacGregors House. »Er ist dort.«

Der Kutscher trieb die Pferde zum Trab an.

Brigham trat aus dem Haus in die Kälte, als die Kutsche im Hof hielt. »Gut, dass Ihr endlich kommt. Ihr habt Euch wahrlich Zeit gelassen.«

»Ich bitte um Verzeihung, Mylord. Das Wetter hat uns aufgehalten.« Der Kutscher schwang sich vom Bock.

Brigham wies mit einer Handbewegung auf die Koffer. »Bring das Gepäck ins Haus, Wiggins. Die Stallungen sind hinter der Rückfront, Jem. Versorge die Pferde. Habt ihr gegessen?«

Jem, dessen Familie seit drei Generationen für die Langstons arbeitete, sprang behände herab. »Kaum einen Bissen, Mylord. Wiggins hat ein rasantes Tempo vorgelegt.«

Brigham grinste verständnisvoll. »Ich bin sicher, es gibt eine heiße Suppe in der Küche. Wenn ihr ...« Er hielt inne, als die Kutschentür aufschwang und eine ungemein würdevolle Persönlichkeit heraustrat.

»Parkins!«

Parkins verbeugte sich. »Mylord.« Dann bemerkte er Brighams ramponierte Erscheinung, und sein strenges Gesicht spiegelte tiefe Bestürzung wider. Seine Stimme zitterte leicht. »Oh, Mylord!«

Brigham blickte zerknirscht auf seinen zerrissenen Ärmel. Vermutlich sorgte Parkins sich mehr um den ruinierten Stoff als um die Wunde darunter. »Wie du siehst, brauche ich dringend meine Koffer. Und jetzt möchte ich wissen, was, zum Teufel noch mal, du hier tust?«

»Mich braucht Ihr auch, Mylord.« Parkins richtete sich kerzengerade auf. »Ich wusste, dass es richtig von mir war, mitzukommen, daran besteht kein Zweifel. Seht zu, dass die Koffer sofort in Lord Ashburns Zimmer geschafft werden!«

Brigham ließ sich jedoch nicht ablenken, obgleich ihm in seinem Reitdress ziemlich kalt wurde. »Wie bist du hergekommen?«

»Ich habe die Kutsche gestern eingeholt, Sir, nachdem Ihr und Mr. MacGregor auf die Pferde umgestiegen wart.« Parkins, einen Kopf kleiner als Brigham und äußerst hager, straffte die Schultern. »Ich werde mich nicht nach London zurückschicken lassen, Mylord. Meine Pflicht ist hier.«

»Ich brauche hier keinen Kammerdiener, Mann. Ich werde keine Bälle besuchen.«

»Ich habe Mylords Vater fünfzehn Jahre gedient und diene Mylord seit fünf Jahren. Ich lasse mich nicht zurückschicken!«

Brigham wollte etwas erwidern, besann sich dann aber anders. Gegen bedingungslose Treue gab es keine Argumente. »Oh, verdammt, dann komm herein. Es ist eisig hier draußen.«

Würdevoll folgte Parkins ihm ins Haus. »Ich werde mich sofort ans Auspacken der Koffer machen.« Ein erneuter Blick auf die Kleidung seines Herrn ließ ihn schaudern. »Sofort. Wenn ich Mylord überreden könnte, mich zu begleiten, würde ich Euch im Nu angemessen gekleidet haben.«

»Später!« Brigham zog seinen Wintermantel über. »Ich möchte noch nach den Pferden sehen.« Bevor er das Haus wieder verließ, drehte er sich noch einmal um. »Übrigens – willkommen in Schottland, Parkins.«

Parkins verzog die dünnen Lippen zu einem kaum merklichen Lächeln. »Danke, Mylord.«

Jem schien bereits auf dem besten Weg zu sein, sich und die Pferde häuslich einzurichten. Brigham hörte sein gackerndes Lachen, als er die Holztür zum Stall aufstieß.

»Ihr seid mir einer, Master MacGregor! Das ist mal sicher, dass Lord Ashburn den besten Rennstall von London hat – von ganz England sogar –, und er untersteht meiner Obhut!«

»Dann musst du dir meine Stute ansehen, Jem. Sie bekommt bald ein Fohlen.«

»Ich will sie mir gern ansehen, aber erst, wenn ich meine Lieblinge hier versorgt habe.«

»Jem.«

Der Pferdeknecht drehte sich um und sah Brigham. »Ja, Sir, Lord Ashburn. Ich habe alles gleich in Ordnung gebracht.«

Brigham wusste, dass er sich auf Jem verlassen konnte, wenn es um die Pferde ging. Allerdings war er auch recht trinkfreudig und führte eine derbe Sprache, die von den MacGregors vielleicht als nicht ganz passend für ihren Jüngsten erachtet werden mochte. Also blieb Brigham im Stall und überwachte die Versorgung seines Gespanns.

»Ihr habt gute Pferde, Lord Ashburn.« Malcolm half Jem beim Abreiben. »Ich kann sehr gut kutschieren, wisst Ihr.«

»Das bezweifle ich nicht.« Brigham hatte seinen Mantel abgelegt, und da seine Jacke sowieso ruiniert war, beteiligte auch er sich an der Arbeit. »Vielleicht findet sich etwas Zeit, sodass du es mir zeigen kannst.«

»Ehrlich?« Mit nichts anderem hätte sich Brigham rascher Zugang zu Malcolms Herzen verschaffen können. »Ich glaube nicht, dass ich Eure Kutsche mit dem Gespann lenken könnte, aber wir haben einen Zweiradwagen.« Er verzog das Gesicht. »Leider lässt meine Mutter mich nur den Ponywagen allein kutschieren.«

»Nun, du würdest nicht allein fahren, wenn ich bei dir wäre.« Brigham schlug eines der Pferde leicht auf die Flanke. »Sie sind anscheinend alle in guter Verfassung, Jem. Geh und wirf einen Blick auf Master MacGregors Stute.«

»Bitte, Sir, würdet Ihr sie Euch auch ansehen? Sie ist eine richtige Schönheit!«

»Ich würde sie sehr gern kennenlernen.«

Malcolm nahm Brigham an der Hand und führte ihn durch die Stallungen. »Sie heißt Betsy«, verriet er und blieb vor einer Box stehen. Beim Klang ihres Namens reckte die Stute ihren Kopf über die Tür der Box, um gestreichelt zu werden.

»Eine hübsche Pferdedame.« Als Brigham die Hand hob und der Rotschimmelstute den Kopf kraulte, spitzte sie die Ohren und musterte ihn gelassen.

»Sie mag Euch«, bemerkte Malcolm erfreut.

Unterdessen untersuchte Jem in der Box so ruhig und sachkundig das Pferd, dass Malcolm höchst beeindruckt war. Betsy stand geduldig da und ließ nur ab und zu ihren Schweif hin und her schwingen.

»Sie wird bald fohlen«, bestätigte Jem. »Ich schätze, in ein oder zwei Tagen!«

»Ich würde gern im Stall schlafen, aber Serena holt mich immer ins Haus zurück!«

»Keine Sorge, Master MacGregor, jetzt bin ich da!«

»Wirst du mir Bescheid geben, wenn es so weit ist?«

Jem sah Brigham an, und Brigham nickte. »Das mache ich. Ihr könnt ganz beruhigt sein!«

»Könnte ich dich darum bitten, Jem den Weg zur Küche zu zeigen?«, fragte Brigham. »Er hat noch nicht gegessen und ist sicher sehr hungrig.«

»Oh, ich bitte um Verzeihung.« Plötzlich ganz junger Herr, straffte Malcolm die Schultern. »Ich werde dafür sorgen, dass die Köchin sofort etwas zubereitet. Bis später, Mylord.«

»Mein Name ist Brigham.«

Malcolm lächelte zu ihm auf und schüttelte feierlich die ihm dargebotene Hand. Dann wandte er sich ab und rief Jem zu, mit ihm zu kommen.

»Ein netter kleiner Kerl«, bemerkte Jem.

»Ja, aber denk daran, dass er noch sehr jung und für alles sehr empfänglich ist!«

Jem sah ihn verständnislos an, und Brigham seufzte. »Ich meine, wenn er anfängt, wie ein englischer Pferdeknecht zu fluchen, fällt das auf mich zurück!«

»Ich verstehe, Mylord. Ich werde mich natürlich anständig

benehmen, das verspreche ich.« Grinsend folgte Jem dem Jungen aus dem Stall.

Brigham wusste selbst nicht, weshalb er noch blieb. Vielleicht, weil es hier ruhig war und er die Gesellschaft von Pferden schätzte. In seiner Jugend hatte er, genau wie Malcolm, viel Zeit in den Stallungen verbracht, und es war einmal sein Traum gewesen, Pferde zu züchten. Diesen Traum hatte er aufgegeben, als ihm schon in jungen Jahren der Titel mit all den damit verbundenen Verpflichtungen zufiel.

Jetzt galten seine Gedanken jedoch nicht den Pferden oder vergangenen Träumen, sondern Serena. Und weil er gerade an sie dachte, war er nicht sonderlich überrascht, sie kurz darauf den Stall betreten zu sehen.

Serena ihrerseits hatte an diesem Tag viel an Brigham denken müssen, und es war ihr schwergefallen, sich auf ihre Aufgaben zu konzentrieren. Wider ihren Willen beschäftigte sie immer wieder jener Augenblick, als sie im Zimmer ihres Bruders mit Brigham am Fenster gestanden hatte.

Es war nur die Müdigkeit, redete Serena sich ein. Sonst hätte sie bestimmt nicht so ruhig dastehen können, während er sie berührte und ... und sie in dieser gewissen Weise ansah.

Selbst jetzt in der Erinnerung wurde ihr ganz seltsam zumute, wenn sie daran dachte, wie er sie angesehen hatte. Seine Augen waren ganz dunkel geworden. Es war für Serena nichts Neues, dass ein Mann sie mit Interesse betrachtete oder sie gar in eine dunkle Ecke drängte, um einen Kuss zu rauben. Ein paarmal hatte sie das zugelassen, nur um festzustellen, ob es ihr gefiel. Tatsächlich fand sie das Küssen recht angenehm, aber nicht sonderlich aufregend. Noch nie zuvor hatte sie jedoch weiche Knie und solches Herzklopfen bekommen wie bei Brigham.

Sie war berauscht gewesen wie damals, als sie mit zwölf den Portwein ihres Vaters gekostet hatte. Und ihre Haut hatte wie

Feuer gebrannt, wo seine Finger sie berührten. Wie bei einer Fieberkrankheit, dachte sie.

Es war lediglich die Müdigkeit gewesen, die Sorge um ihren Bruder und der leere Magen. Jetzt fühlte sie sich schon viel besser, und falls sie dem aufgeblasenen Earl of Ashburn über den Weg laufen sollte, würde sie schon mit ihm fertig werden.

Serena schüttelte die lästigen Gedanken ab und spähte in den dämmrigen Stall hinein. »Malcolm, du kleiner Racker«, rief sie. »Ich will, dass du sofort aus dem Stall und ins Haus kommst! Es ist deine Aufgabe, den Holzkasten aufzufüllen, und ich mache das nicht noch einmal für dich!«

»Malcolm ist nicht hier.« Brigham bemerkte schadenfroh, dass Serena erschrocken zusammenzuckte. »Ich habe ihn gerade mit meinem Pferdeknecht zur Küche geschickt.«

Serena warf den Kopf in den Nacken. »Ihr habt ihn geschickt? Er ist nicht Euer Diener!«

»Meine liebe Miss MacGregor.« Brigham kam näher. »Malcolm hat eine spontane Zuneigung zu Jem entwickelt, der ebenso wie Euer Bruder ein großer Pferdeliebhaber ist.«

Da Serena ein weiches Herz hatte, wenn es um Malcolm ging, beruhigte sie sich. »Er hält sich ständig hier auf. Diese Woche musste ich ihn schon zwei Mal nach seiner Schlafenszeit aus dem Stall holen und ins Haus zerren.« Sie hielt inne und runzelte die Stirn. »Wenn er Euch belästigt, lasst es mich bitte wissen. Ich werde dafür sorgen, dass er Euch nicht stört.«

»Das ist nicht nötig. Wir kommen gut miteinander zurecht.« Brigham trat noch einen Schritt näher, und Lavendelduft, der sie immer zu umgeben schien, stieg ihm in die Nase. »Ihr habt dunkle Ränder unter den Augen, Serena. Ihr braucht mehr Schlaf.«

Serena wäre fast vor ihm zurückgewichen, widerstand aber gerade noch rechtzeitig dem ungewohnten Bedürfnis nach

Rückzug. »Ich bin stark wie ein Pferd, danke. Und Ihr benutzt reichlich ungeniert meinen Namen.«

»Er gefällt mir. Wie hat Colin Euch doch gleich genannt, bevor er einschlief? Rena. Das hat einen hübschen Klang.«

Es klang ganz anders, wenn er es sagte. Sie wandte sich um und musterte seine Pferde. »Euer Gespann hat Malcolm gewiss beeindruckt.«

»Er ist eben leichter zu beeindrucken als seine Schwester.«

Sie blickte über die Schulter zu ihm hin. »Ihr habt nichts, was mich beeindrucken könnte, Mylord.«

»Findet Ihr es nicht etwas ermüdend, alles zu verachten, was englisch ist?«

»Nein, ich finde es höchst befriedigend!« Weil sie wieder weiche Knie bekam und ein Verlangen verspürte, das sie nicht verstand, wurde sie wütend. »Für mich seid Ihr nur ein weiterer englischer Adliger, der seine Vorstellungen verwirklicht sehen will. Habt Ihr etwas übrig für dieses Land? Für die Menschen, die hier leben? Ihr wisst nichts von uns«, fauchte sie. »Nichts von den Verfolgungen, dem Elend, den Erniedrigungen.«

»Ich weiß mehr davon, als Ihr denkt«, entgegnete er mühsam beherrscht.

»Ihr sitzt in Eurem vornehmen Haus in London, auf Eurem Herrensitz auf dem Land und träumt am Kaminfeuer von Menschenwürde und großen gesellschaftlichen Veränderungen. Wir erleben den Kampf Tag für Tag. Wir kämpfen, nur um das zu erhalten, was unser ist. Was wisst Ihr von der Angst, in Ungewissheit auf die Rückkehr der Männer zu warten – oder von der Qual, nichts anderes tun zu können als zu warten?«

»Wollt Ihr mir vielleicht auch dafür die Schuld geben, dass Ihr als Frau geboren seid?« Brigham fasste Serena am Arm, bevor sie fortlaufen konnte. »Mir seid Ihr so lieber, auch wenn ich mich dafür verfluchen könnte!« Es erbitterte ihn, dass sie eine so heftige Anziehungskraft auf ihn ausübte. »Sagt mir die Wahrheit, Serena, verachtet Ihr mich wirklich so sehr?«

»Aye«, antwortete sie heftig und wünschte einfach, dass es die Wahrheit wäre.

»Weil ich Engländer bin?«

»Das ist Grund genug zu hassen!«

»Das ist es nicht, aber ich glaube, ich werde Euch einen Grund geben.«

Zu meiner eigenen Genugtuung, dachte er, als er sie an sich zog. Um die Spannung in seinem Körper, den Aufruhr in seinen Lenden zu lösen. Serena zuckte zurück und hätte ihm vielleicht einen Schlag versetzt, aber Brigham war darauf vorbereitet und schneller als sie.

Er verschloss ihren zum Protest geöffneten Mund mit seinen Lippen, und im gleichen Augenblick gab sie jeden Widerstand auf. Brigham hörte noch, dass sie scharf Luft holte, und danach nahm er nur noch das Rauschen in seinem eigenen Kopf wahr.

Ihr Mund war köstlich weich und süß. Er schlang einen Arm um ihre Taille und drückte Serena so fest an sich, dass er ihre Brüste und das Zittern ihres Körpers spüren konnte. Die Empfindungen, die ihn plötzlich durchströmten, erschreckten ihn selbst derart, dass er sekundenlang erstarrte.

Serena war unfähig, sich zu bewegen. Sie hatte das Gefühl, sich nie wieder bewegen zu können, denn alle Knochen in ihrem Körper schienen sich aufgelöst zu haben. Sie sah gleißendes Licht hinter ihren geschlossenen Lidern und spürte brennende Hitze in sich aufsteigen. Wenn das ein Kuss war, dann hatte sie nie zuvor wirklich geküsst.

Sie hörte einen leisen, sanften Seufzer und merkte gar nicht, dass es ihr eigener war. Ihre Hand lag auf Brighams Arm, als müsse sie Halt suchen. Vielleicht wäre sie umgesunken, hätte er sie nicht so fest an sich gedrückt. Sein Geruch war ähnlich wie bei ihrer ersten Begegnung … er roch nach Schweiß, Pferden und Mann. Und sein Mund schmeckte wie … wie Honig in Whisky. Fühlte sie sich nicht bereits wie berauscht von ihm?

Ihr Herz begann so stürmisch zu klopfen wie nie zuvor, und sie sehnte sich nach mehr. Wenn es mehr gab, wollte sie es haben. Langsam ließ sie ihre Hände an seinen Armen emporgleiten und vergrub ihre Finger in seinem Haar. Hatte sie sich bisher überwältigt seinem Kuss hingegeben, so wurde sie jetzt fordernd. Sie öffnete den Mund und knabberte zärtlich mit den Zähnen an seiner Unterlippe.

Feuer brach in Brighams Lenden aus, als er ihre Zähne an seiner Lippe spürte, und er verlor die Beherrschung. Er presste Serena mit dem Rücken gegen einen Pfosten und küsste sie mit hemmungsloser Leidenschaft. Serena gewährte seiner Zunge willig Einlass, aber in diesem Augenblick war er weit mehr ihr Gefangener als sie seine Beute.

Schließlich riss er sich zusammen und holte tief Luft, um wieder einen klaren Kopf zu bekommen. »Gütiger Himmel, wo habt Ihr das gelernt?«

Hier und jetzt, aber das konnte sie ihm nicht sagen. Vor Scham und Verwirrung färbten sich ihre Wangen rot. Wie auch immer es geschehen konnte, sie hatte sich von ihm küssen lassen – und es obendrein genossen. »Lasst mich gehen.«

»Ich weiß nicht, ob ich Euch gehen lassen kann.« Brigham hob die Hand, um ihre Wange zu berühren, aber Serena wandte hastig den Kopf zur Seite. Es fiel Brigham schwer, sich zu beherrschen. Noch vor einer Minute hatte sie ihn so aufreizend geküsst wie eine erstklassige französische Kurtisane, aber jetzt wurde es peinlich deutlich, dass sie Jungfrau war.

Er hätte sich umbringen mögen – wenn Colin ihm nicht zuvorkam. Wie hatte er sich nur so vergessen können, die Schwester seines Freundes – die Tochter seines Gastgebers –

im Stall zu verführen, als wäre sie eine gewöhnliche Magd? Er räusperte sich und trat zurück.

»Ich entschuldige mich in aller Form, Miss MacGregor«, sagte er steif. »Das war unverzeihlich von mir!«

Serena blickte auf. In ihren Augen schimmerten jedoch keine Tränen – sie funkelten vor Wut. »Wenn ich ein Mann wäre, würde ich Euch töten!«

»Wenn Ihr ein Mann wärt, würde wohl kaum Anlass für meine Entschuldigung entstanden sein!« Brigham verbeugte sich höflich und verließ den Stall.

4. Kapitel

Wahrlich, Serena hätte Brigham nur zu gern umgebracht – ihn mit einem Schwert durchbohrt oder in Stücke geschnitten.

Wie sie da so in der warmen Küche saß und Butter stampfte, bot sie das Bild weiblicher Tugend, und niemand hätte ihre finsteren Gedanken erraten können.

Jedes Mal, wenn sie sich erneut blutrünstige Rache ausmalte, stieß sie den Butterkolben mit unnötiger Wucht herab. Brigham hatte nicht das Recht, sie in dieser Weise zu küssen und sich ihr aufzudrängen. Und noch weniger hatte er das Recht, sie dazu zu bringen, es auch noch zu genießen, dieser elende englische Schurke. Und dabei hatte sie ihm persönlich seine Wunde verbunden und ihm eine Mahlzeit serviert. Nicht ganz freiwillig und auch nicht unbedingt mit Anstand, aber sie hatte es immerhin getan.

Wenn sie ihrem Vater erzählen würde, was Brigham zu tun gewagt hatte … Sie hielt einen Augenblick in ihrer Arbeit inne, als sie sich diese Möglichkeit ausmalte. Ihr Vater würde wüten und brüllen und den Engländer wahrscheinlich mit einer Peitsche halb tot schlagen.

Sie sah den hochmütigen Earl of Ashburn im Geiste wimmernd am Boden liegen und lächelte. Andererseits würde sie es bei Weitem vorziehen, selbst die Peitsche zu schwingen und ihn stöhnend zu ihren Füßen zu sehen …

Manchmal fand Serena es selbst betrüblich, dass sie eine so gewalttätige Natur hatte. Ihre Mutter machte sich deswegen große Sorgen. Zweifellos war es bedauerlich, dass Serena das Temperament von ihrem Vater und nicht das ihrer Mutter geerbt hatte, aber so war es nun einmal. Es verging selten ein Tag, an dem sie nicht die Beherrschung verlor und dann unter Gewissensbissen litt.

Sie wünschte sich sehr, wie ihre Mutter zu sein – ruhig, gefasst, geduldig. Der Herr im Himmel wusste, dass sie sich darum bemüht hatte, aber es war ihr einfach nicht gegeben. Ihre Mutter hätte genau gewusst, wie man Lord Ashburn und seinen unerwünschten Avancen angemessen begegnete. Sie wäre eisig höflich geworden, wenn sie diesen gewissen Ausdruck in seinen Augen bemerkt hätte, der einer Frau instinktiv verriet, dass er etwas im Schilde führte. Fiona MacGregor hätte ihn auf die feine Art zurechtgewiesen, und am Ende wäre Lord Ashburn Wachs in ihren Händen gewesen.

Serena dagegen hatte keine feine Art mit Männern. Wenn sie ihr in die Quere kamen, gab sie es ihnen deutlich zu verstehen – mit einer Ohrfeige oder einer bissigen Stichelei. Warum auch nicht, dachte Serena wütend. Nur weil ich eine Frau bin, brauche ich doch nicht so zu tun, als würde ich mich geschmeichelt fühlen, wenn ein Mann versucht, mich abzuküssen.

»Du wirst die Butter noch ranzig schlagen, wenn du ein so finsteres Gesicht machst, Mädchen.«

Serena wandte ihre Aufmerksamkeit hastig wieder ihrer Arbeit zu. »Ich dachte gerade an Männer, Mrs. Drummond.«

Die Köchin, eine äußerst stämmige Frau mit grau meliertem schwarzem Haar und blitzenden blauen Augen, lachte herzhaft. Sie war seit zehn Jahren Witwe und hatte breite Hände wie ein Landarbeiter, aber niemand in der ganzen Gegend konnte besser kochen und backen als sie. »Eine Frau sollte ein Lächeln auf dem Gesicht haben, wenn sie an Männer denkt. Finstere Mienen vertreiben sie, ein Lächeln lockt sie rasch an.«

»Ich will sie gar nicht anlocken! Ich hasse sie!«

Mrs. Drummond rührte den Teig für ihren Apfelkuchen an.

»Hat dir der junge Rob MacGregor wieder aufgelauert, oder warum bist du so wütend?«

»Nein, und das lässt er auch besser bleiben, wenn ihm sein Leben lieb ist.« Serena lächelte in der Erinnerung daran, wie sie den rasend verliebten Rob abgefertigt hatte.

»Ein ganz netter Bursche«, meinte Mrs. Drummond, »aber nicht gut genug für eins meiner kleinen Mädchen. Wenn ich dich erobert, verheiratet und gebettet sehe, dann nur mit einem Mann von Format.«

Serena klopfte im Rhythmus des Stampfers mit dem Fuß auf den Boden. »Ich glaube nicht, dass ich erobert, verheiratet oder gebettet werden möchte.«

»Ach, sei still, natürlich willst du das. Wenn die Zeit kommt.« Sie lächelte breit und rührte emsig mit ihren kräftigen Armen den Teig. »Es hat seine guten Seiten – vor allem Letzteres.«

»Ich möchte nicht an einen Mann gefesselt sein, nur wegen dem, was in einem Ehebett geschieht.«

Mrs. Drummond warf einen raschen Blick zur Tür hin, um sich zu vergewissern, dass Fiona MacGregor nicht in der Nähe war. Die Herrin war die Güte selbst, aber es würde ihr nicht gefallen, wenn sie ihre Köchin und ihre Tochter beim Buttern heikle Dinge erörtern hörte.

»Ein besserer Grund ist schwerlich zu finden – wenn es der richtige Mann ist. Also, mein Duncan, das war ein Mann, der seine eheliche Pflicht zu tun verstand, und es hat manche Nächte gegeben, in denen ich dafür dankbar gewesen bin. Seine Seele ruhe in Frieden.«

»Habt Ihr jemals bei ihm das Gefühl gehabt …«, Serena hielt inne und suchte nach den passenden Worten, »nun, als wäre man sehr schnell über felsiges Gelände geritten und ganz außer Atem?«

Mrs. Drummond betrachtete sie aus zusammengekniffenen Augen. »Ist Rob wirklich nicht hier gewesen?«

Serena schüttelte den Kopf. »Mit Rob zusammen zu sein, ist, als würde man mit einem lahmen Pony bergauf reiten. Man denkt, es wird nie ein Ende nehmen.« Sie blickte lachend zu der Köchin auf.

So sah Brigham sie, als er in die Küche kam. Serena saß mit geschürzten Röcken und lachendem Gesicht vor dem Butterfass, den Stampfer in beiden Händen.

Dieses verwünschte Frauenzimmer! Er konnte nicht widerstehen, sie anzusehen, und verfluchte sie, weil schon ihr bloßer Anblick ihn dazu brachte, sie zu begehren.

Plötzlich wandte Serena den Kopf und sah ihn. Ihre Blicke begegneten sich kurz und intensiv, dann warf Serena trotzig den Kopf in den Nacken und fuhr fort, die Butter zu stampfen.

Der Blick hatte nur eine Sekunde gedauert, aber das war lange genug gewesen, um Mrs. Drummond zu verraten, was Serena in so üble Laune versetzt hatte – oder vielmehr wer.

So ist das also, dachte sie und konnte ein Schmunzeln nicht unterdrücken. Die beiden hatten offensichtlich gestritten, und das war nicht der schlechteste Beginn einer Werbung. Überdies war der Earl of Ashburn zweifellos ein Mann von Format, der zudem ein Gesicht und eine Figur hatte, die sogar das Herz einer Witwe höher schlagen ließen.

»Womit kann ich Euch dienen, Mylord?«

»Wie bitte?« Brigham sah Mrs. Drummond verständnislos an, bevor er sich wieder fing. »Ich bitte um Verzeihung. Ich komme gerade von Colin. Er jammert nach Essen. Miss Gwen sagt, ein bisschen von Eurer Fleischsuppe genügt.«

Mrs. Drummond ging schnell zu dem großen Topf über dem Feuer. »Ich habe so meine Zweifel, dass ihm das genügt, aber ich werde ihm die Suppe bringen lassen. Darf ich fragen, Mylord, wie es dem Jungen geht?«

Brigham hatte den Fehler gemacht, wieder zu Serena zu blicken. Wenn ihm irgendjemand erzählt hätte, dass einem Mann der Hals trocken werden könnte, wenn er einer Frau beim Buttern zusah, würde er ihn ausgelacht haben. Aber jetzt war ihm genau das widerfahren, und er fand es gar nicht komisch.

Er riss den Blick von ihr los und war wütend auf sich selbst. Es würde ratsamer sein, daran zu denken, dass er ihretwegen bereits eine schlaflose Nacht verbracht hatte – oder zwei Nächte, wenn er die eine mitzählte, die sie gemeinsam an Colins Bett gewacht hatten.

»Es scheint ihm heute schon bedeutend besser zu gehen. Miss Gwen meint, dass er zwar recht gut aussieht und die Wunde so weit gut heilt, aber sie besteht darauf, dass er noch eine Weile im Bett bleibt.«

»Sie allein könnte ihn dazu bringen. Der Himmel weiß, niemand sonst weiß mit dem Jungen so umzugehen wie sie!« Mrs. Drummond schüttelte den Kopf über den jungen Mann, den sie als Ältesten ihrer Schützlinge betrachtete. Sie warf einen raschen Blick auf Serena und sah, dass diese Brigham verstohlen unter halb gesenkten Lidern beobachtete. »Möchtet Ihr vielleicht auch etwas Suppe, Mylord? Oder ein Stück Fleischpastete?«

»Nein, danke. Ich war eigentlich gerade auf dem Weg zu den Stallungen.«

Das trieb Serena die Röte ins Gesicht, und sie stieß heftig den Kolben ins Fass. Brigham zog eine Augenbraue hoch, aber obgleich Serena kampflustig das Kinn vorreckte, unterdrückte sie jede Bemerkung. Auch er sagte nichts, sondern nickte nur kurz und ging hinaus.

»Also, das ist mal ein Mann!«

»Er ist Engländer«, entgegnete Serena, als ob das alles erklärte.

»Nun, das ist wahr, aber ein Mann ist ein Mann, ob er einen Kilt trägt oder Kniehosen. Und seine sitzen wie angegossen.«

Wider Willen kicherte Serena. »Eine Frau hat so etwas nicht zu bemerken!«

»Nur eine blinde Frau bemerkt so etwas nicht!« Mrs. Drummond stellte die Schale mit der Fleischsuppe auf das Tablett und fügte dann, weil sie ein weiches Herz hatte, ein Stachelbeertörtchen hinzu. Dann rief sie Molly und befahl ihr, das Tablett nach oben zu tragen.

»Übrigens, dieser Mann, den Lord Ashburn aus London mitgebracht hat, der aussieht wie ein echter Gentleman ... hast du den gesehen, Mädchen?«

»Parkins. Aye.« Serena verzog verächtlich das Gesicht. »Sein englischer Kammerdiener. Man stelle sich nur vor, hierher einen Kammerdiener mitzubringen, der seine Kleidung ausbürstet und ihm die Stiefel poliert!«

»Leute von Stand sind nun mal daran gewöhnt, dass alles in bestimmter Weise für sie gemacht wird«, sagte Mrs. Drummond weise. »Wie ich höre, ist Mr. Parkins ein unverheirateter Mann.«

Serena zuckte gleichmütig mit den Schultern. »Wahrscheinlich ist er zu sehr damit beschäftigt, Lord Ashburns Spitze zu stärken, um ein Privatleben zu haben!«

Oder er ist noch keiner Frau begegnet, die lebendig genug für zwei ist, dachte Mrs. Drummond sinnend. »Mir scheint, Mr. Parkins sollte ein bisschen gemästet werden!« Sie lächelte still und stellte die Teigschüssel beiseite.

Einige Stunden später beschloss Serena auszureiten. Seit fast zwei Tagen war sie nicht aus dem Haus gekommen wegen all der täglichen Pflichten und der Pflege von Colin. Vielleicht war es unrecht, sich davonzustehlen, aber wenn sie jetzt nicht wenigstens ein Weilchen hinauskommen und für sich sein konnte, würde sie zerspringen.

Ihre Mutter würde es allerdings nicht gutheißen, dass sie jetzt noch in den Wald ritt, und noch weniger würde ihr gefallen, dass Serena alte Arbeitskniehosen angezogen hatte. Serena hatte jedoch weder Lust noch die Geduld, im Seitensattel zu reiten, und so achtete sie darauf, dass niemand sie sah, als sie ihr Pferd aus dem Stall führte. Wenn ihre Mutter nichts davon erfuhr, konnte sie nicht von dem Benehmen ihrer Tochter enttäuscht sein.

Serena schwang sich in den Sattel, lenkte die Stute zur Rückseite der Stallungen und über einen kleinen Hügel, bis sie fast außer Sicht des Hauses waren. Dann wandte Serena sich nach Süden und sandte ein stummes Gebet gen Himmel, dass niemand von ihrer Familie zufällig aus dem Fenster schaute. Kaum hatte sie den schützenden Wald erreicht, trieb sie die Stute zum Galopp an.

Der wilde Ritt zwischen den kahlen Bäumen hindurch mit dem Wind im Gesicht war genau das, was sie gebraucht hatte – mehr noch als Essen und Trinken. Hier brauchte sie keine Lady zu sein, keine Tochter und keine Schwester – hier konnte sie ganz sie selbst sein. Serena lachte in den Wind und spornte das Pferd noch mehr an.

Sie scheuchte einiges an Kleinwild auf, das eilends ins Unterholz des Waldes flüchtete. Ihr Atem bildete weiße Wölkchen. Der Wollumhang um ihre Schultern schützte sie vor dem kalten Wind, und die körperliche Bewegung und das Gefühl von Freiheit wärmten sie genug. Außerdem genoss sie die scharfe frische Winterluft.

Flüchtig überkam sie der Wunsch, fast augenblicklich unterdrückt von Schuldgefühlen, weiter und immer weiter zu reiten, um nie wieder Kühe melken, nie mehr Hemden waschen oder Töpfe schrubben zu müssen.

Beschämt dachte Serena an die Leute im Dorf, die von früh bis spät hart arbeiteten und keine Zeit zum Träumen hatten. Sie hingegen, als Tochter des MacGregor, lebte in einem schönen Haus, hatte reichlich zu essen und schlief in einem warmen Federbett. Sie war undankbar, und zweifellos würde sie das beichten müssen – so wie damals, als sie heimlich und dann nicht mehr so heimlich die Klosterschule in Inverness gehasst hatte.

Sechs Monate ihres Lebens hatte sie dort vergeudet, bis ihr Vater eingesehen hatte, dass die Schule nichts für Serena war und sie sich auch nicht umstimmen lassen würde. Sechs lange Monate war sie von ihrem geliebten Zuhause fort gewesen und hatte mit lauter kichernden, albernen jungen Mädchen zusammenleben müssen, deren Familien wünschten, dass die Töchter lernten, echte Damen zu sein.

Bah! Serena verzog das Gesicht. Was die Führung eines Haushalts anbetraf, so konnte sie alles, was es zu wissen gab, von ihrer Mutter lernen. Und wenn es um das Benehmen einer Lady ging, würde sie auch kein besseres Vorbild finden können als Fiona MacGregor. Ihre Mutter war selbst die Tochter eines Lairds und hatte in ihrer Jugend einige Zeit in Paris und auch in England verbracht.

Manchmal, wenn alle Arbeit getan war, spielte Fiona MacGregor auf dem Spinett, und sie konnte immer noch fließend Französisch sprechen und mit jedem Gast eine höfliche Konversation führen. Und hatte sie nicht Gwen, deren Finger geschickter waren – und geduldiger – als Serenas, beigebracht, feinste Stickereien anzufertigen?

Serena fand, wenn sie schon gesellschaftlichen Schliff benötigte, dann wollte sie ihn zu Hause erwerben, wo die Gespräche sich um mehr drehten als nur um Reifröcke und die neuesten Frisuren.

Diese kichernden, milchgesichtigen Mädchen waren vermutlich die Art von jungen Damen, die Lord Ashburn bevorzugte. Ladys, die ihre Gesichter hinter Fächern versteckten und mit den Wimpern klimperten. Alberne Gänse mit Stroh im Kopf, die Riechfläschchen und Spitzentaschentücher in ihren Retiküls mit sich herumtrugen. Und solchen dummen

Gänsen küsste Brigham vermutlich die Hände auf den vornehmen Londoner Bällen.

Als Serena sich dem Fluss näherte, ließ sie das Pferd im Schritt gehen. Hätte sie mehr Zeit gehabt, wäre sie noch bis zum See geritten. Das war ihr Lieblingsplatz, wenn sie Kummer hatte oder etwas Zeit für sich brauchte.

Heute hatte sie jedoch keine Sorgen, fand Serena und glitt aus dem Sattel. Sie hatte nur frische Luft haben und etwas allein sein wollen. Sie warf die Zügel über einen Ast und lehnte ihre Wange an den Kopf der Stute.

Elegante Londoner Bälle, dachte sie wieder und seufzte unbewusst sehnsuchtsvoll. Ihre Mutter hatte ihr und Gwen davon erzählt und die vielen Spiegel, die glänzend polierten Böden und die unzähligen Kerzen beschrieben. Die prächtigen Ballkleider, die Gentlemen in gelockten weißen Perücken. Und die Musik.

Serena schloss die Augen und versuchte das alles vor sich zu sehen. Sie hatte von jeher eine Schwäche für Musik und hörte nun im Geist die Klänge eines lieblichen Menuetts. Ganz unwillkürlich begann sie sich zu der Musik in ihrem Kopf zu bewegen und hielt, die Augen immer noch geschlossen, ihre Hand einem unsichtbaren Tanzpartner hin.

Lord Ashburn gab gewiss auch Bälle, zu denen die schönsten Damen kamen und auf einen Tanz mit ihm hofften. Serena lächelte, vollführte eine anmutige Drehung und meinte das Rascheln von Röcken zu hören.

Wäre sie auf dem Ball, würde sie ein Ballkleid aus grünem Satin und das Haar hoch aufgetürmt und weiß gepudert tragen. Und die Diamanten im Haar würden dann funkeln wie Eiskristalle im Schnee. Alle Gentlemen mit ihrer schäumenden Spitze und den Schnallenschuhen würden von ihr wie geblendet sein, und sie würde mit jedem einzelnen von ihnen tanzen, solange die Musik aufspielte.

Und dann würde er kommen. Er würde ganz in Schwarz gekleidet sein, aye, in Schwarz und Silber, wie in der Nacht, als er in Colins Zimmer kam und mit ihr bei Kerzenlicht und Feuerschein Wache hielt. Im Ballsaal dagegen würden viele Kerzen strahlen und von den Spiegeln reflektiert werden. Brighams Silberknöpfe und Silberlitze würden im Kerzenschein glitzern.

Er würde sie anlächeln und ihr seine Hand hinhalten. Sie würde ihre Hand in seine legen, er würde sich verbeugen, und dann würde sie einen Knicks machen. Und dann …

Verwirrt öffnete Serena die Augen, als ihre Hand ergriffen wurde.

Sie war immer noch in ihrem Traum gefangen, als sie aufblickte und Brigham vor sich stehen sah. Er trug Schwarz, wie in Serenas Vorstellung, nur war es ein schlichter Reitanzug ohne Silberbesatz. Trotzdem meinte sie, weiterhin Musik zu hören.

»Madam …« Lächelnd hob er ihre Hand an die Lippen, noch bevor Serena ihre Fassung wiedererlangen konnte. »Ihr scheint ohne Partner zu tanzen.«

»Ich habe …« Verlegen blickte sie auf ihre ineinanderliegenden Hände. Brighams Siegelring funkelte in der Sonne und brachte sie vollends in die Gegenwart zurück. »Was tut Ihr hier?«

»Ich war beim Angeln.« Er drehte sich um und deutete auf die gegen einen Baum gelehnte Angelrute. Etwas entfernt graste sein Pferd an der Uferböschung. »Mit Malcolm, bis vor Kurzem. Er wollte zurückreiten, um nach Betsy zu sehen.«

Bei dem Gedanken, wie lächerlich sie bei ihrem partnerlosen Menuett ausgesehen haben musste, stieg Serena heiße Röte in die Wangen. »Er hätte seine Schulaufgaben machen sollen.«

»Wie mir versichert wurde, hat er seine Aufgaben heute Vormittag erledigt.« Da er einfach nicht widerstehen konnte, trat Brigham einen Schritt zurück und betrachtete Serena lange und gründlich von oben bis unten. »Darf ich fragen, ob Ihr immer allein im Wald tanzt – in Kniehosen?«

Ärger siegte über Verlegenheit, und ihre Augen funkelten. »Ihr hattet kein Recht, mich heimlich zu beobachten!«

»Euer Erscheinen hat mich überrascht, das versichere ich Euch.« Brigham setzte sich auf einen großen Stein, schlug die Beine übereinander und lächelte. »Ich saß ganz friedlich da und überlegte, wie viele Forellen ich noch fangen könnte, als ein Reiter durch den Wald galoppiert kam und dabei genügend Lärm machte, um die Fische meilenweit zu vertreiben.« Er erwähnte nicht, dass ihr stürmisches Herannahen ihn veranlasst hatte, sein Schwert zu ziehen. Stattdessen polierte er sich angelegentlich die Fingernägel an seiner Jacke.

»Hätte ich gewusst, dass Ihr hier seid, wäre ich in eine andere Richtung geritten«, entgegnete sie steif.

»Zweifellos. Und dann wäre mir der hinreißende Anblick Eurer Person in Kniehosen entgangen.«

Wütend machte Serena auf dem Absatz kehrt und ging zu ihrem Pferd.

»Welch eiliger Rückzug, Serena. Man könnte fast meinen, Ihr hättet Angst!«

Sie wandte sich ihm wieder zu, und ihre Augen glitzerten gefährlich. »Ich habe keine Angst vor Euch!«

Prachtvoll, wie sie dastand, etwas breitbeinig und mit angespanntem Körper, als hielte sie ein Schwert in der Hand, die Augen Funken sprühend, das Haar eine feurige Mähne um Kopf und Schultern. Wenn Brigham daran dachte, in welch halsbrecherischer Geschwindigkeit und mit wie viel Geschick sie durch den Wald geritten war, konnte er ihr weder Mut noch Können absprechen, auch wenn sie ihn mitunter noch so erbitterte.

Er konnte auch nicht leugnen, dass ihm der Anblick ihrer

Kniehosen zu schaffen machte. Trotz des schlechten Sitzes der Hose war die gesamte Länge verführerisch schlanker Beine und die sanfte Rundung der Hüften zu erkennen. Ein Gürtel betonte ihre schmale Taille, und unter dem selbst gewebten Hemd hoben und senkten sich ihre Brüste.

»Vielleicht solltet Ihr Angst haben«, murmelte er und sprach mehr zu sich selbst, »da mich alle möglichen unehrenhaften Absichten heimsuchen!«

Sie bekam etwas Magenflattern, blieb aber standhaft. »Ihr macht mir keine Sorge, Lord Ashburn. Ich habe bessere Männer als Euch in die Flucht geschlagen!«

»Das denke ich mir.« Brigham stand auf und sah, was er hatte sehen wollen: das flüchtige Aufblitzen von Unsicherheit in ihren Augen. »Aber mit mir müsst Ihr es erst noch aufnehmen, Serena. Ich bezweifle, dass es Euch gelingen würde, mir eine Ohrfeige zu geben.«

»Ich werde Schlimmeres tun, wenn Ihr mich wieder anrührt!«

»Wirklich?« Je verächtlicher diese Frau ihn behandelte, desto mehr begehrte Brigham sie, und er fragte sich, wieso. »Ich habe mich bereits für den Vorfall in den Stallungen entschuldigt.«

»Im Stall?« Serena zog eine Augenbraue in die Höhe. »Ich fürchte, was immer das gewesen sein mag, Mylord, es war so unwichtig, dass es bereits vergessen ist.«

»Biest«, sagte er sanft und nicht ohne Bewunderung. »Wenn Ihr weiterhin Eure Krallen an mir wetzt, werden sie brechen!«

»Das riskiere ich!«

»Dann lasst mich Euer Gedächtnis auffrischen.« Er kam auf sie zu. »Ihr wart ebenso erhitzt wie ich, und es hat Euch ebenso gefallen wie mir. Ich hielt kein ohnmächtiges Mädchen in den Armen, sondern eine Frau, die reif für die Liebe war und sich danach sehnte!«

»Wie könnt Ihr es wagen!«, fauchte sie. »Kein Gentleman würde so mit mir sprechen!«

»Vielleicht nicht, aber keine echte Lady trägt Kniehosen.«

Diese Bemerkung traf Serena. Es stimmte, dass sie keine Lady war und wohl auch nie eine werden würde, obwohl sie wünschte, es lernen zu können, um ihrer Mutter willen. »Wie immer ich mich auch zu kleiden belieben mag, ich lasse mich nicht beleidigen!«

»Ach nein? Und was tut Ihr? Seit dem ersten Augenblick habt Ihr nichts anderes getan, als mich ununterbrochen zu beleidigen!« Er war so aufgebracht, dass er jede Vorsicht vergaß und heftig ihren Arm ergriff. »Ihr glaubt wohl, weil Ihr eine Frau seid, müsste ich Eure abfälligen Bemerkungen über mich, meine Herkunft und meine Nationalität einfach hinnehmen? Verdammt, Ihr könnt nicht beides haben – Euch benehmen und reden wie ein Mann und Euch dann hinter Euren Weiberröcken verstecken, wenn es Euch passt.«

»Ich verstecke mich hinter gar nichts!« Serena warf den Kopf in den Nacken und starrte ihn wütend an. »Wenn ich Euch beleidige, dann habt Ihr es verdient. Ihr mögt meine Familie mit Eurem Charme für Euch eingenommen haben – aber nicht mich!«

»Euch mit meinem Charme einzunehmen ist für mich von geringstem Interesse«, entgegnete er grimmig.

»Aye. Euch interessiert nur der Glanz Eurer Stiefel und dass Eure Spitze tadellos fällt. Ihr kommt plötzlich hierher und redet ständig von Krieg und Gerechtigkeit, aber Ihr tut gar nichts.«

»Was ich tue und was ich beabsichtige zu tun, ist nicht Eure Angelegenheit.«

»Ihr schlaft unter unserem Dach und esst an unserem Tisch. Wo wart Ihr, als die Engländer kamen, um ihre Festungen zu bauen und unsere Männer ins Gefängnis und an den Galgen zu bringen?«

»Ich kann den Lauf der Geschichte in der Vergangenheit nicht mehr ändern, Serena.«

»Ihr könnt überhaupt nichts verändern, weder das, was gewesen ist, noch was kommen wird.«

Der Druck seiner Hand auf ihrem Arm verstärkte sich. »Ich werde nicht mit Euch über meine Pläne sprechen, aber eines will ich Euch sagen: Wenn die Zeit kommt, wird es Veränderungen geben.«

»Zu wessen Gunsten?«

Brigham schüttelte sie. »Was soll das heißen?«

»Was bedeutet Euch oder irgendeinem anderen englischen Aristokraten das Schicksal Schottlands? Ihr seid aus England gekommen, einer Laune folgend, und Ihr könnt jederzeit dorthin zurückkehren, je nachdem, wie der Wind bläst.«

Brigham wurde bleich vor Zorn. »Diesmal seid Ihr zu weit gegangen!«

»Ich sage, was mir gefällt!« Serena versuchte sich loszureißen, aber es gelang ihr nicht. »Ihr habt mir keinen Grund genannt, weshalb Ihr Euch unserer Sache anschließt und Euer Schwert erheben wollt. Daher steht es mir frei zu denken, was mir beliebt.«

»Ihr mögt denken, was Ihr wollt, aber Worte erfordern Vergeltung.«

Serena hatte ihn noch nie wirklich zornig erlebt. Sie hatte nicht gewusst, dass seine Augen derart funkeln und seine Lippen so schmal und hart werden konnten, dass sein Gesicht wie aus Stein gemeißelt erschien. Fast hätte sie aufgeschrien, als er seine Finger noch tiefer in ihren Arm grub.

»Was wollt Ihr tun?« Wenigstens klang ihre Stimme kühl genug, obgleich Serena gar nicht wohl zu Mute war. »Mich mit Eurem Schwert durchbohren?«

»Da Ihr unbewaffnet seid, bleibt mir dieses Vergnügen versagt. Aber ich habe gute Lust, Euch zu erwürgen.« Er legte eine Hand um ihren Hals und drückte zu – nicht eben sanft und fest genug, um ihr die Luft abzuschnüren –, und Serena wusste nicht, ob es ihm ernst war oder ob er sie womöglich nur erschrecken wollte. Seine Augen waren dunkel und unergründlich. »Ihr habt einen schlanken Hals, Serena. Schlank und weiß und sehr leicht zu brechen.«

Sekundenlang erstarrte sie – wie ein Hase, kurz bevor der Habicht auf ihn herabstößt –, und ihre Augen wurden groß vor Schreck. Ihr Atem ging flach, als es ihr schließlich gelang, wieder Luft zu holen.

Brigham lächelte, da Serena nicht mehr und nicht weniger Reaktion gezeigt hatte als erhofft. Diesem Frauenzimmer mussten Manieren beigebracht werden, und es erfüllte ihn mit Genugtuung, ihr Lehrmeister zu sein. Dann war er es jedoch, dem die Luft wegblieb, als sie ihm kräftig mit dem Stiefel gegen das Schienbein trat.

Er taumelte fluchend rückwärts und ließ dabei ihren Arm los. Serena verzichtete darauf, ihren kleinen Erfolg auszukosten, drehte sich hastig auf dem Absatz um und rannte zu ihrem Pferd. Brigham fluchte erneut und holte sie mit drei langen Schritten ein.

Er umfasste ihre Taille und hob sie vom Boden. Serena trat unter Verwünschungen heftig um sich. Sie kämpfte nicht wie eine Frau mit Gekreisch und Kratzen, sondern mit geballten Fäusten und derben Flüchen. Brigham stellte fest, dass sie nur wenig wog und sich winden konnte wie eine Schlange.

»Verdammt, haltet still! Dafür werdet Ihr mir büßen!«

»Lasst mich los!« Serena sträubte sich mit aller Kraft und lehnte ihr ganzes Gewicht nach hinten, um ihn aus dem Gleichgewicht zu bringen. »Ich werde Euch töten, sobald ich die Gelegenheit dazu bekomme!«

»Das glaube ich Euch gern«, entgegnete er nicht ohne Bitterkeit. Es gelang Serena, seinen Griff zu durchbrechen, und eine seiner Hände rutschte aufwärts über ihre Brust. Die Berührung schockierte sie beide, und dann nahm Serena den Kampf umso erbitterter wieder auf.

»Verdammt, hört auf damit!« Außer Atem und am Ende seiner Geduld versuchte er, einen Halt zu finden, der weniger aufreizend war. Serena nutzte die Gelegenheit und grub ihre Zähne in seinen Handrücken. »Verfluchte Schlange«, murmelte er, bevor ihr Stiefelabsatz erneut sein bereits angeschlagenes Schienbein traf. Er verlor das Gleichgewicht, und sie stürzten beide zu Boden.

Brigham vermutete, dass es reiner Instinkt war – gewiss nicht Sorge um ihr Wohlergehen –, dass er ihren Fall mit seinem Körper abfing. Der Aufprall nahm ihnen beiden die Luft, und einen Augenblick lang lagen sie eng umschlungen wie Liebende auf der Erde. Kaum hatte Serena sich jedoch wieder gefasst, stieß sie mit dem Knie zu und verfehlte nur knapp ihr Ziel.

Sie rollten zusammen über ein Bett von Fichtennadeln und trockenem Laub, während sie ihn mit ihren Fäusten bearbeitete und gälische Flüche ausstieß. Ihre Haare fielen ihm ins Gesicht, und ohne zu sehen, wohin er griff, bekam er plötzlich nacktes Fleisch zu fassen, da ihr Hemd sich geöffnet hatte.

»Teufel auch«, murmelte er, als ihm das Blut in die Lenden schoss. Serena wand sich unter ihm, und ihre Brust füllte seine Hand, so weich wie Daunen und so heiß wie Feuerhölle und Verdammnis. Obgleich es ihn große Überwindung kostete, zog er seine Hand zurück und umklammerte hastig ihre Arme.

Serena atmete heftig. Ein Puls klopfte an ihrem Hals, und ihre Brust prickelte noch immer von der Berührung seiner Finger. Mehr noch als Brighams Drohungen und sein Zorn ängstigte sie die ungewöhnliche Reaktion ihres Körpers. Das machte sie wütend, und dafür hasste sie ihn. Gleichzeitig wusste sie jedoch, dass sie dahinschmelzen würde wie Butter in der Sonne, sollte er sie wieder in dieser Weise berühren.

Brigham nahm ihre Beine mit seinen in die Schere, sodass sie Körper an Körper lagen und Serena ohne die dämpfenden Lagen von Unterröcken zum ersten Mal unmittelbar spürbarer männlicher Erregung an ihrem Schoß ausgesetzt war. Ihr wurde heiß, und die Hitze breitete sich in ihrem Körper aus. Die Muskeln ihrer Schenkel erschlafften, und für einen Augenblick verschwamm Brighams Gesicht vor ihren Augen.

Diesmal nutzte Brigham den Vorteil aus. Er umfasste ihre Handgelenke mit einer Hand und drückte sie über ihrem Kopf gegen den Boden. Mit dieser Maßnahme schützte er sich nicht nur vor ihren Fäusten, sondern gewann auch etwas Zeit, um sich wieder besinnen zu können. Er betrachtete sie schweigend. Ihre Wangen schienen zu glühen, und ihr Haar, in dem sich trockene Blätter verfangen hatten, lag ausgebreitet wie geschmolzenes Rotgold.

Brigham bekam einen trockenen Mund und schluckte mühsam. Er wollte etwas sagen, aber nun begann Serena sich erneut unter ihm zu regen. Ihre fortwährenden Anstrengungen, sich zu befreien, entzündeten neues Feuer in beiden, das rasch außer Kontrolle zu geraten drohte.

»Rena, um des Himmels willen, lieg still. Ich bin auch nur ein Mensch aus Fleisch und Blut!«

Ihre eigenen Bewegungen ließen Serena das Blut in den Ohren rauschen, und ihre Glieder ermatten. Sie empfand eine Erregung, die zugleich mit Panik verbunden war, und das trieb sie wiederum an, noch verzweifelter um ihre Freiheit zu kämpfen. In ihren Bemühungen, von ihm loszukommen, wand sie sich von einer Seite zur anderen, und Brigham stöhnte auf. Bald würde es mit seiner Beherrschung vorbei sein.

»Du weißt nicht, was du tust«, murmelte er, »aber wenn du so weitermachst, wirst du es bald entdecken!«

»Lasst mich gehen!« Ihre Stimme klang heiser.

»Es erscheint mir noch nicht ratsam. Ihr werdet wieder über mich herfallen!«

»Wenn ich einen Dolch hätte …«

»Erspart mir die Einzelheiten. Ich kann es mir vorstellen.« Brigham atmete tief durch. »Wisst Ihr, dass Ihr wunderschön seid … vor allem, wenn Ihr in Wut geratet? Und um ehrlich zu sein, es reizt mich, Euch in Wut zu bringen.« Er strich mit den Fingerspitzen seiner freien Hand zart über ihre Lippen. »Es reizt mich ganz einfach!«

Als er sein Gesicht näherte, begannen Serenas Lippen zu prickeln und sich leicht zu öffnen. Bestürzt von ihrer eigenen Reaktion, wandte sie hastig ihren Kopf zur Seite, um dem Kuss zu entgehen. Brigham begnügte sich mit der zarten Haut unter ihrem Ohr und an ihrem schlanken Hals.

Das fühlt sich anders an als ein Kuss, dachte Serena benommen und seufzte leise. Aber es war auch sehr aufregend. Ihre Haut schien lebendig zu werden und sich nach seinen Berührungen zu sehnen, während Brigham seine Lippen hierhin und dorthin gleiten und seine Zunge spielen ließ. Instinktiv hob sie leicht die Hüften an und brachte Brigham damit noch mehr in Wallung.

Ihr Haar duftet nach Wald, entdeckte Brigham, als er sein Gesicht darin vergrub. Nach Wald, Erde und sehr verführerisch. Ihr Körper war erst angespannt wie eine Bogensehne und dann weich und biegsam wie Talg. Er knabberte ein wenig an ihrem Ohrläppchen und wanderte mit seinem Mund an ihrem Kinn entlang zu ihren erwartungsvoll geöffneten Lippen.

Brigham genoss das Beben ihres Körpers, als er mit der Zungenspitze Serenas Zunge umspielte. Es gab so vieles, was er ihr beibringen konnte. Er wusste schon jetzt, dass sie eine gelehrige Schülerin sein würde, die geschickt anzuwenden verstand, was sie gelernt hatte.

Serena hatte nicht gewusst, dass man so viel empfinden konnte – nicht nur Sturm, Kälte und Hitze, Hunger und Durst, Müdigkeit und Wut. Es gab unzählige neuartige Gefühle in der Begegnung zweier Lippenpaare und zweier eng umschlungener Körper zu entdecken.

Da war nicht nur der Geruch der Haut eines Mannes, sondern auch der Geschmack, wie sie entdeckte, als sie mit der Zunge über seinen Hals strich. Neu war es, ihren Namen heiser an ihrem Mund geflüstert zu hören und Brighams Finger über ihr Gesicht streichen oder das stürmische Pochen seines Herzens an ihrem Herzen zu spüren. Und dann war da vor allem das unbeschreibliche Gefühl, als Brigham erneut ihre Brust streichelte.

»Brigham ...« Serena meinte davonzuschweben, schwerelos, und wünschte sich nur, dass er nicht aufhörte, sie zu berühren.

Ihre Brust schwoll in seiner Hand. Unfähig zu widerstehen, strich er mit dem Daumen über die Brustknospe und spürte, wie sie sich versteifte. Er sehnte sich danach, die rosige Spitze in den Mund zu nehmen, hielt sich aber zurück und bemächtigte sich stattdessen erneut Serenas Lippen zu einem leidenschaftlichen, fast brutalen Kuss.

Heftiges Verlangen vertrieb die süße Mattigkeit und wurde so schmerzhaft, dass Serena hätte weinen mögen. Brigham hielt ihre Hände immer noch fest. Obgleich sie sich weiterhin ab und zu loszureißen versuchte, wusste sie selbst nicht, ob sie – sollte es ihr gelingen – ihre Hände dann dazu benutzen würde, ihn fortzustoßen oder ihn näher an sich zu ziehen.

Dieses überwältigende, quälende Verlangen breitete sich glühend in ihr aus, bis sie bei lebendigem Leib zu verbrennen fürchtete. Gleichzeitig empfand Serena aber auch Lust und Wonne: die Empfindungen, die Brigham in ihr auslöste, die Möglichkeiten, die er ihr aufzeigte. Wenn es eine Grenze zwischen Himmel und Hölle gab, dann hatte er sie dorthin geführt, und jetzt stand sie schwankend auf dem schmalen Grat. Als ihr Körper zu zittern begann, kämpfte sie gegen das Zittern, gegen Brigham und gegen sich selbst an.

Brigham hörte ein unterdrücktes Wimmern und hob den Kopf. Er entdeckte in ihren Augen einen angstvollen Ausdruck, Verwirrung und Verlangen. Diese Kombination brachte ihn beinahe um den Verstand. Ihm wurde bewusst, dass er noch immer Serenas Handgelenke umklammert hielt, die zweifellos bereits blaue Flecken davongetragen hatten, und ließ sie sofort los. Er zog sich von Serena zurück und wandte sich ab, um sich halbwegs wieder in die Gewalt zu bekommen.

»Ich habe keine Entschuldigung«, sagte er nach einer Weile, »außer, dass ich Euch begehre.« Er drehte sich zu ihr um und sah, dass sie vom Boden aufstand. »Der Himmel weiß, warum.«

Serena war zum Weinen zumute, und sie wünschte sich sehnlichst, er würde sie wieder in die Arme nehmen und sie so sanft und behutsam küssen wie am Anfang, beim ersten Mal. Sie zupfte ein welkes Blatt aus ihrem Haar und warf es fort. Ihr war zwar keine Würde mehr geblieben, aber sie hatte noch ihren Stolz.

»Kühe und Ziegen paaren sich, Mylord«, entgegnete sie kühl. »Sie brauchen sich deswegen nicht zu mögen.«

»Gut gesagt«, bemerkte er und wusste genau, wie es um ihre Gefühle für ihn bestellt war. Er wünschte nur, er könnte sich in diesem Augenblick ebenso klar über seine Gefühle für sie sein. »Dann wollen wir hoffen, dass wir etwas über dem Vieh stehen. Ihr habt etwas an Euch, Serena, das meine primitiveren Instinkte anspricht, aber ich versichere Euch, dass ich mich meistens zurückhalten kann.«

Sein steifes Benehmen machte sie nur wieder wütend. Mit einer für sie bewundernswerten Beherrschung neigte sie leicht den Kopf. »Davon habe ich bisher nichts gemerkt.« Dann wandte sie sich ab und ging zu ihrem Pferd. Als sie die Zügel nahm, fühlte sie plötzlich Brighams Hand in ihrem Haar und erstarrte.

»Ihr habt Blätter im Haar«, murmelte er und unterdrückte das Verlangen, sie wieder an sich zu ziehen und einfach nur im Arm zu halten.

»Sie lassen sich auskämmen.« Als er die Hand auf ihren Arm legte, zwang sie sich, zu ihm aufzublicken.

»Habe ich Euch wehgetan?«

Die Reue in seinem Blick, der freundliche Ton brachten Serena beinahe um ihre Fassung. Sie musste sich räuspern, damit ihre Stimme ruhig und fest klang. »Ich bin nicht sehr zerbrechlich, Mylord«, antwortete sie, schüttelte seine Hand ab und schwang sich in den Sattel.

Brigham trat einen Schritt zurück und sah ihr nach, als sie davongaloppierte.

5. Kapitel

»Wenn du glaubst, dass ich im Bett bleibe und dich allein mit meinem Vater reiten lasse, dann bist du nicht bei Verstand!«

Unter Brighams Augen schwang Colin die Beine aus dem Bett und kam unsicher auf die Füße. Ihm war mehr als nur etwas schwindlig, aber er lehnte sich gegen einen der Bettpfosten und zog sein Nachthemd aus.

»Wo sind meine Sachen?«

»Mein lieber Colin«, entgegnete Brigham trocken. »Wie soll ich das wissen?«

»Du musst doch gesehen haben, was mit ihnen geschehen ist.«

»Ich bedaure, da kann ich dir nicht helfen«, erwiderte Brigham freundlich. »Und ich werde dich auch nicht in irgendein Bett tragen, wenn du ohnmächtig wirst und vom Pferd fällst!«

»Der Tag, an dem ein MacGregor vom Pferd fällt …«

»Ich muss dich leider daran erinnern, dass du das bereits einmal getan hast.« Als Colin lediglich fluchte und schwankend zu einer Truhe ging, um nach seiner Kleidung zu suchen, verschränkte Brigham die Arme vor der Brust. »Colin, glaube mir, ich fühle mit dir«, begann er vorsichtig. »Es ist gewiss abscheulich, an ein Krankenlager gebunden zu sein, aber es ist nun mal eine Tatsache, dass du für die Reise nicht kräftig genug bist.«

»Ich fühle mich gut genug!«

»Gwen sagt, dass es nicht so ist.«

Colin schlug heftig die Truhe wieder zu, in der sich nur

Bettwäsche und Decken befanden. »Seit wann bestimmt dieses kleine Mädchen mein Leben?«

»Seit sie es gerettet hat.«

Das brachte Colin zum Schweigen, der nackt in der Morgensonne dastand. Er hatte sich seit der Abreise aus London den Bart stehen lassen, und das stand ihm gut zu Gesicht.

»Für mich steht es außer Zweifel, dass sie dir das Leben gerettet hat«, fügte Brigham hinzu, »und ich möchte nicht erleben, dass all ihre Mühe umsonst war, nur weil du nicht warten willst, bis du wirklich in der Lage bist, von Nutzen zu sein.«

»Es ist ein schwarzer Tag, wenn ich nicht mit meinem Vater reiten kann, um die Unterstützung der Clans für die Stuarts einzuholen!«

»Oh, du wirst noch genug Zeit dafür haben. Es fängt doch gerade erst an.« Brigham lächelte. Colin beruhigte sich bereits wieder und würde bald einsehen, dass es vernünftiger war, zu Hause zu bleiben.

Er hatte ein ähnliches Temperament wie seine Schwester Serena – rasch aufflammend wie trockenes Holz. Leider regte seine Schwester sich nicht so schnell wieder ab.

»Außerdem möchte ich dich daran erinnern, dass wir heute lediglich zu einer harmlosen Jagdgesellschaft ausreiten. Es wäre nicht gut, wenn darüber andere Gerüchte entstehen würden.«

»Ich denke doch, dass ich im eigenen Haus offen sprechen kann«, murrte Colin, senkte aber sofort die Stimme. Es war eine bittere Pille für ihn, aber er wusste selbst, dass er dem Ritt nach Westen noch nicht gewachsen war. »Ihr werdet mit den MacDonalds und den Camerons zusammentreffen, nicht wahr?«

»Soweit ich gehört habe. Auch die Drummonds und die Fergusons sollten anwesend sein.«

»Du wirst mit dem Cameron von Lochiel sprechen müssen. Er hat von jeher die Stuarts kräftig unterstützt, und auf seine Stimme hört man.« Colin fuhr sich mit der Hand durch die rote Mähne. »Hölle und Verdammnis! Ich sollte dabei sein und mich an der Seite meines Vaters zum Prinzen bekennen.«

»Niemand wird daran zweifeln, wo du stehst«, beschwichtigte Brigham ihn und hielt inne, als Gwen mit dem Frühstückstablett das Zimmer betrat.

Gwen warf einen Blick auf ihren Bruder, der nackt und grollend neben der Truhe stand, und schüttelte den Kopf. »Ich hoffe, du hast dir nicht schon die Fäden gezogen.«

»Verdammt, Gwen.« Colin griff hastig nach einer Decke und bedeckte sich. »Du könntest etwas mehr Respekt zeigen!«

Gwen stellte sanft lächelnd das Tablett ab und machte einen Knicks vor Brigham. »Guten Morgen, Brigham.«

Brigham hielt ein Taschentuch vor den Mund, um – nicht sehr erfolgreich – ein Grinsen zu verbergen. »Guten Morgen.«

»Du nennst ihn schon beim Vornamen, wie?«, bemerkte Colin aufgebracht. Ihm war schwindlig, und er konnte sich kaum noch auf den Beinen halten. »Ashburn, du bist offenbar bereits sehr vertraut mit meiner Schwester!«

Brigham dachte schuldbewusst daran, wie vertraut er mit Colins anderer Schwester geworden war. »Wir haben auf die Formalitäten verzichtet, nachdem wir gemeinsam dein Blut aufgewischt hatten«, erwiderte er und nahm seinen Mantel. »Ich fürchte, Ihr werdet heute mit Eurem Patienten Mühe haben, Gwen. Er ist äußerst übler Laune.«

Gwen lächelte wieder und brachte Colins Bett in Ordnung. »Colin macht mir nie Mühe.« Sie schüttelte die Kissen auf. »Vielleicht geht es dir nach dem Frühstück besser, Colin. Wenn du dich dann kräftig genug für einen kleinen Spaziergang fühlst, werde ich dich gern begleiten. Allerdings solltest du dir vorher etwas anziehen.«

Brigham unterdrückte ein Lachen und verbeugte sich leicht. Gwen hatte zwar nichts von der Kampflust ihrer Schwester, wusste aber trotzdem sehr wohl ihren Willen durchzusetzen. »Da du jetzt in guten Händen bist, Colin, werde ich mich empfehlen.«

»Brigham …«

Brigham legte Colin eine Hand auf die Schulter. »Wir werden in etwa einer Woche zurück sein, mein Freund.«

Zu schwach zum Streiten, ließ Colin sich zum Bett zurückführen. »Gott sei mit euch.«

Brigham verließ das Zimmer, als Gwen ihrem Bruder ein frisches Nachthemd über den Kopf zog.

Brigham wollte gerade die Treppe nach unten nehmen, als er Parkins sah, der einen Koffer trug.

»Oh, entschlossen, nach England zurückzukehren, Parkins?«, fragte er überrascht.

»Im Gegenteil, Mylord. Ich beabsichtige, Euch auf dem Jagdausflug zu begleiten.«

Brigham sah ihn ungläubig an. »Das kommt überhaupt nicht infrage.«

Parkins Rücken wurde ganz steif, und er reckte sein spitzes Kinn in die Höhe. »Ich werde Eure Lordschaft begleiten.«

»Das ist doch verrückt, Mann. Wenn ich jemanden mitnehmen wollte, würde ich Jem mitnehmen. Der wäre zumindest für die Pferde von Nutzen.«

Obgleich es ihn kränkte, mit einem niedrigen Pferdeburschen verglichen zu werden, blieb Parkins fest entschlossen. »Ich bin überzeugt, dass Eure Lordschaft mich brauchen wird.«

»Und ich bin überzeugt, dass ich niemanden brauche.« Brigham ging nicht minder entschlossen an ihm vorbei.

»Ich werde Euch trotzdem begleiten, Mylord.«

Langsam, als hätte er nicht richtig gehört, drehte Brigham sich um. Parkins stand aufrecht oben an der Treppe. »Ich befehle dir, hierzubleiben«, sagte er in sehr ruhigem und sehr gefährlichem Ton.

Parkins hatte plötzlich einen Eisklumpen im Magen, aber er ließ sich nicht einschüchtern. »Ich bedaure, Mylord. Euer Befehl kann mich nicht davon überzeugen, dass ich meine Pflichten hier besser erfüllen könnte als in Eurer Nähe. Ich werde Euch begleiten.«

Brighams Augen wurden schmal. »Ich habe gute Lust, dich zu entlassen, Parkins.«

Parkins' spitzes Kinn bebte. »Das steht Eurer Lordschaft frei. In dem Fall werde ich Euch jedoch trotzdem begleiten.«

»Zum Teufel mit dir, Parkins!« Brigham wandte sich entnervt ab und lief die Stufen hinunter. »Dann mach, was du willst, aber ich sage dir gleich, dir werden weder die Reisegeschwindigkeit noch die Unterkunft gefallen!«

»Ja, Mylord.« Vollauf zufrieden blickte Parkins seinem Herrn nach und verzog das strenge Gesicht zu einem Lächeln.

Missmutig eilte Brigham aus dem Haus und zu den Stallungen, um mit Jem zu sprechen. Es war noch früh am Morgen, und er hatte schon zwei Diskussionen hinter sich. Es würde guttun, in den Sattel zu kommen und zu reiten. Nur fort von hier, dachte er und blickte zurück auf das Haus – und unweigerlich auf Serenas Fenster. Fort von ihr, berichtigte er sich heftig.

Es war ihr am Abend zuvor gelungen, ihn fast die ganze Zeit über zu meiden, und wenn es gar nicht zu umgehen war, hatte sie in eisigem Ton mit ihm gesprochen. Das machte ihn wütend, aber er konnte es ihr schwerlich verübeln, so wie er sie behandelt hatte. Er nahm es ihr trotzdem übel.

Schließlich war sie es gewesen, die ihn ständig beschimpft und beleidigt hatte, bis ihm die Geduld riss. Und sie hatte mit ihm gekämpft wie eine Wildkatze, bis ihn seine Begierde übermannt hatte. Noch nie im Leben hatte er bei einer Frau Gewalt angewandt. In der Liebe war er dafür bekannt, leidenschaftlich zu sein, aber niemals grob oder rücksichtslos.

Bei Serena dagegen hatte er sich kaum zurückhalten können, ihr die Kleider vom Leib zu reißen und sie dort im Wald zu nehmen.

Es war ihre Schuld. Wenn es ihm gelungen war, fünfundzwanzig Jahre alt zu werden, ohne jemals eine Frau grob angefasst zu haben – mit dieser einzigen Ausnahme –, dann musste es doch wohl an der Frau liegen. Sie reizte ihn bis aufs Blut. Und sie faszinierte ihn.

Verdammtes Weib. Er stieß wütend mit dem Stiefel einen Stein aus seinem Weg und wünschte, Serena ließe sich ebenso leicht aus seinem Leben entfernen.

Fast eine Woche würde er fort sein, und er hoffte, dass sein rasendes Verlangen bis zu seiner Rückkehr abgekühlt war. Und dann würde er ihr mit freundlichem Respekt und Gleichmut begegnen, wie es der Schwester seines besten Freundes gebührte.

Unter keinen Umständen würde er mehr an ihren weichen Körper, ihre warmen Lippen denken – oder daran, wie sein Name geklungen hatte, als sie ihn das eine Mal in höchster Erregung aussprach. Nein, er würde nichts dergleichen tun. Allerdings würde er sie möglicherweise erwürgen, wenn sie ihm erneut in die Quere kam.

Immer noch äußerst missgestimmt, erreichte Brigham den Stall. Bevor er die Tür öffnen konnte, wurde sie von innen aufgestoßen, und Serena trat heraus. Ihr Gesicht war leichenblass, ihre Augen sahen müde aus, und das Mieder ihres Kleides war blutverschmiert.

»Rena, um Himmels willen!« Er fasste sie so heftig an den Schultern, dass sie aufschrie, und betrachtete sie von oben bis unten. Dann zog er sie an sich. »Was ist geschehen? Ihr seid verletzt? Wer hat das getan?«

»Wieso ...« Serena fühlte plötzlich den Stoff seines Mantels an ihrem Gesicht, und eine Hand strich über ihr Haar, die leicht zitterte. »Brigh... Lord Ashburn«, sagte sie verwirrt, aber es fiel ihr schwer zu denken, wenn er sie so fest im Arm hielt, als wollte er sie nie mehr loslassen. Wenn er sie umfing, als sei sie ihm lieb und teuer und er müsse sie beschützen ... Serena unterdrückte den Impuls, sich an ihn zu schmiegen. »Mylord ...«

»Wo ist er?«, fragte Brigham, schob sie ein wenig von sich und zog sein Schwert. »Ich schwöre, er wird nicht mehr lange leben. Wie schwer bist du verletzt, mein Lieb?«

Serena blieb der Mund offen stehen. In der einen Hand das Schwert, dabei aufglimmende Mordlust im Blick, stützte er sie mit der anderen Hand so behutsam, als könnte sie zerbrechen. »Seid Ihr verrückt geworden?«, brachte sie schließlich heraus. »Wen wollt Ihr töten – und warum?«

»Warum? Warum? Ihr seid blutverschmiert und stellt mir eine solche Frage?«

Serena blickte an sich herunter. »Natürlich bin ich voller Blut. Beim Fohlen gibt es immer eine Menge Blut. Jem und ich haben die halbe Nacht mit Betsy zu tun gehabt. Sie hat Zwillinge bekommen, und das Zweite kam nicht so leicht wie das Erste. Malcolm ist ganz außer sich vor Freude.«

»Beim Fohlen«, wiederholte Brigham verständnislos.

Serena befeuchtete sich die Lippen und fragte sich, ob er vielleicht einen von Gwens Heiltränken benötigte. »Habt Ihr Fieber?«

»Ich fühle mich durchaus gesund«, entgegnete er steif, trat zurück und steckte sein Schwert in die Scheide. »Ich bitte um Verzeihung. Ich habe das Blut für Euer eigenes gehalten und war besorgt um Eure Gesundheit!«

»Oh.« Sie blickte verwirrt wieder auf ihr Kleid, und ihr wurde warm ums Herz. Soweit Serena wusste, hatte bisher kein Mann in ihrem Namen sein Schwert gezogen. Brigham war zu ihrer Verteidigung geeilt, als sei er bereit, für sie gegen eine ganze Armee zu kämpfen. Und er hatte sie sein Lieb genannt. Serena befeuchtete sich erneut die Lippen. Vielleicht hatte er doch Fieber. »Ich sollte mich säubern«, sagte sie schließlich

Brigham räusperte sich. Er kam sich vor wie ein Idiot. »Geht es der Stute und den beiden Fohlen gut?«

»Sehr gut, aber alle außer Malcolm sind völlig erschöpft.« Serena verbarg ihre Hände in den Falten ihrer Röcke und wusste nicht recht, wie sie sich nun verhalten sollte. Merkwürdigerweise hätte sie am liebsten gelacht. Wenn man es recht bedachte, war es auch lächerlich – Brigham, der sein Schwert zog wie ein Rachegott, und sie selbst verschmutzt, verschwitzt und mit Pferdeblut beschmiert.

»Ich bitte um Verzeihung, Mylord«, sagte sie hastig, als ihr wider Willen ein Kichern entschlüpfte. Auch wenn sie noch so gern mit ihm stritt, um nichts in der Welt würde sie ihn absichtlich in Verlegenheit bringen.

»Das erheitert Euch, Madam.« Sein Ton war sehr kühl.

»Nein. Doch.« Seufzend strich sie sich über die Augen. »Es tut mir schrecklich leid, dass ich gelacht habe. Ich bin übermüdet.«

»Dann werde ich Euch auf dem Weg zu Eurem Bett nicht länger aufhalten.«

So konnte sie ihn nicht gehen lassen. Hätten sie sich zum Abschied böse Worte an den Kopf geworfen, wäre ihr das nur recht gewesen. Aber ihn durch ihr Lachen gedemütigt zu haben, nachdem er versucht hatte sie zu beschützen, würde sie nachts um ihren Schlaf bringen. »Mylord ...«

Er wandte sich um und sah sie ausdruckslos an. »Ja?«

Sie war plötzlich befangen. Das war nicht mehr der Mann, der sie so sanft in den Armen gehalten hatte – nicht der Mann, dem man mit einem Lächeln und einem guten Wort danken konnte. »Ihr … äh, reitet mit meinem Vater und seinen Männern fort?«

»Ja.«

»Ich möchte Euch Glück wünschen … bei Eurer Jagd!«

Brigham zog eine Braue hoch. Sie weiß es also, dachte er. »Ich danke Euch, Madam.«

Serena sah ihn an. »Ich würde viel darum geben, heute mit Euch reiten zu dürfen«, sagte sie leidenschaftlich. Dann raffte sie ihre Röcke und rannte zum Haus.

Brigham blieb stehen, wo er war, und blickte ihr nach. Er musste verrückt sein. Es war der schiere Wahnsinn, die größte Ironie des Schicksals.

Er hatte sich in sie verliebt.

Es war ein langer, anstrengender Ritt durch wesentlich raueres Gelände, als Brigham und Colin auf ihrem Weg nach Norden durchquert hatten. Zerklüftete Felsen ragten in den Himmel, und Eis und Schnee glitzerten in der Sonne. Oft war meilenweit keine Hütte zu sehen, und dann kamen sie plötzlich in ein Dorf, wo dicker Torfrauch von den Häusern aufstieg und Leute herbeiliefen, um sie zu begrüßen und Neuigkeiten zu erfragen.

Dies glich sehr dem Schottland, das Brighams Großmutter ihrem Enkel beschrieben hatte: rau, oft öde Wildnis und von Menschen bewohnt, die außerordentlich gastfreundlich waren.

Mittags machten sie Rast und wurden von einem Schäfer und seiner Familie zu einer Mahlzeit eingeladen. Es gab eine Suppe, von der Brigham lieber nicht wissen wollte, woraus sie gemacht worden war, dazu Haferbrot und Blutwurst. Vermutlich hätte er die mitgebrachten Vorräte vorgezogen, aber er aß, was ihm angeboten wurde, da er wusste, dass der Schäfer ihnen in dieser Einsamkeit kein besseres Gastmahl hätte bieten können. Das Essen wurde mit Ian MacGregors eigenem Bier heruntergespült.

Ein halbes Dutzend Kinder sprang umher, halb nackt und fröhlich, die Frau des Schäfers saß beim Feuer und arbeitete am Spinnrad. In dem Torfhaus roch es nach dem Komposthaufen draußen neben der Tür und nach dem Vieh, das im Nebenraum untergebracht war. Falls die Familie unter ihrer Armut litt, so war ihr nichts davon anzumerken. Der Schäfer trank mit großem Behagen und gelobte dem Stuart-König ewige Treue.

Auch die Männer des Gefolges wurden willkommen geheißen, und jedem wurde Essen aufgedrängt, obgleich die Portionen mager ausfielen. Brigham konnte ein Grinsen nicht unterdrücken, als er seinen peniblen Parkins mit der mysteriösen Suppe kämpfen und ein Paar schmutziger kleiner Hände von seinem fleckenlosen Ärmel schütteln sah.

Unzählige Entschuldigungen waren nötig, bevor die Reisenden ihre Gastgeber überzeugen konnten, dass dringende Angelegenheiten sie daran hinderten, über Nacht zu bleiben. Als sie endlich ihren Weg fortsetzten, war der Wind stärker geworden, und es roch nach Schnee.

»Ich habe das Gefühl, dass diese Leute jetzt unseretwegen die nächste Woche Hungerleiden müssen«, sagte Brigham zum MacGregor.

»Sie werden gewiss keinen Hunger leiden, dafür sorgt ihr Grundherr. Das ist so üblich bei den Clans.« Ian MacGregor saß aufrecht im Sattel und ritt mühelos und unermüdlich wie ein halb so alter Mann. »Es sind Männer wie dieser Schafhirte, die Prinz Charles brauchen wird, um Schottland zum Erfolg zu führen.«

»Und die Camerons?«

»Gute Kämpfer und aufrechte Männer. Wenn wir uns in Glenfinnan treffen, könnt Ihr Euch selbst ein Urteil bilden.«

»Die Jakobiten werden gute Kämpfer brauchen – und auch gute Generäle. Die Rebellion wird nur so erfolgreich sein wie die Berater des Prinzen.«

Ian MacGregor warf ihm einen scharfen Blick zu. »Daran habt Ihr also gedacht!«

»Ja.« Brigham blickte sich um, während sie ritten. Das felsige, raue Gelände war ein ideales Schlachtfeld für die Hochländer. Die Männer, die in diesen Highlands lebten, kannten die Vorteile ebenso wie die Beschwerlichkeiten. »Wenn es uns gelingt, den Kampf hier auszutragen, werden wir gewinnen!«

»Es ist mein innigster Wunsch, einen Stuart auf dem Thron zu sehen«, erklärte Ian MacGregor. »Aber ich habe bereits Kriege erlebt. 1715 und 1719. Ich habe gesehen, wie Hoffnungen erwachten und gnadenlos zerstört wurden. Ich bin noch nicht so alt, dass mein Blut kühl bleibt bei dem Gedanken an Kampf oder Gerechtigkeit, aber ich weiß, dass dies der letzte Kampf sein wird.«

»Ihr werdet noch weitere erleben, Ian.«

»Dies wird der Letzte sein«, wiederholte Ian MacGregor. »Nicht nur für mich, mein Junge, sondern für uns alle.«

Über diese Worte dachte Brigham noch immer nach, als sie die große Steinfestung Glenfinnan erreichten.

Das Wasser des Loch nan Uamh war dunkelblau. Der Himmel über ihnen hatte sich grau verfärbt, und es begann zu schneien. Ihre Ankunft wurde von Dudelsackspiel angekündigt, und die hohe, unheimliche Musik erfüllte die Luft. Diese Musik wurde gespielt, wenn die Schotten feierten oder wenn sie ihre Toten betrauerten. Und sie wurde gespielt, um die Soldaten in den Kampf zu führen. Auf einmal verstand Brigham, weshalb Männer zu solchen Klängen weinen oder kämpfen konnten.

Dichte Schneeflocken wirbelten vom Himmel herab, als die Männer sich aus den Sätteln schwangen.

Drinnen in der Burg loderten große Kaminfeuer, und jeder Gast erhielt einen Becher mit Whisky in die Hand gedrückt. Diener brachten das auf die Reise nach Westen mitgeführte Gepäck fort.

»Willkommen in Glenfinnan!« Donald MacDonald hob seinen Becher. »Auf deine Gesundheit, Ian MacGregor.«

Ian MacGregor trank. »Und auf deine Gesundheit!«

»Lord Ashburn.« MacDonald bedeutete einem Diener, Whisky nachzuschenken. »Auf Euren erfolgreichen Aufenthalt in Glenfinnan!«, sagte er und trank erneut.

Nicht zum ersten Mal war Brigham dankbar dafür, dass er Whisky gut vertrug, als er sah, wie mühelos seine Gefährten ihre Becher leerten. Er musste das wohl von seiner Großmutter geerbt haben. »Ich danke Euch.«

»Ihr seid also mit Mary MacDonald von Sleat auf Skye verwandt?«

»Ich bin ihr Enkel.«

Daraufhin sah MacDonald sich gezwungen, auf die Verstorbene anzustoßen. »Ich erinnere mich an sie. Eine hübsche Frau. Allerdings war ich noch ein Kind, als ich ihre Familie besuchte. Sie hat Euch großgezogen, wie ich höre?«

»Nach dem Tod meiner Eltern. Damals war ich fast zehn.«

»Da Ihr hier seid, bezweifle ich nicht, dass sie ihre Sache gut gemacht hat. Ihr werdet hungrig sein, Gentlemen. Wir haben ein Abendessen für Euch bereit.«

»Was ist mit den anderen?«, wollte Ian MacGregor wissen.

»Wir erwarten sie morgen.« MacDonald blickte zur Tür und lächelte. »Ah, meine Tochter. Ian, du erinnerst dich doch an meine Margaret?«

Brigham wandte sich um und sah eine kleine dunkelhaarige junge Frau von etwa achtzehn in einem tiefblauen Kleid mit Reifrock. Ihre Augen hatten die gleiche Farbe wie das Kleid. Sie machte einen Knicks und kam dann mit ausgestreckten

Händen zu Ian MacGregor. Ihr Lächeln brachte zwei Grübchen zum Vorschein.

»Maggie!« Er lachte dröhnend und küsste sie auf beide Wangen. »Du bist erwachsen geworden!«

»Es ist zwei Jahre her, dass wir uns gesehen haben.« Sie hatte eine sanfte, liebliche Stimme.

»Sie ist das Ebenbild ihrer Mutter, Donald. Danke dem Herrn, dass sie ihr Aussehen nicht von dir geerbt hat!«

»Sei vorsichtig, wenn du mich in meinem eigenen Haus beleidigst!«, warnte MacDonald, aber es schwang auch ein gewisser Stolz in seiner Stimme mit. »Lord Ashburn, darf ich Euch meine Tochter Margaret vorstellen.«

Maggie knickste wieder und reichte Brigham ihre Hand. »Mylord.«

»Miss MacDonald. Es ist eine Freude, an einem so bitterkalten Abend eine Blume zu sehen.«

Maggie konnte ein Kichern nicht unterdrücken. »Danke, Mylord. Ich bekomme nicht oft Schmeicheleien zu hören. Ihr seid ein sehr guter Freund von Colin, nicht wahr?«

»Ja, das bin ich!«

»Ich hatte geglaubt ...« Sie blickte von Brigham zu Ian MacGregor. »Er hat Euch nicht begleitet, Onkel Ian?«

»Nicht, weil er nicht wollte, Maggie.« Er wandte sich MacDonald zu. »Colin und Brigham hatten Ungelegenheiten auf dem Weg von London nach Glenroe. Campbells.«

»Wurde Colin verletzt?«, fragte Maggie sichtlich besorgt.

Ian MacGregor tätschelte beruhigend ihre Hand. »Es geht ihm schon wieder besser, Mädchen, aber Gwen hat darauf bestanden, dass er zu Hause bleibt.«

»Bitte, erzählt mir, was geschehen ist. Wie schwer wurde er verwundet? Hat er ...«

»Maggie!«, unterbrach MacDonald lachend seine Tochter. »Ich bin sicher, Ian und Lord Ashburn werden uns später bereitwillig alles erzählen. Jetzt, denke ich, werden sie sich vor dem Essen etwas frisch machen wollen.«

Trotz ihrer offensichtlichen Ungeduld gab sie sofort nach. »Natürlich. Verzeiht mir. Ich werde Euch Eure Zimmer zeigen.«

Anmutig ging sie voraus und führte die Gäste ihres Vaters aus dem Salon und die Treppe hinauf. »Ihr braucht nur zu fragen, wenn Ihr irgendetwas braucht. In einer Stunde wird gegessen, wenn es Euch recht ist.«

»Nichts könnte mir lieber sein«, erwiderte Ian MacGregor und kniff sie leicht in die Wange. »Du bist ein hübsches Mädchen geworden, Maggie. Deine Mutter wäre stolz auf dich.«

»Onkel Ian ... wurde Colin schwer verletzt?«

»Er wird bald wieder gesund sein, Mädchen, glaube mir!«

Damit musste sie sich zufriedengeben.

Eine Stunde später aßen sie in Muße und stilvoll in dem großen Speisesaal. Es gab Austern, die größer waren als alle, die Brigham je gesehen hatte, Lachs in einer delikaten Sauce, danach gebratene Ente, Wildhuhn mit Stachelbeersauce und gebratene Hammelkeulen. Der Claret war vorzüglich und floss reichlich. Dann nötigte ihnen ihr Gastgeber noch Desserts auf: süße Pasteten, Obsttörtchen, Birnenkompott und Zuckerkonfekt.

Maggie meisterte ihre Pflichten als Gastgeberin mit Leichtigkeit und Charme, sodass die gesamte Tischgesellschaft, von Ian MacGregor angefangen bis zu seinem niedrigsten Gefolgsmann, von ihr bezaubert war.

Als sie sich schließlich von ihrem Platz erhob, um die Männer ihrem Portwein zu überlassen, wandte sich das Gespräch der Politik zu. Vor allem König Louis' Absichten gegenüber England und inwieweit er Charles und die Jakobiten unterstützen würde, waren hitzig diskutierte Themen.

Hier in diesem Speisesaal im rauen Westen der Highlands

unterstützten alle einmütig den Stuart-Prinzen. Brigham erkannte, dass die Männer dem Prinzen nicht nur folgen und für ihn kämpfen, ihr Leben geben würden, sondern ihn schon seit Langem als Hoffnungsträger betrachteten und liebten.

Brigham ging sehr spät zu Bett, konnte jedoch nicht einschlafen. Das Feuer glühte rot im Kamin, und die dicken Bettvorhänge hielten die Zugluft ab, obgleich draußen der Wind um die Fenster pfiff. Sosehr Brigham sich auch dagegen sträubte: Seine Gedanken kehrten immer wieder zu Serena zurück. Würde sie jetzt im Bett liegen und tief und fest schlafen, oder fand sie, wie er, keine Ruhe?

Wie konnte es nur geschehen, dass er sich zu einer Frau hingezogen fühlte, die ihn und alles, was er repräsentierte, verabscheute? Es hatte hübschere Frauen in seinem Leben gegeben und ganz gewiss liebenswürdigere. Er hatte Frauen gekannt, die gern lachten und scherzten – im Bett oder außerhalb des Bettes –, ohne sich darum zu kümmern, ob er ein englischer Lord oder ein französischer Bauer war. Und ihm waren genügend vornehme, elegante Frauen begegnet, die ihn mit Freuden zum Tee empfangen oder zu einer Fahrt in den Park begleitet hatten.

Warum hatte keine von ihnen ihm je mit Visionen von weißer Haut und wirrem rot-goldenem Haar den Schlaf geraubt und seine Gedanken beherrscht? Bei keiner von ihnen war ihm heiß geworden, wenn er nur an ihren Namen, ihr Gesicht, ihre Augen dachte. Er und Serena hatten nichts gemeinsam außer der Treue zu einem abgesetzten Königshaus. Es war ihm unbegreiflich, wie ein Mann sein Herz an eine Frau verlieren konnte, der es großes Vergnügen bereiten würde, es mit ihren Füßen zu zerstampfen.

Und trotzdem liebte er sie. Es kam Brigham in den Sinn, dass ihn diese Gefühle vielleicht teurer zu stehen kommen würden als seine Gefolgschaft der Jakobiten.

Als er endlich in Schlaf fiel, schlief er schlecht und wurde bereits kurz nach Tagesanbruch durch die Ankunft der Camerons geweckt.

Bis Mittag war das Haus voller Männer. Außer den Camerons waren MacDonalds von den westlichen Inseln, die Drummonds und weitere Mitglieder des MacGregor-Clans aus entfernteren Gegenden eingetroffen. Es wurde ein großes Fest mit Dudelsackmusik und viel Whisky. Grobe Manieren wurden übersehen, und lautes Gelächter hallte von den Steinmauern wider.

Geschenke wurden übergeben – Hirsche, Kaninchen und was sonst noch an Wild auf der Reise erlegt worden war. Alles wurde zum Dinner serviert, und diesmal war der große Speisesaal mit Männern ausgefüllt. Die Tischgesellschaft war mannigfaltig und bestand aus den Clan-Oberhäuptern und Lairds, deren ältesten Söhnen und Männern von Rang bis hinunter zu den jeweiligen Vasallen. Alle aßen am gleichen Tisch und wurden gut bedient – aber mit gewissen Unterschieden.

Am Kopfende des Tisches gab es hervorragend zubereitetes Wildbret und feinen Claret. In der Mitte des Tisches wurden gehaltvolle Gerichte aus Hammel und Kaninchen mit Bier und Portwein gereicht, und die Leute am unteren Ende des Tisches erhielten Rindfleisch mit Kohl zum Bier. Aber auf jeder der Ebenen gab es von allem reichlich. Niemand schien sich von dieser Tischordnung beleidigt zu fühlen, und alle griffen kräftig zu. Hinter den Stühlen standen Dienstboten – viele von ihnen waren Männer aus dem Dorf, die für dieses Ereignis zum Dienst genötigt worden waren.

Es wurde auf den wahren König getrunken, auf den jungen Prinzen, auf jeden Clan, auf die Ehefrauen und Töchter der Oberhäupter – einer nach dem anderen –, und dabei wurden viele Flaschen geleert. Wie ein Mann erhoben sie ihre Becher auf den König jenseits des Wassers. Kein Zweifel, dass die Herzen aller ihm gehörten. Dennoch stellte Brigham fest, dass nicht alle Anwesenden einer Meinung waren, als das Gespräch auf die Möglichkeit eines Krieges kam, der das Leben der Schotten nur noch mehr erschwerte.

Einige der Männer waren heißblütig genug, um am liebsten sofort mit erhobenen Schwertern und Dudelsackspiel gegen Edinburgh zu marschieren. Lang gehegter Groll machte sich Luft, alte Wunden brachen auf: Verbannungen, Hinrichtungen, verbrannte Heimstätten, aberkannte Landgüter.

Wie Serena einmal gesagt hatte: Sie würden weder verzeihen noch vergessen.

Andere waren jedoch weniger geneigt, ihr Leben und ihren Landbesitz dem unerfahrenen Prinzen zu überantworten. Sie waren schon im Krieg gewesen und hatten erlebt, wie ihre Männer und ihre Träume niedergeschlagen wurden.

Cameron von Lochiel, stellvertretendes Oberhaupt seines Clans, war, solange sein Vater im Exil blieb, dem Prinzen ebenfalls ergeben, hatte aber gewisse Vorbehalte.

»Wenn wir ohne die Unterstützung französischer Truppen kämpfen, werden die Engländer unser Land überrennen und uns in die Berge und Höhlen treiben. Der Cameron-Clan ist dem wahren König treu ergeben, aber können die Clans allein gegen das ausgebildete englische Heer bestehen? Und eine Niederlage jetzt wird Schottland das Rückgrat brechen. Wir müssen genau überlegen, was wir tun werden!«

»Also, was tun wir?« James MacGregor, der Erbe von Rob Roy, schlug mit der flachen Hand auf den Tisch. »Lassen wir die Schwerter in den Scheiden stecken? Sitzen wir an unseren Feuern und werden alt über dem Warten nach Sühne? Ich jedenfalls habe den von den Engländern gewählten König und seine deutsche Königin satt!«

»Solange ein Schwert in der Scheide steckt, kann es nicht zerbrochen werden«, entgegnete Lochiel ruhig.

»Aye.« Ein MacLeod-Anführer nickte zustimmend. »Obgleich es mir wider den Strich geht, nichts zu unternehmen, ist es Tollheit zu kämpfen, wenn kein Sieg errungen werden kann. Wir haben schon zwei Mal verloren und einen bitteren Preis dafür gezahlt.«

»Die MacGregors stehen hinter dem Prinzen bis zum letzten Mann«, erklärte James, und seine Augen funkelten gefährlich. »Und wir stehen auch hinter ihm, wenn er seinen Thron einnimmt.«

»Aye, mein Junge«, unterbrach Ian beschwichtigend. Er wusste, dass James ebenso loyal, streitsüchtig und intrigant war wie sein Vater, aber nicht dessen Selbstbeherrschung besaß. »Wir stehen ebenfalls hinter dem Prinzen, aber es geht um mehr als nur um einen Thron und Ungerechtigkeiten. Lochiel hat recht. Dies ist kein Krieg, in den man sich überstürzt begibt!«

»Kämpfen wir also nur mit Worten wie die Weiber?«, fragte James heftig.

Es war genug Whisky geflossen, um die Gemüter zu erhitzen, und bei James' Worten wurde ärgerliches Gemurmel hörbar. Bevor mehr gesagt werden konnte, sprach Ian MacGregor erneut.

»Wir kämpfen als Clansmänner, wie unsere Väter und Vorväter. Ich habe neben deinem Vater gekämpft, James«, sagte er ruhig. »Und an deiner Seite, als wir beide noch jung waren«, fügte er zu Lochiel gewandt hinzu. »Ich bin stolz darauf, mein Schwert und das meines Sohnes den Stuarts zur Verfügung zu stellen. Wenn wir kämpfen, sollten wir jedoch mit scharfem Verstand und kühlem Kopf kämpfen – nicht nur mit Schwert und Beil.«

»Aber wissen wir denn, dass der Prinz in den Kampf ziehen will?«, fragte jemand aus der Runde. »Wir haben uns schon früher versammelt, um seinen Vater zu unterstützen, und es ist nichts dabei herausgekommen.«

Ian MacGregor ließ seinen Trinkbecher auffüllen. »Brigham, Ihr wart in Frankreich mit dem Prinzen zusammen. Erzählt uns von seinen Absichten.«

Es wurde still am Tisch. »Er hat die Absicht, um seine Rechte zu kämpfen. Daran kann kaum Zweifel bestehen.« Brigham machte eine Pause und musterte die Gesichter ringsum. Alle hörten aufmerksam zu, aber nicht alle wirkten erfreut über seine Worte. »Er rechnet damit, dass ihm die Jakobiten hier und in England in dem Kampf zur Seite stehen, und er hofft, König Louis überreden zu können, ihn und seine Sache zu unterstützen. Mit der Unterstützung der Franzosen im Rücken könnte es ihm zweifellos gelingen, seine Feinde zu entzweien und siegreich zu sein!«

Brigham hob seinen Becher und ließ sich mit dem Weitersprechen Zeit, um dem Folgenden Nachdruck zu verleihen. »Ohne die Unterstützung der Franzosen werden kühnes Handeln und eine vereinte Front vonnöten sein.«

»Die Lowlanders werden auf Seiten der Regierungsarmee kämpfen«, meinte Lochiel nachdenklich und dachte betrübt an Tod und Zerstörung, die sie in ihrer Spur hinterlassen würden. »Und der Prinz ist jung und unerfahren im Kampf.«

»Ja«, stimmte Brigham zu. »Er braucht erfahrene Männer, Berater ebenso wie Kämpfer. Zweifelt nicht an seinem Ehrgeiz oder an seiner Entschlossenheit. Er wird nach Schottland kommen und seine Standarte erheben. Und er muss die Clans hinter sich wissen, mit Herz und Schwert.«

»Mein Herz und Schwert gehören ihm!«, erklärte James und hob herausfordernd seinen Becher.

»Wenn der Prinz fest entschlossen ist, werden die Camerons hinter ihm stehen«, sagte Lochiel bedächtig.

Die Beratungen dauerten bis tief in die Nacht und wurden am nächsten und am übernächsten Tag fortgeführt. Einige der Clan-Oberhäupter waren vorbehaltlos bereit, mit ihren Männern in den Kampf zu ziehen, andere dagegen zeigten sich ziemlich zurückhaltend.

Als sie sich von den MacDonalds verabschiedeten, waren Brighams Gedanken ebenso trübe wie der Himmel. Charles' hochfliegender Ehrgeiz konnte nur allzu leicht einen Dämpfer bekommen.

6. Kapitel

Serena saß im Schlafrock vor dem knisternden Schlafzimmerfeuer, und ihre Mutter bürstete ihr die Haare trocken. Es erinnerte Fiona daran, wie oft sie während Serenas Kindheit so dagestanden und ihrer Ältesten die Haare gebürstet hatte, wenn Serena nach dem Bad warm eingehüllt vor dem Feuer saß. Damals war es leicht gewesen, Kummer zu lindern oder ein Problem zu lösen. Jetzt dagegen war das Kind eine junge Frau und die Zeit nicht mehr fern, wenn ihr kleines Mädchen am eigenen Feuer sitzen würde.

Um Serena sorgte sich Fiona von all ihren Kindern am meisten. Colin war auch eigensinnig, gewiss, aber er ähnelte seinem Vater genügend, um seinen eigenen Weg zu finden. Gwen hatte ein sanftes und liebenswürdiges Wesen, und Fiona zweifelte nicht daran, dass ihr warmes Herz und ihre zarte Erscheinung einen gütigen Mann zu ihr führen würden. Und Malcolm … Fiona lächelte, als sie an ihren Jüngsten dachte. Malcolm war voller Charme und Schalk und besaß außerdem einen scharfen Verstand, wie der gute Pater behauptete.

Es war jedoch Serena, die das heftige MacGregor-Temperament und dazu ein leicht verwundbares Herz geerbt hatte. Es war Serena, die ebenso leidenschaftlich hasste wie sie liebte, Fragen stellte, die nicht beantwortet werden konnten – und die sich zu gut an Dinge erinnerte, die vergessen sein sollten.

Letzteres fand Fiona am beunruhigendsten. Jener schreckliche Vorfall damals hatte bei ihrer Tochter ebenso tiefe seelische Narben hinterlassen wie bei ihr selbst. Während sie jedoch nur im Stillen darunter litt, brach aus Serena zu oft blanker Hass hervor und verführte sie zu unbedachten Worten.

Niemals würde Fiona vergessen, wie ihre kleine Tochter ihr in jener Nacht beigestanden, sie gewaschen, umsorgt und getröstet hatte. Und sie konnte auch nicht vergessen, dass Serena seitdem ein wilder Kampfgeist beherrschte, der sie bei jeder echten oder eingebildeten Missachtung ihrer Familie aufbrausen ließ. Und als Mutter bereitete es ihr Kummer, dass Serena den Männern, die sie umwarben, mit solch offensichtlicher Verachtung begegnete.

Im Allgemeinen, wenn Mutter und Tochter so beisammen waren, pflegte Serena lebhaft zu erzählen, Fragen zu stellen und zu scherzen. An diesem Abend war sie jedoch ungewöhnlich still.

»Du bist heute so ruhig, Liebes. Siehst du Traumgestalten im Feuer?«

Serena lächelte. »Du hast immer gesagt, man könnte sie sehen, wenn man nur lange genug hinschaut.« Aber heute hatte sie dauernd in die Flammen gestarrt und nichts als brennendes Holz gesehen.

»Du bist in den letzten Tagen viel für dich gewesen. Fühlst du dich nicht gut?«, forschte Fiona behutsam nach.

»Doch, ich bin nur …« Sie konnte sich selbst nicht recht erklären, was mit ihr los war. »… irgendwie ruhelos. Ich sehne mich nach dem Frühling!« Sie verstummte wieder und blickte ins Feuer. Schließlich fragte sie: »Wann, glaubst du, wird Papa zurück sein?«

»Morgen. Vielleicht auch übermorgen.« Fiona zog unermüdlich die Bürste durch Serenas Haar. Die nachdenkliche Stimmung ihrer Tochter hatte an dem Tag begonnen, als die Männer fortritten. »Machst du dir Sorgen um ihn?«

»Nein.« Serena seufzte. »Manchmal frage ich mich, wo das alles enden wird, aber um Papa sorge ich mich nicht.« Sie seufzte wieder. »Ich wünschte, ich wäre ein Mann.«

Diese Äußerung war so typisch für Serena, dass Fiona sich etwas erleichtert fühlte. Sie lachte und gab Serena einen Kuss auf den Scheitel. »Du bist, was du geboren wurdest zu sein, Liebes, und nichts könnte mir besser gefallen.«

»Ich wünschte, ich wäre mehr wie du und könnte dir mehr Freude machen.«

»Was redest du da für Unsinn!«

»Ich weiß, dass du manchmal von mir enttäuscht bist.«

»Nein, enttäuscht gewiss nicht!« Fiona legte die Arme um Serena und schmiegte für einen Augenblick Wange an Wange. »Als du geboren wurdest, dankte ich Gott dafür, dass er mir wieder ein gesundes Kind schenkte. Es hatte mir fast das Herz gebrochen, dass ich zwei Kinder zwischen Colin und dir verlor, und ich fürchtete, nie mehr Kinder zu bekommen, bis du dann kamst. Du warst winzig, aber kräftig wie ein Füllen. Du hast mir recht viel zu schaffen gemacht bei der Geburt. Die Hebamme sagte, du hättest dir den Weg in die Welt erkämpft. Frauen ziehen zwar nicht in den Krieg, Serena, aber ich sage dir, es gäbe keine Kinder, wenn die Männer sie zur Welt bringen müssten.«

Darüber musste Serena lachen. »Ich erinnere mich noch an Malcolms Geburt. Papa verschwand im Stall und hat sich betrunken.«

»So war es bei euch allen«, bemerkte Fiona lächelnd. »Dein Vater würde sich eher hundert Dragonern zum Kampf stellen, als auch nur einen Fuß in ein Geburtszimmer zu setzen.«

»Als du Papa kennenlerntest … wie hast du gewusst, dass du ihn liebst?«

»Ich weiß nicht recht.« Fiona blickte sinnend ins Feuer. »Das erste Mal begegnete ich ihm auf einem Ball. Alice Mac-

Donald und Mary MacLeod waren meine besten Freundinnen, und Alice MacDonalds Eltern gaben einen Ball zu ihrem Geburtstag. Die MacDonalds von Glenfinnan. Donald, der Freund deines Vaters, ist Alices Bruder. Alice trug ein grünes Ballkleid, Mary ein blaues und ich ein weißes und dazu die Perlen meiner Großmutter. Wir hatten uns die Haare gepudert und fanden uns außerordentlich elegant und schön!«

»Du warst es ganz bestimmt!«

Mit einem kleinen Seufzer hielt Fiona im Bürsten inne. »Die Musik war so heiter, und die Männer waren so stattlich und hübsch. Dein Vater ließ sich von Donald vorstellen und bat mich dann zum Tanz. Natürlich sagte ich zu, aber insgeheim dachte ich: ›Was soll ich nur mit diesem großen Ungetüm von Mann? Wahrscheinlich wird er mir auf die Zehen treten und meine neuen Schuhe ruinieren.‹«

»Oh, Mama, du hast doch nicht wirklich geglaubt, Papa könnte nicht tanzen?«

»Doch, aber er hat mir das Gegenteil bewiesen. Wie du selbst weißt, tanzt niemand anmutiger und leichtfüßiger als Ian MacGregor.«

Serena stellte sich ihre Eltern vor, wie sie jung waren und zum ersten Mal miteinander tanzten, und das Bild gefiel ihr sehr. »Du hast dich also in ihn verliebt, weil er so gut tanzen konnte?«, fragte sie neugierig.

»Nein, das gewiss nicht. Ich flirtete mit ihm, das gebe ich zu. Alice, Mary und ich hatten uns geschworen, mit allen Männern auf dem Ball zu flirten, bis wir einen ganzen Schwarm von Verehrern hatten. Wir waren uns einig, dass wir nur die hübschesten, elegantesten und reichsten Gentlemen als Ehemänner akzeptieren würden.«

Serena blickte erstaunt über ihr Schulter. »Du, Mama?«

»Aye. Ich war ziemlich eitel und eingebildet«, gestand Fiona lachend und strich sich über das Haar, das erste Anzeichen von

Grau aufwies. »Mein Vater hat mich sehr verzogen, verstehst du. Am nächsten Tag machte dein Vater bei den MacDonalds, bei denen ich wohnte, einen Besuch. Um mit Donald auszureiten, wie er sagte, aber er sorgte dafür, dass ich ihn sehen konnte. Und in den folgenden Wochen kreuzte er öfter meinen Weg, als man zählen kann. Er war weder der hübscheste noch der eleganteste oder reichste der Männer, die mir den Hof machten, aber am Ende war er derjenige, den ich wollte!«

»Aber wie hast du festgestellt, dass du ihn liebtest?«, drängte Serena. »Wie konntest du dir dessen sicher sein?«

»Ich wusste es, als mein Herz lauter sprach als mein Verstand«, antwortete Fiona und betrachtete nachdenklich ihre Tochter. Das war also das Problem. Wieso nur hatte sie die Anzeichen nicht erkannt? Ihre Kleine war dabei, sich zu verlieben. In Gedanken ging sie rasch die Namen und Gesichter der jungen Männer durch, die zu Besuch gekommen waren und Serena umwarben. Sie konnte sich nicht erinnern, dass Serena für irgendeinen von ihnen mehr als nur einen Blick übrig gehabt hatte. Die meisten hatte sie praktisch in die Flucht geschlagen.

»Es muss mehr als das sein.« Unzufrieden mit dieser Antwort und immer noch verwirrt, schüttelte Serena den Kopf. »Man muss doch gewiss das Gefühl haben, das Richtige zu tun. Wenn Papa nun anders gewesen wäre, wenn ihr nicht die gleichen Überzeugungen und denselben Hintergrund gehabt hättet, dann würde dein Herz bestimmt keinen Ton von sich gegeben haben.«

»Liebe lässt sich von Unterschieden nicht aufhalten, Rena«, erwiderte Fiona vorsichtig. Ihr war plötzlich ein Gedanke gekommen, und sie wusste nicht recht, ob sie darüber lachen oder weinen sollte. Hatte ihre ungestüme, eigenwillige Tochter sich etwa in den englischen Lord verliebt? »Liebes …« Sie berührte sanft Serenas Wange. »Wenn die Liebe kommt, ist es meistens auch gut und richtig so – nur sinnvoll ist es selten!«

»Ich würde lieber allein bleiben«, erklärte Serena heftig. »Eher spiele ich die Tante für Colins, Gwens und Malcolms Kinder, als nach einem Mann zu schmachten, von dem ich weiß, dass er mich unglücklich machen würde!«

»Jetzt sprechen dein Verstand und dein Temperament aus dir«, entgegnete Fiona milde. »Sich zu verlieben ist beängstigend, vor allem für eine Frau, die sich dagegen zu wehren versucht.«

»Ich weiß nicht.« Serena schmiegte ihre Wange in die Hand ihrer Mutter. »Oh, Mama, warum weiß ich nicht, was ich will?«

»Wenn die Zeit reif ist, wirst du es wissen. Und du, das mutigste von meinen Kindern, wirst die Liebe annehmen.«

Plötzlich erstarrte ihre Hand an Serenas Wange. Sie hörten beide das näher kommende Pferdegetrappel, und sekundenlang erinnerten sich beide an einen anderen Abend vor zehn Jahren.

»Papa kommt früh zurück.« Serena stand auf und nahm beschwichtigend die Hand ihrer Mutter.

»Aye.« Fiona atmete tief durch und zwang sich zu entspannen. »Er wird etwas Warmes essen wollen.«

Die Männer waren zügig geritten, um diese Nacht in ihren eigenen Betten zu schlafen. Sie hatten unterwegs gejagt und kamen beladen mit Rotwild, Kaninchen und Wildenten nach Hause. Das Haus, bis dahin so still, hallte jetzt wider von Ian MacGregors Begrüßungsrufen und Befehlen. Serena hatte beschlossen, oben zu bleiben, da sie bereits im Schlafrock war, besann sich dann jedoch anders, als sie ihren Vater nach ihr brüllen hörte.

Sie begann ihr Haar zu glätten und hielt dann ärgerlich inne. Es war völlig gleichgültig, wie sie aussah, wenn sie hinunterging, um ihren Vater zu begrüßen.

Ihr Vater, das Gesicht noch gerötet vom scharfen Wind, gab Gwen gerade einen herzhaften Kuss. Colin saß am Feuer, eine Decke über den Knien, und Malcolm hockte auf der Armlehne seines Sessels und strahlte über das ganze Gesicht.

Brigham stand vor dem Kamin, in der einen Hand bereits einen gefüllten Trinkbecher, die andere Hand in der Tasche seiner Reithose vergraben. Sein Haar war vom Ritt zerzaust, und seine Stiefel waren schmutzig. Obgleich Serena sich fest vorgenommen hatte, ihn nicht anzusehen, wurde ihr Blick unwiderstehlich von seiner Erscheinung angezogen. Für die Zeitspanne von drei Herzschlägen war nichts und niemand außer ihm im Raum.

Brigham erging es ebenso. Er sah sie eintreten, in ihrer grünen fließenden Schlafrobe und mit feurig schimmernden offenen Haaren, und unwillkürlich umkrampften seine Finger den Zinnbecher mit solcher Kraft, dass Brigham meinte, sie müssten Eindrücke hinterlassen. Dann fasste er sich wieder und machte eine kleine Verbeugung zu ihr hin. Sofort reckte sie trotzig das Kinn in die Höhe, und Brigham wünschte sich nichts sehnlicher, als zu ihr zu gehen und sie in die Arme zu schließen.

»Da ist sie ja, meine kleine Hochland-Wildkatze.« Ian MacGregor breitete die Arme aus. »Hast du einen Kuss übrig für deinen Papa?«

Sie lächelte spitzbübisch. »Vielleicht.« Sie kam auf ihn zu und gab ihm ein sehr züchtiges Küsschen auf die Wange. Dann lachte sie, schlang ihm die Arme um den Nacken und versetzte ihm einen lauten Schmatz. Ihr Vater hob sie hoch und wirbelte sie zwei Mal umher.

»Nun, hier haben wir ein viel versprechendes Mädchen«, bemerkte er zu niemandem im Besonderen. »Wenn ein Mann die Klauen überleben kann, hat er eine Beute erobert, die zu behalten sich lohnt.«

»Ich bin für keinen Mann eine Beute!« Serena zog kräftig und respektlos an seinem Bart und erntete dafür einen Klaps aufs Hinterteil sowie ein breites Grinsen.

»Ihr seht, ich spreche die Wahrheit, Brigham. Sie hat Temperament, meine kleine Wildkatze. Ich habe gute Lust, dich Duncan MacKinnon zur Frau zu geben, Serena, da er mich fast jede Woche um deine Hand bittet.«

»Das tu du nur, Vater«, entgegnete sie gelassen. »Er wird nicht mehr so lästig sein, wenn ich ihn erst in Stücke gerissen habe.«

Ian MacGregor lachte dröhnend. Obgleich er alle seine Kinder liebte, stand Serena seinem Herzen doch am nächsten. »Vergessen wir's, Serena. Der junge Duncan ist dir nicht gewachsen. Und nun füll meinen Becher auf.«

Serena kam seinem Wunsch nach und ging dann zu Brigham, um ihm ebenfalls nachzuschenken. Sie konnte nicht widerstehen, zu ihm aufzublicken und ihn herausfordernd anzusehen. »Vielleicht ist mir überhaupt kein Mann gewachsen«, erwiderte sie ein wenig hochmütig.

Brigham war stets bereit, eine Herausforderung anzunehmen. »Es könnte sein, Mylady, dass Euch noch keiner beigebracht hat, Eure Klauen einzuziehen.«

»Die Wahrheit ist, Mylord, dass noch keiner, der es versuchte, überlebt hat.«

»Wie es scheint, braucht Ihr dann wohl einen Mann, der aus härterem Holz geschnitzt ist.«

Serena zog die Brauen hoch, als wollte sie ihn abschätzen. »Glaubt mir, ich brauche überhaupt keinen Mann.«

Er lächelte, und sein Blick warnte sie, dass er ihr das Gegenteil beweisen könnte. »Vergebt mir, Madam, aber eine reizbare Stute begreift selten, dass sie einen Reiter braucht!«

»Oh, bitte!« Colin konnte sich kaum halten vor Lachen und hob eine Hand. »Ermutige ihn bloß nicht, Rena. Dieser Mann kann stundenlang mit Worten fechten, und du wirst nie gewinnen. Hab Mitleid und bring den Krug. Mein Becher ist leer.«

»Genauso leer wie dein Kopf«, murmelte Serena und schenkte ihrem Bruder Whisky ein.

»Langsam, Mädchen, zieh mir nicht gleich das Fell über die Ohren. Ich bin immer noch ein kranker Mann.«

»Bist du das?« Lächelnd nahm sie ihm den Becher aus der Hand. »Dann solltest du einen von Gwens Heiltränken zu dir nehmen und keinen Whisky«, sagte sie und trank ihn selbst.

»Weibsstück!« Grinsend zog Colin sie zu sich. »Und nun schenk mir ein, dann behalte ich deine Geheimnisse für mich.«

»Hah! Was für Geheimnisse?«

Colin flüsterte ihr nur ein Wort ins Ohr: »Kniehosen.«

Serena fluchte leise und füllte ihm den Becher. »Du bist also nicht so krank gewesen, dass du nicht aus dem Fenster sehen konntest«, murmelte sie.

»Ein Mann muss sich verteidigen, so gut er kann.«

Ian MacGregor wartete, bis aller Augen auf ihn gerichtet waren. »Wir haben die MacDonalds wohlauf vorgefunden. Donalds Bruder Daniel ist erneut Großvater geworden. Zum dritten Mal! Und was ist mit mir?« Er blickte seine beiden ältesten Kinder vielsagend an, die daraufhin beide das gleiche unschuldige Lächeln aufsetzten. »Was grinst ihr wie ein Paar Schwachköpfe, anstatt dem Clan gegenüber Eure Pflicht zu erfüllen! Ein besserer Vater, als ich es bin, würde euch beide längst verheiratet haben, ob ihr nun wollt oder nicht.«

»Es gibt keinen besseren Vater als unseren«, sagte Serena.

Das besänftigte ihren Vater. »Nun, lassen wir das. Ich habe übrigens Maggie MacDonald eingeladen, uns zu besuchen.«

»Gütiger Himmel«, stöhnte Colin, »auch das noch!«

Diese Bemerkung brachte ihm einen kräftigen Puff von seiner Schwester ein. »Sie ist eine gute Freundin von mir, also nimm dich in acht! Wann kommt sie, Papa?«

»Nächste Woche.« Ian MacGregor warf Colin einen strengen Blick zu. »Und ich möchte dich daran erinnern, mein Junge, dass jeder Gast in diesem Haus uns allen willkommen ist.«

»Es gibt aber welche, die einem ständig unter die Füße geraten, sodass man nirgendwohin laufen kann, ohne über sie zu stolpern«, murrte Colin, lenkte dann aber rasch ein. »Zweifellos ist sie inzwischen aus dem Alter heraus und wird sich mit Renas und Gwens Gesellschaft begnügen.«

Die nächsten Tage vergingen mit Vorbereitungen für den erwarteten Besuch. Auf Fionas Wunsch hin wurden die Möbel und das Silber poliert, die Böden gescheuert und im Voraus gebacken und gekocht. Serena war zu sehr an Arbeit gewöhnt, um wegen der zusätzlichen Aufgaben zu murren, und sie freute sich auf die Gesellschaft eines Mädchens in ihrem Alter, mit dem sie seit ihrer Kindheit befreundet war und das sie lange nicht mehr gesehen hatte.

Da Colin nun wiederhergestellt war, ritt er oft mit Brigham aus, manchmal auch in Begleitung von Ian MacGregor und anderen Männern. Jeden Abend wurde über die Sache der Jakobiten und über den nächsten Schritt des Prinzen debattiert. Gerüchte flogen von den Bergen in die Täler, von den Flüssen in die Wälder. Der Prinz war auf dem Weg nach Schottland. Der Prinz war in Paris. Der Prinz würde überhaupt nicht kommen.

Einmal war ein Bote mit einer Nachricht für Brigham eingetroffen und sogleich in die Wohnstube geführt worden. Die Türen blieben stundenlang hinter den Männern geschlossen, und nach Einbruch der Dunkelheit war der Reiter wieder verschwunden. Welche Neuigkeiten auch immer er gebracht hatte, sie wurden nicht an die Frauen weitergereicht, und das erbitterte Serena ungemein.

Sie widmete sich in der Küche voller Energie der Wäsche. Es machte ihr Spaß, in dem großen Waschzuber das Leinen zu stampfen, und sie genoss es auch, allein zu sein. Mrs. Drummond besuchte eine Nachbarin, um Klatsch und Rezepte auszutauschen, Malcolm machte seine Hausaufgaben, Gwen polierte das Silber, und ihre Mutter überwachte das Herrichten eines Gästezimmers.

Mit geschürzten Röcken watete sie im Wasser, das ihr bis zu den Waden reichte, und summte dabei vor sich hin, um nicht aus dem Rhythmus zu kommen. Sie fragte sich, ob Brigham ihre Freundin Maggie MacDonald hübsch gefunden und ob er ihr wohl auch die Hand geküsst und ob er wohl manchmal an sie, Serena, gedacht hatte …

Weshalb sollte mich das interessieren, fragte sie sich dann und stampfte noch energischer auf die Wäsche. Der Mann hatte seit seiner Rückkehr kaum einen Blick für sie übrig gehabt, und es war ihr nur recht. Er bedeutete ihr gar nichts, jedenfalls nicht mehr als ein Dorn im Fleisch.

Serena begann so heftig zu stampfen, dass das Wasser aufspritzte und bis zum Zuberrand stieg. Sie wünschte, dieser Mann mit der kühlen Stimme und dem Augenausdruck würde nach London zurückgehen – oder überhaupt zum Teufel. Sie hoffte, er würde in den Fluss fallen, sich eine Erkältung holen und langsam dahinsiechen. Noch besser wäre allerdings, er würde zu ihr kommen, auf die Knie fallen und sie um ein Lächeln anflehen.

Natürlich würde sie ihn abweisen, aber sie wünschte … Plötzlich hörte sie auf zu wünschen, zu waschen und zu denken, als der Gegenstand ihrer Überlegungen die Küche betrat.

Brigham blieb unvermittelt stehen und war offenbar ebenso erschrocken wie Serena. Er hatte sie oben bei ihrer Mutter gewähnt oder bei ihrer Schwester im Speisesaal. In den letzten Tagen hatte er großes Geschick darin entwickelt, ihr aus dem

Weg zu gehen, und nun traf er sie unversehens allein in der überhitzten Küche an. Ihr Gesicht war gerötet von der Anstrengung, die Haare hatten sich aus den Nadeln gelöst – und ihre Röcke waren bis zum Knie geschürzt.

Sie hatte weiße und so wohl geformte Beine, wie ein Mann es sich nur erträumen konnte. Er beobachtete andächtig, wie ein Wassertropfen von ihrem Knie die Wade hinunterrollte. Dann holte er tief Luft und fasste sich wieder.

»Welch ein unerwartetes und charmantes häusliches Bild«, bemerkte er fast lächelnd.

»Ihr habt in der Küche nichts zu suchen, Lord Ashburn«, entgegnete sie kühl.

»Euer Vater hat mich gebeten, mich hier wie zu Hause zu fühlen. Und da alle so beschäftigt sind, dachte ich, es wäre weniger Mühe, selbst herzukommen und Mrs. Drummond um etwas Suppe zu bitten.«

»Es ist Suppe dort im Topf!« Serena deutete auf den dampfenden Kessel über dem Herd. »Nehmt Euch selbst. Ich habe zu viel zu tun, um Euch zu bedienen!«

»Das sehe ich.« Er trat näher. Es roch nach Seife. »Madam, ich versichere Euch, dass ich ganz anders schlafen werde, nachdem ich nun weiß, wie meine Bettwäsche gewaschen wurde.«

Serena unterdrückte ein Lachen und begann erneut zu stampfen. »Es erfüllt den Zweck, *Sassenach*, und es erfüllt ihn gut. Und nun lasst mich weiterarbeiten, bevor das Wasser kalt wird!« Vielleicht ritt sie der Teufel, denn sie stampfte so heftig, dass Wasser auf seine Kniehosen spritzte. »Oh, ich bitte um Verzeihung, Mylord«, sagte sie mit einem Kichern.

Brigham blickte auf seine Hosen und schüttelte den Kopf. »Ihr meint wohl, sie sollten auch gewaschen werden?«

»Werft sie nur in den Zuber«, bot sie ihm übermütig an. »Ich hatte schon mal gute Lust, Eure Hosen mit Füßen zu treten!«

»Tatsächlich?« Brigham griff nach der Schnalle und sah mit Genugtuung, wie Serena vor Überraschung die Augen weit aufriss. Sie errötete bis unter die Haarwurzeln, trat einen Schritt zurück und wäre fast ins Wasser gefallen.

»Brigham ...«

Er hielt sie noch rechtzeitig fest, bevor sie mitsamt dem Waschwasser in die Küche stürzte. »Ah, ich wusste doch, ich würde Euch wieder dazu bringen!«

Er hatte ihr beide Hände um die Taille gelegt, und Serena war völlig verwirrt. »Wozu denn?«

»Meinen Namen zu sagen«, erwiderte er. »Sagt ihn noch mal, ich bitte Euch!«

»Dazu besteht keine Notwendigkeit.« Sie befeuchtete die Lippen mit der Zungenspitze und brachte dadurch sein Blut noch mehr in Wallung. »Und es ist unnötig, dass Ihr mich festhaltet. Ich habe mein Gleichgewicht wiedergefunden«, gelang es ihr zu sagen.

»Aber ich habe es nötig, Rena. Seit drei Tagen sage ich mir unaufhörlich, dass ich Euch nicht berühren darf, nicht berühren sollte und nicht berühren werde.« Während er sprach, strich er mit der Hand über ihren Rücken und über ihr Haar, als könnte er sich beliebig bedienen. »Und doch verlangt es mich, Euch zu berühren. Dasselbe Verlangen erkenne ich jetzt auch in Euren Augen!«

Serena senkte hastig den Blick und hasste sich dann dafür. »Gar nichts erkennt Ihr!«

»Doch, alles«, berichtigte er und drückte ihr einen Kuss ins Haar. »Es ist mir nicht gelungen, Euren Duft zu vergessen oder den Geschmack Eurer Haut auf meiner Zunge.«

»Hört auf damit! Ich will das nicht hören!« Sie versuchte ihn wegzustoßen.

Er griff ihr fester ins Haar, sodass sie gezwungen war, den Kopf zu heben. »Warum? Weil ich Engländer bin?«

»Nein. Ja. Ich weiß nicht«, murmelte sie. Dann wurde ihre Stimme kräftiger. »Ich weiß nur, dass ich das hier nicht will. Ich möchte die Gefühle nicht haben, die Ihr in mir auslöst.«

Brigham empfand heimlich Triumph. »Welche Gefühle löse ich denn in Euch aus, Rena?«

»Schwäche, Angst und Ärger. Nein, tut das nicht«, sagte sie leise, als er sich näher zu ihr herunterbeugte. »Ihr sollt mich nicht küssen.«

»Dann küsst Ihr mich.« Er berührte zart mit seinen Lippen ihren Mund.

»Das werde ich nicht tun!«

Nichtsdestoweniger wölbten sich ihre Lippen ihm entgegen, und er lächelte leicht. »Ihr tut es bereits.«

Mit einem Seufzer klammerte Serena sich an ihn und nahm sich, was ihr Herz begehrte, ungeachtet der Warnung ihres Verstandes. Er war nicht der richtige Mann für sie und würde es nie sein können, und doch, wenn er sie in den Armen hielt, schien es ihr, als wäre er von jeher für sie bestimmt gewesen.

Er neckte und lockte sie mit seinen Lippen und entzog sie ihr, bis sie dazu getrieben wurde, sich ihrer zu bemächtigen. Und Serena fühlte sich auf einmal nicht mehr schwach, sondern stark. Energie durchströmte sie und erhitzte ihr Blut. Vor Schwäche fürchtete sie sich – aber nicht vor Kraft.

Sie schlang die Arme um Brigham, warf den Kopf in den Nacken und öffnete die Lippen, als wollte sie ihn herausfordern, ihre Kraft zu schwächen.

Es war, als hielte er geballte Energie im Arm. Serena war so voller Leidenschaft und gefährlicher Macht. Brigham murmelte ihren Namen und hob sie aus dem Zuber. Sekundenlang hielt er sie in der Luft, bevor er sie an seinem Körper heruntergleiten ließ, bis ihre Füße den Boden berührten.

Und dann bedeckte sie sein Gesicht mit Küssen, schob ihre Hände unter seine Jacke und strich ungeduldig über das Leinen seines Hemdes. Sie presste ihren Körper an seinen und forderte ihn geradezu auf, sie zu berühren.

Brigham wusste, dass er nur die Wahl hatte, Serena auf den Boden zu ziehen und ihrer beider Verlangen hier und jetzt zu befriedigen oder aufzuhören. Mit äußerster Anstrengung riss er sich von ihr los. »Serena …« Er nahm ihre Hände und führte sie beide an seine Lippen. »Wir müssen miteinander reden.«

»Reden?« Serena war nicht mehr fähig zu denken.

»Ja, und das bald, bevor ich das Vertrauen Eures Vaters und Eures Bruders noch mehr missbrauche, als ich es bereits getan habe.«

Serena blickte ihn verständnislos an, und erst jetzt begann sich der Nebel in ihrem Kopf zu verflüchtigen. Sie entzog Brigham die Hände und presste sie an ihre glühenden Wangen. Wie hatte sie sich ihm nur derart an den Hals werfen können? »Ich will nicht reden. Ich will, dass Ihr fortgeht.«

»Ob Ihr wollt oder nicht, wir werden reden!« Er umfasste ihre Arme, bevor sie sich abwenden konnte. »Serena, wir können nicht leugnen, dass jedes Mal, wenn wir zusammen sind, etwas zwischen uns geschieht. Vielleicht wünsche ich mir das ebenso wenig wie Ihr, aber ich bin nicht so töricht, mir einzureden, dass da nichts ist!«

»Es wird vorübergehen«, sagte sie und wollte das ganz einfach glauben. »Wünsche kommen und vergehen auch wieder!«

Brigham zog eine Braue hoch. »Welch kühle und welterfahrene Worte von einer Frau mit nackten Füßen!«

»Ach, lasst mich endlich in Ruhe!« Sie versetzte ihm einen Stoß. »Ich war glücklich und zufrieden, bevor Ihr hergekommen seid, und ich werde glücklich und zufrieden sein, wenn Ihr endlich fortgeht.«

»Lügnerin.« Er zog sie wieder an sich. »Wenn ich jetzt fortgehen sollte, würdet Ihr weinen.«

Serena richtete sich stolz auf. »Euretwegen werde ich gewiss keine Tränen vergießen. Weshalb auch? Ihr seid nicht der erste Mann, den ich geküsst habe, und Ihr werdet gewiss nicht der letzte sein.«

Seine Augen wurden schmal. »Ihr lebt gefährlich, Serena!«

»Ich lebe, wie es mir gefällt. Und jetzt lasst mich los!«

»Ich bin also nicht der Erste, der Euch geküsst hat«, murmelte Brigham und wünschte sich heftig, die Namen der Männer zu kennen, um sie allesamt ermorden zu können. »Sagt mir, habt Ihr bei den anderen auch gezittert?« Er küsste sie so ungestüm, dass ihr die Luft wegblieb. »Ist Euer Körper bei ihnen auch so weich und heiß geworden?« Er küsste sie wieder, und diesmal konnte sie nichts anderes tun, als an seinen Lippen zu seufzen und ihm seinen Willen zu lassen. »Habt Ihr sie auf die gleiche Weise angesehen, wie Ihr jetzt mich anseht? So voller Leidenschaft und Verlangen?«

Serena klammerte sich Halt suchend an seine Schultern, so schwach fühlte sie sich auf einmal. »Brigham …«

»Ja?«, fragte er und sah sie durchdringend an.

Serena schüttelte benommen den Kopf. »Nein.«

»Serena, ich …«

Gwen stieß die Tür auf und blieb überrascht stehen, als sie ihre Schwester in enger Umarmung mit dem Hausgast sah. Serena stand barfüßig auf Zehenspitzen und klammerte sich an Brighams elegante Jacke. Und er … Gwen errötete zutiefst. »Verzeihung«, murmelte sie und blickte verlegen von einem zum anderen.

»Gwen.« Serena löste sich ziemlich heftig aus Brighams Armen. »Lord Ashburn war gerade dabei …«

»… Eure Schwester zu küssen«, ergänzte Brigham freundlich.

»Oh.« Gwen entging nicht, dass Serena ihm einen wütenden Blick zuwarf. »Ich bitte um Verzeihung«, wiederholte sie und wusste nicht recht, ob sie nun gehen oder bleiben sollte.

Amüsiert beobachtete Brigham Gwens sichtlichen Zwiespalt, während Serena zum Küchenschrank eilte und mit dem Geschirr klapperte. »Es ist unnötig, irgendjemanden um Verzeihung zu bitten«, sagte sie gereizt. »Lord Ashburn wollte lediglich etwas Suppe haben.«

»Das ist richtig, aber ich stelle fest, dass ich inzwischen alles bekommen habe, was mein Magen im Augenblick verkraften kann. Wenn die Damen mich also entschuldigen wollen ...« Er ging zur Tür und zuckte nur ganz leicht zusammen, als hinter ihm eine Schüssel krachend auf dem Boden zerschellte.

7. Kapitel

»König Louis will sich nicht einmischen.« Brigham stand vor dem Kaminfeuer, die Hände auf dem Rücken verschränkt. »Es wird immer unwahrscheinlicher, dass er sich bereit findet, den Prinzen mit Gold oder Soldaten zu unterstützen«, sagte er und starrte grimmig in die Flammen.

Colin warf den Brief, der vor einer Weile durch einen Boten überbracht worden war, auf den Tisch. »Vor einem Jahr war Louis mehr als bereit, unsere Sache zu unterstützen!«

»Vor einem Jahr war Louis auch der Meinung, Charles könnte ihm von Nutzen sein«, entgegnete Brigham. »Seit der Plan einer französischen Invasion im letzten März fallen gelassen wurde, hat man den Prinzen am französischen Hof weitgehend ignoriert.«

»Dann müssen wir eben ohne die Franzosen auskommen.« Colin sah erst Brigham, dann seinen Vater trotzig an. »Die Highlander werden für die Stuarts kämpfen.«

»Aye«, stimmte Ian MacGregor zu, »aber wie viele?« Er hob die Hand, als Colin widersprechen wollte. »Meine Gesinnung und meine Gefühle bleiben unverändert. Wenn die Zeit kommt, kämpfen die MacGregors für den rechtmäßigen König. Aber wir brauchen Einigkeit ebenso sehr wie möglichst viele Männer. Um zu gewinnen, müssen die Clans als Einheit kämpfen.«

»So wie früher schon«, erklärte Colin fest. »Und so wird es wieder sein.«

»Möge es wahr werden«, entgegnete Ian MacGregor ruhig und seufzte unhörbar. »Wir können uns nicht vormachen, dass jeder Clan-Führer in Schottland hinter dem rechtmäßigen König steht oder seinen Clan für den Prinzen zusammenrufen wird. Wie viele, Brigham, werden uns in der Regierungsarmee entgegentreten?«

Brigham nahm den Brief vom Tisch, warf noch einen letzten Blick darauf und übergab ihn dann den Flammen im Kamin. »Ich erwarte täglich Nachricht von meinen Verbindungsleuten in London.«

»Wie lange sollen wir noch warten?«, wollte Colin wissen. »Wollen wir noch weitere Monate oder Jahre nur dasitzen und reden, während der deutsche Kurfürst auf dem Thron fett wird?«

»Ich glaube, die Zeit der Rebellion kommt schneller, als du denkst«, entgegnete Brigham. »Vielleicht so bald, dass wir noch nicht darauf vorbereitet sind. Der Prinz ist ungeduldig!«

»Die Führer der Highland-Clans werden sich erneut treffen.« Wie jeder kluge General zog Ian MacGregor es vor, seinen Krieg sorgfältig zu planen, bevor er sein Schwert erhob. »Wir müssen jedoch darauf achten, dass solche Zusammenkünfte nicht den Argwohn der Black Watch erregen.«

Colin fluchte bei der Erwähnung der Schwarzen Garde, die aus Highlandern bestand, von den Engländern rekrutiert, und in Schottland für Ordnung sorgen sollte.

»Wieder eine Jagdgesellschaft?«, fragte Brigham.

»Ich hatte etwas anderes im Sinn.« Draußen war das Rollen von Wagenrädern zu hören, und Ian MacGregor klopfte lächelnd seine Pfeife aus. »Einen Ball, meine ich. Es ist an der Zeit, dass wir einmal einladen. Und ich finde, die junge Dame, die uns besuchen kommt, ist ein sehr hübscher Grund dafür.«

Brigham zog den Vorhang ein wenig beiseite und sah Serena die Stufen herunter- und zu der eben angekommenen Kutsche laufen. Ein dunkelhaariges Mädchen stieg aus und stürzte sich in Serenas Arme. »Maggie MacDonald.«

»Aye. Sie ist im heiratsfähigen Alter – so wie meine älteste Tochter.« Sein Blick ruhte sinnend auf Brighams Rücken. Man müsste blind sein, dachte er, um nicht zu sehen, dass sich zwischen Serena und dem jungen Lord etwas anbahnt. »Nichts ist einleuchtender, als einen Ball zu geben, um den jungen Damen einige passende junge Burschen vorzustellen!«

Brigham unterdrückte seinen Ärger und ließ den Vorhang wieder zufallen. Die Vorstellung, Serena mit anderen Männern flirten zu sehen, missfiel ihm außerordentlich. »Ein Ball ist eine gute Idee, um ein Treffen zu verschleiern«, sagte er.

Colin war nicht begeistert. »Ich halte nichts davon, kichernde Mädchen zu hofieren, wenn wir eigentlich unsere Schwerter blank putzen sollten!«

Ian MacGregor stand auf, um die Salontüren zu öffnen, und gleich darauf waren Frauenstimmen und Gelächter aus der Halle zu hören. Colin brummte vor sich hin und blieb halsstarrig sitzen.

»Da bist du ja, Mädchen!«, rief Ian MacGregor mit dröhnender Stimme. »Komm her, und gib deinem Onkel Ian einen Kuss!«

Lächelnd lief Maggie durch die Halle zu ihm, und er hob sie von den Füßen und schwenkte sie einmal herum.

»Das Mädchen ist auf der Reise schon genügend durchgerüttelt worden«, schalt Fiona ihren Ehemann. »Geh hinein, Maggie, und wärme dich am Feuer.«

Maggie trat am Arm ihres Onkels ein. Colin besann sich auf seine Manieren und stand widerstrebend auf. Aber dann, Manieren oder nicht, starrte er Maggie offenen Mundes an. Sie wirkte kaum größer als ein Püppchen neben seinem großen, breitschultrigen Vater, aber aus dem mageren kleinen Quälgeist, an den er sich erinnerte, war eine schlanke Erscheinung in blauem Samt geworden. Nachtschwarzes Haar fiel in langen Locken über ihre Schultern, und ihre Augen … Hatte sie schon immer so schöne Augen gehabt, blau wie ein See in der Abenddämmerung? Und hatte ihre Haut früher auch ausgesehen wie frische Sahne?

Maggie sah ihn lächelnd an. Da sie jedoch ihre Verhaltensweise während der Reise sorgfältig geplant hatte, wandte sie sich erst Brigham zu und machte einen Knicks. »Lord Ashburn.«

»Es ist eine wahre Freude, Euch wiederzusehen, Miss MacDonald.« Er nahm ihre dargebotene Hand und berührte ihre Finger mit seinen Lippen. Serena, die hinter ihrem Vater stand, sog hörbar die Luft ein. »Ich hoffe, Eure Reise war nicht all zu beschwerlich?«

»Nein, gar nicht.«

Da Brigham immer noch Maggies Hand hielt, konnte Serena sich nicht länger zurückhalten, trat vor und sagte: »Maggie, du erinnerst dich doch an Colin, nicht wahr?« Etwas energischer als nötig zog sie ihre Freundin von Brigham weg und zu Colin hin.

»Natürlich erinnere ich mich an ihn.« Maggie hatte vor ihrem Spiegel daheim Abend für Abend ein freundliches, beinahe unpersönliches Lächeln für diese Begegnung geübt. Obgleich sie heftiges Herzklopfen hatte, brachte sie jetzt ihr einstudiertes Lächeln an. Colin sah sogar noch besser aus als in ihrer Erinnerung – größer, breiter und irgendwie aufregender. »Ich freue mich, dich wiederzusehen, Colin, und ich hoffe, deine Wunde ist gut verheilt.«

»Meine Wunde?« Colin nahm verwirrt ihre Hand und kam sich unbeschreiblich schwerfällig vor.

»Dein Vater erzählte, dass du auf dem Weg von London verwundet wurdest«, erklärte sie sanft und war überzeugt, er müsste das laute Hämmern ihres Herzens hören können.

»Es war nichts!«

»Ich habe gehört, dass es sehr viel mehr war als nichts, aber es tut gut, dich wieder auf den Beinen zu sehen.« Da sie fürchtete, vor lauter Freude in Ohnmacht zu fallen, wenn ihre Hand noch einen Augenblick länger in Colins Hand blieb, wandte sich Maggie rasch um. »Es ist wunderbar, wieder hier zu sein. Ich kann euch gar nicht genug für die Einladung danken, Onkel Ian, Tante Fiona!«

Erfrischungen wurden hereingebracht, und alle setzten sich.

Anstatt sich zu entschuldigen, wie er vorgehabt hatte, hechtete Colin zu dem Stuhl, der Maggie am nächsten stand. Brigham nutzte die Gelegenheit, sich zu Serena zu beugen, als er ihr die Kuchenplatte weiterreichte.

»Möchtet Ihr nicht einen von diesen Kuchen probieren, Miss MacGregor?«, fragte er laut und fügte leise hinzu: »Ihr seid mir aus dem Weg gegangen, Rena.«

»Das ist lächerlich!« Sie nahm ein Stück Kuchen und fragte sich, wie es ihm gelungen war, unversehens mit ihr etwas abseits von den anderen zu sein.

»Ich stimme Euch voll und ganz zu. Mich zu meiden ist wirklich lächerlich!«

Ihre Tasse klirrte auf der Untertasse. »Ihr schmeichelt Euch, *Sassenach*.«

»Wie befriedigend zu sehen, dass ich Euch nervös mache«, bemerkte er leise und wandte sich dann an Gwen. »Gwen, ich muss Euch sagen, wie bezaubernd Ihr in Rosa ausseht!«

Mir sagt er nie, dass ich bezaubernd aussehe, dachte Serena und biss grimmig in ihren Kuchen. Für mich hat er keine galanten Verbeugungen und Komplimente übrig wie für Maggie.

Allerdings hatte er sie geküsst, erinnerte sie sich und erschauerte. Aber daran wollte sie nicht denken. Wenn ein Mann sich einer Frau gegenüber so dreist benahm, wollte er nur eines. Auch wenn sie in den Highlands aufgewachsen war, wusste sie doch Bescheid, was das Benehmen englischer Aristokraten anbetraf. Und wenn sie Brigham mied, dann gewiss nicht, weil sie Angst hatte, sondern weil sie vernünftig war.

»Wachträume, mein Lieb?«, flüsterte Brigham neben ihr, und sie zuckte zusammen. »Ich hoffe, sie handeln von mir.«

»Ich dachte an die Kühe, die gemolken werden müssen«, entgegnete sie spitz. Als er lachte, wandte sie ihm hochmütig den Rücken zu und blickte zu Maggie hin, um mit ihr zu sprechen. Ihre Freundin schenkte Colin gerade ein strahlendes Lächeln. Serena bemerkte, dass ihr Bruder einen roten Kopf und etwas glasige Augen hatte.

»Anscheinend findet Colin Eure Freundin nicht mehr so lästig wie früher«, erkannte Brigham.

»Er sieht so aus, als hätte ihn ein Steinschlag auf den Kopf getroffen!«

»Oder Amors Pfeil mitten ins Herz!«

Serena machte große Augen. Sie überlegte kurz und unterdrückte dann ein Lachen. »Wer hätte das gedacht?«, fragte sie erheitert und wandte sich wieder zu Brigham um. »Was meint Ihr, wird er jetzt anfangen, Gedichte vorzutragen?«

Der Duft ihres Haares stieg Brigham in die Nase, und er stellte sich vor, sein Gesicht in der roten Pracht zu vergraben. Diese Frau machte ihn noch verrückt – in der einen Minute fauchte sie ihn an, und in der nächsten lächelte sie. »Männer haben schon Schlimmeres als das getan, wenn sie verliebt waren.«

»Aber Colin und Maggie? Vor ein paar Jahren konnte er Maggie nicht ausstehen!«

»Aber jetzt ist sie eine bildhübsche junge Frau.«

Das versetzte Serena einen kleinen Stich von Eifersucht. »Aye«, murmelte sie und fragte sich flüchtig, wie es sein mochte, so klein und zerbrechlich auszusehen. »Jedenfalls scheint Ihr das zu finden.«

Brigham zog eine Braue hoch, und dann lächelte er leicht.

»Ich für meinen Teil ziehe neuerdings grüne Augen und eine scharfe Zunge vor.«

Serena wurde verlegen. »Ich verstehe mich nicht auf Salonflirts, Mylord.«

»Dann ist das vielleicht noch etwas, das ich Euch werde lehren können.«

Da ihr jetzt Rückzug ratsam erschien, stand Serena auf und trat zu Maggie. »Komm, Maggie, lass uns nach oben gehen, und ich zeige dir dein Zimmer.«

Maggies Gesellschaft war genau die Ablenkung, die Serena von Brigham brauchte. Die Mädchen hatten sich zwei Jahre lang nicht gesehen, und es gab viel zu erzählen. Sie redeten bis tief in die Nacht, ritten tagsüber zusammen in den Wald und unternahmen lange Spaziergänge in den Bergen. Wie schon früher sprach Maggie über alles, was sie auf dem Herzen hatte, während Serena ihre innersten Gedanken für sich behielt.

Dass Maggie immer noch für Colin schwärmte, überraschte Serena nicht, aber dass Colin jetzt scheinbar ebenso verliebt in Maggie war, wunderte sie sehr. Obgleich Serena nie Maggies feste Überzeugung geteilt hatte, dass Colin sich letztendlich in ihre Freundin verlieben würde, konnte sie nicht leugnen, was vor ihren Augen geschah – und sah es mit Vergnügen.

Colin erfand Dutzende von Vorwänden, um in ihrer Gesellschaft zu sein, während er vor zwei Jahren doppelt so viele erfunden hatte, um sich ihrer Gesellschaft zu entziehen. Er hörte Maggies fröhlichem Geplauder aufmerksam zu, als wäre sie die faszinierendste Frau auf Erden.

Mit der scharfen und stets kritischen Beobachtungsgabe einer Schwester entging es Serena nicht, dass Colin sich auf einmal große Mühe mit seiner Erscheinung gab. Schließlich erfuhr sie sogar von Mrs. Drummond, dass Colin sich bezüglich seiner Garderobe bei Parkins Rat holte.

Hätte sie nicht ständig der Neid geplagt, würde sie darüber gelacht haben. Es verdross sie, wenn sie daran dachte, wie gut Maggie das Verliebtsein bekam, wie rosig und verträumt sie aussah, während der gleiche Zustand sie selbst nervös und unglücklich machte. Dann ärgerte sie sich wieder über ihre eigene Missgunst und war umso fester entschlossen, ihren Teil dazu beizutragen, dass Colins und Maggies Herzenswünsche in Erfüllung gingen.

Mitunter begleitete Colin sie auf ihren Ausritten, und das bedeutete meistens, dass sie zu viert ausritten, da Brigham sich ebenfalls anschloss. Das war eine neue Situation, die Serena ebenso Freude wie Unbehagen bereitete.

Die Märzluft war frisch und der Wind immer noch scharf, aber die Kälte des Winters war gebrochen. Der Boden war noch nicht aufgetaut, Eis und Schnee jedoch geschmolzen. In einem Monat würden die Bäume grünen und die ersten Wildblumen sprießen.

Sie ritten in leichtem Trab, und Serena musste nicht nur ihr Pferd, sondern vor allem ihre Ungeduld zügeln. Maggie war eine ausgezeichnete Reiterin, aber heute zog sie offenbar ein gemäßigtes Tempo vor.

»Euch wäre ein scharfer Galopp wohl lieber?«, fragte Brigham plötzlich neben ihr.

»Allerdings«, erwiderte sie mit großem Nachdruck.

Brigham warf einen Blick über die Schulter. »Warum nicht? Die beiden können uns später einholen.«

Obwohl Serena arg versucht war, schüttelte sie den Kopf. Ihre Mutter würde es ganz und gar nicht gutheißen, wenn die Gruppe sich in Paare spaltete. »Es wäre nicht recht.«

»Habt Ihr etwa Angst, nicht mit mir mithalten zu können?« Ein spöttisches Lächeln zierte seine Lippen.

Sofort blitzten ihre Augen auf. »Es gibt keinen Engländer, den ein MacGregor nicht zu Pferde schlagen könnte!«

»Das lässt sich leicht sagen, Rena«, entgegnete Brigham milde. »Der See ist weniger als eine Meile entfernt.«

Serena zögerte, denn der Anstand erforderte, dass sie bei ihrer Freundin blieb, die zugleich ihr Gast war. Dennoch, eine Herausforderung war eine Herausforderung. Bevor sie noch so recht wusste, was sie tat, drückte sie ihrem Pferd die Absätze in die Flanken, sodass es vorwärts schoss.

Sie kannte den Weg so gut wie die Korridore in ihrem Haus. Mit leichter Hand lenkte Serena das Pferd durch die Kurven und unter niedrig hängenden Ästen durch oder übersprang Hindernisse. Der Pfad war kaum breit genug für zwei, aber keiner von beiden machte Platz, sodass sie und Brigham fast Schulter an Schulter ritten.

Serena blickte zu ihm hinüber. Er lachte unbeschwert, und dann hallte der Wald von ihrem Lachen wider, als sie sich vorbeugte, um ihre Stute zu noch größerer Schnelligkeit anzutreiben. In diesem Augenblick genoss sie Brighams Gesellschaft ebenso wie das Wettrennen, und sie wünschte nur, der See wäre zehn Meilen entfernt statt einer, sodass sie immer weiterreiten könnten.

Sie reitet wie eine Göttin, dachte Brigham. Brillant und tollkühn. Bei jeder anderen Frau hätte er das Tempo aus Sorge um ihre Sicherheit etwas zurückgenommen. Bei Serena dagegen spornte er sein Pferd nur noch mehr an, aus purem Vergnügen, sie mit wehendem Umhang über dem taubengrauen Reitkleid dahinjagen zu sehen. Amüsiert beobachtete er sie, als sie eine halbe Länge vorausgaloppierte, und bedauerte nur, dass Serena diesmal keine Kniehosen, sondern ein Reitkleid trug.

Dann sah Brigham in der Ferne die Oberfläche des Sees in der Sonne glitzern, und im nächsten Augenblick ritten sie wieder Kopf an Kopf und jagten gemeinsam den Hang hinunter zum Wasser.

Sie erreichten zusammen das Ufer, und ihm blieb fast das Herz stehen, als Serena bis zum letztmöglichen Augenblick wartete, das Pferd zu zügeln. Mit einem lauten Wiehern bäumte sich die Stute auf, und Serena warf den Kopf zurück und lachte übermütig. Wäre Brigham nicht bereits verliebt gewesen, hätte er in diesem Augenblick sein Herz an sie verloren.

»Ich habe gewonnen, *Sassenach*!«

»Den Teufel habt Ihr!« Atemlos streichelte er den Hals seines Pferdes und lächelte breit. »Ich war Euch um eine Kopflänge voraus!«

»Ach was, ich habe gewonnen, und Ihr seid nur nicht Manns genug, es zuzugeben!«, beharrte sie und holte tief Luft. »Wäre ich nicht durch den Seitensattel im Nachteil gewesen, hättet Ihr nur noch meinen Staub geschluckt.« Dann lachte sie spitzbübisch, und ihre Augen leuchteten grüner als der schönste Rasen von England. »Immerhin braucht Ihr Euch Eurer Leistung nicht zu schämen«, fügte sie scheinheilig hinzu. »Ihr seid für einen Engländer ein guter Reitersmann und fast so gut wie ein lahmer, einäugiger Schotte.«

»Eure Komplimente lassen mich erröten, Mylady. Dessen ungeachtet habe ich das Rennen gewonnen, und Ihr seid nur zu eitel – oder zu halsstarrig –, um es zuzugeben.«

Sie warf den Kopf so heftig in den Nacken, dass ihr das kecke Hütchen herunterfiel und an den Bändern auf dem Rücken hängen blieb. Die Haare, am Morgen mit viel Mühe von Maggie frisiert, flossen in einer Flut rot-goldener Locken über ihre Schultern. »Ich habe gewonnen. Ein Gentleman hätte den Anstand, es anzuerkennen!«

»Ich habe gewonnen. Eine Lady hätte gar nicht erst ein Wettrennen mitgemacht.«

»Oh!« Am liebsten hätte Serena mit dem Fuß aufgestampft, wäre das möglich gewesen. Es machte ihr nichts aus, eitel und halsstarrig genannt zu werden, aber ihr den Mangel an damenhaftem Benehmen vorzuwerfen, war zu viel. »Ist das nicht wieder typisch Mann? Das Wettrennen war Eure Idee. Hätte ich mich geweigert, wäre ich ein Feigling gewesen. Nehme ich an und gewinne, dann bin ich keine Lady!«

»Angenommen und verloren«, berichtigte Brigham und sah mit Vergnügen, dass ihr die Zornesröte in die Wangen stieg. »Für mich braucht Ihr keine Lady zu sein, Rena. Ich schätze Euch so, wie Ihr seid.«

»Und was heißt das?« Ihre Augen funkelten.

»Eine entzückende Wildkatze, die Kniehosen trägt und wie ein Mann kämpft.«

In ihrer Wut gab Serena seinem Pferd einen kräftigen Klaps, sodass es erschreckt einen Satz vorwärts machte. Hätte Brigham nicht schnell genug reagiert, wäre er kopfüber im eiskalten Wasser des Sees gelandet.

»Hexe«, murmelte er halb überrascht, halb bewundernd. »Wollt Ihr mich jetzt auch noch ertränken?«

»Es wäre wohl kaum meine Schuld, wenn Ihr auf den Grund sinken würdet. Ihr habt einen Kopf aus Stein.« Serena biss sich auf die Lippe, um nicht zu lachen, und blickte zum Himmel auf. Es war ein herrlicher Tag, und der Ärger auf Brigham verging, als sie sich erinnerte, dass er ihr schließlich die Chance zu einem wilden Galopp geboten hatte.

»Ich schlage einen Waffenstillstand vor«, sagte sie. »Colin und Maggie werden bald hier sein, und wenn ich böse auf Euch bin, habe ich niemanden, mit dem ich mich unterhalten kann, während die beiden sich schöne Augen machen.«

»Gelegentlich bin ich also doch von Nutzen«, meinte Brigham leichthin und schwang sich aus dem Sattel. »Ihr seid zu gütig, Madam.«

»Das Wettrennen – und mein Sieg – haben mich in eine freundliche Stimmung versetzt.« Serena löste ihr Knie vom

Sattelhorn und legte Brigham die Hände auf die Schultern, als er hinzutrat, um ihr beim Absteigen zu helfen.

»Ich bin entzückt, das zu hören.« Bevor sie seine Absicht erraten konnte, hatte er sie sich über die Schulter geworfen. »Dennoch muss ich Euch nochmals daran erinnern, dass ich gewonnen habe.«

»Seid Ihr toll geworden?« Sie schlug mit beiden Fäusten auf seinen Rücken ein und wusste nicht recht, ob sie lachen oder fluchen sollte. »Lasst mich sofort herunter, Rüpel!«

»Ich habe gute Lust, genau das zu tun.« Brigham machte ein paar Schritte zum Rand des Sees. Serena blickte etwas erschrocken, und anstatt ihn weiter mit den Fäusten zu bearbeiten, krallte sie ihre Finger in seine Jacke.

»Das würdet Ihr nicht wagen!«

»Meine Liebe, habe ich Euch noch nicht erzählt, dass ein Langston niemals – absolut niemals – eine Herausforderung ablehnt? Könnt Ihr überhaupt schwimmen?«

»Besser als Ihr, *Sassenach*! Wenn Ihr mich nicht ...« Die Drohung blieb ihr im Hals stecken, als Brigham so tat, als wollte er sie in den See werfen. »Brigham, nicht! Das Wasser ist eisig!« Sie begann heftig mit den Beinen zu strampeln, musste aber gleichzeitig lachen. »Ich schwöre, ich bringe Euch um, sobald ich frei bin.«

»Das ist nun gewiss kein Anreiz für mich, Euch freizulassen. Dagegen, wenn Ihr bereit seid zuzugeben, dass ich das Rennen gewonnen habe ...«

»Das werde ich nicht tun!«

»Nun, dann ...« Brigham machte erneut Anstalten, sie ins Wasser zu werfen, als es Serena gelang, ihm einen Tritt in die Nähe einer empfindlichen Stelle zu versetzen. Brigham zuckte zusammen, trat unwillkürlich einen Schritt rückwärts und stolperte über eine Baumwurzel.

Er und Serena gingen in einem Wust von Unterröcken und

Flüchen zu Boden. Aus Anstand und um seines eigenen Seelenfriedens willen zog Brigham hastig die Hand von ihrem festen, wohlgerundeten Gesäß.

»Ich glaube, in dieser Lage waren wir schon einmal«, bemerkte er, als sie beide wieder zu Atem kamen.

Serena wälzte sich von ihm weg und dachte dann etwas zu spät daran, ihre Beine zu bedecken. »Verdammt, meine Röcke sind voller Flecken. Das habe ich Euch zu danken!«

»Mylady, Ihr wart nahe daran, mich zu entmannen!«

Serena musste lachen und strich sich die Haare aus dem Gesicht. Es war ein herrlicher Tag, und sie fühlte sich viel zu lebendig, um daran zu denken, sich wie eine Lady zu benehmen. »War ich das? Bei der nächsten Gelegenheit wird es mir gelingen.« Nach einem Blick auf seine ebenfalls beschmutzten Kniehosen bemerkte sie spöttisch: »Parkins wird zweifellos schelten, wenn er das sieht.«

»Mein Diener schilt nicht«, widersprach Brigham, begann jedoch sofort an dem Schmutzstreifen zu reiben. »Er blickt lediglich tödlich beleidigt, und dann fühle ich mich wieder wie ein kleiner Schuljunge.«

»Was ist er für ein Mensch, Euer Parkins?«, fragte Serena.

»Unerschütterlich wie ein Fels, lästig korrekt und sehr hartnäckig. Warum?«

»Mrs. Drummond hat beschlossen, dass er ein passender Ehemann für sie sein würde.«

»Mrs. Drummond?«, wiederholte Brigham höchst erstaunt. »Und Parkins?«

Serenas Augen glitzerten kampflustig. »Und wieso nicht? Mrs. Drummond ist eine gute Frau!«

»Dagegen ist nichts einzuwenden. Aber Parkins?« Brigham lachte laut auf bei dem Gedanken an den dürren Parkins und die üppige Köchin. »Weiß er es?«

»Sie wird es ihm schon beibringen.« Serena lächelte, da sie

die Verbindung selbst komisch gefunden hatte. »Sie wird ihn mit ihren Törtchen, Pasteten und Saucen umgarnen, so wie Maggie meinen Bruder mit ihren hübschen Augen und ihrem schüchternen Lächeln bezaubert.« Sie legte sich ins Gras zurück und blickte zum Himmel auf, die Arme unter dem Kopf verschränkt.

»Stört Euch das?«

»Maggie und Colin? Nein. Maggie ist schon immer in ihn verliebt gewesen, solange ich zurückdenken kann. Mich würde es sehr freuen, wenn die beiden ein Paar werden. Da Maggie bereits meine Freundin ist, brauche ich mir keine Sorgen mehr zu machen, dass Colin sich vielleicht eine Frau nimmt, die ich nicht ausstehen kann.« Sie schloss die Augen. »Mit dem Frühling kommt die Liebe, so heißt es«, murmelte Serena etwas wehmütig. »Aber mit diesem Frühling kommt auch der Krieg, und beides wird sich durch nichts aufhalten lassen.«

»Nein.« Brigham streckte eine Hand aus und berührte ihr Haar. »Würdet Ihr den Krieg gern aufhalten, Serena?«

Sie schlug die Augen auf und betrachtete die weißen Wölkchen am Himmel. »Eine Hälfte von mir ist wütend darüber, nicht selbst ein Schwert ergreifen und kämpfen zu dürfen«, antwortete sie. »Und die andere Hälfte von mir wünscht sich auf einmal, es wäre gar nicht notwendig zu kämpfen, und wir könnten weiterleben wie bisher und im Frühling die Blumen sprießen sehen.«

Brigham nahm ihre Hand, die viel zu zart war, um ein Schwert zu halten, so tapfer ihr Herz auch sein mochte. »Die Blumen werden trotzdem sprießen, und es wird noch oft Frühling werden.«

Serena wandte den Kopf und sah Brigham an. Erst jetzt wurde ihr bewusst, dass sie ganz gelöst und sogar glücklich war, mit ihm allein am Ufer des Sees, an ihrem Lieblingsort, zu sein. Hierher kam sie, wenn sie Kummer hatte oder sich sehr glücklich fühlte. Jetzt war sie mit Brigham da, und irgendwie erschien es ihr gut und richtig so. Die Vögel zwitscherten, es roch nach Wasser und feuchter Erde, und die Sonne strahlte.

Instinktiv verflocht sie ihre Finger mit seinen und merkte es erst, als es schon zu spät war und der Ausdruck seiner Augen sich veränderte. Plötzlich war es, als wäre die Welt um sie herum versunken. Nur sie beide waren noch übrig, Hand in Hand, und sahen sich in die Augen.

»Nein.« Sie setzte sich hastig auf, aber was als Schutzmaßnahme gedacht gewesen war, brachte sie ihm nur näher. Brigham streckte eine Hand aus und zeichnete mit dem Zeigefinger ihre Kinnlinie nach.

»Selbst eine Trennung würde nicht ändern, was zwischen uns ist, Rena«, sagte er leise.

»Zwischen uns kann nichts sein.«

»Widerspenstig«, murmelte er und knabberte an ihrer Unterlippe. »Eigensinnig. Und bildhübsch.«

»Ich bin nichts von alledem!« Serena wollte ihn fortstoßen, aber stattdessen klammerte sie sich an seine Jacke.

»Doch, alles.« Er ließ die Zungenspitze über ihre Lippen gleiten und sah erfreut den Ausdruck von Bestürzung und gleichzeitigem Verlangen in ihren Augen. Langsam wanderte er mit seinem Mund über ihre Wange, um dann an ihrem Ohrläppchen zu knabbern.

»Nicht, lasst das …«

»Ich habe tagelang darauf gewartet, fünf Minuten mit Euch allein zu sein und genau das zu tun.« Er tauchte seine Zunge in ihr Ohr, und ihr wurde heiß. »Ich wünsche mir nichts mehr, als Euch zu lieben, Serena, jeden Zentimeter von Euch.«

»Ich kann nicht. Ihr könnt das nicht tun.«

»Ihr könnt«, murmelte er. »Und wir werden uns lieben.« Er küsste sie zart.

Einen Augenblick lang genoss sie das Gefühl, seine Lippen auf den ihren zu spüren, aber dann … Es erschien zwar gut und richtig, aber es konnte nicht recht sein. Es würde niemals recht sein. »Bitte, hört auf. Ihr dürft nicht so mit mir sprechen. Es ist unrecht, zu … Ach, ich kann nicht denken!«

»Dann denkt nicht, sondern fühlt.« Er nahm sie bei den Schultern. »Fühle, Rena, und zeige es mir.«

Ihr war schwindlig vor Sehnsucht und Gewissensbissen. Sie stöhnte auf und presste ihre Lippen auf seinen Mund. Es war unrecht, aber sie konnte nicht widerstehen. Wenn er sie berührte, wünschte sie sich nur, dass er fortfahren sollte, sie zu berühren, und wenn er sie küsste, meinte sie vor Lust zu vergehen. Mit jeder Sekunde, die verging, wurde sie willenloser, und sie wusste, einmal würde die Zeit kommen, da sie ihm alles geben würde.

Er bedeckte ihr Herz mit seiner Hand, und es erregte ihn zu spüren, wie ungestüm es pochte – für ihn. Unfähig zu widerstehen, streichelte er ihre Brüste. »Serena, ich begehre dich so sehr«, flüsterte er an ihrem Mund. »Kannst du das verstehen?«

»Aye.« Ihre Stimme zitterte ein wenig. »Ich brauche Zeit, um nachzudenken!«

»Wir brauchen Zeit, um miteinander zu reden.« Widerstrebend löste sich Brigham von ihr, als er das Geräusch näher kommender Pferdehufe hörte. »Jedes Mal, wenn ich mit dir allein bin, endet es damit, dass ich dich küsse. Auf diese Weise werden wir nie zum Reden kommen. Ich möchte, dass du begreifst, was ich empfinde und was ich mir für uns beide ersehne.«

Serena meinte zu verstehen, und zu ihrer Scham war sie nahe daran einzuwilligen. Er begehrte sie, und sie würde seine Geliebte werden. Es würde der kostbarste Moment ihres Lebens sein. Und dann würde er ihr ein Arrangement anbieten. Als seine Geliebte würde sie gut versorgt sein, ein schönes Haus und schöne Kleider und Personal haben. Und unglücklich sein. Wenn sie die Kraft aufbrachte, ihn abzuweisen, würde sie ihren Stolz wahren, aber sogar noch unglücklicher werden.

»Es ist nicht nötig, darüber zu reden. Ich verstehe!« Sie stand auf und klopfte ihre Röcke aus. »Ich brauche lediglich etwas Zeit, um es zu überdenken.«

Brigham nahm ihre Hand. Er wusste, dass sie nur noch wenige Augenblicke für sich hatten. »Liebst du mich, Rena?«

Serena schloss die Augen und wünschte sich, ihn hassen zu können, weil er ihr eine Frage stellte, auf die er die Antwort bereits kennen musste. »Das ist nicht die einzige Frage, um die es geht, Brigham.«

Er ließ ihre Hand fallen und trat zurück. Sein Blick war auf einmal wieder kalt. »Wir kehren immer zum Ausgangspunkt zurück, nicht wahr? Ich bin Engländer, und das willst du nicht vergessen – ungeachtet dessen, was du für mich empfinden magst und was wir einander geben können.«

»Ich kann es nicht vergessen«, berichtigte sie und hätte am liebsten geweint. »Nein, ich kann nicht vergessen, wer und was du bist – ebenso wenig, wie ich vergessen kann, wer und was ich bin. Deshalb brauche ich Zeit, um zu überlegen, ob ich das akzeptieren und geben kann, was du von mir willst!«

»Nun gut!« Er nickte. »Du sollst deine Bedenkzeit haben.«

8. Kapitel

»Es wird ein wunderschöner Ball werden, Rena!« Maggie balancierte auf einer Leitersprosse und polierte die oberste Ecke eines hohen Spiegels. Die Dienstboten arbeiteten unter Fionas Adlerblick, um das ganze Haus auf Hochglanz zu bringen, und von den Familienmitgliedern wurde dasselbe erwartet. »Du wirst schon sehen. Die Musik, die Kerzen …«

»Und Colin«, warf Serena ein und rieb eine Sessellehne ab.

»Und vor allem Colin.« Maggie blickte lächelnd zu Serena herunter. »Stell dir vor, er hat mich bereits um den ersten Tanz gebeten.«

»Das überrascht mich nicht!«

»Er war so lieb, als er mich fragte«, berichtete Maggie. »Ich wollte ihm sagen, dass ich am liebsten nur mit ihm tanzen würde, aber ich hab's nicht getan, weil er dann rot geworden wäre und angefangen hätte zu stottern!«

»Ich kann mich nicht erinnern, Colin jemals stottern gehört zu haben, bevor du jetzt zu uns gekommen bist.«

»Ich weiß.« Maggie strahlte. »Ist das nicht wundervoll?«

Serena verschluckte eine ironische Antwort, als sie Maggies strahlendes Gesicht sah. »Aye. Er hat sich in dich verliebt, und zweifellos ist es das Beste, was ihm je widerfahren ist.«

»Sagst du das nicht nur, weil du meine Freundin bist?«, fragte Maggie etwas besorgt.

»Nein, er sieht einwandfrei glücklicher aus, sobald du in der Nähe bist.«

Maggie wurden die Augen feucht vor Rührung. »Weißt du

noch, wie wir uns vor Jahren versprochen haben, dass wir eines Tages Schwestern sein würden?«

»Natürlich. Du solltest Colin heiraten, und ich sollte einen von deinen Cousins heiraten.« Serena blickte auf. »Oh, Maggie, heißt das, Colin hat dir einen Antrag gemacht?«

»Noch nicht.« Maggie schob eine vorwitzige Locke unter ihr Häubchen zurück. Sekundenlang erschien jener eigensinnige Zug zwischen ihren Brauen, den ihr Vater nur allzu gut kannte. »Aber er wird es tun. Es kann nicht nur Wunschdenken sein, Rena. Ich liebe ihn so sehr!«

»Bist du sicher? Wir waren doch noch Kinder, als wir davon sprachen. Ich weiß, dass du immer für Colin geschwärmt hast, aber heute bist du kein Kind mehr, und Colin ist ein Mann.«

»Heute ist es auch ganz anders. Früher war er für mich so etwas wie ein Prinz, und ich stellte mir vor, wie er um mich kämpfen, mich auf sein Pferd schwingen und entführen würde.« Maggie lachte und stieg eine Leitersprosse herunter. »Aber in den vergangenen Wochen habe ich gelernt, ihn mit ganz neuen Augen zu sehen. Er ist ein beständiger, zuverlässiger Mann, gutherzig und in gewisser Weise sogar schüchtern. Oh, ich weiß, dass er sich leicht aufregt und unbesonnen sein kann, aber genau das macht ihn so aufregend. Er ist kein Märchenprinz, Rena, sondern ein Mann, den ich mehr liebe, als ich es je für möglich gehalten hätte!«

»Hat er dich schon geküsst?«, wollte Serena wissen und dachte, dass Brigham eher Maggies kindlicher Vision von Colin entsprach. Der Earl of Ashburn war ein Mann für Duelle und Entführungen.

»Nein«, antwortete Maggie betrübt, obgleich sie wusste, dass es unrecht war, sich zu wünschen, er hätte sich ihr gegenüber einmal vergessen. »Ich glaube, einmal war er ganz nahe daran, aber dann kam Malcolm herein.« Sie sah Serena forschend an. »Findest du es unrecht von mir zu wünschen, dass er mich küsst?«

»Nein«, erwiderte Serena aufrichtig.

»Ich vermisse meine Mutter heute mehr als damals nach ihrem Tod«, sagte Maggie nachdenklich. »Ich würde gern mit ihr über all das sprechen und sie fragen, ob sie bei meinem Vater auch solches Herzflattern gehabt hat. Serena, sei ehrlich, glaubst du wirklich, dass er mich liebt?«

»Ich habe noch nie erlebt, dass er sich bei irgendjemandem sonst so idiotisch aufführt, stottert und mit verträumtem Blick herumläuft. Wann immer er dich ansieht, wird er entweder blass oder rot.«

»Tatsächlich?« Maggie klatschte entzückt in die Hände. »Ach, wenn er doch nur nicht so schwerfällig wäre. Ich werde noch verrückt, wenn er nicht aufhört, mich bloß anzusehen, statt endlich zu handeln!«

»Maggie!« Serena betrachtete ihre Freundin prüfend. »Du würdest ihm doch nicht etwa mehr gestatten als einen Kuss?«

»Ich weiß nicht.« Maggie errötete und stieg noch eine Sprosse tiefer. »Ich weiß nur eines: Wenn er sich nicht bald erklärt, werde ich die Dinge selbst in die Hand nehmen!«

Serena war fasziniert. »Wie denn?«

»Oh, ich …« Maggie hielt inne, als sie Schritte hörte. Ihr Herz begann ungestüm zu klopfen und bestätigte ihr, dass es Colin war, noch bevor er den Raum betrat. Einem plötzlichen Einfall folgend ließ sie ihren Fuß von der Leitersprosse rutschen und schrie leise auf, als sie von der Leiter fiel.

Serena wollte zugreifen, aber Colin kam ihr zuvor. Er überbrückte die Entfernung mit einem mächtigen Satz und umfasste Maggies Taille. Ihm wurde nur flüchtig bewusst, wie klein und zierlich sie war, bevor ihn die Sorge um sie überwältigte.

»Maggie, hast du dich verletzt?«

»Wie ungeschickt von mir«, murmelte sie und hatte einen dicken Kloß im Hals, als sie zu ihm aufblickte. Hätte Serena sie jetzt gefragt, ob sie ihm mehr gestatten würde als einen Kuss, würde sie mit Ja und hundert Mal Ja geantwortet haben.

»Unsinn.« Er empfand unendliche Zärtlichkeit für sie und hielt sie behutsam in den Armen. »Ein so zartes kleines Ding wie du sollte nicht auf Leitern steigen.«

Plötzlich bekam er Angst, dass er ihr mit seinen großen derben Händen wehtun könnte, und stellte sie behutsam auf den Boden.

Heftige Wünsche erfordern drastische Maßnahmen, dachte Maggie und stieß einen unterdrückten kleinen Schrei aus, als ihr rechter Fuß den Boden berührte. Sofort nahm Colin sie wieder in die Arme, und als sie den stürmischen Schlag seines Herzens an ihrer Brust fühlte, wäre sie beinahe wirklich in Ohnmacht gefallen.

»Du hast dich doch verletzt. Soll ich Gwen rufen?«

»Oh, das ist nicht nötig. Wenn ich mich nur einen Augenblick hinsetzen könnte …« Sie klimperte mit den Wimpern, und das war ein voller Erfolg, denn Colin hob sie auf die Arme und trug sie zu einem Sessel. Es waren zwar nur sechs Schritte, aber nie hatte er sich so stark und männlich gefühlt.

»Du bist etwas blass, Maggie. Ich hole dir einen Becher Wasser.« Er eilte hinaus, bevor sie ihn zurückhalten konnte.

»Tut es sehr weh?« Serena kniete bereits neben ihrer Freundin. »Oh, Maggie, es wäre zu schade, wenn du morgen nicht tanzen könntest.«

»Ich werde bestimmt tanzen. Vor allem mit Colin.«

»Aber wenn du dir den Fuß verstaucht hast …«

»Mir fehlt gar nichts. Sei nicht albern.« Und um es zu beweisen, sprang Maggie auf und drehte sich einmal lachend im Kreis.

»Also, so etwas!« Serena schüttelte empört den Kopf. »Margaret MacDonald, du hast ihn belogen!«

»Ich habe nichts dergleichen getan.« Maggie setzte sich wieder und arrangierte ihre Röcke in schmeichelhaften Falten um sich. »Er hat einfach angenommen, ich hätte mich verletzt. Ich habe das nie behauptet.«

»Du bist absichtlich gefallen!«

»Aye.« Maggie lächelte triumphierend. »Und es hat gewirkt. Wie ich es wollte!«

Serena war entsetzt. »Das ist ein übler Trick, finde ich!«

»Es ist nur ein ganz kleiner Trick, und es ist nichts Übles daran!« Maggie berührte ihre Wange, wo Colins Bart sie gekitzelt hatte. »Es war einfach eine gute Möglichkeit, ihm das Gefühl zu geben, dass ich Schutz und Fürsorge brauche. Ein Mann verliebt sich nicht in eine Frau, die wie ein Packpferd ist, verstehst du? Wenn er mich für etwas hilflos und zerbrechlich hält und sich dann stark fühlt, was schadet das?«

Serena überdachte diese Worte und erinnerte sich an jenen Morgen, als Brigham zu ihrer Verteidigung sein Schwert gezogen hatte, weil er dachte, sie wäre angegriffen worden. Hätte sie etwas ... etwas schutzbedürftiger getan, dann ... Nein, sagte sie sich, das taugt für Maggie, aber nicht für mich. »Vermutlich nichts«, erwiderte sie schließlich.

»Wenn ein Mann schüchtern ist, braucht er einen kleinen Anstoß. Pst, er kommt zurück.« Sie ergriff Serenas Hand und drückte sie. »Würdest du uns einen kleinen Augenblick allein lassen?«

»Gut, ich gehe, aber ... es kommt mir fast so vor, als hätte er gar keine Chance.«

Maggie lächelte. »Das hoffe ich!«

»Hier.« Colin kniete sich neben sie und bot ihr eine Tasse mit Wasser an. »Trink ein bisschen!«

»Ich gehe vielleicht doch besser und hole Gwen«, sagte

Serena und richtete sich auf. Weder Maggie noch Colin beachteten sie. »Oder vielleicht auch nicht«, murmelte sie und ließ die beiden allein.

Colin nahm Maggies Hand, die ihm so winzig und so weich erschien. Er fühlte sich wie ein Bär neben einer Taube. »Hast du große Schmerzen, Maggie?«

»Nein, es ist schon wieder gut.« Zu ihrer eigenen Überraschung war sie auf einmal ebenso mit Schüchternheit geschlagen wie er. »Du brauchst nicht solch ein Aufhebens zu machen.«

»Ich hatte Angst, ich würde nicht schnell genug sein, um dich aufzufangen«, murmelte er.

»Ich auch!« Wagemutig legte sie ihm eine Hand auf den Arm. »Erinnerst du dich, wie ich vor Jahren einmal im Wald hingefallen bin und mir das Kleid zerriss?«

»Aye.« Colin schluckte. »Ich hab dich damals ausgelacht. Du musst sehr böse auf mich gewesen sein.«

»Nein, ich könnte dir nie böse sein. Für dich war ich bestimmt eine schreckliche Plage.« Maggie nahm all ihren Mut zusammen und sah ihm in die Augen. »Bin ich das immer noch?«

»Nein!« Colin hatte plötzlich einen staubtrockenen Mund. »Du bist die schönste Frau von ganz Schottland, und ich …« Jetzt war seine Kehle nicht nur ausgetrocknet, sondern scheinbar auch noch angeschwollen, denn sein Kragen drohte ihn zu strangulieren.

»Und du?«, ermunterte ihn Maggie.

»Äh, ich sollte Gwen holen.«

Sie hätte vor lauter Enttäuschung fast mit dem Fuß aufgestampft. »Ich brauche Gwen nicht, Colin. Kannst du nicht … Verstehst du denn nicht?«

Er verstand in dem Augenblick, als er genügend Mut fasste, um ihr in die tiefblauen Augen zu blicken. Sekundenlang war er wie vom Donner gerührt, dann ergriff ihn Panik, und dann hob er sie aus dem Sessel und drückte sie vorsichtig an seine Brust. »Willst du mich heiraten, Maggie?«

»Ich habe mein ganzes Leben darauf gewartet, dass du mich fragst!« Sie hielt ihm auffordernd ihr Gesicht entgegen, um geküsst zu werden.

»Colin!«, rief Fiona missbilligend und trat in den Saal. »Behandelst du so eine junge Lady, die in unserem Hause zu Gast ist?«

»Aye.« Er lachte und trug Maggie zu ihr. »Weil sie eingewilligt hat, meine Frau zu werden.«

»Ich verstehe.« Fiona blickte von einem zum anderen. »Ich will nicht behaupten, dass ich überrascht bin, aber ich denke doch, du hältst dich mit dem Herumtragen von Maggie besser bis nach der Hochzeit zurück, Colin.«

»Mutter …«

»Stell das Mädchen auf den Boden.«

Verärgert gehorchte er. Maggie verkrampfte nervös die Hände, atmete dann aber erleichtert auf, als Fiona liebevoll die Arme ausbreitete.

»Willkommen in der Familie, Maggie. Ich bin dankbar und froh, dass mein Sohn endlich gesunden Menschenverstand zeigt.«

Serena konnte es immer noch nicht glauben. Colin würde tatsächlich heiraten.

»Nun, was sagst du dazu?«, fragte sie die friedliche Kuh, die sie gerade melken wollte.

Allerdings sollte vorerst noch niemand etwas von der Verbindung erfahren. Fiona MacGregor hatte darauf bestanden, dass Colin seinen Antrag zuerst MacDonald unterbreitete, wie es sich gehörte, aber Maggie hatte die Neuigkeit natürlich nicht für sich behalten können. Tatsächlich hatte Serena an diesem Morgen noch ganz kleine müde Augen, weil Maggie sie nicht hatte schlafen lassen, bis es schon fast wieder Zeit zum Aufstehen gewesen war.

Es bestand kaum Zweifel, dass MacDonald, der an diesem Tag mit vielen der anderen Gäste erwartet wurde, dem Verlöbnis zustimmen würde. Maggie war ganz außer sich vor Freude bei dem Gedanken, dass auf dem großen Ball die Verlobung bekannt gegeben werden sollte. Und Colin stolzierte herum wie ein Gockel mit zwei Schwänzen.

Serena schüttelte den Kopf, zog die letzte Milch aus der gelangweilten Kuh und stellte dann den Melkschemel beiseite.

Natürlich freute sie sich für die beiden. Maggie hatte immer davon geträumt, eines Tages Colin zu heiraten, und sie würde ihm eine gute und liebevolle Frau sein. Sie würde sich damit zufriedengeben zu spinnen, zu nähen und eine Schar lärmender Kinder großzuziehen. Und Colin würde ein liebevoller Ehemann und Vater sein, genau wie sein Vater.

Was sie selbst anbetraf, so hatte Serena erneut beschlossen, niemals zu heiraten. Sie würde eine schlechte Ehefrau abgeben. Es war nicht so, dass sie die Arbeit scheute oder nicht gern eigene Kinder gehabt hätte, aber sie hatte nun einmal nicht das geduldige, folgsame Wesen, um immer dazusitzen, zu warten, freundlich zu nicken und zu gehorchen.

Und überhaupt, wie oft fand jemand schon einen Gefährten, den man sowohl lieben als auch achten konnte? Vermutlich war sie zu sehr von der guten Ehe ihrer Eltern beeinflusst. Sich mit weniger zufriedenzugeben würde für sie bedeuten, versagt zu haben.

Serena nahm die beiden Milcheimer und trat aus dem Kuhstall. Außerdem konnte sie sowieso niemanden heiraten, nachdem sie sich in Brigham verliebt hatte. Wie könnte sie sich auch einem Mann hingeben, wenn sie sich stets fragte, wie es mit einem anderen gewesen sein würde? Obwohl sie wusste, dass sie niemals Brighams Leben teilen konnte – oder er ihr Leben –, änderte das nichts an ihren Gefühlen. Und bis ihre Liebe zu ihm starb, würde sie allein bleiben. Denn erst dann war sie wieder frei, ihr Herz an einen anderen zu verschenken.

Der Weg von der Anhöhe hinunter war glitschig vom letzten geschmolzenen Schnee, und Serena ging langsam, um sich und die gefüllten Eimer im Gleichgewicht zu halten. Sie dachte wieder an Colin und Maggie und deren Glückseligkeit. Auch wenn ihr selbst dieses Glück nie beschieden sein würde, missgönnte sie es ihnen nicht. Dennoch fand sie es erstaunlich, dass Maggie die Erfüllung ihres Herzenswunsches erreicht hatte, indem sie sich einfach von einer Leiter fallen ließ.

Wie ihr Bruder Maggie angesehen hatte! Als wäre sie ein Stück kostbares Glas, das bei der bloßen Berührung zerschellen könnte. Wie es wohl sein mochte, von einem Mann so angeschaut zu werden? Nun, ich wünsche mir das jedenfalls nicht, sagte sich Serena. Aber vielleicht könnte es doch ganz nett sein …

Das Geräusch von Stiefeln auf Stein riss sie aus ihren Gedanken. Sie blickte auf und sah Brigham auf dem Weg zu den Pferdeställen. Ohne auch nur zu überlegen, änderte Serena die Richtung, sodass sie sich begegnen würden. Mit einer stillen Entschuldigung wegen der verschütteten Milch tat Serena, als rutsche sie aus, gab einen kleinen Schreckensschrei von sich und hoffte, dass er überzeugend klang, bevor sie zu Boden sank.

Brigham war sofort bei ihr. Er stemmte die Hände in die Hüften und betrachtete sie mit finsterer Miene. Es war Serenas Pech, dass er schon zuvor üble Laune gehabt hatte. »Hast du dich verletzt?«

Es klang wie ein Vorwurf und nicht wie eine besorgte Frage. Serena war empört, zwang sich dann aber, ihre Rolle zu spielen. Sie war sich zwar nicht ganz sicher, wie man das machte, aber sie erinnerte sich, dass Maggie mit den Wimpern geklimpert hatte. »Ich weiß nicht. Vielleicht habe ich mir den Fuß verstaucht.«

»Warum, zum Teufel, musst du auch Milcheimer schleppen?« Ungehalten bückte er sich, um ihr Fußgelenk genauer zu untersuchen. Die Nachricht, die er spät in der letzten Nacht erhalten hatte, beschäftigte und bedrückte ihn immer noch, sonst hätte er vermutlich den aufglimmenden Zorn in Serenas Augen bemerkt. »Wo ist Malcolm oder Molly oder einer von den anderen?«

»Das Melken ist nicht Malcolms Aufgabe, und Molly und alle Übrigen sind mit den Vorbereitungen für die Gäste beschäftigt.« Jeglicher Vorsatz, zerbrechlich und weiblich zu wirken, verflog im Nu. »Es ist keine Schande, Milcheimer zu schleppen, Lord Ashburn! Eure englischen Ladys haben vermutlich noch nie ein Kuheuter gesehen, aber …«

»Das hier hat gar nichts mit meinen englischen Ladys zu tun. Der Pfad ist schlüpfrig, die Eimer sind schwer, und offensichtlich ist das mehr, als du bewältigen kannst!«

»Mehr, als ich bewältigen kann?« Serena schleppte seit Jahren jeden Morgen die Milcheimer auf diesem Weg zum Haus. Sie schlug seine Hand von ihrem Fuß. »Ich bin kräftig genug, um das zu tun und noch weit mehr. Und bisher bin ich noch nie auf diesem Pfad ausgerutscht.«

Brigham richtete sich auf und betrachtete sie der Länge nach. »Ja, kräftig und stur wie ein Maulesel, nicht wahr, Rena?«

Das war zu viel. Das konnte keine Frau hinnehmen. Serena sprang auf und schüttete ihm den Inhalt eines Eimers ins Gesicht. Es war geschehen, bevor einer von ihnen es hätte verhindern können. Serena stand da mit dem leeren Eimer, während Brigham einen Mund voll sehr frischer Milch schluckte.

»Da habt Ihr ein warmes Milchbad für Eure weiche englische Haut, Mylord!« Serena griff nach dem zweiten Eimer, aber bevor sie auch diesen über ihm ausleeren konnte, schlossen sich seine Finger um ihre Hände und den Henkel. Sein Griff war sehr fest und ruhig, aber seine Augen funkelten gefährlich.

»Dafür sollte ich dich verprügeln!«

Serena warf den Kopf in den Nacken und beobachtete mit wachsender Genugtuung, wie ihm die Milch vom Gesicht tropfte. »Du kannst es versuchen, *Sassenach*!«

»Serena!«

Das herausfordernde Blitzen ihrer Augen wandelte sich in Bestürzung, als sie ihren Vater rufen hörte, der mit großen Schritten auf sie zukam. »Vater!« Angesichts seines wütenden Blickes konnte sie nur noch den Kopf hängen lassen und sich für das Ärgste wappnen.

»Hast du den Verstand verloren?«

Serena seufzte. Da sie die Augen niedergeschlagen hielt, bemerkte sie nicht, dass Brigham sich ganz sachte zwischen sie und ihren erbosten Vater geschoben hatte. »Mein Temperament ist mit mir durchgegangen, Vater!«

»Es war ein kleiner Unfall, Ian«, erklärte Brigham und wischte sich mit seinem Taschentuch die Milch vom Gesicht. »Serena ist ausgerutscht, während sie die Milcheimer trug.«

»Es war kein Unfall.« Es wäre Serena niemals in den Sinn gekommen, es als Unfall auszugeben, um sich zu retten. »Ich habe Lord Ashburn absichtlich mit Milch begossen.«

»Das habe ich mit eigenen Augen gesehen!« Ian MacGregor stand breitbeinig da, und sein Gesichtsausdruck war hart und unerbittlich. »Ich entschuldige mich für das miserable Benehmen meiner Tochter, Brigham, und ich verspreche Euch, sie wird ihre Strafe bekommen. Geh ins Haus, Mädchen!«

»Ja, Vater.«

»Bitte.« Brigham legte eine Hand auf ihre Schulter, bevor Serena den demütigenden Rückzug antreten konnte. »Ich kann Serena nicht die volle Schuld auf sich nehmen lassen. Ich habe sie provoziert – ebenfalls absichtlich. Ich glaube, ich habe sie einen Maulesel genannt. War es nicht so, Serena?«

Ihre Augen funkelten schon wieder, als sie den Kopf hob. Sie sah ihn kurz an und schlug dann hastig den Blick nieder, damit ihr Vater nicht merkte, dass sie keine Reue empfand. »Aye«, murmelte sie.

»Der Vorfall war ebenso unglückselig und bedauerlich wie meine beleidigende Äußerung. Ian, Ihr würdet mir einen großen Gefallen tun, wenn Ihr die Angelegenheit auf sich beruhen lassen könntet.«

Ian MacGregor schwieg einen Augenblick, dann machte er eine ungeduldige Handbewegung zu Serena hin. »Bring den Rest der Milch ins Haus, und zwar sofort!«

»Ja, Vater.« Sie warf einen raschen Blick auf Brigham, der eine Mischung aus Dankbarkeit und Ärger ausdrückte, und rannte dann los, dass die Milch über den Eimerrand schwappte.

»Dafür hätte sie Prügel verdient«, bemerkte Ian MacGregor, obgleich er wusste, dass er später darüber lachen würde, weil sein kleines Mädchen den jungen englischen Lord über und über mit Milch begossen hatte.

»Das war auch mein erster Gedanke«, gab Brigham zu. »Bedauerlicherweise muss ich jedoch einsehen, dass ich es wohl verdient hatte, wenn man es recht bedenkt. Eure Tochter und ich scheinen es einfach nicht fertigzubringen, höflich miteinander umzugehen.«

»Das scheint mir auch so!«

»Sie ist halsstarrig und scharfzüngig, und ihr Unmut flammt schneller auf als eine Fackel.«

Ian MacGregor rieb sich den Bart, um ein Lächeln zu verbergen. »Sie ist ein wahrer Fluch für ihren alten Vater, Brigham.«

»Für jeden Mann«, murmelte Brigham vor sich hin. »Ich frage mich, ob das Schicksal sie hergeschickt hat, um mein Leben zu komplizieren oder um es zu beleben.«

»Was gedenkt Ihr dagegen zu tun?«

Erst jetzt wurde Brigham bewusst, dass er seine Gedanken laut ausgesprochen hatte. Er blickte zum Haus hin, wo Serena gerade in die Küche entschwand. »Ich gedenke sie zu heiraten, mit Eurer Erlaubnis!«

Ian MacGregor stieß hörbar die Luft aus. »Und wenn ich meine Erlaubnis nicht gebe?«

Brigham blickte ihm fest in die Augen. »Dann werde ich sie trotzdem heiraten!«

Das war die Antwort, die Ian MacGregor hatte hören wollen, aber er zögerte noch. Erst wollte er wissen, wie seine Tochter darüber dachte. »Ich werde es überdenken, Brigham. Wann werdet Ihr nach London aufbrechen?«

»Am Ende der Woche.« Brighams Gedanken kehrten zu dem kürzlich eingetroffenen Brief und seiner Pflicht zurück. »Lord George Murray glaubt, dass meine Anwesenheit helfen könnte, mehr Unterstützung von den englischen Jakobiten zu erhalten.«

»Ihr werdet meine Antwort bekommen, wenn Ihr zurückkehrt. Ich will nicht leugnen, dass Ihr ein Mann seid, dem ich meine Tochter gern geben würde, aber sie muss einverstanden sein. Und das, mein Junge, kann ich Euch nicht versprechen!«

Ein Schatten legte sich über Brighams Augen. Er vergrub die Hände in den Hosentaschen. »Weil ich Engländer bin!«

Ian MacGregor erkannte, dass das offensichtlich ein wunder Punkt war. »Manche Wunden heilen schwer.« Da er jedoch ein großherziger Mann war, schlug er Brigham auf die feuchte Schulter und wechselte das Thema. »Einen Maulesel habt Ihr sie genannt, wie?«

»Ja, das habe ich!« Brigham schnippte mit den Fingern

gegen seine durchnässte Spitze. »Und dann hätte ich mich schneller bewegen sollen.«

Der MacGregor lachte dröhnend und gab Brigham einen weiteren Klaps auf die Schulter. »Wenn Ihr sie heiraten wollt, solltet Ihr rasch lernen können!«

Serena wünschte, sie wäre tot. Sie wünschte, Brigham wäre tot – oder am besten, er wäre nie geboren worden. Mit finsterer Miene blickte sie in den Spiegel, während Maggie sie mit der Brennschere frisierte.

»Dein Haar ist so lockig und weich, dass du es sicher nie über Nacht auf Papier wickeln musst.«

»Als ob ich so etwas je tun würde«, sagte Serena verächtlich. »Ich weiß nicht, wozu Frauen so viel Aufhebens machen.«

»Warum wohl?« Maggie lächelte weise. »Um einem Mann zu gefallen, natürlich.«

»Ich wünschte, ich dürfte mein Haar auch aufstecken.« Gwen kam hinzu und betrachtete sich ebenfalls im Spiegel. »Mutter hat gesagt, ich müsste noch bis nächstes Jahr damit warten.« Sie seufzte und probierte dann ein paar Tanzschritte. Es war ihr erster Ball und ihr erstes Ballkleid, und sie konnte es kaum erwarten, es anzuziehen und sich erwachsen zu fühlen. »Glaubt ihr, jemand wird mich zum Tanz auffordern?«

»Alle werden dich auffordern.« Maggie testete vorsichtig die Brennschere.

»Vielleicht wird einer versuchen, mich zu küssen!«

»Wenn das jemand wagen sollte, hast du es mir sofort zu sagen«, äußerte Serena grimmig. »Ich werde mich dann schon um ihn kümmern!«

»Du klingst genau wie Mutter.« Gwen lachte und wirbelte in ihren Unterröcken im Kreis. »Ich würde doch niemandem gestatten, mich zu küssen, aber es wäre nett, wenn einer es versuchen wollte.«

»Rede nur weiter so, Mädchen, dann wird Vater dich ein weiteres Jahr einsperren!«

»Sie ist bloß aufgeregt!« Maggie fädelte ein grünes Band mit Goldrand durch Serenas Frisur. »Und ich bin es auch – als wäre es mein erster Ball.« Sie trat zurück, um ihr Werk zu begutachten. »Wenn du jetzt noch lächeln könntest, würdest du bildhübsch aussehen, Rena.« Serena bleckte theatralisch übertrieben die Zähne, und Maggie lachte. »Damit wirst du die Männer in die Flucht schlagen!«

»Sollen sie doch weglaufen!« Bei diesem Gedanken hätte Serena beinahe gelächelt. »Ich sehe sie sowieso am liebsten von hinten.«

»Brigham läuft bestimmt nicht davon«, bemerkte Gwen und erntete dafür einen bösen Blick von ihrer Schwester.

»Es interessiert mich nicht, was Lord Ashburn tut«, erklärte sie hoheitsvoll und nahm ihr Ballkleid vom Bett. Gwen und Maggie lächelten amüsiert hinter ihrem Rücken.

»Nun, er ist auch ziemlich aufgeblasen, nicht wahr?«, meinte Maggie scheinheilig und trat nun selbst vor den Spiegel, um den Sitz ihres Ballkleids zu überprüfen. »Gewiss, er sieht gut aus, wenn man den dunklen Typ und kalte Augen mag.«

»Er ist überhaupt nicht aufgeblasen!«, entgegnete Serena empört. »Er ist …« Sie fing sich wieder, gewarnt von Gwens Kichern. »Er ist unverschämt und lästig. Und Engländer.«

Gwen begann Maggies Ballkleid zuzuhaken. »Stell dir vor, Maggie, er hat Rena in der Küche geküsst.«

Maggies Augen wurden groß und rund. »Was?«

»Gwen!«, rief Serena wütend.

»Oh, es ist doch nur Maggie«, beschwichtigte Gwen. »Wir erzählen ihr sowieso alles. Er hat sie mitten in der Küche geküsst, und es war sehr romantisch«, fuhr sie fort und bekam einen träumerischen Ausdruck. »Er sah aus, als würde er sie gleich verschlucken, wie eine Zuckerpflaume.«

»Das reicht!« Serenas Wangen glühten, und sie hatte einige Mühe, in ihr Ballkleid zu steigen. »Es war gar nicht romantisch, sondern unerhört und …« Sie wollte sagen »unangenehm«, brachte die Lüge aber nicht über die Lippen. »Und von mir aus kann er zum Teufel gehen!«

Maggie sah sie an. »Wenn du ihn zum Teufel wünschst, weshalb hast du mir dann nicht erzählt, dass er dich geküsst hat?«

»Ich hatte es bereits vergessen!«

Gwen wollte etwas sagen, aber Maggie hielt sie mit einer raschen Handbewegung zurück. »Nun, in dem Fall war es wohl auch nichts Besonderes«, gab sie zu. »Mein Cousin Jamie kommt heute Abend, Rena. Vielleicht gefällt er dir besser.«

9. Kapitel

Als Brigham, von Parkins makellos ausstaffiert, zum Ballsaal hinunterging, war er ein Bild von einem eleganten Aristokraten. Schneeweiße Spitze schäumte von seinem Hals und fiel duftig über seine Handgelenke. Seine Schnallen glänzten ebenso wie der Smaragd an seinem Finger. Ein zweiter, farbgleicher Smaragd blinkte aus der Spitze an seiner Kehle. Über der schwarzen, von Silberfäden durchzogenen Weste trug er einen schwarzen Rock mit Silberknöpfen, der auf seinen Schultern nicht das kleinste Fältchen warf.

»Lord Ashburn.« Fiona empfing ihn, als er den Saal betrat. Seit ihr Mann ihr von Brighams Gefühlen für ihre älteste Tochter erzählt hatte, war sie sehr beunruhigt. Sie konnte Serenas zwiespältige Gefühle für Brigham besser nachempfinden als Ian.

»Lady MacGregor. Ihr seht hinreißend aus!«

Sie lächelte und bemerkte, dass sein Blick bereits suchend durch den Saal irrte. »Ich danke Euch, Mylord. Ich hoffe, Ihr werdet den Abend genießen.«

»Das werde ich, wenn Ihr mir einen Tanz zusagt!«

»Es würde mir ein Vergnügen sein, aber ich werde all die jungen Damen verärgern, wenn ich Eure Zeit in Anspruch nehme. Bitte, gestattet mir, Euch vorzustellen.« Sie legte ihre Hand auf seinen Arm und führte ihn in den Saal, in dem bereits eine Anzahl festlich gekleideter Gäste versammelt war.

Satin und Seide glänzten und schimmerten im Licht von Hunderten von Kerzen in den Leuchtern, die von der Decke hingen, und auf hohen Kerzenständern ringsum. Edelsteine blitzten und funkelten. Die Männer trugen festliche Kilts mit

Plaids in leuchtendem Rot, Grün und Blau über Wämsern aus Kalbsleder. Das Licht spiegelte sich in Schuhschnallen und Silberknöpfen, die um die Wette mit den Juwelen der Frauen glitzerten.

Was die Ladys anbetraf, so wurde deutlich, dass in den Highlands die französische Mode aufmerksam verfolgt wurde. Die luxuriöseren Stilarten wurden bevorzugt, und man sah reichlich Flitter und Silberlitzen. Reifröcke bauschten sich, rauschten und schwangen wie Glocken hin und her. Schwerer Brokat in leuchtenden Farben und golddurchwirkt wurde sowohl von den Herren wie von den Damen gern getragen, dazu große Manschetten, die bis über die Ellbogen reichten. Die Strümpfe waren weiß oder mit einem Streifen bestickt und wurden mit prächtigen Strumpfbändern getragen.

Glenroe war zwar ein abgelegener Ort und die nächste Einkaufgelegenheit einen halben Tagesritt entfernt, aber die Liebe der Schotten zur eleganten Mode war offensichtlich nicht geringer als die der Franzosen oder Engländer.

Brigham wurde von seiner Gastgeberin den hübschen oder auch weniger ansehnlichen Töchtern der zahlreich erschienenen Clan-Chefs vorgestellt.

Für den Augenblick zügelte er seine Ungeduld, fuhr aber fort, den Saal nach dem einen Gesicht zu durchsuchen, das er zu sehen wünschte. Ob sie nun willig war oder nicht, Brigham war fest entschlossen, Serena zum ersten Tanz zu führen – und danach noch so oft wie möglich.

»Die kleine MacIntosh ist so anmutig wie ein Ochse«, flüsterte Colin ihm ins Ohr. »Wenn du an sie gerätst, biete ihr lieber an, ein Getränk zu holen, und sitze den Tanz durch.«

»Danke für die Warnung!« Brigham sah seinen Freund an. »Du siehst so selbstzufrieden aus. Darf ich daraus schließen, dass deine Unterredung mit MacDonald nach Wunsch verlaufen ist?«

Colin reckte sich stolz. »Maggie und ich werden noch vor Mai heiraten.«

»Meinen Glückwunsch!« Brigham verbeugte sich und meinte dann mit einem Lächeln: »Nun werde ich mir wohl einen anderen suchen müssen, den ich unter den Tisch trinken kann.«

Colin wurde rot. »Unwahrscheinlich. Ich wünschte, ich könnte mit dir nach London reiten!«

Brigham war nicht sonderlich glücklich über den Ruf nach London. Möglicherweise konnte er die noch schwankenden englischen Anhänger des Prinzen überzeugen, aber es würde eine gefährliche Mission werden. »Dein Platz ist jetzt hier. Ich werde in einigen Wochen zurück sein.«

»Und hoffentlich mit erfreulichen Nachrichten. Wir werden unterdessen hier weiterarbeiten, nur heute Abend nicht. Heute wird gefeiert. Oh, da ist meine Maggie. Übrigens, wenn du mit einem leichtfüßigen Mädchen tanzen willst, dann fordere Serena auf. Sie mag zwar ein übles Temperament haben, aber tanzen kann sie besser als die meisten anderen!« Damit eilte Colin seiner Herzensdame entgegen.

Brigham blieb zurück. Neben der zierlichen Maggie MacDonald stand Serena, die atemberaubend aussah. Sie trug das Haar hoch aufgetürmt und ein Ballkleid aus leuchtend grüner Seide mit Goldborte und viereckigem Ausschnitt, der die sanften Rundungen ihrer Brüste betonte, und um den Hals schimmernde Perlen. Die weit ausschwingenden Röcke betonten ihre unglaublich schmal wirkende Taille.

Es gab prächtiger gekleidete Frauen, einige mit gepuderten Haaren, andere mit Juwelen beladen, aber sie hätten ebenso gut Lumpen tragen können. Serena blickte zu Colin auf und lachte, und Brigham hatte das Gefühl, einen Schwertstreich quer über die Knie erhalten zu haben.

Als die Musik zum ersten Tanz aufzuspielen begann, warfen

mehrere junge Damen hoffnungsvolle Blicke in seine Richtung. Brigham fand seine Bewegungsfähigkeit wieder und ging rasch durch den Saal zu Serena.

»Miss MacGregor.« Er machte eine elegante Verbeugung vor ihr. »Darf ich um die Ehre dieses Tanzes bitten?«

Serena hatte sich vorgenommen, ihn abzuweisen, sollte er sie auffordern, aber jetzt reichte sie ihm schweigend die Hand. Die Klänge eines Menuetts ertönten, und Röcke raschelten, als die Ladys von ihren Tanzpartnern zu ihren Plätzen geführt wurden. Plötzlich war Serena überzeugt, sich nicht einmal mehr an die einfachsten Grundschritte erinnern zu können. Dann lächelte Brigham ihr zu und verbeugte sich.

Es war, als würden ihre Füße den Boden überhaupt nicht berühren, und sie vermochte ihren Blick nicht von seinen Augen zu lösen. Davon hatte sie einmal geträumt, im winterlichen Wald. In ihrem Traum hatte sie auch Kerzenlicht gesehen und sogar die Musik gehört, aber so wie jetzt war es nicht gewesen. Sie schien zu schweben und fühlte sich schön und begehrenswert.

Brigham hielt ihre Hand nur leicht, aber schon diese Berührung verursachte ihr heftiges Herzklopfen. Sie führten ihre Schritte gemessen aus, bewegten sich aufeinander zu und auseinander, aber Serena kam der Tanz so aufregend vor wie eine enge Umarmung. Als sie in ihren Schlussknicks sank, spitzte er die Lippen, und ihre eigenen Lippen prickelten, als hätte er sie geküsst.

»Danke.« Er gab ihre Hand noch nicht frei, wie es der Anstand eigentlich erforderte, sondern führte ihre Finger an die Lippen. »Ich habe mir diesen Tanz gewünscht, seit ich Euch allein am Fluss antraf. Wenn ich jetzt daran denke, fällt es mir lediglich schwer zu entscheiden, ob Ihr in Eurem grünen Ballkleid oder in den Kniehosen bezaubernder ausgesehen habt!«

»Es ... es ist Mutters Kleid ...«, erklärte sie rasch und ärgerte sich über ihr Stottern. Als Brigham sie von der Tanzfläche führte, fühlte sich Serena wie eine Königin. »Ich möchte mich für mein Benehmen heute Morgen entschuldigen.«

»Nein, das möchtet Ihr bestimmt nicht!« Verwegen küsste er erneut ihre Hand, was sogleich deutliches Gemurmel unter den Zuschauern verursachte. »Vielmehr glaubt Ihr nur, dass Ihr es tun solltet.«

»Aye.« Sie warf ihm einen schnellen, amüsierten Blick zu. »Es ist das Mindeste, nachdem Ihr mich vor der Androhung einer Tracht Prügel bewahrt habt.«

»Nur vor der Androhung?«

»Vater bringt es nicht übers Herz, mehr zu tun als zu drohen. Er hat mich noch nie einen Riemen spüren lassen, und wahrscheinlich bin ich deshalb so widerspenstig geblieben.«

»Heute Abend, meine Liebe, seid Ihr nur wunderschön.«

Serena errötete und schlug den Blick nieder. »Ich weiß nicht, was ich sagen soll, wenn Ihr mir schmeichelt.«

»Rena …«

»Miss MacGregor.« Brigham und Serena blickten ungehalten auf den Störenfried, den jungen Sohn eines benachbarten Highland-Lairds. »Würdet Ihr mir die Ehre geben, Euch zu diesem Tanz zu führen?«

Serena hätte ihm lieber einen Tritt vors Schienbein gegeben, aber sie kannte ihre Pflichten. Sie legte ihre Hand auf seinen Arm und fragte sich, wie bald es der Anstand wohl erlauben mochte, erneut mit Brigham zu tanzen.

Die Musikanten spielten schottische Reels, Volkstänze und elegante Menuette. Serena tanzte mit älteren Gentlemen, mit deren Söhnen, mit Cousins, mit feschen Burschen und mit behäbigen Herren. Da sie gern und gut tanzte, war sie ständig gefragt. Sie tanzte noch einmal mit Brigham und war dann gezwungen zuzusehen, wie er eine hübsche Lady nach der anderen aufs Parkett führte.

Brigham konnte den Blick nicht von Serena abwenden. Es war sonst gar nicht seine Art, ärgerlich zu werden, wenn er eine Frau mit einem anderen Mann tanzen sah, aber musste Serena ihre Tanzpartner so anlächeln? Nein, sie musste nicht. Und sie hatte nicht das Recht, mit diesem mageren jungen Schotten in dem hässlichen Rock zu flirten. Brigham musste sich sehr beherrschen, nicht auf den jungen Mann loszugehen.

Er fluchte leise und erntete einen erstaunten Blick von Gwen. »Wie bitte, Brigham?«

Brigham wandte widerstrebend seine Aufmerksamkeit Serenas jüngerer Schwester zu. Er hatte keine Ahnung, dass seine finstere Miene ein halbes Dutzend junger Verehrer davon abgehalten hatte, Gwen zum Tanz aufzufordern. »Nichts, Gwen. Es war nichts.« Er holte tief Luft, besann sich auf seine Manieren und bot ihr seinen Arm, um sie auf die Tanzfläche zu führen. Während er sie mit amüsanten Geschichten von Londoner und Pariser Bällen unterhielt, beobachtete er weiterhin Serena mit ihrem mageren Partner.

Als der Tanz vorüber war, küsste er Gwen die Hand, und Gwen hatte genug, wovon sie in den nächsten Jahren träumen konnte. Brigham dagegen hatte sich in eine rasende Eifersucht und Wut hineingesteigert.

Er geleitete Gwen zu ihrem Platz zurück und sah, dass Serena von ihrem Partner in eine andere Richtung geführt wurde. »Wer ist das, mit dem Serena sich unterhält?«, fragte er Gwen.

Gwen folgte seinem Blick. »Oh, das ist bloß Rob, einer von Serenas Verehrern und Freiern.«

»Ein Freier, wie?«, murmelte Brigham grimmig. Bevor Gwen ihm das näher erläutern konnte, durchquerte er bereits mit großen Schritten den Saal. »Miss MacGregor, darf ich Euch auf ein Wort entführen?«

Sein Ton veranlasste Serena, missbilligend die Brauen hochzuziehen. »Lord Ashburn, darf ich Euch Rob MacGregor, einen Verwandten von mir, vorstellen?«

»Euer Diener«, sagte Brigham steif, nahm Serena am Ellbogen und zog sie mit sich zum nächstgelegenen Alkoven.

»Was fällt Euch ein? Habt Ihr den Verstand verloren? Ihr werdet alle auf uns aufmerksam machen!«, sagte sie rebellisch.

»Zum Teufel mit allen!« Brigham sah sie wütend an. »Wieso hat dieser Laffe Eure Hand gehalten?«

Obgleich sie im Stillen durchaus zustimmte, dass Rob MacGregor ein Laffe war, konnte sie doch nicht zulassen, dass ein Verwandter beleidigt wurde. »Rob MacGregor ist ein feiner Bursche und stammt aus einer guten Familie!«

»Zum Teufel mit seiner Familie!« Brigham konnte sich kaum noch genügend beherrschen, um seine Stimme gesenkt zu halten. »Warum hat er Eure Hand gehalten?«

»Weil er es wollte.«

»Er hatte kein Recht, das zu tun, versteht Ihr?« Brigham ergriff ihre Hand.

»Nein, das verstehe ich nicht. Es steht mir frei, meine Hand zu geben, wem ich will!«

»Wenn Ihr wollt, dass Euer feiner junger Mann aus guter Familie am Leben bleibt, dann würde ich an Eurer Stelle nicht mehr mit ihm tanzen«, entgegnete Brigham hitzig.

»Tatsächlich?« Serena versuchte vergeblich, ihm ihre Hand zu entziehen. »Lasst mich sofort los!«

»Damit Ihr zu ihm zurückkehren könnt?«

Sie fragte sich flüchtig, ob Brigham betrunken war, fand dann aber, dass seine Augen dafür zu klar und durchdringend waren. »Wenn es mir beliebt.«

»Falls es Euch beliebt, werdet Ihr es bedauern, das verspreche ich Euch. Dieser Tanz gehört mir!«

Noch vor wenigen Minuten hatte sie sich danach gesehnt,

mit ihm zu tanzen, aber jetzt war sie ebenso entschlossen, es nicht zu tun. »Ich möchte nicht mit Euch tanzen.«

»Was Ihr möchtet und was Ihr tun werdet, können zweierlei Dinge sein, meine Liebe!«

»Ich möchte Euch daran erinnern, Lord Ashburn, dass nur mein Vater das Recht hat, mir Befehle zu erteilen.«

»Das wird sich ändern. Sobald ich aus London zurückkomme.«

»Ihr reist nach London?«, fragte Serena bestürzt, und ihr Ärger war vergessen. »Wann? Warum?«

»In zwei Tagen. Ich habe dort wichtige Angelegenheiten zu erledigen.«

»Ich verstehe.« Ein Schatten flog über ihr Gesicht. »Hattet Ihr vielleicht die Absicht, es mir erst zu erzählen, wenn Ihr Euer Pferd sattelt?«

»Ich habe gerade erst die Nachricht erhalten, dass ich dort gebraucht werde«, erwiderte Brigham, und seine Stimme klang jetzt weniger scharf. »Macht es Euch etwas aus, dass ich gehe?«

»Nein!« Serena wandte den Kopf zur Seite und blickte in den Saal. »Weshalb sollte es mir etwas ausmachen?«

»Aber es betrübt Euch doch.« Er berührte mit seiner freien Hand ihre Wange.

»Geht oder bleibt«, flüsterte sie hilflos. »Es ist für mich nicht von Bedeutung.«

»Ich reise im Auftrag des Prinzen.«

»Dann behüte Euch Gott«, sagte sie leise.

»Rena, ich werde zurückkommen«, versprach Brigham.

»Werdet Ihr das, Mylord?« Serena entriss ihm ihre Hand. »Da bin ich mir nicht so sicher.«

Bevor er sie zurückhalten konnte, eilte sie in den Ballsaal und stürzte sich erneut ins Tanzvergnügen.

Serena war unglücklich und zugleich wütend, als sie auf ihrer Stute durch den Wald galoppierte. Wütend auf sich selbst, weil sie, wenn auch nur für einen Augenblick, gehofft hatte, dass es vielleicht doch eine echte, wunderschöne Beziehung zwischen ihr und Brigham geben könnte.

Aber nun ging er nach England zurück, nach London, wo er hingehörte. In London war er ein reicher, vornehmer Gentleman mit Verbindungen, der zu Gesellschaften eingeladen wurde und eleganten Ladys seine Aufwartung machte. Ein Aristokrat, der den Fortbestand seines Familienstammes zu sichern hatte ... Serena stieß eine Verwünschung aus und trieb ihr Pferd noch mehr an.

Sie glaubte Brigham inzwischen zwar, dass er dem Stuart-Prinzen aufrichtig ergeben war und für ihn kämpfen würde, aber er würde in England – und für England – kämpfen. Wieso auch nicht? Warum sollte ein Mann wie der Earl of Ashburn noch einen einzigen Gedanken an sie verschwenden, wenn er erst wieder in seiner eigenen Welt war? Schließlich würde Sie ja ebenfalls keinen einzigen Gedanken an ihn verschwenden, sobald er fort war.

Sie wusste, dass Brigham mit ihrem Vater und vielen der anderen Clan-Oberhäupter eine Beratung abgehalten hatte, und ihr war auch bekannt, dass Brigham nach London gehen sollte, um die Trommel für den jungen Prinzen zu rühren.

Es war wichtiger denn je, alle Jakobiten aufzurufen, die englischen und die schottischen, denn die Zeit war reif für eine Rebellion. Charles war nicht wie sein Vater James und wollte sich nicht damit begnügen, seine Jugend an den Höfen fremder Länder zu verbringen.

Und wenn die Zeit kam, würde Brigham in den Kampf ziehen. Aber dass er in die Highlands zurückkam – zurück zu ihr –, das konnte sich Serena nicht vorstellen. Ihretwegen würde er gewiss nicht sein Heim und sein Land verlassen, sosehr er sie auch begehren mochte. Außerdem wusste sie bereits, wie leicht das Verlangen eines Mannes entfacht wurde – und wie leicht es sich abkühlte.

Bei ihr dagegen war es Liebe. Ihre erste Liebe und ihre einzige. Ohne ihr jemals die Unschuld genommen zu haben, hatte Brigham sie dennoch verführt, und nun würde es nie einen anderen Mann für sie geben. Der einzige Mann, den sie haben wollte, bereitete sich eben jetzt darauf vor, aus ihrem Leben zu reiten.

Sollte er doch fortgehen. Sie wünschte ihm alles Gute. Sie wünschte ihn zum Teufel.

»Serena!«

Sie blickte über die Schulter zurück und sah Brigham herangaloppieren. Erst jetzt wurde ihr bewusst, dass ihr Tränen über die Wangen liefen, und sie schämte sich ihrer Sentimentalität so sehr, dass sie sich hastig abwandte und davonpreschte.

Sie wollte zum See und am Wasser vorbei in die Berge reiten, wo er sie nicht finden würde. Erst verwünschte sie den lästigen Damensattel, und dann verwünschte sie Brigham, als er sie einholte und ihr die Zügel aus der Hand riss.

»Halt ein, Mädchen! Was, zum Kuckuck, ist denn in dich gefahren?«

»Lasst mich in Ruhe!« Sie stieß ihrem Pferd die Absätze in die Flanken und hätte Brigham fast aus dem Sattel geworfen, während er sich mühte, beide Pferde zu halten. »Oh, verdammt! Ich hasse Euch!«

»Nun, wenn ich dir eins mit der Peitsche überziehe, hast du wenigstens einen Grund dafür«, sagte er grimmig. »Willst du uns beide umbringen?«

»Nein, nur dich.« Serena schniefte leicht und verachtete sich dafür.

»Warum weinst du?« Er zog ihr Pferd näher heran und blickte ihr forschend ins Gesicht. »Hat dich jemand verletzt?«

»Nein.« Ihr Lachen klang hysterisch, und das schockierte sie derart, dass sie sofort aufhörte zu lachen. »Nein«, wiederholte sie, »ich weine nicht. Es ist nur der Wind, der mir das Wasser in die Augen treibt. Geh weg. Ich bin hierher geritten, um allein zu sein.«

»Dann muss ich dich enttäuschen.« Serena weinte doch, auch wenn sie es leugnete. Brigham hätte sie gern in den Arm genommen und getröstet, aber er kannte sie inzwischen gut genug, um zu wissen, dass sie ihn mit aller Macht zurückstoßen würde. »Ich reite morgen bei Tagesanbruch, Serena, und es gibt einiges, was ich dir vorher noch sagen möchte.«

»Dann sag, was du zu sagen hast.« Sie begann in ihren Taschen nach einem Taschentuch zu suchen. »Und geh weg, nach London oder zur Hölle, das ist mir gleich.«

Brigham warf einen Blick gen Himmel und bot ihr dann sein Taschentuch an. »Es wäre mir angenehmer, abzusteigen.«

Serena griff hastig nach dem Tuch, um die verhassten Tränen zu trocknen. »Tu, was du willst. Es interessiert mich nicht.« Sie schnäuzte sich geräuschvoll.

Brigham stieg ab, behielt aber sorgsam ihre Zügel in der Hand. Nachdem er beide Pferde angebunden hatte, half er Serena aus dem Sattel, indem er sie einfach herunterhob und auf den Boden stellte. »Setz dich hin.«

Nach einem letzten trotzigen Schniefer steckte sie das Taschentuch in ihre Tasche. »Ich will nicht.«

»Setz dich hin«, wiederholte er, am Ende seiner Geduld. »Oder du wirst wünschen, du hättest es getan!«

Da sein unheilvoller Blick sie warnte, dass es keine leere Drohung war, setzte sie sich auf einen großen Stein, nahm sich aber Zeit, ihre Röcke zu ordnen, und faltete schließlich artig die Hände im Schoß. »Ihr wolltet Euch mit mir unterhalten, Mylord?«

»Ich möchte Euch lieber erwürgen, Mylady, aber ich denke, ich kann mich gerade noch beherrschen.«

Serena erschauerte gekonnt. »Wie furchterregend. Darf ich bemerken, Lord Ashburn, dass Euer Besuch bei uns meine Erfahrungen mit englischen Manieren beträchtlich erweitert hat?«

»Jetzt habe ich genug davon.« Er bewegte sich so schnell, dass Serena erschrocken aufblickte. Er packte sie an ihrem Reitjackett und zog sie hoch. »Ich bin Engländer, und ich schäme mich dessen nicht! Die Langstons sind eine sehr alte und geachtete Familie!«

So, wie er sie festhielt, war Serena gezwungen, auf Zehenspitzen zu stehen und ihm gerade in die Augen zu blicken. Und seine Augen waren dunkel, fast schwarz vor Wut – einer glühenden Wut, wie sie nur wenige bei ihm erlebt und überlebt hatten. »In meiner Familie gibt es nichts, dessen ich mich schämen müsste, und sehr viel, das mich stolz macht, diesen Namen zu tragen. Ich habe genug von all den Beschimpfungen und Beleidigungen, verstanden?«

»Aye.« Zum ersten Mal im Leben begriff Serena, was es hieß, wirklich Angst zu haben. Bis zu diesem Augenblick hatte sie keine echte Angst gekannt. Einschüchtern ließ sie sich jedoch trotzdem nicht. »Es ist nicht Eure Familie, die ich beleidigen wollte, Mylord.«

»Also nur mich, wie? Oder vielleicht ganz England? Verdammt, Rena, ich weiß, was euer Clan erlitten hat, und ich weiß auch, dass viele geächtet und gezwungen sind, unter einem anderen Namen zu leben. Es ist grausam und währt schon viel zu lange, aber ich habe diese Verfolgung nicht über die Schotten gebracht, noch war es ganz England. Beschimpfe mich und beiße, wenn du magst, aber ich will verdammt sein, wenn ich noch mal das eine oder das andere hinnehme für etwas, das nicht meine Schuld ist!«

»Bitte«, sagte sie sehr leise. »Du tust mir weh!«

Brigham ließ sie los und ballte die Hände zu Fäusten. Es geschah sehr selten, dass er sich vor Wut beinahe vergaß. »Ich entschuldige mich«, sagte er frostig.

»Nein!« Serena streckte vorsichtig eine Hand aus und berührte behutsam seinen Arm. »Ich muss mich entschuldigen!« Sie wurde wieder formell. »Ihr habt recht, Mylord. Es war unrecht von mir, Euch anzugreifen und zu schmähen wegen vieler Dinge, die geschehen sind, bevor wir beide geboren wurden.« Sie hatte jetzt keine Angst mehr, sondern war nur zutiefst beschämt. Hätte irgendjemand ihre Familie derart verhöhnt, würde sie gewiss mehr getan haben, als nur mit Worten zu wüten. »Es war unrecht, Euch eine Schuld beizumessen, weil englische Dragoner meine Mutter vergewaltigt haben, oder weil sie meinen Vater für über ein Jahr ins Gefängnis gesteckt haben, sodass er diese Schande nicht einmal rächen konnte. Und«, fuhr sie nach einem tiefen Atemzug fort, »es ist falsch von mir, Euch verantwortlich machen zu wollen, nur weil ich Angst habe, es nicht zu tun.«

»Warum, Rena? Warum hast du Angst?«

Serena schüttelte den Kopf und wollte sich abwenden, aber Brigham fasste sie an den Armen, um sie zurückzuhalten. Sein Griff war diesmal nicht so brutal, aber immer noch fest. »Ich hoffe, Ihr könnt mir vergeben, Mylord. Und jetzt würde ich gern allein sein.«

»Ich möchte erst eine Antwort haben, Serena.« Seine Stimme klang fast wieder normal, bis auf einen unnachgiebig harten Unterton. »Warum hast du Angst?«

Langsam hob sie den Kopf und sah ihn mit einem tränenfeuchten, verzweifelten Blick an. »Weil ich, wenn ich Euch keine Schuld zuweise, vergessen könnte, wer und was Ihr seid.«

»Ist das denn so wichtig?«, fragte er und schüttelte sie leicht.

»Aye.« Serena bekam plötzlich wieder Angst, wenn auch in ganz anderer Weise als zuvor. Irgendetwas in seinen Augen verriet ihr, dass ihr Schicksal bereits besiegelt war, was immer sie sagen oder tun mochte. »Aye. Für uns beide.« Denn Brigham würde immer an England gebunden sein und sie an Schottland.

»Ist es auch von Bedeutung, wenn wir so beisammen sind?« Er zog sie an sich und küsste sie, bevor sie antworten konnte.

Serena wehrte sich nicht. In dem Augenblick, als er mit den Lippen ihren Mund bedeckte, wusste sie, dass sie aufgehört hatte, gegen ihn und sich selbst zu kämpfen. Wenn er für sie der erste und einzige Mann war, wollte sie haben, was immer er ihr geben konnte.

Sein Kuss war leidenschaftlich und fast ein wenig verzweifelt. Falls Serena jemals eine Wahl gehabt hatte, dann entschied sie sich jetzt und schlug alle Bedenken in den Wind.

»Ist es von Bedeutung?«, fragte er wieder und bedeckte ihr Gesicht mit Küssen.

»Nein, nein, es ist nicht von Bedeutung, jetzt nicht!« Sie umschlang ihn mit den Armen und klammerte sich an ihn. »Oh, Brigham, ich möchte nicht, dass du fortgehst. Ich möchte nicht, dass du mich verlässt!«

Brigham vergrub sein Gesicht in ihrem Haar und prägte sich den Duft ein. »Ich werde zurückkommen – in drei, spätestens vier Wochen!« Als er keine Antwort erhielt, hob er den Kopf und sah sie an. Serenas Augen waren trocken, aber sie blickten traurig. »Ich komme bestimmt zurück, Serena. Kannst du mir nicht einmal so weit vertrauen?«

»Ich vertraue dir mehr, als ich je für möglich gehalten hätte, irgendeinem Mann zu vertrauen.« Sie lächelte verzagt und legte ihre Hand an seine Wange. Wenn das Liebe war, weshalb schmerzte sie dann so? Warum konnte sie ihr nicht das strahlende Glück bringen, das sie in Maggies Augen las? »Dennoch glaube ich nicht, dass du zu mir zurückkehren wirst. Aber davon wollen wir nicht sprechen.« Als er etwas erwidern wollte, verschloss sie seinen Mund mit ihrer Hand. »Wir wollen nicht einmal daran denken, nur an das Heute!«

»Dann werden wir über andere Dinge sprechen.«

»Nein!« Sie gab ihm einen Kuss auf die eine Hand, dann auf die andere und trat einen Schritt zurück. »Wir werden überhaupt nicht sprechen.« Langsam begann sie die Knöpfe ihres Reitkleids zu öffnen.

Brigham wollte sie zurückhalten, aber Serena streifte unbeirrt das hübsche Reitjäckchen von ihren Schultern und enthüllte ein schlichtes Leibchen und kleine, hohe Brüste. »Ich nehme mir, wonach uns beide verlangt.«

»Rena …«, sagte er rau, und der Puls an seinem Hals wurde sichtbar. »Nicht so. Das ist nicht passend für dich.«

»Wie könnte es passender sein?«, entgegnete sie, aber ihre Finger zitterten etwas, als sie ihren Rock aufhakte. »Hier, mit dir!«

»Es gibt zuvor noch einiges zu sagen«, wandte er ein. »Ich …«

»Ich will dich«, murmelte sie und brachte ihn damit zum Schweigen. »Ich möchte, dass du mich berührst, so wie du mich schon einmal berührt hast. Ich möchte … ich möchte, dass du tust, wovon du mich hast träumen lassen.« Sie sah ihn an. »Oder willst du mich nicht mehr?«

»Ich dich nicht wollen?« Brigham fuhr sich mit der Hand durch die Haare. »Es gibt niemanden und nichts, was ich jemals mehr gewollt habe, als dich in diesem Augenblick, und vermutlich werde ich auch nie wieder jemanden so begehren!«

»Dann nimm mich hier und jetzt.« Serena löste ihre Schnürbänder. »Und gib mir etwas von dir, bevor du mich verlässt.« Sie nahm seine Hand und presste ihre Lippen in die Handfläche. »Zeig mir, was es heißt, geliebt zu werden, Brigham.«

»Rena ...«

»Du wirst morgen davonreiten«, sagte sie und klang plötzlich verzweifelt. »Willst du mich mit leeren Händen zurücklassen?«

Brigham streichelte ihre Wange. »Ich würde gar nicht fortgehen, wenn ich die Wahl hätte!«

»Aber du wirst fortgehen, und ich möchte dir gehören, bevor du mich verlässt.«

Ihre Schultern waren kühl unter seinen Händen. »Bist du dir sicher?«

»Aye.« Lächelnd legte sie seine Hand auf ihr Herz. »Spürst du, wie schnell es schlägt? So pocht es immer, wenn ich dir nahe bin.«

»Du frierst«, murmelte er und zog sie enger an sich.

»Auf der Stute liegt eine Decke.« Serena schloss die Augen und sog seinen Duft ein, um ihn im Gedächtnis zu bewahren, genau wie Brigham sich den Duft ihres Haares eingeprägt hatte. »Wenn wir sie in der Sonne ausbreiten, werden wir es warm genug haben.«

»Ich werde dir nicht wehtun!« Er sah sie eindringlich an. »Ich schwöre es!«

In dieser Hinsicht vertraute sie ihm. Sie wusste, dass er sanft mit ihr umgehen würde. Sie breiteten gemeinsam die Decke am Ufer des Sees aus und knieten darauf nieder. Brigham küsste zart ihre nackte weiße Schulter.

Serena wusste, was sie tat und was sie im Begriff war, Brigham zu geben – ihre Unschuld, die eine Frau nur einem Mann und nur einmal im Leben geben konnte. Als sie in der warmen Sonne voreinander knieten, war ihr auch bewusst, dass sie ihm dieses Geschenk nicht aus einer plötzlichen Regung heraus oder in leidenschaftlichem Verlangen angeboten hatte, sondern eher ruhig und im Vertrauen darauf, dass es mit Zärtlichkeit angenommen werden würde. Und dass er sich daran erinnern würde.

Brigham meinte, sie noch nie so schön gesehen zu haben. Ihre Augen leuchteten, und ihr Haar schimmerte rot-golden in der Sonne. Ihre Hände zitterten nicht, als sie ihre Finger mit seinen verflocht, aber er glaubte, das nervöse Pochen ihres Herzens durch ihre Fingerspitzen spüren zu können. Ihre Wangen waren blass und so glatt und weiß wie Porzellan.

Er dachte an die Porzellanschäferin, die er als Kind immer so gern berühren wollte, aber Angst gehabt hatte, sie mit seinen ungeschickten Händen zu beschädigen. Er führte Serenas Hände an seine Lippen. Mit Serena würde er sehr behutsam umgehen.

Er küsste ihren Mund und genoss es, ihre Lippen zu fühlen und zu schmecken. Obgleich ihre Zeit miteinander kurz sein würde, benahm er sich, als hätten sie alle Zeit der Welt. Er knabberte an ihren Lippen und spürte, wie Serena schneller zu atmen begann. Er neckte und lockte sie mit seiner Zungenspitze in ein zärtliches Zungenduell, und Serena meinte, ihr müsste das hämmernde Herz in der Brust zerspringen.

Zuerst zögernd, dann mutiger strich sie mit ihren Händen über seinen Reitrock, wie um sich zu vergewissern, dass Brigham Wirklichkeit und kein Traum war. Es überraschte sie selbst, wie schüchtern sie auf einmal war, aber als er seine Jacke abstreifen wollte, überwand sie schließlich ihre Zurückhaltung, half ihm heraus und mühte sich dann mit den Knöpfen seiner Weste.

Brigham fand es fast unerträglich erregend, sich von Serena auskleiden zu lassen. Er bedeckte ihre Stirn, ihre Schläfen und Wangen mit Küssen, während sein Körper heftig auf die zögernden Bewegungen ihrer unerfahrenen Hände reagierte. Es war eine süße Folter.

Ihm wurde bewusst, dass er nicht nur wegen Serena und ihrer Unschuld so langsam vorging, sondern auch um seiner selbst willen. Jeder Augenblick, den sie hier miteinander teilten, sollte ihm für immer im Gedächtnis bleiben.

Serena zog ihm das Hemd herunter und ließ den Blick scheu über seinen nackten Oberkörper wandern. Ganz vorsichtig streckte sie eine Hand aus, um seine Haut zu berühren.

Sie knieten immer noch auf der Decke und neigten sich einander zu, bis ihr Atem sich mischte und ihre Lippen zueinander fanden. Serenas Gedanken begannen sich zu verwirren, als sie Brighams entblößten Oberkörper unter ihren tastenden Händen spürte. Seine Haut war glatt und straff, die Muskeln darunter waren hart. Sie empfand nicht nur Erregung, sondern auch so etwas wie Ehrfurcht, Erstaunen und Unsicherheit. Wer hätte gedacht, dass ein Mann sich so wunderschön anfühlen konnte?

Als Brigham ihren Nacken liebkoste, fühlte sie sich dahinschmelzen, und dann stöhnte Serena auf, als er ihre Brüste umfasste und der grobe Stoff ihres Leibchens über ihre Haut rieb. Sie bog ihren Rücken und ließ den Kopf in den Nacken fallen. Sie fühlte seinen Mund und seine Zunge durch den Stoff an ihren Brustspitzen, und das in ihrem Schoß aufsteigende Prickeln breitete sich aus, bis ihr ganzer Körper davon erfüllt schien.

Dann vergaß Serena alles, was zuvor gewesen war, als Brigham ihr Leibchen hochschob und ihre nackte Brust fand. Sie schrie auf vor Überraschung und Lust und klammerte sich Halt suchend an seine Schulter, weil sie das Gefühl hatte zu fallen.

Sie erschauerte, drängte sich an ihn, war verwirrt und verzückt und verlangte nach mehr. Als sie sich rückwärts auf die Decke niedersinken ließ, war sie bereit, sich ihm auszuliefern.

Brigham musste gegen den ersten, fast übermächtigen Impuls, sie sofort in Besitz zu nehmen, ankämpfen. Serena hatte die Arme um ihn geschlungen, und ihre traumhaft schönen Brüste erschauerten bei jeder Berührung.

Ihre Augen waren verschleiert von erwachender Leidenschaft, und Brigham wusste, wenn er sie jetzt nehmen würde – und das tat, wonach ihr Körper bereits verlangte –, würde sie sich ihm willig öffnen.

Aber das Bedürfnis seines Herzens war ebenso stark wie das Verlangen in seinen Lenden. Er wollte ihr mehr geben, als sie von ihm erbeten hatte.

»Davon habe ich lange geträumt, Rena«, sagte er leise und küsste sie erneut. »Ich habe davon geträumt, dich zu entkleiden.« Er zog ihr das Leibchen aus, und jetzt fühlte sie nur noch den Wind und Brighams Hände auf ihrer bloßen Haut. »Ich träumte davon zu berühren, was noch kein Mann vor mir berührt hat.« Sanft strich er mit einem Finger an ihrem Schenkel aufwärts und beobachtete, wie sie erzitterte.

»Brigham, ich will dich.«

»Und du sollst mich auch haben, mein Lieb.« Er umkreiste die zarte Spitze ihrer Brust mit der Zunge und sog sie dann sachte in den Mund. »Zuvor gibt es aber noch viel, viel mehr, meine geliebte Serena.«

Das konnte sich Serena unmöglich vorstellen. Sie wurde bereits von einer Empfindung nach der anderen überwältigt, und ein Wonneschauer folgte auf den nächsten. Aber dann bewies Brigham es ihr.

Überrascht öffnete Serena die eben geschlossenen Augen wieder. Unwillkürlich hob sie die Hüften an, seinen suchenden Lippen entgegen, bevor die erste Flutwelle beinah erschreckender Lust sie durchströmte. Sie war sich nicht bewusst, dass sie wieder und wieder seinen Namen rief, aber er hörte es, und nichts hatte ihm je süßer in den Ohren geklungen.

Serena bewegte sich unter seinen Lippen, die überall Feuer zu entfachen schienen, bäumte sich auf, wand sich und erzitterte, während er ihre Geheimnisse entdeckte und von Leidenschaft getrieben wurde, immer noch weitere zu finden und ihr immer noch mehr zu geben.

Ihre Haut war heiß und feucht, wo immer Brigham sie berührte, und die Vorstellung, wie es sein würde, wenn er sich schließlich mit Serena vereinen würde, machte ihn fast wahnsinnig. Wusste sie, wie maßlos sie ihn reizte, wie sehr sie ihn bereits besaß? Keine andere Frau würde ihn je wieder so erfüllen können, weil keine andere Frau Serena glich. Oh, er war der glücklichste Mann auf Erden.

Serena wollte ihn anflehen, aufzuhören. Sie wollte ihn bitten, niemals aufzuhören. Sie meinte zu vergehen, und ihre Augen füllten sich mit Tränen, weil es so wundervoll war, dass sie niemals die Worte finden würde, um es beschreiben zu können, was mit ihr geschah. Solche Lust und Wonnen hatte sie noch nie erlebt.

Irgendwo in ihrem Bewusstsein tauchte die Frage auf, ob Brigham wohl das Gleiche empfinden mochte wie sie, aber jedes Mal, wenn sie ansetzte, ihn zu fragen, berührte er sie von Neuem, und der Gedanke löste sich in einem Wirbel von Gefühlen auf.

Als er schließlich wieder ihren Mund liebkoste, spürte Serena Brighams Qual und zog ihn an sich, um ihn zu trösten.

Er drang in sie ein und war mit jeder Faser seines Seins bemüht, sie behutsam zu nehmen und den Drang niederzukämpfen, stürmisch seine eigene Befriedigung zu erreichen. Die Muskeln seiner Arme spannten sich, als er sich aufstützte und Serenas Gesicht beobachtete, als er sie zu der seinen machte.

Sie schrie leise auf – aber nicht vor Schmerz. Vielleicht war da ein kleiner Schmerz, aber er ging unter in der Lust, die sie empfand. Sie spürte nur Brigham, wie er in sie hineinglitt und ein Teil von ihr wurde. Sie behielt die Augen geöffnet und passte sich seinem langsamen, wundervollen Rhythmus an. Diesen Augenblick der Vereinigung wollte sie bewusst erleben und genießen.

Brigham beugte sich über sie, um sie erneut zu küssen, und fing mit seinen Lippen ihren Seufzer auf. Als er tiefer in sie eindrang, bog Serena sich ihm entgegen, und dann war auf einmal sie es, die den Rhythmus bestimmte.

Brighams letzter Gedanke, bevor er den Gipfel der Lust erreichte und sich in Serena ergoss, war, dass er seinen Hafen gefunden hatte.

10. Kapitel

Serena hatte Zweifel, ob sie sich je wieder würde bewegen können – oder ob sie das überhaupt wollte. Ihre Haut wurde jetzt kühler, nachdem die Hitze der Leidenschaft abgeflaut und von der milderen Wärme der Zufriedenheit ersetzt worden war. Sie und Brigham lagen umschlungen auf der Decke, während ringsum die Schatten immer länger wurden. Brigham hatte sein Gesicht in ihrem Haar verborgen, und seine Hand lag auf ihrer Brust.

Sie wusste nicht genau, wie viel Zeit vergangen war, sie wusste nur, dass die Sonne nicht mehr hoch am Himmel stand. Irgendwie hatte sie ein Gefühl von Zeitlosigkeit und das Bedürfnis, noch ein Weilchen länger daran festzuhalten.

Wenn sie ihre Augen geschlossen hielt und sich weigerte zu denken, dann gelang es ihr beinahe zu glauben, dass es immer so bleiben würde. Hier in der Nachmittagssonne am See, umgeben von Wald und Vogelgezwitscher, fiel es schwer sich vorzustellen, dass Politik und Krieg sie auseinanderreißen würden.

Serena liebte, so tief und ausschließlich, wie sie es nie für möglich gehalten hatte. Wenn doch nur alles so einfach sein könnte, wie eine Decke am Ufer des Sees auszubreiten.

»Ich liebe dich, Rena.«

Sie schlug die Augen auf und sah, dass Brigham sie beobachtete. »Aye, ich weiß. Und ich liebe dich.« Sie zeichnete mit ihren Fingern die Linien seines Gesichts nach, wie um sie sich einzuprägen. »Ich wünschte, es könnte immer so bleiben wie jetzt.«

»Wir werden wieder zusammen sein wie jetzt, Rena. Bald.«

Sie wandte sich ab und griff nach ihrem Hemd.

»Kannst du jetzt noch daran zweifeln?«

Es war ihr wichtiger denn je, die Fassung zu bewahren. Sie liebte ihn viel zu sehr, um ihn zu bitten, bei ihr zu bleiben. Sie begann ihr Leibchen zuzuschnüren. »Ich weiß, dass du mich liebst und dass du dir wünschst, dass es so sein wird. Und ich weiß auch, dass das, was wir miteinander geteilt haben, keinem anderen jemals zuteil wird.«

»Du glaubst nicht, dass ich zurückkehren werde!« Er zog sein Hemd an und fragte sich, wie es möglich war, dass eine Frau so viele Empfindungen in seinem Herzen wachrufen konnte.

Serena berührte seine Hand. Sie bereute nichts, und es war ihr wichtig, dass er das verstand. »Ich glaube, wenn du zurückkommst, wird der Prinz dein Hauptgrund dafür sein, und so ist es dann recht!«

»Ich verstehe.« Er fuhr fort, sich anzuziehen. »Du glaubst also, dass das, was eben zwischen uns geschehen ist, vergessen sein wird, sobald ich London erreicht habe.«

»Nein.« Serena sah ihn an. »Nein, ich glaube, an unser heutiges Beisammensein werden wir uns beide immer erinnern. Und wenn ich einmal alt bin, dann werde ich bei den ersten Anzeichen des Frühlings auch noch an heute und an dich denken.«

Brigham wurde ärgerlich und fasste sie unsanft an den Armen. »Meinst du, dass mir das genügt? Wenn du das denkst, bist du entweder sehr dumm oder nicht bei Verstand!«

»Mehr als das kann zwischen uns nicht sein …«, begann sie und verschluckte den Rest, als er sie heftig schüttelte.

»Wenn ich nach Schottland zurückkehre, dann ist es deinetwegen, Serena! Und wenn der Krieg endlich vorüber ist, nehme ich dich mit!«

»Wenn ich nur an mich denken müsste, würde ich mit dir gehen.« Sie klammerte sich an seine Jacke und bemühte sich verzweifelt, es ihm verständlich zu machen. »Begreifst du nicht, dass ich vergehen würde vor Scham über die Schande, die ich meiner Familie machen würde?«

»Nein, ich kann nicht verstehen, wieso es Schande über deine Familie bringen würde, wenn du meine Frau wirst.«

»Deine Frau? Du möchtest mich heiraten?«, flüsterte Serena und zuckte zusammen, als hätte er sie geschlagen. »Du sprichst von Ehe?«

»Natürlich spreche ich von Ehe. Was hast du denn gedacht?« Dann begriff er plötzlich, und seine Miene wurde grimmig. »So also hast du meine Worte gedeutet, als wir das letzte Mal hier waren?«, wollte er wissen. »Und das ist es, was du dir überlegen wolltest?« Er lachte zynisch. »Du hast wahrhaftig eine hohe Meinung von mir, Serena!«

»Ich …« Sie bekam auf einmal weiche Knie und sank auf einen Stein nieder. »Ich dachte … ich habe gehört, dass Männer sich Geliebte nehmen und …«

»Das tun sie auch«, bestätigte Brigham knapp, »und ich habe es ebenfalls getan. Aber nur ein schwachsinniger Dummkopf würde auf den Gedanken kommen, ich hätte dir etwas anderes angeboten als mein Herz und meinen Namen!«

»Wie konnte ich denn wissen, dass du die Ehe gemeint hast?« In ihrer Empörung sprang Serena wieder auf. »Du hast es nicht gesagt!«

»Ich habe bereits mit deinem Vater gesprochen«, entgegnete er steif und hob die Decke vom Boden auf.

»Du hast mit meinem Vater gesprochen?«, wiederholte sie langsam. »Du hast mit Papa geredet, ohne zuvor mit mir darüber zu sprechen?«

»Der Anstand erfordert es nun mal, deinen Vater um Erlaubnis zu bitten.«

»Zum Teufel mit dem Anstand!« Sie riss ihm die Decke weg. »Du hattest nicht das Recht, hinter meinem Rücken zu ihm zu gehen!«

Er blickte auf ihr zerzaustes Haar und die von seinen Küssen immer noch geschwollenen Lippen. »Ich glaube, ich habe dir meine Gefühle deutlich genug gezeigt, Serena.«

Sie wurde rot, marschierte davon und warf die Decke über ihr Pferd. »Ich bin nicht so naiv zu denken, dass das, was zwischen uns geschehen ist, immer zur Ehe führt.« Sie wollte sich in den Sattel schwingen, aber Brigham fasste rasch zu und hielt sie zurück.

»Glaubst du etwa, dass ich die Gewohnheit habe, Jungfrauen zu verführen, um sie dann zu meinen Geliebten zu machen?«

»Ich kenne deine Gewohnheiten nicht!«

»Dann nimm zur Kenntnis, dass ich beabsichtige, dich zu meiner Ehefrau zu machen!«

»Du beabsichtigst! Du!« Sie stieß ihn von sich. »Vielleicht kannst du in England nach Belieben kommandieren, aber hier habe ich auch ein Wort mitzureden, wenn es um mein Leben geht! Und ich sage, dass ich dich nicht heiraten werde, und wenn du geglaubt hast, ich würde es tun, musst du den Verstand verloren haben!«

»Hast du gelogen, als du sagtest, dass du mich liebst?«

»Nein. Nein, aber ...« Die Worte blieben Serena im Halse stecken, als Brigham sie an sich riss und heftig küsste.

»Dann lügst du, wenn du sagst, dass du nicht meine Frau werden willst!«, erklärte er, als er sich von ihr löste.

»Es ist unmöglich«, entgegnete sie verzweifelt. »Wie kann ich von hier fortgehen und mit dir in England leben?«

»Also sind wir wieder bei diesem Punkt angelangt!«

»Du musst doch einsehen, wie es sein würde – und dass es nicht geht!« Jetzt fasste sie ihn am Arm und sprach schnell und eindringlich auf ihn ein. »Ich würde mit dir dort leben, weil ich dich liebe und weil du es von mir verlangt hast, und es würde damit enden, dass ich dir Schande mache. Du würdest mich hassen, noch bevor ein Jahr vergangen wäre. Ich bin nicht dazu geschaffen, die Ehefrau eines Earls zu sein, Brigham.«

»Eines englischen Earls«, berichtigte er.

Serena atmete tief durch. »Ich bin zwar die Tochter eines Lairds, gewiss, aber ich bin nicht so dumm zu glauben, dass das ausreicht. Ich würde das Leben in London hassen und mich wie gefangen fühlen, weil ich nicht mehr durch die Berge reiten könnte. Du selbst hast mehr als ein Mal gesagt, dass ich keine Lady bin, und aus mir wird niemals eine Lady werden. Ich wäre eine schlechte Ehefrau für den Earl of Ashburn.«

»Dann wirst du eben eine schlechte Ehefrau, aber du wirst trotzdem meine Frau werden.«

»Nein.« Serena wischte sich die Tränen aus den Augen. »Das werde ich nicht.«

»Du wirst keine Wahl haben, Rena, wenn ich zu deinem Vater gehe und ihm erzähle, dass ich dich kompromittiert habe.«

Serenas Tränen versiegten vor Schreck. »Das wagst du nicht!«

»Doch, das wage ich«, versicherte er grimmig.

»Er würde dich töten!«

Brigham zog eine Braue hoch und sah sie kühl an. »Ich glaube, dein Vater ist weniger blutrünstig als seine Tochter.« Bevor sie etwas erwidern konnte, hob er sie in den Sattel. »Wenn du dich weigerst, mich aus Liebe zu heiraten, dann wirst du mich heiraten, weil es dir befohlen wird.«

»Eher würde ich eine Kröte mit zwei Köpfen heiraten!«

Brigham schwang sich auf sein Pferd. »Du wirst mich trotzdem heiraten, meine Liebe, lachend oder weinend. Während meiner Abwesenheit wirst du Zeit genug haben, zur Vernunft zu kommen. Wenn ich aus London zurückkehre, werde ich mit deinem Vater sprechen und die Vereinbarungen treffen«, sagte er schroff.

Serena warf ihm einen wütenden Blick zu und stieß ihrer Stute die Absätze in die Flanken. Sie hoffte nur, er würde sich auf seinem Ritt nach London das Genick brechen.

Und als er am folgenden Morgen fortritt, weinte sie heiße Tränen in ihr Kopfkissen.

Brigham stellte fest, dass er London vermisst hatte: die Stadt, den Lebensrhythmus, den Geruch. Immerhin hatte er den größten Teil seines Lebens hier oder in dem schönen alten Herrenhaus seiner Vorfahren auf dem Land verbracht.

Er war jetzt seit sechs Wochen wieder in der Stadt, und inzwischen hatte der Frühling Einzug gehalten. Sein Garten, einer der schönsten in der Stadt, erfreute ihn mit dem Anblick des üppigen grünen Rasens und einer Fülle bunter Blumen. Nachdem es Anfang April unaufhörlich geregnet hatte, lockten jetzt warme, sonnige Tage die hübschen Damen in ihren Seidenkleidern und Federhüten in die Parks und Läden.

Es gab Bälle und Gesellschaften, Kartenpartien und Empfänge, und die Mütter heiratsfähiger Töchter waren stets darauf bedacht, den wohlhabenden Earl of Ashburn auf ihre Gästeliste zu setzen. Ein Mann mit seinem Titel, seinem Ruf und seinen Mitteln konnte hier in der Tat ein sehr angenehmes Leben führen.

Gewiss, er hatte London vermisst, denn es war sein Zuhause. Er hatte jedoch weit weniger als sechs Wochen gebraucht, um zu erkennen, dass sein Herz nicht mehr hier war, sondern in Schottland, bei Serena.

Kein Tag verging, an dem er nicht an sie dachte. Wenn er auf die belebten Straßen und die Spaziergänger in ihren eleganten Gehröcken und Hüten hinausschaute, dann fragte er sich, wie der Frühling in Glenroe sein mochte – und ob Serena wohl manchmal am See saß und an ihn dachte.

Er wäre gern schon vor Wochen zurückgekehrt, aber seine Arbeit für den Prinzen nahm mehr Zeit in Anspruch als erwartet, und die Ergebnisse waren weniger zufriedenstellend, als vorauszusehen gewesen war.

Es gab eine große Anzahl von Jakobiten in England, aber die Anzahl derer unter ihnen, die bereit waren, ihr Schwert für den unerfahrenen Prinzen zu erheben, war bedauerlicherweise wesentlich geringer.

Brigham hatte mit vielen Gruppen gesprochen, von der Stimmung unter den Highland-Clans berichtet und die Nachrichten übermittelt, die er vom Prinzen selbst erhalten hatte. Er war sogar bis nach Manchester geritten, und einmal hatte er auch eine Besprechung in seinem eigenen Salon abgehalten.

Eines war so riskant wie das andere. Die Regierung war beunruhigt und das Gerücht über einen Krieg mit Frankreich lauter denn je. Stuart-Sympathisanten wurden nicht gern gesehen, und wenn aktive Unterstützung aufgedeckt wurde, drohte zumindest Gefängnis, wenn nicht Schlimmeres. Die Erinnerungen an öffentliche Hinrichtungen und Deportationen waren immer noch frisch im Gedächtnis.

Nach sechs Wochen hatte Brigham die Hoffnung – aber nur die Hoffnung –, dass, wenn Charles rasch handeln und seinen Feldzug beginnen würde, seine englischen Anhänger sich bereitfinden mochten, ihm zu folgen. Brigham wusste nur zu gut, wie viel sie zu verlieren hatten: ihre Häuser, Ländereien und Titel. Es war schwierig, für eine Sache zu kämpfen, wenn man dabei seine gesamte Existenz aufs Spiel setzte.

Es war gefährlich, sich noch sehr viel länger in London aufzuhalten. Bisher hatte sein Name Brigham vor Verdacht geschützt, aber er wusste, dass viele Gerüchte umgingen, nicht nur über einen neuerlich mit Frankreich bevorstehenden Krieg, sondern auch über einen neuen Aufstand der Jakobiten.

Er hatte seine Reisen nach Frankreich, Italien und Schottland nie verheimlicht. Wenn jetzt jedoch irgendjemand auf den Gedanken kam, seine Bewegungen in den letzten Jahren unter die Lupe zu nehmen und zwei und zwei zusammenzählte …

Diesmal würde Brigham London allein und im Schutz der Nacht verlassen. Er kehrte für den Prinzen nach Schottland zurück, wie Serena vorausgesagt hatte – aber er kehrte auch zurück, um zu beanspruchen, was sein war. Abgesehen von der Rebellion gab es eine ganz besondere Schlacht, die er zu gewinnen gedachte.

Einige Stunden später, als Brigham sich gerade zum Ausgehen fertig machte, um einen ruhigen Abend in seinem Club zu verbringen, kündigte sein alter Butler ihm einen Besucher an.

»Der Earl of Whitesmouth wünscht Euch zu sprechen, Mylord. Es scheint sich um eine sehr dringende Angelegenheit zu handeln.«

»Er soll heraufkommen.« Brigham verzog das Gesicht, als Parkins noch einmal den Sitz seines Gehrocks überprüfte.

»Brigham …« Der Earl of Whitesmouth, nur wenige Jahre älter als Brigham, trat ins Zimmer und hielt beim Anblick des Kammerdieners inne. Es war offensichtlich, dass Whitesmouth höchst erregt war.

»Das wär's für heute Abend, Parkins«, entließ Brigham seinen Diener, trat an den Tisch vor dem Schlafzimmerkamin und füllte zwei Gläser mit Wein. Er wartete, bis die Tür zum Nebenzimmer geschlossen wurde. »Nun, was gibt's, Johnny?«

»Wir sind in Schwierigkeiten, Brigham.« Er nahm das Glas, das Brigham ihm reichte, und leerte es auf einen Zug.

»Das dachte ich mir. Welcher Art?«

»Dieser Dummkopf Miltway hat sich heute bei seiner Mätresse betrunken und den Mund zu weit aufgerissen!«

Brigham holte tief Luft, nahm einen Schluck und deutete auf einen Sessel. »Hat er Namen genannt?«

»Das wissen wir nicht genau, aber wahrscheinlich hat er zumindest einige genannt. Dein Name ist der naheliegendste.«

»Und seine Mätresse ... ist das nicht die rothaarige Tänzerin?«, glaubte Brigham sich zu erinnern.

»Eine schlaue kleine Person, Brigham, und viel zu erfahren für einen Grünschnabel wie Miltway«, erwiderte Whitesmouth besorgt.

Miltways Amouren waren Brighams geringste Sorge. »Wird sie den Mund halten, wenn man ihr für ihr Schweigen Geld bietet?«

»Dafür ist es zu spät, und deshalb bin ich hier. Sie hat bereits einige Informationen weitergereicht, und daraufhin wurde Miltway verhaftet.«

Brigham fluchte heftig. »Dieser junge Dummkopf!«

»Es steht zu befürchten, dass man dich verhören wird, Brigham. Falls du irgendetwas Belastendes bei dir hast ...«

»Ich bin nicht mehr so jung und auch nicht so dumm«, unterbrach Brigham und begann bereits vorauszuplanen. »Und was ist mit dir, Johnny? Wirst du dich schützen können?«

»Ich habe dringende Geschäfte auf meinem Gut.« Der Earl lächelte. »Tatsächlich bin ich bereits seit mehreren Stunden unterwegs dorthin!« Er schenkte sich Wein nach. »Und du?«

»Ich reite nach Schottland. Noch heute Nacht.«

»Eine Flucht jetzt wird dich verraten, Brigham. Bist du dazu bereit?«

»Ich bin es leid, mich zu verstellen. Ich stehe zu Charles.«

»Dann wünsche ich dir eine sichere Reise und werde auf Nachricht von dir warten.«

»Wenn Gott will, wird es bald sein. Ich weiß, es war für dich ein Risiko herzukommen, um mich zu warnen, wenn du schon außerhalb der Stadt hättest sein können. Ich werde dir das nicht vergessen«, sagte Brigham und nahm seine Handschuhe.

»Der Prinz hat meinen Treueschwur, so wie deinen«, erinnerte ihn Whitesmouth. »Bitte, zögere nicht zu lange mit dem Aufbruch!«

»Nur solange es nötig ist. Hast du sonst jemandem von Miltways Indiskretion erzählt?«

»Nein. Ich hielt es für das Beste, sofort zu dir zu kommen.«

Brigham nickte. »Ich werde wie beabsichtigt ein paar Stunden im Club verbringen und dafür sorgen, dass diese Neuigkeit weitergegeben wird. Du solltest jetzt möglichst schnell London verlassen, bevor jemand merkt, dass du nicht auf dem Weg zu deinem Gut bist.«

»Bin schon weg.« Whitesmouth griff nach seinem Hut. »Noch eine Warnung, Brigham. Cumberland, der Sohn des Kurfürsten, ist gefährlich. Er ist zwar noch jung, aber er hat einen kalten Blick und einen glühenden Ehrgeiz.«

Im Club sah Brigham viele bekannte Gesichter. Er wurde freundlich begrüßt und eingeladen, sich zu den Karten- oder Würfelspielern zu gesellen. Brigham entschuldigte sich jedoch vorerst und schlenderte zum Kamin hinüber, um mit Viscount Leighton einen Burgunder zu trinken.

»Keine Lust, dein Glück heute Abend zu versuchen, Ashburn?«

»Nicht bei den Karten. Es ist eine angenehme Nacht«, entgegnete Brigham milde. »Angenehm zum Reisen.«

Leighton nahm einen Schluck und sah Brigham an. Sein Blick verriet jedoch nichts. »In der Tat. Es wird stets von Stürmen im Norden geredet.«

»Ich habe das Gefühl, hier wird noch eher ein Sturm losbrechen.« Brigham nutzte den Lärm der immer lauter werdenden

Würfelspieler an einem der Nebentische, beugte sich vor und schenkte Wein nach. »Miltway hat seine politischen Neigungen seiner Mätresse anvertraut und ist verhaftet worden.«

Leighton sagte etwas sehr Unschmeichelhaftes über Miltway und lehnte sich dann zurück. »Wie locker ist seine Zunge?«

»Ich weiß es nicht genau, aber es gibt einige, die gewarnt werden sollten.«

Leighton spielte mit der Diamantnadel an seiner Halsbinde. »Betrachte das als erledigt, mein Freund. Wünschst du Gesellschaft auf deiner Reise?«

Brigham fühlte sich versucht. Viscount Leighton mit seiner rosa Weste und den parfümierten Händen mochte zwar aussehen wie ein Genießer und Weichling, aber es gab niemanden, den Brigham als Kampfgefährten vorgezogen haben würde. »Im Augenblick nicht.«

»Dann wollen wir auf gutes Wetter trinken.« Leighton hob sein Glas. Dann blickte er leicht verdrossen zu einem der Spieltische hinüber und bemerkte: »Ich glaube, wir sollten den Club wechseln, mein Lieber. Hier scheinen sie jetzt jedem die Tür zu öffnen.«

Brigham folgte seinem Blick. Er kannte den Mann, der die Bank hielt und die meisten der übrigen Spieler, aber den hageren, mürrisch blickenden Mann, der sich auf den Tisch stützte, hatte er noch nie gesehen. Offensichtlich nahm er seine Verluste nicht mit dem in der feinen Gesellschaft üblichen Anstand hin.

»Ich kenne ihn nicht.« Brigham setzte das Glas an die Lippen und dachte, dass er vielleicht nie wieder in seinem Club gemütlich am Feuer sitzen und mit einem Freund einen guten Wein genießen würde.

»Ich hatte das zweifelhafte Vergnügen.« Leighton nahm eine Prise Schnupftabak. »Ein Offizier. Soll bald gegen die Franzosen ins Feld ziehen, was die Ladys vermutlich bedauern. Allerdings habe ich gehört, dass er im Augenblick bei unseren Damen nicht mehr in der Gunst steht, obgleich er sich bemüht, den romantischen Helden zu spielen.«

Brigham lachte. »Vielleicht liegt es an seinen mangelnden Manieren.« Brigham fand, dass es Zeit für ihn wurde, aufzubrechen.

»Vielleicht liegt es eher an der Art, wie er Alice Beesley behandelt hat, als sie so unklug war, seine Geliebte zu werden.«

Brigham zog eine Braue hoch, war aber nur mäßig interessiert. Das Spiel am Nebentisch wurde immer lauter, die Zeit rückte vor, und Parkins musste noch die Reisetaschen packen. »Die hübsche Mrs. Beesley ist eine zwar dumme, aber recht liebenswerte Person – nach dem zu urteilen, was ich gehört habe.«

»Standish fand offenbar, dass sie nicht entgegenkommend genug war und hat sie mit der Reitpeitsche gezüchtigt.«

Brigham blickte angewidert. »Muss ein ganz übler Bursche sein, der ...« Plötzlich hielt er inne. »Sagtest du Standish?«

»Ja. Colonel Standish, wenn ich nicht irre. Hat sich in diesem Porteous-Skandal 1735 einen besonders schlechten Ruf erworben.« Leighton schnippte einen Tabakkrümel von seinem Ärmel. »Scheint, dass er rechte Freude am Plündern und Brandschatzen hatte, und ich glaube, deshalb ist er befördert worden.«

»Dann war er damals vermutlich Captain.«

»Möglich.« Neugier flackerte in Leightons Augen auf. »Ist er dir doch bekannt?«

»Ja.« Brigham erinnerte sich sehr gut an Colins Geschichte von Captain Standish und der Vergewaltigung seiner Mutter, von den in Brand gesteckten Häusern und den vertriebenen Häuslern. Und an Serena.

Er stand auf, und seine Augen wirkten hart und kalt. »Ich denke, ich sollte mit dem Colonel besser bekannt werden. Mir ist doch nach einem Spiel zumute, Leighton.«

»Es wird spät, Ashburn.«

Brigham lächelte. »Allerdings.«

Nichts war leichter, als in das Spiel einzusteigen. Innerhalb von zwanzig Minuten hatte Brigham die Bank gekauft. Sein Glück hielt an, und wie das Schicksal oder die Gerechtigkeit es wollte, Standishs Pech ebenso. Der Colonel verlor weiterhin und spielte noch dazu – von Brighams milder Verachtung angestachelt – um hohe Einsätze.

Um Mitternacht waren nur noch drei Spieler übrig. Brigham ließ noch mehr Wein bringen und lehnte sich lässig in seinen Sessel zurück. Er hatte absichtlich Glas für Glas mit Standish mitgehalten, da er nicht vorhatte, einen Mann zu töten, dessen Fähigkeiten durch Alkoholgenuss stärker beeinträchtigt waren als seine eigenen.

»Die Würfel scheinen Euch heute Abend nicht hold zu sein, Colonel«, bemerkte er.

»Oder sie begünstigen andere zu sehr.« Standishs Zunge war schwer vom Wein und von Bitterkeit. Er war ein Mann, der wesentlich höhere Summen benötigte als seinen Offizierslohn, um seiner Spielleidenschaft frönen und sich einen Platz in der Gesellschaft sichern zu können. Und seine Bitterkeit an diesem Abend kam daher, weil ihm weder das eine noch das andere geglückt war.

Erst am Nachmittag war sein Heiratsantrag von einer sowohl körperlich wie finanziell bestens ausgestatteten jungen Lady abgewiesen worden. Standish war überzeugt, dass dieses Weibsstück Beesley jedem, der ihr zuhören wollte, die Ohren voll gejammert hatte. Dabei ist sie schließlich bloß eine Hure, dachte er und nahm einen kräftigen Schluck Wein.

»Macht weiter«, befahl er und zählte dann die Augen von Brighams Wurf. Anschließend würfelte er, aber sein Wurf fiel erneut geringer aus.

»Pech.« Brigham lächelte und trank ebenfalls. »Ihr scheint

schon den ganzen Abend vom Pech verfolgt zu sein, Colonel.« Brigham fuhr fort zu lächeln, aber der Ausdruck in seinen Augen hatte schon mehr als einen Mann vom Spieltisch vertrieben. »Vielleicht haltet Ihr es für unpatriotisch, dass ich einen königlichen Dragoner rupfe, aber hier sind wir alle nur Männer.«

»Sind wir hergekommen, um zu spielen oder um zu reden?«, fragte Standish ungeduldig und ließ sich Wein nachschenken.

»In einem Gentlemen's Club«, erwiderte Brigham mit herablassender Betonung, »tun wir beides. Aber möglicherweise, Colonel, befindet Ihr Euch ja nicht so oft in der Gesellschaft von Gentlemen.«

Der dritte Spieler fand, dass es für seinen Geschmack etwas zu ungemütlich wurde. Mehrere der anderen Clubmitglieder hielten im Gespräch oder Spiel inne, um zuzuhören. Andere Spiele wurden abgebrochen, und immer mehr Männer versammelten sich um den Tisch. Standishs Gesicht war rot angelaufen. Er war sich nicht ganz sicher, hatte aber doch den Eindruck, beleidigt worden zu sein.

»Die meiste Zeit verbringe ich damit, für den König zu kämpfen – und nicht beim Müßiggang in Clubs.«

»Natürlich.« Brigham ließ die Würfel erneut rollen und übertraf wieder den Wurf des Colonels. »Das erklärt, weshalb Ihr in den gesellschaftlichen Glücksspielen nicht so bewandert seid.«

»Ihr erscheint mir etwas zu geschickt, Mylord. Die Würfel sind stets zu Euren Gunsten gefallen, seit Ihr Euren Platz eingenommen habt!«

»Tatsächlich?« Brigham hob eine Braue und blickte zu Leighton hin, der in der Nähe stand. »Sind sie das?«

»Ihr wisst verdammt gut, dass es so ist. Ich halte das für mehr als Glück!«

Brigham drehte sein Glas zwischen den Fingern. Im Club hinter ihnen wurde es peinlich still. »Wirklich? Vielleicht würdet Ihr mich aufklären, für was Ihr es dann haltet?«

Standish hatte mehr verloren, als er sich leisten konnte, und mehr getrunken, als ihm guttat. Er starrte Brigham an und hasste ihn für das, was und wer er war. Aristokraten, dachte er und hätte am liebsten ausgespuckt. Es waren Nichtsnutze wie diese, für die Soldaten in den Kampf zogen und starben. »Klärt alle auf. Zerschlagt die Würfel!«

Stimmengemurmel erhob sich. Jemand beugte sich vor und zupfte Brigham am Ärmel. »Er ist betrunken, Ashburn, und nicht der Mühe wert!«

Brigham lächelte unergründlich. »Stimmt das? Seid Ihr betrunken, Standish?«

»Das bin ich nicht.« Er war jetzt über die Trunkenheit hinweg, als er aller Augen auf sich gerichtet fühlte. Sie starren mich an, dachte er, die Stutzer und Laffen mit ihren Titeln und feinen Manieren. Sie hielten ihn für unter ihrer Würde, weil er eine Hure gepeitscht hatte. Am liebsten würde er sie allesamt auspeitschen. Er trank sein Glas leer.

»Ich bin nüchtern genug, um zu wissen, dass Würfel nicht unablässig zugunsten eines Mannes fallen, es sei denn, sie wären dazu bestimmt.«

Brigham machte eine Handbewegung zu den Würfeln hin. »Nur zu, zerschlagt sie.«

Auf einmal entstand Bewegung, und Proteste wurden laut, aber Brigham ignorierte beides und behielt Standish im Auge. Es befriedigte ihn ungemein, dass sich auf der Stirn des Colonels Schweißperlen zu bilden begannen.

»Mylord, ich bitte Euch, nicht übereilt zu handeln. Das ist gewiss nicht nötig!« Der Besitzer des Clubs hatte einen Hammer gebracht, wie erbeten, war jedoch bemüht zu schlichten und blickte besorgt von Brigham zu Standish.

»Ich versichere Euch, dass es unbedingt notwendig ist.« Als der Mann zögerte, befahl Brigham scharf: »Zerschlagt sie!«

Der Besitzer gehorchte. Es herrschte wieder Stille im Raum, als der Hammer niederkrachte und für alle sichtbar bewies, dass die Würfel sauber waren. Standish starrte stumm auf die Bruchstücke auf dem grünen Filz. Sie haben mich hereingelegt, dachte er. Irgendwie hatten diese Bastarde es geschafft, ihn auszutricksen, und er wünschte ihnen allen den Tod.

»Euch scheint der Wein ausgegangen zu sein, Colonel«, bemerkte Brigham und schüttete ihm den Inhalt seines Glases ins Gesicht.

Standish sprang auf, und Wein tropfte ihm von den Wangen wie Blut. Alkohol und Demütigungen hatten gute Arbeit geleistet. Er war so wütend, dass er hier und jetzt sein Schwert gezogen haben würde, hätten ihn andere nicht sofort an den Armen festgehalten. »Ihr werdet Euch mir stellen, Sir!«

Brigham betrachtete angelegentlich seine Manschette, wie um sich zu vergewissern, dass sie keinen Weinspritzer abbekommen hatte. »Selbstverständlich. Leighton, mein Lieber, wirst du mein Sekundant sein?«

Leighton nahm eine Prise Schnupftabak. »Natürlich.«

Kurz vor Tagesanbruch standen sie auf einer Wiese, die sich etwas außerhalb der Stadt befand. Leighton betrachtete Brigham forschend und stieß einen Seufzer aus. »Ich nehme an, du hast deine Gründe.«

»Die habe ich.«

Leighton blickte zum Himmel auf, der sich langsam zu erhellen begann. »Vermutlich sind sie gut genug, um deine Reise aufzuschieben.«

Brigham dachte an Serena und an den Ausdruck ihres Gesichts, als sie von der Vergewaltigung ihrer Mutter gesprochen hatte. Und er dachte an Fiona MacGregor. »Allerdings.«

»Der Mann ist natürlich ein Lump.« Leighton blickte jetzt stirnrunzelnd auf seine vom Tau glänzenden Stiefel. »Dennoch erscheint mir das kaum Grund genug, zu dieser frühen Stunde auf einer nassen Wiese zu stehen. Aber wenn es sein muss, dann muss es wohl sein. Hast du die Absicht, ihn zu töten?«

»Ja.« Brigham beugte und streckte seine Finger.

»Dann mach schnell, Ashburn, damit ich mein Frühstück nicht versäume.« Damit ging Leighton, um mit Standishs Sekundanten zu sprechen, einem jungen Offizier, der vor Angst und Aufregung wegen des Duells ganz blass war. Die Schwerter wurden für annehmbar befunden. Brigham griff sich eines und wog es in der Hand, als beabsichtige er, es zu kaufen.

Standish stand bereit und war sogar begierig zu kämpfen. Das Schwert war seine Waffe, und er zweifelte nicht daran, dass er den Kampf rasch zu seinen Gunsten entscheiden würde.

Sie machten ihre Verbeugungen. Ihre Blicke kreuzten sich, und Schwert berührte Schwert im Salut. Dann begann der Kampf, und die Schwerter klirrten auf der stillen Wiese.

Brigham unterschätzte seinen Gegner nicht. Vom ersten Hieb an wusste er, dass Standish ausgezeichnet mit einem Schwert umzugehen wusste und sich stets in Kampfform gehalten hatte. Sein Kampfstil war allerdings etwas zu aggressiv. Brigham parierte geschickt und behielt einen kühlen Kopf. Er zog es stets vor, ohne Emotionen zu kämpfen, und das diente ihm ebenso als Waffe wie sein Schwert.

Der Bodennebel dämpfte das Geräusch der Stiefel, und nur der Klang von Metall gegen Metall war zu hören.

»Ihr wisst ein Schwert zu führen, Colonel«, sagte Brigham, als sie wieder einmal auseinandergingen und sich umkreisten. »Mein Kompliment.«

»Auf jeden Fall gut genug, um Euer Herz zu durchbohren, Ashburn.«

»Wir werden sehen.« Die Schwerter berührten sich erneut, ein Mal, zwei Mal, drei Mal. »Ich denke jedoch, Euer Schwert war nicht erforderlich, als Ihr Lady MacGregor vergewaltigt habt.«

Sekundenlang war Standish verwirrt und seine Aufmerksamkeit abgelenkt, aber es gelang ihm trotzdem, Brighams Stoß gerade noch abzuwehren, bevor die Klinge ihn durchbohren konnte. Seine Miene verfinsterte sich, als er erkannte, dass er in dieses Duell hineingeführt worden war wie ein Hund an der Leine.

»Eine Hure vergewaltigt man nicht«, entgegnete er herausfordernd, getrieben von unsäglicher Wut. »Was bedeutet Euch diese schottische Hure?«

Brigham hob sein Schwert. »Ihr werdet sterben, ohne es erfahren zu haben!«

Sie kämpften jetzt schweigend, Brigham so kalt wie Eis und Standish kochend vor Wut. Schließlich führte Standish in einem kühnen Manöver eine Finte aus, berührte kurz Brighams Schwert und stieß im Gegenangriff zu. Ein roter Blutfleck erschien an Brighams Schulter.

Ein Mann mit kühlerem Kopf hätte die Wunde zu seinem Vorteil nutzen können, aber Standish sah nur das Blut und roch bereits den Sieg. Er griff erneut heftig an und wähnte sich nur noch Minuten von seinem Triumph entfernt.

Brigham parierte Hieb für Hieb und wartete erst einmal ab. Dann wich er ein wenig zurück und öffnete für einen Augenblick seine Deckung, sodass seine Brust frei lag. Standishs Augen leuchteten triumphierend auf, als er vorwärts sprang, um Brighams Herz zu durchbohren.

Fast im letzten Moment schlug Brigham das Schwert seines Gegners beiseite, drehte sein Handgelenk und stieß dem Colonel blitzschnell seine Schwertspitze in die Brust. Standish war tot, bevor Brigham sein Schwert zurückzog.

Leighton trat mit dem bleichgesichtigen Offizier hinzu und untersuchte die Leiche. »Nun, du hast ihn getötet, Ashburn. Am besten machst du dich auf den Weg, während ich mich um diesen Schlamassel kümmere.«

»Ich danke dir!« Brigham reichte Leighton das Schwert mit dem Griff voraus.

»Soll ich dir deine Wunde verbinden?«

Brigham blickte zu seinem Pferd hinüber und lächelte leicht. Daneben wartete der ehrenwerte Parkins auf einem anderen Pferd. »Danke, mein Diener wird sich darum kümmern.«

11. Kapitel

Serena erwachte kurz vor Tagesanbruch. Seit einer Woche schlief sie schlecht – seit sie einen Traum gehabt hatte, aus dem sie mit pochendem Herzen aufgewacht war. In dem Augenblick war sie fest überzeugt gewesen, dass Brigham sich in Gefahr befand.

Selbst jetzt verfolgte sie jener Augenblick der Angst noch immer und verstärkte das Herzweh, mit dem sie seit Brighams Abreise lebte. Sie sagte sich, dass ihre Angst dumm war, denn Brigham war in London und in Sicherheit. In London und weit weg.

Eine Zeit lang hatte sie sich gestattet zu glauben, dass er zurückkommen würde, wie er gesagt hatte. Aber dann waren die Wochen vergangen, und sie hatte aufgehört, bei jedem Hufgeklapper auf den Hof hinauszuschauen.

Colin und Maggie waren seit über einer Woche verheiratet. Auf ihrer Hochzeit war Serenas Hoffnung endgültig erloschen. Wenn Brigham nicht einmal zu Colins Hochzeit gekommen war, würde er gar nicht mehr zurückkehren.

Da sie doch nicht mehr schlafen konnte, stand Serena seufzend auf. Ich habe es gewusst, erinnerte sie sich, während sie sich wusch und anzog. Sie hatte es gewusst, als sie sich ihm am Ufer des Sees hingab – und sich geschworen, es niemals zu bereuen. Schließlich hatte sie von ihm alles bekommen, was sie sich nur wünschen konnte. Außer einem Kind.

Tatsächlich hatte sie wider alle Vernunft gehofft, an jenem Nachmittag Brighams Kind empfangen zu haben. Dieser Wunsch war nicht in Erfüllung gegangen, und nun blieben ihr nur ihre Erinnerungen.

Ihre täglichen Aufgaben lenkten sie ab, und wann immer sie trübsinnig zu werden drohte, erinnerte sie sich daran, dass sie zumindest einen goldenen Nachmittag gehabt hatte. Vielleicht würde sie nie mehr so glücklich sein, aber sie war stark genug, ihr Leben ohne Brigham zu leben.

Am späten Nachmittag schlich sie sich davon, um zum See zu reiten. Ihre Mutter und Maggie sortierten Flachs, und Gwen machte einen Krankenbesuch im Dorf. Serena hatte ihre Kniehosen angezogen, und es gelang ihr, von allen ungesehen zu entkommen – bis auf Malcolm, den sie mit einem Stück Kandiszucker bestach.

Wann immer es ihre Zeit erlaubte, gestattete sie sich, zum See zu reiten, am Ufer zu sitzen und ein wenig zu träumen. Es brachte ihr Brigham näher.

Jetzt herrschte hier der Frühling in seiner vollen Pracht. Blumen wiegten sich in der sanften Brise, und die Bäume standen in frischem grünem Laub. Sonnenstrahlen malten hübsche Muster auf den weichen Waldboden, und Rehe wanderten durch den Wald. Auch am See war es warm, obgleich das Wasser noch wochenlang kalt und selbst im Sommer kühl sein würde.

Zufrieden von dem Ritt, legte Serena sich am Ufer ins Gras und betrachtete den tiefblauen See und die mit dunkelroter Heide bedeckten Felsen am Ostufer des Sees. Sie wünschte, Brigham könnte diesen ganz besonderen Ort jetzt im Frühling sehen, und seufzte sehnsüchtig. Dann bettete sie den Kopf auf die Arme, schloss die Augen und träumte von ihm.

Es war, als hätte sich ein Schmetterling auf ihrer Wange niedergelassen. Verschlafen fuhr Serena sich mit der Hand über die Wange, um ihn zu vertreiben. Sie wollte noch nicht aufwachen, sondern noch ein Weilchen weiterträumen von dem, was hätte sein können.

Etwas – wahrscheinlich der Schmetterling – strich zart über

ihre Lippen, und Serena seufzte auf und lächelte im Schlaf, weil die Berührung Erinnerungen weckte. Sie dehnte sich ein wenig, denn die sanfte Brise schien sie zu streicheln wie die Finger eines Geliebten … wie Brighams Finger. Sie seufzte wieder, und unter dem sanften Streicheln begannen ihre Brüste zu prickeln, und das Blut in ihren Adern geriet in Aufruhr. Unwillkürlich öffnete sie einladend die Lippen.

»Sieh mich an, Serena, wenn ich dich küsse. Sieh mich an!«

Sie gehorchte automatisch, immer noch in ihrem Traum gefangen, und blickte benommen in Brighams Augen. Dann erhielt sie jedoch einen Kuss, der viel zu stürmisch war, um ein Traum zu sein.

»Oh, Rena, wie hab ich dich vermisst!« Er zog sie an sich. »Jeden Tag und jede Stunde.«

Konnte das wahr sein? Serena war noch immer benommen, als sie die Arme um ihn schlang und ihn ganz fest hielt aus Angst, er könnte wieder verschwinden, wenn sie ihn losließ. »Brigham? Bist du es wirklich? Küss mich noch einmal«, forderte sie, bevor er antworten konnte. »Und dann wieder und wieder!«

Er erfüllte ihre Bitte und streichelte ihr Haar und ihren Körper, bis sie beide außer Atem waren. Brigham hätte ihr gern gesagt, was er empfunden hatte, als er sie hier schlafend am See vorfand, wo sie zum ersten Mal zusammengekommen waren. Keine Frau hatte jemals schöner ausgesehen als seine Serena, wie sie so dalag in ihren Männerhosen, den Kopf auf den Arm gebettet.

Aber selbst wenn er die Worte gefunden hätte, um es ihr mitzuteilen, hätte sie ihm gar nicht gestattet, sie auszusprechen, so hungrig war sie nach seinem Mund. Als er sie vor vielen Wochen das erste Mal liebte, war sie schüchtern und ein wenig ängstlich gewesen, jetzt dagegen war sie leidenschaftlich und fordernd.

Serena zerrte ungeduldig an seiner Kleidung, als könnte sie es nicht ertragen, dass Stoff sie voneinander trennte. Brigham murmelte Koseworte und wollte bei dieser ersten Begegnung nach so vielen Wochen behutsam und zärtlich vorgehen, aber Serena brannte wie Feuer in seinen Armen. Schließlich konnte er nicht mehr widerstehen und zog ihr die Männerkleidung aus.

Es ist wie beim ersten Mal, nur noch schöner, dachte Serena. Seine Hände und sein Mund waren überall und brachten süße Qual und Lust. Die Scheu, die sie empfunden hatte, als sie sich ihm an jenem ersten Nachmittag hingab, war inzwischen einem glühenden Verlangen gewichen. Sie berührte und küsste ihrerseits Brigham überall, versetzte ihn damit in Erstaunen und steigerte seine Erregung. Sie zog ihn zu sich hernieder und berauschte sich an seinem Geruch, der ähnlich war wie bei ihrem allerersten Zusammentreffen. Er roch nach Schweiß, Pferd und Blut – ein Geruch, der ihre primitivsten Instinkte ansprach.

»Rena …« Brigham konnte kaum sprechen. Sie löste Empfindungen in ihm aus, die er noch nie gehabt und nie für möglich gehalten hatte. Keine Frau hatte ihn so gemeistert wie sie, weder die erfahrenste französische Kurtisane noch die bewandertste britische Schönheit. Er lernte von dieser schottischen Wildkatze mehr über Liebe und Lust, als er sich je hätte träumen lassen.

Das Blut dröhnte ihm im Kopf, und die Selbstbeherrschung, die sein bisheriges Leben bestimmt hatte, löste sich auf, als wäre sie nie gewesen. Er drückte Serena heftig an sich und drang tief in sie ein.

Sie schrie leise auf und grub ihre Fingernägel in seinen Rücken, bewegte sich aber sofort mit ihm und hob ihre Hüften jedem Stoß entgegen. Sie warf den Kopf zurück und rang nach Luft, und bevor ihr Denkvermögen aussetzte, fiel ihr ein, dass dies ein wenig wie Sterben sein musste.

Die Nachbeben der Lust erschütterten ihren Körper, und ihre Hände glitten kraftlos von Brighams Rücken. Ihre Sicht war verschwommen, und alles erschien ihr wieder wie ein Traum. Aber Brigham lag wirklich auf ihr, warm und greifbar. Und auch er zitterte, wie sie verwundert bemerkte. Also fühlte nicht nur sie sich danach schwach und verletzlich, sondern ihm ging es ebenso.

»Du bist zurückgekommen«, murmelte Serena und fand plötzlich wieder die Kraft, ihre Hand zu heben und Brighams Haar zu berühren.

»Das habe ich dir doch versprochen.« Er verlagerte das Gewicht und küsste sie zart. »Ich liebe dich, Serena, und nichts hätte mich davon abhalten können, zu dir zurückzukehren.«

Sie umschloss sein Gesicht mit beiden Händen und sah ihn forschend an. »Du warst so lange fort. Und keine Nachricht.«

»Eine Nachricht zu schicken wäre zu riskant für viele gewesen, Rena. Der Sturm wird bald losbrechen.«

»Aye. Und du …« Sie hielt erschrocken inne, als sie Blut an ihren Händen sah. »Brigham, du bist verletzt!« Sie richtete sich auf und blickte besorgt auf den blutdurchtränkten Verband an seiner Schulter. »Was ist geschehen? Wieder ein Überfall der Campbells?«

»Nein. Eine kleine Angelegenheit in London, kurz vor meiner Abreise«, erwiderte er wegwerfend. »Es ist nichts, Serena.«

Serena riss jedoch bereits die Manschette von seinem Hemd ab, um einen neuen Verband zu machen. Brigham seufzte bei dem Gedanken an Parkins' Reaktion, ließ sich aber artig von ihr die Wunde versorgen.

»Das war ein Schwert«, sagte sie.

»Ein Kratzer. Lass uns jetzt nicht darüber sprechen. Sieh mal, die Sonne geht unter.«

»Oh.« Sie blickte kurz auf und bemerkte erst jetzt, wie viel

Zeit vergangen war. »Ich muss zurück. Wie hast du mich überhaupt hier gefunden?«

»Ich könnte natürlich sagen, ich wäre meinem Herzen gefolgt, aber Malcolm hat mir verraten, dass du ausgeritten bist.«

Nur das lange Haar bedeckte ihre Brüste, und sie sah aus wie eine Hexe – oder wie eine Königin oder eine Göttin. Sie war alles in einem und alles, was er brauchte. Brigham nahm ihre Hände und sah ihr forschend in die Augen. »Sag es mir, Rena.«

»Ich liebe dich, Brigham. Mehr als ich es mit Worten ausdrücken kann.«

»Und du wirst mich heiraten?« Als sie den Blick senkte, wurde er ärgerlich. »Verdammt, Serena! Du sagst, dass du mich liebst, und bringst mich mit deiner Leidenschaft fast um, und dann wirst du wieder bockig, sobald ich davon spreche, dich zu meiner Frau zu machen!«

»Ich habe dir schon gesagt, dass ich nicht deine Frau werden kann!«

»Und ich habe dir gesagt, dass du meine Frau wirst!« Brigham nahm sein ruiniertes Hemd und zog es vorsichtig über seine Schulter, die jetzt zu schmerzen anfing. »Ich werde mit deinem Vater sprechen.«

»Nein!« Sie hob rasch den Kopf und strich sich das Haar aus dem Gesicht, während sie fieberhaft überlegte. Wie konnten sie so weit gekommen sein und dann doch wieder da enden, wo sie begonnen hatten? »Ich bitte dich, es nicht zu tun.«

»Welche andere Wahl lässt du mir?« Er warf ihr ihr Hemd zu, damit sie sich anzog. »Ich liebe dich, Rena, und ich habe nicht die Absicht, mein Leben ohne dich zu verbringen!«

»Dann bitte ich dich um Zeit!« Sie sah ihn an und wusste, dass sie sich entscheiden musste. »Es wird in naher Zukunft so viel um uns herum geschehen und unser Leben verändern, Brigham. Wenn der Krieg beginnt, wirst du fortgehen, und ich werde nur warten. Gib mir Zeit. Gib uns beiden Zeit, mit dem fertig zu werden, was auf uns zukommt.«

»Nur so viel wie unbedingt nötig, Serena – und nur, weil ich dir am Ende keine Wahl lassen werde.«

Serena hatte recht. Vieles geschah um sie herum, das nicht nur das Schicksal zweier Liebenden, sondern das Schicksal von ganz Schottland beeinflussen würde.

Kurz nach Brighams Rückkehr nach Glenroe fügten die Franzosen den Engländern bei Fontenoy eine schwere Niederlage zu. Obgleich daraufhin die Hoffnungen Charles' und vieler Jakobiten stiegen, versagte König Louis von Frankreich zu ihrer Enttäuschung der Rebellion immer noch seine Unterstützung. Dennoch handelte der Prinz jetzt.

Brigham war sowohl Vertrauter als auch Berichterstatter des Prinzen. Er wusste auf den Tag genau, wann Prinz Charles mit dem durch die Verpfändung der Rubine seiner Mutter aufgebrachten Geld die Fregatte »Doutelle« und das Linienschiff »Elizabeth« ausrüstete – und wann er von Nantes aus nach Schottland segelte.

Es war Hochsommer, als die Nachricht kam, dass die »Elizabeth« samt ihrer Fracht an Männern und Waffen von britischen Verfolgern in den Hafen zurückgejagt worden war. Die »Doutelle« dagegen, mit Charles an Bord, segelte auf die schottische Küste zu, wo bereits die Vorbereitungen für den Empfang des Prinzen getroffen wurden.

»Mein Vater sagt, ich darf nicht mit.« Malcolm hatte sich schmollend in den Stall zurückgezogen und blickte finster zu Brigham auf. »Er sagt, ich sei zu jung, aber das stimmt nicht.« Der Junge hatte gerade seinen elften Geburtstag gehabt, aber Brigham verzichtete taktvoll darauf, es zu erwähnen.

»Immerhin vertraut dein Vater dir sein Heim und seine Familie an, nicht wahr?«, entgegnete Brigham sanft. »Wenn dein Vater mit seinen Männern fortreitet, wird außer dir kein MacGregor auf eurem Anwesen sein. Wer wird die Frauen beschützen, wenn du mit uns reitest?«

»Serena«, erwiderte er unbekümmert.

»Würdest du es wirklich allein deiner Schwester überlassen, den Namen und die Ehre der Familie zu verteidigen?«

Malcolm zuckte die Schultern, dachte aber doch darüber nach. »Sie kann mit einer Pistole besser schießen als ich oder sogar Colin, obgleich er das nicht gern hören würde.« Diese Neuigkeit erstaunte Brigham sichtlich. »Aber dafür bin ich besser im Bogenschießen.«

»Sie wird dich brauchen.« Brigham setzte sich auf den Heuballen neben Malcolm. Er war noch jung genug, um sich an seine eigene Jugend zu erinnern. »Und wenn du hier bist, brauchen wir uns keine Sorgen um die Frauen zu machen. Weißt du, Malcolm, ein Mann zieht niemals leichten Herzens in den Krieg, aber sein Herz ist weniger schwer, wenn er weiß, dass seine Frau und Töchter nicht ohne Schutz sind.«

»Ich werde nicht zulassen, dass ihnen etwas geschieht!« Malcolm berührte den Dolch an seinem Gürtel und wirkte in diesem Augenblick sehr erwachsen.

»Das weiß ich, und dein Vater weiß es auch. Wenn die Zeit kommt und Glenroe nicht mehr sicher ist, wirst du sie in die Berge hinaufbringen.«

»Aye.« Diese Vorstellung munterte Malcolm etwas auf. »Ich sorge dafür, dass sie Nahrung und Obdach haben. Besonders Maggie.«

»Warum besonders Maggie?«

»Wegen des Kindes. Sie bekommt nämlich eins, weißt du.«

Brigham sah ihn überrascht an. Dann lachte er und schüttelte den Kopf. »Nein, das wusste ich nicht. Woher weißt du es?«

»Ich habe gehört, wie Mrs. Drummond sagte, Maggie wäre sich noch nicht sicher, schwanger zu sein, aber Mrs. Drummond war da ganz sicher und meinte, im nächsten Frühjahr hätten wir wieder ein kleines Kind im Haus.«

»Du hältst die Ohren offen, mein Junge, wie?«

»Aye.« Malcolm grinste breit. »Gwen und Maggie reden dauernd davon, dass du Serena heiraten wirst. Wirst du sie heiraten, Brigham?«

»Das werde ich.« Er zauste Malcolms Haar. »Aber sie weiß es noch nicht.«

»Dann wirst du auch ein MacGregor sein.«

»In gewisser Weise. Serena wird eine Langston werden.«

»Eine Langston. Ob ihr das gefallen wird?«

Das Lächeln in Brighams Augen erlosch. »Sie wird sich daran gewöhnen. So, und wenn du noch Lust hast, mit mir zu reiten, dann sollten wir jetzt aufbrechen.«

Sofort sprang Malcolm auf. »Wusstest du, dass Parkins unserer Mrs. Drummond den Hof macht?«

»Du meine Güte.« Brigham, der bereits sein Pferd aus dem Stall führte, blieb stehen und drehte sich zu dem Jungen um. »Jemand sollte dir die Ohren verstopfen!« Malcolm lachte nur, und dann musste Brigham auch lachen. »Tut er das wirklich?«

»Gestern hat er ihr Blumen gebracht.«

»Gütiger Himmel.«

Serena sah Brigham und Malcolm vom Wohnzimmerfenster aus fortreiten. Wie wundervoll Brigham aussah, so groß und stattlich. Sie lehnte sich aus dem Fenster, um ihm nachzublicken, bis er außer Sichtweite war.

Er würde nicht mehr viel länger warten, hatte er das letzte Mal gesagt, als sie sich heimlich für eine Stunde am See trafen. Er wollte sie verehelicht und im Ehebett haben, wie es sich gehörte. Er wollte sie zu Lady Ashburn von Ashburn Manor machen. Zur Lady Ashburn der Londoner Gesellschaft. Diese Vorstellung war und blieb erschreckend.

Serena, die eigentlich in der Wohnstube abstauben sollte, blickte an sich herab, auf ihr selbst gewebtes blassblaues Kleid, die staubige Schürze und auf ihre nackten Füße – über die ihre Mutter geseufzt haben würde. Lady Ashburn würde niemals barfuß übers Hochmoor und durch den Wald rennen. Lady Ashburn würde vermutlich überhaupt nicht rennen.

Serena drehte ihre Hände hin und her und begutachtete kritisch die Handflächen und Handrücken. Sie waren glatt genug, da ihre Mutter darauf bestand, dass sie sie jeden Abend mit Salbe einrieb. Es waren trotzdem nicht die Hände einer Lady – weil sie eben keine Lady war.

Aber sie liebte ihn doch so sehr. Jetzt verstand Serena, dass das Herz tatsächlich lauter sprechen konnte als der Kopf. Sie hatte inzwischen sogar erkannt, dass sie eher ihr geliebtes Schottland verlassen und mit Brigham nach England gehen würde, als ohne ihn zu leben. Und doch …

Wie konnte sie einen Mann heiraten, der eine wahrhaft feine Lady verdiente? Sie konnte weder auf dem Spinett spielen noch feine Stickereien machen. Gewiss, sie konnte einen Haushalt führen, aber sie wusste von Colin, dass Brighams Haus in London und sein Familiensitz auf dem Land sich weit von allem unterschied, was sie kannte. Sie würde damit nicht zurechtkommen, aber das würde sie vielleicht gerade noch ertragen können.

Nein, es war das Wissen, dass sie ihre bisher einzige Tuchfühlung mit der Gesellschaft äußerst unzulänglich gemeistert hatte – jene sechs Monate, die sie in der Klosterschule verbringen musste.

Sie konnte mit dieser Art von Frauen, die ihre Tage mit Einkäufen von Nichtigkeiten und Besuchen verbrachten, nichts anfangen. Ein paar Wochen von diesem Leben, und sie würde durchdrehen – und das gewiss nicht in aller Stille. Und dann würde Brigham sie hassen.

Wir können nicht ändern, was wir sind, dachte sie. Brigham konnte ebenso wenig hier in den Highlands bleiben und ihr Leben teilen, wie sie mit ihm nach England gehen und sein dortiges Leben teilen konnte. Dennoch hatte sie inzwischen erkannt, dass ein Leben ohne ihn leer und sinnlos sein würde.

»Serena.«

Sie drehte sich hastig um. Ihre Mutter stand an der Tür. »Ich bin fast fertig«, sagte sie und wedelte mit dem Staubtuch. »Ich habe gerade vor mich hingeträumt.«

Fiona schloss die Tür. »Setz dich hin, Serena.«

Wenn ihre Mutter diesen ruhigen, festen Ton anschlug, bedeutete das für gewöhnlich, dass sie besorgt oder verärgert war. Serena gehorchte. »Habe ich etwas getan, das dich stört?«, fragte sie unsicher.

»Du bist bedrückt«, begann Fiona. »Ich dachte, es wäre wegen Brigham, weil er fort war und du ihn vermisst hast. Inzwischen ist er schon eine ganze Weile wieder hier, und du bist immer noch bedrückt.«

Serena verbarg ihre nackten Füße unter dem Saum ihres Rocks und knetete nervös das Staubtuch zwischen den Händen. »Ich bin nicht wirklich bedrückt. Es ist nur, dass ich oft daran denken muss, was geschehen wird, wenn der Prinz eintrifft.«

Das mag sein, dachte Fiona, aber es ist nicht die volle Wahrheit. »Früher hast du mir deine Sorgen gebeichtet, Serena.«

»Ich weiß nicht, was ich sagen soll.«

Fiona berührte sanft Serenas Hand. »Sag mir, was du auf dem Herzen hast.«

»Ich liebe ihn.« Serena glitt von ihrem Stuhl auf den Boden und legte den Kopf in den Schoß ihrer Mutter. »Mama, ich liebe ihn, und es tut so schrecklich weh.«

»Ich weiß, mein Lieb.« Sie streichelte Serenas Haar. »Einen Mann zu lieben bedeutet großen Kummer und große Freude.«

»Warum?«, fragte Serena heftig und hob den Kopf. »Warum muss es Kummer bringen?«

Fiona seufzte leicht und wünschte, es gäbe darauf eine einfache Antwort. »Weil das Herz alles fühlt, sobald es sich wirklich öffnet.«

»Ich wollte ihn nicht lieben«, murmelte Serena unglücklich. »Und jetzt kann ich nichts anderes tun!«

»Und er liebt dich!«

»Aye.« Serena schloss die Augen und fühlte sich ein wenig getröstet von dem vertrauten Lavendelduft in den Rockfalten ihrer Mutter. »Ich glaube, er wollte mich ursprünglich auch nicht lieben.«

»Du weißt, dass er deinen Vater um deine Hand gebeten hat?«

»Aye.«

»Und dass dein Vater nach reiflicher Überlegung seine Zustimmung gegeben hat?«

Das hatte sie nicht gewusst. Serena hob erneut den Kopf, und ihr Gesicht war blass. »Aber ich kann ihn nicht heiraten, verstehst du das nicht? Ich kann es nicht!«

Fiona nahm Serenas Gesicht zwischen ihre Hände. Woher nur kam diese Angst, die sie so deutlich in den Augen ihrer Tochter aufflackern sah? »Nein, das verstehe ich nicht, Rena. Du weißt sehr gut, dass dein Vater dich niemals zwingen würde, einen Mann zu heiraten, den du nicht willst. Du hast mir jedoch gerade gesagt, dass du Brigham liebst und dass deine Liebe erwidert wird.«

»Ich liebe ihn wirklich – zu sehr, um ihn zu heiraten, und zu sehr, um ihn gehen zu lassen. Oh, Mama, es ängstigt mich, wie viel ich ihm von mir geben würde.«

Jetzt sah Fiona etwas klarer, und sie lächelte. »Mein armes kleines Lämmchen. Du bist nicht die Erste, die diese Ängste hat, und du wirst auch nicht die Letzte sein. Ich verstehe, wenn du sagst, dass du ihn zu sehr liebst, um ihn gehen zu lassen, aber wie kannst du ihn zu sehr lieben, um ihn zu heiraten?«

»Ich will nicht Lady Ashburn werden!«

Fiona blickte etwas erschrocken über die Vehemenz, mit der ihre Tochter das sagte. »Weil er Engländer ist?«

»Aye. Nein. Nein, weil ich keine Countess sein möchte.«

»Es ist eine gute und ehrenhafte Familie.«

»Es ist der Titel, Mama. Der bloße Klang macht mir schon Angst. Lady Ashburn müsste in England leben – und in großem Stil. Sie sollte wissen, wie man sich modisch und elegant anzieht, wie man sich mit Würdenträgern benimmt, wie man ein hervorragendes Dinner serviert und über die dümmsten Witze lacht.«

»Nun, ich hätte nicht gedacht, den Tag zu erleben, an dem Ian MacGregors Wildkatze sich jammernd in eine Ecke verkriecht.«

Heftige Röte stieg Serena in die Wangen. »Ich habe Angst, das gebe ich zu!« Sie richtete sich auf. »Aber ich habe nicht nur um meinetwillen Angst. Ich würde mit ihm gehen und mich bemühen, die Art von Ehefrau zu sein, die Brigham braucht. Ich würde alles tun, um die beste Lady Ashburn zu werden, die jemals in Ashburn Manor residiert hat. Aber ich würde es hassen, niemals frei zu sein, niemals genügend Zeit und Raum zu haben, um zu atmen. Das ist aber noch nicht alles.« Sie hielt inne, um nach den richtigen Worten zu suchen.

»Wenn Brigham mich liebt«, fuhr sie dann fort, »liebt er mich so, wie ich bin. Würde er die Frau noch lieben, die ich werden müsste, um ihm die Ehefrau zu sein, die er braucht?«

Fiona schwieg eine Weile. Ihre Tochter war eine Frau geworden – mit dem Bewusstsein, den Gefühlen und den Ängsten einer Frau. »Du hast viel über all das nachgedacht.«

»Ich habe seit Wochen kaum etwas anderes getan«, gestand Serena. »Er wird seinen Willen durchsetzen, davon bin ich überzeugt. Ich frage mich nur, ob es uns nicht beiden einmal leidtun könnte.«

»Bedenke doch, Liebes: Wenn er dich um deiner selbst willen liebt, dann wird er nicht wollen, dass du vorgibst, etwas zu sein, das du nicht bist, und es auch nicht von dir verlangen!«

»Ich würde ihn lieber verlieren, als ihm Schande zu machen.«

»Ich könnte dir sagen, dass du weder das eine noch das andere zu befürchten hast«, erklärte Fiona ruhig und stand auf, »aber das musst du selbst erkennen. Es gibt allerdings noch etwas, das ich dir erzählen möchte.« Jetzt knetete sie etwas nervös ihre Finger. »In der Küche wurde über etwas geredet.« Sie lächelte kaum merklich über Serenas Gesichtsausdruck. »Aye, Parkins und Mrs. Drummond. Ich habe es zufällig mit angehört, als ich im Küchengarten arbeitete.«

»Ja, Mutter?« Es fiel Serena schwer, ein Lachen zu unterdrücken. Die Vorstellung, dass ihre Mutter Brighams Kammerdiener und die Köchin belauscht hatte, war einfach zu komisch.

»Wie es scheint, hat sich Brigham an dem Morgen seiner Abreise aus London mit einem Offizier der Regierungsarmee duelliert. Mit einem Offizier namens Standish.«

Als sie das hörte, verging Serena das Lachen, und sie wurde blass. Sie erinnerte sich an die Wunde an Brighams Schulter, über die er nicht hatte sprechen wollen. »Standish«, flüsterte sie, als der Name in ihr Bewusstsein drang, und sie sah ihn wieder vor sich, wie sie ihn vor zehn Jahren gesehen hatte. Wie er die Hand erhob und ihrer Mutter ins Gesicht schlug. »Gütiger Herr im Himmel, wie ist das geschehen? Und warum?«

»Ich weiß nur, dass das Duell ausgetragen wurde und Standish tot ist. Gott helfe mir, aber ich bin froh darüber. Der

Mann, den du liebst, hat meine Ehre gerächt, und das werde ich ihm niemals vergessen.«

»Ich auch nicht«, murmelte Serena.

Fiona MacGregor ließ ihre Tochter im Zimmer zurück, die verwirrt und zugleich ängstlich an ihre Zukunft dachte.

12. Kapitel

In dieser Nacht ging Serena zu ihm. Es war schon spät, und im Haus herrschte Nachtruhe. Sie öffnete leise die Tür zu seinem Zimmer und sah Brigham im Mondschein und Kerzenlicht am Schreibtisch vor dem Fenster sitzen und einen Brief schreiben.

Warme Luft strömte durch das offene Fenster herein, und es war so heiß, dass Brigham sich das Hemd ausgezogen hatte und nur seine Kniehosen trug.

Sie konnte ihn nur einen Augenblick lang unbemerkt betrachten, bevor er aufblickte und sie sah, aber dieser Augenblick prägte sich ihr unauslöschlich ein.

Das Licht fiel auf seine Haut, sodass sie glänzte. Sein dichtes dunkles Haar war nach hinten gebunden und etwas zerzaust. Auch seine Augen wirkten dunkel, und sein Gesicht hatte einen Ausdruck, gemischt aus Konzentration und Besorgnis. Serenas Herz begann heftig zu klopfen. Das war der Mann, den sie liebte, ein Mann der Tat und Loyalität, kühn und überlegt. Ein Mann von Ehre.

Brigham legte die Schreibfeder beiseite und stand auf. Serena schloss die Tür hinter sich, und die Kerze flackerte im Luftzug.

»Serena?«

»Ich musste dich allein sprechen.«

Brigham hatte plötzlich Mühe zu atmen. Es erforderte große Anstrengung und Zurückhaltung, nicht zu ihr zu eilen und sie in die Arme zu nehmen. Sie trug nur ein dünnes weißes Leinennachthemd, und die Haare fielen ihr offen und in prachtvoller Fülle über Schultern und Rücken. »Du hättest nicht herkommen sollen … in dieser Aufmachung.«

»Ich weiß.« Sie befeuchtete ihre Lippen mit der Zungenspitze. »Ich konnte nicht einschlafen. Du wirst morgen fortreiten.«

»Ja.« Seine Stimme wurde weicher. »Mein Lieb, muss ich dir erneut versichern, dass ich zurückkomme?«

Tränen drohten aufzusteigen, wurden aber tapfer unterdrückt. Er sollte nicht fortgehen und sie als schwache, weinende Frau in Erinnerung behalten. »Nein, aber ich habe das Bedürfnis, dir zu sagen, dass ich auf dich warten werde und stolz sein würde, deine Frau zu werden, wenn du zu mir zurückkehrst!«

Einen Augenblick lang sah er sie nur an, als wollte er ihr ins Herz schauen und sich vergewissern, dass er sich nicht verhört hatte. Dann trat er zu ihr und nahm ihre Hand. »Hat dein Vater es dir befohlen?«

»Nein. Es ist mein Entschluss, ganz allein meiner.«

Es war die Antwort, die er sich gewünscht hatte. Er küsste zärtlich ihre Finger. »Ich werde dich glücklich machen, Rena, auf mein Ehrenwort!«

»Ich werde die Frau sein, die du brauchst.« Irgendwie werde ich es schaffen, dachte sie im Stillen. »Ich schwöre es dir!«

Brigham beugte sich vor und küsste sie auf die Stirn. »Du bist die Frau, die ich brauche.« Er zog den Smaragdring von seinem Finger. »Dieser Ring ist seit über hundert Jahren stets von einem Langston getragen worden. Ich bitte dich, ihn für mich aufzuheben, bis ich zurückkomme und dir einen anderen geben kann.« Er steckte ihr den Ring an den Finger, und Serena krümmte automatisch die Hand, um ihn zu bewahren.

»Oh, Brigham, Gott möge dich behüten.« Sie warf sich in seine Arme, und nie war es ihr schwerer gefallen, gegen Tränen anzukämpfen. »Wenn ich dich jetzt verlieren sollte, könnte ich nicht weiterleben. Gib acht auf dich und wisse, wenn du blutest, blute ich auch.«

»Höre ich recht?«, fragte er mit einem kleinen Lachen und strich ihr über das Haar. »Sag nur nicht, du machst dir Sorgen um mich, Rena.«

»Doch, so ist es«, murmelte sie an seiner Schulter. »Wenn du dich töten lässt, werde ich dich auf immer und ewig hassen!«

»Dann werde ich mir große Mühe geben, am Leben zu bleiben. Geh jetzt besser, bevor du mich zu lebendig machst.«

Serena lachte leise. »Ich fürchte, das habe ich bereits getan, Mylord.« Sie bewegte sich aufreizend gegen seine Lenden, um zu beweisen, dass es keine Geheimnisse zwischen ihnen gab. »Regt es dich immer so an, wenn ich dir nahe bin?«

»Nur allzu oft.« Sein Lachen klang etwas gezwungen, während er sich gegen die Verlockung ihres Duftes und ihres Körpers wehrte.

»Das freut mich.« Sie blickte zu ihm auf und lächelte übermütig. »Das freut mich sehr.«

Brigham musste nun auch lächeln. »Du bist vor meinen Augen und unter meinen Händen aufgeblüht, Rena.« Er küsste sie sanft. »Ich frage mich, ob eine Frau einem Mann etwas Kostbareres schenken kann als das.«

»Ich möchte dir heute Nacht noch etwas schenken«, sagte sie und zog seinen Kopf zu sich herab. Ihr Kuss war weit weniger sanft, und sie fühlte, wie sein Körper sofort reagierte. »Ich möchte dein Bett teilen, Brigham, deine Liebe und deinen Schlaf. Nein, sag mir nicht, dass es nicht sein darf«, murmelte sie an seinen Lippen, bevor er sprechen konnte. »Liebe mich, Brigham. Liebe mich so, dass ich in den kommenden leeren Tagen davon zehren kann.«

Er konnte es ihr nicht verwehren. Er konnte es sich selbst nicht versagen, als sie sich an ihn schmiegte und vor Verlangen zitterte. Brigham stöhnte auf und riss sie in die Arme. Im Morgengrauen würde er aufbrechen, aber bis dahin wollte er sie für ein paar Stunden glücklich machen – sie beide.

Serenas Körper war weich und warm in Brighams Armen, und sie hielt sich an ihm fest, als er sie auf das Bett legte, sodass er mit ihr niedersank. Und dann begann er ihr Gesicht mit seinen Lippen zu liebkosen.

Serena meinte, auf einer duftigen Wolke davonzuschweben. Sie fühlte sich ganz leicht und frei, während seine Lippen wieder und wieder ganz zart die ihren berührten, wie in einem langsamen, sinnlichen Tanz. Wie ein Menuett, dachte sie träumerisch. Elegant, harmonisch und wunderschön. Sie spürte, wie er ihr das Nachthemd auszog und die Luft anhielt, als er entdeckte, dass sie nichts darunter trug.

»Du bist hinreißend.« Er küsste den Puls an ihrem Hals. »Wunderschön.« Er ließ die Fingerspitzen über ihre Brüste gleiten, über ihren ganzen Körper. »Überall.«

Wohlige Mattigkeit erfasste sie. »Hast du dich deshalb in mich verliebt, *Sassenach*? Wegen meines Körpers?«

Er richtete sich ein wenig auf, um sie eingehend zu betrachten. »Nun, er hat mich stark beeinflusst.«

Serena lachte und kniff ihn. Im nächsten Augenblick stöhnte sie lustvoll, als Brigham den Kopf senkte und ihre Brust mit der Zunge streichelte.

»Ich liebe alles an dir, Serena. Dein Temperament, deine Denkweise, dein Herz und … natürlich …«, er umschloss zart ihre Brustspitze mit den Zähnen, »… deinen Körper!«

»Zeig es mir«, forderte sie atemlos.

Er zeigte es ihr, mit Zärtlichkeit und Leidenschaft. In dieser langen Nacht der Liebe durchlebten sie alle Gefühle, die sie bereits miteinander geteilt hatten, noch einmal, und sie gingen auch neue Wege. Brigham leitete sie an, und es entzückte ihn, mit welchem Eifer Serena lernte, wie leidenschaftlich sie gab und empfing. Sie hatte keine Scheu und überließ sich Brigham mit einem solchen Vertrauen, dass allein das ihn fast um den Verstand brachte.

Kein Windhauch kam durch das Fenster und bewegte die heiße Luft. Donner grollte dumpf in den Bergen. Die Kerze flackerte und erlosch, aber Brigham und Serena nahmen nichts davon wahr. Für sie beschränkte sich die Welt auf ihr Zusammensein und die Matratze, auf der sie sich ihrer Lust hingaben.

Sie machte ihn schwach, und sie machte ihn stark. Sie brachte ihn zum Lachen und dann zum Stöhnen. Er war feurig, außer Atem und gesättigt und dann wieder bereit, sie zu verschlingen wie ein völlig ausgehungerter Mann.

Irgendwann in tiefster Nacht schliefen sie eine Weile, nur um mit neuerlichem Verlangen zu erwachen.

Es gab keinen Teil ihres Körpers, den Brigham nicht zum Beben bringen konnte. Ihre Haut wurde lebendig, wo er sie berührte, ihr Körper weich und hingebungsvoll, wenn die Lust sich steigerte, bis sie beide den Höhepunkt erreichten und Serena sich leicht und schwerelos dahinschweben fühlte.

Sie setzte sich auf ihn, und ihre Haut glänzte feucht im schwindenden Mondlicht. Sie nahm ihn in sich auf und warf den Kopf in den Nacken, als die Wellen der Lust sie durchströmten. Ihre Hüften bewegten sich immer schneller, und sie rief mehrmals seinen Namen. Am Ende glitt sie kraftlos von seinem Körper und lag schwer atmend in seinen Armen.

»Ich frage mich, ob es immer so ist«, sagte sie, als sie wieder sprechen konnte. »Jetzt kann ich mir vorstellen, dass man aus Liebe töten könnte!«

Brigham zog sie enger an sich. »Es ist nicht immer so. Bei mir ist es nur mit dir so gewesen.«

Serena wandte den Kopf, damit sie sein Gesicht sehen konnte. »Wirklich?«

Er führte ihre Hand an seine Lippen. »Wirklich.«

Sie lächelte erfreut. »Wenn du dir nach unserer Hochzeit jemals eine Geliebte nehmen solltest, würde ich sie töten. Erst sie und dann dich – aber dich auf eine schrecklichere Weise.«

Brigham lachte, dann biss er sie zärtlich in die Unterlippe. »Das glaube ich dir aufs Wort. Aber selbst, wenn ich versucht wäre, könnte ich mir keine Geliebte nehmen, weil du mich viel zu sehr erschöpfst.«

»Wenn ich glauben sollte, du fühltest dich zu sehr versucht, würde ich dafür sorgen, dass du für eine Geliebte nicht mehr von Nutzen bist.« Sie strich bedeutsam mit der Hand an seinem Schenkel hoch.

Angesichts ihres Gesichtsausdrucks verging ihm das Lachen. »Gütiger Himmel, ich glaube, das würdest du wahrhaftig tun. Darf ich dich daran erinnern, dass in dem Fall dein Vergnügen ebenfalls, äh, abgeschnitten würde?«

»Es wäre in der Tat ein großes Opfer.« Sie strich mit den Fingern über seine Haut und freute sich, als er erschauerte. »Die Genugtuung würde jedoch noch größer sein!«

»Vielleicht sollte ich es mir doch zwei Mal überlegen, eine so eifersüchtige Wildkatze zur Frau zu nehmen.«

Das vergnügte Funkeln in ihren Augen erlosch. »Das solltest du tun. Ich weiß aber, dass du es dir nicht anders überlegen wirst.«

»Nein. Für mich gibt es nur eine Frau, und das bist du.« Er küsste sie und bettete sie dann bequem in seiner Armbeuge. »Eines Tages werde ich dich nach Ashburn Manor mitnehmen und dir alles zeigen, was mir gehört, was uns gehört und später unseren Kindern gehören wird. Es ist wunderschön, Rena, anmutsvoll und zeitlos. Ich kann dich schon jetzt in dem Bett sehen, in dem ich geboren wurde.«

Serena wollte protestieren, aber dann berührten ihre Finger versehentlich die noch nicht ganz verheilte Wunde an seiner Schulter. »Dann soll unser erstes Kind auch dort geboren werden.« Sie barg ihr Gesicht in seiner Halsgrube. »Oh, Brigham, ich möchte bald ein Kind von dir in mir spüren.«

»Du beschämst mich, Rena«, murmelte er zutiefst bewegt. »Wir werden ein Dutzend Kinder haben, wenn du es möchtest, und von mir aus können sie allesamt so übellaunig sein wie ihre Mutter.«

Das brachte sie wieder zum Lächeln. »Oder so arrogant wie ihr Vater.« Sie schmiegte sich erneut an ihn. Ihre Zeit miteinander ging zu Ende. Schon konnte Serena ein schwaches Nachlassen der Dunkelheit spüren. Der Morgen war nicht mehr fern.

»Brigham, da ist noch etwas, das ich dich fragen muss.«

»Du darfst mich alles fragen.«

»Warum hast du dich mit dem englischen Soldaten duelliert? Mit dem Offizier, der Standish hieß?«

Im Moment war Brigham äußerst überrascht, aber dann wurde ihm rasch klar, dass Parkins und Mrs. Drummond offenbar nicht nur tändelten, sondern auch klatschten. »Es war eine Frage der Ehre … Er beschuldigte mich, falsche Würfel zu benutzen.«

Serena schwieg eine Weile, dann stützte sie sich auf, um sein Gesicht zu beobachten. »Warum lügst du mich an?«

»Ich lüge nicht. Er hat ein Spiel nach dem anderen verloren und kam zu dem Schluss, dass es einen anderen Grund dafür geben musste, als nur Mangel an Glück.«

»Willst du mir damit sagen, dass du nicht wusstest, wer er war? Was er … für mich bedeutete?«

»Ich wusste, wer er war!« Brigham hatte gehofft, diese Angelegenheit für sich behalten zu können. Da dies nun nicht mehr möglich war, erklärte er knapp: »Man könnte sagen, dass ich ihn dazu ermutigte, mich zu beschuldigen, damit es zu einem Duell kommen würde.«

Sie sah ihn scharf an. »Warum?«

»Das war ebenfalls eine Frage der Ehre.«

Serena schloss die Augen. Dann nahm sie seine rechte Hand, mit der er im Kampf das Schwert hielt, und küsste sie fast ehrerbietig. »Ich danke dir.«

»Dank ist nicht nötig für die Tötung eines bösartigen Hundes.« Plötzlich versteifte er sich. »Du wusstest davon. Bist du deshalb heute Nacht zu mir gekommen, und ist das der Grund, weshalb du eingewilligt hast, meine Frau zu werden?«

»Aye.« Als er sich ihr entziehen wollte, hielt sie ihn fest. »Nicht ... Lass es mich dir erklären. Ich bin nicht aus Dankbarkeit gekommen, obgleich ich dir dankbar bin. Und ich kam auch nicht aus Verpflichtung, obschon ich dir mehr schulde, als jemals vergolten werden kann.«

»Du schuldest mir nichts.«

»Doch, alles«, sagte sie mit leidenschaftlichem Nachdruck. »Wenn ich jetzt von jener Nacht träume, wenn ich daran denken muss, wie meine Mutter ausgesehen hat, als er mit ihr fertig war, und wenn ich sie in meiner Erinnerung weinen höre, dann werde ich wissen, dass er tot ist und dass er von deiner Hand starb. Seit ich das weiß, gibt es nichts, was ich dir versagen würde.«

»Ich habe ihn nicht getötet, damit du mir dankbar bist oder um dich mir zu verpflichten«, entgegnete er unnachgiebig. »Ich möchte dich zur Frau haben, Serena, aber nicht, weil du glaubst, dass du mir etwas schuldig bist.«

»Das weiß ich!« Serena kauerte sich neben ihn und umarmte ihn. »Habe ich dir nicht bereits gesagt, dass ich aus eigenem Antrieb deine Frau werden will? Kannst du noch daran zweifeln nach dem, was wir miteinander gehabt haben?« Sie presste sich an ihn. »Als ich von dem Duell hörte, von seinem Tod, war ich froh, erschrocken und verwirrt. Dann lag ich heute Abend im Bett, konnte nicht schlafen, und auf einmal wurde mir alles klar. Es war nicht dein Kampf, mein Liebster, nicht deine Familie, nicht deine Mutter, aber du hast es zu deiner Sache gemacht. Er hätte dich töten können.«

»Du hast eine klägliche Meinung von meinem Geschick mit einem Schwert!«

Serena schüttelte den Kopf. »Ich habe deine Wunde verbunden. Dein Blut war an meinen Händen, so wie damals das Blut meiner Mutter. Du hast für meine Familie geblutet. Daran will ich mich erinnern bis zu dem Tag, an dem ich sterbe. Ich liebte dich schon zuvor, Brigham. Ich hatte bereits akzeptiert, dass es für mich keinen anderen Mann geben würde. Aber heute Nacht habe ich erkannt, dass du meine Familie geehrt hast, als wäre es deine eigene. Jetzt werde ich deine Familie in Ehren halten, wenn du es mir gestattest.«

Brigham nahm die Hand, die sie ihm entgegenstreckte, und blickte auf den Smaragd an ihrem Finger. »Ich lasse dir mein Herz hier, Serena, und wenn ich zurückkomme, werde ich dir auch meinen Namen geben!«

Im Hochsommer betrat Prinz Charles zum ersten Mal schottischen Boden – aber nicht, wie er und viele andere gehofft hatten, im Triumph. Als er auf der Insel Eriskay landete, erhielt er von MacDonald of Boisdale den Rat, lieber nach Hause zurückzukehren.

Seine Antwort war knapp und aufschlussreich. »Ich bin nach Hause gekommen!«

Von Eriskay reisten er und die sieben Männer, die mit ihm gesegelt waren, zum Festland. Auch dort waren die Jakobiten eher besorgt als begeistert. Unterstützung kam nur sehr langsam. Charles sandte jedoch Briefe an alle Clan-Führer in den Highlands. Auch Cameron of Lochiel erhielt einen Brief, und obgleich seine Unterstützung widerstrebend und vielleicht schweren Herzens zugesagt wurde, hatte Charles einen Verbündeten mehr gewonnen.

So kam es, dass am 19. August 1745 in Glenfinnan vor etwa neunhundert Getreuen die Standarte erhoben wurde. Charles' Vater wurde zum König James VIII. von Schottland und James III. von England erklärt und der junge Prinz zum Regenten ernannt.

Die kleine Streitmacht bewegte sich ostwärts und gewann langsam an Stärke. Die Clans sammelten sich, Eide wurden abgelegt, und Männer verabschiedeten sich von ihren Frauen, um mitzumarschieren.

Die Stimmung war gut. Wie Brigham vorausgesehen hatte, genügten die Energie und persönliche Ausstrahlung des jungen Prinzen, um die Männer zusammenzuschweißen. Wenn diese an die bevorstehenden Schlachten dachten, dann dachten sie nicht an ihre eigene Sterblichkeit, sondern an den Sieg und an die ihnen so lange versagt gebliebene Gerechtigkeit.

Das schöne Wetter hielt sich, und der Wind war warm. Manche waren überzeugt, dass Gott der Rebellion seinen Segen gegeben hätte, und für eine Weile hatte es den Anschein. Die den Jakobiten mit der zurückgetriebenen »Elizabeth« verloren gegangenen Männer und Waffen waren vergessen. Es gab reichlich Torf für die Feuer und frisches Wasser von den kalten Bergflüssen. Es wurde Dudelsack gespielt und Whisky getrunken, und nachts schliefen die Rebellen den guten Schlaf von Männern, die am Anfang eines Abenteuers standen.

Dann erhielt Brigham die Nachricht, dass eine Regierungsarmee nach Norden entsandt worden war, angeführt von General Sir John Cope. Brigham überbrachte die Neuigkeit sofort dem Prinzen.

Prinz Charles lächelte. »Wir werden also endlich kämpfen!«

»So scheint es, Euer Hoheit!«

Der Morgen war warm, und im Lager roch es nach Pferden, Soldaten und Rauch. Hoch über ihnen kreiste ein Adler.

»Scheint mir ein guter Tag zum Kämpfen«, murmelte Charles und betrachtete forschend Brighams Gesicht. »Ihr würdet es vorziehen, Lord George bei uns zu haben.«

»Lord George ist ein ausgezeichneter Feldmarschall, Euer Hoheit.«

»In der Tat. Aber wir haben O'Sullivan.« Charles deutete zu dem irischen Glücksritter hin, der den Abbruch des Lagers überwachte und die Männer für den Tagesmarsch aufstellte.

Brigham hatte so seine Zweifel, was O'Sullivan anbetraf. Er stellte zwar nicht die Loyalität des Iren infrage, hielt ihn aber für zu draufgängerisch und zu wenig bedacht. »Wenn wir kämpfen müssen, werden wir kämpfen.«

»Ich freue mich darauf.« Der Prinz trug den Kilt der Highlander und hatte eine weiße Kokarde – das Wahrzeichen seines Hauses – an seiner blauen Mütze befestigt. Er berührte den Griff seines Schwertes und sah sich um. Seine Gefühle für dieses Land waren tief und aufrichtig. Wenn er König war, würde er dafür sorgen, dass Schottland und seine Bewohner ihren Lohn erhielten. »Es war ein ziemlich langer Weg von Louis' Hof bis hierher!«

»Ein langer Weg, Euer Hoheit«, stimmte Brigham zu. »Aber ein Weg, der die Mühe wert war.«

»Euretwegen haben übrigens manche hübschen Damen Tränen vergossen, als Ihr Paris verlassen habt, Brigham. Habt Ihr auch in Schottland schon Herzen gebrochen?«

»Jetzt gibt es nur noch eine für mich, Sire, und ich werde sehr achtgeben, ihr nicht das Herz zu brechen.«

Die dunklen Augen des Prinzen blickten amüsiert. »So, so. Wie es scheint, hat sich der schneidige Lord Ashburn von einem Highland-Mädchen einfangen lassen. Erzählt mir, *mon ami*, ist sie ebenso hübsch wie die reizende Anne-Marie?«

Brigham lächelte etwas gezwungen. »Ich bitte Eure Hoheit, keine Vergleiche anzustellen, vor allem nicht vor besagtem

Highland-Mädchen. Die junge Dame hat ein gar außergewöhnliches Temperament.«

»So, hat sie das?« Charles lachte leise und gab ein Zeichen, dass sein Pferd gebracht werden sollte. »Ich bin sehr begierig darauf, die Frau kennenzulernen, die das Herz des meistbegehrten Mannes am französischen Hof hier in den Highlands erobert hat.«

Die Dudelsäcke erklangen auf dem Marsch, aber Copes Truppen kamen nicht in Sicht. Schließlich traf die Nachricht ein, dass sie nach Inverness umgeleitet worden seien. Damit stand den Rebellen der Weg nach Edinburgh offen. Dreitausend Mann stark, nahmen sie Perth nach einem kurzen, heftigen Gefecht ein. Siegreich zogen sie dann weiter nach Süden, wurden in einen Kampf mit zwei Regimentern von Dragonern verwickelt und rieben sie auf.

Die Kämpfe schienen die Rebellen anzufeuern. Endlich wurde nicht nur geredet, sondern etwas getan. Mit Dudelsackmusik und Schwertern, mit Schilden und Beilen stürzten sie sich wie die Wilden in die Schlacht. Überlebende berichteten von den Taten und der Tollkühnheit der Rebellen, und die Berichte wirkten abschreckend wie eine Waffe.

In Perth stieß Lord George Murray zu ihnen, und dann marschierten sie in Edinburgh ein. Die Stadt war in Panik. Die Nachricht von der Invasion war der Streitmacht der Highlander vorausgeeilt, und wilde Gerüchte von Barbaren und Schlächtern machten die Runde. Die Stadtwache war geflohen, und während Edinburgh im Schlaf lag, überwältigte ein Trupp von Camerons die Schildwache und besetzte die Stadt.

Unter dem Kommando des Prinzen wurde nicht geraubt und geplündert. Den Einwohnern von Edinburgh wurden Gerechtigkeit und Erbarmen bewiesen, wie es den Untertanen des rechtmäßigen Königs gebührte.

Erst ein Monat war vergangen, seit in Glenfinnan die Standarte erhoben und James zum König ausgerufen worden war, und schon bereitete sein Sohn und Regent sich darauf vor, in Holyrood House einen königlichen Hof zu errichten.

Colin ritt an Brighams Seite, als der Prinz auf seinem grauen Wallach in die Stadt einzog. Eine Menschenmenge hatte sich versammelt, um ihn zu sehen. Hochrufe folgten ihnen auf dem Weg, denn die Menschen waren von dem jungen Mann in dem karierten Kilt und der blauen Mütze begeistert. Er war ihr Prinz und die Erfüllung ihrer Hoffnungen.

»Hör sie dir an!« Colin beugte sich lächelnd im Sattel vor. »Das ist unser erster echter Sieg, Brigham, und wahrhaftig, es ist ein herrliches Gefühl!«

Brigham lenkte sein Pferd vorsichtig durch die engen, überfüllten Straßen. »Ich wette, er könnte sie jetzt mit nur einem Wort dazu bringen, gen London zu marschieren. Ich hoffe nur, dass die nötigen Vorräte und Männer rechtzeitig eintreffen.«

»Heute könnten wir zehn zu eins unterlegen sein und würden dennoch nicht verlieren, genauso wenig wie in Perth und Coltbridge.« Der Wind trug unangenehme Düfte herbei, und Colin rümpfte die Nase. »Himmel, ist diese Stadt schmutzig! Ich ziehe das Hochland und die Berge vor. Wie kann man hier atmen?«

In Edinburgh gab es viele Häuser und Läden, und manche waren immer noch aus Lehm und Holz gebaut. Die Steinhäuser erhoben sich dagegen vier oder fünf Stockwerke hoch wie Türme und senkten sich an der Hinterfront oft neun oder zehn Stockwerke tief die Steilhänge hinunter.

»Schlimmer als Paris«, stimmte Brigham zu. Der Gestank kam von den überfüllten Straßen und den von Abfall verstopften Seitengassen, aber die Menschen, die dem Prinzen zujubelten, schienen das alles nicht wahrzunehmen.

Oberhalb der Slums, der schmutzigen Gassen und Straßen

erhob sich auf einem Hügel das alte, geschichtsträchtige Edinburgh Castle, und von dort führte die Royal Mile, eine Prachtstraße, nach Holyrood House, dem Palast der Stuart-Könige.

Maria Stuart, Königin von Schottland, war die berühmteste Bewohnerin von Holyrood gewesen. Hier hatte sie gelebt und in der Holyrood-Abtei ihren Cousin Henry Stuart of Darnley geheiratet, und ihr Sohn James war später König von England und Schottland geworden. Und hier an diesem Ort wollte nun James' Ur-Urenkel Charles Hof halten und Holyrood zu neuem Leben erwecken.

Der Prinz ritt zu dem Palast seiner Vorfahren. Vor dem Tor stieg er ab und ging langsam unter dem Torbogen hindurch. Kurze Zeit später erschien er am Fenster seines neuen Quartiers und winkte der jubelnden Menge zu. Damit hatte er Edinburgh eingenommen.

Wenige Tage später, als Cope mit seinen Truppen nach Süden kam, musste der Prinz es beweisen.

Zum Kampf gerüstet, begegneten die Jakobiten der Regierungsarmee östlich der Stadt bei Prestonpans. Dragoner in roten Röcken konfrontierten die Highlander in ihren Kampfkilts oder engen karierten Hosen. Brigham, einen Lederschild in der einen, sein Schwert in der anderen Hand, focht an der Seite der MacGregors.

Auch hier, wie bereits auf dem Weg nach Süden, kämpften die Schotten wie Dämonen, und wie zuvor konnte die englische Infanterie der Wucht des Angriffs der Highlander nicht standhalten. Die rote Linie schwankte und brach auf.

Dann stürmte die Kavallerie vor. Hufe stampften, und Schwerter blitzten. Der Rauch von den Kanonen und Mörsern wurde so dicht, dass die Männer auf beiden Seiten im Nebel kämpften. Männer schrien, wenn sie niedergestreckt wurden, andere starben stumm, und es roch nach Schweiß und Blut. Innerhalb von zehn Minuten war die Schlacht vorbei, und die

Dragoner flüchteten zu Pferde oder zu Fuß in den Schutz der Berge. Das dünne Gras und die grauen Felsen waren blutbespritzt, und überall lagen Tote und Verwundete am Boden.

An diesem Tag spielten die Dudelsackspieler, um den Sieg zu feiern, und die Standarte der Stuarts wurde hochgehalten.

»Wieso bleiben wir gemütlich in Edinburgh, wenn wir eigentlich nach London marschieren sollten?«, fragte Colin, als er mit Brigham auf den Hof hinaustrat. Er trug einen wollenen Umhang zum Schutz gegen die Abendkälte.

Brigham konnte ihm nur zustimmen, denn in diesem Fall hatte er volles Verständnis für Colins Ungeduld nach Taten. Sie waren jetzt seit fast drei Wochen an Charles' neu etabliertem Hof – einem prunkvollen Hof mit Morgenempfängen und Versammlungen im Palast.

Dennoch hatte der Prinz seine Männer nicht vergessen und teilte seine Zeit ein zwischen Holyrood und dem Lager bei Duddingston. Die Stimmung war recht gut, obgleich viele Männer ähnlich empfanden wie Colin. Bälle und Empfänge konnten warten.

»Der Sieg bei Prestonpans hat uns weitere Unterstützung eingebracht«, bemerkte Brigham. »Ich glaube nicht, dass wir noch viel länger hier verweilen werden.«

»Immer diese Versammlungen«, murrte Colin. »Jeden Tag gibt es eine neue Versammlung. Wenn es hier ein Problem gibt, dann ist es zwischen Lord George und O'Sullivan, mein Junge. Ich schwör's dir, wenn der eine schwarz sagt, sagt der andere weiß.«

»Ich weiß.« Es war etwas, das Brigham nicht wenig Sorge machte. »Um ganz aufrichtig zu sein, Colin, ich bin beunruhigt wegen O'Sullivan. Ich ziehe einen Kommandanten vor, der besonnener ist und weniger interessiert an kleinen Siegen als am Gesamtsieg.«

»Wir werden weder das eine noch das andere haben, wenn wir unsere Zeit hier am Hof vergeuden!«

Brigham lächelte. »Du vermisst Glenroe, Colin, und deine Frau.«

»Aye. Ich habe sie fast zwei Monate nicht gesehen, und ich mache mir Sorgen um sie wegen des Kindes.«

»Es ist nur natürlich, dass man sich Sorgen macht um die, die man liebt.«

»Wenn der Marsch nach Süden beginnt, könnte es ein Jahr dauern, bevor wir alle unsere Heimat und Familien wiedersehen.« Da er nicht in trübe Stimmung verfallen wollte, schlug Colin Brigham auf die Schulter. »Zumindest hast du hier eine gute Gelegenheit, dich zu amüsieren. Ich frage mich, warum du dir kein hübsches Mädchen suchst. Ich könnte schwören, dass du in den vergangenen Wochen mit deiner Gleichgültigkeit ein Dutzend Herzen gebrochen hast.«

»Nun, man könnte sagen, dass ich anderes im Sinn habe.« Eine ganz bestimmte Frau, dachte Brigham. »Was hältst du von einer Flasche Wein und einem Spiel?«, lenkte er dann ab. Colin nickte, und sie gingen zusammen zurück über den Hof.

Brigham bemerkte zwar die Frau in dem schattigen Bogengang, aber sein Blick glitt gleichgültig über sie hinweg. Nach drei Schritten blieb er jedoch stehen, wandte sich um und sah genauer hin. Es wurde schon dunkel, und er konnte nur erkennen, dass sie groß und schlank war. Sie trug ein Tuch über Kopf und Schultern und konnte eine Dienerin wie eine der Hofdamen sein, die etwas frische Luft schöpfen wollte.

Brigham wusste nicht, weshalb diese Fremde ihn so schmerzlich an seine Porzellanschäferin erinnerte. Und obgleich er ihr Gesicht nicht sehen konnte, war er überzeugt, dass sie ihn ebenso intensiv betrachtete wie er sie.

Ärgerlich über die unerwartete Anziehungskraft, die diese Frau auf ihn ausübte, wandte sich Brigham wieder um und ging weiter. Unerklärlicherweise fühlte er sich jedoch gezwungen, sich erneut nach ihr umzudrehen. Sie war noch da und stand hoch erhobenen Kopfes im schwindenden Licht des Abends.

»Was, zum Teufel, ist los mit dir?« Jetzt blieb auch Colin stehen und drehte sich um. Als er die Gestalt im Bogengang entdeckte, grinste er. »Also, das ist es. Ich nehme an, jetzt wirst du nicht mehr mit mir würfeln wollen.«

»Doch, ich ...« Brigham verschluckte den Rest seiner Antwort, als die Fremde die Hände hob und das Tuch vom Kopf nahm. Rotes Haar leuchtete auf.

13. Kapitel

»Serena?«, murmelte Brigham ungläubig. Sie trat vor, und nun konnte er ihr Gesicht erkennen und sah, dass sie lächelte. Seine Stiefel hallten laut auf den Steinen, als er über den Hof eilte. Bevor sie seinen Namen sagen konnte, nahm er sie in die Arme, hob sie auf und wirbelte sie im Kreis herum.

»So ist das also, er und Serena …«, brummte Colin beim Anblick seines Freundes, der seine Schwester jetzt leidenschaftlich küsste.

»Wieso bist du hier? Wie bist du hergekommen?«, fragte Brigham und küsste sie erneut, bevor sie antworten konnte.

»Mach mal Platz, Mann!« Colin zog Serena energisch aus Brighams Armen und gab ihr einen herzhaften Kuss. »Was tust du in Edinburgh, und wo ist Maggie?«

»Sie ist hier«, erklärte Serena atemlos und fand sich unversehens wieder an Brighams Seite. »Und Mutter, Gwen und Malcolm ebenfalls.« Sie streckte eine Hand aus und zupfte Colin am Bart. »Der Prinz hat uns an den Hof eingeladen. Wir sind vor ungefähr einer Stunde angekommen, wussten aber nicht, wo wir euch finden könnten.«

»Maggie ist hier? Geht es ihr gut? Wo ist sie?« Ungeduldig wie stets, drehte sich Colin auf dem Absatz um und eilte davon, um selbst nachzusehen.

»Brigham …«

»Sag nichts.« Er strich ihr mit den Fingern durchs Haar und genoss das Gefühl und den Duft. »Sag nichts«, wiederholte er und neigte den Kopf.

Sie standen eng umschlungen, Mund an Mund in der einfallenden Dunkelheit, und die Wochen der Trennung waren vergessen. Brigham streichelte Serenas Rücken, ihre Hüften, ihr Gesicht, während sie sich leidenschaftlich küssten und Serena sich an ihn presste.

»Du wirst immer schöner, Serena. Ein Mann könnte vor Sehnsucht nach dir sterben.«

»Ich habe jeden Tag an dich gedacht und gebetet. Als wir von den Schlachten hörten, bin ich fast verrückt geworden, bis ich deine Briefe bekam und wusste, dass du wohlauf bist.«

Sie trat ein wenig zurück, um ihn zu betrachten, und stellte erleichtert fest, dass er sich nicht verändert hatte, seit er vor fast drei Monaten von Glenroe fortgeritten war. Da Colin und er zuvor am Lager draußen gewesen waren und er sich noch nicht umgezogen hatte, trug er nicht seine Hofkleidung.

»Ich fürchtete, du könntest dich irgendwie verändert haben, seit du hier bist.« Sie blickte auf das Palastgebäude und fuhr sich mit der Zungenspitze über die Lippen. Etwas so Prächtiges wie diesen Palast mit seinen Türmen und Spitztürmchen hatte sie noch nie gesehen. Licht flackerte überall hinter den hohen Fenstern und strahlte eine helle Wärme aus. »Alles hier ist so großartig, der Palast, die Abtei.«

»Wo immer ich auch bin, nichts wird sich dadurch zwischen uns ändern, Rena.«

Serena schmiegte sich erneut in seine Arme und lehnte den Kopf an seine Schulter. »Ich hatte aber Angst, es könnte geschehen. Ich habe jeden Tag für dich gebetet, und ich habe auch darum gebetet, dass du nicht in den Armen einer anderen Frau Trost suchen würdest.«

Brigham lachte und küsste sie auf den Scheitel. »Ich werde dich nicht fragen, wofür du mit größerer Inbrunst gebetet hast. Es gibt keine andere für mich, mein Lieb. Es kann keine andere geben. Heute Nacht werde ich in deinen Armen mehr als nur Trost finden.«

Sie lächelte. »Ich wünschte, es könnte so sein. Außer dass ich gehofft habe, dich wohlauf vorzufinden, war mein sehnlichster Wunsch, wieder eine Liebesnacht mit dir zu verbringen.«

»Dann werde ich dafür sorgen, dass dein Wunsch erfüllt wird.«

Sie gab ihm einen Kuss auf die Wange und lachte leise. »Ich teile ein Zimmer mit Gwen. Es wäre ebenso unziemlich für Euch, Mylord, in mein Bett zu kommen, wie es für mich sein würde, auf den Korridoren Euer Zimmer zu suchen!«

»Das brauchst du auch nicht, heute Nacht wirst du als meine Frau mein Zimmer teilen!«

Serena trat einen Schritt zurück und sah ihn überrascht an. »Das ist unmöglich.«

»Es ist durchaus möglich«, widersprach Brigham. »Und so wird es geschehen.« Ohne ihr Zeit zu lassen für eine Erwiderung, zog er sie mit sich in den Palast.

Der Prinz war in seinen Gemächern und machte sich für die Abendgesellschaft fertig. Obgleich Brighams Bitte um eine Audienz zu dieser Stunde ihn überraschte, war er bereit, ihn zu empfangen.

»Euer Hoheit.« Brigham verbeugte sich, als er den Salon des Prinzen betrat.

»Guten Abend, Brigham. Madam«, sagte Charles, und Serena versank in einen Hofknicks. »Ihr müsst Miss MacGregor sein!« Er zog Serena hoch und küsste ihr die Hand. »Es ist leicht zu sehen, weshalb Lord Ashburn für die Ladys am Hof keinen Blick mehr übrig hat.«

Serena hätte Brigham ermorden mögen, weil er sie vor den Prinzen gezerrt hatte, ohne ihr Gelegenheit zu geben, sich wenigstens den Reisestaub abzuwaschen oder die Haare zu kämmen. »Euer Hoheit. Es war sehr freundlich von Euch, mich und meine Familie herkommen zu lassen.«

»Ich schulde den MacGregors viel. Sie haben zu meinem Vater und zu mir gestanden. Eine solche Loyalität ist unbezahlbar. Wollt Ihr Euch setzen?« Er führte sie persönlich zu einem Stuhl.

Serena hatte noch nie ein Zimmer wie dieses gesehen. Die hohe Decke war verziert mit Girlanden aus Blumen und Früchten, und von der Mitte hing ein prunkvoller Kronleuchter herab. An den Wänden befanden sich Wandmalereien, die siegreiche Schlachten der Stuarts darstellten. Ein Feuer knisterte im Kamin neben ihrem Stuhl. In der Mitte des Raums stand ein Cembalo mit aufgeschlagenen Notenheften.

»Sire, ich möchte Euch um einen Gefallen bitten.«

Charles setzte sich und bedeutete Brigham, Platz zu nehmen. »Ich schulde Euch mehr als einen Gefallen.«

»Für Loyalität schuldet man nichts, Euer Hoheit.«

Charles' Blick wurde weich. »Nein, aber man kann Dankbarkeit zeigen. Worum wolltet Ihr mich bitten?«

»Ich möchte Miss MacGregor heiraten.«

Charles lächelte. »Das habe ich mir bereits gedacht. Soll ich Euch erzählen, Miss MacGregor, dass Lord Ashburn in Paris die Damen am Hof sehr großzügig mit seinem Charme bedacht hat? Hier in Holyrood House dagegen hat er sich als äußerst sparsam erwiesen.«

Serena hielt die Hände artig im Schoß gefaltet. »Ich glaube, Lord Ashburn ist ein weiser Krieger, Euer Hoheit. Er hat bereits einige Erfahrung mit dem wilden, furchterregenden Jähzorn der MacGregors sammeln können.«

Charles amüsierte sich sichtlich. »Nun, dann wünsche ich Euch viel Glück. Vielleicht möchtet Ihr hier am Hof getraut werden?«

»Ja, Sire, noch heute Abend«, antwortete Brigham.

Charles hob die Brauen. »Heute Abend noch, Brigham? Solche Eile ist …« Er hielt inne, als sein Blick erneut auf Serena fiel, deren Haar im Feuerschein verführerisch leuchtete. »… verständlich«, entschied er dann. »Habt Ihr die Erlaubnis des MacGregor?«

»Ja, Sire.«

»Nun gut. Ihr seid beide katholisch?« Brigham und Serena nickten, und Charles überlegte einige Momente. »Die Abtei ist nebenan. Da wäre noch die Angelegenheit des Aufgebots und dergleichen, aber ich denke, wenn ein Mann diese Dinge nicht bewerkstelligen kann, darf er kaum hoffen, einen Thron zu erringen.« Er erhob sich, und Brigham und Serena standen ebenfalls auf. »Ich werde also dafür sorgen, dass Ihr heute Abend getraut werdet!«

Etwas blass und nicht ganz sicher, ob sie nicht träumte, suchte Serena ihre Eltern in deren Zimmer auf.

»Serena.« Fiona seufzte, als sie sah, dass ihre Tochter immer noch ihr Reisekleid trug. »Du musst dich sofort umziehen. Der Hof des Prinzen ist kein Ort für schmutzige Stiefel und staubige Röcke.«

»Mama, ich werde heiraten.«

»Teufel auch, Mädchen!«, rief ihr Vater. »Das wissen wir.«

»Heute Abend.«

»Heute Abend?« Fiona erhob sich von ihrem Stuhl. »Aber wieso …«

»Brigham ist zum Prinzen gegangen, und er hat mich mitgenommen, so wie ich bin.« Serena breitete ihre schlammbespritzten Röcke aus. Sie wusste, dass ihre Mutter ihre diesbezüglichen Empfindungen verstehen würde.

»Ich verstehe«, murmelte Fiona.

»Und er … die beiden …« Sie blickte von ihrer Mutter zu ihrem Vater und wieder zurück. »Mama …«

»Ist es dein Wunsch, ihn zu heiraten?«

Serena zögerte. Die alten Zweifel stiegen wieder in ihr auf.

Unwillkürlich legte sie die Hand auf ihre Brust, wo unter dem Mieder an einer schweren Kette der Smaragdring hing, den Brigham ihr gegeben hatte. »Aye«, sagte sie schließlich, »aber es geht alles so schnell!« Bald wird er wieder fortgehen, um zu kämpfen, dachte sie. »Aye«, wiederholte sie entschlossen. »Ich wünsche mir nichts mehr, als ihm zu gehören.«

Fiona legte ihrer Tochter einen Arm um die Schultern. »Dann haben wir jetzt viel zu tun. Bitte, lass uns allein, Ian, und schicke einen Diener zu Maggie und Gwen. Sie sollen herkommen.«

»Wirfst du mich hinaus, mein teures Weib?«

Fiona sah ihn liebevoll an. »Ich fürchte, die Frauenarbeit, die in den nächsten paar Stunden getan werden muss, würde dir stark missfallen.«

»Aye. Ich werde freiwillig gehen.« Ian MacGregor zog seine Tochter an sich. »Ich bin immer stolz auf dich gewesen, Serena. Heute Abend übergebe ich dich einem anderen Mann, und du wirst seinen Namen tragen. Aber du wirst stets eine MacGregor bleiben.« Er küsste sie. »Unsere Linie ist königlich, Serena, und das zu Recht!«

Es blieb Serena keine Zeit zum Nachdenken. Bedienstete brachten Krüge mit heißem Wasser für das Bad, das Fiona leicht parfümierte. Gwen und Maggie stichelten emsig an den Veränderungen des Kleides, das Serena tragen sollte.

»Es ist ungeheuer romantisch«, sagte Gwen.

»Es ist Wahnsinn.« Maggie warf einen Blick zu dem Wandschirm hin, hinter dem Serena ihr Bad nahm. »Rena muss einen starken Zauber ausgeübt haben, um Brigham zu solcher Eile anzutreiben. Er ist wohl doch nicht so langweilig, wie ich einmal dachte.«

»Stell dir nur vor, einfach zum Prinzen zu gehen!« Gwen verschob behutsam den elfenbeinfarbenen Satin. »Ich hatte nicht einmal Zeit auszupacken, bevor wir anfingen, Mutters Ballkleid in Serenas Hochzeitskleid umzuändern!«

Maggie lehnte sich zurück und legte die Hand auf ihren runden Bauch. Das Baby wurde abends immer besonders aktiv. Das Auspacken würde ebenso warten müssen wie ihre Wiedersehensfeier mit Colin. Sie unterdrückte ein Lachen, als sie daran dachte, wie Colin geflucht hatte, weil sie unterbrochen worden waren, während sie sich gerade wieder näher kamen.

Serena erschien, in Badetücher gehüllt und mit tropfenden Haaren.

»Ans Feuer«, befahl Fiona, eine Haarbürste griffbereit, und dann begann sie, ihrer Tochter das Haar zu trocknen. Sie wusste wohl, dass Serena nicht zitterte, weil ihr kalt war. »Für eine Frau ist ihre Hochzeit später eine ihrer kostbarsten Erinnerungen«, sagte sie tröstend. »Wenn du in einigen Jahren zurückblickst, wird alles, was dir jetzt wie ein Traum erscheint, deutlich vor Augen stehen.«

»Aber wieso habe ich dann solche Angst?«

Fiona streichelte Serenas Schulter. »Ich glaube fast, je mehr man liebt, umso größer ist die Angst!«

Serena lächelte matt. »Dann muss ich ihn mehr lieben, als ich dachte.«

»Ich könnte mir keinen besseren Mann für dich wünschen, Rena. Wenn ihr mit dem Streiten fertig seid, werdet ihr miteinander ein gutes Leben haben.«

»In England«, murmelte Serena.

Fiona begann sanft, das Haar ihrer Tochter zu bürsten, wie so oft in all den Jahren. »Als ich deinen Vater heiratete, verließ ich auch meine Familie und meine Heimat. Ich bin aufgewachsen mit dem Rauschen der Brandung und dem Geruch des Meeres. Als Kind bin ich oft auf die Klippen geklettert, um zu beobachten, wie sich unten die Wellen an den Felsen brachen.

Der Wald von Glenroe war mir fremd und machte mir Angst. Ich war mir gar nicht sicher, ob ich es ertragen würde, so weit von allem entfernt zu leben, was mir lieb und vertraut war.«

»Wie hast du es geschafft?«

»Ich liebte deinen Vater mehr als meine Heimat.«

Sie ließen Serenas Haar offen, sodass es wie Feuerschein über ihren Rücken floss. Das Mieder des Kleides war eng anliegend und ließ den Ansatz ihrer Brüste frei, und auf der sanften Erhebung ruhte ein Perlenstrang. Die Ärmel bauschten sich oben weit und wurden zu den Handgelenken hin schmal. Perlen schimmerten auch auf dem Rock, der über Reifrock und Unterröcken weit ausschwang. An der Schärpe um die Taille war ein Sträußchen blassrosa Wildrosen befestigt.

Serena hatte heftiges Herzklopfen, als sie die Abtei betrat. Diese Kirche war ein Ort der Legenden, der Freude und Verzweiflung, und hier würden sie und Brigham nun getraut werden.

Er erwartete sie. Im flackernden Schein der Lampen und Kerzen ging sie langsam auf ihn zu. Sie hatte immer gefunden, dass er in Schwarz am elegantesten aussah, aber so elegant und attraktiv hatte sie ihn noch nie gesehen. Die Silberknöpfe glänzten an dem streng geschnittenen Abendrock, und zum ersten Mal, seit sie ihn kannte, trug er eine Perücke.

Die weiße weiche Perücke ließ ihn noch romantischer erscheinen und hob das dunkle Grau seiner Augen hervor. Serena sah weder den Prinzen noch die Lords und Ladys im Kirchengestühl, die gekommen waren, um der Zeremonie beizuwohnen. Sie sah nur Brigham.

Als ihre Hand seine berührte, hörte sie auf zu zittern. Gemeinsam traten sie vor den Priester und legten ihr Gelübde ab. Die Uhr schlug Mitternacht.

Der Prinz hatte befunden, dass auch eine überstürzte Hochzeit gefeiert werden musste. Innerhalb von Minuten, nachdem

Serena Lady Ashburn geworden war, wurde sie in die Bildergalerie des Palastes geführt, wo Charles nach der Einnahme der Stadt seinen ersten großen Ball gegeben hatte.

Der große, weite Saal war bereits mit Gästen gefüllt, und Musik erklang. Serena wurde von Fremden geküsst und beglückwünscht, von den Ladys beneidet und von den Gentlemen beäugt. Bevor sie überhaupt ihr erstes Glas Champagner erhielt, war sie von alledem schon ganz benommen.

Charles nahm sein Vorrecht in Anspruch und führte die Braut zum Tanz. »Ihr seid wirklich eine bezaubernde Braut, Lady Ashburn.«

Lady Ashburn! »Ihr seid sehr freundlich, Euer Hoheit. Wie kann ich Euch nur dafür danken, dass Ihr die Hochzeit ermöglicht habt?«

»Ich schätze Euren Gatten sehr, Mylady, als Soldat und als Freund.«

Euren Gatten. »Seine Loyalität gehört Euch, Euer Hoheit, ebenso wie meine, sowohl als eine Langston wie auch als eine MacGregor!«

Als der Tanz endete, erhob Brigham Anspruch auf seine Braut und wehrte die Beschwerden anderer ab, die gern mit ihr getanzt hätten.

»Amüsierst du dich, mein Liebes?«

»Aye.« Sie errötete, als sie zu ihm aufblickte, und fand es lächerlich, jetzt verlegen zu werden. Aber irgendwie sah er so anders aus mit der Perücke und den funkelnden Juwelen. Gar nicht mehr wie der Mann, der sie über die Schulter warf und drohte, sie ins kalte Wasser des Sees fallen zu lassen. Er sah ebenso prächtig aus wie der Prinz – und beinahe ebenso fremd. »Es ist ein wunderschöner Saal!«

»Siehst du die Porträts? Es sind neunundachtzig, alles schottische Monarchen.« Er führte sie unauffällig zu den Bildern hin. »Ich habe gehört, sie wurden von Charles II.

in Auftrag gegeben, obwohl er Holyrood House nie betreten hat.«

Serena war etwas irritiert, bemühte sich aber, Interesse zu zeigen, und kommentierte ein oder zwei Bilder.

»Ich hätte mir denken können, dass eine so belesene Frau wie du die Geschichte ihres Landes kennt.« Brigham beugte sich vor und sagte ihr ins Ohr: »Verstehst du auch etwas von militärischer Strategie?«

Serena sah ihn verwirrt an. »Militärischer Strategie?«

»Ah, es gibt also doch noch etwas, das ich dir beibringen könnte.« Bevor sie antworten konnte, zog er sie rasch durch eine Seitentür. Es gelang ihr gerade noch, einen kleinen Aufschrei zu unterdrücken, als er sie einfach auf die Arme nahm und dann mit ihr einen Korridor entlangrannte.

»Was tust du da? Du hast wieder einmal den Verstand verloren!«

»Ich ergreife die Flucht und entführe dich.« Als die Musik hinter ihnen verklang, verlangsamte er den Schritt. »Und meinen Verstand habe ich verloren in dem Augenblick, als du in die Kirche kamst. Lass die anderen tanzen und trinken. Ich bringe meine Frau zu Bett.«

Er stieg eine Treppe hinauf, ohne einen entgegenkommenden Diener zu beachten, der sie aus großen Augen anschaute und dann unter Verbeugungen Platz machte. Schließlich stieß Brigham die Tür zu seinem Zimmer auf, trat sie hinter sich wieder ins Schloss und ließ Serena auf das Bett plumpsen.

Sie versuchte ein empörtes Gesicht zu machen. »Ist das eine Art, Eure Braut zu behandeln, Mylord?«

»Ich habe noch gar nicht mit der Behandlung angefangen.« Er ging zur Tür und schob den Riegel vor.

»Vielleicht hätte ich gern noch ein oder zwei Mal getanzt!«

»Oh, keine Sorge, ich werde mit dir tanzen – von jetzt bis zum Morgengrauen und darüber hinaus!«

Serena lächelte. »Es gibt Tanzen und Tanzen, *Sassenach*!«

»Aye«, neckte er sie. »Ich hatte dabei nicht ein Menuett im Sinn!«

Sie strich ihren Rock glatt. »Und was hast du dann im Sinn?«, fragte sie und bekam heftiges Herzklopfen. »Gwen findet dich romantisch. Ich bezweifle, dass sie das auch noch finden wird, wenn ich ihr erzähle, dass du mich auf das Bett geworfen hast wie einen Mehlsack.«

»Romantik?« Brigham zündete die Kerzen auf dem Nachtständer an. »Ist es das, was du dir wünschst, Rena?«

Sie bewegte leicht eine fast nackte Schulter. »Es ist das, wovon Gwen träumt!«

»Und du nicht?« Er zog seinen Rock aus und warf ihn über einen Stuhl. »Eine Frau hat ein Anrecht auf Romantik in ihrer Hochzeitsnacht.« Zu ihrer Überraschung kniete er sich auf das Bett und zog ihr die Schuhe aus. »Ich hatte noch keine Gelegenheit, dir zu sagen, wie prachtvoll du ausgesehen hast, als du im Lampenlicht in der Abtei neben mir gestanden hast. Als ich dich dort sah, sind alle meine Träume in Erfüllung gegangen.«

»Ich fand, du hast ausgesehen wie ein Prinz«, murmelte Serena und erschauerte dann, als er mit den Fingerspitzen über ihren Rist fuhr.

»Heute Nacht bin ich nur ein Mann, der in seine Frau verliebt ist.« Er ließ die Lippen über ihr Fußgelenk gleiten, an dem noch der Duft der Badeessenz haftete. »Und verzaubert von ihr … versklavt!« Er wanderte mit den Lippen an ihrer Wade entlang zur Kniekehle.

»Ich hatte Angst!« Serena streckte die Arme nach ihm aus und zog ihn an sich. »Kaum hatte ich das Kirchenschiff betreten, da bekam ich Angst.« Sie seufzte auf, als Brigham ihr Dekolleté mit Küssen bedeckte.

»Und jetzt, hast du immer noch Angst?« Mit kundigen Fingern hakte er ihr Kleid auf und zog es über ihre Arme bis zur Taille herunter.

»Nein. Ich hörte auf, Angst zu haben, als du mich auf die Arme genommen hast und mit mir durch den Korridor gerannt bist.« Sie lächelte und zog ihm mit nicht weniger geschickten Händen die Weste von den Schultern. »In dem Augenblick wusste ich, dass du wieder mein Brigham warst.«

»Ich bin immer dein, Rena!« Er sank mit ihr auf das Bett nieder und bewies ihr, dass er die Wahrheit sprach.

Serena und Brigham blieben weitere drei Wochen am Hof. Nichts hätte prunkvoller sein können als Prinz Charles' Holyrood. Das Essen war prächtig, ebenso die Musik, die Vergnügungen, die Menschen. Es war eine goldene, glanzvolle Zeit, als die großen Säle von Lachen und Tanzmusik widerhallten und frivole Spiele und Herzensaffären mit gleicher Hingabe betrieben wurden.

Aus dem ganzen Land kamen elegant gekleidete Männer mit weiß gepuderten Perücken und kostbar gekleidete Frauen, die mit ihnen flirteten. Holyrood war von Frohsinn und Glanz erfüllt, und in diesen Wochen lebte Charles wie ein wahrer Prinz. Diese Zeit würde nie vergessen werden.

Serena beobachtete, wie Brigham mit dieser Welt verschmolz, in die er hineingeboren worden war, während sie einige Mühe hatte, sich in das glanzvolle Leben einzufügen.

Es galt, neue Verhaltensregeln zu lernen und sich an einen veränderten Tages- und Nachtrhythmus zu gewöhnen. Hier, am ersten königlichen Hof in Schottland seit vielen Jahren, entdeckte Serena, was es bedeutete, Lady Ashburn zu sein. Bedienstete umsorgten sie, ob sie das nun wollte oder nicht. Dank Brighams Position erhielten sie einen eleganten Salon mit Wandteppichen und kostbaren Möbeln. In diesen wenigen Wochen lernte Serena mehr Menschen kennen als in ihrem ganzen Leben zuvor.

Das Hofleben behagte ihr auch weiterhin nicht sonderlich und machte sie oft ungeduldig, aber die Menschen am Hof gaben ihr das Gefühl, auf ihre Herkunft und ihren Gatten stolz sein zu können.

Serena bekam zum ersten Mal eine Ahnung von Brighams Reichtum, als er ihr die Langston-Smaragde überreichte. Mithilfe seiner Verbindungsleute in London hatte er sie aus Ashburn Manor holen lassen und schenkte sie Serena eine Woche nach ihrer Hochzeit.

Zu den kostbaren Stücken gehörte ein prachtvolles Halsband mit passendem Armband und Ohrgehängen, und die Steine funkelten so grün wie englischer Rasen. Um den Schmuck gebührend zur Geltung zu bringen, ließ Brigham eine Modistin kommen. Serena fand sich auf einmal in Seide und Satin, in feinen Batist und zarte Spitze gekleidet. Sie entdeckte, wie es war, Diamanten im Haar zu tragen und sich mit dem besten französischen Parfüm zu parfümieren. Dennoch hätte sie all das ohne zu zögern hingegeben für eine Woche allein mit Brigham in einer Hochland-Kate.

Es war unmöglich, die ganze Pracht nicht zu genießen oder sich ein wenig in den neidischen Blicken anderer Ladys zu sonnen, wenn sie an Brighams Arm einen Raum betrat. Serena trug die eleganten Kleider und die Juwelen, frisierte kunstvoll ihr Haar und fühlte sich schön. Aber während die Tage vergingen, konnte sie sich nicht des Eindrucks erwehren, dass alles nur ein Traum war: die Lichter, der Glanz, das perlende Lachen der Frauen, die galanten Verbeugungen der Männer und ihr eigener zwangloser Umgang mit dem Prinzen.

Die Nächte dagegen waren Wirklichkeit, und daran klammerte sich Serena – so wie sie sich in ihrem Ehebett an Brigham klammerte. Sie wusste, dass es nur eine Frage der Zeit war, bevor sie wieder getrennt werden würden. Beide wussten es, aber sie sprachen nicht davon.

Nachts konnte Serena ungehemmt Brighams Frau sein, mit Herz, Geist und Körper. Tagsüber fühlte sie sich oft wie eine Betrügerin, die sich als elegante Lady verkleidete, im Herzen jedoch eine Hochland-Maid blieb, die sich danach sehnte, die Röcke zu schürzen und durch den herbstlichen Park zu rennen.

Stattdessen ging sie gemächlich mit den anderen Damen spazieren, während die Männer Beratungen abhielten oder zum Lager hinausritten. Nur einmal, als sie sicher sein konnte, nicht bemerkt zu werden, hatte sie Malcolm in die Stallungen begleitet, um die Pferde zu bewundern.

Sie beneidete ihren jüngeren Bruder um die Freiheit, wilde Ritte unternehmen zu dürfen, biss aber die Zähne zusammen und versuchte, ihre eigenen zahmen Ausritte zu genießen.

»Tu dies, tu das«, murmelte Serena in ihrem Schlafzimmer wütend vor sich hin. »Und dies darf man nicht tun und das darf man nicht tun.« Fluchend trat sie mit ihrem hübschen Schuh, der genau zu ihrem veilchenblauen Morgenkleid passte, gegen einen Stuhl. »Es kann einen verrückt machen, sich an all diese Vorschriften erinnern und dann auch noch danach leben zu müssen!«

Seufzend sank sie in einen Sessel, zog ihre Schuhe aus, stützte die Ellbogen auf die Knie und den Kopf in die Hände und sehnte sich nach Glenroe und dem See, nach ihren Kniehosen und Stiefeln …

Sie hörte eine Tür aufgehen, richtete sich sofort auf und glättete ihre Röcke. Es wäre ihr sehr unangenehm gewesen, hätte ein Diener sie schmollend angetroffen und dann unten über Lady Ashburn geklatscht. Zu ihrer Erleichterung war es jedoch Brigham.

Brigham hätte schwören können, dass Serena mit jedem Tag schöner wurde, auch wenn er sich ab und zu wünschte, sie könnte ihre Haare offen tragen, damit er nach Belieben mit den Händen hineingreifen konnte.

»Ich dachte, du wolltest mit deiner Schwester und Maggie spazieren gehen.«

»Ich war gerade dabei, mich fertig zu machen.« Automatisch strich sich Serena vorsichtig über die Frisur, um sich zu vergewissern, dass sie nicht in Unordnung geraten war. »Ich habe dich erst später zurückerwartet. Ist die Versammlung vorbei?«

»Ja. Du siehst bezaubernd aus, Rena. Wie ein Wildveilchen.«

Mit einem Lachen, das halb wie ein Schluchzen klang, stürzte sie sich in seine Arme. »Oh, Brigham, ich liebe dich. Ich liebe dich so sehr!«

»Was ist denn?«, fragte er zärtlich, als sie ihr Gesicht an seiner Schulter verbarg. »Weinst du etwa?«

»Nein … doch, ein bisschen. Es ist nur … Immer, wenn ich dich sehe, liebe ich dich noch mehr als beim letzten Mal.«

»Dann werde ich von jetzt an daran denken, jeden Tag mehrmals wegzugehen und wiederzukommen!«

»Mach dich nicht lustig über mich!«

»Das würde ich nie wagen, mein Lieb.« Er hob ihr Kinn leicht an, sodass er sie küssen konnte.

Sie sah es ihm an den Augen an und wusste, dass sie es schon in dem Augenblick gesehen hatte, als er das Zimmer betrat. Obgleich sie sich fest vorgenommen hatte, tapfer zu sein, wenn es so weit war, drohte der Mut sie jetzt zu verlassen. »Die Zeit ist gekommen, nicht wahr?«

Brigham zog ihre Hand an seine Lippen. »Wir marschieren in wenigen Tagen. Morgen musst du nach Glenroe zurückkehren.«

Serena wurde blass, aber ihre Stimme blieb fest. »Ich möchte bei dir bleiben, bis du gehst.«

»Ich würde mit leichterem Herzen gehen, wenn ich wüsste, dass du in Glenroe und in Sicherheit bist. Eure Reise wird länger dauern wegen Maggies Zustand.«

Sie wusste, dass er recht hatte, wusste auch, dass es nötig war, und versuchte sich damit abzufinden. »Ihr marschiert nach London?«

»So Gott will.«

Serena nickte. »Es ist mein Kampf ebenso wie deiner, jetzt umso mehr, da ich deine Frau bin. Ich würde gern mit dir gehen, wenn du es mir erlauben wolltest!«

»Nein. Glaubst du, ich möchte meine Frau als Schlachtenbummlerin sehen?« Der nur allzu vertraute, rebellische Ausdruck in ihren Augen warnte ihn, und er wechselte die Taktik. »Deine Familie braucht dich, Serena.«

Was ist mit meinen Bedürfnissen?, wollte Serena fragen, hielt die Worte jedoch zurück. Sie würde Brigham nicht helfen, wenn sie ihm in die Schlacht folgte. Ihre Hand war zu schwach, um ein Schwert zu führen und ihn zu beschützen, wie er sie beschützen würde. »Du hast recht. Ich weiß es. Ich werde auf dich warten!«

»Ich werde dich mitnehmen, hier in meinem Herzen.« Er führte ihre Hand zu seiner Brust. »Es gibt noch etwas, um das ich dich bitten möchte. Wenn mir etwas geschehen sollte …« Sie schüttelte den Kopf und wollte protestieren, aber ein Blick von ihm ließ sie verstummen. »In meinem Zimmer in Glenroe befinden sich eine Truhe und eine Eisenkassette. In der Kassette findest du Gold und genügend Juwelen, um dir und deiner Familie Sicherheit zu erkaufen. In der Truhe bewahre ich etwas auf, das mir sehr kostbar ist, und ich möchte, dass du es behältst.«

»Was ist es?«

Brigham strich mit der Fingerspitze über ihren Wangenknochen und dachte an die Porzellanschäferin. »Du wirst es wissen, wenn du es siehst.«

»Ich werde es nicht vergessen, aber es wird nicht notwendig sein. Du wirst zurückkommen.« Sie lächelte. »Denk daran, du hast versprochen, mir Ashburn Manor zu zeigen.«

»Ich erinnere mich.«

Serena begann, die kleinen Knöpfe ihres Mieders zu öffnen.

»Was tust du da?«

Sie lächelte und fuhr fort, ihr Kleid zu öffnen. »Ich werde nicht mit meiner Schwester spazieren gehen.« Sie löste den Satingürtel um ihre Taille. »Ist es unanständig, seinen Ehemann zu dieser Tagesstunde zu verführen?«

»Höchstwahrscheinlich.« Brigham lachte, als sie anfing, ihn auszuziehen. »Aber das wird unser Geheimnis bleiben.«

Sie liebten sich auf dem eleganten Himmelbett. Die Sonne schien durchs Fenster und ließ Serenas Haar flammend aufleuchten, als sie die Nadeln herauszog und es in offener Fülle über ihre nackten Schultern fiel. Brigham griff ihr in die Haare und zog Serena langsam zu sich nieder.

Ihre Körper verschmolzen miteinander. Beide erinnerten sich an den See und einen anderen sonnigen, von Liebe und Leidenschaft erfüllten Tag. Diese Erinnerung und die Gedanken an die ungewisse Zukunft ließen sie zärtlich zueinander kommen.

Selbstlos gaben sie sich einander hin und erlebten eine neue Art von Lust, die nur von bedingungsloser Liebe erzeugt werden konnte.

Am ersten November begann der Marsch schließlich. Viele, unter ihnen auch Brigham, hatten den Prinzen gedrängt, eher zu dem Feldzug aufzubrechen und den Vorteil zu nutzen, den sie durch die Einnahme von Edinburgh gewonnen hatten. Charles hatte jedoch weiterhin auf aktive Unterstützung von Frankreich gehofft. Tatsächlich waren auch Gelder und Versorgungsgüter eingetroffen, aber keine Soldaten.

Charles' eigene Streitmacht zählte etwa achttausend Mann und dreihundert Pferde. Er wusste, dass er zu einem entscheidenden Schlag ausholen und möglichst rasch einen Sieg erringen musste. Wie schon zuvor, entschied er, dass Kühnheit die beste Strategie sei.

Charles hatte eine hohe Meinung von seinen eigenen Truppen – und ebenso die Engländer. Vor wenigen Monaten hatte man noch über die Ambitionen und die bunt zusammengewürfelten Truppen ungehobelter Highlander gelacht. Inzwischen jedoch hatten Charles' Siege die beunruhigte englische Regierung dazu bewogen, mehr und mehr Truppen aus Flandern abzuberufen und sie unverzüglich zu Feldmarschall Wade nach Newcastle zu schicken.

Dennoch stieß die Stuart-Armee auf überraschend geringen Widerstand, als sie unter dem Kommando von Lord George Murray in Lancaster einmarschierte. Die Freude über den Sieg wurde jedoch getrübt durch die enttäuschend kleine Anzahl englischer Jakobiten, die sich ihnen anschlossen.

Brigham saß mit Whitesmouth, der aus Manchester zu ihnen gestoßen war, an einem lodernden Feuer. Die Nacht war kalt, und die Männer wärmten sich mit Whisky und schützten sich mit wollenen Umhängen vor dem scharfen Wind.

»Wir hätten Wades Streitkräfte angreifen sollen«, sagte Whitesmouth. »Jetzt haben sie Cumberland, den Sohn des Kurfürsten, zu Hilfe gerufen, und er nähert sich durch die Midlands. Wie viele sind wir, Brigham? Fünftausend? Viertausend?«

»Bestenfalls.« Brigham starrte düster ins Feuer. »Der Prinz wird von Murray und O'Sullivan in zwei verschiedene Richtungen gedrängt. Jede Entscheidung kommt erst nach quälenden Debatten zustande. Wenn du die Wahrheit hören willst, Johnny, wir haben in Edinburgh unseren Schwung verloren!«

»Aber du bleibst trotzdem?«

»Der Prinz hat meinen Eid.«

Einen Augenblick lang saßen sie schweigend da und horchten auf das Pfeifen des Windes. »Du weißt, dass einige der Schotten sich absetzen und heimlich in ihre Täler und Berge zurückkehren?«

»Ich weiß es.«

Erst an diesem Tag hatten Ian MacGregor und die übrigen Clan-Chefs beratschlagt und beschlossen, ihre Männer zum Bleiben zu bewegen. Brigham fragte sich, ob ihnen oder überhaupt jemandem bewusst war, dass die brillanten Siege ihrer zahlenmäßig unterlegenen und schlecht ausgerüsteten Armee nur errungen worden waren, weil die Männer nicht nur auf Befehl, sondern aus eigenem Antrieb gekämpft hatten. Sobald sie nicht mehr mit ihrem Herzen dabei waren, würde auch die Sache verloren sein.

Brigham nahm einen Schluck aus der Reiseflasche. »Morgen erreichen wir Derby. Wenn wir London rasch und gründlich schlagen, könnten wir immer noch unseren König auf dem Thron sehen.« Jemand begann eine klagende Melodie auf dem Dudelsack zu spielen. »Noch sind wir nicht geschlagen. Deinen Neuigkeiten nach zu urteilen, herrscht Panik in der Stadt, und der Kurfürst bereitet sich auf die Abreise nach Hannover vor.«

»Dort möge er auch bleiben«, murmelte Whitesmouth. »Wenn das Glück auf unserer Seite ist, bist du zum neuen Jahr vielleicht wieder bei deiner Frau.«

Brigham trank erneut. Er wusste, dass mehr vonnöten war als nur Glück.

In Derby, nur hundertdreißig Meilen von London entfernt, hielt Charles seinen Kriegsrat. Draußen schneite es heftig, und ein eisiger Wind blies.

»Gentlemen, ich suche Euren Rat.« Charles blickte in die

Runde und sah jeden der Anwesenden kurz an. »Wir brauchen Mut und Einigkeit. Wir wissen, dass drei Regierungstruppen uns anzugreifen drohen, und die Stimmung der Männer ist nicht gut. Ein schneller, scharfer Schlag gegen die Hauptstadt zu diesem Zeitpunkt, solange wir uns noch an unsere Siege erinnern, ist gewiss die beste Strategie.«

»Euer Hoheit.« Murray wartete, bis er die Erlaubnis erhielt zu sprechen. »Ich muss zur Vorsicht raten. Wir sind schlecht ausgerüstet und zahlenmäßig weit unterlegen. Wenn wir uns in die Highlands zurückziehen und den Winter nutzen, um einen neuen Feldzug für den Frühling zu planen, könnten wir vielleicht jene Männer zurückgewinnen, die uns bereits verlassen haben, und unsere Vorräte von Frankreich auffrischen lassen.«

»Solcher Rat ist ein Rat der Verzweiflung«, entgegnete Charles. »Ich sehe nur Ruin und Vernichtung auf uns zukommen, sollten wir jetzt zurückweichen.«

»Uns zurückziehen«, berichtigte Murray und erhielt Zustimmung von anderen Beratern. »Unsere Rebellion ist jung, aber sie darf nicht impulsiv sein.«

Charles hörte sich die Meinung der anderen an und schloss sekundenlang die Augen, als einer nach dem anderen seiner Getreuen sich ähnlich äußerte wie Lord Murray. Alle rieten zu kluger Zurückhaltung, Geduld, Vorsicht. Nur O'Sullivan war für den Angriff und versuchte den Prinzen mit Schmeicheleien und kühnen Versprechungen auf seine Seite zu bringen.

Plötzlich sprang der Prinz auf und sah Brigham an. »Was sagt Ihr?«

Brigham wusste, dass Murrays Ratschlag vom militärischen Standpunkt aus gesehen vernünftig war, aber er erinnerte sich an seine eigenen Überlegungen, als er mit Whitesmouth am Lagerfeuer gesessen hatte. Wenn sie sich jetzt zurückzogen, würden der Schwung und die Seele der Rebellion verloren gehen. Dieses eine Mal teilte er O'Sullivans Betrachtungsweise.

»Mit allem Respekt, Euer Hoheit, wenn ich die Wahl hätte, würde ich bei Tagesanbruch nach London marschieren und den Augenblick nutzen.«

»Das Herz sagt, wir sollen kämpfen, Euer Hoheit«, warf einer der Berater ein und gab damit nahezu Brighams Gedanken Ausdruck, »aber im Krieg muss man auch auf den Verstand hören. Wenn wir in unserer gegenwärtigen Verfassung nach London reiten, könnten unsere Verluste unermesslich sein!«

»Oder unser Triumph unbeschreiblich«, unterbrach Charles heftig. »Sind wir Weiber, die beim ersten Anzeichen von Schnee Unterschlupf suchen oder nur daran denken, unsere müden Füße am Feuer zu wärmen? Sich zurückziehen oder zurückweichen, das ist ein und dasselbe!« Er blickte Murray wütend an. »Rückzug bleibt Rückzug. Wollt Ihr mich vielleicht verraten?«

»Ich habe nur den Wunsch, Euch und Eurer Sache zum Erfolg zu verhelfen«, erklärte Murray ruhig. »Ihr seid ein Prinz, Sire. Ich bin nur Soldat und muss als solcher sprechen – als einer, der seine Truppen und die Kriegsführung kennt.«

Die Debatte wurde fortgesetzt, aber lange, bevor sie beendet wurde, kannte Brigham das Ergebnis. Der Prinz, nie willensstark genug, wenn er sich mit Meinungsverschiedenheiten unter seinen Beratern konfrontiert sah, wurde schließlich gezwungen, auf Murrays Rat zur Vorsicht zu hören. Am 6. Dezember wurde der Beschluss gefasst, den Rückzug anzutreten.

14. Kapitel

Der Weg zurück nach Schottland war lang, und die Männer wirkten entmutigt. Es war genauso, wie Brigham befürchtet hatte. Die Männer mochten zwar noch über eine neue Invasion im folgenden Jahr reden, aber insgeheim glaubte keiner von ihnen daran, dass sie jemals wieder nach Süden marschieren würden.

Sie zogen sich hinter die schottische Grenze zurück und nahmen Glasgow ein, obgleich man ihnen hier mit offener Feindseligkeit begegnete. Die Stadt Stirling ergab sich, und gleichzeitig trafen Männer, Vorräte und Munition aus Frankreich ein. Es schien, als hätte man die richtige Entscheidung getroffen, aber falls Charles jetzt der Ansicht war, Lord Murray hätte recht gehabt, so äußerte er es nicht.

Die Streitmacht des Prinzen erhielt wieder Zuwachs, da weitere Clans zu ihm stießen und sich ihm mit Herz, Schwert und Männern verpflichteten. Aber es gab auch MacKenzies und MacLeods, MacKays und Munroes, die sich der Regierungsarmee anschlossen.

Südlich von Stirling kam es zu einem weiteren Gefecht, und hier kämpften Schotten nicht nur gegen Engländer, sondern auch gegen Landsleute. Wieder errangen sie einen Sieg, aber dieser Sieg brachte auch großen Kummer, denn Ian MacGregor wurde schwerstens verwundet.

Er lebte nur noch einige Stunden, und Colin und Brigham saßen an seinem Lager im Zelt. Männer, die in Schlachten reiten, wissen es, ohne dass man es ihnen zu sagen braucht, wenn eine Wunde tödlich ist.

Ian MacGregor griff nach Colins Hand. »Deine Mutter.«

»Ich werde für sie sorgen.« Vater und Sohn liebten sich zu sehr, um sich vorzumachen, es würde ein Morgen geben.

»Aye.« Ians Atem rasselte. »Das Kind … ich bedaure nur, dass ich nun das Kind nicht mehr sehen werde.«

»Er wird deinen Namen tragen, wenn es ein Sohn ist«, versprach Colin.

Ian lächelte schwach. Seine Lippen waren mittlerweile aschgrau. »Brigham …«

»Ich bin hier, Sir!«

»Zähmt mir nicht meine Wildkatze. Sie würde daran sterben. Und kümmert Euch um Gwen und Malcolm, Brigham … Colin … Sorgt für ihre Sicherheit!«

»Ihr habt mein Wort darauf«, sagte Brigham.

»Mein Schwert …« Ian holte mühsam Luft. »Mein Schwert soll Malcolm bekommen. Colin, du hast dein eigenes!«

»Er wird es erhalten.« Colin beugte sich über die Hand seines Vaters. »Papa …«

Ian MacGregor öffnete ein letztes Mal die Augen. »Wir hatten Recht zu kämpfen. Es wird nicht umsonst gewesen sein.«

Männer wurden auf den Weg geschickt, um die Leiche nach Glenroe zu bringen. Colin lehnte es ab, mit ihnen zu gehen. »Er würde wollen, dass ich beim Prinzen bleibe«, sagte er zu Brigham, als sie im kalten Schneeregen standen und den Männern nachblickten. »Dass er hier sterben musste, auf dem Rückzug!«

»Es ist noch nicht zu Ende, Colin.«

Colin wandte den Kopf, und in seinem Blick lagen Trauer und Zorn. »Nein, das ist es nicht!«

Es schneite, als Serena an das Grab ihres Vaters trat. Er war vor fast einem Monat zu ihnen gebracht worden, und ganz Glenroe hatte um ihn geweint. Auch jetzt liefen Serena die

Tränen über das Gesicht, und sie sehnte sich nach ihm, nach seiner dröhnenden Stimme, seinen bärenstarken Armen, seinen vom Lachen glänzenden Augen.

Sie hätte schreien mögen, weil ihr Wut bei Weitem lieber war als Tränen, aber die Wut war vergangen. Es blieb nur eine tiefe Trauer.

Es ist diese Hilflosigkeit, die einen schwach und das Herz brüchig macht, dachte sie. Weder harte Arbeit noch Wutausbrüche oder Liebe konnten ihren Vater zurückbringen oder den dumpfen Schmerz aus den Augen ihrer Mutter vertreiben.

»Ich vermisse dich so sehr, Papa«, murmelte sie, »und ich habe Angst, weil ich jetzt ein Kind erwarte, verstehst du. Deinen Enkel!« Sie strich sich mit der Hand über die leichte Wölbung ihres Bauchs. »Ich konnte nichts tun, um dich zu retten, und ich kann auch nichts tun, um Brigham oder Colin zu beschützen. Oh, Papa, ist Brigham wohlauf? Er weiß noch nicht einmal, dass ich sein Kind in mir trage.«

»Rena?«

Sie drehte sich um und sah Malcolm im Schneegestöber stehen. Trotz der Schneeflocken konnte sie erkennen, dass seine Lippen zitterten und in seinen Augen Tränen glitzerten.

Wortlos breitete sie die Arme aus und hielt ihn dann tröstend umfangen, als er weinte. Er war so tapfer gewesen und hatte aufrecht dagestanden und den Arm seiner Mutter gehalten, während der Priester am Grab ihres Vaters sprach. An dem Tag war er ein Mann gewesen. Jetzt war er ein kleiner Junge.

»Ich hasse die Engländer«, schluchzte Malcolm an ihrer Schulter.

»Ich weiß. Mutter würde sagen, es ist nicht christlich, aber manchmal denke ich, dass es eine Zeit des Hasses gibt, so wie es eine Zeit der Liebe gibt. Und es gibt eine Zeit, wenn man loslassen muss.«

»Er war ein wilder Krieger!«

»Aye.« Sie hob seinen Kopf und blickte in sein tränenverschmiertes Gesicht. »Glaubst du nicht, Malcolm, dass ein wilder Krieger es vorziehen würde, im Kampf um das, woran er glaubt, zu sterben?«

»Sie waren auf dem Rückzug«, entgegnete Malcolm mit Bitterkeit.

»Aye.« Brigham hatte ihr geschrieben und den taktischen Rückzug erklärt, allerdings auch seiner Unzufriedenheit darüber Ausdruck gegeben. »Ich verstehe die Strategie von Generälen nicht, Malcolm, aber ich weiß, dass nichts mehr so sein wird wie zuvor, ob der Prinz nun siegen oder besiegt werden wird.«

»Ich möchte nach Inverness gehen und mich der Armee anschließen.« Der Prinz hatte sein Winterlager in Inverness aufgeschlagen.

»Malcolm …«

»Ich habe Vaters Schwert«, unterbrach er sie, und seine Augen leuchteten. »Ich kann es führen. Ich werde es benutzen, um ihn zu rächen und den Prinzen zu unterstützen. Ich bin kein Kind mehr!«

Serena betrachtete ihn. Der kleine Junge, der sich weinend in ihre Arme gestürzt hatte, war wieder ein Mann. Er reichte ihr schon bis zur Schulter. Sein Ausdruck war entschlossen, und mit einer Hand umklammerte er den Griff seines Dolchs. Serena bekam Angst, er könnte wirklich gehen.

»Nein, du bist kein Kind mehr, und ich glaube, du könntest Vaters Schwert erheben wie ein Mann. Ich werde dich nicht aufhalten, wenn dein Herz dir sagt, dass du gehen sollst. Aber ich möchte dich bitten, an Mutter zu denken. Und an Gwen und Maggie.«

»Du kannst für sie sorgen.«

»Aye. Ich würde mir Mühe geben, aber mit jedem Tag wächst das Kind in mir.« Sie nahm seine Hand, die kalt und überraschend kräftig war. »Und ich habe Angst. Ich kann es weder Mutter noch den anderen sagen, aber ich habe Angst. Wenn ich so dick werde wie Maggie, wie kann ich dann im Stande sein, sie alle zu beschützen, wenn die Engländer kommen? Ich bitte dich nicht, Malcolm, nicht zu kämpfen, aber ich bitte dich, ein Mann zu sein und hier zu kämpfen!«

Hin und her gerissen blickte Malcolm schließlich auf das Grab seines Vaters, das von einer weißen Schneedecke bedeckt wurde. »Vater würde wollen, dass ich bleibe.«

Serena atmete erleichtert auf und legte ihm die Hände auf die Schultern. »Aye. Es ist keine Schande, zu Hause zu bleiben, wenn es so gut und richtig ist!«

»Es ist hart!«

»Ich weiß.« Jetzt legte sie den Arm um ihn. »Glaube mir, Malcolm, ich weiß es. Aber es gibt auch hier einiges zu tun, sobald es aufhört zu schneien. Wenn die Truppen des Prinzen in Inverness sind, werden die Engländer nicht weit sein. Wir können Glenroe nicht verteidigen, wir sind zu wenige und fast nur Frauen und Kinder.«

»Du glaubst, dass die Engländer herkommen?«, fragte er halb begierig und halb entsetzt.

»Ich fürchte es. Haben wir nicht die Nachricht erhalten, dass bei Moy Hall gekämpft worden ist?«

»Und die Engländer wurden geschlagen!«, erinnerte sie Malcolm.

»Aber es ist zu nahe an Glenroe. Wenn wir uns schon nicht verteidigen können, müssen wir uns wenigstens schützen. Du und ich werden in den Bergen einen Unterschlupf suchen und vorbereiten. Wir schaffen Lebensmittel, Vorräte, Decken und Waffen dorthin.« Sie dachte an Brighams Kassette. »Wir werden alles genau planen, so wie Krieger planen, Malcolm.«

»Ich weiß einen Unterschlupf, eine Höhle!«

»Dann wirst du mich morgen hinführen!«

Charles hatte sein Winterquartier in Inverness aufgeschlagen. Seine Berater stritten sich nach wie vor. Die neuerliche Invasion von England schien ferner denn je, und die Clansmänner waren bedrückt.

Viele Männer desertierten, sodass die kürzlich aufgefrischten Truppen wieder zusammenschmolzen. Es gab sporadisch kurze, oft erbitterte Gefechte, und die Jakobiten errangen einen weiteren Sieg, als sie Fort Augustus einnahmen, die verhasste Festung der Engländer im Herzen der Highlands. Dennoch sehnten sich die Männer nach einem entscheidenden Sieg, um nach Hause zurückkehren zu können.

Unterdessen sammelte Cumberland seine Streitkräfte. Der Winter schien kein Ende nehmen zu wollen.

Es war inzwischen Ende März, es war immer noch kalt, und der schneidende Wind wirbelte den Schnee auf. Brigham befehligte eine Hand voll müder, hungriger Männer. Dieser Versorgungstrupp war, wie andere auch, von Inverness ausgesandt worden, um dringend benötigte Lebensmittel und Vorräte zu beschaffen.

Eine ihrer größten Hoffnungen, eine gekaperte Schaluppe der Regierung, umbenannt in »Prince Charles«, war vom Feind zurückerobert worden, und die fieberhaft erwartete Fracht befand sich nun in den Händen der Engländer.

Brighams Trupp brachte nicht nur Hafer und Wildbret zurück, sondern auch Neuigkeiten. Sie hatten erfahren, dass der Herzog von Cumberland, der zweitgeborene Sohn des Kurfürsten, mit einer gut ausgerüsteten und gut genährten Armee, die doppelt so stark war wie ihre eigene, in Aberdeen bereitstand.

Cumberland hatte eine kräftige Verstärkung von fünftausend deutschen Soldaten erhalten, die sich in Dornoch aufhielten und den Weg nach Süden blockierten. Es hieß, dass Cumberland im Begriff sei, gegen Inverness vorzurücken.

Im April wurden die Trommeln geschlagen und die Dudelsäcke gespielt. In Inverness bereitete Charles' Armee sich auf die große Schlacht vor. Nur zwölf Meilen entfernt hatte Cumberland sein Lager aufgeschlagen.

»Dieser Standort gefällt mir nicht«, erklärte Lord Murray. »Drumossie Moor ist bestens geeignet für die Taktik der englischen Armee, aber nicht für unsere. Euer Hoheit«, Murray wählte seine Worte mit besonderer Sorgfalt, da er wohl wusste, dass Charles ihm den Rückzug nach Norden noch immer nicht verziehen hatte, »dieses weite kahle Hochmoor ist wie geschaffen für die Manöver von Cumberlands Infanterie, und ich sage Euch, es könnte für die Highlander keinen untauglicheren Boden geben!«

»Sollen wir uns wieder zurückziehen?«, warf O'Sullivan ein. Er war ebenso loyal wie Murray und ein ebenso tapferer Soldat, aber ihm fehlte der nüchterne Militärverstand des Engländers. »Euer Hoheit, haben die Highlander sich nicht als leidenschaftliche und furchterregende Krieger erwiesen, so wie Ihr Euch als kluger General erwiesen habt? Wieder und wieder habt Ihr die Engländer zurückgeschlagen!«

»Hier sind wir nicht nur an Zahl weit unterlegen«, wandte Murray sich erneut an den Prinzen. »Der Boden selbst ist die schrecklichste Waffe, die sich gegen uns richten wird. Wenn wir uns etwas weiter nach Norden zurückziehen ...«

»Wir werden hierbleiben und uns Cumberland stellen!« Charles sah seine getreuen Berater an. »Wir werden nicht wieder weglaufen. Den ganzen Winter über haben wir gewartet, und jetzt warten wir nicht länger.«

Dieses Warten, das wusste er, hatte seine Soldaten enttäuscht und missgestimmt. Vielleicht war es mehr dieses Wissen oder seine eigene Ungeduld als O'Sullivans Schmeicheleien, die ihn zu seinem Entschluss bewogen. »General O'Sullivan hat das Schlachtfeld ausgesucht, und hier werden wir kämpfen.«

Murray und Brigham blickten sich kurz an. Sie hatten bereits über die Entscheidung des Prinzen diskutiert. »Euer Hoheit, wenn Euer Entschluss feststeht, darf ich dann ein Manöver vorschlagen, das uns einen Vorteil verschaffen könnte?«

»Solange es keinen Rückzug einschließt, Mylord.«

Rote Flecken erschienen auf Murrays Wangen, aber er fuhr unbeirrt fort. »Heute hat der Herzog Geburtstag, und seine Männer werden ihn feiern und sich betrinken. Ein nächtlicher Überraschungsangriff könnte eine Wende zu unseren Gunsten bringen.«

Der Prinz überlegte kurz. »Das klingt interessant. Sprecht weiter.«

»Zwei Kolonnen nähern sich von beiden Seiten dem Lager«, führte Murray aus und benutzte Kerzenleuchter zur Demonstration, »nehmen es in die Zange und schlagen Cumberlands Armee nieder, während sie noch vom Geburtstagsbrandy betrunken im Schlaf liegt.«

»Ein guter Plan«, murmelte der Prinz, und seine Augen leuchteten vor Aufregung. »Der Herzog sollte kräftig feiern, denn die Feier wird nicht lange währen!«

Der Marsch begann. Männer, die nicht mehr als einen Zwieback im Magen hatten, machten sich auf den Weg, um in der Dunkelheit und bitteren Kälte die zwölf Meilen zum Lager Cumberlands zurückzulegen. Der Plan war gut, aber die Männer, die ihn ausführen sollten, waren müde und hungrig. Mehrmals verloren sie die Orientierung und dann den Mut, und als die Sonne aufging, kehrten sie ins eigene Lager zurück.

Brigham und Colin, beide zu Pferde, sahen die erschöpften Männer zurückkommen. Völlig fertig von dem Marsch und vom nagenden Hunger fielen die Männer zu Boden, und manche von ihnen schliefen sogar neben der Straße ein, während andere sich im Park von Culloden House schlafen legten. Nicht wenige murrten offen, selbst als der Prinz an ihnen vorbeiritt.

»Gott bewahre uns«, murmelte Colin. »So weit ist es mit uns gekommen!«

Brigham wandte den Kopf und blickte auf Drumossie Moor hinaus. Es war weitläufig und kahl und mit Morgenfrost und dünnen Nebelschwaden bedeckt. Ein Paradeplatz für Cumberlands Infanterie, dachte Brigham bedrückt. Nach Norden hin, jenseits des Flusses Nairn, war das Gelände rau und bergig. Dort hatte Murray kämpfen wollen, und dort würden sie eine Chance gehabt haben zu siegen. Aber jetzt hörte der Prinz nur noch auf O'Sullivan, und es gab kein Zurück mehr.

»Hier endet es«, sagte Brigham leise zu sich selbst, »auf Gedeih und Verderb!«

Im Osten versuchte die Sonne, sich hinter dräuenden Wolken durchzukämpfen. Brigham spornte sein Pferd an und ritt durch das Lager. »Vorwärts, auf die Beine!«, rief er. »Wollt ihr schlafen, bis man euch die Kehlen durchschneidet? Hört ihr nicht, dass die englischen Trommeln bereits zu den Waffen rufen?«

Die Männer kamen mühsam hoch und begannen sich in ihren Clans zu sammeln. Die Artillerie wurde bemannt. Was noch an Verpflegung übrig war, wurde an die Truppen verteilt, aber es war viel zu wenig, und die Mägen blieben hungrig und leer.

Mit Pike und Beil, mit Gewehren und Sensen stellten sie sich unter der Standarte auf. MacGregors und MacDonalds, Camerons und Chisholms, MacIntoshs und Robertsons und andere. Es waren fünftausend hungrige, schlecht bewaffnete Männer, nur gehalten von der Sache, die sie immer noch miteinander verband.

Charles war jeder Zoll ein Prinz, als er in seinem karierten Rock und der Mütze mit der weißen Kokarde die Reihen seiner Männer abritt. Der Eid, den er ihnen geschworen hatte, galt nicht weniger als der, den sie ihm geschworen hatten.

Quer über das Hochmoor konnten sie das Anrücken des Feindes beobachten. Sie kamen in drei Kolonnen, die sich dann langsam und präzise in Reihen ordneten. Ebenso wie Charles zuvor, ritt auch der dicke Herzog in seinem roten Rock, eine schwarze Kokarde an seinem Dreispitz befestigt, die Reihen entlang, um seine Männer zu ermutigen.

Es ertönten Trommeln und Dudelsackspiel und das leise Pfeifen des Windes, der den Jakobiten den Schneeregen unbarmherzig ins Gesicht trieb. Die ersten Schüsse wurden aus den Gewehren und Kanonen der Jakobiten abgefeuert. Sie wurden vernichtend beantwortet.

Als bei Culloden House die erste Kanone abgefeuert wurde, lag Maggie in Glenroe seit Stunden in den Wehen. Die Wehen kamen jetzt in rascher Folge und immer stärker, und Maggie rief wieder und wieder Colins Namen, fast von Sinnen vor Schmerz.

»Das arme, arme Mädchen.« Mrs. Drummond brachte frisches Wasser und Leintücher in das Schlafzimmer. »Sie ist ein so kleines Ding.«

Fiona sprach sanft auf Maggie ein und wusch ihr das schweißüberströmte Gesicht. »Mrs. Drummond, wir brauchen noch etwas Holz für das Feuer. Es muss warm sein, wenn das Baby kommt.«

»Das Holz ist fast alle!«

Fiona nickte nur. »Wir nehmen, was wir noch haben. Gwen?«

»Eine Steißgeburt, Mutter!« Gwen richtete sich für einen Moment auf, um ihr Kreuz zu entspannen. »Maggie ist so schmal gebaut.«

Serena, die Maggies Hand hielt, legte unwillkürlich ihre andere Hand schützend auf das Kind in ihrem eigenen Schoß. »Kannst du sie retten, Gwen? Kannst du beide retten?«

»Wenn Gott will!« Gwen wischte sich mit dem Ärmel die Schweißperlen von der Stirn.

»Lady MacGregor, ich kann Parkins bitten, mehr Holz zu beschaffen.« Mrs. Drummond machte ein besorgtes Gesicht, als Maggie vor Schmerz aufschrie, als die nächste Wehe kam. Sie hatte selbst zwei Kinder bei der Geburt verloren. »Ein Mann sollte auch noch zu anderem nutze sein, als einer Frau seinen Samen einzupflanzen!«

Zu müde für Missbilligung, nickte Fiona lediglich. »Bitte, tut das, Mrs. Drummond. Wir würden ihm dafür sehr dankbar sein.«

»Colin«, schluchzte Maggie und wandte den Kopf von einer Seite zur anderen. Dann richtete sie plötzlich ihren Blick auf Serena. »Rena?«

»Aye, Liebes, ich bin hier. Wir sind alle da!«

»Colin ... Colin soll kommen.«

»Ich weiß, dass du ihn hier haben möchtest. Er wird bestimmt bald zurückkehren.« Serena drückte beruhigend Maggies schlaffe Hand. »Gwen sagt, dass du dich zwischen den Wehen ausruhen sollst, um wieder Kraft zu sammeln.«

»Ich versuche es. Wieso dauert es so lange?« Sie wandte matt ihren Kopf Gwen zu. »Sag mir die Wahrheit, bitte. Ist mit dem Baby etwas nicht in Ordnung?«

Nur für den Bruchteil einer Sekunde erwog Gwen zu lügen. Aber so jung sie noch war, hatte sie doch schon die Erfahrung gemacht, dass Frauen am besten mit der Wahrheit fertig wurden, so beängstigend sie auch sein mochte. »Das Kind liegt falsch, Maggie. Ich weiß, was zu tun ist, aber es wird keine einfache Geburt werden.«

»Werde ich sterben?« Es lag keine Verzweiflung in Maggies Stimme, nur das Bedürfnis nach Wahrheit.

Gwen hatte bereits ihre Entscheidung getroffen. Wenn sie wählen musste, würde sie Maggie retten und das Kind aufgeben. Bevor sie jedoch antworten konnte, kam die nächste Wehe, und Maggie bäumte sich auf.

»Oh, Herr im Himmel. Mein Baby … lasst mein Baby nicht sterben. Schwört es mir. Schwört es mir!«

»Niemand wird sterben!« Serena drückte Maggies Hand so stark, dass es den anderen Schmerz durchdrang und Maggie sich beruhigte. »Niemand wird sterben«, wiederholte sie, »denn du wirst kämpfen. Wenn der Schmerz kommt, schrei ihn heraus, wenn du willst, aber gib nicht auf. Die MacGregors geben nie auf!«

Später stand geschrieben, dass die Highlander heranstürmten wie hungrige Wölfe und furchtlos im Geist. Aber sie waren nur Menschen, und viele von ihnen wurden bereits von den Kanonen der Engländer niedergemäht, bevor sie den Feind erreichten.

Waren die Engländer früher vor dem Ansturm der Highlander geflüchtet, so hatten sie inzwischen dazugelernt. In einem schlauen und erbarmungslosen Manöver verlagerten die Dragoner ihre Linie, um die angreifenden Schotten mit einem weitläufigen Kugelhagel zu empfangen.

Der Angriff der Highlander wurde fortgesetzt, aber das Gelände erwies sich, wie vorausgesagt, als äußerst vorteilhaft für die Engländer. Der Kugelhagel zerriss die erste Reihe der Angreifer, aber danach schien es für einen Augenblick, als würde ihre geballte Kraft die Reihen Cumberlands sprengen, als die Engländer gezwungen wurden, hinter die nächste Verteidigungslinie zurückzuweichen.

Doch die zweite Linie hielt und schoss mit verheerender Wirkung auf die anstürmenden Highlander. Sie fielen reihenweise, Männer über Männer, sodass die Nachkommenden über die Körper ihrer toten oder verwundeten Kameraden hinwegsteigen mussten.

Traubenladungen prallten gegen Brighams Schild und trafen seinen Arm und die Schulter, als er sich über die Toten und Verwundeten durch die Linie des Herzogs kämpfte. Er sah James MacGregor, Rob Roys ungestümen Sohn, seine Männer unbarmherzig durch die lebende Mauer der englischen Truppen treiben.

Brighams Augen brannten von dem beißenden Rauch, der ihm größtenteils die Sicht nahm, aber unbeirrt schlug er sich seinen Weg zum Hintergrund von Cumberlands Linie frei. Durch den Nebel erkannte er weiter vorn Murray, der ihm zuvorgekommen war und in der Schlacht seinen Hut und seine Perücke eingebüßt hatte. Nun erst wurde das ringsum herrschende Chaos deutlicher sichtbar.

Gewiss, der rechte Flügel der Highlander war durchgebrochen und hatte die Dragoner mit der Wucht ihres Angriffs niedergewalzt, aber überall sonst waren die Jakobiten versprengt. Die MacDonalds hatten fürchterliche Verluste erlitten, als sie versuchten, die Dragoner mit kurzen, tollkühnen Ausfällen zu einer Attacke zu verleiten, denn die Dragoner hatten ihren Platz behauptet und gnadenlos auf die Schotten gefeuert.

Brigham wandte sich zurück, entschlossen, sich abermals durchzukämpfen und die übrig gebliebenen Männer wieder zu sammeln, soweit das möglich war.

Plötzlich sah er Colin, der wütend Schwert und Dolch schwang und sich gegen drei Rotröcke zur Wehr setzte, und eilte ihm sofort zu Hilfe. Aus der Wunde, die Brigham zuvor erhalten hatte, sickerte Blut, und seine Dolchhand war nicht mehr so zielsicher.

In ihrer unmittelbaren Umgebung gab es nur noch hie und da kleine Scharmützel. Die Jakobiten kämpften zwar immer noch erbittert, wurden aber stetig weiter über das Hochmoor zurückgedrängt, das bereits mit Toten und Verwundeten bedeckt war. Die Mauer von Männern, die den rechten Flügel gestärkt hatte, war durchbrochen worden, und durch die Lücke stürmte die rot berockte Kavallerie heran und bedrohte die zurückweichenden Schotten.

Die große Niederlage kümmerte in diesem Augenblick Colin und Brigham jedoch wenig, da sie Rücken an Rücken um ihr eigenes Leben kämpften. Colin wurde am Oberschenkel von einem Schwerthieb getroffen, aber er schien die klaffende Wunde kaum zu bemerken, als er erneut mit dem Schwert zuschlug.

Hinter ihm hatte Brigham seinen Gegner bezwungen, drehte sich um und durchbohrte den letzten der Angreifer, bevor dieser einen weiteren Schlag anbringen konnte. Nach diesem kleinen persönlichen Sieg wandten sich die beiden Männer ab und liefen über das verwüstete, in Rauchschwaden gehüllte Hochmoor.

»Der Himmel sei uns gnädig, sie haben uns vernichtet!« Außer Atem und aus seiner Wunde blutend, blieb Colin stehen und betrachtete das Blutbad. Es war ein Anblick, den kein Mensch je vergessen würde. Es war der Blick in eine dampfende, stinkende Hölle. »Es müssen mindestens zehntausend Rotröcke gewesen sein.«

Als sie eine rauchfreie Stelle erreichten, sah Colin einen Dragoner brutal einen bereits toten Clansmann verstümmeln. Mit einem wilden Gebrüll stürzte er sich auf ihn.

»Genug, Colin. Lass gut sein.« Brigham zog ihn von dem Dragoner weg. »Hier können wir nichts mehr tun als sterben. Unsere Sache ist verloren, Colin. Die Rebellion ist beendet.«

Aber Colin war wie ein Rasender. Er stand da mit erhobenem Schwert und bereit, den Nächstbesten niederzumachen, der seinen Weg kreuzte. »Colin, komm zur Besinnung. Glenroe ist nah – zu nah. Wir müssen zurück und unsere Familie da herausholen.«

»Maggie …« Nur beim Tode seines Vaters war Colin so sehr nach Weinen zu Mute gewesen. »Aye, du hast recht.«

Sie rannten weiter und hielten die Schwerter bereit. Hier und da waren immer noch Gewehrsalven und die Schreie der Getroffenen zu hören. Sie hatten schon fast die rettenden Hügel erreicht, als Brigham zufällig den Kopf wandte und einen verwundeten Dragoner die Muskete heben und unsicher auf Colin zielen sah.

Es blieb nur noch Zeit, Colin aus der Schusslinie zu stoßen, und dann spürte Brigham den Einschlag der Kugel in seinem eigenen Körper, gefolgt von einem überwältigenden Schmerz. Seine Knie knickten ein, und er fiel zu Boden – an jenem Ort am Rande von Drumossie Moor, der unter dem Namen Culloden bekannt wurde.

Erschöpft und todmüde trat Serena aus dem Haus, um tief die frische kalte Luft einzuatmen. Es gab Kriege, die nur Frauen kannten, und einen solchen Krieg hatten sie geführt.

Zwei Nächte und einen Tag hatte der Kampf gedauert, Maggies Kind aus ihrem Schoß und zur Welt zu bringen. Serena hätte nie gedacht, dass eine Geburt mit so viel Blut, Schweiß und Schmerz verbunden sein könnte.

Der Junge war mit den Füßen zuvorderst zur Welt gekommen, und danach hatte seine Mutter zwischen Leben und Tod geschwebt.

Den ganzen Tag über hatten sie um Maggies Leben gekämpft. Jetzt dämmerte es, und Gwen hatte gesagt, dass Maggie am Leben bleiben würde. Serena musste an die ersten dünnen, klagenden Schreie des Säuglings denken. Auch Maggie hatte die Laute noch gehört, bevor sie vor Erschöpfung und vom Blutverlust ohnmächtig wurde.

Hier draußen war es still und das Licht der einfallenden Dämmerung weich. Im Westen erschienen die ersten Sterne am Himmel. Irgendwo ertönte der durchdringende Ruf einer Eule, und Serena erschauerte unwillkürlich.

Sie legte schützend die Arme um ihren Bauch. »Oh, Brigham«, murmelte sie, »ich brauche dich.«

»Serena?«

Sie drehte sich um und kniff die Augen zusammen, als eine Gestalt aus den Schatten trat und auf sie zuhumpelte. »Rob, bist du es? Rob MacGregor?« Dann sah sie ihn vollständig. Sein Wams war blutverschmiert, sein Haar von Schmutz und Schweiß verklebt, und seine Augen hatten einen Ausdruck, wie sie ihn nie zuvor bei einem Menschen gesehen hatte.

»Um Himmels willen, was ist geschehen?«

Er schwankte, und sie griff rasch zu, um ihn zu stützen.

»Die Schlacht. Die Engländer. Sie haben uns vernichtet, Serena. Sie haben uns getötet.«

»Brigham!« Sie packte ihn am zerrissenen Hemd. »Wo ist Brigham? Ist er in Sicherheit? Bitte, hab doch Mitleid und sag mir, wo Brigham ist!«

»Ich weiß es nicht. So viele sind tot, so viele!« Er weinte und war völlig gebrochen. Früher war er jung und ein Idealist gewesen und hatte für auffallende Westen und hübsche Mädchen geschwärmt, und jetzt war er ein gebrochener Mann. »Mein Vater, meine Brüder, sie sind alle tot. Ich sah sie fallen. Auch den alten MacLean und den jungen David MacIntosh.« Das Entsetzen spiegelte sich noch immer in seinen Augen, als er den Kopf von Serenas Schulter hob. »Selbst als wir flüchteten, haben sie uns noch abgeschlachtet wie Schweine!«

»Hast du Brigham gesehen?«, fragte sie verzweifelt und schüttelte ihn, als er erneut an ihrer Schulter schluchzte. »Und Colin? Hast du sie gesehen?«

»Aye, ich habe sie gesehen, aber da war so viel Rauch, und das Gewehrfeuer hat nie aufgehört. Selbst als schon alles vorbei war, haben sie nicht aufgehört zu feuern. Ich habe gesehen, wie sie Frauen und Kinder getötet haben. Und ich habe aus einem Versteck gesehen, wie sie die Verwundeten auf dem Schlachtfeld mit Knüppeln erschlugen.«

»Nein.« Wieder legte sie schützend die Arme um den Leib. »Nein …«

»Sie kamen uns nach, und wir konnten nicht einmal unsere Toten begraben!«

»Wann war das? Wann war die Schlacht?«

»Gestern.« Rob wischte sich die Tränen aus den Augen. »Erst gestern.«

Brigham lebte. Brigham war in Sicherheit, das musste sie einfach glauben. Wenn sie ihn tot glaubte, wie würde sie dann noch weiterleben, noch handeln können? Nein, er ist nicht tot, er darf nicht tot sein, sagte sich Serena entschlossen. Ich lasse es nicht zu, dass er tot, ist.

Sie blickte zum Haus hin, wo hinter den Fenstern bereits die Kerzen für den Abend angezündet worden waren. Sie hatte eine Familie zu beschützen. »Werden sie hierherkommen, Rob?«

»Sie jagen uns wie wilde Tiere.« Rob hatte sich wieder gefasst und spuckte auf den Boden. »Ich schäme mich nur, dass ich nicht ein Dutzend mehr von ihnen getötet habe, anstatt wegzurennen.«

»Manchmal rennt man weg, um später wieder kämpfen zu können«, entgegnete Serena und legte tröstend einen Arm um ihn. Sie dachte daran, wie er gewesen war, und wusste, dass er nie wieder so sein würde. »Was ist mit deiner Mutter?«

»Ich war noch nicht bei ihr. Ich weiß nicht, wie ich es ihr beibringen soll.«

»Sag ihr, dass ihr Mann und ihre Söhne tapfer im Dienst des rechtmäßigen Königs gefallen sind, und dann bring sie und die anderen Frauen in die Berge.« Serena blickte zu der Anhöhe hin, über die vor so vielen Jahren die Dragoner geritten kamen. »Wenn die Engländer diesmal kommen, werden keine Frauen da sein, die sie vergewaltigen können!«

Drinnen im Haus suchte sie Gwen auf. Die Angst um Brigham hatte sie verdrängt, um ihrer selbst willen und um ihrer Familie willen. Immer wieder sagte sie sich in Gedanken vor: Er lebt. Er wird zurückkommen.

»Gwen.« Serena nahm ihre Schwester an der Hand und zog sie von Maggies Bett fort. »Wie geht es ihr?«

»Sie ist sehr schwach.« Gwen fiel fast selbst vor Erschöpfung um. »Ich wünschte, ich wüsste mehr. Es gibt noch so vieles zu lernen.«

»Niemand hätte mehr tun können, als du getan hast. Du hast sie und das Kind gerettet!«

Gwen blickte zum Bett hin, wo Maggie schlief. »Ich hatte große Angst.«

»Die hatten wir alle!«

»Du auch?« Gwen lächelte und drückte Serenas Hand. »Du hast so furchtlos und zuversichtlich gewirkt. Nun, das Ärgste ist überstanden. Das Kind ist gesund – es ist ein Wunder!« Sie seufzte und gestattete sich zum ersten Mal, an ihr eigenes Bett zu denken. »Ein paar Wochen Ruhe und Pflege, dann wird Maggie wieder bei Kräften sein.«

»Wie bald kann sie eine Reise machen?«

»Eine Reise?« Gwen sah sie an. »Warum, Serena?«

Maggie murmelte im Schlaf, und Serena zog Gwen auf den Flur hinaus. »Ich habe gerade Rob MacGregor gesehen.«

»Rob? Aber …«

»Es hat eine Schlacht gegeben, Gwen, eine mörderische Schlacht!«

»Was ist mit Colin?«, fragte Gwen mit halb erstickter Stimme. »Und Brigham?«

»Rob wusste nichts von ihnen. Er hat mir aber erzählt, dass unsere Truppen geschlagen wurden und die Engländer die Überlebenden verfolgen.«

»Wir können sie verstecken – Rob und wer immer noch kommt. Wenn die Engländer auftauchen und hier nur Frauen vorfinden, werden sie gewiss wieder abziehen!«

»Hast du vergessen, was schon einmal geschehen ist, als wir nur Frauen waren und die Engländer kamen?«

»Das war nur ein Mann«, flüsterte Gwen.

»Hör mir zu!« Serena legte Gwen die Hände auf die Schultern und bemühte sich, ruhig zu bleiben, als sie ihr erzählte, was sie von Rob erfahren hatte. »Wenn sie herkommen, bevor diese Raserei vergangen ist, werden sie uns alle töten, sogar Maggie und den Säugling!«

»Wenn wir sie von hier fortbringen, könnte das den Tod für die beiden bedeuten.«

»Besser so, als sie von den Engländern erschlagen zu lassen. Suche alles zusammen, was sie und das Kind brauchen werden. Wir können es nicht wagen, mit dem Aufbruch länger zu warten als bis zum Tagesanbruch.«

»Rena, was ist mit dir und deinem Kind?«

Hätte ihr Vater jetzt diesen Ausdruck in ihren Augen gesehen, würde er gelächelt haben. »Wir werden überleben«, erwiderte sie fest. »Und wir werden uns an alles erinnern.«

Dann ging Serena nach unten und in die Küche, wo ihre Mutter ein Tablett mit einer Schale Suppe und Brot fertig machte.

»Mama, wir müssen reden!«

»Maggie?«, fragte Fiona sofort besorgt. »Das Kind?«

»Nein. Gwen sagt, es geht ihnen gut.« Sie wandte den Kopf und sah Mrs. Drummond an, dann Parkins. »Wir müssen alle reden. Wo ist Malcolm?«

»Im Stall, Mylady«, erwiderte Parkins. »Er kümmert sich um die Pferde.«

Serena nickte und führte ihre Mutter zu einem Stuhl am Küchentisch. »Ist Tee da, Mrs. Drummond? Genug für uns alle?«

»Aye.« Mrs. Drummond schenkte jedem eine Tasse Tee ein und nahm auf Serenas Geheiß ebenfalls Platz.

»Es gibt Neuigkeiten«, erklärte Serena und teilte sie ihnen in knappen Worten mit.

Im ersten Morgengrauen brachen sie auf und nahmen mit, was sie tragen konnten. Parkins legte Maggie so vorsichtig wie möglich auf die von ihm angefertigte Tragbahre. Maggie unterdrückte ihr Stöhnen, und obgleich sie es versuchte, war sie noch zu schwach, um das Baby im Arm halten zu können.

Die Reise in die Berge ging langsam voran. Es wurde kaum gesprochen.

Hoch oben auf einem Bergkamm blieb Fiona stehen. Der große Wald, in den sie als junge Braut gekommen war, lag unter ihnen ausgebreitet im dünnen Morgennebel. Auf der Anhöhe stand das vertraute Haus, in dem sie mit Ian MacGregor gelebt und ihre Kinder zur Welt gebracht hatte. Der Wind zerrte an ihrem Umschlagtuch, aber ihre Wangen blieben farblos und der Ausdruck ihrer Augen stumpf.

»Wir werden zurückkommen, Mutter!« Serena umschlang die Taille ihrer Mutter und lehnte den Kopf an Fionas Schulter. »Sie werden uns nicht unser Haus nehmen!«

»So viel von meinem Leben ist dort, Serena, und mein Herz. Als sie mir euren Vater zurückbrachten, dachte ich, mein Leben wäre auch zu Ende, aber so war es nicht!« Fiona holte tief Luft und straffte die Schultern. »Aye, die MacGregors werden nach Glenroe zurückkommen.«

Sie blieben noch ein Weilchen länger stehen und beobachteten, wie das blaue Schieferhaus in der kräftiger werdenden Sonne glänzte.

Zwei Stunden später erreichten sie die Höhle. Malcolm und Serena hatten dort bereits einen Vorrat an Holz und Torf für das Feuer angelegt. Es gab Decken und Vorräte aus der Küche, Gwens Arzneimittel und frische Milch, die erst diesen Morgen gemolken worden war.

Hinter Felssteinen verborgen stand Brighams Truhe, die seine Porzellanschäferin und eine Miniatur seiner Großmutter enthielt, und seine Kassette. Serena lehnte das Breitschwert ihres Großvaters neben dem Höhleneingang gegen den Felsen und überprüfte die Pistolen und die Munition.

Gwen kümmerte sich um Maggie, während Fiona das Baby versorgte, das bereits Ian genannt wurde.

»Könnt Ihr eine Pistole abfeuern, Parkins?«, fragte Serena.

»Ja, Lady Ashburn, wenn es nötig werden sollte.«

Trotz aller Erschöpfung musste Serena lächeln. Er hatte den gleichen Ton benutzt, in dem er die Frage beantwortet haben würde, ob er im Stande wäre, einen Weinfleck von Spitze zu entfernen. »Vielleicht würdet Ihr diese an Euch nehmen?«

»Sehr wohl, Mylady.« Parkins nahm die Waffe mit einer kleinen Verbeugung entgegen.

»Ihr seid ein tüchtiger Mann, Parkins.« Serena dachte daran, wie geschickt er die Bahre angefertigt und wie behutsam er sie dann mit der zerbrechlichen Last über den unebenen Boden gezogen hatte. »Jetzt verstehe ich, weshalb Lord Ashburn Euch stets in seiner Nähe behält. Seid Ihr schon lange bei ihm?«

»Ich stehe seit vielen Jahren in den Diensten der Langstons, Mylady.« Als Serena nur stumm nickte und zum Höhleneingang blickte, sagte er sanft: »Er wird zurückkommen, Mylady.«

Tränen stiegen ihr in die Augen, die sie hastig fortzwinkerte. »Ich möchte ihm als erstes Kind gern einen Sohn schenken, Parkins. Wie war der Vorname seines Vaters?«

»Sein Vater hieß Daniel, Mylady.«

»Daniel.« Jetzt konnte sie wieder lächeln. »Dann werden wir ihn Daniel nennen, und er wird tapfer genug sein, in die Löwengrube zu steigen. Er wird der nächste Earl of Ashburn sein, und eines Tages wird er auch Glenroe kennenlernen.«

»Wollt Ihr Euch jetzt nicht ausruhen, Lady Ashburn? Die Reise hat Euch mehr erschöpft, als Euch bewusst ist.«

»Aye, gleich!« Serena blickte sich um und vergewisserte sich, dass die anderen alle beschäftigt waren. »Wenn Brigham und mein Bruder zurückkommen, werden sie nicht wissen, wo sie uns suchen sollen. Sie wissen nicht, dass wir uns hierhin zurückgezogen haben. Es wird nötig sein, dass einer von uns alle paar Stunden hinuntergeht und nach ihnen Ausschau hält. Ihr, Malcolm und ich werden uns abwechseln.«

»Nein, Mylady.«

Serena öffnete den Mund, schloss ihn wieder und öffnete ihn dann erneut. »Nein?«, wiederholte sie ungläubig.

»Nein, Mylady. Ich könnte nicht mit gutem Gewissen zulassen, dass Ihr Euch noch einmal solche Anstrengungen zumutet. Lord Ashburn würde es auch nicht gutheißen.«

»Lord Ashburn hat in diesem Fall nichts zu sagen. Er und mein Bruder müssen unbedingt abgefangen und hierher gebracht werden.«

»Das wird auch geschehen. Der junge Malcolm und ich werden dafür sorgen. Aber Ihr werdet mit den anderen Frauen hierbleiben.«

Serenas Gesicht war blass vor Müdigkeit und Erschöpfung, aber jetzt bekam es einen äußerst eigensinnigen Ausdruck. »Ich werde nicht in dieser verdammten Höhle sitzen und warten, wenn ich meinem Mann behilflich sein kann!«

Parkins breitete lediglich eine Decke über sie. »Ich fürchte, ich muss darauf bestehen, Mylady. Lord Ashburn würde es so wollen.«

Serena betrachtete ihn finster. »Ich frage mich, weshalb Lord Ashburn Euch nicht schon vor Jahren entlassen hat!«

»Ja, Mylady, das hat Seine Lordschaft selbst auch schon oft gesagt«, entgegnete Parkins freundlich. »Ich werde Euch jetzt eine Tasse Milch bringen.«

15. Kapitel

Serena schlief. An ihrer rechten Seite lag die Pistole, an der linken das Schwert, aber ihre Träume waren friedlich und von Brigham erfüllt. Sie konnte ihn deutlich sehen. Ihre Hand lag in seiner, und sie tanzten im warmen Sonnenschein in der Nähe des Flussufers.

Er trug seinen schwarz-silbernen Abendanzug und sie das elfenbeinfarbene, mit Perlen bestickte Satinkleid. Auf einmal waren ihre Gesichter sich ganz nah, nah genug, dass sie sich küssen konnten.

Dann sah sie jedoch die Blutflecken auf seinem Rock, die sich ausbreiteten, und als sie erschrocken nach Brigham griff, sickerte ihr Blut auf die Hand. Sie wollte Brigham in die Arme nehmen, aber da verblasste er plötzlich, bis sie allein auf der Uferböschung stand.

Serena erwachte mit heftig klopfendem Herzen und Brighams Namen auf den Lippen. Langsam hob sie ihre zitternde Hand, und es war kein Blut zu sehen.

Er lebt, sagte sie sich und legte eine Hand auf ihren Bauch, als wollte sie ihrem Kind versichern, dass sein Vater noch am Leben war. Dann hörte sie das leise Wimmern von Maggies Baby und stand auf. Im Hintergrund der Höhle half Fiona ihrer Schwiegertochter, den kleinen Ian an die Brust zu legen, wo er lustvoll zu saugen begann.

»Serena …« Maggies Stimme klang schwach, und ihre Wangen waren immer noch totenblass, aber ihr Lächeln war bezaubernd. »Er wird mit jeder Stunde kräftiger«, murmelte sie und strich zärtlich über das flaumige Köpfchen. »Bald wirst du auch ein Kind haben.«

»Er ist bildhübsch!« Serena setzte sich zu ihr. »Der Herrgott war gütig genug, ihm dein Aussehen zu geben anstatt Colins.«

Maggie lachte und lehnte sich gegen Fionas Schulter. »Ich wusste nicht, dass ich irgendjemanden ebenso sehr lieben kann wie Colin.«

»Ich weiß, die Reise war anstrengend für dich. Wie fühlst du dich?«

»Schwach. Ich hasse es, mich so schwach und hilflos zu fühlen.«

Serena streichelte ihr die Wange. »Ein Mann verliebt sich nicht in ein Packpferd, weißt du.«

Diesmal klang Maggies Lachen schon etwas kräftiger. »Wenn irgendein Mädchen einen solchen Trick bei meinem kleinen Ian anwenden sollte, werde ich ihr die Augen auskratzen!«

»Gewiss, aber deinen Töchtern würdest du es natürlich beibringen«, neckte Serena.

»Aye.« Maggie schloss die Augen. »Ich bin so müde.«

»Dann schlaf du nur«, sagte Fiona. »Wenn der Kleine sich satt getrunken hat, werden wir uns um ihn kümmern.«

»Wird Colin bald kommen?«

Fiona und Serena sahen sich an. »Aye«, erwiderte Fiona beschwichtigend, »sehr bald. Er wird sehr stolz auf dich sein, weil du ihm einen Sohn geboren hast!«

Serena nahm das schläfrige Baby, während Fiona Maggie fürsorglich in die Decken einhüllte. »Es ist so winzig.« Serena wickelte das Kind frisch und legte es dann schlafen. »Irgendwie erscheint es einem immer wie ein Wunder!«

»Ja.« Fiona blickte zur anderen Seite der Höhle hin, wo Gwen in tiefem Erschöpfungsschlaf lag. »Jedes Kind ist ein Wunder. Immer und überall begegnen wir Tod, Verlust und

Trauer, Serena. Ohne das Entstehen neuen Lebens könnten wir es nicht ertragen.«

Jetzt fragte Serena, was sie vorher nicht den Mut gehabt hatte zu fragen. »Glaubst du, dass sie tot sind?«

»Ich bete darum, dass sie leben.« Fiona griff nach den Händen ihrer Tochter. »Und ich werde weiter beten, unaufhörlich, bis wir es wissen. Du musst etwas essen«, sagte sie dann energisch. »Um deinetwillen und um deines Kindes willen!«

»Aye, aber …« Sie sah sich suchend in der Höhle um. »Wo ist Malcolm?«

»Er ist kurz, nachdem du eingeschlafen warst, mit Parkins fortgegangen. Sie wollten nach Glenroe hinunter, um weitere Vorräte zu holen.«

Mrs. Drummond reichte Serena eine Schale mit Suppe. »Mach dir keine Sorgen, Mädchen, mein Parkins weiß, was er tut.«

»Aye. Er ist ein guter Mann, Mrs. Drummond. Ein Mann, auf den man sich verlassen kann.«

»Ja, das ist er.« Mrs. Drummond errötete zart. »Wir werden bald heiraten!«

»Das freut mich.« Serena hielt inne und horchte. »Hört ihr das?«, flüsterte sie und stellte die Schale ab.

»Ich höre nichts«, murmelte Fiona, aber plötzlich schlug ihr das Herz bis zum Halse.

»Es kommt jemand. Bleibt hinten in der Höhle und sorgt dafür, dass der kleine Ian keinen Laut von sich gibt«, sagte Serena entschlossen.

»Serena …« Fiona wollte sie zurückhalten, aber Serena bewegte sich bereits leise zum Höhleneingang.

Sie war auf einmal eiskalt, hatte keine Angst mehr und fühlte sich stark. Sie wusste, wenn es keinen anderen Ausweg gäbe, würde sie töten.

Mit ruhiger Hand nahm Serena die Pistole auf, dann das

Schwert. Wenn tatsächlich die Engländer gekommen waren, würden sie zwar nur Frauen vorfinden – aber keine hilflosen Frauen. Mrs. Drummond hatte sich mit einem Tranchiermesser bewaffnet.

Als die Schritte hörbar näher kamen, konnte es keinen Zweifel mehr geben, dass die Höhle entdeckt worden war. Serena trat mit beiden Waffen aus der Höhle und machte sich bereit zu kämpfen. Die Sonne schien ihr ins Gesicht, sodass sie die Augen zusammenkneifen musste, als sie die Pistole hob.

»Immer noch dieselbe Wildkatze, wie ich sehe!«

Brigham, gestützt und halb getragen von Colin und Parkins, lächelte schwach. Sein Rock und die Kniehosen waren über und über mit Blut verschmiert.

»Gütiger Herrgott!« Serena warf die Waffen hin und rannte zu ihm.

Brigham versuchte wieder zu sprechen, aber ihr Gesicht verschwamm vor seinen Augen, und er konnte nur noch ihren Namen murmeln, bevor er das Bewusstsein verlor.

»Wie schlimm ist es?« Serena kniete neben Brigham auf dem Boden, während Gwen seine Verletzungen untersuchte. Die Angst war zurückgekehrt und schnürte ihr die Kehle zu.

Wortlos tastete Gwen Brighams Seite ab, wo die Kugel saß. Unterdessen verband Fiona die Schnittwunde in Colins Bein, während er fassungslos seinen kleinen Sohn betrachtete.

»Der Schuss galt mir!« Colin klammerte sich an Maggies Hand. Der brennende Schmerz in seinem Bein erschien ihm in seiner Erschöpfung fast unwirklich. Er lebte und war bei seiner geliebten Frau und seinem erstgeborenen Sohn, und sein Freund verblutete an einer Kugel, die für ihn bestimmt gewesen war. »Er ist vorgetreten und getroffen worden, weil er mich beiseitestieß. Wir versuchten in die Berge zu entkommen. Wir hatten verloren. Alles war verloren. Wir wurden von unseren Leuten getrennt. Zuerst dachte ich, er wäre tot.«

»Du hast ihn zurückgebracht!« Serena blickte auf, in der Hand ein blutdurchtränktes Tuch.

»Aye.« Colin vergrub das Gesicht im Haar seiner Frau, um den süßen Duft einzuatmen und den Gestank des Todes und der Schlacht zu vergessen.

Er würde niemals fähig sein, die Geschehnisse der letzten Tage und Nächte zu beschreiben. Aber er würde sich immer an die Verzweiflung erinnern, die er empfunden hatte, als er Brigham in die Berge trug. Er würde nie vergessen, wie er sich verstecken musste wie ein gehetztes Tier und die Wunden verband, so gut er konnte, während die Engländer die Felsen und das Heideland absuchten.

Er hatte sich im Windschatten eines Felsblocks versteckt, zu schwach, um ein Stück Hochmoor zu überqueren und in einer Scheune Schutz zu suchen. Brigham lag bewusstlos im Gestrüpp neben ihm, als Colin die Soldaten kommen sah. Sie steckten die Scheune in Brand, und er hörte die Schreie der Verwundeten, die sich dort versteckt hatten.

Die restlichen Meilen nach Glenroe hatte er größtenteils nachts zurückgelegt und Brigham gestützt, wenn er bei Bewusstsein war, und ihn getragen, wenn er erneut die Besinnung verloren hatte.

»Wir hatten Angst um euch«, gestand er nach einer Weile. »Wir fürchteten, die Engländer würden kommen, bevor wir euch warnen konnten.«

»Die Kugel muss sofort herausgeholt werden.« Gwen presste ein Tuch gegen die Wunde, als aller Augen sich ihr zuwandten. »Wir müssen einen Arzt suchen.«

»Hier gibt es keinen Arzt!« Serena spürte Panik aufsteigen und kämpfte dagegen an. War er zu ihr zurückgekommen, nur um in ihren Armen zu sterben? »Wenn wir einen Arzt suchen, würden wir dadurch lediglich die Engländer auf uns aufmerksam machen.«

»Ich kenne das Risiko«, begann Gwen.

»Sie würden ihn töten«, sagte Serena ohne Umschweife. »Und da er ein englischer Aristokrat ist, würden sie doppelt unnachgiebig reagieren. Wenn überhaupt, dann würden sie seine Wunde nur heilen, um ihn dann hinrichten zu können. Nein, du musst die Kugel herausholen, Gwen.«

»Ich habe so etwas noch nie gemacht!« Gwen legte Serena beschwörend eine Hand auf den Arm. »Mir fehlen das Wissen und die Geschicklichkeit. Ich würde ihn töten, wollte ich versuchen, ihn zu retten!«

Erneut verspürte Serena Panik in sich aufsteigen. Brigham stöhnte und regte sich. »Es ist besser, er stirbt hier, bei uns.« Ihr Blick war grimmig entschlossen. »Wenn du es nicht versuchen willst, werde ich es selbst tun.«

»Mylady.« Parkins' Stimme war so beherrscht wie immer, als er vortrat. »Ich werde die Kugel entfernen, mit Miss MacGregors Hilfe.«

»Ihr? Könnt Ihr das denn?« Serena lachte kurz auf. »Wir reden hier nicht davon, Spitze zu stärken, Parkins.«

»Ich habe es schon einmal gemacht, Mylady, und das ist einmal mehr als Ihr. Außerdem ist Lord Ashburn mein Herr«, erklärte er steif. »Es ist allerdings nötig, dass jemand ihn festhält.« Parkins richtete seinen Blick auf Colin.

»Ich werde ihn festhalten!« Serena beugte sich über Brigham, wie um ihn zu schützen. »Und Gott helfe Euch, wenn das Messer abrutscht!«

Sie machten Feuer und drehten das Messer in den Flammen, bis die Spitze rot glühte. Als Brigham das Bewusstsein wiedererlangte, flößte Gwen ihm einen stark mit Mohn versetzten Heiltrank ein. Der Schweiß lief Brigham in Strömen über das

Gesicht, obgleich Serena ihn ständig mit einem feuchten Tuch abwischte.

»Setz dich zu Maggie und Mutter, Rena«, sagte Colin leise. »Lass mich Brigham festhalten.«

»Nein, das ist meine Sache!« Serena beugte sich über Brighams Schultern und umfasste seine beiden Arme. Dann sah sie Parkins an. »Ich weiß, dass Ihr ihm wehtun müsst, aber bitte, macht schnell!«

Parkins hatte seinen Rock ausgezogen und die Hemdsärmel aufgerollt, sodass lange, dünne Arme sichtbar wurden. Serena schloss sekundenlang die Augen. Sie legte ihre Liebe, ihr Leben in die Hände eines Mannes, der nicht aussah, als wäre er zu mehr fähig, als Stiefel zu polieren. Sie machte die Augen wieder auf und betrachtete das Gesicht des Dieners. Verlässlich und loyal. Nein, er war mehr als loyal. So wie ein Mann einen anderen lieben konnte, liebte er Brigham. Sie sprach ein stilles Gebet und gab Parkins ein Zeichen zu beginnen.

Obschon benommen von der Droge, zuckte Brigham dennoch zusammen, als das Messer in sein Fleisch schnitt. Serena brauchte all ihre Kraft, um ihn niederzuhalten, während sie leise und beruhigend auf ihn einredete, Koseworte, Versprechungen, was immer ihr gerade in den Sinn kam.

Als das Messer tiefer schnitt und Ohnmacht und Droge durchdrang, begann Brigham sich zu wehren und aufzubäumen. Colin versuchte Serenas Platz einzunehmen, aber sie fauchte ihn nur an und nahm all ihre Kraft zusammen.

In der Höhle war kein Laut zu hören außer Brighams rasselndem Atem und dem Knistern und Knacken des Feuers. Dennoch war die Atmosphäre angefüllt mit stummen Gebeten.

»Ich habe die Kugel gefunden.« Schweiß lief Parkins über das Gesicht, als er nach der Kugel tastete. Im Stillen betete er, dass sein Herr ohnmächtig werden würde, sodass er den

Schmerz nicht fühlte, aber seine magere Hand war ruhig. Ganz langsam, um nicht noch mehr Schaden anzurichten, begann er die Kugel herauszuschälen. »Haltet ihn still, Mylady.«

»Holt das verdammte Ding endlich raus!« Serena warf Parkins einen wütenden Blick zu, als Brigham erneut stöhnte und sich unter ihren Händen aufzubäumen versuchte. »Er leidet!« Sie bemühte sich, das Blut ihres Mannes auf dem Boden und sein aschgraues Gesicht nicht zu beachten.

Sie sah zu, wie Parkins schließlich die kleine Metallkugel aus Brighams Körper zum Vorschein brachte, und dann übernahm Gwen.

»Wir müssen die Blutung stoppen. Er darf nicht noch viel mehr verlieren, wenn er überleben soll!« Geschickt presste sie die Wunde zusammen. »Mama, würdest du dich um seinen Arm und die Schulter kümmern? Die Verletzungen sind weniger ernst, aber sie sehen übel aus. Mrs. Drummond, meine Arzneien, bitte!«

Brigham verlor wieder das Bewusstsein, und Serena lehnte sich zurück. Ihre Arme und ihr Rücken zitterten von der Anstrengung. Jetzt dachte sie an ihr Kind und zwang sich zu entspannen. »Was kann ich noch tun, um zu helfen?«

Gwen blickte nur kurz von ihrer Arbeit auf. Serena war fast so blass wie Brigham. »Geh hinaus an die frische Luft. Bitte, überlass das hier mir.«

Serena nickte und stand auf. Langsam ging sie zum Ausgang der Höhle. Es dämmerte bereits wieder. Wie schnell doch die Zeit verging. Es war seltsam, vor einem Jahr hatte Brigham einen schwer verwundeten Colin nach Hause getragen, und jetzt war es umgekehrt, und Brigham lag dort drinnen, dem Tode nahe. Die Zeit dazwischen erschien ihr wie ein Traum, ein Traum voller Liebe, Leidenschaft, Lachen und Weinen.

Die Berge färbten sich rot im Schein der untergehenden Sonne. Das Land, dachte sie, werden wir jetzt auch noch das

Land verlieren? Sie hatten gekämpft und waren untergegangen. Colin hatte ihr erzählt, dass die letzten Worte ihres Vaters waren: »Es wird nicht umsonst gewesen sein.« Aber der Mann, den sie liebte, lag schwer verwundet in der Höhle, und das Land, um das sie gekämpft hatten, gehörte nicht mehr ihnen.

»Lady Ashburn?«

Serena zuckte zusammen. Sie war jetzt Lady Ashburn. Und sie war eine MacGregor. Sie legte die Hand auf ihren Bauch, in dem das Kind sich regte. Ein neues Leben. Eine neue Hoffnung. Nein, sie würde nicht sagen, dass alles umsonst gewesen war. Sie wandte sich um. »Aye?«

»Ich dachte, ein heißes Getränk würde Euch vielleicht guttun.«

Serena musste beinahe lächeln, so formell klang Parkins Ton. Er trug wieder seinen Gehrock, und der schwitzende, konzentrierte Mann in Hemdsärmeln, der die Kugel entfernt hatte, schien nie existiert zu haben. »Danke, Parkins.«

Sie nahm die Tasse und trank. Die Flüssigkeit war eine Wohltat für ihre raue, ausgetrocknete Kehle. »Ich möchte mich dafür entschuldigen, dass ich so unfreundlich zu Euch sprach.«

»Ich bitte Euch, es zu vergessen, Mylady. Ihr wart in großer Sorge.«

»Aye.« Serena wusste selbst nicht recht, ob ihr nach Lachen oder nach Weinen zumute war. »Ihr habt eine zuverlässige Hand, Parkins, und ein zuverlässiges Herz.«

»Ich habe mich stets darum bemüht, Mylady.«

Serena wischte sich ein paar Tränen aus den Augen. »Parkins, Ihr habt Lord Ashburn heute einen großen Dienst erwiesen – und mir ebenfalls. Wenn Ihr einmal einen Gefallen von mir wollt, dann braucht Ihr nur zu fragen.«

»Mein Dienst wurde bedingungslos geleistet, Mylady.«

»Ja, ich weiß.« Sie nahm seine Hand und brachte ihn damit

zum Erröten. »Ihr habt trotzdem eine Gefälligkeit gut, wann immer Ihr sie benötigt. Ich werde jetzt wieder zu meinem Mann gehen.«

Der Wind wurde stärker und heulte wie ein wildes Tier. Er drang durch die Decke vor dem Höhleneingang und ließ die Flammen des niedrigen Feuers tanzen. Serena horchte auf das Heulen des Windes, während sie die ganze Nacht an Brighams Lager wachte. Sie konnte nicht schlafen, selbst als Gwen sie inständig bat, sich hinzulegen.

Brigham war so heiß und fiebrig, dass Serena manchmal fürchtete, er würde innerlich verbrennen. Manchmal sprach er, in unzusammenhängenden Sätzen, die ihr verrieten, dass er die Schlacht noch einmal durchlebte. Durch seine Wortfetzen wurde ihr klarer denn je, wie niederschmetternd die Schlacht gewesen war.

Einmal sprach er zu seiner Großmutter und erzählte ihr mit verzweifelter Stimme, wie alle ihre Träume von den englischen Kanonen und Gewehren zerfetzt worden waren.

Er rief nach Serena und ließ sich für eine Weile von ihrem sanften Gemurmel und ihrer kühlen Hand auf seiner Stirn beruhigen. Dann erwachte er wieder und war in seinem Fieberwahn überzeugt, dass die Engländer sie gefunden hatten.

»Ich werde bei ihm sitzen, Serena.« Fiona stand neben ihr. »Du brauchst endlich Ruhe, für dich und dein Kind.«

»Ich kann ihn nicht verlassen, Mama.« Serena wrang ein feuchtes Tuch aus und legte es auf Brighams bleiche Stirn. »Ich bin ruhiger hier, als ich sein würde, wenn ich zu schlafen versuchte. Irgendwie hilft es schon, ihn nur anzusehen. Manchmal macht er die Augen auf und sieht mich an. Er weiß, dass ich bei ihm bin.«

»Dann schlaf hier, nur ein Weilchen. Leg deinen Kopf in meinen Schoß, so wie du es früher als Kind getan hast.«

Serena ließ sich schließlich überreden und wollte sich auf dem Boden der Höhle zusammen, den Kopf im Schoß ihrer Mutter. Dann streckte sie ihre Hand aus und legte sie auf Brighams. »Er ist ein so schöner Mann, nicht wahr, Mama?«

Fiona lächelte leicht und strich ihrer Tochter über das Haar. »Aye, er ist ein schöner Mann.«

»Unser Baby wird aussehen wie er und auch so schöne graue Augen und einen kräftigen Mund haben.« Serena schloss die Augen und horchte auf den Wind. »Ich glaube, ich habe ihn fast von Anfang an geliebt, aber ich hatte Angst. Das war dumm von mir.« Ihre Worte klangen jetzt schläfrig.

Fiona fuhr fort, Serena zu streicheln und zu besänftigen. »Liebe ist oft dumm.«

»Das Kind bewegt sich«, murmelte Serena und lächelte, als sie in den Schlaf hinüberglitt. »Brighams Kind.«

Brighams Träume waren Albträume. Manchmal war er wieder auf dem Hochmoor inmitten von Rauch und Kampfgetümmel. Männer starben qualvoll rings um ihn, und manche fanden den Tod durch seine Hand. Er konnte das Blut und den beißenden Geruch von Schießpulver riechen und die Dudelsäcke und Trommeln und das unaufhörliche Krachen des Artilleriefeuers hören.

Dann humpelte er wieder durch die Berge, halb bewusstlos, und die Wunde in seiner Seite brannte wie Feuer.

Manchmal, wenn er die Augen öffnete, sah er Serena vor sich, so deutlich, dass er die dunklen Ränder der Erschöpfung unter ihren Augen erkennen konnte. Dann fielen ihm die schweren Lider wieder zu, und er wurde in die Hölle des Schlachtfeldes zurückgeschleudert.

Drei Tage lang schwankte er zwischen Bewusstsein und Bewusstlosigkeit, und oft fantasierte er im Fieberwahn. Er wusste nichts von der kleinen Welt, die innerhalb der Höhle entstanden war, noch wusste er von dem Kommen und Gehen ihrer Bewohner. Er hörte Stimmen, war aber zu schwach, um sie zu verstehen. Einmal meinte er das leise Weinen einer Frau zu hören und ein andermal das dünne Schreien eines Babys.

Am Ende der drei Tage fiel er in einen tiefen, traumlosen, fast todesähnlichen Schlaf. Als er daraus erwachte, war es, wie neu geboren zu werden, verwirrend und schmerzhaft.

Das Licht tat seinen Augen weh, obgleich es im Hintergrund der Höhle eher dämmrig war. Brigham schloss die Augen daraufhin wieder und versuchte, sich an den Geräuschen und Gerüchen zu orientieren.

Es roch nach Erde und Rauch und seltsamerweise nach kochendem Essen. Da war auch der widerliche Geruch von Schlafmohn, der Krankheit bedeutete. Er hörte Stimmengemurmel und lag still und geduldig da, bis er die Stimmen identifizieren konnte.

Colin. Gwen. Malcolm. Erleichterung durchströmte ihn. Wenn sie hier und in Sicherheit waren, dann galt das auch für Serena. Er schlug erneut die Augen auf und sammelte seine Kraft, um zu sprechen, als er neben sich ein Rascheln hörte.

Sie war da und saß mit angezogenen Knien und mit dem Rücken an eine Felswand gelehnt neben ihm. Die Haare fielen ihr halb über das Gesicht. Eine Welle von Liebe überflutete ihn.

»Rena«, murmelte er und streckte matt eine Hand nach ihr aus.

Sie erwachte sofort und beugte sich besorgt über ihn. Sein Gesicht fühlte sich jedoch kühl an, wunderbar kühl, als sie es prüfend berührte. »Brigham …« Sie senkte ihre Lippen auf seinen Mund. »Du bist zu mir zurückgekommen, Liebster.«

Es gab viel zu erzählen, aber zunächst war Brigham noch nicht kräftig genug, um jeweils länger als eine Stunde wach zu bleiben. Er erinnerte sich zwar noch deutlich an die Schlacht, aber die Erinnerung an das, was nachher geschehen war, beschränkte sich auf brennende, stechende Schmerzen und verschwommene Bilder.

Nach und nach, weil er darauf beharrte, wurden seine Erinnerungslücken von Colin ausgefüllt. Er hörte grimmig zu, und seine Wut und Abscheu über Cumberlands Grausamkeiten nach der Schlacht wurden nur gelindert von der Freude, Serena und sein ungeborenes Kind bei sich zu haben.

»In dieser Höhle werden wir nicht mehr lange sicher sein.« Brigham saß gegen die Höhlenwand gelehnt. Es war zwei Tage her, seit er das Fieber überwunden hatte, und er war immer noch blass. »Wir müssen baldmöglichst aufbrechen und versuchen, zur Küste zu kommen.«

»Du bist nicht kräftig genug.« Serena hielt seine Hand. Irgendwie wünschte sie, hier in der gemütlichen Höhle bleiben und vergessen zu können, dass es draußen eine andere Welt gab.

Statt einer Antwort zog Brigham ihre Hand an seine Lippen. Sein Blick war jedoch hart und entschlossen. Er würde nicht zulassen, dass Serena ihr Kind in einer Höhle zur Welt brachte. »Ich denke, wir könnten Hilfe bei meinen Verwandten auf Skye finden.« Er sah Gwen an. »Wie bald werden Maggie und das Baby kräftig genug sein, um zu reisen?«

»In ein oder zwei Tagen, aber du …«

»Ich werde bereit sein.«

»Du wirst bereit sein, wenn wir es sagen«, warf Serena ein.

Eine Spur der alten Arroganz flackerte in seinen Augen auf. »Ihr seid tyrannisch geworden, seit ich Euch zuletzt sah, Madam!«, bemerkte er.

Serena lächelte und gab ihm einen Kuss. »Ich bin immer

eine Tyrannin gewesen, *Sassenach*. Und jetzt ruh dich aus«, sagte sie energisch und breitete eine Decke über ihn. »Wenn deine Kraft zurückkehrt, werden wir gehen, wohin immer du gehen willst.«

Brigham sah sie so eindringlich an, dass ihr Lächeln verblasste. »Es könnte sein, dass ich dich beim Wort nehme, Rena.«

»Ruh dich erst einmal aus.« Seine Stimme klang immer noch so schwach, dass es ihr wehtat. Er hatte sie als starker, scheinbar unbesiegbarer Mann verlassen und war dem Tode nah zu ihr zurückgekehrt. Sie würde es nicht riskieren, ihn jetzt durch seine eigene Sturheit zu verlieren.

»Vielleicht bringen Colin und Malcolm uns Fleisch mit, wenn sie zurückkommen.« Sie legte sich neben ihn und streichelte seine Stirn, bis er einschlief, während sie sich Gedanken machte, weshalb ihre Brüder so lange fortblieben.

Colin und Malcolm hatten den Rauch vom Bergkamm aus gesehen. Sie lagen auf dem Bauch und blickten auf Glenroe hinunter. Die Engländer waren gekommen und hatten wieder Feuer gelegt. Die Bauernhäuser lagen bereits in Schutt und Asche, und jetzt brannte auch MacGregor House. Flammen züngelten aus den zerbrochenen Fenstern.

»Verdammt sollen sie sein«, murmelte Colin wieder und wieder und schlug mit der Faust auf den Felsboden. »Allesamt!«

»Warum brennen sie unsere Häuser nieder?« Malcolm schämte sich seiner Tränen und wischte sie hastig fort. »Weshalb müssen sie unser Zuhause zerstören? Und die Stallungen«, sagte er plötzlich und wollte aufspringen, aber Colin hielt ihn rasch zurück.

»Sie werden sich vorher die Pferde genommen haben, Malcolm. Bleib hier.«

Malcolm verbarg sein Gesicht an einem Felsblock, hin- und

hergerissen zwischen kindlichen Tränen und mannhafter Wut. »Werden sie jetzt abziehen und uns in Ruhe lassen?«

Colin dachte an das Blutbad jenseits des Schlachtfelds. »Ich glaube, sie werden die Berge durchsuchen. Wir müssen zur Höhle zurück.«

Serena lag ruhig neben Brigham und horchte auf die inzwischen vertrauten Geräusche. Der kleine Ian wurde gerade gestillt, und Maggie summte ihm ein Liedchen vor. Mrs. Drummond und Parkins unterhielten sich leise bei der Vorbereitung einer Mahlzeit, ganz so, als wären sie in der Küche von Glenroe. Neben Maggie saß Fiona am Spinnrad und spann friedlich Garn, aus dem später eine Decke für ihren Enkel gewebt werden würde. Gwen war mit ihren Arzneitöpfen und Tiegeln beschäftigt.

Endlich waren sie alle wieder beisammen und in Sicherheit. Eines Tages, wenn die Engländer es müde wurden, Schottland zu schänden, und sich über die Grenze wieder nach England zurückzogen, würden sie aus den Bergen herunterkommen und in Glenroe von Neuem beginnen.

Irgendwie würde sie Brigham dazu bringen, das glanzvolle Leben, das er in London geführt hatte, zu vergessen und hier mit ihr glücklich zu sein. Sie würden sich ihr eigenes Haus bauen, in der Nähe vom See.

Serena lächelte und rückte dann behutsam von Brigham ab, um ihn nicht zu wecken. Als sie aufstand, überlegte sie flüchtig, ob sie hinausgehen und nach ihren Brüdern Ausschau halten sollte, aber dann hörte sie bereits Geräusche draußen vor der Höhle. Begrüßungsworte auf der Zunge, trat sie vor, blieb aber sofort wieder stehen.

Weder Colin noch Malcolm hätten es für nötig befunden, sich so vorsichtig zu bewegen. Ihre Hand war plötzlich eiskalt, als sie nach der Pistole griff.

Ein Schatten verdrängte das Licht am Höhleneingang, und dann blieb ihr fast das Herz stehen, als sie das Blitzen von Metall und den verräterischen roten Rock sah.

Der Soldat richtete sich auf, das Schwert bereit, und blickte sich rasch um. Sein Rock und Gesicht waren von Ruß und Schmutz geschwärzt. Ein Ausdruck von Triumph über seinen Fund trat in seine Augen und ein unverkennbares Funkeln, als sein Blick auf Gwen fiel.

Wortlos und ohne jeden Gedanken an Mitleid trat er auf Parkins zu. Serena hob die Pistole und feuerte. Er stolperte rückwärts, und blankes Erstaunen spiegelte sich auf seinem Gesicht, bevor er zu Boden sank.

Nur von dem Gedanken beherrscht, die Ihren zu verteidigen, ergriff Serena das Schwert ihres Großvaters. Ein weiterer Soldat betrat die Höhle. Serena hob das Schwert, aber im gleichen Augenblick schloss sich eine Hand um ihre, und Brigham stand an ihrer Seite.

Der Soldat sprang mit seinem Bajonett vor. Ein weiterer Schuss krachte, und der Mann fiel zu Boden. Parkins stand schützend vor Mrs. Drummond, die noch rauchende Pistole in der Hand.

»Ladet die Pistolen auf«, befahl Brigham und stieß Serena hinter sich, als ein dritter Dragoner in die Höhle eindrang. Dieser Rotrock kam jedoch nicht näher, sondern stand einen Augenblick reglos da und fiel dann der Länge nach in die Höhle. Ein Pfeil steckte in seinem Rücken.

Brigham eilte aus der Höhle. Draußen waren noch zwei Soldaten. Colin kämpfte mit dem einen, Schwert gegen Schwert, und versuchte dabei verzweifelt, Malcolm mit seinem Körper abzuschirmen. Der andere Dragoner näherte sich jetzt dem Jungen, der einen leeren Bogen als nutzlose Waffe in den Händen hielt.

Mit einem Schrei stürzte Brigham vor. Der Schmerz in seiner Seite brach von Neuem aus und ließ ihn fast ohnmächtig werden. Der Dragoner wandte sich um, schien von Brigham keine Gefahr zu befürchten, und hob erneut das Schwert über Malcolms Kopf.

In diesem Augenblick feuerte Serena vom Höhleneingang her die frisch geladene Pistole ab und traf den Dragoner mitten ins Herz.

In wenigen Minuten war alles vorüber. Fünf Dragoner waren tot, aber die Bewohner der Höhle wussten nun, dass ihr Versteck ihnen nicht länger eine sichere Zuflucht bot.

In der Abenddämmerung brachen sie auf und wandten sich nach Westen. Zwei der von den Dragonern in der Nähe angebundenen Pferde waren Malcolms eigene Tiere.

Sie ritten abwechselnd, und wenn es möglich war, suchten sie Schutz in Lehmhütten oder Viehställen. Die Gastfreundschaft der Highlander war so großherzig wie immer. Von den Menschen, denen sie begegneten, erfuhren sie von den weiteren Gräueltaten Cumberlands, der den Beinamen »der Schlächter« erhalten hatte. Die Verfolgung war furchtbar und die Suche nach dem Prinzen gnadenlos.

Häuser waren zerstört, das Vieh und die Pferde weggetrieben. Den Highlandern, schon zuvor nie reich, drohte der Hungertod. Dennoch versteckten sie ihren Prinzen und jeden anderen Flüchtling, der um Obdach bat.

Die MacGregors und Brigham kamen nur langsam voran, und jeder Tag barg neue Gefahren. Tausende von Soldaten waren auf der Suche nach dem Prinzen. Es war Juni geworden, bevor sie die Küste erreichten und von dort aus nach Skye segeln konnten, wo sie von den MacDonalds of Skye aufgenommen wurden.

»Es ist genauso schön, wie meine Großmutter immer gesagt hat«, murmelte Brigham, als er mit Serena auf einem grünen

Grashang stand und über die Uig Bay hinausschaute. »Sie hat mir erzählt, wie sie als kleines Mädchen hier durch das Gras gerannt ist und die Boote beobachtet hat.«

»Es ist wunderschön!« Serena spürte den leichten Wind auf ihrem Gesicht. »Alles ist wunderschön, weil wir alle zusammen und in Sicherheit sind.«

Für wie lange, fragte sich Brigham. Auch hier befanden sich englische Truppen, und die Küste wurde überwacht. Es gab Gerüchte, dass der Prinz sich in der Nähe verborgen hielt. Wenn das so war, würden ihm die Engländer auf den Fersen sein. Es musste eine Möglichkeit gefunden werden, den Prinzen außer Landes nach Frankreich oder Italien zu schaffen. Aber noch wichtiger war die Sicherheit von Serena und ihrem ungeborenen Kind.

Während seiner Genesung und in den Nächten, in denen sie wie Geächtete durch die Berge von Schottland gezogen waren, hatte er an kaum etwas anderes gedacht.

Jetzt konnte er nicht mehr nach England zurückkehren und Serena das bieten, was ihr als Lady Ashburn rechtens zustand. Noch konnte Brigham mit ihr nach Glenroe zurückkehren, nicht in den nächsten Jahren.

»Komm, setzen wir uns.«

»Gern.« Serena lachte kurz auf, als er ihr half, denn sie hatte jetzt einige Mühe mit ihrem Gewicht. »Ich komme mir vor wie eine dicke Kuh.«

»Du warst nie schöner als jetzt.«

»Du lügst.« Serena gab ihm einen Kuss. »Aber für die Wahrheit hättest du auch keinen Kuss verdient.« Sie legte ihren Kopf an seine Schulter und blickte über die sonnenbeschienene Bucht. Es war schön hier, und sie war froh, dass sie mit ihm zusammen die Heimat seiner Großmutter kennenlernen durfte. Plötzlich stöhnte sie leise und legte die Hand auf ihren Bauch.

»Fühlst du dich nicht gut?«, fragte Brigham besorgt.

»Doch, doch«, beschwichtigte sie, denn sie wollte ihm nicht sagen, dass es ihr körperlich seit Kurzem nicht gut ging. Erst an diesem Morgen hatte sie so starke Rückenschmerzen gehabt, dass sie beinahe im Bett geblieben wäre. »Die Familie deiner Großmutter hat uns wirklich sehr freundlich aufgenommen.«

»Ja, und dafür werde ich ihnen immer dankbar sein – und allen anderen, die uns geholfen haben.« Seine Augen verschleierten sich. »Es ist schwer zu verstehen, dass sie einem Engländer so freigiebig Schutz gewähren konnten.«

»Wie kannst du so etwas sagen?«, entgegnete Serena aufrichtig empört. »Es war nicht dein England, das Schottland vernichtet hat. Es war und ist Cumberland mit seinem Blutdurst und seiner Zerstörungswut. Er ist es, der die Täler verwüstet.«

»Und in London wird er bejubelt wie ein Held!«

Serena griff nach Brighams Hand. »Es gab eine Zeit, da ich alle für das Unrecht einiger weniger verantwortlich gemacht habe, und das war falsch.« Sie legte seine Hand auf ihren Bauch. »Unser Kind ist von englischem Blut, und ich bin stolz darauf!«

Brigham zog sie fest an sich. »Du beschämst mich wieder.« Eine Weile saßen sie schweigend da, aneinandergelehnt, dann sagte er: »Du weißt, was mit den MacDonalds geschehen wird, wenn ich hier gefunden werde?«

Es war feige, aber sie wollte nicht daran denken. »Du wirst nicht gefunden werden.«

»Ich kann nicht für immer auf der Flucht sein und auch nicht weiterhin Freunde und Fremde in Gefahr bringen.«

Serena zupfte nervös an dem grünen Rasen. »Ich weiß, aber welch andere Wahl haben wir? Der Prinz wird immer noch gejagt. Ich weiß, dass du dir um ihn Sorgen machst.«

»Ja, aber ich sorge mich auch um dich und um unser Kind!«

Er sah ihr fest in die Augen. »Kannst du verstehen, dass ich dir ein schönes Leben bieten wollte – nicht ein Leben in Angst und auf der Flucht? Ich wollte dir alles geben, was mein ist und mir nun nicht mehr gehört.«

»Brigham …«

»Nein, warte. Ich muss dich etwas fragen. Du hast gesagt, du würdest mit mir gehen, wohin ich auch gehen wollte. Wirst du das tun?«

Es gab ihr einen kleinen Stich, aber sie nickte. »Aye.«

»Wirst du Schottland verlassen, Rena, und zusammen mit mir in die Neue Welt reisen? Ich kann dir nicht alles geben, was ich dir einmal versprochen habe, aber wir werden nicht arm sein. Vieles, was ich mir für dich gewünscht habe, wird zurückbleiben. Du wirst in der Neuen Welt nur Mrs. Langston sein, und das Land und die Leute sind uns beiden fremd. Ich weiß, was ich dich aufzugeben bitte, aber vielleicht können wir eines Tages zurückkehren!«

Von ihren Gefühlen überwältigt, schlang Serena ihre Arme um Brigham. »Weißt du denn nicht, dass ich mit dir sogar in die Hölle reiten würde, wenn du mich darum bitten solltest?«

»Du sollst nicht mit mir in die Hölle reiten, aber ich bin mir bewusst, was ich von dir verlange und dass ich meine Versprechen breche.«

»Du hast nur versprochen, mich zu lieben und zu mir zurückzukommen. Beides hast du gehalten.« Sie wehrte ab, bevor er etwas entgegnen konnte. »Jetzt hör du mir zu und versuche zu verstehen. Die Wochen mit dir bei Hofe waren wunderschön – aber nur, weil wir zusammen waren. Ich habe all diesen Luxus nie gebraucht, Brigham. Der Titel bedeutet mir nichts und die Bälle und Abendroben ebenso wenig. Nur du bist mir wichtig.« Mit einem unsicheren kleinen Lachen fügte sie hinzu: »Jeden Tag in Holyrood hatte ich Angst, dass ich einen Fehler machen und dich in Verlegenheit bringen könnte und du dann erkennen würdest, dass es ein Fehler war, mich zu deiner Lady zu nehmen.«

»Was für einen Unsinn redest du da?«

»Aus mir würde nie eine echte Aristokratin werden, Brigham. Ich hatte solche Angst, du würdest mich bitten, mit dir nach Frankreich zu gehen, an den königlichen Hof.«

Brigham sah sie forschend an. »Dein Leben dort würde leichter sein, als es in Edinburgh war.«

»Aber ich müsste vorgeben, eine Lady zu sein, während ich mich nur nach meinen Kniehosen und einem schnellen Galopp sehnen würde.«

»Du möchtest also lieber nach Amerika gehen – mit nur einer Truhe Gold und dem Traum von einem neuen Leben?«

Serena nahm zärtlich sein Gesicht zwischen ihre Hände und blickte ihn liebvoll an. »England war deine Welt und Schottland meine. Wir haben sie verloren. Zusammen werden wir uns unsere eigene Welt schaffen.«

»Ich liebe dich, Rena. Mehr als mein Leben.«

»Brigham … das Kind …«, sagte sie plötzlich gepresst und zuckte zusammen. »Oh, ich glaube, es hat meine Ungeduld. Ich brauche Gwen und Mutter, Brigham.«

»Aber du hast gesagt, es kommt erst in einigen Wochen!«

Serena musste über seinen Gesichtsausdruck lachen, aber dann zuckte sie erneut zusammen und hielt sich den Bauch. »Es geht nicht darum, was ich sage, sondern was es sagt.«

Ihr stockte der Atem, als Brigham sie etwas ungelenk auf die Arme hob. »Brigham, das ist nicht nötig. Du wirst dir das Rückgrat brechen!«

In diesem Augenblick fühlte sie sich ganz leicht an. »Madam«, sagte er vorwurfsvoll, »habt doch ein wenig Vertrauen!«

Epilog

Ende Juni landete Prinz Charles in der Nähe von Mugston House auf der Insel Skye. Er war verkleidet als Zofe von Flora MacDonald, einer jungen Frau, die ihr Leben riskierte, um mit ihm zu reisen und ihn in Sicherheit zu bringen.

Er war der Gefangennahme nur um Haaresbreite entgangen, hatte aber nichts von seinem Ehrgeiz oder Elan eingebüßt. Auch seinen Sinn für Romantik hatte er nicht verloren. Er schenkte Flora eine Locke seines Haars und verabschiedete sich mit der Hoffnung, sie irgendwann am Hofe von St. James wiederzusehen.

Brigham sah den Prinzen nur kurz. Sie sprachen, wie früher, freundschaftlich miteinander und mit gegenseitigem Respekt.

»Er wird dir fehlen«, sagte Serena später in ihrem Zimmer in Mugston House, nachdem Charles nach Frankreich abgereist war.

»Er wird mir als Mensch fehlen, und ich trauere um das, was hätte sein können.« Brigham zog ihren nun wieder schlanken Körper an sich. »Er war es und seine Sache, die mich zu dir geführt haben. Wir haben zwar nicht gewonnen, Rena, aber ich brauche nur dich und meinen Sohn anzusehen, um zu wissen, dass wir auch nicht verloren haben.« Er blickte auf das Kind, das sie Daniel getauft hatten. »Bist du bereit, Liebes?«

Serena nickte und nahm ihren Reisemantel. »Wenn doch nur Mutter, Colin und Maggie mit uns kommen würden.«

»Sie müssen bleiben, so wie wir gehen müssen!« Er wartete, als sie das Kind hochnahm. »Du hast Gwen und Malcolm bei dir.«

»Ich weiß, ich wünschte nur …«

»Es wird wieder einen MacGregor in Glenroe geben, Serena. Und wir werden zurückkommen!«

Serena sah ihn an. Brigham sah aus wie damals, als sie ihm zum ersten Mal begegnete: dunkelhaarig, auffallend gut aussehend und etwas verwegen. »Es wird auch wieder einen Langston in Ashburn Manor geben. Daniel wird zurückkehren.«

Brigham hob die Truhe, in der die kleine Dresdner Porzellanschäferin ruhte. Eines Tages, so entschied er, würde er sie seinem Sohn schenken.

Parkins erschien an der offenen Tür, um das übrige Gepäck zu holen. Er hatte von seiner Lady seinen Gefallen erbeten, und nun segelten auch er und die neue Mrs. Parkins nach Amerika. Brigham erinnerte ihn daran, dass er ihn von jetzt an mit Mr. Langston anzureden hätte.

»Ja, Mylord«, erwiderte Parkins milde und ging ihnen mit dem Gepäck voraus. »Es ist Zeit, an Bord zu gehen, Mylord.«

Brigham fluchte unterdrückt, und Serena lachte. »Du wirst immer Lord Ashburn bleiben, *Sassenach*.« Sie hielt ihm eine Hand hin. »Komm, wir erobern uns unsere neue Welt.«

– ENDE –

Nora Roberts

Vom Schicksal besiegelt

Roman

Aus dem Amerikanischen von
Riette Wiesner

mtb

1. Kapitel

MacGregor! Er war ein MacGregor. Dieser Gedanke allein hielt ihn noch im Sattel, ließ ihn die Zügel mit letzter Kraft halten. Schmerz tobte in seinem Arm. Trotz des Dezemberwindes und des Schneetreibens glühte er. Das Fieber ließ ihn keine Kälte fühlen. Längst schon konnte er das Pferd nicht mehr lenken, ritt weiter in der Hoffnung, die Stute würde von allein einen Weg durch das Gewirr verschlungener Trampelpfade finden, die sich Indianer, Weiße und das Wild hier gebahnt hatten. Er war ganz allein in dem dichten Schneegestöber, um ihn herum nur düsterer Wald. Die Dämmerung war schon früh angebrochen. In dem Brausen vernahm der Reiter nichts anderes als das Knirschen der Hufe seines Pferdes auf dem frisch gefallenen Schnee.

MacGregor vermutete, dass er bereits weit von Boston entfernt war, von den Menschenmassen, den warmen Häusern und jeglicher Zivilisation. Aber befand er sich deshalb schon in Sicherheit? Vielleicht. Schon bald würde der Schnee die Hufabdrücke des Pferdes verwischen und sogar die verräterische Blutspur bedecken, die sein verwundeter Arm hinterließ. Doch nur einfach in Sicherheit zu sein, war nicht genug, hatte ihm nie genügt. Er war fest entschlossen, unter allen Umständen am Leben zu bleiben, und das aus einem einzigen Grunde. Ein Toter konnte nicht mehr kämpfen. Und bei allem, was ihm heilig war, hatte er sich geschworen, so lange zu kämpfen, bis er endlich frei sein würde.

Auf einmal fror er, zitterte trotz seiner Kleidung aus derbem Büffelleder und des schweren Pelzes. Die Kälte kam freilich nicht nur von außen, sondern aus dem tiefsten Inneren seines erschöpften Körpers. Er beugte sich vor, redete beruhigend auf die Stute ein, und es war, als spräche er sich dabei selbst Mut zu. Seine Haut war schweißnass vor Anstrengung, und er fühlte die Kälte des Todes in sich aufsteigen.

Mühsam, doch unverdrossen kämpfte sich das Tier durch den Schnee, der immer tiefer wurde. MacGregor betete, wie es nur ein Mensch vermag, der spürt, wie er langsam verblutet, betete um sein Leben. Denn es galt noch einen Kampf auszufechten, und bevor der nicht entschieden war, durfte und wollte er ans Sterben nicht denken.

Die Stute wieherte, als er kraftlos im Sattel zusammensackte und vornüberfiel. Unbeirrt trottete sie weiter gegen den Wind. Der angeborene Sinn zum Überleben trieb sie voran.

Der stechende Schmerz in MacGregors Arm holte ihn ins Diesseits zurück. Wenn ich nur aufwachen könnte, dachte er in seinem Fieberwahn, dann würde der Schmerz zugleich mit dem Traum vorüber sein. Doch er hegte noch andere Träume. Er wollte seinen ehrlichen Namen wiedergewinnen, sein Land, alles, was die Engländer ihm genommen hatten, wollte kämpfen für alles, was die MacGregors mit ihrem Stolz, ihrem Schweiß und ihrem Blut verteidigt und doch verloren hatten. Er war während des Krieges geboren worden, so schien es bloß recht und billig, auch in einem Kriege zu sterben. Nur noch nicht jetzt! MacGregor riss sich mühsam zusammen. Noch nicht! Der Kampf hatte gerade erst begonnen.

Vor sein inneres Auge trat ein anderes Bild: Männer mit geschwärzten Gesichtern, als Indianer verkleidet, drängten sich auf den Schiffen »Dartmouth«, »Eleanor« und »Beaver«. Es waren einfache Leute gewesen, erinnerte er sich, Händler, Handwerker und Studenten. Einige feuerte der Alkohol an, andere leitete ihre eigene Rechtschaffenheit. Sie hievten die Kisten mit Tee aus England hoch und zertrümmerten sie, warfen alles ins Meer aus Protest gegen den König, der seinen Untertanen in den amerikanischen Kolonien zu hohe Zölle und Abgaben für das Lebensnotwendige abverlangte. Welche Befriedigung hatte es ihnen bereitet, die zerbrochenen Holzbretter in das kalte Wasser des Bostoner Hafens klatschen zu hören! Die leeren Kisten türmten sich inmitten des Unrats zu wahren Bergen auf, als die Ebbe eintrat.

Das mag einen reichlich starken Tee für die Fische gegeben haben, dachte er nun. Ja, alle Beteiligten waren so ausgelassen gewesen und dabei doch so zielbewusst, so entschlossen und einig. Alle diese Eigenschaften würden sie brauchen, um zu kämpfen und diesen Krieg zu gewinnen, von dem viele noch nicht einmal begriffen, dass er bereits begonnen hatte.

Wie viel Zeit war wohl seit jenem ereignisreichen Abend vergangen? Ein Tag, zwei Tage? MacGregor war unglücklicherweise mit zwei betrunkenen und reizbaren Rotröcken aneinandergeraten, als gerade der Morgen heraufdämmerte. Natürlich kannten sie ihn. Sein Gesicht, sein Name und seine politische Einstellung waren in Boston bekannt genug. Und er hatte seinerseits nichts dazu getan, sich bei den britischen Truppen beliebt zu machen. Vielleicht hatten die beiden Männer ihn auch bloß anrempeln und ein wenig einschüchtern wollen und gar nicht die Absicht gehabt, ihre Drohung wahr zu machen und ihn festzunehmen. Der Grund dafür war ihm ohnehin nicht klar geworden. Als jedoch der eine den Degen zog, griff auch MacGregor zur Waffe.

Der Kampf war nur kurz gewesen, und obwohl sein Gegner sofort zu Boden sank, wusste MacGregor nicht, ob er den ungestümen Soldaten getötet oder bloß verwundet hatte. Jedenfalls hatte dann der Kamerad mit Mordlust im Blick seine Muskete auf MacGregor angelegt. Obwohl er blitzschnell im Sattel gesessen und die Stute angetrieben hatte, war ihm die Kugel in die Schulter gedrungen.

Wieder fühlte er schmerzhaft das Geschoss in der Wunde. Obwohl sein Körper durch die Kälte ziemlich schmerzunempfindlich geworden war, quälte ihn die glühend heiße Stelle am Arm. Plötzlich schwanden seine Sinne, und dann spürte er nichts mehr.

Später war es wieder der Schmerz, der MacGregor zu sich brachte. Er lag ausgestreckt auf dem Rücken im Schnee und sah verschwommen das Niederwirbeln der weißen Flocken vor dem Hintergrund des düstergrauen Himmels. Noch schien er lebendig genug, Betroffenheit darüber zu empfinden, dass er vom Pferd gestürzt war. Mit großer Anstrengung gelang es ihm, sich auf die Knie aufzurichten. Geduldig wartete die Stute neben ihm und beäugte ihn mit einem Ausdruck sanfter Verwunderung.

»Ich verlasse mich darauf, dass du diesen kleinen Zwischenfall für dich behältst, altes Mädchen.« Der befremdliche Klang der eigenen Stimme ließ erstmals etwas wie Angst in ihm aufkeimen. Er biss knirschend die Zähne zusammen, griff nach den Zügeln und kam wankend auf die Beine. »Nun heißt es, schnell irgendwo Unterschlupf zu finden.« Er taumelte und begriff, dass er aus eigener Kraft nicht mehr aufsteigen konnte. So klammerte er sich fest, drückte sich gegen das Pferd und ließ sich todmüde weiterziehen.

Schritt für Schritt kämpfte er gegen das Verlangen, sich einfach fallen zu lassen und es der Kälte zu überlassen, ein Übriges zu tun. Man sagte ja, Tod durch Erfrieren käme fast schmerzlos, fast wie der Schlaf, kühl und ohne Qual. Aber wie konnte einer das wissen, noch nie war ein Toter ins Leben zurückgekehrt! Der Gedanke machte MacGregor lachen, doch das Lachen wurde zu einem Husten, der ihn noch mehr schwächte.

Er hatte jeglichen Sinn für Zeit, Entfernung oder Richtung verloren. Um sich wach zu halten, versuchte er krampfhaft, an seine Familie zu denken, an die Liebe der Eltern und Geschwister. Daheim im geliebten Schottland setzten sie alles daran, sich die Hoffnung zu bewahren. Seine Onkel, Tanten, die Vettern und Basen in Virginia taten ihrerseits alles, sich das Recht auf ein neues Leben in dem fremden Land zu erhalten. Und er selbst stand irgendwo dazwischen, hin- und hergerissen zwischen der Liebe zum Althergebrachten und der Begeisterung für das Neue. Hier wie dort hatten sie alle nur einen gemeinsamen Feind, die Engländer. Der bloße Gedanke daran gab MacGregor Kraft. Mochte der Teufel alle Engländer holen! Sie hatten seinen Namen auf die schwarze Liste gesetzt und seine Leute niedergemetzelt. Jetzt streckten die Rotröcke die gierigen Hände sogar über das Meer, damit der englische König seine zu strengen Gesetze durchdrücken und die harten Steuern eintreiben konnte.

MacGregor stolperte und verlor beinahe den Zügel. Einen Augenblick lang blieb er mit geschlossenen Lidern stehen, den Kopf an den Hals des Pferdes gelehnt. Das Gesicht des Vaters erschien ihm, sah ihn mit seinem stolzen Blick an.

»Erkämpfe dir deinen Platz im Leben«, hatte der Vater dem Sohn immer eingeschärft, »und vergiss niemals, dass du ein MacGregor bist!«

Nein, das würde er ganz gewiss nicht vergessen. Mühsam öffnete er die Augen, bemerkte durch das Schneegestöber hindurch die Umrisse eines Gebäudes. Behutsam blinzelte er, rieb sich mit der freien Hand die müden Augen. Das Bild blieb, grau zwar und verschwommen, aber wirklich.

»Na gut, altes Mädchen.« Er lehnte sich schwer an die Stute. »Vielleicht hat unsere letzte Stunde heute doch noch nicht geschlagen.« Schritt für Schritt schleppte er sich näher. Es war wohl eine Scheune, ziemlich groß und aus soliden Tannenstämmen gezimmert. Mit steifen Fingern machte er sich an dem Riegel zu schaffen. Die Knie drohten ihm den Dienst zu versagen. Und endlich stand MacGregor drinnen und spürte die wohltuend warme Nähe der Tiere im Zwielicht. Er wandte sich mit letzter Kraft einem Heuhaufen zu, bemerkte dahinter eine gescheckte Kuh. Sie äußerte ihre Ablehnung mit einem aufgeregten Muhen.

Es war das Letzte, was MacGregor wahrnahm.

Alanna legte ihren Wollumhang um. Das Feuer im Kamin in der Küche brannte hell. Es duftete schwach nach Holz. Selbst diese kleine Alltäglichkeit machte Alanna Freude. Heute war sie mit einem Gefühl glücklicher Erwartung aufgewacht. Wahrscheinlich hatte der Schnee diese Empfindung ausgelöst, obgleich der Vater beim Aufstehen das Wetter verwünscht hatte. Sie dagegen liebte das Schneetreiben und freute sich daran, wie das reine Weiß die kahlen Äste der Bäume bedeckte.

Schon ließ das Flockentreiben nach. Innerhalb der nächsten Stunde würde der Hof mit Fußspuren übersät sein, zu denen auch die ihren gehörten. Denn sie musste sich um die Tiere kümmern, Eimer mit Wasser heranholen, während die Männer Pferdegeschirre ausbesserten und Holz spalteten. Umso mehr genoss Alanna diesen Augenblick, schaute aus dem kleinen Fenster und freute sich an dem Anblick draußen.

Wenn der Vater sie bei so etwas überraschte, pflegte er den Kopf zu schütteln und sie eine Träumerin zu nennen. Das mag zwar rau klingen, dachte sie, aber niemals zornig, eher bedauernd. Auch die Mutter war eine solche Träumerin gewesen. Doch sie hatte sterben müssen, ehe ihr Traum von eigenem Land, einer Heimstatt und einem Leben ohne Not wahr geworden war.

Cyrus Murphy war kein harter Mann, war es wohl kaum jemals gewesen. Jetzt dachte Alanna anders darüber und verstand, dass einfach der Tod, der häufige Tod es gewesen sein musste, der den Vater rau und reizbar hatte werden lassen.

Erst zwei kleine Kinder, dann die geliebte Frau, ihre Mutter, und schließlich ein erwachsener Sohn, der junge Rory, der im Krieg gegen die Franzosen gefallen war. Und Alannas eigener Ehemann, der gute Michael Flynn, war ihnen, wenn auch auf eine weit weniger dramatische Weise, genommen worden. Auch er war von ihnen gegangen.

Eigentlich dachte Alanna nicht mehr allzu oft an Michael. Schließlich war sie nur drei Monate lang verheiratet gewesen, dagegen seit drei Jahren schon Witwe. Er war ein guter Mensch gewesen, und sie bedauerte es zutiefst, dass ihnen die Möglichkeit versagt geblieben war, eine richtige Familie zu gründen.

Heute war jedoch kaum der Tag, alten Sorgen nachzuhängen. Mit dieser Überlegung zog Alanna die Kapuze des Umhangs über den Kopf und ging hinaus. Jetzt war es an der Zeit, an Verheißungsvolles zu denken, an einen Neubeginn. Weihnachten rückte schnell näher, und sie war fest entschlossen, das Fest fröhlich zu gestalten. So manche Stunde hatte sie am Spinnrad und beim Stricken verbracht und neue Schals, Handschuhe und Mützen für die Brüder angefertigt, in Blau für Johnny, für Brian in Rot. Als Geschenk für den Vater hatte Alanna ein kleines Bild, das ihre Mutter zeigte, von einem Silberschmied am Ort rahmen lassen, was nicht eben billig gewesen war. Alanna wusste, dass sie in allem die richtige Auswahl getroffen hatte, auch was das Weihnachtsmahl betraf. Ihr lag so viel daran, die Familie zusammenzuhalten, ihr Sicherheit und häusliches Glück zu bieten.

Das Stalltor war nicht verriegelt. Ärgerlich zog sie es hinter sich zu. Immerhin war es besser, sie hatte es offen gefunden als etwa der Vater. Der hätte für den Jüngsten, für Brian, ein heftiges Wort gehabt. Beim Eintritt schob Alanna die Kapuze zurück und griff ganz mechanisch nach einem der Eimer, die neben der Tür hingen. Hier drinnen war es ziemlich dunkel, und Alanna entzündete eine Laterne. Nach dem Melken würden die Brüder das Vieh füttern und den Stall säubern, bevor sie die Eier holte und den Männern ein herzhaftes Frühstück bereitete.

Die junge Frau summte leise vor sich hin, während sie den breiten Mittelgang entlangging, und blieb plötzlich wie angewurzelt stehen. Ein fremdes Pferd stand mit hängendem Kopf offensichtlich erschöpft neben der scheckigen Kuh.

»Gerechter Gott!« Alanna fuhr sich mit der Hand zum Herzen, das auf einmal wild hämmerte. Das Pferd schnaubte, als wollte es sie begrüßen, und begann auf der Stelle zu treten. Wo es ein Pferd gab, konnte der Reiter nicht weit sein. Mit zwanzig Jahren war Alanna nicht mehr jung oder ahnungslos genug, um etwa anzunehmen, alle Fremden kämen in guter Absicht und bedeuteten für eine Frau, die allein war, keine Gefahr. Nun hätte sie kehrtmachen und davonlaufen oder nach dem Vater und den Brüdern rufen können. Aber mochte Alanna auch Michael Flynns Namen tragen, so war sie doch eine geborene Murphy. Und die Murphys zeigten so schnell keine Angst.

Mit hoch erhobenem Kopf setzte sie ihren Weg fort und sagte laut: »Wer sind Sie, Sir, und was suchen Sie hier?«

Erneutes Schnauben der Stute war die einzige Antwort. Alanna trat näher und streichelte dem Tier die Nüstern. »Du scheinst ja einen recht nachlässigen Herrn zu haben, der dich nass und gesattelt einfach so stehen lässt.« Zornig über eine solche Behandlung des Tieres stellte sie den Eimer nieder und erhob die Stimme noch mehr. »Heraus mit Ihnen! Sie befinden sich hier auf Murphys Grund und Boden.«

Die Kühe muhten. Eine Hand in die Hüfte gestemmt, sah sich Alanna um, bevor sie weitersprach. »Niemand macht Ihnen einen Vorwurf, dass Sie sich vor dem Schneesturm hierher geflüchtet haben, und Sie können auch ein anständiges Frühstück haben. Doch warum behandeln Sie Ihr Pferd derartig schlecht?«

Als sie immer noch keine Antwort bekam, wunderte sich Alanna sehr. Dann begann sie selbst, dem Tier den Sattel abzunehmen. Dabei stolperte sie beinahe über ein Paar Stiefel. Sie blickte erstaunt darauf nieder und stellte beiläufig fest, dass es sich sogar um sehr gute Stiefel handelte. Sie ragten aus der Box der gescheckten Kuh, und das feine braune Leder war von Schnee und Schlamm fleckig geworden. Alanna trat näher und bemerkte nun den Fremden in seiner wettergegerbten Büffellederkleidung, der regungslos dort im Heu lag. Was für ein stattlicher Mann! Vorsichtig kam sie noch dichter heran, musterte die schmalen Hüften, den kostbaren Ledergürtel. Über der Jacke trug der Schlafende einen schweren Pelz.

Sie konnte sich nicht erinnern, jemals einen so gut aussehenden Mann in dieser Gegend bemerkt zu haben. Und da er sich ihren Stall als Zufluchtsort ausgesucht hatte, fand Alanna nichts dabei, sich ihn erst einmal richtig anzuschauen. Er ist sehr groß, stellte sie fest, als sie die Laterne hochhielt und ihn im Licht eingehend betrachtete. Größer als ihre Brüder auf jeden Fall. Sie beugte sich über ihn, ließ den Blick über das dunkle Haar gleiten. Es war nicht richtig braun, sondern von dunklem Rost, beinahe wie das Fell von Brians Fuchswallach. Der Fremde trug keinen Bart, aber jetzt war das Gesicht von Stoppeln bedeckt. Sehr ansprechend, dachte Alanna mit echt weiblichem Wohlgefallen, ein ausdrucksvolles Gesicht mit fest gefügten Zügen, fast ein wenig aristokratisch durch die hoch gewölbten Brauen und den markanten Schnitt. Genau so stellte man sich wohl einen Mann vor, bei dessen Anblick ein Frauenherz höher schlug. Aber das war es nun ganz und gar nicht, was sie interessierte. Sie machte sich nichts aus derartigen Gedanken. Ihr war bloß daran gelegen, dass dieser

Mensch aufstehen und ihr aus dem Weg gehen sollte, sodass sie endlich anfangen konnte, die Kuh zu melken.

»Sir?« Sie stieß seinen Stiefel mit der Schuhspitze leicht an. Er rührte sich nicht. Alanna stemmte die Arme in die Hüften und nahm an, dass er sinnlos betrunken sein müsste. Aus welchem Grunde konnte er sonst schlafen wie ein Toter? »Aufwachen, Sie da! Ich kann nicht melken, wenn Sie mir so vor den Füßen liegen.« Ungeduldig versetzte sie ihm einen derben Stoß. Nur ein schwaches Stöhnen war die Antwort. »Na gut!« Sie beugte sich zu ihm nieder und wollte ihn eben tüchtig rütteln, darauf gefasst, dass ihr eine Wolke von Alkoholdunst entgegenschlagen würde. Stattdessen nahm sie süßlichen Blutgeruch wahr.

Mit einem Schlag war aller Zorn verflogen. Alanna kniete sich hin und schob behutsam den dichten Pelz von den Schultern des Fremden. Ihr stockte der Atem, als sie bemerkte, dass sein ganzer Arm rot von Blut war. Sie tastete nach dem Puls. »Immerhin ist er noch am Leben«, murmelte sie. »Und mit Gottes Hilfe und ein bisschen Glück soll es auch dabei bleiben.«

Gerade als sie nach ihren Brüdern rufen wollte, umklammerte er ihr Handgelenk, und sie sah, dass er die Augen geöffnet hatte. Sie waren grün, mit einem leicht blauen Schimmer, und ließen einen an das Meer denken. Jetzt freilich verrieten sie, dass der Mann Schmerzen litt. Sofort empfand Alanna Mitleid und beugte sich näher zu ihm, um ihm zu helfen. Dabei griff sie vergeblich Halt suchend ins Heu, weil er sie aus dem Gleichgewicht brachte und zu sich herunterzog, sodass sie beinahe auf ihm lag. Sein Körper strahlte glühende Hitze aus. Alannas empörten Ausruf erstickte der Fremde mit seinen Lippen.

Es war ein kurzer, doch erstaunlich fester Kuss. Dann sank der Kopf des Verletzten kraftlos zurück in den Heuhaufen. Er blickte sie mit seinen blau-grünen Augen an, hob eine Braue und schenkte ihr ein flüchtiges und ziemlich keckes Lächeln.

»Na, immerhin bin ich noch nicht gestorben«, sagte der Fremde mit leiser Stimme. »Lippen wie die Ihren gibt es wohl kaum in der Hölle.«

Wenn dies etwa ein Kompliment sein sollte, so habe ich schon bessere gehört, dachte Alanna und versuchte, ihrer Überraschung Herr zu werden. Ehe sie ihm dies aber sagen konnte, waren seine Sinne bereits wieder geschwunden.

2. Kapitel

Er trieb jetzt wie in einem aufgewühlten Meer aus Schmerzen. Ein guter Schuss Whisky wärmte ihm den Magen und vernebelte seine Sinne. Trotzdem erinnerte er sich an einen betäubenden Stich, an ein glühend heißes Messer, das ihm ins Fleisch geschnitten hatte, und an derbe Flüche, die auf ihn herabgeprasselt waren. Dann umschloss eine warme Hand trostvoll die seine, hielt ihn, und er fühlte wohltuend kühle Tücher auf der fiebernden Stirn. Dann musste er eine grässlich schmeckende Flüssigkeit schlucken.

Er schrie auf. Hatte wirklich er aufgeschrien? War jemand gekommen, jemand, der weiche Hände hatte, eine sanfte Stimme, jemand, von dem ein leichter Lavendelduft ausströmte, und hatte beruhigende Worte geflüstert? War es nicht eher Musik gewesen als eine Frauenstimme, so leise und melodisch? Ein schottisches Lied? Schottland! War er in Schottland? Das konnte nicht sein, denn als sie wieder zu ihm sprach, vermisste er das vertraute gerollte »R« und hörte stattdessen einen irischen Akzent.

Das Schiff. War es vom Kurs abgekommen und hatte ihn nach Süden getragen statt zurück in die Heimat? Er erinnerte sich an ein Schiff. Aber es hatte im Hafen vor Anker gelegen. Lachende Männer mit geschwärzten und verschmierten Gesichtern schwangen Äxte. Der Tee. Dieser verdammte Tee! Nun wusste er wieder alles, und das ließ ihn aufatmen. Er war angeschossen worden.

Dann kam der Schnee und mit ihm die Schmerzen. Eine Frau hatte ihn danach aufgeweckt, eine schöne Frau. Was hätte sich ein Mann Besseres wünschen können, als von einer schönen Frau aufgeweckt zu werden, sei es zum Leben oder zum Sterben? Der Gedanke machte ihn lächeln, und er öffnete die schweren Lider. Mochten Träume auch noch so vergänglich sein, dieser jedenfalls hatte seine angenehmen Seiten gehabt.

Jetzt erst bemerkte er sie. Sie saß am Fenster an einem Webstuhl in der Sonne. Das helle Licht ließ ihr Haar leuchten. Schwarz war es, so schwarz wie das Gefieder eines Raben im Walde. Sie trug ein schlichtes blaues Wollkleid und darüber eine weiße Schürze. Er stellte fest, dass die Frau gertenschlank war und mit geschickten Händen das Schiffchen bediente. Mit regelmäßigem Klicken wob sie einen rot-grün gemusterten Stoff. Sie sang leise bei dieser Arbeit, und er erkannte die Stimme wieder. Sie und keine andere hatte ihm Trost gespendet, als er sich im Traum durch glühende Hitze und eisige Kälte kämpfte. Er konnte nur ihr Profil sehen: Die Haut war sehr hell, bloß die Wangen verrieten eine schwache Röte, die Lippen schön geschwungen und verheißungsvoll, ein angedeutetes Grübchen im Mundwinkel. Ihre kleine Nase streckte sich ziemlich keck nach oben.

Wie friedlich! Ihr bloßer Anblick wirkte so beruhigend, dass der Kranke am liebsten die Augen geschlossen und weitergeschlafen hätte. Doch er widerstand dieser Versuchung. Nein, er wollte die junge Frau näher betrachten. Und sie sollte ihm sagen, wo er sich hier befand.

Bei seiner ersten Bewegung hob Alanna sofort den Kopf und wandte sich ihm zu. Nun konnte er ihre Augen sehen, blau und leuchtend wie Saphire. Er schaute sie an, nahm alle Kraft zusammen und wollte sprechen. Alanna war aufgestanden, glättete ihre Schürze und trat an sein Lager. Kühl berührte ihre Hand seine Stirn, wohltuend und beruhigend. Schnell und doch sehr behutsam prüfte sie den Verband.

»So sind Sie also zu den Lebendigen zurückgekehrt?«,

fragte sie, ging zu einem Tisch, der in der Nähe stand, und goss etwas in einen Zinnbecher.

»Das wissen Sie besser als ich«, brachte er mühsam heraus. Sie lachte leise und hielt ihm den Becher an die Lippen. Der Geruch schien vertraut, wenn auch nicht gerade angenehm. »Was, zum Teufel, ist denn das?«

»Etwas, das Ihnen guttun wird«, erklärte sie und nötigte ihn zum Trinken, ohne seine Abwehr zu beachten. Auf seinen finsteren Blick hin lachte sie wieder. »Sie haben es oft genug ausgespuckt, nun weiß ich, dass ich mich vorsehen muss.«

»Wie lange?«

»Was meinen Sie? Wie lange Sie schon bei uns sind?« Wieder legte sie die Hand prüfend auf seine Stirn. Das Fieber war in der vergangenen Nacht endlich abgeflaut, doch Alanna führte diese Bewegung schon gewohnheitsmäßig aus. »Seit zwei Tagen. Wir haben den 20. Dezember.«

»Mein Pferd?«

»Sie müssen sich keine Sorgen machen, es ist bestens versorgt, ihm fehlt nichts.« Alanna nickte, erfreut, dass er an das Tier gedacht hatte. »Jetzt freilich tun Sie besser daran, ein wenig weiterzuschlafen. Inzwischen werde ich Ihnen eine kräftigende Brühe bereiten, Mr. …?«

»MacGregor«, versetzte er. »Ich bin Ian MacGregor.«

»Ruhen Sie sich aus, Mr. MacGregor.«

Er streckte die Hand nach der ihren aus und dachte, dass sie so klein und doch so energisch sei. »Und wie heißen Sie?«

»Alanna Flynn.« Sie stellte fest, dass er eine recht angenehme Hand hatte, nicht so rau wie die des Vaters oder der Brüder, aber fest. »Sie sind uns willkommen hier, bleiben Sie, bis es Ihnen wieder ganz gut geht.«

»Danke.« Er behielt ihre Hand in der seinen und ließ sie nicht los. Alanna erinnerte sich daran, dass MacGregor sie im Stall so überraschend geküsst hatte, obwohl er dem Verbluten nahe gewesen war, und entzog ihm behutsam, aber bestimmt ihre Hand. Er musste lachen, weil er wusste, warum sie das tat. »Ich stehe tief in Ihrer Schuld, Miss Flynn.«

»Allerdings.« Sie stand auf und sagte hoheitsvoll: »Übrigens bin ich Mrs. Flynn.«

Warum nur war er so enttäuscht bei diesen unerwarteten Worten? Er hatte nichts dagegen, mit verheirateten Frauen zu schäkern, wenn sie nur hübsch und liebenswürdig waren. Trotzdem hätte er nie daran gedacht, über ein Lächeln und ein paar galante Komplimente hinauszugehen, sobald es sich um die Frau eines anderen Mannes handelte. Aber es war schade, jammerschade. Er musterte Alanna Flynn aufmerksam. Wirklich jammerschade.

»Ich bin Ihnen sehr zu Dank verpflichtet, Mrs. Flynn, Ihnen und Ihrem Gatten.«

»Sparen Sie sich Ihren Dank für meinen Vater.« Sie milderte den strengen Tonfall mit einem Lächeln, bei dem sich das Grübchen vertiefte. Natürlich war dieser Ian MacGregor ein ausgemachter Schelm, darüber bestand nicht der geringste Zweifel, aber immerhin sehr geschwächt und ihrer Obhut anvertraut. »Denn dies ist sein Haus, und er wird bald schon zurückkehren.« Die Arme leicht in die Hüften gestützt, schaute Alanna ihn an und stellte fest, dass er nicht mehr so totenblass aussah. Allerdings bedurfte seine lange Mähne dringend eines Kammes, und er hätte sich längst mal wieder rasieren müssen. Davon abgesehen, war er ein überaus ansehnlicher Mann. Sie wäre keine Frau gewesen, hätte sie nicht das gewisse Etwas in seinen Augen bemerkt, sobald er sie anblickte, und war deshalb wohlweislich auf der Hut.

»Wenn Sie doch nicht mehr schlafen wollen, können Sie ja auch gleich etwas essen. Ich werde Ihnen die Brühe holen.« Sie ließ ihn allein und wandte sich zur Küche. Ihre Absätze klapperten leicht auf dem Bohlenboden.

Nachdem sie gegangen war, lag Ian MacGregor ganz still und ließ die Blicke durch den Raum schweifen. Dieser Vater von Alanna Flynn schien ein begüterter Mann zu sein. Die Fenster waren verglast, die Wände getüncht. Der Strohsack, auf dem Ian lag, befand sich in der Nähe des Feuers. Der offene Kamin war aus einem Stein gemauert, der hier in der Gegend gebrochen wurde, der Kessel über der Feuerstelle blitzblank. Kerzen standen in hübschen Leuchtern neben zwei bemalten Porzellangefäßen. Über dem Sims hingen Jagdszenen und eine prächtige Flinte. Den Webstuhl hatte man unter das Fenster gerückt, und in der Ecke sah er ein Spinnrad. Die Möbel waren sorgfältig abgestaubt. Einige bestickte Kissen gaben dem Ganzen die wohnliche Note. Über allem hing der Duft von Bratäpfeln und Gewürzen. Ein behagliches Heim, dachte Ian MacGregor, der Wildnis abgetrotzt. Und ein Mann, der sich dergleichen geschaffen hatte, war aller Achtung wert. Doch einer, der sich etwas aufgebaut hatte, musste es auch bewahren, wenn nötig, mit der Waffe in der Hand.

Oh ja, es gab noch Dinge, um derentwillen es sich zu kämpfen lohnte und sogar zu sterben! Die Heimat etwa oder die eigene Frau und vor allem die Freiheit. Dafür hätte Ian jederzeit den Degen gezogen. Als er versuchte, sich aufzusetzen, drehte sich der gemütliche Raum beängstigend im Kreise.

»Das ist nun wieder typisch Mann.« Alanna war mit einer Schüssel Suppe eingetreten. »Macht man so meine Arbeit zunichte? Bleiben Sie still liegen, immerhin sind Sie noch schwach wie ein kleines Kind, aber doppelt so anstrengend.«

»Mrs. Flynn ...«

»Erst essen Sie, reden können Sie später immer noch!«

Außerstande, sich dem Befehl zu widersetzen, schluckte Ian MacGregor den ersten Löffel voll, den sie ihm in den Mund schob. »Die Brühe schmeckt wunderbar, Mrs. Flynn, aber ich kann selbst essen.«

»Um mir die Suppe dabei über die sauberen Decken zu schütten? Vielen Dank! Sie werden Ihre Kraft noch brauchen«, beschwichtigte ihn Alanna, als wäre er einer ihrer Brüder. »Sie haben eine Menge Blut verloren, ehe Sie zu uns kamen, und noch mehr, als die Kugel entfernt wurde.« Sie sprach ganz ruhig, während sie ihn Löffel für Löffel fütterte, und ihre Hand zitterte nicht dabei, doch ihr Herz klopfte ein wenig stärker als sonst.

Ein zarter Duft nach Lavendel ging von ihr aus, und Ian fand nun, dass es eigentlich ganz angenehm war, sich von ihr die Brühe einflößen zu lassen.

»Wäre es nicht so kalt gewesen«, fuhr Alanna fort, »hätte die Schusswunde noch mehr geblutet, und Sie wären vermutlich im Wald gestorben.«

»Dann habe ich wohl dem Wetter genauso viel zu verdanken wie Ihnen?«

Sie streifte ihn mit einem strengen Blick. »Die Wege des Herrn sind unerforschlich. Offensichtlich hielt Er es für angebracht, Sie am Leben zu erhalten, nachdem Sie das Ihre getan hatten, um zu sterben.«

»Und deshalb gab Er mich in die Hand des Nächsten.« Wieder lächelte Ian MacGregor unwiderstehlich. »Ich bin noch nie in Irland gewesen, aber es heißt, es sei wunderschön.«

»Das sagt auch mein Vater. Ich selbst bin hier geboren.«

»Trotzdem hört man Ihnen die Irin an.«

»Und Ihnen den Schotten.«

»Es ist schon fünf Jahre her, seitdem ich Schottland zuletzt gesehen habe.« Ein Schatten huschte über Ians Gesicht. »Ich habe einige Zeit in Boston gelebt, bin dort erzogen worden und habe auch Freunde in der Gegend.«

»Erzogen?« Es war ihr bereits an seiner Art zu sprechen aufgefallen, dass er gute Schulen besucht haben musste, und sie hatte ihn deshalb schon im Stillen beneidet.

»In Harvard.« Er schmunzelte.

»Ich verstehe.« Nun beneidete ihn Alanna noch mehr. Wenn ihre Mutter länger gelebt hätte … Aber sie war gestorben, und es war nicht mehr als ein oder das andere Buch geblieben, nach dem Alanna lesen und schreiben lernen konnte. »Hier sind Sie etwa einen Tagesritt von Boston entfernt. Gibt es dort in der Stadt vielleicht Verwandte oder Freunde, die sich schon um Sie Sorgen machen werden?«

»Nein, niemanden.« Er verspürte den Wunsch, sie zu berühren. Natürlich war das ungehörig und widersprach seiner Ehre als Gentleman. Trotzdem drängte es Ian zu fühlen, ob ihre Wange so seidenweich war, wie sie aussah, das Haar so dicht und schwer und der Mund so frisch.

Sie hob die Lider, und ein Blick aus den klaren blauen Augen traf den seinen. Einen Moment lang konnte Ian nichts sehen als ihr Gesicht, über das seine geneigt. Und da erinnerte er sich. Einmal schon hatte er diese Lippen geküsst. Gegen seine eigentliche Absicht konnte er den Blick nicht abwenden, bis Alanna sich aufrichtete. Seine Blicke folgten ihr, weniger reuevoll als belustigt.

»Ich muss mich entschuldigen, Mrs. Flynn. Ich war nicht wirklich Herr meiner Sinne, als Sie mich im Stall fanden.«

»Dann sind Sie allerdings sehr schnell zu sich gekommen«, sagte sie ungehalten, und er lachte, bis er vor Schmerz zusammenzuckte.

»So muss ich mich umso mehr entschuldigen und kann nur hoffen, dass Ihr Mann mich nicht zum Duell fordert.«

»Die Gefahr besteht nicht. Er ist seit drei Jahren tot.«

Blitzschnell hob Ian den Kopf, doch Alanna flößte ihm ungerührt einen Löffel Suppe ein. Selbst wenn Gott Ian auf der Stelle hätte tot umfallen lassen, so hätte ihn das nicht dazu bringen können, es aufrichtig zu bedauern, dass dieser Mr. Flynn zu seinem Schöpfer heimgegangen war. Immerhin, überlegte Ian, habe ich diesen Mann nicht persönlich gekannt. Und man konnte sich kaum etwas Besseres vorstellen, als ein oder zwei Tage unter der Obhut einer hübschen jungen Witwe zu verbringen, bevor man wieder genesen war.

Wie ein Jagdhund das Wild wittert, so ahnte Alanna die Gedanken ihres Schützlings, stand auf und entfernte sich aus seiner Reichweite. »Jetzt sollten Sie unbedingt erst einmal schlafen.«

»Mir ist, als hätte ich seit Wochen nur geschlafen.« Sie war aber auch gar zu reizend mit ihren verheißungsvollen Rundungen, und nun errötete sie auch noch liebreizend. Er nahm Zuflucht zu seinem gewinnendsten Lächeln. »Dürfte ich Sie bemühen, mir in einen Sessel zu helfen? Ich würde mich gleich besser fühlen, wenn ich nicht mehr liegen müsste. Vielleicht könnte ich ein wenig aus dem Fenster schauen?«

Alanna zögerte. Nicht, dass sie gefürchtet hätte, ihn nicht stützen zu können. Nein, sie traute sich wahre Bärenkräfte zu. Aber sie fürchtete, dass er die dabei unvermeidliche Nähe ausnutzen würde, um die Grenzen der Schicklichkeit zu verletzen. Trotzdem sagte sie: »Na schön, wenn Sie das meinen. Lehnen Sie sich auf mich und seien Sie nicht allzu voreilig!«

»Gern doch.« Er griff nach ihrer Hand und zog sie an die Lippen. Bevor Alanna sie ihm entziehen konnte, tat er, was bisher noch keiner getan hatte: Er küsste ganz zart auch die Innenfläche. Alanna schlug das Herz bis zum Halse hinauf.

»Ihre Augen haben die Farbe von Edelsteinen, die ich einmal an einer Halskette der französischen Königin gesehen habe. Man nennt sie Saphire. Welch ein verheißungsvolles Wort!«, murmelte er.

Sie bewegte sich nicht, konnte sich nicht rühren. Nie zuvor hatte ein Mann sie so angeschaut. Sie spürte, wie ihr plötzlich heiß wurde, die Kehle war wie ausgetrocknet, der Puls klopfte fühlbar. Wieder lächelte Ian MacGregor unwiderstehlich. Hastig entzog sie ihm die Hand.

»Sie sind ein arger Schmeichler, Mr. MacGregor.«

»Mag sein, aber das ändert nichts an den Tatsachen. Sie sind schön, so schön wie Ihr Name, Alanna.« Er dehnte jedes Wort, jede Silbe.

Alanna konnte sich Klügeres denken, als auf dergleichen Schmeicheleien hereinzufallen, auch wenn ihre Handfläche noch immer brannte. »So heiße ich nun einmal, und Sie sollten warten, bis ich Ihnen gestatte, mich ›Manna‹ zu nennen.« Erleichtert hörte sie Geräusche vor dem Haus und drehte ein wenig den Kopf. Ian hatte auch etwas vernommen und blickte zur Tür. »Das wird mein Vater sein mit meinen Brüdern. Wenn Sie sich also ans Fenster setzen wollen, können die beiden Ihnen bestimmt besser behilflich sein.« Damit ging sie den Männern entgegen.

Diese würden hungrig sein und frieren und die Fleischpastete mitsamt dem Apfelkuchen hinunterschlingen, ohne auch nur einen Gedanken daran zu verschwenden, wie viel Zeit und Mühe Alanna aufgewendet hatte. Der Vater würde wie immer mehr über das jammern, was noch ungetan geblieben war, als sich zu freuen, dass anderes geschehen war. Johnny mochte nur danach streben, möglichst schnell ins Dorf zu reiten, um die junge Mary Wyeth zu umwerben. Brian steckte dann wahrscheinlich seine Nase in eines der wenigen Bücher, die er besonders liebte, um beim Feuer zu lesen, bis ihm die Augen zufielen.

Die Männer brachten einen Schwall Kälte von draußen mit und Schneematsch.

Ian MacGregor entspannte sich, als er bemerkte, dass es sich wirklich um Alanna Flynns Familie handelte. Vielleicht war es verrückt gewesen, einen Augenblick lang anzunehmen, die Rotröcke hätten ihn trotz des Schnees bis hierher verfolgt, doch er war eben ein Mann, der stets wachsam blieb. Er musterte die drei Männer. Eigentlich waren es nur zwei, der dritte schien eher ein Halbwüchsiger. Einer war schon älter, kaum größer als Alanna und vierschrötig. Harte Jahre hatten das gerötete Gesicht gegerbt, nur die Augen wiesen Ähnlichkeit auf mit denen seiner Tochter, wenngleich sie heller waren. Das Haar, schütter und rotblond, wurde sichtbar, als er die Mütze abnahm.

Der ältere Sohn glich dem Vater, war aber größer und schlanker von Statur. In dem Gesicht zeichneten sich innere Ruhe und Geduld ab – Eigenschaften, die Mr. Murphy wohl fehlten. Der Jüngste war das ganze Ebenbild des Bruders, nur die glatten Wangen verrieten den Knaben. Haar und Augen leuchteten in denselben Farben wie bei der Schwester.

»Unser Gast ist endlich aufgewacht«, verkündete Alanna, und drei Augenpaare wurden ihm zugewandt. »Ian MacGregor, dies ist mein Vater Cyrus Murphy mit meinen Brüdern John und Brian.«

»MacGregor«, wiederholte der alte Murphy mit polternder Stimme, »ein ungewöhnlicher, etwas seltsamer Name.«

Trotz der Schmerzen straffte Ian MacGregor die Schultern und zwang sich dazu, so gerade wie möglich zu sitzen. »Ich bin stolz, ihn zu tragen.«

»Ein Mann sollte auch auf seinen Namen stolz sein«, pflichtete ihm Cyrus Murphy bei, »es ist immerhin alles, was er mitbekommt, wenn er geboren wird. Ich bin übrigens heilfroh, dass Sie sich zum Weiterleben entschlossen haben, denn der Boden ist gefroren, und wir hätten Sie nicht vor dem Frühling begraben können.«

»Ich muss gestehen, dass ich auch erleichtert bin, dass es nicht so gekommen ist.«

Die Antwort fiel zu Murphys Zufriedenheit aus, denn er nickte. »Wir wollen uns die Hände waschen und dann zu Tisch gehen.«

»Johnny!« Alanna legte ihrem Bruder die Hand auf den Arm

und hielt ihn zurück. »Könntest du vorher noch Mr. MacGregor helfen, sich ans Fenster zu setzen?«

John schaute zu Ian hinüber und grinste. »Sie sind ein Kerl wie eine Eiche, MacGregor. Wir hatten alle Mühe, Sie ins Haus zu schleppen. Brian, fass mit an!«

»Danke.« Ian MacGregor unterdrückte mit zusammengebissenen Zähnen ein Ächzen, als die beiden Burschen ihn packten. Er verwünschte die Schwäche in seinen Beinen und schwor sich, am folgenden Tag aufzustehen und gehen zu üben, koste es, was es wolle. Schließlich setzten ihn die Brüder beim Fenster in den Sessel.

»Sie halten sich gut, wenn man bedenkt, dass Sie um ein Haar das Zeitliche gesegnet hätten«, sagte Johnny. Er konnte dem Verwundeten seine unausgesprochene Enttäuschung nachfühlen, sich nicht ohne fremde Hilfe fortbewegen zu können.

»Ich komme mir vor, als hätte ich allein ein ganzes Fass Rum geleert und wäre danach bei rauer See hinausgesegelt in ein Unwetter.«

»Nur Geduld.« Johnny klopfte ihm freundschaftlich auf die gesunde Schulter. »Manna wird Sie schon wieder auf die Füße bringen.« Damit ging auch er hinaus und schnupperte den Duft der mit allerlei Kräutern gewürzten Fleischpastete.

»Mr. MacGregor?« Vor ihm stand der junge Brian, in den Augen Scheu und eine drängende Frage zugleich. »Nicht wahr, Sie sind noch zu jung, um 1745 mitgekämpft zu haben?« Als er sah, wie Ian MacGregor erstaunt aufblickte, sprach Brian hastig weiter: »Ich habe viel gelesen über den Aufstand des Stuart-Prinzen Charles und über die Schlachten. Aber damals waren Sie sicher noch nicht alt genug, um dabei zu sein.«

»Ich wurde erst 1746 geboren«, erzählte ihm Ian, »während der Niederlage von Culloden. Mein Vater focht auf Seiten der Aufständischen, mein Großvater fiel damals.«

Brian schaute ihn mit weit geöffneten Augen eindringlich an. »Dann können Sie mir gewiss mehr sagen, als in den Büchern geschrieben steht.«

»Sicherlich.« Ian lächelte ein wenig. »Das könnte ich.«

»Brian!« Alannas Stimme klang ermahnend. »Mr. MacGregor braucht Ruhe.«

Der Junge wich zurück, ohne den Blick von MacGregor zu wenden. »Könnten wir nach dem Abendessen weiterreden, wenn Sie nicht zu erschöpft sind?«

Ian übersah Alannas Unheil verkündende Miene und lächelte Brian an. »Das täte ich sehr gern.«

Alanna wartete, bis Brian außer Hörweite war. Der kaum gebändigte Zorn in ihrer Stimme, als sie zu sprechen begann, überraschte ihn. »Ich werde es nicht zulassen, dass Sie ihm Flausen in den Kopf setzen von Glanz und Gloria des Krieges, von Schlachten und dergleichen.«

»Er scheint mir doch alt genug zu sein, um selbst zu entscheiden, worüber er sich unterhalten möchte.«

»Er ist noch ein halbes Kind, und es ist nur zu leicht, ihn für solchen Unsinn zu begeistern.« Sie strich glättend über die Schürze. Der Ausdruck ihrer Augen blieb gleichmütig und verriet nichts von ihren Gedanken. »Wahrscheinlich kann ich Brian nicht davon abhalten, ins Dorf hinunterzurennen, um auf dem Anger mit den anderen Burschen zu exerzieren. Aber im Hause will ich kein Wort über Krieg und Kampf hören.«

»Bald wird es nicht mehr nur bei Worten bleiben, sehr bald schon«, sagte Ian MacGregor sanft. »Und es wäre töricht für einen Mann – und eine Frau –, dann nicht dafür gerüstet zu sein. Jeder sollte sich bereits jetzt darauf vorbereiten.«

Alanna erblasste, zuckte aber mit keiner Wimper. »In diesem Hause wird dennoch nicht von Krieg gesprochen«, wiederholte sie und strebte dann rasch hinaus.

3. Kapitel

Am nächsten Morgen erwachte Ian MacGregor früh vom silberblassen Schein der Wintersonne und auch von dem angenehmen Duft frisch gebackenen Brotes. Eine Weile blieb er ganz ruhig liegen und genoss die Geräusche und Gerüche dieser Tageszeit. Das Feuer brannte schon hell und verbreitete wohlige Wärme. Aus der Küche vernahm er Alannas Stimme. Wieder sang sie ein Lied. Erst war er so sehr gefesselt von dem bloßen Klang, dass er dem Text keine Aufmerksamkeit schenkte. Später erst machte Ian große Augen, anfangs vor Erstaunen, dann aber vor Belustigung.

Es war ein ziemlich anzügliches Liedchen, das eher zu einem Seemann oder einem Betrunkenen gepasst hätte, als zu einer ehrbaren jungen Witwe. Die reizende Alanna schien demnach einen Sinn für handfeste Späße zu haben. Das machte sie nur noch liebenswerter für ihn, wenngleich er bezweifelte, dass ihr die Worte so leicht über die Lippen gekommen wären, hätte sie daran gedacht, dass er ihr zuhörte. Vorsichtig, um jeden Laut zu vermeiden, versuchte Ian sich zu erheben. Es dauerte ziemlich lange, bis er aufrecht dastand, und er fühlte sich zugleich schwach, schwindlig und wütend. Er musste sich mit einer Hand gegen die Wand stützen und ein wenig warten, weil er wie ein alter Mann schwankte. Als er endlich wieder richtig atmen konnte, machte er einen unsicheren Schritt nach vorn. Sofort drehte sich das Zimmer um ihn, er biss die Zähne zusammen, bis es wieder zur Ruhe gekommen war. Der Arm schmerzte heftig. Indem sich Ian auf das Pochen und Stechen konzentrierte, gelang es ihm, einen weiteren Schritt zu gehen und noch einen. Wie gut, dass niemand in der Nähe war, seine mühseligen und beschämenden Anstrengungen mit anzusehen.

Welch ein demütigender Gedanke, dass eine winzige Bleikugel Ian MacGregor hatte zu Fall bringen können! Dass es noch dazu eine englische gewesen war, trieb ihn umso heftiger, einen Fuß vor den anderen zu setzen, obwohl die Beine nicht recht mochten und ihm der kalte Schweiß ausbrach. Das Herz dagegen war erfüllt von unbändigem Stolz. Wenn er schon überlebt hatte, um weiterkämpfen zu können, so wollte er das auch tun, verdammt noch mal! Und dazu musste er erst einmal wieder gehen können.

Als Ian endlich in der Küchentür stand, erschöpft und schweißgebadet von der Anstrengung, sang Alanna ein Weihnachtslied. Es schien ihr keineswegs unvereinbar, in einem Augenblick von drallen Frauenzimmern zu trällern und im nächsten von der Verkündigung der Engel. Ian freilich war es ziemlich gleich, was Alanna sang. Er schaute sie an und lauschte. Er war einerseits fest davon überzeugt, dass ein MacGregor nur in den Highlands würde leben wollen, doch es schien ihm ebenso sicher, dass er den Klang dieser Stimme nie mehr im Leben vergessen konnte. Bis ins Grab würde ihm der klare Gesang in den Ohren klingen, in dem ein wehmütiger Ton mitschwang. Das Lied handelte von einem Mädchen mit schwarzem Haar und erweckte in Ian die Vorstellung, wie Alannas Haar gelöst über ein Kissen floss. Über sein Kissen, stellte er mit einem Zusammenzucken fest.

Gerade dort wollte er sie zweifellos haben. Die Erkenntnis traf ihn so jäh, dass ihm war, als könne er spüren, wie die weichen, seidigen Wellen durch seine Finger glitten.

Jetzt allerdings waren die rabenschwarzen Locken unter einem weißen Häubchen verborgen. Alanna hätte unerhört ehrbar und streng aussehen können, wären da nicht einzelne

Kringel gewesen, die sich höchst verführerisch, wie es ihm schien, um Alannas Nacken ringelten. Es fiel Ian schwer, nicht zu denken, wie es wohl wäre, wenn seine Finger dort die Haut streichelten, er ihre Glut spürte, wenn Alanna sich unter seinem Körper bewegte.

Ob sie wohl im Bett auch so erfahren sein mochte wie am Herd? Ian überlegte. Eigentlich konnte er so schwach nicht sein, wenn sich jedes Mal beim bloßen Anblick dieser Frau sein Blut regte und er zwangsläufig nur das eine denken konnte. Hätte er nicht fürchten müssen, er würde der Länge nach auf die Nase fallen und sich unsterblich blamieren, er wäre auf Alanna zugegangen, um sie an sich zu ziehen und zu küssen. Stattdessen wartete er und konnte nur hoffen, dass ihm die Beine bald gehorchen würden.

Alanna knetete Teig, mit kleinen flinken Händen bearbeitete sie die Masse, schob und presste und formte sie geduldig und unermüdlich. Auf den heißen Steinen im Kamin lagen bereits einige fast fertig gebackene Brote. Während Ian die Frau beobachtete, schossen ihm solch wunderbar wollüstige Gedanken durch den Sinn, dass er leise aufstöhnte.

Blitzschnell wandte Alanna sich herum, ohne den Teig loszulassen. Als sie Ian mit offenem Hemd auf der Schwelle stehen sah, fragte sie sich, wie sie ihn wohl dazu bringen könnte, noch einmal ihre Hand zu küssen. Gleichzeitig schämte sie sich dieses Wunsches, ließ den Brotteig auf den Tisch klatschen, unwillig über sich selbst, und kam hastig auf ihn zu. Er war kreidebleich und schwankte. Aus Erfahrung wusste Alanna, dass sie, wenn er zusammenbräche, ihn nicht allein auf sein Lager zurückschleppen könnte.

»Aber, aber, Mr. MacGregor, stützen Sie sich auf mich!« Da der Küchenstuhl näher und Ians Körpergewicht beachtlich war, führte sie ihn lieber erst einmal dorthin, bevor sie ihn zu schelten begann. »Dummkopf!«, sagte sie. Doch es klang eher beifällig als zornig. »Aber mir scheint, dass alle Männer so sind. Sie hätten das besser bleiben lassen sollen, damit Ihre Wunde nicht wieder zu bluten anfängt. Immerhin habe ich eben erst den Boden geschrubbt und möchte nicht schon wieder Flecken darauf haben.«

»Zu Befehl, gestrenge Dame!« Es war keine besonders geistreiche Erwiderung, aber ihm fiel nichts Besseres ein, während ihn ihr Duft fast verrückt vor Verlangen machte und ihr Gesicht so dicht vor dem seinen war, dass er jede einzelne seidig schwarze Wimper hätte zählen können.

»Sie hätten doch bloß rufen müssen«, fuhr sie fort, ein wenig beruhigt, als sie sah, dass der Verband trocken geblieben war. Als wäre Ian nur einer ihrer Brüder, knöpfte sie ihm das Hemd zu. Ian unterdrückte gewaltsam ein Aufstöhnen.

»Ich wollte mir ein wenig die Beine vertreten.« Jetzt regte sich das Blut in seinem Körper nicht bloß, sondern geriet in wilde Aufruhr. Das verriet der Unterton seiner Stimme. »Wenn ich immer nur liege, werde ich kaum so schnell wieder auf die Füße kommen.«

»Sie werden erst aufstehen, wenn ich es Ihnen erlaube, und nicht vorher!« Damit trat Alanna von ihm weg und begann etwas in einem Zinnbecher zu mischen. Ian schnupperte vertrauten Geruch, und sein Magen krampfte sich zusammen.

»Ich trinke keinen Tropfen mehr von diesem Gebräu.«

»Natürlich werden Sie das, und Sie werden hübsch dankbar sein!« Sie stellte das Gefäß unsanft auf den Tisch. »Sonst bekommen Sie überhaupt nichts zu essen.«

Der Blick, den Ian ihr zuwarf, hatte früher bewirkt, dass erwachsene Männer zurückgewichen waren und schleunigst das Weite gesucht hatten. Sie stemmte bloß die Arme in die Seiten und hielt ungerührt stand.

»Sie sind mir nur böse, weil ich gestern Abend noch mit dem jungen Brian geplaudert habe.«

Sie legte den Kopf in den Nacken, nur ein wenig, gerade genug, um ihren Unwillen mit einer Spur von Hochmut zum Ausdruck zu bringen. »Wenn Sie sich ausgeruht hätten, statt über Kriegsruhm zu faseln, wären Sie jetzt nicht so schwach und reizbar.«

»Ich bin weder das eine noch das andere.«

Sie wandte sich achselzuckend ab, und Ian wünschte sich nichts mehr, als sicher und fest auf den Beinen zu stehen. Denn dann hätte er sie geküsst, bis ihr die Sinne schwanden, und ihr gezeigt, aus welchem Stoff ein MacGregor gemacht war. »Wenn ich gereizt bin, dann nur, weil ich beinahe verhungere«, stieß er zwischen den Zähnen hervor.

Zufrieden, dass sie die Oberhand behalten hatte, lächelte ihm Alanna zu. »Sobald Sie den Becher ausgetrunken haben, bekommen Sie das Frühstück, aber keinen Moment früher!« Mit wehenden Röcken kehrte sie an die Arbeit zurück.

Kaum hatte ihm Alanna den Rücken gekehrt, blickte sich Ian nach einem geeigneten Platz um, den grässlich schmeckenden Trank auszugießen. Umsonst, es gab keine Möglichkeit dazu. Ian trug eine immer finsterere Miene zur Schau.

Ohne sich umzudrehen, lächelte Alanna vor sich hin. Sie war nicht ohne Folgen in einer Männerwirtschaft groß geworden und wusste ganz genau, was jetzt in MacGregor vorgehen mochte. Er war dickköpfig. Sie knetete energisch den Teig und dachte: Ich bin es aber auch. Darauf begann sie, vor sich hin zu summen.

Ian war nun gar nicht mehr so sehr darauf aus, Alanna zu küssen. Viel lieber hätte er sie heftig geschüttelt. Stattdessen saß er da, hungrig wie ein Wolf, und der verlockende Duft frischen Brotes stieg ihm in die Nase. Dabei gab ihm dieses Weib nichts außer einem Becher voll scheußlich schmeckenden Gebräus.

Immer noch summend, legte Alanna den Teig zum Aufgehen in eine Schüssel und bedeckte ihn mit einem sauberen Tuch. Als wäre Ian nicht vorhanden, stocherte sie im Kamin, schob die heiße Asche beiseite und stellte fest, dass die Brotlaibe gut waren. So legte sie beide auf ein Regal zum Abkühlen, und der Duft erfüllte die Küche.

Ich habe auch meinen Stolz, dachte Ian. Aber was half der Stolz, wenn einem Mann der Magen knurrte? Dafür würde sie büßen, das schwor er sich. Dann hob er den Becher und leerte ihn.

Immer noch darauf bedacht, Ian den Rücken zuzuwenden, lächelte Alanna zufrieden. Wortlos erhitzte sie eine große Pfanne auf dem Feuer. Wenig später stellte sie ihm einen Zinnteller hin, gehäuft mit Rühreiern, und schnitt eine dicke Scheibe von dem frischen Brot ab. Dazu kamen noch Butter und ein Krug mit dampfendem Kräutertee. Während Ian aß, säuberte Alanna geschäftig die Pfanne und rieb den Tisch ab, dass auch nicht die geringste Spur von Teig haften blieb. Sie schätzte es sehr, am Morgen allein zu sein, ohne den Vater und die Brüder, und liebte ihre Küche, liebte die damit verbundenen mannigfachen Handgriffe. Außerdem störte Ians Anwesenheit Alanna nicht, auch wenn sie genau wusste, dass er sie aus den ruhigen grün-blauen Augen unaufhörlich beobachtete. Es schien ihr sogar auf eine seltsame Weise vertraut, dass er da am Tische saß und eine Probe ihrer Kochkunst erhielt.

Dennoch ließ seine Gegenwart Alanna keineswegs kalt. Da war etwas, das ihr Herz spürbar hämmern ließ. Als sie es nicht länger ertragen konnte, wandte sie sich ihm wieder zu und stellte fest, dass er sie tatsächlich dauernd angeschaut hatte, keineswegs ungehalten, eher … interessiert. Es mochte ein ungenügender Ausdruck sein für das, was sie in seinen Augen lesen konnte, aber es war wenigstens ein unverfänglicher. Plötzlich hatte Alanna den Eindruck, sie brauche etwas Unverfängliches, das ihr eine gewisse Sicherheit gab.

»Ein Gentleman würde wenigstens Danke sagen!«

Ian MacGregor schwieg, als wollte er ihr damit zu verstehen geben, dass er sich nur als solcher zu benehmen pflegte, wenn und wann er es für richtig ansah. Schließlich sagte er doch: »Ich danke Ihnen ehrlich, Mrs. Flynn, wirklich, und ich frage mich, ob ich Sie wohl noch um etwas von dem köstlichen Kräutertee bitten dürfte.«

Das klang verbindlich genug, dennoch misstraute Alanna dem, was sie in seinen Augen las. So hielt sie sich bewusst außerhalb seiner Reichweite, während sie aus der Kanne nachschenkte. »Wahrscheinlich täte Ihnen echter schwarzer Tee besser«, sagte sie, mehr zu sich selbst gewandt, »aber in diesem Hause trinkt man keinen.«

»Wollen Sie damit Ihre Auflehnung gegen die englische Krone ausdrücken?«

»So ist es. Wir wollen auf den Tee verzichten, solange der König von England nicht zur Vernunft gekommen ist und die Zölle senkt. Übrigens bringen andere Menschen ihren Widerstand auf eine unsinnige und gefährliche Art zum Ausdruck.«

Er schaute ihr nach, als sie wieder zum Kamin ging. »Und das wäre?«

Sie zuckte die Schultern, ohne sich umzudrehen, und machte sich an der Feuerstelle zu schaffen. »Es ist Johnny zu Ohren gekommen, dass die ›Söhne der Freiheit‹, wie sie sich nennen, es fertig gebracht haben sollen, kistenweise Tee ins Meer zu schütten, der auf drei Schiffen im Hafen von Boston gelagert war. Als Indianer verkleidet, gingen die Männer an Bord, geradewegs in Schussweite dreier Kriegsschiffe mit schweren Kanonen. Und noch bevor der Morgen dämmerte, hatten diese Leute die Ladung der East Indian Company versenkt.«

»Und das nennen Sie unsinnig?«

»Hätte ich vielleicht ›waghalsig‹ sagen sollen?« Sie machte

eine abweisende Bewegung. »Oder gar ›heroisch‹, wie Brian es nennt? Ich halte es deshalb für unsinnig, weil es den König dazu bringen mag, noch drastischere Maßnahmen zu ergreifen.« Sie drehte sich zu Ian um.

»Sind Sie denn der Meinung, es wäre besser, nichts zu tun, während haarsträubendes Unrecht geschieht? Sollen wir vielleicht die Hände in den Schoß legen und wie ein gehorsamer Hund darauf harren, den Stiefel zu fühlen?«

Als einer echten Murphy stieg ihr bei diesen Worten das Blut in die Wangen. »Auch Könige leben nicht ewig.«

»Heißt das, wir müssen einfach abwarten, bis der gute George das Zeitliche segnet, statt uns jetzt zu erheben und das Recht zu verteidigen?«

»In diesem Lande hat es genug Krieg und Leid gegeben, und auch wir sind nicht davon verschont geblieben.«

»Es mag längst noch nicht alles gewesen sein, Alanna, bis die Dinge ins Lot kommen werden.«

»Ins Lot?«, gab sie heftig zurück, während MacGregor ruhig seinen Kräutertee trank. »Kommt etwas ins Lot, wenn wir uns Federn ins Haar stecken und Tee ins Meer schütten? Und was ist mit den Witwen und Müttern jener Männer, die gegen Franzosen und Indianer gefallen sind? Kommt für sie alles wieder ins Lot? Was haben sie davon außer Gräbern und Tränen?«

»Diese Männer sind für unsere Freiheit gestorben und für Gerechtigkeit«, sagte Ian.

»Worte«, widersprach Alanna, »nichts als Worte. Freilich, Worte kennen nicht den Tod, den kennen bloß die Menschen.«

»Er ist unser aller Schicksal, ob er im Alter kommt oder durch eine Waffe in Feindeshand. Würden Sie lieber Englands Ketten tragen, bis schließlich unser Rücken unter diesem Joch bricht? Ist es da nicht unsere Pflicht, aufrecht zu stehen und zu kämpfen für das, was unser gutes Recht ist?«

Alanna rann ein Schauder kalter Angst über den Rücken, so glühten Ians Augen. »Sie reden wie ein Rebell, MacGregor.«

»Nur wie ein Amerikaner«, verbesserte er, »wie ein ›Sohn der Freiheit‹.«

»Genau das hätte ich mir gleich denken können«, murmelte sie, ergriff den leeren Teller und stellte ihn weg. Außerstande sich zu beherrschen, kam sie zu MacGregor zurück. »War das Versenken der Teekisten wirklich den Einsatz Ihres Lebens wert?«

Wie geistesabwesend tastete er nach der Schulter. »Eine Rechnung, die nicht aufging«, sagte er. »Es hatte nichts mit unserer kleinen Tea Party zu tun.«

»Tea Party?« Sie warf ihm einen vernichtenden Blick zu. »Das sieht einem Manne ähnlich, so leichtfertig von einem Aufstand zu sprechen.«

»Und es ist typisch für eine Frau, gleich die Hände zu ringen, wenn die Rede auf den Krieg kommt.«

Alanna schaute ihn fest an. »Ich ringe nicht die Hände«, stellte sie richtig, »und würde um Ihresgleichen gewiss auch keine Träne vergießen.«

Ians Tonfall wechselte so unvermutet, dass Alanna die Lider senkte. »Trotzdem werden Sie mich vermissen, wenn ich nicht mehr da bin.«

»Sonst noch was?«, lenkte sie ab und unterdrückte ein Lächeln. »Und jetzt sehen Sie zu, dass Sie wieder ins Bett kommen!«

»Ich bezweifle, dass ich das aus eigener Kraft schaffen kann.«

Alanna seufzte tief, trat aber dann zu Ian MacGregor, damit er sich auf ihre Schulter stützen konnte. Eine einzige blitzschnelle Bewegung, und er hatte Alanna auf seine Knie gezogen. Sie stieß eine Verwünschung aus, die er keineswegs aus ihrem Mund erwartet hätte.

»Still halten!«, befahl er. »Abgesehen von unseren verschiedenen Standpunkten sind Sie verdammt anziehend, Alanna, und ich habe schon viel zu lange keine so schöne Frau mehr im Arm gehalten.«

»Lassen Sie mich sofort los«, brachte sie mit Mühe heraus und holte aus.

Im gleichen Moment zuckte er zusammen, weil ein stechender Schmerz durch seine verletzte Schulter zuckte. »Nicht doch, Liebste!«

»Ich bin nicht Ihre Liebste, Sie …«

»Wenn Sie so weitermachen, wird meine Wunde noch aufplatzen, und dann haben Sie Blutflecken auf dem frisch gescheuerten Fußboden.«

»Es wäre mir ein Vergnügen.«

Er lächelte vergnügt und hielt ihr Kinn fest. »Für jemanden, der dem Krieg so ablehnend gegenübersteht, sind Sie aber eine ziemlich blutrünstige Frau.«

Sie hatte zahllose Schimpfnamen auf der Zunge und wollte sich rasch von ihm frei machen. Doch Bruder John hatte nicht zu viel behauptet, als er meinte, Ian MacGregor sei wie eine Eiche. So sehr sie sich auch abmühte, was ihm offensichtlich behagte, er hielt sie fest. »Zur Hölle mit Ihnen, MacGregor, und mit Ihresgleichen!«

Eigentlich hatte er sie bloß dafür büßen lassen wollen, dass sie ihn gezwungen hatte, das üble Gebräu zu schlucken, das sie ihm gemischt hatte, und Alanna nur auf die Knie gezogen, um sie in Verlegenheit zu bringen. Als sie sich dann wehrte, fand er es ganz recht und billig, sie ein wenig zu necken, und wollte sich damit zufriedengeben, ihr nur einen einzigen Kuss zu stehlen. Sie glühte vor Zorn, und Ian lachte darüber, bevor er ihr einen Kuss gab. Es sollte bloß ein Spaß sein, für sie wie für ihn selbst. Mochte sie danach alle Verwünschungen auf ihn niederprasseln lassen, die sie nur kannte!

Doch das Lachen verging ihm auf einmal. Und auch ihr Widerstand erlahmte. Umsonst versuchte er sich zu ermahnen, dass es nur ein schneller Freundschaftskuss sein sollte, aber die Gedanken verwirrten sich in seinem Kopf. Ihm schwindelte, und er fühlte sich so schwach wie vorhin, als er das Lager verlassen hatte. Und all das hatte nichts mit der Wunde zu tun, die immerhin schon einige Tage alt und halb verheilt war. Trotzdem empfand er einen sonderbaren Schmerz, der ihm durch den ganzen Körper fuhr, ohne wirklich wehzutun. Wie betäubt fragte sich Ian, ob er vielleicht nicht nur dazu überlebt hätte, um weiterkämpfen zu können, sondern vielmehr, um diesen einzigen vollkommenen Kuss seines Lebens zu empfangen.

Alanna wehrte sich nicht länger. Im tiefsten Herzen wusste sie natürlich, dass es angebracht gewesen wäre, aber es war ihr andererseits völlig klar, dass sie es nicht konnte. Ihre Glieder, erst wie erstarrt nach dem ersten Erschrecken, wurden weich, nachgiebig und willfährig. Wie sanft und rau zugleich er doch ist, dachte sie. Seine Lippen lagen kühl und fest auf den ihren, nur die Bartstoppeln kratzten ein wenig. Alanna hörte den eigenen leisen Seufzer, bevor sie den Mund öffnete und Ians Zunge an ihrer fühlte. Unwillkürlich legte sie ihm eine Hand zärtlich an die Wange, und er strich ihr durchs Haar.

Einen Augenblick lang wurde sein Kuss fordernder und riss sie mit in eine Welt, die sie sich bisher nur erträumt hatte. Wie breit seine Brust war! Sein Atem ging schwer, und plötzlich stieß Ian eine unterdrückte Verwünschung aus, bevor er sich fast gewaltsam von Alanna löste.

Er konnte sie nur unverwandt anschauen. Er litt darunter, dass er zu schwach war, mehr zu tun. Ian hatte ihr das Häubchen abgestreift, und das schwarze Haar fiel ihr über die Schultern. Ihre Augen waren so groß, so blau in dem hellen, nur leicht erröteten Gesicht, dass er fürchtete, sich darin zu verlieren. Diese Frau war imstande, ihn alles vergessen zu lassen, seine Pflicht, seine Ehre, sogar die gerechte Sache. Für ein einziges liebes Wort hätte er vor ihr niederknien können. Nein! Er war ein MacGregor, und er würde niemals und nichts vergessen, vor allem aber nicht vor einer Frau knien.

»Es tut mir leid.« Das klang gezwungen förmlich und so kühl, dass mit einem Schlag alle Glut aus Alannas Körper zu weichen schien. »Ich habe mich unverzeihlich benommen.«

Mühsam stand Alanna auf, bückte sich mit Tränen in den Augen nach dem Häubchen, das auf dem Fußboden lag, hob es auf und richtete sich dann kerzengerade in die Höhe. »Ich muss Sie noch einmal ersuchen, wieder ins Bett zu gehen, MacGregor«, sagte sie und sah an ihm vorüber. Sie regte sich nicht, bis er hinausgewankt war. Dann wischte sie sich unwillig die Tränen ab, die überhaupt nicht angebracht waren, und kehrte an die häusliche Arbeit zurück, fest entschlossen, alles schnell zu vergessen, vor allem aber, nicht länger an Ian MacGregor zu denken. Der inzwischen aufgegangene Brotteig gab ihr eine willkommene Gelegenheit, sich von ihren widerstreitenden Gefühlen abzulenken.

4. Kapitel

Weihnachten hatte Alanna immer große Freude bereitet. Die Vorarbeiten machten ihr Vergnügen, sie kochte, backte, nähte und putzte. Selbst kleine wie schwere Sünden der Männer, die dafür kaum ein Auge hatten, war sie bereit zu vergeben. Immerhin war Weihnachten ja das Fest der Liebe. Außerdem konnte es Alanna kaum erwarten, ihr schönstes Kleid anzuziehen und zur Christmesse ins Dorf zu reiten.

Diesmal war es anders. Je näher das Fest rückte, desto niedergeschlagener und gereizter fühlte sie sich. Allzu häufig ertappte sie sich dabei, dass sie den Brüdern und dem Vater gegenüber ungeduldig war. Ein verbrannter Kuchen ließ sie in Tränen ausbrechen, und als Johnny ihr mit einem Scherz darüber hinweghelfen wollte, stürzte sie Hals über Kopf aus dem Haus.

Da saß sie nun auf einem Felsblock am Ufer des Flusses, stützte das Kinn in die Hände und nahm sich selbst ins Gebet. Es war ungerecht von ihr, die schlechte Laune an der Familie auszulassen. Sie konnte wirklich nichts dafür, dass Alanna oft die Beherrschung verlor. Sie ihrerseits fuhr die Männer grundlos an, denn dies war der einfachste Weg, ihrem Ärger Luft zu machen, wenn Ian MacGregor sie wieder einmal zur Weißglut gebracht hatte. Zornig stieß sie mit der Fußspitze in den verharschten Schnee.

MacGregor war ihr die vergangenen zwei Tage aus dem Weg gegangen, dieser Feigling! Er war ohne jede Hilfe aufgestanden und hatte sich flink und heimlich wie ein Wiesel zu den anderen in den Stall hinausgeschlichen. Ihr Vater war dankbar für die Hilfe, doch Alanna kannte natürlich den wahren Grund, warum Ian MacGregor sich herabgelassen hatte, auszumisten und schadhafte Pferdegeschirre auszubessern: Er hatte Angst vor ihr.

Ein Lächeln spielte um ihre Lippen. Gewiss war er besorgt, sie könnte den Fluch der Hölle auf sein schuldiges Haupt laden. Das wäre schließlich ihr gutes Recht gewesen. Welcher Mann durfte einfach eine Frau küssen, bis ihr Hören und Sehen verging, um sich gleich darauf in aller Höflichkeit bei ihr zu entschuldigen, als wäre er ihr versehentlich auf den Fuß getreten? MacGregor hatte kein Recht gehabt, sie zu küssen, und schon gar nicht, sich danach zu benehmen, als wäre nichts geschehen. Dabei hatte sie ihm das Leben gerettet. Bei diesem Gedanken warf sie den Kopf in den Nacken. Genau das war es. Sie hatte ihn vor dem sicheren Tode bewahrt, und Ian hatte es ihr vergolten, indem er sie dazu brachte, ihn zu begehren, wie keine ehrbare Frau einen Mann begehren durfte, mit dem sie nicht verheiratet war. Denn Alanna begehrte ihn, und dieses Verlangen unterschied sich grundlegend von jenem stillen Gefühl, das sie für Michael Flynn empfunden hatte. Sie konnte sich nicht erklären, warum.

Natürlich war das alles Wahnsinn. MacGregor war ein Rebell. Aus solchem Holze waren Männer geschnitzt, die Geschichte machten – und ihre Ehefrauen zu Witwen. Alanna aber wollte nichts als ein beschauliches Leben mit eigenen Kindern und einem Haus, in dem sie schalten und walten konnte, dazu einen Mann, der täglich heimkam und Nacht für Nacht an ihrer Seite schlief, Jahr für Jahr. Einen, der sich damit zufriedengab, abends vor dem Kamin zu sitzen und mit ihr über die Ereignisse des vergangenen Tages zu reden.

Nein, Ian MacGregor war bestimmt nicht der Mann dazu. In ihm brannte das gleiche Feuer, das sie in Rorys Augen gesehen hatte. Seinesgleichen war zum Kämpfer geboren, und niemand und nichts konnte ihn davon abbringen. Schon von der Geburt dazu bestimmt, für gerechte Sachen einzutreten, würden diese Menschen auf dem Schlachtfeld sterben. So war es mit Rory gewesen, ihrem ältesten und zugleich liebsten Bruder, und so mochte es Ian MacGregor ergehen, den Alanna erst seit wenigen Tagen kannte und den zu lieben sie sich einfach nicht leisten konnte.

Wie sie so in Gedanken versunken dasaß, fiel ein Schatten über sie. Sie erstarrte, wandte sich um und brachte ein Lächeln zustande, als sie den jungen Brian erkannte.

»Komm ruhig her«, ermunterte sie ihn, da er ein wenig zurückwich, »das Schlimmste ist vorüber. Ich bin nicht mehr in einer Laune, in der ich jeden in den Fluss stoßen könnte.«

»Der Kuchen war gar nicht so schlecht, nachdem du die verbrannten Ecken abgeschnitten hattest.«

Mit gespieltem Ernst meinte sie: »Vielleicht sollte ich es mir doch noch überlegen, ob ich dich untertauche?«

Brian kannte seine Schwester besser. Sobald einmal der Sturm abgeflaut war, brach er bei ihr nur ganz selten ein zweites Mal los. »Du würdest dir nur ein schlechtes Gewissen einhandeln, weil ich dann mit einer Erkältung ins Bett müsste und du mir Arznei und Kräutertee machen musst. Schau, ich habe dir ein Geschenk mitgebracht!« Er holte hinter dem Rücken einen Stechpalmenkranz hervor, den er dort verborgen gehalten hatte. »Ich dachte, du möchtest ihn vielleicht mit Bändern schmücken und an die Tür hängen. Es ist ja bald Weihnachten.«

Sie griff behutsam danach. Er war ziemlich ungeschickt gewunden, und das machte ihn ihr nur teurer. Brians Fähigkeiten lagen mehr auf geistigem Gebiet als im Handwerklichen. »Bin ich wirklich so unerträglich gewesen?«

»Ziemlich.« Er ließ sich ihr zu Füßen in den Schnee fallen. »Aber ich weiß, dass du nicht länger schlechte Laune haben kannst, schließlich sind wir ganz kurz vor dem Fest.«

Alanna lächelte. »Du hast recht.«

»Meinst du, dass Ian zum Weihnachtsessen bei uns bleiben wird, oder muss er uns schon bald verlassen?«

Sofort verschwand das Lächeln von ihrem Gesicht. »Das kann ich dir nicht sagen. Seine Genesung macht ziemlich gute Fortschritte.«

»Vater meint, er sei überaus geschickt, obwohl er kein Farmer ist.« Wie geistesabwesend begann Brian, einen Schneeball zu formen. »Und er weiß so vieles. Man stelle sich bloß vor, dass er in Harvard gewesen ist und all diese Bücher gelesen hat!«

»Ja.« Ihre Antwort klang nachdenklich, selbst für Brian. »Wenn wir in den nächsten paar Jahren eine gute Ernte haben, Brian, dann sollst du auch auf eine gute Schule gehen, das verspreche ich dir.«

Er blieb stumm. Eine Schule! Danach verlangte er, als wäre es die Luft zum Atmen, und er hatte sich schon damit abgefunden, dass er ohne rechte Ausbildung leben musste. »Seit Ian hier ist, habe ich so manches gelernt. Er kennt die verschiedensten Dinge.«

Alanna sagte mit hörbarem Spott: »Davon bin ich überzeugt.«

»Er hat mir ein Buch geliehen, das er in der Satteltasche hatte, es heißt ›Henry V.‹ und ist von Shakespeare. Darin geht es um den jungen König Heinrich und großartige Schlachten.«

Schon wieder Schlachten, dachte Alanna. Ihr schien es, als ob Männer nichts anderes mehr im Sinn hatten, sobald sie der Mutterbrust entwöhnt waren.

Ohne sich um das Schweigen seiner Schwester zu kümmern, plauderte Brian weiter. »Es ist sogar noch besser, wenn Ian erzählt«, fuhr der Knabe begeistert fort. »Er hat mir davon berichtet, wie seine Familie in Schottland gekämpft hat. Seine Tante heiratete einen Engländer, einen Anhänger der Stuarts, und flüchtete mit ihm nach Amerika, als der Aufstand der Jakobiten niedergeschlagen worden war. Jetzt haben sie eine Farm in Virginia und pflanzen Tabak. Dann hat Ian noch eine Tante und einen Onkel, die auch hierher ausgewandert sind. Aber seine Eltern leben immer noch in Schottland, in den Highlands. Das muss eine wunderbare Gegend sein, Alanna, mit schroffen Klippen und tiefen Seen. Und denk dir, Ian wurde in einem Haus mitten im Wald genau an dem Tag geboren, da sein Vater bei Culloden gegen die Engländer kämpfte.«

Alanna stellte sich vor, wie eine Frau die Wehen einer Niederkunft durchlitt, und kam zu der Überzeugung, dass sowohl Männer als auch Frauen ihre eigenen Kämpfe auszufechten hatten, Frauen für das Leben, Männer dagegen um den Tod.

»Und nach der Schlacht«, fuhr Brian weiter fort, »haben die siegreichen Engländer alle Überlebenden niedergemetzelt.« Er schaute hinaus auf den Fluss und bemerkte nicht den Blick, den die Schwester ihm zuwarf. »Die Verwundeten, die Männer, die sich ergeben hatten, sogar Leute, die in den Dörfern wohnten. Die Rotröcke hetzten die Aufständischen, stellten sie und hieben sie einfach nieder, wo sie ihnen gerade in den Weg kamen. Manche schlossen sie in einer Scheune ein und verbrannten alle bei lebendigem Leibe.«

»Gerechter Gott!« Alanna hatte bisher niemals Kriegserzählungen zugehört, diese jedoch erregte ihre Aufmerksamkeit und ihr Entsetzen.

»Ians Familie verbarg sich in einer Höhle, solange die Engländer die Rebellen verfolgten. Eine andere Tante stach eigenhändig einen Soldaten nieder, der ihren verwundeten Mann umbringen wollte.«

Alanna schluckte krampfhaft. »Ich nehme an, Mr. MacGregor übertreibt ein wenig.«

Brian schaute sie aus den tiefen, lebhaften Augen fest an. »Gewiss nicht«, sagte er bestimmt. »Glaubst du, dass es hier bei uns auch so etwas geben könnte, wenn der Krieg ausbricht?«

Sie umklammerte den Kranz so sehr, dass ein Stachel der Stechpalme den Handschuh durchdrang. »Es wird keinen Krieg geben. Mit der Zeit wird der König einlenken. Auch wenn Ian MacGregor anderer Meinung ist …«

»Aber nicht nur er! Sogar Johnny denkt so, die Männer im Dorf stehen auf demselben Standpunkt. Übrigens sagt Ian, die Vernichtung des Tees in Boston sei erst der Anfang eines Aufstandes, der unausweichlich geworden sei, als George III. im Jahre 1760 den Thron bestiegen hatte. Ian findet es auch an der Zeit, dass wir endlich Englands Fesseln abschütteln und uns darauf besinnen, was wir sind: freie Männer.«

»Ian sagt, Ian meint, Ian findet …« Alanna stand auf und schüttelte den Schnee vom Rocksaum. »Für mich redet Ian MacGregor entschieden zu viel. Nimm den Kranz für mich mit nach Hause, Brian. Ich werde ihn aufhängen, sobald ich fertig bin.«

Brian schaute seiner Schwester nach, die eilig ins Haus strebte. Es hatte den Anschein, als gebe es doch noch einmal einen Ausbruch, bevor ihre schlechte Laune endgültig vorüber war.

Ian fand Spaß daran, sich im Stall nützlich zu machen, überhaupt wieder etwas tun zu können. Obwohl Arm und Schulter noch ziemlich steif waren, spürte er keine Schmerzen mehr. Und allen Heiligen sei es gedankt – Alanna hatte ihm heute noch keinen ihrer grässlichen Kräutertränke aufgezwungen. Alanna! Er wollte nicht an sie denken. Um sich abzulenken, legte er das Zaumzeug beiseite, das er gerade reinigte, und griff nach einer Bürste. Es war an der Zeit, sein Pferd für die Reise aufzuzäumen, die er schon seit Tagen immer wieder hinausgeschoben hatte. Eigentlich sollte er längst aufgebrochen sein, denn er war gesund genug, um nicht allzu lange Strecken bewältigen zu können. Natürlich wäre es unklug, sich in Boston zu zeigen, wenigstens für einige Zeit. Deshalb wollte Ian erst einmal, mit Erholungspausen natürlich, nach Virginia reiten und ein paar Wochen dort mit seinen Verwandten verbringen, mit Tante, Onkel und den Cousins.

Der Brief, den Ian dem jungen Brian ins Dorf mitgegeben hatte, war jetzt wohl schon unterwegs zum Schiff nach Schottland zu den Eltern. Sie sollten wissen, dass er am Leben war und das Weihnachtsfest auch dieses Jahr noch nicht mit ihnen verbringen konnte. Das würde die Mutter Tränen kosten, denn wenn auch noch andere Kinder und Enkel im Hause waren, so erfüllte es sie mit Traurigkeit, dass ihr Erstgeborener fehlte, wenn die Familie sich zur Christfeier versammelte.

Im Geiste sah Ian das prasselnde Kaminfeuer, die brennenden Kerzen, roch den Duft, der aus der Küche drang, hörte Lachen und Gesang. Und Schmerz überkam Ian so plötzlich, dass ihm der Atem stockte. Auch ihm fehlten die Lieben daheim sehr. Aber sein Platz war hier, diesseits des Ozeans in einer anderen Welt. Ja, es blieb noch viel zu tun. Er dachte daran und strich über die Flanke der Stute. Sobald Ian in Sicherheit war, musste er mit etlichen Männern in Verbindung treten, mit Samuel Adams, John Avery und Paul Revere. Vor allem aber wollte er wissen, wie die Stimmung in Boston und anderen Städten war, jetzt, nach der Tat, die sie »Tea Party« nannten.

Trotzdem zögerte er immer noch, statt bereits auf und davon zu sein, gab sich Tagträumen hin, obwohl er ernsthaft Pläne schmieden sollte. Er hatte klugerweise, so meinte er wenigstens, Alanna gemieden. Doch in Gedanken war er stets in ihrer nächsten Nähe gewesen.

»Hier findet man Sie also!« Und da stand sie, ihr Atem war in der kalten Luft sichtbar und ging schnell. Alanna hatte die Hände in die Seiten gestemmt, die Kapuze war ihr vom Kopf geglitten, und das Haar fiel pechschwarz auf den schlichten grauen Stoff des Kleides.

»Ja.« Seine Handknöchel waren weiß, so krampfhaft umklammerte er die Bürste. Er versuchte sich zu entspannen. »Da bin ich.«

»Was haben Sie sich eigentlich dabei gedacht, einem jungen Burschen solche Flausen in den Kopf zu setzen? Soll der Junge vielleicht eine Muskete schultern und den erstbesten englischen Rotrock angreifen, der ihm über den Weg läuft?«

»Ich nehme an, Sie sprechen von Brian«, sagte er, als sie eine Pause machte, um Luft zu holen.

»Ich wollte, Sie wären hier nie aufgetaucht!« Erregt begann Alanna hin und her zu gehen. Dabei loderte in ihren blauen Augen ein solches Feuer, dass Ian fürchtete, das Stroh unter Alannas Füßen könnte in Flammen aufgehen. »Nichts als Schwierigkeiten haben Sie mitgebracht, vom ersten Moment an, da ich beinahe über Sie stolperte, weil Sie halb tot im Heu lagen. Hätte ich damals schon ahnen können, was mir inzwischen dämmert, wäre es vielleicht besser gewesen, meine Christenpflicht zu vergessen und Sie verbluten zu lassen!«

Er konnte ein Lächeln über ihre Heftigkeit nicht unterdrücken und wollte etwas einwenden, doch sie fuhr unbeirrt fort: »Erst hatten Sie nichts Besseres zu tun, als mich zu sich ins Heu zu ziehen und zu küssen, obwohl Sie eine Musketenkugel im Leibe hatten. Danach, kaum dass Sie die Augen wieder aufschlagen konnten, küssten Sie meine Hand und erzählten mir, ich sei schön.«

»Dafür sollte ich wohl ausgepeitscht werden«, spöttelte er. »Man stelle sich vor – zu behaupten, Sie seien schön!«

»Die Peitsche wäre noch zu schade für Ihresgleichen«, entgegnete Alanna und warf den Kopf zurück. »Und vor zwei Tagen gar, als ich Ihnen gerade das Frühstück machte, was übrigens mehr ist, als einer wie Sie überhaupt verdient …«

»Sie haben ja so recht«, pflichtete er ihr bei.

»Halten Sie doch den Mund, bis ich zu Ende geredet habe! Nachdem ich also Ihr Frühstück bereitet hatte, zogen Sie mich auf Ihre Knie, als sei ich irgendeine ganz gemeine ...«

»Fehlen Ihnen die richtigen Worte?«

»... Dirne«, stieß Alanna hervor, was ihn noch mehr zum Lachen reizte. »Und dann hatten Sie auch noch die Stirn, mich gegen meinen Willen festzuhalten und zu küssen.«

»Sie haben allerdings meinen Kuss durchaus erwidert, Liebste.« Ian streichelte langsam den Hals des Pferdes. »Ganz beachtlich sogar.«

Sichtlich gekränkt stammelte sie: »Wie können Sie es bloß wagen?«

»Das ist eine schwierige Frage, wenn Sie sich nicht etwas genauer ausdrücken. Falls Sie meinen, wie ich es wagen konnte, Sie zu küssen, muss ich allerdings zugeben, dass ich mich einfach nicht zurückhalten konnte. Ihr Mund ist nun einmal zum Küssen geschaffen, Alanna.«

Sie spürte, wie ihr heiß wurde, und nahm ihre unstete Wanderung mit wankenden Knien wieder auf. »Nun, Sie haben es schnell genug wieder gelassen.«

Ian blickte erstaunt auf. Sie zürnte ihm nicht etwa, weil er sie geküsst, sondern weil er sie so rasch freigegeben hatte! Wenn er sie nun so im Dämmerlicht des Stalles anschaute, begriff er ohnehin nicht, wie er das fertig gebracht hatte, und wusste zugleich, dass er es kein zweites Mal tun würde. »Meine Zurückhaltung nach dem Kuss hat Sie verärgert, Liebste? Dann ...«

»Nennen Sie mich nicht andauernd Liebste, heute nicht und überhaupt niemals!«

Mühsam verbiss er sich das Lachen. »Ganz wie Sie wünschen, Mrs. Flynn. Nun, wie ich gerade sagte ...«

»Ich habe Ihnen jedenfalls gesagt, Sie sollen den Mund halten, bis ich zu Ende geredet habe.« Alanna stockte, um wieder zu Atem zu kommen. »Wo war ich stehen geblieben?«

»Wir sprachen vom Küssen.« Mit aufflackerndem Begehren in den Augen trat Ian einen Schritt näher. »Warum frischen wir die Erinnerung nicht auf?«

»Kommen Sie mir ja nicht zu nahe«, warnte sie und griff nach einer Heugabel. »Ich habe es nur als Beispiel genommen für alle Schwierigkeiten, die Sie verursacht haben. Und zu guter Letzt, um allem die Krone aufzusetzen, wecken Sie auch noch Brians helle Begeisterung für einen Aufstand! Und das lasse ich einfach nicht zu, MacGregor! Brian ist noch ein halbes Kind.«

»Wenn mich der Junge etwas fragt, soll er eine wahrheitsgetreue Antwort haben.«

»Die noch dazu möglichst romantisch und heroisch angehaucht ist! Ich denke nicht daran, Brian in einen Krieg ziehen zu lassen, den andere vom Zaun gebrochen haben, und ihn womöglich zu verlieren, wie ich meinen Bruder Rory verloren habe.«

»Es handelt sich hierbei aber nicht um einen Krieg, der uns nichts angeht, Alanna.« Ian ging vorsichtig um sie herum und hielt sich außerhalb der Reichweite ihrer Heugabel. »Wenn es an der Zeit ist, wird es unser aller Krieg sein, und wir werden ihn auch gewinnen.«

»Ach, sparen Sie sich doch Ihre Worte!«

»Gut.« Blitzschnell hatte er Alanna die Heugabel entrissen und die Widerstrebende an sich gezogen. »Ich bin der Worte auch müde.«

Obwohl er diesmal darauf gefasst war, sie zu küssen, schien es ihm nicht weniger überwältigend oder aufregend als das erste Mal. Ihr Gesicht fühlte sich kühl an, und er suchte es mit den Lippen zu erwärmen. Immer wieder bedeckte er Mund, Wangen und Stirn mit kleinen Küssen, so unendlich liebevoll. Mit einer Hand strich Ian Alanna durchs Haar, bis er ihren Nacken umfasste, mit der anderen presste er sie hart an sich. »Um alles in der Welt, küss mich, Alanna«, murmelte er dicht über ihrem Mund. In seinen Augen brannte die gleiche Glut wie in den ihren. »Wenn du es nicht gleich tust, verliere ich noch den Verstand, und wenn du es tust, wahrscheinlich auch.«

Beinahe hätte sie ihn in die Knie gezwungen. Es gab kein Zögern mehr, keine Zurückhaltung. Mit verlangenden Lippen und suchenden Zungen drängten sie sich aneinander, und Alannas Widerstand schmolz dahin, als sie sein Herz an dem ihren stürmisch schlagen fühlte. Nie würde sie den Duft des Heus, den Geruch der Pferde vergessen, die schwirrenden Staubkörnchen in den schmalen Sonnenstreifen, die durch winzige Fugen im Gebälk drangen. Und ebenso wenig die Geborgenheit in Ians Nähe, seinen Körper an ihrem, seine fordernden Lippen. Diesen einen Augenblick der Hingabe wollte Alanna für immer in Erinnerung bewahren, weil er nur allzu schnell vorübergehen würde.

»Lass mich los!«, flüsterte sie schließlich.

Ian drückte sein Gesicht an Alannas weichen Hals. »Ich zweifle, ob ich dazu im Stande bin.«

»Es muss sein. Ich bin nicht dazu hierhergekommen.«

Er küsste ihr Ohr und lächelte, als sie zitterte. »Hättest du mich wirklich aufgespießt, Alanna?«

»Ja.«

Wieder lächelte er, denn er glaubte ihr. »Welch eine Frau«, murmelte er und liebkoste mit seiner Zunge ihr Ohrläppchen.

»Lass das!« Trotzdem lehnte sie den Kopf hingebungsvoll zurück. Komme, was wolle, es sollte immer so weitergehen, immer und immer weiter. »Es ist nicht in Ordnung, was wir tun.«

Er schaute sie an, das Lächeln schwand aus seinen Zügen. »Doch. Ich weiß zwar nicht, warum und wie, aber ich bin überzeugt, dass es ganz in Ordnung ist.«

Gerade weil sich Alanna so sehr danach sehnte, sich an ihn zu schmiegen, machte sie sich plötzlich frei. »Es geht einfach nicht. Sie haben Ihren Krieg, und ich habe meine Familie. Ich denke nicht daran, mein Herz einem Mann zu schenken, der nur Schlachten im Sinn hat. Das ist mein letztes Wort.«

»Zum Teufel, Alanna ...«

»Aber ich möchte Sie um etwas bitten.« Hastig befreite sie sich aus seinen Armen. Nur noch einen Augenblick länger hätte Alanna an Ians Brust liegen müssen, um alles andere zu vergessen, die Familie und all die geheimen Hoffnungen auf eine friedliche Zukunft. »Betrachten Sie es als ein Christgeschenk für mich.«

Er fragte sich im Stillen, ob sie wohl wusste, dass er ihr in diesem Moment alles gegeben hätte, sogar sein Leben. »Und was möchten Sie haben?«

»Bleiben Sie, bis Weihnachten vorüber ist. Es ist so wichtig für Brian. Und«, fuhr sie fort, bevor er sie unterbrechen konnte, »sprechen Sie nicht von Krieg und Aufstand, ehe der Heilige Abend zu Ende ist.«

»Sie verlangen sehr wenig.«

»Für mich bedeutet es aber sehr viel.«

»Dann sollen Sie es auch haben.« Obwohl Alanna einen Schritt zurückwich, ergriff er ihre Hand, hob sie an die Lippen und küsste sie.

»Danke.« Schnell entzog sie ihm die Hand und verbarg sie hinter dem Rücken. »Ich habe noch allerlei zu erledigen.«

Seine Stimme ließ Alanna innehalten, als sie schon zur Tür eilte. »Alanna, glauben Sie mir, es ist in Ordnung!«

Sie stülpte die Kapuze über den Kopf und hastete hinaus.

5. Kapitel

Zu Alannas Entzücken begann es am Heiligen Abend zu schneien. Im tiefsten Herzen hoffte sie sogar, das schlechte Wetter möge mehrere Tage andauern und Ian daran hindern, seine Reise anzutreten, die er für den Stefanstag plante. Gewiss war dieser Wunsch selbstsüchtig und töricht, und doch musste sie immerzu daran denken, als sie in Kopftuch und Umhang in den Stall ging, um die Kühe zu melken. Wenn Ian blieb, würde sie sich elend fühlen. Ging er aber, so bräche ihr wohl das Herz. Sie gestattete sich einen leisen Seufzer, während sie in die wirbelnden weißen Flocken schaute. Am besten dachte sie jetzt überhaupt nicht an ihn, sondern nur an ihre häuslichen Pflichten.

Alannas Schritte waren das einzige Geräusch im Vorhof, ihre Stiefel knirschten auf der verharschten Kruste unter dem frisch gefallenen Schnee. Dann knarrte das Tor, als sie den Riegel zurückschob und eintrat. Drinnen griff sie nach dem Eimer und machte den ersten Schritt, als sich ihr eine Hand auf die Schulter legte. Mit einem leisen Aufschrei fuhr Alanna herum, der Eimer fiel zu Boden.

»Vergebung, Mrs. Flynn.« Ian MacGregor lachte, als sie mit beiden Händen nach ihrem Herzen fasste. »Ich wollte Sie nicht erschrecken.«

Wenn die Überraschung sie nicht so sprachlos gemacht hätte, wäre wohl eine Flut von Verwünschungen auf ihn niedergeprasselt. So aber schüttelte sie nur den Kopf und atmete tief.

»Was suchen Sie überhaupt hier? Warum schleichen Sie heimlich herum?«

»Ich bin gerade erst nach Ihnen aus dem Haus gekommen«, erklärte Ian entschuldigend. Er hatte die ganze Nacht über nachgedacht und war zu dem Entschluss gelangt, Geduld mit Alanna zu haben. »Wahrscheinlich haben Sie meine Schritte wegen des Schnees nicht gehört.«

Sie wusste genau, dass es ihre Tagträume waren, die verhindert hatten, dass sie ihn früher bemerkte, und bückte sich, um den Eimer aufzuheben. Gleichzeitig tat dies auch Ian, und sie prallten beide mit den Köpfen zusammen. Alanna stieß eine unterdrückte Verwünschung aus.

»Was aber, zum Teufel, wollten Sie dann, MacGregor, wenn nicht mir einen Schrecken einjagen?«

Er rieb sich den Kopf und erinnerte sich daran, dass er keineswegs die Geduld verlieren wollte, selbst wenn es ihn beinahe umbrachte. »Ich hatte die Absicht, Ihnen beim Melken zu helfen.«

Entgeistert riss Alanna die Augen weit auf. »Und warum das?«

Ian atmete schwer. Mit der Geduld hatte er gewisse Schwierigkeiten, wenn Alannas Worte nichts als Fragen oder Vorwürfe ausdrückten. »Es ist mir in den letzten Tagen aufgefallen, dass Sie zu viele Aufgaben für eine Frau allein zu bewältigen haben.«

Beinahe hochmütig sagte sie: »Ich kann gut damit fertig werden und für meine Familie sorgen.«

»Daran zweifle ich nicht.« Nun klang auch seine Stimme kühl.

Wieder wollten sie sich gleichzeitig nach dem Eimer bücken. Ian machte ein finsteres Gesicht, und Alanna richtete sich kerzengerade auf, überließ es ihm, den Eimer aufzuheben. »Ich weiß Ihr Angebot zu schätzen, doch …«

»Ich werde auch eine Kuh melken, verdammt noch mal, Alanna. Es wird Ihnen kein Stein aus der Krone fallen, wenn Sie sich einmal helfen lassen.«

»Natürlich nicht.« Sie machte auf dem Absatz kehrt, holte sich den anderen Eimer und stapfte zu der ersten Kuh. Was brauchte sie seine Hilfe? Sie zog die Handschuhe aus und steckte sie in ihre Schürzentasche. Alanna war allein imstande, ihren Pflichten nachzukommen. Was fiel ihm bloß ein zu behaupten, sie hätte zu viel zu tun? Im Frühling, ja, da gab es doppelt so viel Arbeit zu bewältigen, mit dem Pflanzen, dem Küchengarten, den Kräutern. Schließlich war sie eine kräftige und praktische Frau, nicht ein schwächliches Ding, das immer jammerte. Vermutlich war Ian MacGregor an den Umgang mit Damen gewöhnt, dachte Alanna verächtlich, mit Damen, die mit glatten Puppengesichtern geziert lächelten und ihre Fächer schwenkten. Na schön, sie jedenfalls war keine Dame in seidenen Kleidern und mit dünnen Samtschühchen und schämte sich dessen ganz und gar nicht.

Sie warf Ian einen schrägen Blick zu. Und wenn er meinte, sie schmachte danach, in einem Salon die Lady zu spielen, dann irrte er sich gewaltig. Sie warf den Kopf entschieden in den Nacken und begann so heftig zu melken, dass die Milch nur so in den Holzeimer spritzte.

Undankbares Geschöpf, grollte Ian in Gedanken und bemühte sich mit weit weniger Geschick und Sachkenntnis, die zweite Kuh zu melken. Er hatte Alanna doch bloß helfen wollen. Selbst ein Blinder hätte merken müssen, dass sie vom Morgendämmern bis nach Sonnenuntergang ununterbrochen zu tun hatte: melken, backen, spinnen, scheuern. Zwar hatte es in seiner Familie nicht gerade müßige Damen gegeben, doch sie alle waren von Töchtern, Schwestern oder Cousinen und Gesinde unterstützt worden. Alanna dagegen musste sich mit drei Männern herumschlagen, die nicht einmal bemerkten, welche Last sie ihr aufluden. Nein, er würde ihr zur Seite stehen, und wenn er sie schütteln musste, um sie dazu zu bewegen, es ihm zu gestatten!

Natürlich hatte sie ihren Eimer viel schneller voll als er den seinen, und stand wartend da, mit der Fußspitze ungeduldig auf den Boden klopfend. Als Ian endlich so weit war, wollte sie nach dem Eimer greifen, doch Ian wehrte ab.

»Was soll das nun wieder?«

»Ich trage die Milch ins Haus.« Er bückte sich nach beiden Gefäßen.

»Und wozu soll das gut sein?«

»Weil sie für Sie zu schwer sind.« Er hielt sich zurück, um sie nicht wieder zu reizen, und murmelte etwas in sich hinein von eigensinnigen, verständnislosen Frauen, während er zur Tür ging.

»Halten Sie die Milch ruhig, MacGregor, sonst haben Sie gleich mehr davon auf dem Erdboden als nachher im Magen!« Zwar hatte Alanna nicht verstanden, was er murrte, aber es war ganz gewiss nichts Schmeichelhaftes gewesen. Argwöhnisch sah sie ihm nach. »Wenn Sie schon unbedingt die Eimer hineinbringen wollen, kann ich ja inzwischen die Eier holen.«

Sie stapften beide in entgegengesetzte Richtungen davon.

Als Alanna in ihre Küche zurückkehrte, war Ian noch immer da und schürte das Feuer.

»Wenn Sie auf das Frühstück warten, müssen Sie sich noch eine Weile gedulden.«

»Ich möchte Ihnen helfen«, sagte er hartnäckig.

»Wobei wollen Sie mir helfen?«

»Wenn Sie das Frühstück machen.«

Nun reichte es ihr. Ohne auf die Eier Rücksicht zu nehmen, stellte sie ihren Korb heftig ab. »Passt Ihnen vielleicht meine Art zu kochen nicht, MacGregor?«

Nun wurde er doch langsam unwillig und blieb nur mit Mühe gelassen. »Das ist es nicht.«

»Hm.« Sie trat an die Feuerstelle, um Kräutertee zu bereiten. Als sie sich umdrehte, wäre sie beinahe schon wieder mit

Ian zusammengeprallt. »Wenn Sie schon unbedingt in meiner Küche herumstehen müssen, MacGregor, dann gehen Sie wenigstens zur Seite, sonst stoße ich Sie noch aus dem Weg, auch wenn Sie noch so groß sind.«

»Pflegen Sie am Morgen immer so liebenswürdig zu sein, Mrs. Flynn?«

Statt seine Frage einer Antwort zu würdigen, wandte sich Alanna dem Schinken zu, den sie aus der Rauchkammer geholt hatte, und begann, ihn in Scheiben zu schneiden. Ohne Ian einen weiteren Blick zu gönnen, bereitete sie danach den Teig für die Pfannkuchen. Die waren Alannas besondere Stärke, und sie war entschlossen, Ian MacGregor noch ein oder zwei Proben ihrer Kochkunst zu geben, bevor sie mit ihm fertig war.

Er schwieg, stellte aber seinerseits das Zinngeschirr ziemlich unsanft auf den Tisch. Als später dann Alannas Vater mit den Brüdern in die Küche trat, schnupperten sie nur verheißungsvolle Düfte, bemerkten aber nicht, was sonst noch in der Luft lag.

»Pfannkuchen«, sagte Johnny behaglich, »das nenne ich wahrhaftig eine gute Idee, den Heiligen Abend anzufangen.«

»Mir scheint, du bist ein bisschen erhitzt, Mädchen.« Cyrus Murphy musterte seine Tochter prüfend und setzte sich nieder. »Du wirst doch nicht etwa krank werden?«

»Das ist nur die Hitze des Feuers«, gab sie ein wenig zu schnell zurück, biss sich aber gleich danach auf die Zunge, als sie sah, wie der Vater erstaunt die Augen zusammenkniff. »Gestern habe ich schon Apfelmus gemacht für die Pfannkuchen.« Mit diesen Worten trug Alanna die Schüssel zum Tisch und holte dann den Kräutertee.

Hochrot, weil Ian den Blick immer noch nicht von ihr abwandte, griff sie nach dem Gefäß, ohne einen Topflappen zu benutzen, worauf sie sich prompt die Finger verbrannte. Sie stieß einen Schrei aus, dem eine Verwünschung folgte.

»Es gibt keinen Grund zu fluchen, wenn du nicht aufpassen kannst«, bemerkte Cyrus Murphy sanft, stand aber doch auf und strich kühlende Butter auf die beiden Fingerspitzen, die besonders betroffen waren. »In den letzten Tagen warst du ohnehin stachelig wie ein Dornbusch, Alanna.«

»Mir fehlt aber nichts.« Sie bedeutete ihm mit der gesunden Hand, sich wieder hinzusetzen. »Fangt bloß an zu essen, damit ihr schleunigst wieder aus meiner Küche verschwindet und ich in Ruhe weiterbacken kann.«

»Hoffentlich hast du noch vor, einen frischen Rosinenkuchen zu machen.« Mit einem Grinsen häufte sich Johnny eine Riesenportion von dem lecker duftenden Apfelmus auf den Teller. »Keine backt einen besseren Rosinenkuchen als du, Alanna, wenn du ihn nicht verbrennen lässt.«

Sie brachte es sogar fertig zu lachen und meinte es ehrlich. Trotzdem fehlte ihr jede Spur von Appetit, als sie sich zu den Männern an den Tisch setzte.

Kurz danach stellte sie fest, dass es wirklich besser gewesen war, selbst nicht hungrig zu sein. Denn obwohl ihre drei Männer während des ganzen Frühstücks wie die Elstern geschwatzt hatten, war kein Bröselchen übrig geblieben. Erleichtert sah sie den Vater und die Brüder verschwinden, um die Arbeit des Tages zu Ende zu bringen. In kürzester Zeit würden Küche, Haus und auch sie selbst wieder tadellos in Ordnung sein. Sich selbst überlassen, konnte Alanna sich dann endlich auch klarmachen, was sie für Ian MacGregor empfand und wie sie zu ihm stand.

Aber bereits nach wenigen Minuten kam er zurück und trug einen Eimer mit Wasser herein.

»Was haben Sie denn jetzt im Sinn?«, erkundigte sie sich und bemühte sich vergeblich, einige Haarsträhnen, die sich gelöst hatten, unter das Häubchen zu stopfen.

»Das Wasser für den Abwasch.« Bevor sie etwas sagen

konnte, schüttete er es in den großen Kessel und hängte ihn über die Feuerstelle, um das Wasser zu erhitzen.

»Ich hätte es doch selbst holen können«, sagte Alanna. Doch dann kam es ihr zu unfreundlich vor. »Aber ich danke Ihnen trotzdem.«

»Gern geschehen.« Er zog den Überrock aus und hängte ihn sorgsam auf den Haken neben der Tür.

»Gehen Sie denn nicht zu den anderen?«

»Die sind ihrer drei, aber Sie haben allein die Arbeit.«

Alanna nickte. »Das stimmt allerdings. Aber was soll's?«

»Heute möchte ich Ihnen behilflich sein.«

Sie spürte, wie ihre Geduld zu Ende ging, und wartete einen Moment, bevor sie weitersprach. »Ich kam sehr gut zurecht ...«

»Daran zweifle ich nicht, nach allem, was ich gesehen habe.« Ian räumte die Zinnteller, die Becher und alles, was abzuwaschen war, zusammen. »Sie schuften wie eine Dienstmagd.«

»Das klingt kein bisschen schmeichelhaft.« Alanna warf den Kopf zurück. »Und nun verlassen Sie meine Küche!«

»Nur mit Ihnen.«

»Ich habe noch manches zu tun.«

»Umso besser, dann wollen wir uns an die Arbeit machen.«

»Sie werden mir nur im Weg stehen.«

»Dann gehen Sie eben um mich herum.« Bevor sie weiter widersprechen konnte, umfasste Ian ihr Gesicht mit beiden Händen und küsste sie, ausgiebig, zärtlich und fest. »Ich bleibe bei Ihnen, Alanna, und damit hat sich's.«

»Wirklich?« Zu ihrem Entsetzen klang die Stimme ganz schwach.

»Ja.«

»Na gut.« Sie trat einen Schritt zurück und zog verlegen an ihren Röcken. »Sie können mir Äpfel aus dem Vorratskeller holen. Ich möchte einen Kuchen backen.«

Während er ging, nutzte Alanna die Zeit, sich ein wenig zu fassen. Was sollte bloß aus ihr werden, wenn sie über jedem Kuss den Verstand und wer weiß was sonst noch verlor? Aber es handelte sich eben um keinen alltäglichen Kuss, wenn es Ian Mac Gregors Lippen waren. Etwas höchst Absonderliches ging vor sich. In dem einen Augenblick hängte sie ihr Herz an die Hoffnung, er könnte noch eine Weile bleiben, im nächsten lehnte sie ihn so sehr ab, dass sie ihn in meilenweite Entfernung wünschte. Und gleich darauf ließ sie sich wieder von ihm küssen, wünschte sich sogar, er möge es bei der nächstbesten Gelegenheit gleich noch einmal tun.

Alanna war in diesem Land geboren, gleichsam Kind einer neuen Welt, und dennoch war das Irische in ihr verwurzelt und damit ein gesundes Misstrauen gegen alles Fremde und Fremdartige. Während sie das Geschirr zu spülen begann, überlegte sie, ob ihr ein Verhängnis drohte, falls ein gewisser Ian MacGregor ihr zum Geschick werden sollte.

»Es ist doch kinderleicht, einen Apfel zu schälen«, bohrte sie später, weil Ian sich so ungeschickt dabei anstellte. »Sie brauchen bloß das Messer richtig anzusetzen.«

»Das tue ich ja.«

»Dabei geht schon die halbe Frucht verloren. Ein wenig Geduld und Aufmerksamkeit könnten da Wunder wirken.«

Er lächelte ihr zu, und sie fühlte sich unbehaglich. »Wie recht Sie haben, Mrs. Flynn, wie recht.«

»Versuchen Sie es noch einmal«, sagte sie und wandte sich ihrem Teig von Neuem zu. »Nachher können Sie dann die Abfälle wegräumen, die Sie überall auf dem Boden verstreut haben.«

»Aber gern, Mrs. Flynn.«

Sie hielt inne und warf ihm einen schrägen Blick zu. »Wollen Sie mich ärgern, MacGregor?«

Mit Rücksicht auf ihr Waffenarsenal an Küchengerät gab er zurück: »Nicht solange Sie das Ding da in der Hand haben, Liebste.«

»Wenn ich mich recht entsinne, habe ich Ihnen schon einmal verboten, mich so zu nennen.«

»Ich weiß.« Er schaute ihr zu, als sie sich wieder an die Arbeit machte. Es war ein Vergnügen zu beobachten, wie sie schnell und mit geschickten Händen das Nudelholz handhabte. Wenn sie vom Küchentisch zum Feuer und wieder zurückging, verriet sich eine Anmut in jeder Bewegung, dass Ian das Herz stürmisch klopfte. Wer hätte wohl gedacht, dass man ihn, Ian MacGregor, erst anschießen und ihn halb verblutet in einem Kuhstall finden musste, bevor er sich ernsthaft verliebte? Trotz ihrer abwehrenden Haltung und der Neigung aufzufahren, sobald er sich ihr näherte, genoss er einen der schönsten Tage in seinem Leben. Natürlich hätte er es sich nicht zur Gewohnheit machen mögen, Äpfel zu schälen, doch nun war es die einzige Möglichkeit, bei Alanna zu bleiben und den feinen Lavendelduft einzuatmen, der ihrer Haut entströmte. Er mischte sich verführerisch mit dem Aroma von Zimt, Ingwer und Gewürznelken. Und obwohl Ian sich mit dem Degen in der Hand oder auf einer politischen Versammlung wohler fühlte, so hatte er es sich doch in den Kopf gesetzt, Alanna heute die schwere Last zu erleichtern, die man ihr ungerechterweise aufgebürdet hatte, wenigstens seiner Meinung nach.

Sie freilich schien das nicht so zu sehen, sinnierte er weiter vor sich hin. In der Tat arbeitete sie Stunde für Stunde offensichtlich vergnügt und wirkte ganz zufrieden. Er dagegen wollte ihr, musste ihr, wenn er ehrlich war, zeigen, dass es mehr gab als andauernde Pflichterfüllung. Er stellte sich vor, wie er mit Alanna auf der Pflanzung seiner Tante über die Felder ritt, vor allem im Sommer, wenn das saftige Grün sie an das ferne Irland erinnern könnte, das sie aber selbst nie gesehen hatte. Nach Schottland hätte er sie mitnehmen mögen, in die Highlands. Er träumte davon, mit Alanna in dem purpurn blühenden Heidekraut zu liegen und dem Wind zu lauschen, der durch die Nadelbäume strich. Ein Seidenkleid sollte sie dann tragen, und er würde ihr Juwelen schenken, deren Edelsteine die Farbe ihrer Augen spiegelten. Ian wusste, wie unsinnig diese Regungen waren, und wäre wahrscheinlich an jedem einzelnen Wort erstickt, hätte er davon sprechen sollen. Eines nur war ihm klar: Er wollte ihr alles geben, wenn er nur einen Weg finden konnte, Alanna zum Annehmen zu bewegen.

Sie spürte seine Blicke im Rücken, als ob es Berührungen seien, und gestand sich ein, dass ihr diese lieber gewesen wären. Denn dagegen hätte sie sich wehren können. So gab sie sich Mühe, sich nichts anmerken zu lassen, verteilte die Apfelstücke auf dem ersten Kuchen, machte ihn zum Backen fertig und stellte ihn erst einmal beiseite.

»Sie werden sich noch irgendwann in den Finger schneiden, wenn Sie mich dauernd anstarren, statt den Kopf bei der Arbeit zu haben.«

»Ihr Haar löst sich schon wieder aus dem Häubchen, Mrs. Flynn.«

Sie hob die Hand und schob eine Strähne zurecht, was zur Folge hatte, dass sich einige andere Locken hervorringelten. »Und mir gefällt Ihr Ton nicht, wenn Sie mich ›Mrs. Flynn‹ nennen, es klingt so … nicht achtend.«

Ian legte einen geschälten Apfel nieder. »Wie soll ich denn zu Ihnen sagen? Auch ›Liebste‹ mögen Sie nicht, obwohl es sehr hübsch klingt. Wenn ich Sie ›Alanna‹ rufe, rümpfen Sie sofort die Nase, weil ich es ohne Ihre Erlaubnis tue. Und jetzt geraten Sie in Zorn, obwohl ich mich gebührend an ›Mrs. Flynn‹ halte.«

»Gebührend? Dass ich nicht lache! Sie werden noch in der Hölle landen, Ian MacGregor, wenn Sie weiterhin so lügen.« Alanna wandte sich ihm zu und schwenkte drohend das Nudelholz. »Als ob auch bloß der geringste Funke von Hochachtung in Ihrer Stimme wäre, wenn Sie mich anreden! Nicht mit diesem selbstgefälligen Lächeln, das Sie um den Mund, und dem Funkeln, das Sie in den Augen haben. Glauben Sie ja nicht, dass ich dieses Funkeln nicht zu deuten wüsste! Denn da irren Sie sich gewaltig. So haben es schon andere bei mir versucht und sich dafür eine Ohrfeige eingehandelt.«

»Es freut mich, das zu hören, Mrs. Flynn …«

Sie stieß einen unbeschreiblichen Seufzer aus, der all ihren verzweifelten Unmut zum Ausdruck brachte. »Am besten unterlassen Sie überhaupt jede Anrede. Es wird mir ohnehin in alle Ewigkeit ein Rätsel bleiben, warum ich mich wegen Brian dazu bereitfinden konnte, Sie zu bitten, über Weihnachten zu bleiben. Ich will Sie, Gott weiß es, nicht im Hause haben. Sie machen ein Schlachtfeld aus meiner Küche, sind ein Mund mehr, den es zu stopfen gilt, und bei jeder Gelegenheit packen Sie mich und zwingen mir unerwünschte Aufmerksamkeiten auf, derer ich mich nicht erwehren kann.«

Ian beugte sich über den Tisch. »Sie werden noch in der Hölle landen, wenn Sie weiterhin so lügen, Liebste.«

Es war nichts als eine urplötzliche Regung, dass sie Ian das Nudelholz an den Kopf warf, und sie bereute es auf der Stelle. Dass er es freilich noch in der Luft abfing, bevor es seine Stirn berühren konnte, war noch viel ärgerlicher. Hätte sie ihn nämlich getroffen, wäre dies ein Anlass für sie gewesen, sich zu entschuldigen und sich um die entstandene Beule zu kümmern. Dass Alanna das Ziel verfehlt hatte, änderte dagegen die Lage vollkommen.

»Sie verwünschter Schotte«, brach es aus ihr heraus, »Sie, Sie Satansbraten, die Pest über Sie und jeden MacGregor von heute an bis zum jüngsten Tage.« Tief verletzt und enttäuscht über ihre demütigende Niederlage, packte Alanna das nächstbeste Wurfgeschoss, das ihr in die Hand kam. Unglücklicherweise war das gerade eine leere kupferne Kuchenform. Ian gelang es eben noch, sie mit dem Nudelholz abzuwehren.

»Alanna!«

»Sie sollen mich nicht so nennen!« Sie riss einen Zinnkrug in die Höhe und versuchte damit ihr Glück. Und diesmal war Ian MacGregor nicht schnell genug, der Krug prallte ihm gegen die Brust.

»Liebste!«

Der Aufschrei, den sie nun hervorstieß, hätte eigentlich jeden noch so kampferprobten Schotten das Fürchten lehren müssen. Ein Teller traf Ians Schienbein. Er lachte und humpelte auf einem Bein, während sie nach dem nächsten Gerät griff.

»Nun ist es aber genug!« Mit dröhnendem Lachen umfasste er sie und schwenkte sie zwei Mal im Kreise um sich herum, obwohl sie mit einer Zinnplatte auf seinen Kopf hämmerte.

»Verwünschter, dickschädliger Schotte!«

»Ja, das ist für Sie allerdings ein Glücksfall, dass er so hart ist, dieser schottische Schädel, sonst könnten Sie mich jetzt begraben.« Er warf sie ein wenig in die Höhe und fing sie geschickt wieder auf, legte ihr die Hände um die Taille. »Heiraten Sie mich, Mrs. Flynn, denn Sie sind die geborene Mrs. Ian MacGregor!«

6. Kapitel

Man hätte kaum abschätzen können, wer von ihnen betroffener war. Ian MacGregor hatte die Frage gestellt, bevor ihm klar gewesen war, dass er es wollte. Zwar wusste er, dass er sich verliebt hatte, nur dauerte es ein wenig, bis das Gehirn erfasste, was das Herz verlangte, nämlich eine Ehe mit Alanna Flynn. Er würde Alanna heiraten! Belustigt und verwirrt zugleich, musste er von Neuem lachen. Sie beide – ein Paar! Das war ein gelungener Scherz!

In Alannas Kopf drehte sich alles im Kreise, während Ians Worte in ihr nachhallten und sie schließlich begriff. »Heiraten Sie mich!« Sie konnte sich nur verhört haben, denn das war ganz und gar unmöglich, mehr noch, es war Wahnsinn. Sie kannten einander kaum einige Tage. Aber selbst das genügte, ihr bewusst zu machen, dass Ian MacGregor keineswegs der Mann fürs Leben sein konnte, von dem sie träumte. An seiner Seite würde es niemals friedliche Abende am Kamin geben, sondern stets von neuem Kampf, von einer »guten Sache«, einer politischen Bewegung die Rede sein.

Und doch liebte sie ihn, wie sie nie geglaubt hätte, lieben zu können, leidenschaftlich, rückhaltlos, geradezu gefährlich. Ein Leben mit ihm müsste ... müsste ... ja, wie müsste es wohl sein? Sie konnte es sich nicht ausmalen und drückte die Hand an die Schläfe, um die Gedanken wieder in geordnete Bahnen zu lenken. Jetzt brauchte Alanna erst einmal Zeit, zur Besinnung zu kommen und sich leidlich zu fassen. Immerhin schickte es sich, wenn ein Mann einer Frau einen Heiratsantrag machte, dass sie wenigstens ...

Nun erst fiel ihr auf, dass Ian MacGregor immer noch auf einem Bein stand, sich das andere Schienbein hielt und aus vollem Halse lachte.

Er lachte tatsächlich. Alanna sah ihn voll Verachtung an. Er hatte sich mit ihr bloß einen Riesenspaß erlaubt, sie erst wie einen Sack Kartoffeln in die Höhe geworfen, und jetzt amüsierte er sich königlich auf ihre Kosten und lachte! Sie ihn heiraten! Heiraten! Das hätte ihr gerade noch gefehlt. Diesen Narren! Sie hielt sich mit einer Hand an seiner Schulter fest, ballte die andere und schlug ihn mitten ins Gesicht.

Er stöhnte auf und ließ sie so unvermittelt los, dass sie Mühe hatte, nicht das Gleichgewicht zu verlieren. Allerdings fasste sie sich schnell, stand breitbeinig da, die Arme in die Seiten gestemmt, und maß ihn mit zornigen Blicken. Vorsichtig berührte er seine Nase mit einem Finger und stellte fest, dass sie blutete. Diese Frau schlug wahrhaftig eine beachtliche Faust! Er ließ sie vorsichtshalber nicht aus den Augen, als er nach einem Taschentuch suchte.

»Soll das Ihr Jawort gewesen sein?«

»Hinaus!« Alanna war so mitgenommen, dass ihre Stimme trotz allen Zorns schwankte. »Verlassen Sie sofort dieses Haus, Sie … Sie Satansbraten!« Die Tränen, die ihr dabei kamen, waren ihrer Meinung nach selbstverständlich Tränen der gerechten Entrüstung. Das wenigstens versicherte sie sich selbst. »Wäre ich ein Mann, brächte ich Sie auf der Stelle um und trampelte noch auf Ihrer Leiche herum!«

»Aha.« Mit einem verständnisvollen Nicken steckte er das Tuch wieder in die Tasche. »Sie brauchen Bedenkzeit, das ist durchaus begreiflich.«

Außerstande, auch nur ein vernünftiges Wort hervorzustoßen, stammelte Alanna nur unzusammenhängendes Zeug.

»Inzwischen kann ich ja mit Ihrem Vater sprechen«, schlug Ian verbindlich vor. Alanna gebärdete sich wie die böse Fee im irischen Volksmärchen und tastete nach dem Fleischmesser.

»Und ich bringe Sie um, bei Gott, das schwöre ich Ihnen!«

»Aber, aber, meine liebe Mrs. Flynn«, begann er und umklammerte dabei in weiser Voraussicht ihr Handgelenk. »Es ist mir durchaus klar, dass eine Frau manchmal geradezu überwältigt ist, wenn man ihr einen Heiratsantrag macht, aber so ...« Er stockte, als er bemerkte, dass ihr Tränen aus den Augen quollen und über die Wangen rollten. »Was haben Sie denn?« Ungeschickt streichelte er ihr nasses Gesicht. »Alanna, Liebste, erstich mich, wenn du willst, aber weine nicht!« Er gab ihre Rechte frei, und Alanna ließ das Messer fallen.

»Hören Sie doch endlich auf und gehen Sie! Wie kommen Sie dazu, mich so zu kränken? Verwünscht sei der Tag, an dem ich Ihr armseliges Leben gerettet habe!«

Beruhigt, dass sie schon wieder schimpfen konnte, nahm er sich ein Herz und küsste sie sanft auf die Stirn. »Ich dich kränken? Wie das?«

»Das fragen Sie auch noch?« Hinter dem Tränenschleier brannten ihre Augen wie zwei blaue Flammen. »Sie haben mich ausgelacht, haben mir einen Heiratsantrag gemacht, als wäre das der größte Spaß. Meinen Sie denn, weil ich keine seidenen Kleider und Modehüte besitze, hätte ich auch keine Gefühle?«

»Was haben Hüte damit zu tun?«

»Ich nehme an, die eleganten Damen in Boston lächeln bloß nachsichtig und versetzen Ihnen einen leichten Schlag mit dem Fächer, wenn Sie mit Ihnen schäkern. Ich dagegen nehme einen solchen Antrag sehr ernst und kann es nicht dulden, dass Sie so zu mir reden und mir gleichzeitig ins Gesicht lachen.«

»Gerechter Gott!« Wer hätte sich je träumen lassen, dass er, ein Mann, der den Ruf hatte, leicht und gewitzt mit Damen umgehen zu können, sich so ungeschickt anstellen würde, wenn es ernst war? »Ich war ein Narr, Alanna, darum höre mir bitte zu!«

»Ein Narr? Und was für einer! Und nun lassen Sie mich gefälligst los!«

Ian zog sie enger an sich. »Ich möchte dir nur erklären …« Er kam nicht mehr dazu, denn Cyrus Murphy stieß gerade die Tür auf, übersah mit einem einzigen Blick die verwüstete Küche, bemerkte, wie sich seine Tochter gegen Ian MacGregor zur Wehr setzte, und griff ruhig nach dem Jagdmesser, das in seinem Gürtel steckte.

»Nehmen Sie sofort die Hände von meinem Mädchen, MacGregor, und machen Sie Ihre Rechnung mit dem Himmel!«

»Vater!« Beim Anblick des Messers in seiner Hand hatte Alanna die Augen entsetzt aufgerissen und war erblasst. Unwillkürlich warf sie sich schützend vor Ian MacGregor. »Nicht!«

»Geh zur Seite, Kleines. Ein Murphy schützt die Seinen.«

»Es ist nicht so, wie du denkst, es sieht vielleicht so aus, aber …«, begann sie, doch Ian unterbrach sie.

»Lass gut sein, Alanna, ich habe mit deinem Vater zu sprechen.« Er wandte sich Cyrus Murphy zu.

»Das werden Sie nicht!« Sie richtete sich entschlossen auf. Vermutlich hätte sie den Schotten zwar selbst umbringen können, es wohl auch im Sinn gehabt, wenn man seine blutende Nase betrachtete, würde es aber nicht zulassen, dass ihn nun der Vater tötete, nachdem sie sich einige Tage lang bemüht hatte, Ian am Leben zu erhalten. »Wir hatten eine Auseinandersetzung, Vater, und ich kann mich sehr gut selbst verteidigen. Er hat bloß …«

»Er hat bloß Ihrer Tochter einen Heiratsantrag gemacht«, fiel ihr Ian ins Wort und brachte sie damit erneut gegen sich auf.

»Verwünschter Lügner, Sie haben sich einen Spaß daraus

gemacht. Es war Ihnen überhaupt nicht ernst mit dem, was Sie sagten, sonst hätten Sie nicht wie ein Irrer gelacht, und genau das haben Sie getan, als Sie sprachen. Ich aber lasse mich nicht beleidigen, nicht demütigen …«

»Nun sei doch endlich einmal still!«, donnerte Ian sie an, und Cyrus Murphy zog anerkennend eine Braue hoch, als Alanna wirklich verstummte. »Es war mir verdammt ernst mit meiner Werbung«, fuhr Ian fort, und seine Stimme klang bestimmt. »Wenn ich lachte, dann über mich selbst, weil ich ein solcher Narr bin, mich ausgerechnet in ein so dickköpfiges, scharfzüngiges und widerspenstiges Geschöpf zu verlieben, das mich eher erstechen als mir zulächeln würde!«

»Widerspenstig?«, wiederholte Alanna lautstark. »Sagten Sie widerspenstig?«

»Allerdings, widerspenstig.« Ian nickte mit einem Anflug von Spott. »Genau das habe ich gesagt, und genau das bist du, außerdem auch noch …«

»Genug!« Cyrus Murphy schüttelte sich den Schnee aus den Haaren. »Großer Gott, welch ein Pärchen!« Sichtlich widerstrebend steckte er das Messer in den Gürtel zurück. »Ziehen Sie sich was über, MacGregor, und folgen Sie mir hinaus. Du, Alanna, sieh zu, dass du zum Backen kommst!«

»Aber Vater, ich …«

»Tu, was ich dir sage, Mädchen!« Er bedeutete Ian, ihm voranzugehen. »Mit all dem Gezeter und Getue fällt es einem Christenmenschen schwer, daran zu denken, dass Weihnachten ist.« Draußen blieb er stehen und stemmte die Arme in die Seiten, eine Geste, die seine Tochter offensichtlich von ihm geerbt hatte. »Ich habe noch etwas zu erledigen, MacGregor, dabei können Sie sich aussprechen.«

»Ja.« Ian warf einen letzten Blick zu dem Fenster zurück, an dessen Scheibe sich Alanna zeigte. »Bin schon da.« Unwirsch stapfte er durch den Schnee, der immer noch in dichtem Gestöber fiel. Den Überrock nicht zugeknöpft, die bloßen Hände in den Taschen vergraben, folgte Ian Alannas Vater zu einem kleinen Schuppen.

»Warten Sie hier«, sagte Cyrus Murphy und ging hinein. Gleich darauf kam er mit einer Axt wieder heraus. Als er Ians argwöhnischen Blick bemerkte, schulterte er das Beil. »Keine Sorge, ich habe nicht die Absicht, Sie damit zu erschlagen, wenigstens noch nicht.« Mit diesen Worten schlug er die Richtung zum Wald ein. »Alanna hat eine Schwäche für Weihnachten, genau wie früher ihre Mutter.« Wie immer noch, wenn er von seiner verstorbenen Frau sprach, empfand er einen jähen Schmerz. »Jetzt braucht sie erst einmal einen Baum und ein wenig Zeit, mit sich ins Reine zu kommen.«

»Wird ihr das überhaupt gelingen?«

Nach alter Gewohnheit suchte Cyrus Murphy den Waldboden nach Wildfährten ab. Bald schon würde man frisches Fleisch brauchen. »Sie wollen sich ja unbedingt mit ihr belasten. Warum eigentlich?«

»Wenn ich dazu auch nur einen einzigen triftigen Grund wüsste, würde ich ihn Ihnen mitteilen«, stieß Ian zwischen den Zähnen hervor. »Da bitte ich diese Frau, mich zu heiraten, und sie schlägt meine Nase blutig.« Während er die Stelle betastete, die immer noch schmerzte, musste er allerdings lächeln. »Beim Allmächtigen, Murphy, ich bin verrückt nach Ihrer Tochter, und ich werde sie heiraten.«

Cyrus Murphy blieb kurz vor einer Tanne stehen, musterte sie, verwarf sie wieder und stapfte weiter. »Das wird sich noch zeigen.«

»Ich bin nicht gerade unbegütert«, fuhr Ian MacGregor fort. »Die verdammten Engländer haben nicht alles bei dem 45er-Aufstand in die Finger bekommen, und ich habe das ererbte Geld gut angelegt. Alanna wird es an nichts fehlen.«

»Vielleicht, vielleicht auch nicht. Immerhin hat sie damals

Michael Flynn auch genommen, obwohl er kaum mehr als zwei Kühe und ein paar Morgen Land hatte.«

»Jedenfalls würde sie nie mehr vom Morgengrauen bis zur einbrechenden Nacht schuften müssen.«

»Arbeit stört Alanna nicht, im Gegenteil, sie ist stolz auf das, was sie tut.« Cyrus Murphy blieb vor einem anderen Baum stehen, nickte und reichte MacGregor die Axt. »Den nehmen wir. Nichts hilft einem, wenn man niedergeschlagen ist, schneller, als wenn man tüchtig zuschlagen kann.«

Mit mächtigen Axthieben machte sich Ian daran, die Tanne zu fällen, und bald flogen die Späne nur so. »Alanna liebt mich, das weiß ich.«

»Durchaus möglich«, pflichtete ihm Murphy bei. »Es ist aber nun einmal ihre Art, diejenigen, die sie am liebsten mag, anzukeifen und ihnen etwas nachzuwerfen.«

»Demnach müsste sie mich ja überaus leidenschaftlich lieben.« Das Beil schlug eine tiefe Kerbe ins Holz des Stammes. Mit grimmiger Miene sprach Ian weiter. »Und ich werde sie heiraten, mit Ihrem Segen oder ohne ihn, Murphy.«

»Das versteht sich von selbst.« Seelenruhig stopfte sich Cyrus Murphy die Pfeife. »Schließlich ist sie ein erwachsener Mensch und frei in ihren Entscheidungen. Sagen Sie mir nur eines, MacGregor, werden Sie gegen die Engländer auch so entschieden kämpfen, wie Sie meine Tochter umwerben?«

Wieder schwang Ian die Axt, dass die Schneide durch die Luft pfiff und der Schlag weithin durch den Wald hallte. »Allerdings werde ich das.«

»Dann kann ich Ihnen jetzt bereits sagen, es wird nicht ganz einfach sein, sich in beiden Fällen durchzusetzen.« Zufrieden, dass der Tabak fest im Pfeifenkopf saß, strich Cyrus Murphy an einem Felsblock ein Schwefelhölzchen an. »Alanna will von einem Krieg nichts wissen.«

Ian hielt inne. »Und Sie?«

»Ich habe weder die Rotröcke ins Herz geschlossen noch ihren König.« Er schmauchte die Pfeife, und der Rauch zog in Schwaden durch das Schneetreiben. »Und selbst wenn das anders wäre, bin ich doch hellsichtig genug zu wissen, was kommen wird. Mag sein, dass es noch ein Jahr dauert oder zwei, aber der Kampf ist unvermeidlich, und er wird lang sein und blutig. Noch habe ich zwei Söhne, deren Leben dann auf dem Spiel steht, zwei Söhne, die ich verlieren könnte.« Er stieß einen langen, tiefen Seufzer aus. »Ich will zwar Ihren Krieg auch nicht, MacGregor, doch es kommt alles zu einem Punkt, wo ein Mann für das Seine einstehen muss.«

»Es hat längst angefangen, Murphy, und weder Hoffnung noch Angst werden den Lauf der Dinge verändern können.«

Murphy beobachtete Ian, als der Baum sich neigte und in den weichen Schnee stürzte. Ein starker Kerl, einer jener schottischen Hünen, dachte Cyrus Murphy, mit einem Gesicht und einem Körper, an dem eine Frau ihr Vergnügen finden mochte! Dazu ein vernünftiger Kopf und ein alter Name. Nur die Rastlosigkeit und der aufrührerische Geist MacGregors machten Alannas Vater Sorgen.

»Ich frage, sind Sie einer von denen, die ruhig abwarten, was geschehen wird, oder ziehen Sie es vor, die Herausforderung zu suchen?«

»Ein MacGregor wird niemals zögern, sich für seine Überzeugung einzusetzen, wenn es nötig ist, mit der Waffe in der Hand.«

Murphy nickte schweigend und half Ian den Baum zu schultern. »Gut. Ich werde Ihnen nichts in den Weg legen, was Alanna angeht. Das ist Ihre Sache.«

Alanna eilte unter den Vorbau hinaus, sobald sie Ians Stimme hörte. »Vater, ich möchte … Oh!« Sie blieb stehen, als sie die beiden Männer in bestem Einvernehmen auf sich zukommen sah, einen Tannenbaum zwischen sich. »Ihr habt einen Weihnachtsbaum geholt.«

»Hast du etwa gedacht, ich würde das vergessen?« Cyrus Murphy nahm die Mütze ab und stopfte sie in die Tasche. »Meinst du vielleicht, ich ließe zu, dass du mir Tag und Nacht deswegen in den Ohren liegst?«

»Ich danke dir.« Froh und erleichtert zugleich lief sie auf ihn zu und küsste ihn. »Er ist wunderbar.«

»Und trotzdem wirst du ihn mit Bändern und allerlei Schnickschnack behängen.« Trotz der tadelnden Worte kniff er sie liebevoll in die Wange.

»Ich habe doch Mutters Christbaumschmuck noch oben in meinem Zimmer.« Verständnisvoll erwiderte Alanna die liebevolle Geste ihres Vaters mit einem Kuss. »Nach dem Abendessen werde ich die Schachtel herunterholen.«

»Und ich habe noch jede Menge anderes zu erledigen. Mag dir MacGregor den Baum hinschleppen, wo du ihn haben willst.« Er strich ihr noch schnell übers Haar, dann stapfte er wieder hinaus.

Alanna hatte auf einmal einen Kloß in der Kehle. »Ich hätte ihn gern dort beim Fenster, bitte.«

Ian kam ihrem Wunsch nach und stellte die Tanne achtsam auf die gekreuzten flachen Bretter, die Murphy daruntergenagelt hatte. Es war ganz still im Raum, nur das Knistern des Feuers war zu vernehmen.

»Danke«, sagte Alanna spröde. »Sie können wieder gehen und tun, was Sie wollen.«

Bevor sie aber in der Küche verschwinden konnte, ergriff Ian ihre Hand. »Dein Vater hat seine Einwilligung gegeben, dass ich dich heirate.«

Zwar zerrte sie erst einmal, um sich loszureißen, gab es aber vernünftigerweise auf. »Ich bin mein eigener Herr, MacGregor.«

»Aber bald schon meine Frau, Alanna Flynn.«

Obwohl er sie um Haupteslänge überragte, gelang es Alanna, sich den Anschein zu geben, als blicke sie auf Ian MacGregor hinunter. »Darauf können Sie lange warten. Ich werde niemals Ihre Frau werden!«

Fest entschlossen, sich diesmal richtig zu verhalten, hob Ian ihre Hand an die Lippen. »Ich liebe dich, Alanna.«

»Nicht!« Sie drückte die freie Linke auf das Herz. »Sagen Sie mir das nicht.«

»Ich werde es aber wiederholen, solange ich atme, immer und immer von Neuem, bis ans Ende meiner Tage.«

Fassungslos schaute sie zu ihm auf, gerade hinein in die blau-grünen Augen, die sie bereits bis in ihre Träume verfolgt hatten. Seinem Hochmut konnte sie Widerstand entgegensetzen, sich gegen sein unerhörtes Benehmen wehren. Nur vor dieser schlichten, beinahe demütigen Liebeserklärung war Alanna hilflos. »Ian, bitte!«

Er fasste neuen Mut, weil sie ihn endlich einmal bei seinem Vornamen genannt hatte. Außerdem konnte man den Ausdruck in ihrem Blick bei diesen Worten nicht missdeuten. »Sage mir jetzt nicht noch einmal, dass du dir nichts aus mir machst, dass ich dir gleichgültig bin!«

Unfähig, länger zu widerstreben, berührte sie mit den Fingerspitzen seine Wange. »Nein, das tue ich nicht mehr. Du musst ja ohnehin wissen, was ich für dich empfinde, wenn ich dich nur anschaue.«

»Wir gehören zusammen.« Ohne den Blick von ihr zu wenden, drückte er seine Lippen auf ihre Handfläche. »Ich habe es gespürt von dem Moment an, da du dich im Stall über mich gebeugt hast.«

»Es geht bloß alles so schnell«, sagte sie, hin- und hergerissen zwischen Angst und Verlangen. »Viel zu schnell.«

»So muss es auch sein. Ich werde dich glücklich machen,

Alanna, du kannst dir in Boston das Haus aussuchen, das du haben möchtest.«

»In Boston?«

»Wir werden wenigstens für einige Zeit dort leben. Ich habe noch eine Aufgabe zu erfüllen. Später dann können wir nach Schottland reisen und auch einen Besuch in deiner irischen Heimat machen.«

Alanna schüttelte den Kopf. »Aufgabe? Welche Aufgabe ist das?«

Es war, als lege sich ein Schatten über Ian MacGregors Züge. »Ich habe dir mein Wort gegeben, nicht davon zu sprechen, ehe Weihnachten vorüber ist.«

»Ach ja.« Ihr war, als stünde ihr das Herz in der Brust still und würde zu Eis. »Das hast du getan.« Sie atmete einmal tief, bevor sie auf die gefalteten Hände niederschaute. »Ich habe die Kuchen noch im Ofen und sollte sie unbedingt herausnehmen.«

»Ist das alles, was du mir zu sagen hast?«

Sie blickte an ihm vorüber auf den Tannenbaum. Noch war er ganz schmucklos und hatte doch etwas Verheißungsvolles an sich. »Ich muss dich bitten, mir noch ein wenig Zeit zu lassen. Morgen, am Weihnachtstag, sollst du meine Antwort haben.«

»Ich werde mich nur mit einer ganz bestimmten zufrieden geben.«

Seine Worte ließen sie lächeln. »Ich werde auch nur eine zu geben haben.«

7. Kapitel

Es duftete im ganzen Haus nach Tanne, brennenden Holzscheiten und herrlichem Festtagsbraten. Auf dem derben Tisch nahe beim Kamin hatte Alanna ein liebevoll gehegtes Stück aus dem Besitz der Mutter gestellt, den Punschtopf aus bunt glasiertem Steingut. So weit Alanna zurückdenken konnte, war es der Vater gewesen, der den Weihnachtspunsch braute. Auch heute tat er das und setzte reichlich irischen Whisky zu. Sie sah, wie sich der Flammenschein in der bernsteinhellen Flüssigkeit fing, sah das flackernde Licht der Kerzen, die sie bereits auf dem Baum entzündet hatte.

Sie hatte sich vorgenommen, dass in dieser Nacht und an dem darauf folgenden Weihnachtstag nichts als Freude im Hause herrschen sollte. Und so würde es wohl sein, redete sie sich ein. Was auch immer am Morgen zwischen dem Vater und Ian gewesen sein mochte, jetzt waren sie beide offensichtlich die dicksten Freunde. Alanna bemerkte, dass Cyrus Murphy sogar erst Ians Becher füllte, bevor er sich selbst eingoss und einen tiefen Zug trank. Selbst der junge Brian bekam den Punsch zu kosten, bevor sie etwas dagegenhalten konnte. So werden sie alle tief und fest schlafen, dachte Alanna und war eben dabei, sich auch zu bedienen, als sie das Rollen eines Wagens hörte, gedämpft durch den Schnee.

»Das wird Johnny sein!« Ihre Stimme klang ungehalten. »Hoffentlich hat er eine gute Entschuldigung, warum er nicht zum Abendessen hier gewesen ist.«

»Sicher hat er sich um Mary bemüht«, murmelte Brian in seinen Becher hinein.

»Vielleicht, vielleicht auch nicht.« Alanna verstummte, denn eben trat der Bruder ein, an seinem Arm Mary Wyeth. Unwillkürlich ließ Alanna den Blick durchs Zimmer schweifen, ob denn auch alles für den Empfang eines Gastes bereit wäre, und war erleichtert, dass nichts fehlte. »Mary, wie nett, Sie zu sehen!« Hastig beeilte sie sich, das junge Mädchen auf die Wange zu küssen.

Mary war kleiner und etwas fülliger als Alanna, hatte goldblondes Haar und jetzt hochrote Wangen. Entweder war daran die Kälte auf der Fahrt vom Dorf hierher schuld, stellte Alanna bei sich fest, oder Johnnys Nähe.

»Frohe Weihnachten!« Noch scheuer als gewöhnlich, errötete Mary noch mehr und legte die Hände ineinander. »Welch ein hübscher Baum!«

»Kommen Sie doch zum Kamin, Sie müssen ja ganz durchgefroren sein. Geben Sie mir Ihren Umhang und das Tuch!« Alanna warf ihrem Bruder einen erbosten Blick zu, weil Johnny einfach dastand und verlegen grinste. »Los, Johnny, schenk Mary einen Becher Punsch ein und biete ihr von dem Gebäck an, das ich heute Morgen gebacken habe!«

»Ja, natürlich.« Er machte sich überstürzt daran, Alannas Aufforderung nachzukommen, dabei schüttete er sich aus Übereifer gleich Punsch über die Finger. »Wir wollen jemanden hochleben lassen«, verkündete er, musste sich aber erst einmal räuspern. »Auf meine zukünftige Frau!« Liebevoll nahm er Marys Hände in die seinen. »Mary hat heute Abend meinen Heiratsantrag angenommen.«

»Oh!« Alanna umfasste Marys Schultern herzlich, weil das junge Mädchen keine freie Hand hatte. »Meinen Glückwunsch, willkommen in der Familie. Es will mir freilich nicht in den Kopf, dass Sie es mit diesem Kerl aufnehmen.«

Vater Cyrus, dem Gefühlsregungen immer Unbehagen verursachten, drückte Mary schnell einen leichten Kuss auf die

Wange und schlug seinem Sohn derb auf den Rücken. »Dann lasst uns gleich darauf trinken, dass ich gerade eine zweite Tochter bekommen habe«, sagte er. »Das nenne ich ein schönes Weihnachtsgeschenk, John, das du uns damit machst!«

»Dazu brauchen wir ein wenig Musik.« Alanna wandte sich an Brian, der ihr zunickte und hinausrannte, um seine Flöte zu holen. Als er wiederkam, mahnte die Schwester: »Es muss aber ein munteres Lied sein, Brian, die frisch Verlobten sollen ihren ersten Tanz haben!«

Brian stellte einen Fuß auf die Sitzfläche eines Stuhles und begann zu spielen. Als Ian Alanna die Hand auf die Schulter legte, spürte er, dass sie unter seiner Berührung leicht zusammenzuckte.

»Gefällt dir denn der Gedanke an eine nahe Hochzeit, Mrs. Flynn?«

»Ja, sehr.« Mit feuchten Augen lächelte sie zu dem jungen Paar hin, das sich im Kreise drehte. »Sie wird ihn glücklich machen, und sie werden sich ein gemütliches Heim schaffen und eine richtige Familie gründen. Genau das wünsche ich ihm.«

Ian grinste, und der Vater goss sich gerade einen weiteren Becher Punsch ein. Darauf begann er, den Takt mitzuklatschen.

»Und was wünschst du dir selbst?«

Sie drehte sich zu ihm herum. »Auch ich habe immer nur davon geträumt.« Ihr Blick hielt den seinen fest, und Ian beugte sich näher zu ihr.

»Wenn du mir jetzt auch deine Antwort auf meine Frage gäbest, könnten wir heute am Heiligen Abend gleich eine doppelte Verlobung feiern.«

Alanna schüttelte den Kopf, obwohl sie einen Stich in der Brust empfand. »Nein, dieser Abend gehört Johnny.« Dann ließ sie es mit einem leisen Lachen geschehen, dass der Bruder übermutig ihre Hände fasste, um mit ihr nach einer alten irischen Weise zu tanzen.

Draußen hatte es wieder ganz leicht zu schneien angefangen. Drinnen im Haus aber füllten Kerzenlicht, Musikklänge und Lachen die Räume. Alanna musste an ihre Mutter denken. Wie glücklich wäre sie wohl gewesen, die Familie so fröhlich und vereint an diesem segensreichen Abend beisammen zu sehen! Dann erinnerte sich Alanna auch an Rory, den heiteren und hübschen Rory, der sie alle beim Tanzen übertroffen und mit seiner klaren Tenorstimme dazu gesungen hätte.

»Werde glücklich!« Impulsiv schlang sie beide Arme um Johnny. »Glücklich in Freiheit und Sicherheit!«

»Nun, nun, was soll das denn?« Gerührt und ganz verlegen erwiderte er ihre Zärtlichkeit und zog sie mit sich fort.

»Ich habe dich lieb, dummer Kerl!«

»Das weiß ich doch.« Er bemerkte, wie sein Vater sich abmühte, Mary einen altmodischen Tanzschritt zu zeigen, und grinste über das ganze Gesicht. »He, Ian, befreien Sie mich von dieser Frau. Hin und wieder muss jeder Mann einmal verschnaufen, meinen Sie nicht auch?«

»Doch nicht ein Ire«, meinte Ian und fasste Alannas Hand, »und schon gar nicht ein Schotte!«

»Ach, ist das wirklich so?« Mit einem amüsierten Lächeln warf sie den Kopf in den Nacken und machte sich daran, ihm zu beweisen, dass eine Irin selbst einen Schotten beim Tanz übertreffen konnte.

Dann irgendwann, als die Kerzen längst heruntergebrannt waren, gingen alle zu Bett. Doch die Ruhe dauerte nicht lange, denn schon beim ersten Morgenlicht des neuen Tages begann man wieder mit dem Feiern. Beim Schein des Feuers im Kamin tauschte man unter dem Weihnachtsbaum die Geschenke aus. Es bereitete Alanna große Freude zu sehen, wie Ian sich über das Tuch freute, das sie für ihn gewebt hatte. Mochte es sie auch so manche Nachtstunde gekostet haben, die blauen und grünen Wollfäden zu einem Muster zu verarbeiten, so hatte es sich doch gelohnt. Wenn Ian sie verließ, würde er ein Stück von ihr mitnehmen können. Gerührt bemerkte sie, wie leid es ihm tat, dass er keine Geschenke hatte, die er verteilen konnte. Wie auch hätte er etwas beschaffen sollen?

Später standen sie dann Seite an Seite in der Dorfkirche. Obwohl Alanna der Epistel von der Geburt des Erlösers mit dem gleichen Staunen lauschte wie früher als Kind, entging es ihr nicht, dass andere Frauen immer wieder zu ihr und Ian herüberschauten, Neugier und auch ein bisschen Neid im Blick. Und so ließ sie es geschehen, dass er ihre Hand in die seine nahm.

»Du bist heute sehr schön, Alanna.« Draußen vor dem Gotteshaus, wo die Leute schwatzten und Weihnachtswünsche tauschten, küsste er ihre beiden Hände. Und obgleich sie wusste, dass das Wasser auf die Mühlen der Klatschbasen im Dorf bedeuten musste, schenkte sie Ian ein verheißungsvolles Lächeln. Immerhin war sie Frau genug, um sich nicht zu verhehlen, wie gut sie in dem tiefblauen Wollkleid mit dem schlichten Spitzenbesatz an Kragen und Manschetten aussah.

»Du siehst selbst sehr gut aus, MacGregor.« Sie widerstand der Versuchung, mit der Hand über das schöne Tuch seiner Jacke zu streichen. Zum ersten Mal trug er dieses Gewand, das sich offenbar in seinem spärlichen Gepäck befunden haben musste. So würde sie Ian MacGregor in Erinnerung behalten, in liebevoller Erinnerung.

»Natürlich, heute ist schließlich auch ein wunderbarer Tag.« Er schickte einen Blick zum Himmel hinauf. »Aber es wird noch mehr schneien, bevor die Nacht anbricht.«

»Das gehört doch auch zu einem richtigen Weihnachtstag.« Sie hielt den blauen Hut fest, den ihr Johnny geschenkt hatte. »Nur der Wind weht recht stark.« Sie lächelte, als sich jetzt

Gratulanten um Johnny und Mary drängten. »Wir sehen besser zu, dass wir heimkommen, ich muss mich um den Truthahn kümmern.«

Ian MacGregor bot Alanna den Arm. »Gestatten Sie mir, Sie zu Ihrer Kutsche zu geleiten, Mrs. Flynn?«

»Das ist sehr liebenswürdig von Ihnen, Mr. MacGregor.«

Ian konnte sich nicht erinnern, jemals einen so schönen Tag verlebt zu haben. Obwohl noch einiges zu tun war, blieb immer noch Zeit genug, mit Alanna zusammen zu sein, und er nahm jede Gelegenheit dazu wahr. Allerdings hätte er im Innersten ihre Familie in die fernste Ferne wünschen mögen, um endlich ganz allein mit Alanna zu sein und ihr Jawort zu erhalten. Aber er hatte sich vorgenommen, geduldig abzuwarten, denn er zweifelte keine Sekunde daran, wie die Antwort ausfallen würde. Alanna konnte ihn einfach nicht so ansehen, ihm so zulächeln und ihn küssen, wenn sie ihn nicht so liebte wie er sie. Wie gerne hätte er sie auf den Arm genommen, sie in den Sattel gehoben und wäre mit ihr davongeritten. Doch er wollte alles ganz gesittet geschehen lassen, wie es sich schickte.

Wenn sie es ebenfalls wollte, konnten sie sich in der kleinen Dorfkirche trauen lassen, in der sie der Christmesse beigewohnt hatten. Danach würde er eine Kutsche mieten, nein, natürlich kaufen, eine blaue mit silbernen Beschlägen. Blau würde zu Alanna passen. In dieser Kutsche wollte er seine junge Frau nach Virginia bringen und dort seinen Verwandten vorstellen, der Tante, dem Onkel und deren Söhnen und Töchtern. Erst später konnte man daran denken, eine Reise nach Schottland zu unternehmen, damit Alanna seine Eltern kennenlernte, seine Brüder und Schwestern. Und in der Heimat, in dem Land, in dem Ian geboren worden war, würden sie dann noch einmal Hochzeit halten.

Alles stand ihm ganz deutlich vor Augen. Wie er ihr in

Boston ein hübsches Haus kaufen und sie sich dort niederlassen würden, um eine Familie zu gründen, während er mit Wort und Degen für die Unabhängigkeit des Landes eintreten wollte, das ihm zur zweiten Heimat geworden war. Mochte es tagsüber auch Auseinandersetzungen und sogar Streit geben, so stellte er sich doch vor, nachts mit Alanna auf einem breiten Bett zu liegen, eng umschlungen. Seit er ihr begegnet war, war ein Leben ohne sie für ihn vollkommen undenkbar geworden.

Immer noch fielen draußen sanft die Flocken. Endlich hatten sie das Festmahl, Truthahn mit Kartoffeln und Mais, danach feines Gebäck, hinter sich, und Ian fieberte vor Ungeduld. Statt sich zu den Männern an den Kamin zu setzen, ergriff Ian Alannas Umhang und legte ihn ihr um die Schultern. »Ich muss ein wenig mit dir allein sein.«

»Ich bin noch nicht mit der Arbeit fertig.«

»Die kann warten.« Außerdem war seiner Meinung nach ihre Küche ohnehin tadellos aufgeräumt. »Ich muss unter vier Augen mit dir reden.«

Sie widerstrebte nicht, war nicht dazu imstande, denn das Herz schlug ihr schon bis in den Hals, als Ian sie eilig mit sich in den Schnee hinauszog. Er nahm sich nicht einmal Zeit, den Hut aufzusetzen. Als Alanna ihn darauf aufmerksam machte, dass er den Überrock nicht zugeknöpft habe, obwohl ein scharfer Wind wehte, hob Ian sie einfach auf die Arme und trug sie hinüber in den Stall.

»Wozu das? Ich kann sehr gut selbst gehen«, stellte sie fest.

»Du könntest dir den Saum des Kleides nass machen.« Er beugte den Kopf zu ihr nieder und küsste sie auf die vom Schnee feuchten Lippen. »Außerdem tue ich es recht gern.«

Drinnen stellte er sie auf die Füße, schob den Riegel vor und entzündete eine Laterne.

Alanna sagte sich innerlich, dass nun das Christfest zu Ende gehen müsste. »Ian«, begann sie, doch er unterbrach sie, indem er auf sie zutrat und ihr beide Hände sanft auf die Schultern legte.

»Nicht, warte.« Die ungewohnte Zärtlichkeit verschlug Alanna die Sprache.

Sanft ergriff er ihre kalten Hände – denn auch sie war ohne Handschuhe gegangen – und wärmte sie in den seinen. Dann fasste er in die Westentasche und zog ein kleines Etui heraus. »Ich habe einen Burschen aus dem Dorf nach Boston in mein Haus geschickt.« Er drückte ihr das Schächtelchen in die Rechte. »Öffne es!«

Der Verstand mahnte, es nicht anzunehmen, aber das Herz, das Herz ließ das nicht zu. Alanna gehorchte und sah einen herrlichen Ring in dem Kästchen liegen. Mit einem unterdrückten Laut presste sie die Lippen fest aufeinander. Der Reif war aus Gold und zeigte ein gekröntes Löwenhaupt.

»Dies ist unser Clan-Emblem. Mein Großvater, dessen Namen ich trage, hatte den Schmuck für seine Frau anfertigen lassen. Bevor sie starb, gab sie ihn an meinen Vater weiter, dass dieser den Ring für mich aufbewahre. Erst als ich Schottland verließ, ließ er mich wissen, wie sehr er hoffte, ich möge eine Frau finden, die stark, klug und treu genug sei, dieses Juwel zu tragen.«

Alanna war die Kehle so zugeschnürt, dass jedes Wort schmerzte, das sie hervorpresste. »Oh Ian, nein, ich kann nicht, ich …«

»Keine andere Frau soll diesen Ring jemals besitzen, solange ich lebe.« Er nahm ihn aus dem Etui und steckte ihn an ihren Finger. Als sei das Schmuckstück für sie gemacht, passte es. In diesem Augenblick war es Ian MacGregor, als gehöre ihm die ganze Welt. »Es wird niemals eine andere Frau geben, die ich lieben könnte.« Damit hob er ihre Rechte mit dem Juwel an die Lippen und küsste sie. Dabei ließ sein Blick sie nicht los. »So schenke ich dir mein Herz, heute und für immer.«

»Ich liebe dich«, flüsterte sie.

»Und auch ich werde dich immer lieben.« Als Alanna seinen Mund auf dem ihren spürte, wusste sie, dass die Zeit kommen würde, in der Reue und Schmerz sie erfassen würden. Jetzt aber, in den kurzen Stunden, die ihnen noch gemeinsam gehörten, wollte auch sie ihm ein anderes, ein bleibendes Geschenk geben. Behutsam streifte sie Ian den Überrock ab, begann die Weste aufzuknöpfen und erwiderte seinen Kuss mit leidenschaftlichem Verlangen.

Ihm bebten leicht die Hände, als er die ihren festhielt. »Alanna ...«, murmelte er.

Sie schüttelte den Kopf und legte ihm einen Finger mahnend auf den Mund. »Ich bin kein unerfahrenes junges Mädchen, sondern eine Frau, und ich bitte dich, mich als solche zu behandeln. Du musst mich nehmen, ich brauche dich und deine Liebe, Ian. Bitte, nimm mich, heute, jetzt, in dieser Weihnachtsnacht!« Nun war sie es, die seine Hände umschloss und an die Lippen zog. Sie wusste, dass es verboten war, was sie tat, aber auch, dass es sein musste. »Ich will dir gehören.«

Nie zuvor hatte sich Ian MacGregor so unbeholfen gefühlt. Die Hände schienen auf einmal viel zu groß, zu rau, sein Verlangen zu tief und zu drängend. Er schwor sich, selbst wenn es ihm in seinem ganzen weiteren Leben nicht mehr gelingen sollte, in dieser Nacht würde er Alanna ganz sacht und zärtlich lieben, um ihr zu verstehen zu geben, was sein Herz für sie empfand.

Behutsam ließ er sie ins Heu niedergleiten. Zwar war dies nicht das breite weiche Bett, das er sich für sie beide erträumt hatte, doch Alanna legte ihm bereitwillig die Arme um den Hals und lächelte, als sie ihm ihre Lippen darbot.

Sie hätte nie erwartet, dass es so beglückend sein könnte, die Hände des geliebten Mannes im Haar zu fühlen und auf ihrem Gesicht. Er küsste sie so sanft, so geduldig, dass ihre

Sorgen und Befürchtungen aus dem Herzen weggeschwemmt wurden. Ian knöpfte ihr Kleid auf und streifte es ihr von den Schultern. Dann bedeckte er ihren Körper mit Küssen, streichelte die weiche Haut und flüsterte Alanna tausend törichte Dinge ins Ohr, dass sie lächelte und gleichzeitig weinen musste.

Dann spürte er, wie sie ihm energisch und schnell das Hemd öffnete, nachdem sie die Weste beiseitegeschoben hatte, und seine Brust liebkoste. Nun entkleidete sie ihn ganz, hielt immer wieder inne, ließ die Finger verweilen, entzückt und entzückend. Mit jeder Berührung, jedem Kuss steigerte sich Alannas Erregung. Auch Ian fühlte, wie seine Leidenschaft immer stärker wurde, dann drang er in sie und überließ sich der Wonne, die Alannas Leib ihm gewährte.

Feiner Lavendelduft mischte sich mit dem Geruch des Heus. In dem gedämpften Schein der Laterne leuchtete ihr weißer Körper. Ihr dichtes Haar schimmerte, als er es durch die Hände gleiten ließ.

Alanna durchliefen heiße Schauer. Zitternd versuchte sie Ians Namen auszusprechen, es gelang ihr nicht. Sie konnte bloß ihre Nägel in seine breiten Schultern eingraben. Woher nur kam dieses unbeschreibliche Verlangen, woher diese Sturzflut der Empfindungen in ihrem Innersten, und wohin sollte das alles führen? Wie von Sinnen, völlig außer sich, drängte sie sich Ian entgegen. Seine Liebkosungen weckten eine solche Lust in ihr, die sie niemals gekannt, derer sie sich bisher auch nicht für fähig gehalten hatte.

Sie küssten einander voll Verlangen und äußerster Erregung. Ian führte Alanna gefühlvoll zu einem ersten Höhepunkt und darüber hinaus zur Ekstase. Ihr unterdrückter Aufschrei erstickte unter Ians Lippen. Er war nun tief in ihr, sein Gesicht war ganz nah über dem ihren, und Alanna sah, als sie einmal kurz die Augen öffnete, wie sein Haar im flackernden Schein der Laterne, die ihr sanftes Licht auf sie warf, glänzte.

»Nun sind wir eins.« Seine Stimme klang dunkel vor Leidenschaft. »Und du gehörst mir.« Wieder küsste er sie unendlich zärtlich und blickte ihr liebevoll in die Augen. Sie hatten einander an diesem Weihnachtsabend das kostbarste Geschenk gemacht, das Mann und Frau sich geben können – das Aufgeben des Ich im Du.

8. Kapitel

Sie schlummerten einander zugewandt im Heu, Alannas Umhang achtlos über sich geworfen, die warmen Körper eng aneinandergeschmiegt.

Ian murmelte ihren Namen, und sie erwachte. Mitternacht ist wohl schon vorbei, dachte Alanna. Das bedeutete, dass es längst Zeit war zurückzukehren. Trotzdem zögerte Alanna noch, betrachtete Ians Gesicht im Schlaf, prägte sich jede Linie ein, obwohl es jetzt schon ihrem Gedächtnis fest eingeprägt war, vor allem aber in ihrem Herzen.

Nur einen letzten Kuss, mahnte sie sich selbst und berührte seine Lippen leicht mit den ihren, einen allerletzten Augenblick des Beisammenseins.

Als sie sich bewegte, wurde Ian wach und streckte den Arm nach ihr aus. »So leicht kommst du mir nicht davon, Mrs. Flynn.«

Sie konnte sich immer noch nicht daran gewöhnen, dass er ihren Namen so schelmisch betonte. »Wir können nicht hier bleiben, bis es hell wird.«

»Gut.« Er setzte sich auf, und sie begann sich in aller Eile anzukleiden. »Ich nehme an, selbst unter den herrschenden Umständen könnte dein Vater noch das Messer ziehen, wenn er mich nackt mit seiner Tochter im Heu fände.« Mit offensichtlichem Bedauern zog er sich an. Wenn er doch bloß die richtigen Worte hätte finden können, um Alanna zu sagen, was diese Nacht für ihn bedeutete, wie teuer ihm ihre Liebe war! Mit offenem Hemd stand er auf und küsste sie auf den Nacken. »Du hast noch Heu im Haar, Liebste.«

Sie wich ihm aus und löste die Halme aus den Locken. »Ich habe die Haarnadeln verloren.«

»Ich mag es lieber, wenn du es nicht aufgesteckt hast.« Er schluckte, trat einen Schritt an sie heran und ließ eine Strähne durch seine Hand gleiten. »Weiß Gott, viel lieber.«

Beinahe wäre Alanna ihm um den Hals gefallen, doch sie hielt sich gerade noch zurück. »Ich muss mein Häubchen finden«, erklärte sie.

»Ja, wenn das so ist.« Bereitwillig begann er zu suchen. »Um ganz ehrlich zu sein, ich kann mich nicht erinnern, jemals ein schöneres Christfest erlebt zu haben. Dabei hatte ich gedacht, es sei absolut das Höchste gewesen, als ich mit acht einen Fuchswallach zu Weihnachten bekam. Er war sehr groß und widerspenstig wie ein Maultier.« Ian holte das Häubchen unter einem Heuhaufen hervor und hielt es Alanna hin. »Du freilich übertriffst ihn, wenn auch nur knapp.«

Sie zwang sich ein Lächeln ab. »Ich fühle mich unendlich geschmeichelt, MacGregor. Aber jetzt muss ich mich um das Frühstück kümmern.«

»Gut, dann können wir deiner Familie gleich beim Essen mitteilen, dass wir heiraten werden.«

Sie atmete tief ein. »Nein.«

»Wir haben keinen Grund, länger zu warten, Alanna.«

»Nein«, wiederholte sie ernst, »ich kann nicht deine Frau werden.«

Einen Augenblick schaute Ian sie verdutzt an, dann lachte er. »Was soll der Unsinn?«

»Es ist ganz und gar kein Unsinn, denn ich werde dich nicht heiraten.«

»Doch, das wirst du, verdammt noch mal!«, brach es aus ihm heraus. Er umklammerte ihre Schultern. »Ich lasse nicht mit mir spielen, dazu ist es mir zu ernst.«

»Ich spiele nicht mit dir, Ian, und es ist auch kein Scherz.«

Obwohl sie die Zähne zusammenbeißen musste, sprach Alanna ruhig weiter. »Ich will dich nicht heiraten.«

Hätte sie immer noch ein Messer in der Hand gehabt und es ihm in die Brust gestoßen, es hätte ihn weniger schmerzlich getroffen. »Du lügst. Du siehst mir ins Gesicht und lügst. Du hättest mich nicht lieben können, wie du es heute Nacht getan hast, wenn du mir nicht gehören wolltest!«

Obwohl Alannas Augen trocken blieben, brannten sie wie Feuer. »Ich liebe dich, aber ich werde nicht deine Frau.« Sie schüttelte den Kopf, noch bevor Ian widersprechen konnte. »Meine Gefühle haben sich nicht verändert, denn das wäre unmöglich. Verstehe mich, Ian! Ich bin eine einfache Frau mit dem einzigen Wunsch, in Frieden zu leben. Du träumst von deinem Krieg, und wenn er wirklich ausbricht, dann wirst du kämpfen, ob er nun ein Jahr dauert oder zehn Jahre. Ich aber kann nicht noch einen Menschen auf dem Schlachtfeld verlieren. Ich will nicht deinen Namen tragen und dir mein Herz schenken, nur, um dich fallen zu sehen.«

»Du willst also mit mir handeln?« Zornig trat er von ihr weg. »Du bist nur bereit, mein Leben zu teilen, wenn ich mich damit abfinde, auf alles zu verzichten, was mir heilig ist? Um dich zu besitzen, soll ich meinem Land den Rücken kehren, meine Ehre verraten und mein Gewissen zum Schweigen bringen?«

»Nein.« Sie presste die Hände krampfhaft zusammen und zwang sich zur Ruhe. »Es ist kein Handel. Ich gebe dir deine Freiheit aus ganzem Herzen zurück, und ich bereue nicht im Geringsten, was zwischen uns geschehen ist. Aber ich kann nicht in der Welt leben, an der du hängst, Ian, und du kannst es nicht in der meinen. Ich bitte dich nur darum, mir die gleiche Freiheit zu lassen wie ich dir.«

»Hol's der Teufel, nein!« Wieder packte er sie. Die Hände, die in der vergangenen Nacht so behutsam gewesen waren, umklammerten Alannas Schultern schmerzhaft. »Wie kannst du nur glauben, dass ich wegen unserer verschiedenen Auffassungen auf dich verzichten könnte? Du gehörst zu mir, Alanna, daran ist nicht zu rütteln.«

»Es geht nicht bloß um unsere unterschiedlichen Meinungen.« Um nicht auf der Stelle in Tränen auszubrechen, sprach sie betont kühl. »Wir haben nicht die gleichen Hoffnungen, nicht die gleichen Träume, du und ich. Ich verlange nicht von dir, die deinen zu opfern, Ian, aber ich werde auch die meinen nicht aufgeben.« Sie machte sich los und stand aufrecht da. »Deshalb will ich dich nicht, weil ich nicht mit dir zusammen leben kann. Und ich bin frei in meinen Entschlüssen, etwas anzunehmen oder auszuschlagen. Meine Antwort ist Nein. Und du kannst nichts sagen oder tun, was mich davon abbringen könnte. Wenn du mich wirklich liebst, wirst du es erst gar nicht versuchen.« Alanna hob mit einer heftigen Bewegung ihren Umhang auf und ballte ihn mit beiden Händen zusammen. »Deine Wunde ist gut verheilt, MacGregor, nun ist es an der Zeit, dass du gehst. Ich will dich nie mehr sehen.« Mit diesen Worten wandte sie sich ab und ging rasch hinaus.

Eine Stunde später hörte Alanna ihn von ihrem Zimmer aus davonreiten. Dann erst ließ sie sich auf ihr Bett fallen und den Tränen freien Lauf. Als diese auf den Goldreif an ihrem Finger fielen, bemerkte sie, dass sie Ian MacGregors Geschenk nicht zurückgegeben hatte. Er hatte es freilich auch nicht verlangt.

Ian brauchte drei Wochen, um nach Virginia zu kommen, und noch eine weitere, bevor es ihm möglich war, mehr als einige wenige knappe Sätze zu jemandem zu sprechen. Nur manchmal brachte er es in der Bibliothek des Onkels über sich, mit den Herren die Vorfälle in Boston und an anderen Orten der Kolonien zu diskutieren und zu erfahren, wie das englische Parlament darauf geantwortet hatte.

Obwohl Brigham Langston, der vierte Earl of Ashburn, seit mehr als dreißig Jahren in Amerika gelebt hatte, besaß er doch immer noch Verbindungen zu den höchsten Kreisen im Mutterland. Und wie er dort während des Aufstandes der Stuart-Anhänger für seine Überzeugung gekämpft hatte, war er nun entschlossen, für Freiheit und Gerechtigkeit seiner neuen Heimat gegen England zu streiten.

»Nun ist es aber endgültig genug des Pläneschmiedens und der Geheimniskrämerei für heute Abend.« Serena MacGregor-Langston rauschte herein. Sie hatte nie besonders Rücksicht darauf genommen, ob sie in geheiligte männliche Bereiche einbrach oder nicht. Das Haar war noch so flammend rot wie früher, abgesehen von einigen wenigen grauen Strähnen, um die sich diese Frau keine Gedanken machte, überzeugt davon, sie sich im Leben redlich verdient zu haben.

Ian stand auf und verneigte sich vor seiner Tante, doch ihr Gatte blieb seelenruhig am Kaminsims lehnen. Serena fand, dass ihr Mann immer noch überaus gut aussah, vielleicht sogar besser als in seiner Jugend. Mit dem Silberhaar und dem von der südlichen Sonne tief gebräunten Gesicht erinnerte er sie oft an eine Eiche. Sein Körper war schlank und muskulös, wie damals vor beinahe drei Jahrzehnten. Sie lächelte, während ihr der älteste Sohn, Daniel, einen Brandy eingoss und sie küsste.

»Wir sind immer entzückt, wenn du uns Gesellschaft leistest, Mama, das weißt du.«

»Galant wie dein Vater.« Serena war froh, dass er auch dessen Aussehen geerbt hatte, nicht nur seine Art zu sprechen. »Natürlich wünscht ihr mich heimlich zum Teufel. Aber ich möchte dich daran erinnern, dass ich schon einmal in einer Rebellion mitgekämpft habe, du … Engländer!« Mit dem letzten Wort wandte sie sich an ihren Mann.

Brigham grinste. Seit dem ersten Kennenlernen hatte sie, die

Schottin, ihn »Engländer« genannt, was in ihrer Heimat eher sehr wenig schmeichelhaft klang. »Und habe ich jemals den Versuch gemacht, dich ändern zu wollen?«

»Du bist viel zu klug, um etwas zu tun, das von vornherein zum Scheitern verurteilt wäre.« Sie küsste ihn auf die Wangen. »Ian«, sagte sie zu dem Neffen, »du hast abgenommen.« Ihrer Meinung nach hatte sie ihm Zeit genug gelassen, über etwas nachzugrübeln, das ihn offensichtlich quälte. Da seine Mutter jenseits des Meeres lebte, würde eben sie, seine Tante, sich um den Jungen kümmern. »Zufrieden mit dem Koch?«

»Man speist bei dir nach wie vor ausgezeichnet, Tante Serena«, lobte Ian.

»Das höre ich gern.« Sie nippte an ihrem Glas. »Deine Cousine Fiona beklagt sich bei mir, dass du immer noch nicht mit ihr ausgeritten seist.« Die Rede war von der jüngsten Tochter des Paares. »Ich hoffe nur, sie fällt dir nicht zur Last mit ihrem Wunsch.«

»Keineswegs.« Ian wusste nicht recht, was er so schnell antworten sollte. »Ich war einfach ein wenig … zerstreut. Aber ich werde das Versäumte in den nächsten Tagen nachholen.«

»Gut.« Sie lächelte, entschlossen, mit der entscheidenden Aussprache zu warten, bis sie mit Ian allein wäre. »Brigham, Amanda möchte, dass du sie berätst bei der Auswahl eines geeigneten Ponys für den jungen Colin. Ich war zwar immer der Meinung, ich hätte meine älteste Tochter gut erzogen, aber offensichtlich traut sie dir mehr Pferdeverstand zu als ihrer Mutter. Und was dich angeht, Daniel, so wartet dein Bruder bei den Stallungen auf dich und hat mich gebeten, dich so schnell wie möglich zu ihm zu schicken.«

»Der Junge hat nichts im Kopf als Pferde«, bemerkte der Vater, »ganz wie Malcolm.«

»Darf ich dich erinnern, dass mein jüngerer Bruder sich mit Pferden äußerst gut bewährt hat?«

Brigham Langston, Earl of Ashton, hob das Glas. »Nicht nötig, ich weiß es ohnehin.«

»Dann will ich erst einmal gehen.« Daniel stellte den Brandy-Becher nieder. »Wenn ich Kit richtig einschätze, wälzt er gerade wieder verwegene Pläne, sich der Pferdezucht zuzuwenden.«

»Oh, da fällt mir ein, Brigham«, fuhr Serena fort, »Parkins ist in hellem Aufruhr über irgendetwas, ich glaube, wegen deines Reitanzuges. Er ist oben im Ankleidezimmer.«

»Parkins regt sich dauernd auf«, murmelte Langston ungerührt. Er kannte seinen langjährigen Kammerdiener. Doch dann dämmerte dem Earl, was seine Frau eigentlich gemeint haben mochte, als ihn ihr Blick streifte. »Na, dann werde ich eben nachsehen, was Parkins wieder mal hat.«

»Wenigstens du bleibst doch bei mir, Ian, nicht wahr?« Sie breitete ihre Reifröcke aus und setzte sich, zufrieden, dass es ihr so schnell gelungen war, alle anderen hinauszuschicken. »Wir haben noch kaum Zeit gefunden, miteinander zu plaudern, seitdem du zu Besuch gekommen bist. Nimm dir einen zweiten Brandy und leiste mir noch eine Weile Gesellschaft.« Wieder lächelte sie entwaffnend. Sie hatte früh begriffen, dass man damit besser an jedes Ziel kam als mit ungeschicktem Drängen. »Erzähle mir von deinen Erlebnissen in Boston!«

Obwohl Ian keineswegs in besonders guter Laune war, musste er doch das Lächeln seiner Tante erwidern. »Tante Serena, du bist sehr schön.«

»Versuche nicht, mich abzulenken.« Sie schüttelte den Kopf, und das rote Haar, das sich niemals wirklich in eine Frisur zwingen ließ, floss über die Schultern. »Ich weiß ganz genau Bescheid über eure kleine Tea Party, mein Junge.« Sie hob ihm das Glas entgegen und trank Ian zu. »Cheers, sozusagen von einer MacGregor zu einem MacGregor!« Dann fuhr sie fort: »Ich weiß, dass die Engländer längst murren. Wären sie doch an ihrem verwünschten Tee gleich erstickt.« Sie hob abwehrend die Hand. »Aber halten wir uns nicht damit auf. Zugegeben, ich will natürlich erfahren, was man in New England und anderen Teilen Amerikas fühlt und denkt, aber zuerst will ich hören, was mit dir los ist.«

»Mit mir?« Er hob mit einer abwehrenden Bewegung die Schultern und griff nach dem Brandy-Becher. »Es lohnt sich wohl kaum, so zu tun, als wärest du nicht längst über meine Unternehmungen informiert, etwa über meine Verbindung zu Sam Adams und den ›Söhnen der Freiheit‹. Und was unsere Pläne anbelangt, so geht es voran, langsam, aber stetig.«

Beinahe hätte sie sich verleiten lassen, in diese Richtung weiterzufragen, aber das alles würde sie von ihrem Mann und den anderen ohnehin erfahren. »Lass uns von dir persönlich reden, Ian.« Plötzlich ernst geworden, beugte sie sich zu ihm und nahm seine Hand. »Du bist der älteste Sohn meines Bruders und außerdem mein Patenkind. Ich habe dich in die Neue Welt geholt. Und so wahr ich hier sitze, dich quält etwas, das nichts mit Freiheit und Rebellion zu tun hat.«

»Nichts und zugleich alles«, sagte er leise und mehr zu sich selbst.

»Erzähle mir von ihr!«

Ian warf seiner Tante einen erstaunten Blick zu. »Ich habe keine ›sie‹ erwähnt.«

»Dein Schweigen ist tausend Mal beredter als Worte, da kann es sich nur um eine Frau handeln.« Serena lächelte bereits wieder und hielt seine Hand fest. »Gib dir keine Mühe, mein Junge, mir etwas zu verheimlichen. Wir sind von einem Blute. Sag schon, wie heißt sie?«

»Alanna«, hörte er sich antworten. »Zur Hölle mit ihr!«

Mit einem Auflachen lehnte sie sich zurück. »Alanna! Das klingt hübsch, gefällt mir. Sprich weiter.«

Er ließ sich nicht zwei Mal auffordern. Obwohl er keineswegs die Absicht gehabt hatte, vertraute er seiner Tante innerhalb der folgenden halben Stunde rückhaltlos alles an, alles von dem Augenblick an, als er, Ian, aus seiner schweren Bewusstlosigkeit halb betäubt in dem Stall zu sich gekommen war, bis zu dem Abschied, dem Zorn und der Enttäuschung beim Auseinandergehen.

»Sie muss dich wirklich sehr lieben«, stellte Serena leise fest.

Schon während seiner Beichte war Ian aufgestanden, vor dem Kamin auf und ab geschritten, dann zum Fenster und zurück zum Kamin. Trug Ian MacGregor auch die Kleidung eines Gentleman, so bewegte er sich dennoch wie ein Offizier. Endlich blieb er stehen, hinter ihm flackerten die Flammen. Dabei erinnerte er seine Tante schmerzlich an ihren Bruder Colin, seinen Vater.

»Nennst du das Liebe, was einen Mann zurückstößt und als halben Menschen fortschickt? Eine schöne Liebe ist das!«

»Wenigstens eine sehr tiefe und geradezu beängstigend starke.« Sie stand auf und streckte ihm beide Hände hin. »Und ich verstehe sie besser, als du dir vorstellen kannst oder ich dir erklären könnte.« Von Mitgefühl ergriffen, drückte sie seine Hände an die Wangen.

»Ich kann nicht anders werden, als ich eben bin.«

»Nein, das kannst du nicht.« Sie seufzte und zog Ian neben sich auf das Polster. »Ich war auch nicht dazu im Stande. Wir sind Kinder unserer schottischen Heimat, lieber Junge, Hochlandgeist lebt in uns.« Noch während sie sprach, brach der Schmerz um die verlorene Heimat sich Bahn. »Wir sind nun einmal zu Aufrührern geboren und erzogen, Krieger seit dem Anbeginn aller Zeiten. Und doch stehen wir nur auf, um für das zu kämpfen, was uns von Rechts wegen gehört, für unser Land, unser Zuhause, unser Volk.«

»Und das versteht sie nicht.«

»Ich glaube eher, dass sie es nur zu gut versteht. Vielleicht ist es ihr bloß unmöglich, es zu bejahen. Wie aber kommt es, dass du, ein MacGregor, dich einfach von ihr hast fortschicken lassen? Warum hast du nicht um sie gekämpft?«

»Sie ist so eigensinnig, dass man nichts erreichen kann.«

»Ach so.« Serena MacGregor-Langston unterdrückte ein Lächeln und nickte. Wie oft hatte man auch sie eigensinnig genannt, immer und immer wieder in ihrem bisherigen Leben, vor allem einer! Und jetzt war es nichts als verletzter männlicher Stolz, der ihren Neffen dazu gebracht hatte, davonzureiten und seine Wunden zu lecken, hier in Virginia. Auch diesen Stolz verstand sie nur zu gut. »Und du liebst diese Frau?«

»Ich wollte, ich könnte sie vergessen, aber ich kann es nicht.« Er biss die Zähne zusammen. Nach einer Weile des Schweigens fuhr er fort: »Vielleicht sollte ich hinreiten und sie zwingen, mich zu heiraten?«

»Das wird wohl kaum gehen.« Sie stand auf und streichelte seine Hand. »Bleib ruhig eine Weile bei uns, Ian, und hab Vertrauen. Es wird sich alles einmal zum Guten wenden. Jetzt muss ich schnell hinaufgehen und deinen Onkel aus Parkins Klauen befreien.« Damit ließ sie Ian beim Kamin stehen. Statt jedoch ihren Mann aufzusuchen, ging sie in ihr Boudoir, um einen Brief zu schreiben.

»Ich kann nicht reisen.« Mit brennenden Wangen und blitzenden Augen stand Alanna vor ihrem Vater und zeigte ihm das Briefblatt in ihrer Hand.

»Du kannst es und wirst es auch tun«, beharrte Cyrus Murphy. »Diese Lady Langston hat dich auf ihre Pflanzung eingeladen, um dir persönlich zu danken, dass du ihrem Neffen das Leben gerettet hast.« Er steckte die Pfeife in den Mund und konnte nur hoffen, keinen Fehler zu machen. »Deine Mutter würde auch wollen, dass du gehst.«

»Die Reise ist viel zu weit«, widersprach Alanna. »Schon

in ein, zwei Monaten ist es an der Zeit, Seife zu sieden, Sämlinge auszupflanzen und die Wolle zu krempeln. Ich habe Wichtigeres zu tun, als über Land zu fahren. Außerdem … habe ich nichts Passendes anzuziehen.«

»Du fährst und wirst deine Familie dort würdig vertreten!« Er richtete sich zu seiner ganzen Größe auf. »Es soll keiner sagen können, dass eine Murphy von dem Gedanken weiche Knie bekommen hätte, auf einige Aristokraten zu treffen.«

»Ich habe keine Angst.«

»Und ob du welche hast! Das lässt mich vor Scham erbleichen. Lady Langston möchte dich kennenlernen. Einige meiner Cousins haben Seite an Seite mit ihrem MacGregor-Clan in der 45er-Revolution gekämpft. Ein Murphy steht einem MacGregor in nichts nach, vielleicht sind wir sogar in manchem besser. Zwar habe ich dir die Schulerziehung nicht geben können, die deine Mutter sich für dich gewünscht hätte …«

»Oh, Vater …«

Er schüttelte hitzig den Kopf. »… aber sie würde mir drüben, wo auch wir einander eines Tages wiedersehen mögen, den Rücken kehren, wenn ich dich jetzt nicht dazu brächte, dieser Einladung zu folgen. Ich bestehe darauf, dass du mehr von der Welt zu Gesicht bekommst als diese Felsen und Wälder hier in der Gegend, bevor ich die Augen für immer schließe. Wenn du es schon nicht um deiner selbst willen tun würdest, so tue es für deine Mutter und für mich!«

Alanna gab nach, wie Cyrus Murphy es vorausgesehen hatte. »Nur, wenn Ian auch dort ist …«

»Davon hat die Lady nichts geschrieben, oder?«

»Nein, das nicht, aber …«

»Dann ist anzunehmen, dass er nicht auf der Plantage weilt. Vermutlich hat er längst wieder das Weite gesucht, um anderswo Unfrieden zu stiften.«

»Ja, wahrscheinlich.« Unwillig schaute Alanna auf den Brief

in ihrer Hand nieder. »Sehr wahrscheinlich sogar.« Schon stellte sie sich insgeheim die Frage, wie es wohl sein mochte, eine so weite Reise anzutreten und Virginia zu sehen, wo, wie es hieß, die Landschaft so grün sein sollte. »Wer wird denn dann für euch kochen und waschen und die Kühe melken? Ich kann nicht ...«

»Gar so hilflos sind wir Männer hier schließlich auch nicht, mein Mädchen.« Dabei wusste er jetzt schon, wie sehr er sie vermissen würde. »Nun, wo Mary und Johnny verheiratet sind, wird sie schon einspringen, und die Witwe Jenkins ist immer sehr hilfsbereit.«

»Ich weiß, aber können wir uns leisten ...«

»Wir sind immerhin keine armen Leute«, brummte der Vater unwirsch. »Geh du nur und schreib einen Antwortbrief an Lady Langston! Schreib, dass du ihre liebenswürdige Einladung zu einem Besuch in Virginia gern annimmst. Es sei denn, du hast Angst davor, ihr gegenüberzustehen?«

»Natürlich habe ich die nicht.« Die letzten Worte des Vaters genügten, um Alanna aufzubringen. »Schön, ich werde hinreisen«, schmollte sie und lief die Treppe hinauf, um Gänsekiel und Briefpapier zu holen.

»Hin, ja, gewiss«, murmelte Cyrus Murphy und hörte, wie sie oben die Tür zuschlug, »aber wirst du auch wieder zurückkommen?«

9. Kapitel

Alanna war sicher, dass ihr gleich das Herz in der Brust zerspringen müsste, so stürmisch pochte es. Nie zuvor war sie in einer so weich gefederten Kutsche gereist, gezogen von zwei starken Wallachen. Der Kutscher auf dem Bock trug sogar eine Livree. Die Langstons hatten Alanna den Wagen mit Kutscher und Zofe geschickt, damit die Reise über Land möglichst bequem verlaufen sollte. Denn nur die Strecke von Boston bis Richmond hatte sie mit dem Schiff zurückgelegt, natürlich in Begleitung einer Bediensteten der Langstons. Den Rest des weiten Weges würde man mit der Kutsche fahren. Die Plantage hieß »Glenroe«, nach einer Waldlandschaft in Schottland.

Es war schrecklich aufregend gewesen mit anzusehen, wie der Wind die Segel füllte, eine eigene Kabine zur Verfügung zu haben und sich von einer aufmerksamen Zofe bedienen zu lassen, wenigstens, bis die Ärmste wegen des Schlingerns und Stampfens des Schiffes seekrank geworden war. Danach musste das bedauernswerte Mädchen von Alanna umsorgt werden. Und es hatte ihr kein bisschen ausgemacht. Während das dankbare Mädchen schlief, konnte Alanna an Deck spazieren gehen und über das Meer schauen, wobei gelegentlich ferne Küstenstreifen auftauchten. Sie bewunderte die Schönheit und riesige Weite des Landes.

Es war großartig. Obwohl sie die väterliche Farm liebte, die Wälder und Felsen Massachusetts, wo sie geboren war, so fand sie jetzt freilich die Landschaft Virginias in ihrer Vielfalt noch beeindruckender. Bei der Abreise hatte daheim noch Schnee gelegen, und die ersten warmen Tage hatten Eiszapfen an Dachtraufen und den kahlen Ästen der Bäume glitzern lassen. Hier im Süden dagegen grünte es, und Alanna knöpfte den Reisemantel nicht zu, sondern genoss die milde Luft, die durch das Wagenfenster hereinströmte. Junge Tiere weideten auf den Wiesen, Kälber und Fohlen tollten in ausgelassenen Sprüngen umher oder saugten bei den Muttertieren. Auf den Plantagen waren zahllose Feldarbeiter bereits dabei, die Frühlingspflanzung vorzunehmen. Dabei war es erst März.

Erst März, dachte sie. Vor drei Monaten hatte sie Ian fortgeschickt. Wie oft in den vergangenen Wochen machte sie eine unwillkürliche Bewegung nach dem Ring, den sie an einer Kordel heimlich unter dem Reisekleid um den Hals trug. Natürlich würde sie ihn bei der nächsten Gelegenheit zurückgeben müssen, vermutlich seiner Tante, denn Ian selbst befand sich gewiss nicht auf Glenroe. Das war ganz und gar unmöglich. Bei dem Gedanken empfand sie eine sonderbare Mischung aus Erleichterung und Sehnsucht. Mit einer Entschuldigung wollte Alanna den Schmuck Lady Langston überreichen. Immerhin handelte es sich ja um ein Familienerbstück. Und sie musste der Dame nicht die ganze Wahrheit erzählen, wie das Juwel in ihren, Alannas, Besitz gekommen war. Denn das wäre doch zu demütigend und schmerzlich gewesen.

Jetzt nicht daran denken, mahnte sie sich selbst und legte die Hände in den Schoß, während sie hinausschaute. Die sanft ansteigenden Hügel waren in diesem milden Vorfrühling Virginias bereits grün überhaucht. Sie wollte diese Reise und den Besuch als ein rechtes Abenteuer betrachten, wie sie es wohl kaum jemals wieder erleben würde. Außerdem musste sie nach der Rückkehr natürlich haarklein darüber berichten, vor allem Brian, diesem wissbegierigen Jungen. Alanna seufzte leise. Ja, sie würde sich ganz genau an alles erinnern – und das nicht nur seinetwegen. Hier handelte es sich um Ian

MacGregors Familie, um Menschen, die ihn als Kind gekannt hatten und als jungen Burschen. Während der kurzen Wochen auf der Plantage in Gesellschaft seiner Verwandten konnte sie sich ihm noch einmal nahe fühlen, zum allerletzten Male, das schwor sie sich. Dann wollte sie auf die Farm zu den Ihren zurückkehren und sich bescheiden. Es gab keine andere Möglichkeit. Doch als der Wagen gerade schwankte, umklammerte sie wieder den Ring und wünschte sich, es gäbe noch einen anderen Weg.

Die Kutsche rollte zwischen zwei hoch aufragenden Steinpfeilern hindurch. Zwischen ihnen befand sich ein schmiedeeisernes Schild, auf dem »Glenroe« zu lesen stand. Die Zofe, mehr mitgenommen von der Reise als Alanna, rutschte auf dem Sitz gegenüber hin und her.

»Bald schon werden Sie das Herrenhaus sehen, Madam.« Offensichtlich heilfroh, dass die anstrengenden Wochen nun beinahe vorüber waren, hielt sich das Mädchen nur mit Mühe zurück, den Kopf aus dem Wagenfenster zu stecken. »Es ist das schönste Herrenhaus in ganz Virginia.«

Mit stürmisch pochendem Herzen strich Alanna immer wieder die schwarze Borte glatt, mit der das taubengraue Reisekleid besetzt war, an dem sie drei Wochen genäht hatte. Dann spielte sie rastlos mit den Bändern des Hutes, glättete die Röcke und beschäftigte sich von Neuem mit der Borte.

Die lang gestreckte Auffahrt wurde von Eichen gesäumt, an denen sich schon die winzigen zartgrünen Blattknospen abzeichneten. So weit das Auge reichte, breitete sich gepflegter Rasen aus. Hier und dort blühte bereits ein einzelner wohlbeschnittener Strauch. Endlich erhob sich auf einer sanften Hügelkuppe das Herrenhaus.

Alanna war sprachlos beim Anblick des imponierenden Gebäudes in strahlendem Weiß. Die Fassade wirkte durch ein Dutzend schlanker Säulen besonders hoheitsvoll. Ein breites zweiflügeliges Portal prunkte in der Mitte. Frühjahrsblumen wuchsen in großen Amphoren zu beiden Seiten der Steinstufen, die zu den Doppeltüren hinaufführten, deren kleine Scheiben in der hellen Sonne glitzerten.

Alanna war sehr überrascht, als sie das prächtige Herrenhaus erblickte. Sie musste all ihren Stolz und ihre Willenskraft aufbieten, um nicht dem Kutscher zuzurufen, er möge wenden und die Pferde in die Richtung antreiben, aus der sie gekommen waren. Denn was suchte sie, Alanna Murphy, an diesem Orte? Wie sollte sie Worte finden in Gegenwart von Menschen, die in solcher Umgebung lebten? Mit jedem Schritt der Pferde schien sich die Kluft zwischen ihr und Ian zu erweitern, zu vertiefen.

Noch bevor die Kutsche an der Biegung der halbrunden Auffahrt zum Stehen gekommen war, trat eine Frau aus der Tür und schritt die Stufen herunter. Ihr Kleid in blassem Maigrün, mit elfenbeinfarbener Spitze besetzt, bauschte sich im Wind. Ihr Haar war von leuchtendem Rot und im Nacken schlicht aufgesteckt.

Kaum war Alanna mit der Unterstützung eines livrierten Dieners dem Wagen entstiegen, als die Dame mit ausgestreckten Händen herzueilte.

»Meine liebe Mrs. Flynn, Sie sind so schön, wie ich Sie mir vorgestellt habe.« Der leicht kehlige Akzent erinnerte schmerzhaft an Ian MacGregor. »Aber ich darf Sie doch Alanna nennen, denn mir scheint, wir werden schnell Freundinnen.« Sie ließ Alanna gar nicht erst Zeit, etwas zu erwidern, sondern zog sie lächelnd in die Arme. »Ich bin Ians Tante Serena. Herzlich willkommen auf Glenroe!«

»Lady Langston«, begann Alanna. Sie kam sich schrecklich staubig vor und eingeschüchtert. Serena lachte bloß und zog ihren Gast mit sich zu den Stufen hin.

»Hier bei uns braucht man keine Titel, es sei denn, man

kann Nutzen daraus ziehen. Ich hoffe, Sie haben eine angenehme Reise gehabt.«

»Ja, doch.« Alanna war es, als trüge sie ein kleiner rothaariger Wirbelwind mit sich davon. »Ich habe Ihnen zu danken. Es war sehr großzügig von Ihnen, mich einzuladen und als Gast in Ihr wundervolles Haus aufzunehmen.«

»An mir ist es, dankbar zu sein.« Lady Serena blieb auf der Schwelle stehen. »Ian bedeutet mir nicht weniger als meine eigenen Kinder. Kommen Sie, ich bringe Sie in Ihr Zimmer! Gewiss wollen Sie sich ein wenig erfrischen, bevor Sie die übrigen Familienmitglieder beim Tee kennenlernen. Das heißt, wir lassen natürlich nicht diesen verwünschten Tee servieren, sondern Wein und Brandy«, fuhr sie unumwunden fort.

Beim Eintritt in die Eingangshalle mit der hohen Decke und dem doppelten, geschwungenen Treppenaufgang staunte Alanna wieder. »Nein, natürlich keinen Tee«, antwortete sie dann leise und ließ sich von der Lady am Arm über die rechte Treppe hinaufführen. Plötzlich drangen Rufe, Geschrei und ein handfester Fluch aus dem Inneren des Hauses.

»Meine beiden Jüngsten«, stellte Serena Langston ungerührt fest und ging weiter. »Sie balgen sich immer wie junge Hunde.«

Alanna saß ein Kloß in der Kehle. »Wie viele Kinder haben Sie, Lady Langston?«

»Sechs.« Serena geleitete Alanna einen Korridor entlang, vorbei an pastellhellen Tapeten und über dichte Teppiche. »Es sind Payne und Ross, die dieses Getöse machen, die Zwillinge. Eben prügeln sie sich noch windelweich, und gleich darauf schwören sie einander hoch und heilig, den Bruder bis zum letzten Blutstropfen zu verteidigen.«

Obwohl Alanna etwas poltern und splittern hörte, zuckte die Lady nicht einmal mit der Wimper, sondern öffnete die Tür zu einer Zimmerflucht. »Ich hoffe, dass Sie sich hier wohl fühlen werden«, sagte sie. »Und wenn Sie etwas brauchen, lassen Sie es uns wissen.«

Was könnte mir hier schon fehlen, dachte Alanna und war sprachlos. Allein das Schlafzimmer war mindestens drei Mal so groß wie das ihre daheim. Jemand hatte frische duftende Frühjahrsblumen in Vasen gestellt. Schnittblumen im März! Das Bett wäre für drei breit genug gewesen, der Überwurf war aus blassblauer Seide, und Kissen überall. Es gab einen Kleiderschrank, der in die Wand eingelassen war, einen zierlichen Damenschreibtisch, einen kleinen Toilettentisch mit einem Spiegel im Silberrahmen und einen Sessel mit Brokatbezug. Die Fenster standen weit offen, eine laue Brise wehte Düfte herein und spielte in den Samtvorhängen. Bevor Alanna auch nur ein Wort hätte sagen können, kam eine eilfertige Zofe mit einem Henkelkrug voll heißem Wasser herein.

»Ihr Boudoir ist gleich hier nebenan.« Lady Serena ging an dem hellen Marmorkamin vorüber und lächelte einer kleinen drahtigen Schwarzen zu. »Und das ist Hattie, sie wird sich um Ihre Wünsche kümmern, solange Sie bei uns bleiben. Hattie, du siehst zu, dass es Mrs. Flynn an nichts mangelt, ja?«

»Oh gewiss, ja, Madam.« Hattie strahlte.

»Gut.« Lady Serena streichelte Alannas Hand, spürte, wie kalt ihre Finger waren, und empfand sofort Mitgefühl. »Kann ich noch irgendetwas für Sie tun?«

»Oh nein, Sie haben schon so viel für mich getan.«

Dabei habe ich nicht einmal richtig angefangen, dachte Serena und lächelte. »Dann verlasse ich Sie jetzt, damit Sie sich ein wenig ausruhen können. Hattie wird Sie später hinunterbegleiten.«

Als sich die Tür hinter Lady Langston schloss, gegen deren bestimmendes Wesen man sich nicht leicht wehren konnte, setzte sich Alanna müde auf das Bett und fragte sich, wie sie das alles wohl durchhalten sollte.

Zu unruhig, um sich lange in ihren Räumen aufzuhalten, ließ sich Alanna von Hattie aus dem Reisekleid helfen und ihr bestes Gewand überstreifen, das sie hatte. Die kleine Zofe konnte, wie sich schnell herausstellte, ausgezeichnet frisieren. Mit geschickten Fingern und in einem geschwätzigen Singsang plaudernd, bearbeitete sie Alannas rabenschwarze Locken, bürstete und wand sie schließlich so geschickt ineinander, dass sie über die linke Schulter fielen.

Alanna befestigte gerade die Granatohrgehänge ihrer Mutter und raffte all ihren Mut zusammen, um hinunterzugehen, als laute Stimmen und Getrampel von draußen hereinschallten. Neugierig öffnete Alanna die Tür einen Spalt breit und dann ganz, als zwei kleine Knaben im Korridor auf dem Teppich übereinanderrollten. »Guten Tag, Gentlemen«, sagte sie.

Die Jungen, die einander wie ein Ei dem anderen glichen, mit zerzausten schwarzen Haaren und eigenartig topasfarbenen Augen, hörten sofort auf sich zu balgen und musterten die Fremde. Dann, als hätten sie gemeinsam ein heimliches Zeichen erhalten, standen sie auf und verbeugten sich gleichzeitig.

»Wer sind denn Sie?«, erkundigte sich der eine, dessen Lippe aufgeplatzt und blutig war.

»Ich heiße Alanna Flynn«, antwortete sie mit einem Lächeln. »Und ihr beide müsst Payne und Ross sein.«

»Stimmt«, gab der andere zurück, den ein blaues Auge zierte. »Ich bin Payne, der Ältere von uns, deshalb heiße ich Sie auf Glenroe willkommen.«

»Ich will sie aber auch willkommen heißen!« Ross versetzte dem Bruder einen Rippenstoß mit dem Ellbogen, bevor er einen Schritt auf Alanna zutrat und ihr die Hand hinstreckte.

»Dafür danke ich euch beiden«, sagte sie und hoffte, dass der Friede damit gewährleistet sei. »Ich war eben auf dem Wege nach unten zu eurer Mutter. Vielleicht möchtet ihr mich begleiten?«

»Sie wird im Salon sein, es ist Teezeit.« Ross nahm Alanna bei der Hand.

»Natürlich trinkt niemand hier den verdammten Tee, das heißt nur so.« Payne folgte dem Beispiel des Jüngeren, worauf Alanna auch seine Hand ergriff. »Selbst wenn uns die Engländer das Gesöff gewaltsam in die Gurgel schütten wollten, würden wir es ihnen ins Gesicht spucken.«

Alanna kämpfte gegen ein Lächeln. »Das versteht sich von selbst.«

Als das Trio unten erschien, erhob sich Lady Serena. »Ah, Alanna! Ich sehe schon, Sie sind an meine beiden Wilden geraten.« Mit einem Blick, der für sich selbst sprach, nahm sie die geplatzte Lippe und das blaue Auge zur Kenntnis. »Wenn ihr auf ein Stück Kuchen aus seid, solltet ihr euch erst einmal waschen.« Die Zwillinge stürmten hinaus, und sie wandte sich wieder an Alanna, um sich mit den anderen Familienmitgliedern bekannt zu machen, die hier versammelt waren. Da gab es den achtzehnjährigen Kit, der das Aussehen und das Lächeln der Mutter geerbt hatte. Ein junges Mädchen, etwa in Brians Alter, war eher blond als rothaarig und hatte entzückende Grübchen in den Wangen.

»Kit und Fiona werden Sie bei jeder Gelegenheit zu den Pferden schleppen«, warnte Lady Serena. »Und meine Tochter Amanda wird heute Abend mit ihrer Familie zum Dinner kommen. Sie leben auf einer Plantage in der Umgebung.« Sie goss Wein in einen Becher ein und reichte ihn Alanna. »Wir wollen nicht erst auf Brigham, meinen Mann, und die anderen warten. Sie inspizieren das Auspflanzen der Sämlinge und werden weiß Gott wann zurückkehren.«

»Mama hat uns erzählt, dass Sie auf einer Farm in Massachusetts zu Hause sind«, begann jetzt Fiona.

»So ist es.« Alanna lächelte und fühlte sich ein wenig gelöster als bisher. »Und dort lag noch Schnee, als ich abreiste.

Bei uns ist die Zeitspanne zum Auspflanzen viel kürzer als bei Ihnen.«

Das Gespräch plätscherte mit Leichtigkeit dahin, als die Zwillinge wiederkamen, diesmal offensichtlich ein Herz und eine Seele, die Arme einander um die Schultern gelegt. Mit einem Lächeln, das die beiden nun völlig gleich machte, liefen sie zur Mutter und küssten sie auf die Wangen.

»Zu spät«, sagte sie zu ihnen. »Ich habe das mit der Vase schon erfahren.« Sie füllte zwei Tassen mit heißer Schokolade. »Wie gut, dass es eine hässliche war. Nun setzt euch hin und versucht, nicht gleich alles auf den Teppich zu kleckern!«

Alanna hatte ihre Befangenheit überwunden und genoss gerade einen zweiten Becher Wein, als lautes Männerlachen von der Halle hereinschallte.

»Papa!«, brüllten die Zwillinge, sprangen blitzschnell auf und rannten zur Tür. Lady Serena schaute auf die Schokoladenflecken, die nun doch auf dem Teppich prangten, und seufzte.

Brigham Langston betrat den Salon und zauste zärtlich beide Jungen, die ihm zur Seite hüpften. »Nun, was habt ihr wohl heute wieder angestellt?« Dabei ließ er den Blick zuerst zu seiner Frau schweifen, wie Alanna feststellte. Belustigung war darin zu lesen, aber auch etwas viel Tieferes, Aufrichtiges. Dann erst schaute der Earl den Gast an, schob die Kinder liebevoll von sich und schritt quer durch den Raum auf Alanna zu.

»Dies ist mein Mann, Brigham, liebe Alanna«, begann Serena und lächelte ihrem Gatten liebevoll zu.

»Ich freue mich sehr, Sie endlich kennenzulernen.« Mit beiden Händen ergriff Brigham Langston ihre Rechte. »Wir stehen so sehr in Ihrer Schuld.«

Alanna errötete sanft. Er hätte zwar dem Alter nach ihr Vater sein können, trotzdem ging etwas von ihm aus wie ein magnetischer Strom, und er konnte einer Frau durchaus Herzklopfen verursachen. »Ich habe Ihnen für Ihre Gastfreundschaft zu danken, Lord Langston.«

»Nicht doch! Sie sollen sich bei uns nichts als wohl fühlen.« Er warf seiner Frau einen sonderbaren und, wie es Alanna schien, ziemlich erbosten Blick zu. »Ich kann nur hoffen, dass nichts Ihr Wohlbefinden und das Vergnügen Ihres Aufenthaltes stören möge.«

»Wie könnte das geschehen? Sie haben ein großartiges Haus und eine wundervolle Familie.«

Er wollte noch etwas sagen, doch seine Gattin kam ihm zuvor. »Wein, Brigham?« Sie hatte bereits einen Becher gefüllt und bot ihn ihm mit einem warnenden Augenausdruck an. Die Auseinandersetzung über Lady Serenas Versuch, eine Ehe zu stiften, war noch nicht ausgestanden. »Du musst durstig sein nach all der Anstrengung. Wo sind die anderen?«

»Sie sind mit mir gekommen, aber noch in der Bibliothek zurückgeblieben.« Kaum hatte er die letzten Worte gesprochen, da betraten zwei Herren den Salon.

Den hochgewachsenen, dunkelhaarigen Jüngeren sah Alanna nur flüchtig. Er schien ein Ebenbild Brigham Langstons. Denn sie schaute wie gebannt auf Ian MacGregor. Dabei entging es ihr ganz, dass sie aufgesprungen und es im Raum plötzlich ganz still geworden war. Ihr Blick hing an Ian. Er trug elegante Reitkleidung, das Haar hatte der Wind ein wenig zerzaust. Auch Ian schien völlig überrascht zu sein, doch sein Mienenspiel wechselte schneller als das ihre. Er lächelte, aber es wirkte gezwungen und förmlich, sodass es ihr ins Herz schnitt.

»Ah, Mrs. Flynn! Welch ungewöhnliche Überraschung!«

»Ich ... ich ...« Sie tastete nach einem Halt und sah sich verzweifelt nach einem Fluchtweg um, doch Lady Serena war bereits aufgestanden und ergriff Alannas Hand, drückte sie kurz und ermutigend.

»Alanna war so freundlich, meine Einladung anzunehmen. Wir alle wollten ihr persönlich dafür danken, dass sie sich um dich gekümmert und dich am Leben erhalten hat, damit du uns noch mehr Scherereien machen kannst.«

»Ich verstehe.« Mit Mühe wandte er den Blick von Alanna ab und schaute seine Tante zornig an. »Das hast du sehr klug angestellt, Tante Serena, nicht wahr?«

»Gewiss«, sagte sie selbstzufrieden. »Das weiß ich.«

Ian war ärgerlich und aufgewühlt von dem plötzlichen Wiedersehen. »Nun, Mrs. Flynn, da Sie einmal hier sind, bleibt mir wohl nichts übrig, als Sie auf Glenroe willkommen zu heißen.«

»Danke.« Gleich würde sie in Tränen ausbrechen und sich schrecklich blamieren. »Entschuldigen Sie mich, bitte!« Indem sie einen weiten Bogen um Ian MacGregor machte, stürzte sie hinaus.

»Wie überaus liebenswürdig, Ian!« Lady Serena warf den Kopf zurück und folgte ihrem Gast.

Alanna war in ihrem Schlafzimmer gerade dabei, die Kleider aus dem Schrank zu zerren, als Serena Langston dazukam.

»Nanu, was soll denn das heißen?«

»Ich muss weg. Ich konnte nicht wissen … Lady Langston, ich danke Ihnen für Ihre Gastfreundschaft, aber ich muss sofort nach Hause zurück.«

»Hat einer schon solchen Unsinn gehört?« Lady Serena umfasste sehr energisch Alannas Schultern und führte sie zum Bett. »Nun setzen Sie sich erst einmal und atmen Sie tief durch! Natürlich war es eine Überraschung, Ian wiederzusehen, doch …« Sie verstummte, als Alanna das Gesicht in den Händen barg und in Tränen ausbrach.

»Aber, meine Liebe.« Mütterlich nahm sie die Weinende in die Arme und wiegte sie sanft hin und her. »War er denn gar so unausstehlich? Männer sind nun einmal so, müssen Sie wissen, und deshalb müssen wir eben noch viel unausstehlicher sein, wenn es darauf ankommt.«

»Nein, nein, es war einzig und allein meine Schuld, ich habe alles verdorben.« Obwohl Alanna sich schämte, konnte sie einfach nicht aufhören zu schluchzen und legte den Kopf an Serenas Schulter.

»Selbst wenn es so gewesen wäre, was ich nicht annehme, sollte man das als Frau niemals zugeben. Da Männer uns an Körperkraft überlegen sind, müssen wir unseren besseren Verstand nutzen.« Sie lächelte und strich Alanna übers Haar. »Ich wollte bloß wissen, ob Sie ihn wohl ebenso lieben wie er Sie. Und jetzt weiß ich es.«

»Nun hasst er mich, und wer könnte ihm dafür einen Vorwurf machen? Wahrscheinlich ist es dennoch so am besten«, stieß Alanna unter Tränen hervor. »Am allerbesten.«

»Er macht Ihnen Angst?«

»Ja, ich glaube wohl.«

»Und Ihre Empfindungen für ihn erschrecken Sie auch?«

»Oh ja. Ich wollte sie nicht, Mylady, ich kann sie nicht brauchen, denn er wird sich niemals ändern. Er wird nicht ruhen, bis er endlich fallen oder wegen Hochverrats gehängt werden wird.«

»Einen MacGregor bringt man nicht so leicht um. Nun beruhigen Sie sich doch, haben Sie vielleicht ein Taschentuch? Ich kann das meine nie finden, wenn ich es einmal brauche.«

Alanna schluchzte ein wenig und zog eines hervor. »Es tut mir so leid, Mylady, bitte, verzeihen Sie mir, dass ich eine solche Szene gemacht habe.«

»Ich habe eine Schwäche für Szenen und mache sie selbst, so oft es nur irgend möglich ist.« Sie wartete noch eine Weile, damit Alanna sich fassen konnte, und fuhr dann fort: »Ich will Ihnen eine Geschichte erzählen von einem jungen Mädchen, das sich eine ganz unmögliche Liebe leistete. Es liebte nämlich einen Mann, der überhaupt nicht der Richtige für sie zu sein schien, und das noch dazu während einer Zeit, in der es nur Krieg und Aufruhr und Tod um sie herum gab. Wieder und wieder wies sie also den Antrag dieses Mannes ab, weil sie glaubte, es wäre so am besten.«

Mit einem Aufseufzen trocknete sich Alanna die Tränen. »Und was ist aus diesen beiden Menschen geworden?«

»Nun, da er den gleichen Dickkopf besaß wie sie, haben sie geheiratet und sechs Kinder bekommen, inzwischen auch zwei Enkel.« Ein strahlendes Lächeln überzog Serenas Gesicht. »Und ich habe keinen einzigen Augenblick unseres gemeinsamen Lebens bisher bereut.«

»Das ist auch etwas anderes.«

»Liebe bleibt immer gleich und ist doch immer anders.« Serena strich Alanna das Haar aus der Stirn. »Auch ich hatte um meinen Gatten Angst.«

»Sie?«

»Oh ja. Je mehr ich Brigham liebte, umso mehr erschreckte mich alles, und umso grausamer bestrafte ich uns beide, indem ich meine Empfindungen leugnete und unterdrückte. Wollen Sie mir nicht von Ihrer Liebe erzählen, Alanna? Manchmal hilft es schon, wenn man von Frau zu Frau über die Dinge reden kann.«

Vielleicht stimmt das wirklich, dachte Alanna. Jedenfalls konnte es nicht noch mehr schmerzen, als es bereits tat. »Mein ältester Bruder fiel im Krieg gegen die Franzosen. Ich war damals zwar noch ein Kind, aber ich kann mich trotzdem ganz genau an Rory erinnern. Er war so klug und sah so gut aus. Wie Ian hatte er nichts anderes im Sinn als die Verteidigung und den Kampf für sein Land, für seine Ideale. Und dafür musste er dann auch sein junges Leben hingeben. Innerhalb eines Jahres folgte ihm meine Mutter, sein Tod hatte ihr das Herz gebrochen. Sie hat ihn nie verwinden können.

Ich musste mit ansehen, wie mein Vater Jahr um Jahr um die beiden trauerte.«

»Es gibt kein tieferes Leid als den Verlust der Menschen, die wir lieben. Mein Vater fiel vor achtundzwanzig Jahren in einer Schlacht, und heute noch sehe ich sein Gesicht deutlich vor mir. Wenig später ließ ich auch meine Mutter in Schottland zurück. Sie ging im gleichen Jahre heim, in dem Amanda geboren wurde, und lebt immer in meinem Herzen weiter.« Serena nahm Alannas Hände in die ihren, und auch ihre Augen wurden feucht. »Als der Aufstand niedergeschlagen worden war, brachte mein Bruder Colin mir Brigham heim. Er war angeschossen worden und dem Tode nahe. Damals ging ich mit unserem ersten Kinde schwanger. In einer Höhle mussten wir uns vor den Engländern verstecken, weil auch Brigham ein Anhänger der Stuarts war. Tagelang schwebte er zwischen Leben und Sterben.«

Es stimmte also, was Ian dem jungen Brian erzählt hatte. Nachdenklich sah Alanna die kleine schlanke Frau neben sich an. »Wie haben Sie das alles ertragen können?«

»Wie hätte ich es nicht ertragen sollen?« Lady Serena lächelte. »Brigham sagt mir oft, nur mein Wille hätte ihn damals am Leben erhalten, bloß, damit ich ihn später drangsalieren konnte. Vielleicht hat er sogar recht. Ich weiß daher nur zu gut, was Angst ist, Alanna. Und wenn es hier zum Aufstand kommen sollte, werden meine älteren Söhne in den Krieg ziehen, und ich bin so unglücklich, wenn ich daran denke, dass ich sie verlieren könnte. Trotzdem, wäre ich ein Mann, würde auch ich den Degen ziehen und mich ihnen anschließen.«

»Sie sind mutiger als ich.«

»Das glaube ich nicht. Wenn Ihre Familie in Gefahr wäre, würden Sie sich dann ängstlich in einem Winkel verkriechen oder nicht doch eher versuchen, sie mit der Waffe in der Hand zu schützen?«

»Ich würde mein Leben für sie hingeben, aber ...«

»Eben.« Wieder lächelte Serena Langston, doch diesmal weicher, versonnener als zuvor. »Die Zeit wird kommen und gewiss schon bald, in der die Männer hier in den Kolonien begreifen werden, dass wir alle zusammengehören wie ein Clan. Und wir werden alle füreinander und miteinander kämpfen. Lieben Sie etwa Ian nicht auch deshalb, weil er dazu bereit ist?«

»Ja.« Mit gesenktem Blick drückte Alanna Serenas Hände.

»Wären Sie vielleicht glücklicher, wenn Sie diese Liebe leugnen und unterdrücken, als sich zu ihr zu bekennen und anzunehmen, was Ihnen der Himmel wenigstens eine Weile schenkt?«

»Nein, gewiss nicht.« Alanna schloss die Augen und dachte an die vergangenen drei Monate zurück, in denen sie sich so elend gefühlt hatte. »Ich könnte ohne Ian überhaupt niemals glücklich werden, das weiß ich jetzt. Dabei habe ich mein Leben lang davon geträumt, einen starken, ruhigen Mann zu heiraten, der sich damit zufrieden gibt, gemeinsam mit mir zu arbeiten und eine Familie zu gründen. An Ians Seite würde es freilich nur Verwirrung geben, Angst, Entbehrungen und Gefahr. Wahrscheinlich könnte ich keinen Atemzug lang wirklich in Frieden leben.«

»Da haben Sie wohl recht«, pflichtete ihr Lady Serena bei. »Ganz bestimmt wäre das unmöglich. Doch schauen Sie ins eigene Herz, Alanna, und stellen Sie sich selbst nur die eine Frage: Wollten Sie Ian verändern, wenn es in Ihrer Macht stünde?«

Schon hatte Alanna den Mund geöffnet, um überzeugt Ja zu sagen, als ihr das Herz, aufrichtiger als der Kopf, eine ganz andere Antwort aufdrängte. »Nein! Gerechter Gott, bin ich denn wahrhaftig so töricht gewesen, nicht zu erkennen, dass ich ihn liebe, weil er so ist, wie er nun einmal ist, und dass ich mir gar nicht wünsche, er wäre anders?«

Lady Serena nickte zufrieden. »Das Leben besteht aus Gefahren, Alanna. Und es gibt Menschen, die stellen sich diesen Gefahren, und andere, die gehen ihnen aus dem Wege, verstecken sich und bringen nichts voran. Zu welchen gehören wohl Sie selbst?«

Alanna saß ganz lange schweigend da und dachte nach. »Ich frage mich, Mylady …«

»Nennen Sie mich doch Serena!«

»Ich frage mich, Serena«, fuhr Alanna fort und lächelte scheu, »ob ich Ian jetzt, nach dieser Unterhaltung mit Ihnen, auch weggeschickt hätte.«

Serena Langston lachte leise. »Es würde sich lohnen, darüber nachzudenken. Jetzt sollten Sie sich aber erst einmal ein wenig ausruhen und dem Jungen Zeit geben, Ihre Anwesenheit auf Glenroe ein wenig zu verdauen.«

»Er wird nicht mit mir reden wollen«, meinte Alanna und hob entschlossen den Kopf. »Doch ich werde ihn schon dazu bringen.«

»Das glaube ich Ihnen aufs Wort«, sagte Serena munter. »Und ich zweifle keineswegs daran, dass es Ihnen gelingen wird.«

10. Kapitel

Ian blieb dem Dinner fern und erschien auch am nächsten Morgen nicht am Frühstückstisch. Gerade, weil dies die meisten Frauen entmutigt hätte, bot das für Alanna genau jene Herausforderung, die sie brauchte.

Außerdem trugen auch die Langstons selbst durch ihr Verhalten dazu bei, dass Alanna an innerer Sicherheit gewann. Es war einfach unmöglich, inmitten einer solchen Familie zu weilen, ohne einzusehen, was man alles mit Liebe, Entschlossenheit und Vertrauen erreichen konnte. Ungeachtet aller widrigen Umstände, denen sie ausgesetzt gewesen waren, hatten sich Serena MacGregor und Brigham Langston ein gemeinsames Leben aufgebaut. Obwohl sie beide ihre angestammte Heimat, das Land ihrer Väter, und ihnen nahe stehende Menschen verloren hatten, waren sie imstande gewesen, aus eigener Kraft eine neue Zukunft miteinander zu gestalten.

Warum also sollte Alanna sich weniger zutrauen, eine ähnliche Lage mit Ian zusammen zu meistern? Natürlich würde er sich erst einmal zur Wehr setzen. Doch langsam wuchs Alannas Überzeugung, er sei viel zu eigenwillig, um gleich zu sterben. Und selbst wenn sie ihn doch verlieren sollte, wurde das nicht aufgewogen durch das Glück, das ihr ein Jahr, ein Monat, ja sogar nur ein einziger Tag in Ians Armen geben konnte? Genau das wollte sie gern sagen, wenn sie nur endlich einmal mit ihm allein sein konnte. Sie war bereit, wenn es sein musste, ihn um Verzeihung zu bitten. Sie würde ihren Stolz überwinden und ihn überzeugen, einen neuen Anfang zu wagen.

Je weiter freilich der Morgen verstrich, umso mehr stellte

Alanna fest, dass der Unwille ihre Bereitwilligkeit zu verdrängen begann. Zwar würde sich Alanna bei Ian entschuldigen, doch erst, nachdem sie ihm seine kühle Zurückhaltung vorgeworfen hatte. Schließlich erhielt sie von den Zwillingen einen Hinweis, wo Ian zu finden war.

»Du hast alles verdorben«, erklärte Payne, als sie beide in den Garten kamen und sich pufften und kniffen.

»Ha! Du hast ihn böse gemacht. Hättest du den Mund gehalten, wären wir mit ihm ausgeritten. Aber du bist ein solcher verdammter Riesen…«

»Schon gut, Jungs!« Lady Serena hörte auf, Blumen zu schneiden, und wandte sich den beiden zu. »Wenn ihr schon unbedingt eine Prügelei anfangen wollt, dann bitte nicht hier. Ich lasse mir meinen schönen Garten nicht von euch Streithähnen zertrampeln.«

»Er ist schuld daran«, kam es wie aus einem Munde, und Alanna musste lächeln.

»Ich wollte bloß fischen gehen«, maulte Ross, »und Ian hätte mich mitgenommen, wenn er hier nicht zu quatschen begonnen hätte.«

»Sagtest du ›fischen‹?« Alanna zerdrückte die Blüte, die sie eben in der Hand hielt. »Ist Ian fischen?«

»Das tut er meistens, wenn er schlechte Laune hat.« Payne trat nach einem Kieselstein. »Ich hätte ihn dazu bringen können, uns mitzunehmen, wenn Ross nicht dazwischengekommen wäre. Nun ist Ian böse und ohne uns ausgeritten.«

»Eigentlich mag ich überhaupt nicht fischen.« Ross sah finster drein. »Viel lieber möchte ich Badminton spielen.«

»Ich werde dir zeigen, wer besser spielen kann!«, brüllte Payne und rannte schnell davon, um als Erster auf die Wiese zu kommen.

»Ich habe eine hübsche Stute im Stall stehen, eine Fuchsstute, die mir mein Bruder Malcolm geschenkt hat, der ein großer Pferdekenner ist.« Serena fuhr fort, Blumen zu schneiden. »Reiten Sie gern, Alanna?«

»Und ob, auch wenn ich daheim nicht allzu viel Zeit dazu habe.«

»Umso mehr sollten Sie hier die Gelegenheit nutzen.« Sie lächelte ihrem Gast strahlend zu. »Sagen Sie einfach Jem, er solle auf meinen Wunsch Prancer für Sie satteln. Am besten wenden Sie sich dann nach Süden. Es führt ein Weg durch den Wald hinter den Stallungen. In dieser Jahreszeit ist es am Fluss sehr schön.«

»Danke.« Alanna wollte davoneilen, blieb aber nach wenigen Schritten stehen. »Ich habe kein Reitkleid.«

»Darum wird sich Hattie kümmern. Es hängt noch eines von Amanda in meinem Schrank, das müsste Ihnen passen.«

»Nochmals vielen Dank.« Alanna verstummte, kam zurück und umarmte und küsste Serena. »Vielen, vielen Dank.«

Keine halbe Stunde später saß Alanna auf dem Rücken der Stute.

Ian hatte tatsächlich eine Angelrute im Wasser, doch die war eher als Ausrede zu werten dafür, dass er einfach dasaß und brütenden Gedanken nachhing. Er hätte seine Tante wegen ihrer Einmischung eigenhändig erwürgen können. Dazu war sie schon bald in seinem Zimmer erschienen und hatte ihm so gründlich die Leviten gelesen, dass ihm nichts mehr übrig geblieben war, als sich zu verteidigen, so gut es ging.

Natürlich war er äußerst ungezogen zu ihrem Gast gewesen, absichtlich sogar. Hätte es nicht nach einer Flucht ausgesehen, wäre er nur zu gern aufs Pferd gesprungen und Hals über Kopf nach Boston zurückgeritten. Doch nein, diesmal würde es nicht er sein, der ging. Diesmal sollte Alanna abreisen, und zum Teufel mit ihr!

Wenn sie doch nicht so unverschämt hübsch gewesen wäre

in ihrem blauen Kleid, als sie so dastand, gerahmt vom Licht der Sonne, die hinter ihr durch das Fenster schien. Aber was kümmerte es ihn eigentlich, wie Alanna aussah? Es schien ihm ganz klar, dass er nichts mehr mit ihr zu schaffen haben wollte. Er konnte keine derart widerspenstige Frau in seinem Leben brauchen, dazu hatte er keine Lust. Die Demütigung saß tief. Gerade, dass er sie nicht auf den Knien angefleht hatte, ihn zu heiraten! Ian fühlte sich in seinem Stolz sehr verletzt.

Und dieses schamlose Geschöpf hatte mit ihm im Heu gelegen, sich ihm hingegeben und ihn glauben lassen, sie liebe ihn. Wie behutsam, wie zärtlich er sie behandelt hatte! Niemals zuvor war es einer Frau gelungen, seine Leidenschaft so zu erregen. Ihn danach kalt lächelnd wegzuschicken! Nun konnte er ihr nur noch wünschen, dass sie einen willenlosen Schwächling als Gatten finden sollte, der keine eigene Meinung besaß und den sie herumkommandieren konnte! Und sobald es ihm, Ian MacGregor, zu Ohren käme, dass sie dies zu Stande gebracht hätte, würde er mit Vergnügen und ohne mit der Wimper zu zucken den Kerl eigenhändig umbringen!

Er hörte ein Pferd näher kommen und stieß eine Verwünschung aus. Wenn diese beiden kleinen Widerlinge ihm auf die Spur gekommen waren und nun seine Einsamkeit störten, würde er ihnen schleunigst auf die Sprünge helfen. Er nahm die Angelrute zur Hand, stand auf und stellte sich breitbeinig in Positur, um seine Neffen hart anzusprechen und ins Herrenhaus zurückzuscheuchen.

Allerdings waren es nicht die Erwarteten. Alanna erschien auf Lady Serenas Fuchsstute unter den Bäumen am Waldrand und kam schnell näher, etwas zu schnell für Ians Seelenfrieden. Unter dem modischen Reithut, den sie trug, hatte sich das Haar gelöst und flatterte jetzt hinter ihr im Wind. Nur wenige Schritte vor Ian brachte Alanna das Pferd mit einem Ruck zum Stehen. Wie blau und strahlend ihre Augen leuchteten!

Die Stute, an eine waghalsige Reiterin gewöhnt, benahm sich mustergültig und gehorchte sofort.

Ian MacGregor warf Alanna einen vernichtenden Blick zu. »Nun ist es dir auch noch gelungen, im Umkreis von zehn Meilen alle Fische zu verscheuchen. Fällt dir nichts Besseres ein, als so verrückt durch die Gegend zu galoppieren?«

Eine solche Begrüßung hatte Alanna nicht erwartet. »Das Pferd ist mit der Umgebung vertraut.« Sie blieb im Sattel und dachte, dass er sie herunterheben würde. Als er keinerlei Anstalten dazu machte, sah Alanna ihn böse an und sprang aus dem Damensattel vom Rücken der Stute. »Sie haben sich nicht im Geringsten verändert, MacGregor, und Ihre Manieren sind auch nicht gerade besser geworden.«

»Bist du nur deshalb nach Virginia gekommen, um mir das zu sagen?«

Alanna halfterte das Tier an einen Baum, der ganz in der Nähe stand, und wirbelte zu Ian herum. »Ich bin einer liebenswürdigen Einladung Ihrer Tante gefolgt. Leider habe ich nicht gewusst, dass Sie sich auf Glenroe aufhalten, sonst hätte ich mir das allerdings überlegt. Das Wiedersehen mit Ihnen hat mir die ganze schöne Reise verdorben. Und ich kann mir, ehrlich gestanden, nicht vorstellen, was ein Mensch wie Sie in einer so reizenden Familie zu suchen hat. Ich wünschte aus ganzem Herzen …« Sie brach mitten im Satz ab und bemühte sich, daran zu denken, was sie sich die ganze Nacht lang vorgenommen hatte. »Aber ich bin nicht hier, um mit Ihnen zu streiten.«

»Gott stehe mir bei, wenn dies in Ihrer Absicht läge!« Er wandte sich wieder seiner Angelrute zu. »Sie sind ohne meine Hilfe abgestiegen, so darf ich annehmen, dass Sie auch von allein in den Sattel kommen können. Verschwinden Sie, Mrs. Flynn!« Nun war auch er zu einer förmlichen Anrede zurückgekehrt.

»Ich muss mit dir sprechen«, sagte sie beharrlich.

»Du hast schon mehr gesagt, als ich hören wollte.« Er wusste, dass er, sollte er ihr nur noch einen Moment länger in die Augen schauen, schwach werden würde.

»Ian, ich möchte nur …«

»Fahr zur Hölle!« Wütend warf er die Angel ins Gras. »Mit welchem Recht kommst du eigentlich hierher, stellst dich vor mich hin und beschimpfst mich? Ich wollte, ich hätte dich erwürgt, bevor ich davonritt, dann wäre mir jetzt leichter. Warum hast du mich glauben lassen, ich bedeute dir etwas, du liebtest mich, wenn es dir nur darum zu tun war, mit mir … ins Heu zu hüpfen?«

Mit einem Schlag wich jeder Blutstropfen aus Alannas Wangen, in die gleich darauf wieder flammende Zornesröte schlug. »Wie kannst du es wagen, so mit mir zu reden?« Wie eine Wildkatze warf sie sich auf ihn. »Dafür werde ich dich töten, so wahr mir Gott helfe!«

Ian MacGregor packte Alanna, wo er sie gerade zu fassen bekam, um sich ihrer zu erwehren, verlor dabei das Gleichgewicht und taumelte rücklings mit ihr über die Uferböschung in den Fluss.

Die kühle Nässe hinderte Alanna nicht daran, um sich zu schlagen und zu kratzen, während er auf dem schlüpfrigen Untergrund ausrutschte und Alanna mit sich unter Wasser riss.

»Aufhören, Mädchen, sonst ertrinken wir noch beide!« Prustend, hustend und bemüht, Alanna vor einem neuerlichen Versinken zu bewahren, bemerkte er nicht, wie sie ausholte. Dann klangen ihm die Ohren, so fest hatte sie zugeschlagen. »Herrgott, wärst du ein Mann!«

»Lass dich nicht davon abhalten zu tun, was du willst, nur weil ich eine Frau bin!« Sie warf sich herum, verfehlte ihn diesmal und stürzte nun mit dem Gesicht voran in die Wellen.

Immer noch fluchend, schleppte Ian Alanna aufs Trockene und ließ sie am Ufer zu Boden fallen. Dann lagen sie beide da, durchnässt bis auf die Haut und außer Atem.

»Sobald ich mich wieder auf den Beinen halten kann, werde ich sie erwürgen«, sagte Ian geradewegs ins Blaue hinein.

Alanna hustete erst einmal ziemlich viel Flusswasser aus, dann versicherte sie Ian: »Ich hasse dich, ich verwünsche den Tag, an dem du geboren worden bist, und noch mehr den, an dem ich es duldete, dass du mich angefasst hast.« Sie setzte sich mühsam auf und riss sich den völlig verdorbenen Hut vom Kopf.

Warum musste sie sogar in diesem Zustand, triefnass und wütend, so atemberaubend schön sein? Als Ian wieder zu sprechen begann, klang seine Stimme gefährlich kühl. »Ich darf Sie daran erinnern, dass Sie selbst es waren, die mich aufforderte, Sie zu berühren, Madam.«

»Dafür verachte ich mich auch selbst.« Sie warf mit dem Hut nach ihm. »Schade, dass uns keine angenehmere Erinnerung an unser Abenteuer im Heu bleibt!«

»Oh.«

Alanna war zu sehr damit beschäftigt, sich das Wasser aus dem Haar zu winden, um das verräterische Flackern in Ians Augen zu bemerken. »Ist das wirklich so?«

»Allerdings. Ich hatte schon ganz vergessen, was in jener Nacht vorgefallen war, bis jetzt, da Sie davon redeten.« Sie wollte aufstehen. Stattdessen fand sie sich hilflos auf dem Rücken und Ian plötzlich über sich.

»Na gut, dann wollen wir dem Gedächtnis ein bisschen nachhelfen!«

Hart und fordernd spürte sie Ians Mund auf dem ihren und biss ihn dafür fest in die Lippe. Zwar fluchte er, griff ihr aber ins Haar und küsste sie noch einmal. Alanna wehrte sich, eigentlich wehrte sie sich gegen sich selbst, gegen die beglückenden Empfindungen, die sie durchströmten, sobald sein fester, schlanker Körper ihr so vertraulich nahe war. Wie zwei Kinder, die sich prügelten, balgten sie sich auf dem grasbewachsenen Ufer, als wollten sie einander blindlings strafen für alles, was sie einander angetan hatten, für die alten Seelenwunden und die neuen dazu.

Mit einem Mal lag Alanna ganz still, die Augen geschlossen. Dann schlang sie ihm die Arme um den Hals und hob Ian verlangend die halb geöffneten Lippen entgegen. Die ganze Macht ihrer Liebe entlud sich in diesem einen Kuss und entfachte eine Glut, die längst in Alanna geschwelt hatte.

Mit fahrigen Fingern zerrten sie an Knöpfen und Bändern, streiften eilig die nassen, schweren Kleider ab, sodass die Sonne ihre feuchten Körper wärmte. Ian war diesmal keineswegs behutsam oder zärtlich, und Alanna wollte das auch nicht. All die schmerzliche Enttäuschung und leidenschaftliche Begierde brachen sich Bahn, nachdem die beiden Menschen sie vergeblich in sich hatten verdrängen wollen. In einem stürmischen Aufruhr der Sinne lagen sie einander in den Armen unter dem wolkenlosen Frühlingshimmel.

Alanna vergrub die Hände in Ians Haar und suchte immer wieder seinen Mund. Dazwischen flüsterte sie heiße Liebesschwüre und flehte ihn an, sie zu nehmen. Auf dem frischen Gras atmete Ian ihren Duft, der ihn seit Wochen verfolgte, und liebkoste die helle, weiche Haut, von der er Nacht für Nacht geträumt hatte. Als sich Alanna ihm jetzt hemmungslos darbot, drang er in sie ein, flüsterte ihren Namen und drückte sein Gesicht in ihre Locken. So lag er über ihr, die ihn fest umschlungen hielt, und sie strebten gemeinsam jenem Höhepunkt entgegen, nach dem beide verlangten, bis sie endlich reglos ausgestreckt blieben, jeder in die eigenen Gedanken verstrickt.

Ian stützte sich auf einen Ellbogen und streichelte mit der anderen Hand Alannas Gesicht. Doch während sie zu ihm aufschaute, liebevoll und zärtlich, sah sie, dass langsam etwas wie Zorn von Neuem in seinen Augen erwachte.

»Diesmal lasse ich dir keine andere Wahl mehr, Alanna, ob es dir recht ist oder nicht – wir werden heiraten.«

»Hör zu Ian, ich bin heute nur hierhergekommen, um dir zu sagen ...«

»Ich gebe keinen Deut darum, was du mir sagen wolltest.« Nun, da er sich ihr mit Leib und Seele gegeben hatte, blieb ihm nichts mehr, nicht einmal sein Stolz. »Und wenn du mich verfluchst von heute an bis ans Ende aller Zeiten, wenn du mich hasst und verachtest, so bist du doch mein. Und du musst mich nun einmal so nehmen, wie ich bin.«

Sie presste die Lippen zusammen. »Wenn du mich bloß ausreden ließest ...«

»Ein Mensch, der der Verzweiflung nahe ist, kann nicht mehr hören. Ich lasse dich kein zweites Mal. Schon beim ersten Mal hätte ich es nicht tun sollen, aber du hast eine Art, die einen Mann um den Verstand bringen kann. Was auch immer in meiner Macht liegt, dich glücklich zu machen, Alanna, das will ich tun, alles, nur nichts, was mir mein Gewissen verbieten könnte. Das kann ich nicht, und das werde ich niemals, nicht einmal um deinetwillen.«

»Das verlange ich nicht und würde es nie verlangen. Ich möchte dir nur eines sagen ...«

»Verdammt noch mal, was drückt mir denn da ein Loch in die Brust?« Er griff zwischen sich und sie und bekam den MacGregor-Ring zu fassen, der an einer Kordel um Alannas Hals hing. Der Schmuck blitzte im Lichte der Sonne auf, und Ian starrte darauf nieder. Langsam umschloss er ihn mit den Fingern und schaute Alanna an. »Warum ...« Er musste warten, bis ihm die Stimme wieder gehorchte. »Warum trägst du ihn?«

»Das habe ich dir die ganze Zeit schon sagen wollen, aber du hast mich ja nicht zu Wort kommen lassen.«

»Jetzt lasse ich dich sprechen, also sprich!«

»Erst hatte ich die Absicht, ihn zurückzugeben.« Sie bewegte sich unruhig unter ihm. »Aber dann konnte ich es nicht. Es wäre mir unaufrichtig erschienen, hätte ich ihn weiter am Finger getragen, so habe ich ihn eben um den Hals gehängt, damit er meinem Herzen ganz nahe sei, in dem ich immer nur dich gehabt habe. Nein, jetzt wirst du mich nicht unterbrechen«, sagte sie heftig, als er den Mund auftun wollte. »Ich glaube, schon an jenem Morgen, da ich dich fortreiten hörte, wusste ich, dass ich unrecht hatte und du im Recht warst.«

Das erste Anzeichen eines Lächelns leuchtete in Ians Zügen. »Mir muss Flusswasser in die Ohren gedrungen sein, Mrs. Flynn. Würdest du das noch einmal wiederholen?«

»Einmal ist genug.« Hätte Alanna gestanden, hätte sie den Kopf in den Nacken geworfen und das Kinn herausfordernd in die Luft gereckt. »Ich wollte dich nicht lieben. Denn eine Liebe, die so groß ist, macht einem Angst. Ich hatte Rory im Krieg verloren, meine Mutter war vor Kummer darüber gestorben, und dann raffte noch ein Fieber den armen Michael Flynn dahin. Und obwohl sie mir alle drei sehr viel bedeutet hatten, so wusste ich doch, dass du mir noch unendlich mehr bedeutest.«

Er küsste sie zärtlich auf die Stirn. »Lass dich nicht von mir unterbrechen!«

»Ich meinte, ich wollte nichts als eine Familie und ein sicheres Zuhause, einen Mann, dem es genügte, an meiner Seite zu arbeiten und abends neben mir am Kamin zu sitzen, Tag für Tag, Abend um Abend.« Jetzt lächelte Alanna und strich Ian übers Haar. »Doch wie es scheint, stand mir der Sinn viel mehr nach einem Mann, der sich mit nichts begnügen, sondern nach ein, zwei Nächten daheim am Kaminfeuer ruhelos würde. Einen, der gegen das Unrecht kämpfen oder bei dem Versuch, es zu tun, sterben würde. Denn nur ein solcher könnte mich stolz darauf werden lassen, seine Frau zu sein.«

»Jetzt beschämst du mich aber«, meinte er und legte sein Gesicht an das ihre. »Sag mir nichts mehr, als dass du mich liebst.«

»Ich liebe dich über alles, Ian MacGregor, in dieser Stunde und für alle Ewigkeit.«

»Und ich schwöre dir, du sollst ein Zuhause haben und eine Familie, und ich werde mit dir am Kamin sitzen, wann immer ich nur kann.«

»Dafür verspreche ich dir, an deiner Seite zu kämpfen, wenn es nötig werden sollte.«

Ian setzte sich auf, knüpfte die Kordel auf und nahm den Ring ab. Auge in Auge mit Alanna, steckte er ihr den Ring zum zweiten Male an den Finger. »Nimm ihn nie wieder ab!«

»Nein, niemals wieder.« Sie ergriff Ians Hand und hielt sie fest. »Von dieser Stunde an bin ich eine MacGregor.«

Epilog

Boston, Weihnachtsabend des Jahres 1774

Ian MacGregor ließ sich von keinem Argument dazu bringen, das Schlafzimmer zu verlassen, in dem seine Frau zum ersten Mal in den Wehen lag. Und obwohl ihre Schmerzen ihm ins Herz schnitten, wich und wankte er nicht. Zwar hatte seine Tante Gwen in ihrer ruhigen, überzeugenden Art alles versucht. Männer hatten dabei nichts verloren, sagte sie. Doch selbst sie hatte ihn nicht umstimmen können.

»Es ist immerhin auch mein Kind«, erklärte er, »und ich werde Alanna nicht allein lassen.« Damit ergriff er die Hand der Tante und konnte nur heimlich beten, dass er die Kraft haben möge, zu seinem Wort zu stehen. »Nicht, dass ich deiner Kunst nicht volles Vertrauen entgegenbrächte, Tante Gwen! Ohne dich wäre ich vielleicht heute gar nicht auf der Welt.«

»Spar dir die Mühe, Gwen!« Serena Langston lachte leise. »Er ist so eigensinnig wie ein echter MacGregor.«

»Dann halte wenigstens Alannas Hand, wenn die Wehen zu schmerzhaft werden. Es kann ohnehin nicht mehr lange dauern.«

Alanna brachte mühsam ein Lächeln zustande, als ihr Mann an das Bett trat. Sie hätte sich nie vorgestellt, dass es so viel Anstrengung kosten sollte, etwas so Winziges wie ein Baby zur Welt zu bringen. So war sie dankbar für seine tröstliche Gegenwart und den Beistand von Tante Gwen, die zahlreichen MacGregor-Kindern ans Licht der Welt geholfen hatte und mindestens einem Dutzend anderer. Eigentlich hätte auch deren Ehemann, der Arzt war, bei der Geburt anwesend sein sollen. Doch er hatte zu einem Verunglückten eilen müssen.

»Du solltest dich um unsere Gäste kümmern«, ermahnte Alanna Ian zwischen zwei Wehen.

»Die unterhalten sich auch ohne uns recht gut«, versicherte ihr Lady Serena.

»Daran zweifle ich nicht.« Alanna schloss die Augen, während ihr Gwen mit einem Tuch den Schweiß von der Stirn wischte. Es tat so wohl zu wissen, dass sich auch die eigene Familie hier zum Fest eingefunden hatte, denn die Murphys und Langstons waren bei ihnen versammelt. Gern hätte Alanna ihre Pflicht als Gastgeberin erfüllt. Immerhin war es das erste Weihnachtsfest in dem Hause, das Ian MacGregor am Fluss für sie gekauft hatte. Doch nun wollte das Kleine etwa drei Wochen zu früh unbedingt seinen Einzug in diese Welt halten. Der Schmerz zuckte von Neuem durch ihren Leib, sie drückte Ians Hand und verkrampfte sich.

»Entspann dich, lass los, atme richtig durch«, murmelte Gwen beschwichtigend. »So ist es gut, braves Mädchen.«

Die Wehen folgten jetzt schneller aufeinander und wurden stärker. Ein richtiges Christkind, dachte Alanna und stemmte sich gegen den Schmerz, der sie in Wellen überflutete. So würde ihr erstes Kind das kostbarste Geschenk sein, das sie und Ian einander in der heiligsten Nacht des Jahres geben konnten. Als der Schmerz abebbte, lauschte Alanna der beruhigenden Stimme Ians, der leise auf sie einsprach. Er war ein wunderbarer Mann und ein liebevoller Gatte. Jetzt hielt er ihre Hände in den seinen, fest und sicher. Zwar war ihr gemeinsames Leben nicht gerade friedlich zu nennen, eher ziemlich ereignisreich, aber es war Ian gelungen, seine Frau in seine Ziele und Pläne einzubeziehen. Vielleicht aber hatte der Same der Auflehnung gegen alles Unrecht längst in ihr geschlummert und nur darauf gewartet, genährt und zu Tage gefördert zu werden? Alanna hatte sich daran gewöhnt, Ians Berichten aufmerksam zu lauschen, wenn er nach den Zusammenkünften der Männer heimkehrte, und war stolz auf ihn, wenn andere seinen Rat suchten. Wie er empfand sie die neuerliche Steuer, die Port Bill, als ungerecht, gleich ihm verwarf sie den Einfall des Königs, die Kolonien für den Tee bezahlen zu lassen, den man in Boston ins Meer geschüttet hatte, um so einer Bestrafung zu entgehen.

Nein, jene Männer hatten recht gehabt, wie eben manchmal hinter einer Tollkühnheit nichts als Recht stehen mochte. Waren nicht auch etliche andere Städte und Provinzen aufgestanden, um Boston tatkräftig zu unterstützen?

Alanna dachte an die Flitterwochen in Schottland zurück, wo sie Ians Familie kennengelernt hatte und mit ihm durch die Wälder seiner Kindheit gewandert war. Eines Tages würden sie beide dorthin zurückkehren und das Kind mitnehmen, um ihm die Heimat seiner Väter zu zeigen. Und auch nach Irland wollten sie später einmal reisen. Nein, dachte sie, als der Schmerz sie von Neuem überkam und sie beinahe ohnmächtig werden ließ, unser Kind wird niemals jene vergessen, die vor uns gelebt haben. Nur bei der Erinnerung an die Vergangenheit konnte das Kind, einmal erwachsen, den eigenen Weg wählen und sein eigentliches Vaterland. Beide, Ian und sie, würden um dieses Recht kämpfen.

»Das Baby kommt.« Gwen schenkte Ian ein schnelles Lächeln der Ermutigung. »Bald schon wirst du Vater sein.«

»Jetzt ist es gleich so weit, Ian.« Alanna stöhnte vor Schmerzen. »Halt meine Hand fest – oh, Allmächtiger, hilf!«

Trotz der Angst, die er um seine Frau empfand, gab sich Ian standhaft. »Du bist so tapfer, Liebes, ich bitte dich, halt aus!«

»Du solltest wissen, dass ich Schmerzen ertragen kann. Großer Gott.« Alanna umklammerte die Hand ihres Mannes.

»Es hat es eilig, auf die Welt zu kommen. Kein Zweifel, es schlägt nach seinem Vater, ungeduldig und eigensinnig.«

Ian warf Gwen einen verzweifelten Blick zu. »Muss sie noch lange diese Schmerzen erleiden?«, wollte er wissen. »Das ist nicht mit anzusehen.«

»Bald ist es so weit.« Gwen stieß einen leisen Ruf des Unwillens aus, als es eben jetzt klopfte.

»Mach dir keine Sorgen, ich werde ihnen schnell Beine machen.« Serena ging zur Tür und öffnete sie einen Spalt. Es überraschte sie, ihren Mann draußen stehen zu sehen. »Brigham, das Baby kann jeden Moment kommen, ich habe jetzt wirklich keine Zeit für dich.«

»Dann musst du sie dir eben nehmen.« Er zog sie in den Flur. »Gerade erst habe ich die Nachricht erhalten, auf die ich lange gewartet hatte, eine Bestätigung aus London, ohne die ich dir nichts davon sagen wollte.«

»Was kümmert mich eine Nachricht aus London?«, grollte Serena, als sie Alanna durch die geöffnete Tür stöhnen hörte.

»Alles andere kann warten, Onkel«, sagte Ian.

»Auch du solltest diese Nachricht vernehmen, heute, in dieser Nacht aller Nächte, Ian.«

»Dann sag schon, was es ist, und geh endlich«, fuhr ihn Lady Serena heftig an.

Brigham Langston umfasste ihre Schultern und schaute ihr tief in die Augen. »Im vergangenen Monat hat das Parlament über einen Antrag beraten. Der Proscription Act, in dem alle Stuart-Anhänger damals geächtet wurden, ist aufgehoben worden.« Er schloss Serena in seine Arme, und ihr wurden die Augen feucht. »Der Name MacGregor ist nicht länger verfemt.«

Mit diesen Tränen fiel eine Last von Lady Serena ab, die sie fast ein ganzes Leben lang mit sich herumgeschleppt hatte. »Gwen, Gwen, hast du das gehört?«

»Ja, das habe ich, und bin, weiß Gott, dafür dankbar, aber im Moment habe ich alle Hände voll zu tun.«

Lady Serena hastete an das Bett.

Einige wenige Minuten später verkündete der Klang der Kirchenglocken die Mitternacht und damit einen neuen Weihnachtsmorgen. Der kräftige erste Schrei eines Kindes mischte sich mit dem Geläute und verhieß neues Leben.

»Es ist ein Junge, ein Sohn!« Gwen hielt das Neugeborene in den Armen.

»Ist alles in Ordnung mit ihm?« Erschöpft lehnte sich Alanna an die Schulter Serenas. »Wie geht es ihm?«

»Wunderbar«, versicherte ihr Lady Serena und wischte sich die Tränen ab. »Gleich werden wir ihn dir in die Arme legen.«

»Ich liebe dich.« Ian umklammerte Alannas Hand und drückte sie an die Lippen. »Und ich danke dir für das größte Geschenk, das ein Mann jemals empfangen kann.«

»Hier ist er.« Gwen drückte dem frisch gebackenen Vater das Bündel in die Arme. »Nimm deinen Sohn erst einmal!«

»Herr, ich danke dir!« Ian schaute auf das Kind und dann zu Alanna. Diesen Anblick würde er ein Leben lang im Herzen bewahren. »Wie zerbrechlich er wirkt.«

»Er wird schon bald stark werden.« Serena lächelte. Dann legte sie einen Arm um ihre Schwester, während Ian das Baby Alanna übergab.

»Er ist so süß«, sagte die junge Mutter und zog mit einer Hand Ian neben sich auf das Bett. »Vorige Weihnachten haben wir einander uns selbst gegeben, diesmal wird uns ein Sohn geschenkt.« Sie strich zärtlich über die flaumweichen blonden Haare auf dem Köpfchen des Kindes. »Und ich möchte zu gern wissen, was die kommenden Jahre uns noch bringen mögen.«

»Wir werden euch jetzt allein lassen.« Lady Serena nahm Gwen bei der Hand. »Lasst uns hinuntergehen und es den anderen sagen!«

»Tut das, sagt es ihnen!« Ian erhob sich von der Bettkante, und Alanna reichte ihm wieder den Kleinen. Sie wusste, was in ihrem Mann jetzt vorging. »Verkündet ihnen, dass Murphy MacGregor an diesem Weihnachtsmorgen geboren worden ist.« Er küsste seinen Sohn, und das Kind stieß einen kräftigen Schrei aus. »Ein MacGregor, der einst seinen Namen mit Stolz nennen mag und der ein freier Mann in einem freien Land sein wird! Sagt ihnen das!«

»Ja, tut das«, pflichtete Alanna ihm bei und fühlte, wie Ian ihre Hand in die seine nahm. »Sagt es ihnen von uns beiden!«

– ENDE –